"나에게 앤은 실제 인물이며, 언젠가는 꼭 만날 것이라 믿는다.
해 질 무렵 연인의 오솔길에서 상상에 잠길 때, 달빛 내리는 자작나무 길을 거닐 때
내 곁에 서 있는 앤을 발견할 것이다."

Lucy Maud
Montgomery

잉글사이드의 앤

빨간 머리 앤 전집 6

ANNE OF
INGLESIDE

잉글사이드의 앤

루시 모드 몽고메리 | 유보라 그림 | 오수원 옮김

현대
지성

W. G. P*에게

주요 등장인물

앤 블라이드

'꿈의 집'에서 '잉글사이드'로 이사하고 여섯 아이를 키우며 행복하게 살아간다. 여전히 다른 사람 일에 관심이 많으며 소녀 시절의 순수한 감성을 갖고 있다. 한때 길버트를 오해해서 부부간 신뢰가 무너질 위기에 처하기도 한다.

길버트 블라이드

탁월한 실력으로 환자를 성심성의껏 돌봐서 주민들에게 훌륭한 의사로 인정받는다. 너무 많은 일을 감당하느라 지쳐 있지만 틈날 때마다 앤과 아이들에게 의미 있는 시간을 만들어주려고 애쓴다.

제임스 매슈(젬)
블라이드

앤과 길버트의 맏아들로 형제 가운데 유일하게 꿈의 집에서 태어났다. 밤늦게 돌아다니는 걸 허락해달라고 떼쓰기도 하지만 돈을 모아 엄마의 생일 선물을 마련하고 엄마에게 꽃을 꺾어다 줄 만큼 마음이 따뜻하다.

월터 커스버트 블라이드

앤과 길버트의 둘째 아들이며 예민하고 상상력이 풍부하다. 앤이 출산하는 동안 잠시 다른 집에 맡겼는데, 엄마가 위독하다고 오해해 한밤중에 먼 거리를 혼자 걸어서 집으로 돌아온다.

앤(낸) 블라이드

앤과 길버트의 쌍둥이 딸이다. 상상력이 뛰어나서 하느님과 거래하겠다며 터무니없는 일을 벌이고, 가상 세계를 현실과 혼동하기도 한다.

다이애나(다이) 블라이드

앤과 길버트의 쌍둥이 딸이다. 남의 말을 쉽게 믿으며 진심으로 좋아하는 친구에게 배신당한다.

셜리 블라이드

앤과 길버트의 셋째 아들이다. 셜리를 낳고 앤이 한동안 아팠기 때문에 수전의 손에서 자랐다.

버사 마릴라(릴라) 블라이드

앤과 길버트의 막내딸로 통통하며 혀 짧은 소리를 낸다. 케이크를 가져다주는 심부름을 맡고 고민한다.

수전 베이커

충직하고 다정한 성격의 가정부로 아이들을 잘 돌본다. 특히 셜리를 자기 아이처럼 각별하게 생각한다.

메리 마리아 블라이드

길버트의 친척으로 잉글사이드에서 지낸다. 까탈스럽고 사사건건 참견해서 가족들을 곤란하게 만든다.

차례

일러두기

1. 각주는 독자의 이해를 돕기 위해 역자가 단 것이다.
2. 어린아이의 말투나 글처럼 저자가 일부러 문법에 맞지 않는 단어 혹은 문장을 쓴 부분은 우리 문화에 걸맞은 표현으로 변형해서 옮겼다.
3. 성경에 있는 표현을 옮길 때는 우리말 역본 중 개역개정판을 기준으로 삼았고, 다른 역본을 사용할 경우 출처를 밝혔다.

1장

—

"달빛이 어쩜 저리도 하얄까!"

앤 블라이드는 다이애나 라이트의 집 정원 오솔길을 따라 현관으로 가면서 중얼거렸다. 소금기 머금은 산들바람에 작은 벚꽃잎이 떨어졌다. 앤은 잠시 멈춰 서서 지금껏 사랑해왔고 여전히 사랑하는 에이번리의 언덕과 숲을 둘러보았다.

정겨운 에이번리! 앤은 꽤 오랫동안 글렌세인트메리 마을에서 살고 있지만 그래도 에이번리에는 그곳과는 다른 특별함이 있었다. 앤은 에이번리에서 발길이 닿는 곳마다 자기 영혼과 마주쳤다. 어렸을 때 누비고 다녔던 들판은 앤을 환영해주었다. 달콤한 옛 시절의 메아리는 조금도 옅어지지 않은 채로 앤의 주위를 감쌌다. 눈길 닿는 곳마다 어디든 아름다운 추억이 서려 있었다. 자주 찾던 정원 이곳저곳에는 지난날의 모습을 보여주

듯 장미가 흐드러지게 피었다. 앤은 초록지붕집으로 돌아오는 길이 늘 기뻤다. 이번처럼 슬픈 일로 찾았을 때도 마찬가지였다. 시아버지의 장례를 치르려고 에이번리에 온 앤은 장례식 뒤에도 일주일쯤 더 머물렀다. 마릴라와 린드 부인이 마음에 걸려 곧바로 떠날 수가 없었기 때문이다.

앤이 쓰던 방에는 여태 새 주인이 들지 않았다. 도착한 날 밤 방에 들어섰을 때 커다랗고 정갈한 봄꽃 다발이 온갖 고운 향기로 앤을 맞아주었다. 린드 부인의 솜씨였다. 앤은 꽃 속에 얼굴을 묻었다. 지난날의 향기가 그대로 담겨 있었다. 마치 과거의 앤이 지금의 앤을 기다린 듯했다. 그 순간 앤의 마음 깊은 곳에서 아름답고 행복했던 옛 시절의 기쁨이 솟아올랐다.

지붕 밑 방은 두 팔을 벌려 앤을 포근하게 감싸주었다. 앤은 사랑을 가득 담은 눈길로 방 안을 차근차근 둘러보았다. 침대에는 린드 부인이 뜨개질한 사과 꽃잎 모양의 덮개와 역시 린드 부인이 코바늘로 뜬 커다란 레이스가 달린 베개가 놓여 있었다. 침구는 얼룩 하나 없이 깨끗했다. 바닥 깔개는 마릴라의 작품이었다. 오래전 이곳에서 울다 잠든 고아의 얼굴을 비춰주던 거울도 그대로였다. 앤은 자기가 다섯 아이의 어머니이며, 지금 잉글사이드에서는 수전 베이커가 아기 양말을 짜고 있다는 사실도 잊고 초록지붕집의 소녀로 돌아가 있었다.

린드 부인이 깨끗한 수건을 가지고 방으로 들어왔을 때도 앤은 여전히 꿈꾸듯 거울을 바라보고 있었다.

"앤, 네가 집에 와서 정말 기쁘구나! 암, 그렇고말고. 네가 에이번리를 떠난 지 벌써 9년이 되었어도 마릴라와 난 여전히 널

그리워한단다. 다행히 데이비가 결혼하면서 전처럼 쓸쓸하진 않구나. 밀리는 정말 귀여운 아이야. 물론 파이 집안사람이라는 게 맘에 걸리긴 하지. 다람쥐처럼 호기심은 또 어찌나 많은지 몰라. 그래도 앤, 너 같은 사람은 절대 없다고 난 계속 말해왔고 앞으로도 그렇게 말할 거란다."

"하지만 린드 아주머니! 이 거울은 속일 수 없는걸요. '너는 전처럼 젊지 않아'라고 솔직하게 말해주잖아요."

앤이 장난스레 대꾸하자 린드 부인이 위로했다.

"얼굴빛은 아직 그대로야. 물론 전에도 혈색은 별로 좋은 편이 아니었던 것 같다만."

앤이 유쾌하게 말했다.

"어쨌든 턱이 두 개가 될 기미는 아직 없어 다행이죠. 이 방이 아직 저를 기억하고 있는 것 같아서 정말 기뻐요! 제가 문을 딱 열었는데 방이 저를 잊어버렸다면 무척 슬펐을 거예요. 게다가 유령의 숲에서 달이 떠오르는 것을 다시 보는 것도 정말 근사한 일이고요."

"하늘에 아주 커다란 금덩이가 떠 있는 것 같구나. 그렇지?"

그 순간, 린드 부인은 아무리 시적인 비유라 해도 자기가 너무 터무니없는 말을 했다고 생각했다. 그래서 마릴라가 자리에 없어 다행이라는 듯 안도의 한숨을 쉬었다.

"저기 뾰족한 전나무 좀 보세요. 달을 등지고 서 있어요. 골짜기의 자작나무도 은빛 하늘을 향해 계속 팔을 뻗고 있어요. 제가 여기 처음 왔을 때는 아기 같더니만 지금은 큰 나무로 자랐네요. 나무를 보니 저도 나이가 들었다는 게 새삼 느껴져요."

"나무는 원래 어린아이 같아. 등을 돌렸다가 다시 보면 무서울 정도로 훌쩍 자라 있거든. 다이애나의 아들 프레드*를 보렴. 이제 열세 살인데 자기 아버지만큼 키가 크잖니. 참, 저녁은 따뜻한 치킨파이를 준비했어. 레몬비스킷도 좀 구웠다. 다 네가 좋아하는 음식들이야. 이 침대도 불편하진 않을 거다. 오늘 시트를 밖에 널어놨었거든. 글쎄, 그런 줄도 모르고 마릴라가 다시 널었지 뭐냐. 게다가 밀리도 그랬으니 이 시트가 무려 세 번이나 바깥 구경을 한 셈이다. 그건 그렇고, 메리 마리아 블라이드가 내일 집 밖엘 좀 나오면 좋겠구나. 그 사람은 전부터 장례식을 아주 좋아했잖니."

앤이 부르르 떨며 말했다.

"메리 마리아 고모님 말씀이군요. 아버님의 사촌 누이인데도 길버트는 늘 '고모님'이라고 불러요. 메리 마리아 고모님은 저를 언제나 '애니'라고 부르시죠. 제가 결혼하고 처음 뵀을 때 하셨던 말씀이 아직도 생생해요. '길버트가 널 골랐다니 참 이상한 일이야. 더 괜찮은 아가씨가 많았을 텐데.' 그래서 저는 솔직히 그분을 별로 좋아하지 않아요. 길버트도 마찬가지인 듯해요. 집안 어른이니까 이해하고 넘어갈 뿐이죠."

"길버트도 여기 오래 있을 거니?"

"아뇨, 내일 밤에는 돌아가야 해요. 지금 돌보고 있는 환자의 상태가 별로 좋지 않다고 하더라고요."

"아, 그래? 작년에 어머니도 돌아가셨으니 길버트가 에이번리

---

* 아버지인 프레드 라이트의 이름을 그대로 물려받았다.

에 오래 있을 일도 없겠지. 가엾은 블라이드 씨. 부인이 세상을 떠난 뒤로 기운이 없어 보이더라. 사는 보람이 없어졌으니 그렇기도 하겠지. 블라이드네 집안은 항상 그랬어. 세상일에 지나치게 애정을 쏟거든. 아무튼 이제는 그 집안사람이 에이번리에 한 명도 없다고 생각하니 정말 안타깝더구나. 오랫동안 여기 살았던 훌륭한 집안이잖니. 하지만 슬론 집안사람들은 아직도 꽤나 있지. 그 사람들은 여전하단다. 앞으로도 계속, 세상이 끝날 때까지 그렇겠지. 아멘."

"슬론 집안사람들이야 얼마든 많아져도 무슨 상관이겠어요? 저녁을 먹은 뒤에는 달빛을 받으며 옛 과수원을 두루 걸어볼 거예요. 그러고 나서는 잠자리에 들어야겠죠. 달빛 비치는 밤에 잠이나 자다니 그야말로 시간 낭비지만, 내일은 일찍 일어나 '유령의 숲'에 스며드는 희미한 첫 아침빛을 보러 가야 하니까요. 하늘은 산호색으로 바뀌고 울새는 젠체하며 주위를 돌아다니겠죠? 창문턱에 앉은 회색 참새와 마주칠 수도 있어요! 운이 좋으면 황금색과 보라색 팬지꽃을 볼 수 있을지도 몰라요."

"그런데 앤, 6월 백합은 토끼들이 다 뜯어먹었단다."

린드 부인은 구슬프게 말한 뒤 뒤뚱거리며 아래층으로 내려갔다. 그러면서 달을 두고 더는 이러쿵저러쿵 이야기하지 않아도 되어 다행이라고 여겼다. 린드 부인 생각에 앤은 어릴 때부터 조금 특이한 면이 있었다. 자라면서 차츰 달라질 거라 믿었는데, 세월이 아무리 흘러도 그럴 기미가 전혀 보이지 않았다.

오솔길 저편에 다이애나의 모습이 보였다. 앤을 맞으러 나온 것이다. 달빛 아래 다이애나의 새까만 머리카락과 장밋빛 뺨,

빛나는 눈동자가 또렷하게 드러났다. 하지만 결혼하고 살이 올랐다는 사실은 달빛으로도 감출 수 없었다. 전에도 에이번리 사람들에게 "삐쩍 말랐다"라는 말은 듣지 못했던 다이애나였다.

"걱정 마, 다이애나. 오래 붙잡아두지 않을게."

다이애나가 나무라듯 말했다.

"앤, 무슨 말이야? 내가 왜 그런 걱정을 하겠어? 결혼식 피로연에 가는 것보다 너랑 같이 저녁 시간을 보내고 싶어 하는 거 알면서 그래? 얼굴도 제대로 못 봤는데 넌 내일모레면 돌아가잖아. 시동생의 피로연이라서 안 갈 수도 없고…."

"물론 가야지. 나도 잠깐 들른 거야. 다이애나, 난 오늘 예전에 우리가 다니던 그 길로 왔어. 드라이어드 거품 옆으로 유령의 숲을 지나고, 나무 그늘이 드리워진 너희 집 정원을 거쳐서, 버들 연못을 따라 걸어온 거야. 물에 거꾸로 비친 버드나무를 바라보느라 잠시 멈춰 서기도 했어. 우리 둘이 항상 그랬던 것처럼 말이야. 버드나무가 정말 많이 자랐더라."

"모든 게 다 그래. 내 아들 프레드를 보면 알잖아. 다들 너무 많이 변했어. 너만 빼고. 앤, 넌 조금도 변하지 않았어! 어쩜 그렇게 날씬하니? 날 좀 보라고!"

한숨 쉬는 다이애나를 보며 앤이 웃었다.

"확실히 아줌마다워지긴 했네. 하지만 아직 중년 부인까지 간 건 아냐. 나더러 변하지 않았다고는 하는데, 글쎄? 아, H. B. 도널 부인도 너랑 같은 소리를 했어. 장례식에서 인사할 때 내가 조금도 나이 먹지 않았다고 하더라. 하지만 하먼 앤드루스 아주머니는 '세상에나, 앤. 어쩌면 이렇게 늙었니!'라고 하시던데? 모든 건 마음에 달렸다는 속담이 맞나 봐. 잡지에 실린 그림을 볼 때면 비로소 내가 나이 들었다는 걸 실감하곤 해. 잡지 속 주인공들의 모습이 언제부턴가 너무 젊어 보이는 거야. 하지만 그런 건 신경 쓰지 말고 우리 내일 다시 소녀 시절로 돌아가자. 그 말을 하려고 왔어. 오후부터 저녁까지 꼭 붙어 있으면서 우리가 옛날에 다녔던 곳을 하나도 빠짐없이 가보는 거야. 봄의 들판을 지나 고사리가 우거진 옛 숲을 거닐어보는 거지. 우리가 사랑했던 친숙한 것들과 젊음을 다시 찾게 해줄 언덕을 둘러보자. 봄에는 불가능해 보이는 게 없잖아. 부모 역할이나 책임감은 잠깐 접어두자. 린드 아주머니가 마음속 깊은 곳에서 나를 그렇게 생각하시는 것처럼 마음껏 철없이 놀아보는 거야. 항상 분별 있게 행동하는 건 정말 재미없잖아?"

"어머, 앤. 정말 너다운 말이야! 나도 그러고 싶어. 하지만…."

"다이애나, '하지만' 같은 건 없어. 너 지금 '남자들 식사는 누가 차리지?'라고 생각하는 거 다 알아."

다이애나가 자랑스럽게 말했다.

"꼭 그런 건 아니야. 앤 코델리아는 아직 열한 살이지만 나만큼이나 부엌일을 잘하거든. 원래 내가 부녀회 일로 집을 비울 예정이라 가족들 밥은 앤 코델리아가 챙겨주기로 했지. 아무튼 난 부녀회에 안 가고 너랑 같이 있을 거야. 꿈이 이루어지는 느낌이겠지? 나도 저녁때면 홀로 앉아 다시 소녀 시절로 돌아가는 꿈을 꾸곤 했거든. 그럼 도시락은 내가 준비할게."

"와! 헤스터 그레이의 정원에서 도시락을 먹는 거야? 정원이 아직 거기 있겠지?"

다이애나가 확실치 않다는 얼굴로 말했다.

"아마 그럴 거야. 결혼하고 나서는 거기 가보지 않았어. 앤 코델리아는 꽤나 돌아다니는 편이지만, 집에서 너무 멀리 가면 안된다고 단단히 당부해 두어서 아마 거기까지는 가지 않았을 거야. 그 아이는 숲속을 다니는 걸 좋아해. 어느 날엔가 정원에서 혼자 중얼거리길래 야단을 쳤더니 자기는 혼잣말을 한 게 아니라 꽃의 정령한테 말을 걸고 있었다는 거야. 아홉 살 생일이었나? 네가 작은 분홍색 장미 꽃봉오리가 달린 인형 차 세트를 보내줬잖아. 그게 지금까지도 멀쩡해. 코델리아가 얼마나 조심스럽게 다루는지 몰라. 초록색 사람들 세 명이 차 마시러 올 때만 그걸 사용하는데, 그들이 누구인지 난 아직 몰라. 그 애는 확실히 나보다 너를 많이 닮았어."

"이름에는 셰익스피어가 인정했던 것* 이상의 의미가 있는지도 몰라. 그러니 앤 코델리아가 상상하는 걸 못마땅하게 생각하지는 마. 나는 요정 나라에서 고작 몇 년 정도밖에 살지 못하는 아이들을 보면 너무 안타깝거든."

다이애나가 마땅찮은 얼굴로 말했다.

"올리비아 슬론이 이곳 학교 선생님이야. 걔는 문학사지만 어머니 곁에 있으려고 1년 동안 여기에서 가르치고 있어. 그런데 올리비아는 아이들도 현실을 직시해야 한다고 말하더라."

"와! 살다 살다 네가 슬론 집안 편을 드는 걸 다 보다니!"

---

* 셰익스피어의 희곡 〈로미오와 줄리엣〉 중에서 "장미의 이름을 바꾼다고 향기까지 달라질까"라는 대사를 가리킨다.

"아니, 절대 아냐. 아니라니까! 나는 걔가 정말 싫어. 올리비아는 슬론 집안사람 특유의 파랗고 동그란 눈으로 사람을 빤히 쳐다보는걸. 그리고 나는 앤 코델리아가 상상하는 게 아무렇지도 않아. 예전에 네가 했던 것처럼 예쁜 상상이니까. 그 아이도 때가 되면 현실을 직시하겠지."

"어쨌든 약속한 거다? 내일 2시쯤에 초록지붕집으로 와서 까치밥나무 열매로 담근 빨간 술을 같이 마시는 거야. 목사님하고 린드 아주머니가 반대해도 마릴라 아주머니는 이따금씩 술을 담가놓거든. 진짜로 악마 같은 기분이 들 것 같지 않니?"

"앤, 예전에 네가 날 취하게 만든 일 기억해?"

다이애나가 장난스럽게 웃었다. 앤이 "악마 같은"이라고 말했을 때 다이애나는 별로 개의치 않았다. 정말 그런 뜻으로 한 말이 아니라 앤이 입버릇처럼 쓰는 말에 불과하다는 것을 알기 때문이다.

"다이애나, 내일 우리 정말 기억에 남을 날을 보내자. 이젠 널 놓아줄게. 프레드가 오는 것 같아. 저기 저 마차 맞지? 그리고 네 드레스 정말 근사해."

"결혼식 때 입으라고 프레드가 한 벌 장만해줬어. 헛간을 새로 짓느라 그럴 여유가 없다고 생각했는데, 프레드 말이 다들 마른 수건을 쥐어짜듯 해서 마련한 옷을 차려입고 오는데 자기 아내만 불청객인 양 허름한 옷을 입고 가게 할 순 없다는 거야. 그저 남자들이란!"

앤이 짐짓 엄한 표정을 지으며 말했다.

"어머, 너도 글렌세인트메리 마을의 엘리엇 부인처럼 말하는

구나! 그런 말은 조심하는 게 좋을걸? 남자 없는 세상에서 살고 싶은 건 아니겠지?"

"끔찍하겠지."

다이애나는 이렇게 말하고 고개를 돌렸다.

"알았어요, 프레드. 지금 가요. 그럼 내일 보자, 앤."

앤은 돌아오는 길에 드라이어드 거품 옆에서 잠시 걸음을 멈췄다. 앤은 이 오래된 시냇물이 참 좋았다. 어린 시절 앤의 웃음소리를 하나하나 간직해놓았다가 다시금 귓가에 속삭여주는 것만 같았다. 그 옛날 앤이 품었던 꿈이 맑은 거품에 반사되어 보였다. 그날의 맹세, 그 시절의 속삭임…. 시냇물은 간직해놓았던 모든 것을 마법처럼 되살려내 소곤거렸다. 하지만 그 말에 귀를 기울이는 것은 유령의 숲에서 오랫동안 살아온 슬기로운 가문비나무뿐이었다.

2장

―

"날씨가 정말 좋아. 우리를 위해 준비된 날 같아!"

다이애나가 활기차게 말한 뒤 금세 풀이 죽어서 덧붙였다.

"오늘 하루만 그랬다가 다시 나빠질 것 같긴 하지만…. 내일은 또 비가 올지도 몰라."

"다이애나, 그런 생각은 하지 마. 오늘만의 아름다움을 만끽하면 되잖아. 내일 햇빛이 사라지면 어떠니? 내일 헤어지게 된다 해도 오늘은 우리 두 사람의 우정을 마음껏 누리자. 저기 금빛으로 빛나는 언덕을 봐. 안개 낀 푸른 골짜기도 전부 우리 거야. 멀리 보이는 저 언덕은 애브너 슬론 씨네 땅이지만 그게 무슨 상관이니? 오늘만큼은 우리 거야. 아, 서풍이 불어온다! 나는 서풍이 불 때면 모험을 하고 싶어져. 오늘 우리는 완벽한 산책을 하게 될 거야."

앤의 말마따나 두 사람은 그리웠던 옛 장소들을 하나하나 찾아다니며 근사한 시간을 보냈다. 연인의 오솔길, 유령의 숲, 고요한 황야, 제비꽃 골짜기, 자작나무 길, 수정 호수까지 다 가보았다. 그중에는 모습이 조금 달라진 곳도 있었다. 아주 오래전 두 사람이 소꿉놀이 집을 만들어 놀던 고요한 황야에 둥그렇게 나 있던 어린 자작나무는 어느덧 크게 자랐고, 오랫동안 사람의 발길이 닿지 않았던 자작나무 길은 고사리로 뒤덮였으며, 수정 호수는 완전히 사라진 채 웅덩이에 이끼만 무성했다. 하지만 제비꽃 골짜기는 여전히 보랏빛이었고, 언젠가 길버트가 숲속 깊숙한 곳에서 발견했던 작은 사과나무는 가지 가득 진홍빛 꽃봉오리를 피워내는 거대한 나무로 자라 있었다.

두 사람은 모자도 쓰지 않고 걸었다. 햇빛 아래 앤의 머리카락은 광택 나는 마호가니처럼 반짝였고 다이애나의 머리카락은 여전히 윤기가 자르르한 칠흑색이었다. 두 사람은 마음이 맞는 친구끼리만 나눌 수 있는 다정하고 따스한 눈길을 주고받았다. 때로는 말없이 걷기도 했다.

앤은 자기와 다이애나처럼 마음이 맞는 사람은 서로의 생각을 느낄 수 있다고 늘 주장해왔다. 둘의 대화는 "기억나?"라는 말로 계속되었다.

"토리 도로의 콥 자매네 오리 축사에 빠졌던 날 기억나?"

"조지핀 할머니 침대에 뛰어들었던 날 기억나?"

"이야기 클럽 기억나?"

"네 코가 빨개졌을 때 모건 부인이 찾아왔던 거 기억나?"

"우리가 창문에서 촛불로 어떻게 신호를 보냈는지 기억나?"

"라벤더 아주머니의 결혼식이 얼마나 즐거웠는지 기억나? 그때 샬로타가 파란 리본을 맸었지."

"에이번리 마을 개선협회 기억나?"

두 사람의 커다란 웃음소리가 아득한 옛날의 저편에서 메아리치는 것만 같았다.

에이번리 마을 개선협회는 앤이 결혼하고 에이번리를 떠나면서부터 활동이 뜸해지더니 이제는 해체된 듯했다.

"개선협회를 계속 이어갈 수가 없더라. 요즘 에이번리 젊은이들은 우리 때와 달라."

"다이애나, 우리의 시대가 끝난 것처럼 말하진 말아줘. 오늘 우리는 열다섯 살이고 서로 마음이 맞는 친구잖아. 이곳의 공기는 빛으로 가득 차 있는 게 아니라 빛 그 자체야. 등에서 날개가 돋아나지 않은 게 이상할 정도라고."

"나도 그런 것 같아. 잠시라도 새가 되고 싶다는 생각을 자주 하곤 해. 하늘을 날면 정말 멋지겠지."

다이애나가 말했다. 그날 아침 체중계 바늘이 70킬로그램을 가리켰다는 사실은 잊은 듯했다.

두 사람을 둘러싼 모든 것이 아름다웠다. 숲속 어두운 곳과 매혹적인 오솔길에서 예상치 못한 색조가 반짝거렸다. 봄 햇살이 초록빛 나뭇잎들 사이로 살짝살짝 스며들었다. 가는 곳마다 새들의 흥겨운 노랫소리가 울려 퍼졌다. 작은 골짜기들을 지날 때는 마치 황금을 녹인 물에서 헤엄치는 것처럼 느껴졌다. 모퉁이를 돌 때마다 신선한 봄 향기가 얼굴을 간지럽혔다. 향긋한 고사리향, 나뭇진이 뿜어내는 내음, 이제 막 갈아놓은 들판에서 풍기는 흙냄새가 가득했다. 산벚꽃으로 뒤덮인 오솔길이 있었고, 풀이 무성한 들판에서 어린 가문비나무가 자라는 모습은 풀밭에 쪼그려 앉은 요정처럼 보였다. 앤과 다이애나가 충분히 뛰어넘을 수 있을 만한 너비의 시냇물이 있었고, 전나무 아래에 별꽃이 있었고, 동그랗게 오그라든 어린 고사리가 가득했고, 누군가의 난폭한 손길에 하얀 껍질이 여러 군데 벗겨져 속살을 드러낸 자작나무도 있었다.

앤이 자작나무를 오랫동안 쳐다보자 다이애나가 의아한 표정을 지었다. 다이애나는 볼 수 없고 앤의 눈에만 보이는 것이 있었다. 순수한 유백색에서 시작해 절묘한 황금색을 거쳐서 점점 짙어져가다가 마지막에는 가장 안쪽에서 갈색이 드러나는 모습은, 그 어떤 자작나무든 겉으로는 소녀처럼 새침해 보여도 속마음은 따뜻하다는 사실을 말해주는 것 같았다. 앤은 나지막하게 중얼거렸다.

"자작나무 속에는 땅이 태곳적부터 품어온 불길이 있어."

버섯으로 뒤덮인 조그만 골짜기를 가로지르자 드디어 헤스터 그레이의 정원이 나왔다. 옛 모습이 많이 남아 있었다. 그리운 꽃들이 가득했고, 지금도 아름다웠다. 다이애나가 수선화라고 부르는 6월 백합도 여전히 흐드러지게 피어 있었다. 줄지어 늘어선 벚나무는 어느덧 고목이 되었지만 가지마다 눈송이처럼 꽃이 피어 있었다. 정원 중앙의 장미 오솔길도 그대로였고, 오래된 돌담은 하얀 딸기꽃과 푸르스름한 제비꽃, 초록빛이 감도는 어린 고사리로 뒤덮여 있었다.

앤과 다이애나는 정원 구석의 이끼 낀 돌 위에 앉았다. 그들 뒤쪽에는 낮게 걸린 해를 배경으로 라일락이 보라색 깃발을 휘날리고 있었다. 배가 고팠던 두 사람은 준비해 온 음식을 꺼내서 맛있게 먹었다.

다이애나가 한껏 들떠서 소리쳤다.

"밖에서 먹으니까 정말 맛있다! 앤, 네가 만든 초콜릿케이크 맛은 도저히 말로 표현할 수 없어! 만드는 법을 꼭 알려줘. 프레드도 아주 좋아할 거야. 그 사람은 뭐든지 잘 먹는데도 날씬해. 난 이제 케이크는 먹지 않겠다고 다짐하곤 해. 해마다 살이 찌고 있거든. 설마 나도 세라 할머니처럼 되는 건 아니겠지? 너무 뚱뚱해서 일어날 때마다 누가 붙잡아드려야 했지. 그런데 이런 케이크를 보면 나도 모르게 손이 간다니까. 어젯밤 피로연에서도 그랬지. 하지만 먹지 않으면 다들 기분 나빠할걸?"

"어젯밤 얘기 좀 해봐. 재미있었어?"

"응, 그럭저럭. 그런데 하필 프레드의 사촌 헨리에타한테 붙잡혔지 뭐야. 그 사람은 자기가 받은 수술 이야기랑 수술 과정에서 느낀 점이랑 수술하지 않았다면 맹장이 터질 뻔했다는 이야기를 쉴 새 없이 해댔어. '열다섯 바늘이나 꿰맸어. 아, 다이애나. 내가 얼마나 아팠다고!' 솔직히 나는 지겨웠지만 헨리에타는 신나 보이더라. 치료하느라고 고생했으니 그 이야기를 하면서 즐거워하는 것쯤은 이해해줘야겠지? 짐은 정말 웃겼어. 메리 앨리스가 그걸 좋아했는지는 모르겠지만…. 음, 케이크를 조금만 더 먹을까? 기왕 먹는 거 제대로 먹어야지. 이거 좀 더 먹는다고 뭐가 달라지겠어? 아무튼 짐이 했던 말은, 결혼식 전날 밤에 너무 무서웠다나? 그래서 배를 타는 곳까지 기차를 타고 떠나야

할 것 같았대. 신랑이라면 다 똑같은 기분이 들 거라고 했어. 그런데 앤, 왠지 길버트랑 프레드는 안 그랬을 것 같지?"

"그야 당연하지."

"내가 물어봤는데 프레드도 그렇게 대답했어. 프레드는 내가 로즈 스펜서처럼 마지막 순간에 마음을 바꾸면 어떡하나 하는 걱정뿐이었대. 하지만 남자가 무슨 생각을 하고 있는지는 알 수 없잖아. 이제 와서 걱정해봐야 무슨 소용이겠어. 그건 그렇고 앤, 오늘 오후는 참 재밌다! 오래전 너와 누렸던 행복을 또다시 맛본 기분이야. 앤, 내일 떠난다니 정말 아쉬워."

"다이애나, 그럼 네가 이번 여름에 잉글사이드로 오는 건 어때? 당분간은 손님을 받지 못할 거니까 그 전에 오면 좋겠어."

"아, 정말 가고 싶다! 그런데 앤, 여름에는 집을 비울 수가 없어. 눈코 뜰 새 없이 바쁘거든."

"그렇구나. 난 드디어 리베카 듀가 온다고 해서 참 기뻐! 그런데 메리 마리아 고모님이 오는 건 걱정이야. 길버트가 그러는데 고모님이 우리 집에 오고 싶다는 뜻을 자기한테 꽤 여러 번 내비쳤다고 하더라. 길버트도 나만큼이나 고모님이 오는 걸 싫어해. 하지만 집안 어른이니까 오신다고 할 때는 언제나 문을 활짝 열어드려야겠지?"

"앤, 아마 겨울에는 내가 너희 집에 갈 수 있을 거야. 나도 잉글사이드를 다시 보고 싶어. 거긴 정말 멋진 곳이야. 너희 가족도 무척이나 사랑스럽고."

"잉글사이드는 정말 멋있지. 난 그곳이 참 좋아. 도저히 좋아할 수 없을 거라고 생각했던 적도 있었어. 처음 이사했을 때는 그곳이 마음에 들지 않았거든. 좋은 점들 때문에 오히려 싫었던 거야. 이해할 수 있니? 새로 이사 간 곳을 좋아하는 건 그때껏 내가 살아온 소중한 '꿈의 집'을 모욕하는 것 같았거든. 꿈의 집을 떠날 때 얼마나 서운했는지 몰라. 그래서 길버트에게 말했지. '우리는 여기서 정말 행복했어. 어느 곳을 가도 이렇게 행복할 수는 없을 거야.' 잉글사이드로 이사하고 나서도 한동안은 향수병에 시달렸어. 그런데 시간이 지나면서 잉글사이드를 향한 애정의 뿌리가 점점 자라나는 걸 깨달았지. 하지만 난 거기에 저항했어. 정말 그랬지. 그러다가 마침내 항복해버렸고, 그 집이 아주 맘에 든다는 사실을 솔직하게 인정했어. 그 뒤로는 해를 거듭할수록 잉글사이드를 더욱 사랑하게 된 거야. 그 집은 너무 오래되지도 않았고, 그렇다고 새로 지은 집도 아니야. 오래된 집은 왠지 슬퍼 보이고 새 집은 또 세련된 맛이 없잖아. 잉글사이드는 적당히 성숙해서 품위가 있는 집이야. 방 하나하나가 참 좋아. 어느 방이나 부족한 점이 있지만 좋은 점도 많아. 다른 방과 구별되는 독특함이 있는데, 그게 그 방만의 개성이잖아. 잔디밭에서 자라는 커다란 나무들도 전부 좋아. 나는 2층으로 올라갈 때마다 층계참에서 걸음을 멈추고 그 나무들을 바라보곤 해. 우리 집 층계참의 고풍스러운 창문 밑에는 푹신하고 널찍한 의자가 놓여 있잖아. 거기 앉아 밖을 내다보면서 이렇게 말한단다. '누군지는 모르겠지만 저 나무를 심은 분께 하느님의 축복이 있기를!' 집 주변에 나무가 너무 많기는 하지만 우린 한 그루도 자르지 않을 거야."

"어머! 프레드도 똑같아. 집 남쪽의 커다란 버드나무를 떠받

들다시피 하거든. 그 나무가 응접실 창문으로 보이는 전망을 가린다고 여러 번 말했지만 그는 '전망이 아무리 나쁘다 해도 저렇게 사랑스러운 나무를 어떻게 자르자는 거야?'라는 말만 계속해. 그래서 지금까지도 버드나무가 그대로 있어. 그래, 아주 예쁘긴 하지. 그래서 우리 집을 '외버드나무 농장'이라고들 부르잖아. 아무튼 나는 잉글사이드라는 이름이 참 좋아. 아주 멋지고 가정적인 느낌이야."

"어쩜 길버트랑 같은 생각을 하네? 그 이름을 짓느라 둘이서 얼마나 오래 고민했는지 몰라. 꽤 여러 가지를 떠올려봤는데 하나같이 어딘가 어색하게 느껴졌거든. 그러다가 잉글사이드*라는 이름을 생각해냈을 때 바로 그거라는 느낌이 딱 왔어. 그렇게 멋지고 넓은 집에 살게 돼서 정말 기뻐. 잉글사이드는 우리 가족에게 꼭 필요한 집이야. 아직 어리지만 아이들도 그 집을 참 좋아해."

다이애나는 또다시 초콜릿케이크 한 조각을 슬그머니 자르면서 말했다.

"정말 귀여운 아이들이야. 우리 애들도 꽤 예쁜 편이지만, 너와 길버트의 아이들에게는 독특한 느낌이 있어. 특히 쌍둥이가 그래! 네가 정말 부러워. 나도 쌍둥이를 낳고 싶었거든."

"다이애나, 나는 쌍둥이한테서 벗어날 수 없는 운명인가 봐. 그런데 두 아이가 어쩜 그렇게 하나도 안 닮았을까? 쌍둥이가 맞나 싶어. 그래도 낸은 참 예뻐. 머리카락과 눈은 갈색이고 얼

• Ingleside. '난롯가'라는 뜻이다.

굴빛도 곱지. 다이는 아이들 아빠가 얼마나 사랑하는데! 녹색 눈에 곱슬곱슬한 빨간 머리거든. 수전은 셜리를 볼 때마다 '눈에 넣어도 아프지 않을 아이'라고 말하곤 해. 그 아이를 낳고 내가 너무 오랫동안 아팠던 터라 수전이 셜리를 다 키웠지. 그래서 수전은 셜리를 자기 아이처럼 생각해. 셜리를 '갈색 꼬마'라고 부르면서 민망할 정도로 응석을 다 받아준다니까."

"셜리는 아직 어리잖아. 그러니까 이불을 차버리지는 않았나 방에 살짝 들어가서 보고 다시 덮어주는 거야 당연하지."

다이애나는 부러운 듯 이야기를 이어갔다.

"잭은 아홉 살이 되면서 내가 그렇게 해주는 걸 싫어해. 자긴 다 컸다나? 하지만 나는 잭을 챙겨주는 게 좋아. 앤, 우리 아이들이 그렇게 빨리 커버리지 않았으면 좋겠어."

그러자 앤이 한숨을 쉬며 말했다.

"우리 아이들은 아직 그런 말은 안 해. 그런데 젬이 학교에 다니면서부터 마을에 갈 때 내 손을 잡고 싶어 하지 않는 것 같아. 하지만 젬도 월터도 셜리도 아직 내가 이불을 덮어주는 건 좋아해. 월터는 그걸 일종의 의식처럼 여길 정도야."

"앤, 그럼 넌 '아이들이 커서 뭐가 될까?'라는 걱정은 지금 하지 않아도 되겠구나. 글쎄, 잭은 군인이 되겠다는 거야. 군인이라니, 그게 말이 된다고 생각해?"

"다이애나, 나는 그런 건 걱정 안 해. 다른 것에 정신이 팔리면 그런 생각은 다 잊을 텐데 뭘. 전쟁은 오래전 이야기잖아. 젬은 뱃사람이 되고 싶대. 짐 선장님에게 영향을 받았나 봐. 시인을 꿈꾸는 월터는 성향이 좀 독특해. 하지만 아이들 모두 나무를 좋아하고 '골짜기'라 부르는 곳에서 노는 걸 좋아해. 잉글사이드 바로 아래쪽의 조그만 계곡인데 마치 요정들의 세계 같은 오솔길과 시냇물이 있어. 사실 아주 평범한 곳이야. 다른 사람들 눈에는 그저 골짜기일 뿐이지만 아이들에게는 동화 속 나라야. 아이들에게는 저마다 부족한 점이 있는데, 난 그런 건 신경 쓰지 않아. 그리고 다행스럽게도 아이들 모두 사랑을 충분히 받으며 자라고 있어. 아, 내일 이맘때쯤이면 나는 잉글사이드에 있겠지? 생각만 해도 기뻐! 아이들이 잠들기 전에 이야기도 들려주고, 수전에게는 칼세올라리아와 고사리를 잘 키웠다고 칭찬해줘야겠지. 수전에게는 고사리를 키우는 특별한 재주가 있나 봐. 정말 잘 키우거든. 솔직히 고사리만큼은 진심으로 칭찬해줄 수 있어. 그런데 칼세올라리아는 꽃으로 보이지 않아. 하지만 그런 말을 해서 수전의 기분을 상하게 할 필요는 없잖아. 그래서 수전이 칼세올라리아 얘기를 꺼내면 나는 어떻게든 말을 돌리면서 위기를 모면하곤 해. 하느님이 도와주셨는지 이제껏 실패한 적은 없었어. 수전은 참 좋은 사람이야. 수전이 없었으면 어땠을지 상상할 수도 없을 정도라니까. 그런데도 전에 수전을 가리켜 '외부인'이라고 말한 적이 있지 뭐야. 어쨌든 집으로 돌아가는 건 기쁘지만 초록지붕집을 떠나는 게 슬프기도 해. 여기는 정말 아름다운 곳이야! 마릴라 아주머니도 계시고 너도 있잖아. 지금도 우리의 우정은 변함없이 소중해!"

"맞아. 우린 항상 그랬지. 난 너처럼 말을 잘하진 못해서 제대로 표현할 수 있을지 모르겠지만, 아무튼 우리는 옛날의 '엄숙한 맹세와 약속'을 계속 지켜왔잖아. 안 그래?"

"지금까지 계속, 앞으로도 쭉 그럴 거야."

앤은 다이애나의 손을 잡았다. 두 사람은 말을 나누기엔 너무나 달콤한 침묵 속에 한참 동안 앉아 있었다. 길고 고요한 저녁 그림자가 풀과 꽃 그리고 저 너머 푸릇푸릇한 목초지 위에 드리워졌다. 어느덧 해가 졌다. 생각에 잠긴 나무들 뒤로 하늘 가득 뿌려진 회분홍빛 물감이 어슴푸레해졌다. 지금은 사람들의 발걸음이 끊긴 헤스터 그레이의 정원 가득 황혼이 찾아들었다. 울새는 저녁 공기 속으로 플루트 같은 노랫소리를 흩뿌렸다. 하얀 벚나무 위에 커다란 별이 떠올랐다.

앤이 꿈꾸듯 말했다.

"처음 뜨는 별은 언제 봐도 기적 같아."

"여기 영원히 앉아 있고 싶어."

다이애나도 같은 꿈속에 있는 듯 말했다. 하지만 곧바로 목소리가 바뀌었다.

"여길 떠나기 싫어."

"다이애나, 나도 그래. 하지만 결국 우리는 열다섯 살인 척했을 뿐이야. 마음속은 돌봐야 할 가족 생각으로 가득하잖아. 라일락 향기가 참 좋아! 다이애나, 혹시 이런 생각을 해본 적 있니? 라일락 향기에는 뭔가 정숙하지 않은 게 담겨 있다고 말이야. 이런 말을 하면 길버트는 웃어. 그이는 라일락을 좋아하거든. 하지만 그 꽃은 뭔가 비밀스럽고, 지나치리만큼 달콤한 것을 떠올리게 하는 듯해. 적어도 나한테는 그래."

"집 안에 두기에는 향기가 너무 짙다고 생각하긴 했어."

다이애나가 말했다. 다이애나는 초콜릿케이크 접시를 집어

들고 간절한 눈빛으로 바라보다가 고개를 저으며 고상하고 자제력 있는 표정으로 바구니에 담았다.

"다이애나, 집으로 가는 길에 연인의 오솔길을 따라 달려오는 예전의 우리를 만난다면 재미있을 것 같지 않니?"

다이애나는 몸서리를 쳤다.

"아, 아니. 재미있을 것 같지 않아. 이렇게 어두워진 줄 몰랐네. 낮이라면 그런 상상을 해봐도 괜찮겠지만, 지금은 그 애들이 어린 시절의 우리라고 해도 무서운걸."

앤과 다이애나는 다정한 모습으로 집에 돌아갔다. 두 사람 뒤쪽 언덕에는 붉은 석양이 깔렸고 이들의 가슴에는 잊지 못할 옛시절의 사랑이 타올랐다.

3장

———

다음 날 아침, 앤은 매슈의 무덤에 꽃을 놓아두는 것으로 즐거웠던 에이번리에서의 한 주를 마무리했다. 그리고 그날 오후 카모디에서 출발하는 기차를 타고 잉글사이드로 향했다. 한동안은 그리운 옛일을 떠올렸고, 그다음으로는 자기를 기다리는 사랑스러운 것들로 생각을 옮겨갔다. 가는 길 내내 앤은 마음속으로 노래를 불렀다. 이제 즐거운 우리 집으로 돌아간다. 문지방을 넘는 사람마다 편안한 보금자리라고 느끼는 집으로, 은색 머그잔과 스냅사진이 있고 아이들이 뛰놀며 가족의 웃음소리가 가득한 집으로, 통통한 무릎과 곱슬머리의 소중한 아이들이 반겨주는 집으로, 앤을 환영하는 방이 있는 집으로, 의자는 참을성 있게 기다리고 앤을 맞이할 준비를 마친 옷장 속 드레스가 있는 집으로, 이런저런 기념일을 축하하고 작은 비밀을 소곤거리는 집으로 가는 것이다.

'집으로 가는 길이 즐거울 수 있어서 정말 행복해.'

앤은 이렇게 생각하며 편지 한 통을 가방에서 꺼냈다. 앤은 전날 밤 초록지붕집 사람들에게 이 편지를 자랑스럽게 읽어주었다. 아들에게 처음 받은 편지였다. 군데군데 철자가 틀리고, 한쪽 구석에 커다란 잉크 얼룩이 지기는 했지만 학교를 다니며 쓰기를 배운 지 1년밖에 안 된 일곱 살 아이가 쓴 것치고는 꽤 훌륭한 글이었다.

> 다이는 밤에 울고 또 '울엇어요'. 토미 드루가 다이의 인형을 태워버린다고 했기 때문입니다. 수전 아줌마는 '재밋는' 얘기를 해줘요. 하지만 아줌마는 엄마가 아니에요. '어제 밤'에 아줌마는 내가 자기의 사탕무씨를 뿌리는 걸 도울 수 있게 해줬어요.

'어떻게 난 아이들과 일주일을 떨어져 있으면서도 그처럼 행복할 수 있었던 걸까?'

잉글사이드의 안주인은 자신을 탓했다. 그리고 글렌세인트메리역에 도착해 길버트를 보자마자 품에 안기며 외쳤다.

"여행이 끝났을 때 마중 나올 사람이 있어서 참 행복해!"

사실 앤은 길버트가 기다리고 있을지 아닐지 확신할 수 없었다. 마을에서는 늘 누군가가 죽고, 또 태어나기 때문이다. 그래도 만약 역에서 길버트의 얼굴을 못 봤다면 집으로 돌아왔다는 기분을 느끼지 못했을 것이다. 더구나 길버트는 새로 맞춘 연회색 양복을 멋지게 차려입고 있었다!

'갈색 정장에 주름 장식이 있는 달걀색 블라우스를 입고 오길 잘했어. 린드 아주머니는 여행자가 그런 옷을 입는 건 말도 안 된다고 하셨지만, 이걸 입은 덕분에 예쁜 모습으로 길버트를 만날 수 있었잖아.'

잉글사이드의 방마다 불이 환하게 밝혀져 있었고 베란다에는 화려한 일본식 등불까지 달려 있었다. 앤은 수선화로 둘러싸인 오솔길을 따라 잉글사이드로 즐겁게 달려가서 소리쳤다.

"잉글사이드 사람들, 내가 왔어요!"

모두들 앤 주위에 우르르 몰려들어 웃고 소리치며 장난을 걸었다. 이들 뒤에서는 수전 베이커가 미소 짓고 있었다. 아이들은 저마다 앤을 위해 특별히 고른 꽃으로 만든 꽃다발을 들고 있었다. 두 살배기 셜리도 마찬가지였다.

"어머, 정말 멋진 환영식이구나! 잉글사이드가 온통 행복해 보이네. 가족이 이렇게나 반갑게 맞아주다니, 정말 기뻐."

젬이 진지한 얼굴로 말했다.

"엄마가 또 어디 가면요, 저는 맹장염에 걸려버릴 거예요."

"맹장염은 어떻게 하면 걸리는 거야?"

월터가 묻자 젬이 팔꿈치로 쿡 찌르며 속삭였다.

"쉿! 나도 어딘가 아프다는 것만 알아. 엄마가 어디 가지 않게 겁만 주려는 거야."

앤은 당장 하고 싶은 일이 백 가지는 될 것 같았다. 한 사람씩 껴안아주고, 황혼 속으로 달려 나가 팬지꽃 몇 송이를 따고(잉글사이드 곳곳에는 팬지꽃이 피어 있었다), 깔개 위에 굴러다니는 작고 낡은 인형을 집어 들고, 저마다 간직하고 있는 흥미진진한 소문과 소식을 전부 들어봐야지. 길버트가 왕진을 갔을 때 낸이 바셀린 튜브 마개를 코에 집어넣는 바람에 수전이 혼비백산했고("정말 불안했어요, 사모님"), 저드 파머 부인의 소가 못을 57개나 먹는 바람에 샬럿타운에서 수의사를 불렀고, 정신 나간 페너 더글러스 부인이 모자도 쓰지 않은 채로 교회에 갔고, 길버트가 잔디밭에서 민들레를 모조리 뽑아버렸다고 한다.

"아기들이 많이 태어났어요, 사모님. 안 계신 사이에 선생님은 아기를 여덟 명이나 받아냈어요."

그 외에도 톰 프래그 씨가 콧수염을 염색했고("아내가 세상을 떠난 지 2년밖에 안 됐잖아요."), 항구의 로즈 맥스웰이 마을 위쪽에 사는 짐 허드슨을 차버리자 짐이 그동안 썼던 모든 비용이 적힌 청구서를 로즈에게 보냈고, 애머사 워런의 장례식에 엄청나게 많은 사람이 모여들었고, 카터 플래그의 고양이가 자기 꼬리 끝을 물어버렸고, 셜리가 마구간에서 말 바로 아래 서 있다가 발견되었고("사모님, 이런 일을 겪으면 사람이 달라지게 돼요"), 파란 자두나무에 검은 혹이 생겨서 무척 걱정스럽고, 다이는 〈비행기〉라는 노래 중 "떴다 떴다 비행기, 날아라 날아라"라는 가사를 "엄마 오늘 집에 와, 오늘 와, 오늘 와"로 바꿔서 온종일 노래를 부르며 돌아다녔고, 조 리스의 고양이가 눈을 뜨고 태어나는 바람에 사팔뜨기가 되어버렸고, 젬은 바지를 입기도 전에 무심코 파리잡이용 끈끈이에 앉았고, 고양이 슈림프는 빗물받이 물통에 떨어져버렸고….

"거의 빠져 죽을 뻔했어요, 사모님. 하지만 우리 선생님이 절박한 상황에서 슈림프가 우는 소리를 듣고는 뒷다리를 잡아 끌어내주셨죠."

아이들 중 한 명이 끼어들었다.

"절박한 상황이란 게 뭐예요, 엄마?"

"이제는 괜찮아 보이네요."

앤은 이렇게 말하며 난롯가 의자에 앉아 커다란 턱으로 기분 좋게 가르랑거리는 고양이의 반들반들한 등을 쓰다듬었다. 잉글사이드에서는 의자에 앉기 전에 고양이가 있는지부터 확인해야 했고 그러지 않으면 곤란한 일을 당할 수 있었다. 본래부터 고양이를 별로 좋아하지 않았던 수전은 자기 몸을 지키려면 좋아하는 법을 배워야만 할 것 같다고 말했다. 고양이의 이름은 슈림프였다. 1년 전 낸이 마을에서 남자아이들에게 괴롭힘을 당하고 있던 비쩍 마른 새끼 고양이를 집으로 데려오자 길버트가 '새우'라는 뜻의 슈림프라고 불렀다. 이제는 슈림프라는 이름이 전혀 어울리지 않았지만 여전히 그렇게 불리고 있었다.

"그런데 수전! 곡과 마곡은 어디에 있어요? 설마 깨지기라도 한 건 아니죠?"

"아뇨. 아니에요, 사모님."

수전은 이렇게 소리치고는 벽돌처럼 얼굴이 새빨개져 자리를 박차고 나갔다. 잠시 후 그녀는 잉글사이드의 난롯가를 지켰던 도자기 개 두 마리를 가지고 돌아왔다.

"사모님이 오시기 전에 다시 제자리에 두는 걸 깜빡했지 뭐예요. 실은 사모님이 떠난 다음 날 샬럿타운에서 찰스 데이 부인이 찾아왔어요. 얼마나 꼼꼼하고 까다로운 분인지 아시잖아요.

월터가 친절하게 손님맞이를 해야 한다고 생각했는지 저 개들을 가리키면서 이렇게 말했죠. '이건 하느님이고요, 저건 제 하느님이에요.'* 아이가 아무것도 모르고 한 말이지만 저는 기겁했어요. 데이 부인이 어떤 얼굴을 했는지 보고 싶어 죽을 지경이었죠. 해명하느라 정말 애먹었네요. 부인이 우리를 불경한 가족이라고 매도하는 건 싫었거든요. 그러고는 사모님이 돌아오시기 전까지 다른 사람 눈에 띄지 않도록 저 개들을 얼른 도자기 찬장으로 치워버린 거예요."

그때 젬이 투정을 부렸다.

"엄마, 우리 저녁 빨리 먹으면 안 돼요? 누군가가 배 속을 막 긁어대는 것 같아요. 그리고 오늘은 우리 모두가 좋아하는 요리를 다 같이 만들었단 말이에요."

수전이 싱긋 웃으며 맞장구쳤다.

"조금 과장하긴 했지만 우리가 한 일이 바로 그거예요. 사모님이 돌아오시니 그에 걸맞은 축하를 해야 한다고 생각했죠. 그런데 월터는 어디 있지? 이번 주에는 월터가 식사 종을 칠 차례인데, 아이고 참."

저녁 식사 자리는 마치 축하 행사 같았다. 밤에 아이들 모두를 재우는 일도 무척 즐거웠다. 수전은 정말 특별한 경우라고 못 박으면서 앤이 셜리를 재우도록 허락해주었다.

"오늘은 보통날이 아니니까요, 사모님."

---

* 어린아이가 gog(곡)을 God(하느님)으로, magog(마곡)을 My God(내 하느님)으로 잘못 발음한 것이다.

"어머, 수전. 보통날이라는 건 없어요. 어떤 날이든 다른 날엔 없는 무언가가 있는 법이니까요. 안 그래요?"

"정말 맞는 말씀이에요. 종일 비가 오고 흐렸던 요전 금요일에도 제가 키우던 커다란 분홍색 제라늄이 3년 만에 꽃봉오리를 내밀었어요. 그리고 혹시 칼세올라리아 보셨어요?"

"보다마다요. 그런 칼세올라리아는 처음 봐요. 수전, 도대체 어떻게 키운 거예요?"

그러면서 앤은 속으로 생각했다.

'이런 말을 하다니! 하지만 난 수전을 기쁘게 해줬고 그렇다고 거짓말을 한 것도 아니잖아. 어쨌든 지금껏 그런 칼세올라리아는 본 적이 없으니까.'

"부지런히 돌봐주고 신경 쓴 결과죠, 사모님. 그런데 말씀드려야 할 게 있어요. 아무래도 월터에게 고민이 있는 것 같아요. 친구에게 무슨 말을 들은 거겠죠. 요즘에는 아이들이 몰라도 될 걸 너무 많이 알고 있으니까요. 어느 날 월터가 무언가 골똘히 생각하면서 제게 물었어요. '수전 아줌마, 아이가 사치품이야?' 저는 조금 당황했지만 침착하게 대답해줬어요. '어떤 사람들은 그렇게 생각할 수 있지만 잉글사이드에서는 필수품이라고 생각한단다.' 그러고 나서 자책했어요. 글렌세인트메리 마을 가게의 물건값이 터무니없이 비싸다고 큰 소리로 불평했었거든요. 월터는 제가 한 말을 듣고 무언가를 걱정하기 시작한 것 같아요. 월터가 사모님한테 무슨 말을 하거든 그런 줄 알고 계세요."

"어려운 질문이었을 텐데 현명하게 답해줬네요. 이제는 우리가 뭘 바라는지 아이들도 알 때가 된 것 같아요."

무엇보다도 기쁜 순간은 길버트가 집에 돌아와 앤에게로 다가왔을 때였다. 그 시각 앤은 창가에 선 채로 바다에서 올라온 안개가 달빛이 비치는 모래언덕과 항구를 지나 글렌세인트메리 마을을 품은 길고 좁은 골짜기로 조용히 번지는 모습을 바라보고 있었다.

"힘든 하루를 마치고 돌아오니 당신이 있네. 역시 당신이 최고야! 당신도 우리처럼 행복해?"

"그야 물론이지!"

앤은 몸을 굽혀서 젬이 화장대 꽃병에 꽂아둔 사과꽃 향기를 맡았다. 사랑에 둘러싸여 있다는 느낌이 들었다.

"길버트, 일주일 동안 초록지붕집의 앤이 된 건 참 근사했어. 하지만 잉글사이드의 앤으로 돌아온 것이 백배는 더 멋져!"

4장

"절대 안 돼."

블라이드 선생이 단호하게 말했다. 아빠가 이런 말투로 이야기했을 때는 마음을 바꾸거나 엄마가 거들어줄 가망조차 없다는 걸 젬도 알고 있었다. 이 일에 대해 엄마와 아빠의 생각이 같다는 건 분명해 보였다. 젬은 분노와 실망이 가득 담긴 담갈색 눈으로 엄마 아빠를 쳐다보았다. 아니, 노려보았다. 그런데도 두 사람은 대수롭지 않다는 듯 태연하게 저녁 식사를 계속했다. 물론 메리 마리아 고모할머니는 젬의 눈빛을 알아차렸다. 하지만 평소 시시콜콜한 것 하나하나 참견하길 좋아하는 고모할머니는 젬을 보면서 재미있어할 뿐이었다.

그날 오후에는 버티 셰익스피어 드루가 와서 젬과 놀았다. 월터는 포드 씨네 아이들인 케네스 그리고 퍼시스와 함께 꿈의 집으로 놀러 가서 잉글사이드에 없었다. 버티는 글렌세인트메리 마을의 남자아이들이 항구로 갈 거라고 젬에게 말해주었다. 자기 사촌 조 드루의 팔에 빌 테일러 선장이 뱀 문신을 새겨주기로 했는데, 그 모습을 구경하러 간다는 것이다.

"나랑 같이 갈래? 정말 재미있을 거야."

젬은 가고 싶어 미칠 것만 같았다. 그래서 아빠에게 이야기했다가 절대 안 된다는 대답을 들은 것이다.

아빠가 말했다.

"허락할 수 없는 이유는 많아. 우선 아이들끼리 가기에 항구는 너무 멀어. 모두들 밤늦도록 돌아오지 못할 텐데, 넌 8시에는 잠자리에 들어야 하잖아."

메리 마리아가 거들었다.

"내가 어렸을 때는 저녁 7시면 침대에 누웠단다."

마지막으로 앤이 타일렀다.

"젬, 좀 더 클 때까지 기다리렴. 다 큰 다음에는 저녁에 아주 멀리까지 다녀와도 괜찮아."

"지난주에도 그렇게 말했잖아요. 나는 그때보다 컸어요. 엄마는 나를 아기 취급해요! 내 친구 버티도 가잖아요. 버티는 나랑 동갑이라고요."

젬이 화를 내며 소리치자 메리 마리아가 짐짓 걱정스러운 얼굴로 말했다.

"홍역이 유행이란다. 홍역에 걸릴지도 몰라, 제임스."

젬은 누가 자기를 제임스라고 부르는 게 싫었다. 그런데도 고모할머니는 항상 그렇게 불렀다.

"난 홍역에 걸리고 싶어요."

젬은 골을 내면서 중얼거렸다. 그러다 아빠의 눈빛을 보고는 움찔했다. 아빠는 누구라도 고모할머니에게 말대꾸하는 걸 절대 용납하지 않았다. 젬은 메리 마리아 고모할머니가 싫었다. 다이애나 아줌마와 마릴라 할머니는 좋아했지만, 고모할머니 같은 어른은 처음 본다며 넌더리를 냈다.

젬은 반항기 가득한 눈으로 엄마를 바라보았다. 메리 마리아 고모할머니에게 말대꾸한다는 걸 감추려는 속셈이었다.

"다들 날 사랑하지 않는 게 분명해! 좋아요. 내가 싫으면 억지로 좋아하려고 애쓰지 않으셔도 된다고요. 하지만 내가 아프리카로 호랑이를 잡으러 가버려도 좋으시겠어요?"

엄마가 다정하게 말했다.

"아프리카에는 호랑이가 없단다, 젬."

"그럼 사자!"

젬이 소리쳤다. 다들 나를 화나게 만들 생각이잖아. 나를 비웃고 있어. 좋아, 모두 입을 다물게 해주지.

"사자가 없다고는 말 못 하시겠죠? 아프리카에는 사자가 수백만 마리나 있어요. 잔뜩 있단 말이에요!"

엄마와 아빠는 미소만 지었고 메리 마리아 고모할머니는 못마땅하다는 듯 얼굴을 찡그렸다. 그녀는 아이들이 고집을 부리도록 내버려둬서는 안 된다고 생각했다.

"그래, 뭐."

수전이 입을 열었다.

수전은 꼬마 젬을 사랑하고 아이의 마음을 이해했다. 하지만 마을의 문제아들과 같이 항구로 가서 주정뱅이에다가 평판도 나쁜 빌 테일러 선장의 집에 들르지 못하게 하려는 블라이드 부부의 방침이 완벽하게 옳다고 확신했다. 그래서 갈팡질팡 어쩔 줄을 몰랐다.

"젬, 휘핑크림을 얹은 생강빵을 가져왔어. 어서 먹으렴."

젬이 가장 좋아하는 후식이었지만 오늘 밤에는 그것마저도 폭풍우에 시달리는 젬의 마음을 달래주지 못했다.

"아무것도 먹지 않을 테야!"

젬은 부루퉁한 얼굴로 씩씩거리며 자리에서 일어났다. 문 앞에 이르자 마지막 반항이라도 하듯 몸을 휙 돌렸다.

"나는 무슨 일이 있어도 9시 전에는 못 잘 거예요. 어른이 되면 절대 잠을 못 잘 거고요. 밤새도록 깨어 있을 거니까요. 매일 밤이요. 온몸에 문신도 할 거예요. 나쁜 짓을 실컷 할 거라고요. 두고 보세요."

앤이 아이의 말에서 잘못된 부분을 지적해주었다.

"젬, '못 잘 거예요'가 아니라 '안 잘 거예요'가 맞단다."

젬이 '왜 엄마 아빠는 속상해하지 않을까?'라고 의아해할 때 메리 마리아가 말했다.

"아무도 내 생각을 궁금해하지는 않겠지만 말이다, 애니. 내가 어렸을 때는 부모님한테 그렇게 말했다간 반죽음되도록 매를 맞았을 거다. 요즘은 자작나무 회초리를 아예 쓰지 않는 집이 있다니 정말 딱한 일이야."

"꼬마 젬을 나무랄 일이 아니에요."

수전은 의사 선생 부부가 아무 말도 하지 않으리라는 것을 알고 자기가 대신 나섰다. 그러면 메리 마리아 블라이드가 입을 다물 것이 뻔했기 때문이다.

"버티 셰익스피어 드루가 젬을 부추긴 거예요. 조 드루가 문신을 새기는 걸 보면 얼마나 재밌겠냐면서 바람을 넣었겠죠. 버티는 오후 내내 여기 있다가 부엌에 몰래 들어와서는 최고급 알루미늄 냄비를 가져갔어요. 그걸 쓰고 병정놀이를 하더라고요. 널빤지로 배를 만들어 골짜기 시냇물에서 타고 놀다가 흠뻑 젖기도 했죠. 그러고는 꼬박 한 시간 동안 마당을 팔딱팔딱 뛰어다니면서 이상한 소리를 냈어요. 개구리 흉내를 내면서요. 개구리 말이에요! 꼬마 젬이 평소랑 다르게 행동하는 것도 당연해요. 얼마나 피곤하겠어요! 젬은 지쳐 떨어질 때만 아니면 무척예의 바른 아이잖아요. 정말이라고요."

메리 마리아는 화가 난 기색이 뚜렷했지만 아무런 말도 하지 않았다. 그녀는 식사 자리에서 수전 베이커에게 말조차 걸지 않았다. 하녀에 불과한 수전이 가족과 함께 앉아 있는 게 불만스럽다는, 나름의 의사 표시였다.

앤과 수전은 메리 마리아가 오기 전에 이 문제를 철저히 논의했다. 경위가 바른 수전은 잉글사이드에 손님이 오면 가족과 함께 앉지 않았고 그런 것을 바라지도 않았다.

"하지만 메리 마리아 고모님은 손님이 아니잖아요. 가족 중 한 사람일 뿐이에요. 당신도 우리 가족이고요, 수전."

앤의 말에 수전도 고집을 꺾었고, 내심 자기는 평범한 하녀가 아니라는 사실을 메리 마리아 블라이드도 알게 되길 바랐다. 수전은 메리 마리아를 만나본 적이 없었지만 수전의 조카, 즉 언니의 딸이 샬럿타운에 있는 그녀 집에서 일한 적이 있다 보니 이런저런 이야기를 들은 상태였다.

앤이 솔직하게 말했다.

"지금 같은 때 메리 마리아 고모님이 오시는 걸 좋아한다고 말할 수는 없겠네요. 하지만 고모님이 길버트에게 편지를 써서 몇 주 정도 와 있어도 되냐고 물어보셨고, 길버트가 그럴 때 어떻게 하는지는 수전도 알잖아요."

수전이 단호하게 말했다.

"선생님은 당연히 할 일을 하신 거죠. 남자라면 자기 혈육을 챙겨야 하는 거니까요. 그래도 몇 주라니…. 좀 길기는 하네요. 제가 나쁜 면만 보고 싶은 건 아니지만요, 사모님. 저희 언니 마틸다의 시누이도 처음엔 몇 주 동안 있겠다면서 와놓고선 20년 동안이나 죽치고 있었거든요."

앤이 미소를 지었다.

"수전, 그런 걱정은 안 해도 될 것 같아요. 메리 마리아 고모님은 샬럿타운에 아주 멋진 집이 있어요. 하지만 그 집이 너무 커서 쓸쓸해하시는 거죠. 재작년에 어머님이 돌아가셨잖아요. 당시 어머님 연세가 여든다섯이었는데 메리 마리아 고모님은 어머님과 사이가 각별하셨던지라 정말 많이 그리워하고 계세요. 그러니 수전, 고모님이 함께 지내시는 동안 최대한 기분 좋게 해드리자고요. 부탁할게요."

"저도 힘닿는 데까지는 해볼게요. 식탁에 널빤지를 덧대서 자리를 만들어야겠네요. 이러니저러니 해도 결국 식탁을 줄이는 것보다는 늘리는 편이 나으니까요."

"아참 수전, 식탁에 꽃을 두면 안 돼요. 고모님이 천식을 앓으시거든요. 그리고 후추도 재채기를 유발할 수 있으니 놓지 않는 게 좋겠어요. 종종 심한 두통을 앓는다고 하시니까 시끄러운 소리를 내지 않도록 조심해야 해요."

"세상에나! 글쎄요, 저는 사모님하고 선생님이 시끄럽게 말씀하시는 걸 본 적이 한 번도 없어요. 제가 소리를 지르고 싶어질 땐 단풍나무 숲속으로 가면 됐죠. 그런데 우리 가엾은 아이들이 메리 마리아 블라이드 고모님의 두통 때문에 쥐 죽은 듯 지내야 한다니…. 이런 말씀을 드리긴 죄송하지만, 그건 너무 지나친 처사 같아요, 사모님."

"수전, 그래 봐야 몇 주뿐인걸요."

수전이 체념하며 덧붙였다.

"그러길 바라야죠. 어쨌거나 지방 없이 살만 먹을 수는 없는 노릇이니까요."

드디어 메리 마리아가 잉글사이드로 왔고, 그녀는 도착하자마자 최근에 굴뚝 청소를 했는지 물었다. 불이 날까 봐 몹시 두려워하는 듯했다.

"이 집은 굴뚝이 높은 편이 아니라고 내가 항상 말했지? 내가 잘 침대 시트는 바람을 쐬어 잘 말렸는지 모르겠구나. 시트가 축축하면 기분이 정말 끔찍하거든."

메리 마리아는 잉글사이드의 손님방을 점령했고, 여기에 더해 수전의 방을 제외한 모든 공간이 자기 것인 양 굴었다. 그녀를 두 팔 벌려 환영한 사람은 아무도 없었다. 젬은 고모할머니를 보자마자 슬그머니 부엌으로 가서 수전에게 속삭였다.

"있잖아, 수전 아줌마. 고모할머니가 여기 계시는 동안 우리 웃어도 돼?"

월터는 고모할머니 앞에서 눈물을 글썽거렸고 그러다가 창피하게도 방에서 쫓겨났다. 쌍둥이는 쫓겨날 때까지 기다릴 것도 없이 자기들 발로 뛰쳐나왔다. 수전의 말에 따르면 슈림프까지도 뒤뜰로 나가 발작을 일으켰다. 셜리만이 자리를 지키며 수전의 무릎과 팔이라는 안전한 보금자리에서 갈색 눈을 동그렇게 뜨고 두려움 없이 고모할머니를 바라보았다. 메리 마리아는 잉글사이드 아이들이 아주 버릇없다고 생각했다. 신문에 글이나 쓰는 어머니, 자기 아이라는 이유만으로 나무랄 데가 없다고 생각하는 아버지, 분수도 모르는 수전 베이커가 하녀로 있는 집 아이들에게서 뭘 기대할 수 있겠는가?

'그래도 나, 메리 마리아 블라이드는 잉글사이드에 머무는 동안 가엾은 사촌 존의 손주들을 위해 최선을 다해야겠어.'

그녀는 첫 번째 식사 자리에서 불만스럽다는 듯 말했다.

"기도가 너무 짧구나, 길버트. 내가 여기 있는 동안 네 대신 감사기도를 올리면 어떻겠니? 너희 가족에게 아주 좋은 본보기가 될 거다."

수전은 기겁했지만 길버트는 그렇게 해달라고 말했고, 결국 메리 마리아가 식전 감사기도를 했다.

"간단한 감사기도가 아니라 제대로 하는 기도잖아."

수전은 접시 위로 고개를 숙이며 콧방귀를 뀌었다. 자기 조카 글래디스가 메리 마리아 블라이드를 묘사했던 말에 고개를 끄덕일 수밖에 없었다.

"수전 이모, 그분한테서는 항상 나쁜 냄새가 나요. 불쾌하지는 않은데, 뭐랄까 그냥 나쁜 냄새요."

수전은 글래디스의 판단이 정확했다고 생각했다. 하지만 편견 없는 사람이 보기에 메리 마리아 블라이드는 55세 여성치고 그렇게 고약한 모습은 아니었다. 스스로 '귀족적 특징'을 지녔다고 믿는 얼굴 주위에는 언제나 매끄러운 반백의 머리카락이 물결치고 있었다. 마치 하얗게 센 머리카락이 몇 가닥씩 삐져나온 수전의 올림머리를 모욕하는 것 같았다. 옷은 멋지게 차려입었고 귀에는 검은 구슬이 박힌 귀걸이를 달았으며 가느다란 목은 유행에 맞춰 높게 짜놓은 그물 깃으로 감싸고 있었다.

'그래도 옷차림만큼은 부끄러워하지 않아도 되겠군.'

하지만 수전이 이런 이유로 자기를 위로하고 있다는 사실을 메리 마리아가 눈치챘더라면 얼마나 기막혀했을지는 충분히 상상할 수 있을 것이다.

5장

———

앤은 6월 백합과 수전이 키운 작약의 줄기를 자르고 있었다. 6월 백합은 자기 방에, 작약은 길버트 서재 책상에 놓아둘 생각이었다. 작약의 꽃잎 한가운데에는 하느님이 입맞춤이라도 한 듯 피처럼 붉은 점이 있었다. 유난히 더웠던 6월의 하루가 저물자 공기가 생기를 되찾았고, 항구는 은빛인지 금빛인지 구분할 수 없는 빛깔로 물들었다.

앤이 꽃을 한 아름 안고 부엌 창문 앞을 지나며 말했다.

"수전, 오늘 밤 일몰은 정말 멋질 거예요!"

수전이 툴툴댔다.

"하지만 사모님, 설거지를 다 끝내야 그 멋진 일몰을 감상할 수 있을 것 같아요."

"어머, 수전. 그때쯤이면 일몰이 사라질 거예요. 저 골짜기 위로 거대하게 우뚝 솟은 흰 구름을 봐요. 위쪽은 장미 같은 분홍 빛이네요. 저 위로 날아가서 올라타고 싶지 않나요?"

수전은 손에 행주를 든 채 자기가 글렌세인트메리 마을을 넘어 구름 쪽으로 날아가는 모습을 그려보았다. 그리 매력적인 광경은 아니었지만 지금은 꼬치꼬치 따질 여유가 없었다.

앤이 말을 이어갔다.

"처음 보는 나쁜 벌레가 덩굴장미의 덤불을 갉아먹고 있네요. 내일 약을 뿌려야겠어요. 사실 오늘 밤에 하고 싶긴 해요. 정원을 손보기에 딱 좋은 날이거든요. 오늘 밤에는 뭐든 무럭무럭 자라고 있으니까요. 천국에도 정원이 있었으면 좋겠어요. 우리가 가꾸고 잘 자라도록 돌볼 수 있는 정원이요."

"하지만 천국에는 벌레가 없을걸요?"

"음, 없을 것 같네요. 하지만 손볼 데 하나 없이 완벽한 정원은 별로 재미가 없잖아요. 직접 일하지 않으면 그 의미를 놓치는 거니까요. 잡초를 뽑고, 흙도 갈아엎고, 옮겨심기도 하고, 꽃을 다듬기도 하고, 무얼 심을까 계획도 세우고, 가지치기도 하고 싶어요. 천국에도 내가 좋아하는 꽃이 있었으면 좋겠어요. 아스포델*보다는 우리 집 팬지꽃이 있는 게 더 좋아요."

"그러면 오늘 저녁에 하지 그러세요?"

수전이 끼어들었다. 사모님이 좀 이상해지고 있다는 생각이 들던 참이었다.

"길버트랑 마차를 타고 어디를 가야 하거든요. 가엾은 존 팩

---

* 낙원에서 핀다는 영원히 시들지 않는 꽃

스턴 할머니를 진찰하러 가요. 이제 살날이 얼마 남지 않으셨어요. 길버트도 손을 쓸 수가 없대요. 할 수 있는 일은 다 했지만, 그래도 팩스턴 부인은 길버트가 들러주기를 원하세요."

"그렇죠, 사모님. 이 근처 분들은 모두 선생님 없이는 태어나지도 죽지도 못한다는 걸 알고 있으니까요. 마차를 타고 가기에는 멋진 저녁이네요. 저도 산책 삼아 마을에 가서 물건을 사다가 식료품 저장실을 가득 채울 생각이에요. 쌍둥이와 셜리를 재우고 애런 워드 부인*에게 거름을 준 뒤에 나가려고요. 저 장미가 생각했던 것만큼 꽃을 피우지 않네요. 블라이드 고모님은 조금 전에 2층으로 올라가셨어요. 계단 하나씩 오를 때마다 한숨을 푹 내쉬면서 두통이 온다고 하셨으니 적어도 오늘 저녁은 평화롭고 조용하게 지낼 수 있겠네요."

앤은 향수가 담긴 병을 엎지른 듯한 저녁 공기 속으로 나가면서 말했다.

"젬이 시간 맞춰 자는지 잘 좀 봐주세요. 그 아이는 자기가 생각하는 것보다 훨씬 피곤한 상태예요. 그런데도 자려고 들지 않죠. 오늘 밤 월터는 집에 안 올 거예요. 레슬리가 월터를 자기 집에서 재운다고 했거든요."

젬은 맨발을 무릎에 올려 꼰 자세로 옆문 계단에 앉아 있었다. 얼굴을 찡그리며 눈에 비치는 모든 것을, 그중에서도 특히 글렌세인트메리 교회 첨탑 위에 뜬 거대한 달을 노려보고 있었다. 젬은 저렇게 큰 달이 싫었다.

---

* Mrs. Aaron Ward. 장미의 한 종류다.

"저 달처럼 얼굴이 얼어버리지 않게 조심해라."

메리 마리아는 집 안으로 들어가면서 이렇게 말했다.

젬은 한층 화난 눈으로 고모할머니의 뒷모습을 노려보았다.

'얼굴이 저 달처럼 얼어붙어도 상관없어. 차라리 그렇게 됐으면 좋겠네.'

아빠와 엄마가 마차를 타고 나간 뒤 낸이 자기 쪽으로 슬금슬금 다가오자 젬은 차갑게 말했다.

"저리 가버려. 나만 졸졸 따라다니지 말고."

"못됐어!"

낸이 말했다. 낸은 젬에게 주려고 가져온 빨간색 사자 모양 사탕을 젬 옆의 계단에 놓은 뒤 총총거리며 가버렸다.

젬은 사탕을 거들떠보지도 않았다. 점점 더 바보 취급을 당하는 것 같은 기분이 들었다.

'모두 나를 함부로 대해. 이렇게 날 괴롭히고 있잖아.'

오늘 아침만 해도 낸이 "우리는 전부 잉글사이드에서 태어났지만 오빠는 아니잖아"라고 말하지 않았던가. 다이는 자기 게 아닌지 알면서도 젬의 토끼 모양 초콜릿을 먹어버렸다. 월터까지도 젬을 버려두고 포드 씨네 아이들과 모래사장에 우물을 파러 가버렸다. 정말 재미있을 텐데! 무엇보다 젬은 버티와 함께 문신하는 장면을 보러 가고 싶었다. 태어나서 지금까지 무언가를 이토록 간절히 바란 적은 처음이었다. 버티가 빌 선장네 벽난로 선반에 있다고 말한, 모든 장비를 다 갖춘 배 모형도 보고 싶었다. 하지만 그럴 수 없었다. 그래서 무척 화가 났다.

수전이 메이플시럽과 견과류를 얹은 커다란 케이크 조각을 가져다주었지만 젬은 "아니, 됐어"라고 퉁명스럽게 말했다.

'아줌마는 왜 생강빵하고 휘핑크림을 남겨두지 않았지? 다른 사람들이 다 먹어버렸나 봐. 먹보들 같으니라고!'

젬은 더 깊은 어둠의 못으로 빠져들었다. 지금쯤이면 아이들은 항구로 가는 중일 텐데, 생각하는 것만으로도 부러워서 견딜 수 없었다.

'가족들한테 어떻게든 복수를 해야겠어. 다이가 아끼는 기린 인형을 찢어서 안에 든 톱밥을 거실 깔개에 쏟으면 어떨까? 수전 아줌마가 펄쩍 뛰겠지? 그래도 돼. 아줌마가 견과류를 넣은 케이크를 가져왔잖아. 내가 시럽 뿌린 견과류를 싫어한다는 걸 알면서. 아줌마 방으로 가서 달력의 아기 천사 그림에 콧수염을 그려놓을까?'

젬은 웃고 있는 통통한 분홍빛 아기 천사가 전부터 싫었다. 젬 블라이드가 자기 애인이라고 온 학교에 떠들고 다니는 시시 플래그를 빼닮았기 때문이다.

'내가 시시 플래그랑 사귄다고? 말도 안 돼. 그런데도 수전 아줌마는 그 아기 천사를 예쁘다고 생각하잖아.

낸의 인형 머리를 뜯어버릴까? 곡이나 마곡 중 한 녀석의 코를 깨뜨리면 어떨까? 아예 둘 다 깨뜨릴까? 그럼 엄마도 내가 더는 아기가 아니라는 걸 알게 되겠지. 내년 봄까지 어디 한번 기다려보라고! 나는 네 살 때부터 해마다 엄마한테 산사꽃을 가져다드렸지만 이젠 안 할 거야. 절대 안 해!

저기 작은 나무에 열린 풋사과를 잔뜩 따 먹고 배탈이라도 걸려볼까? 다들 겁을 먹겠지? 이제부터 귀 뒤를 씻지 않으면 어떨까? 이번 일요일 교회에 가서 사람들에게 얼굴을 찌푸려볼까? 아주 크고, 줄무늬도 있고, 털이 북슬북슬한 송충이를 잡아다가 메리 마리아 고모할머니 몸에다 붙여놓을까? 항구로 가출해서 데이비스 리스 선장의 배에 숨어 있다가 아침에 남아메리카로 가버리면 어떨까? 그러면 다들 미안하게 생각할까? 내가 두 번 다시 돌아오지 않는다면? 재규어를 사냥하러 브라질로 가면 어떨까? 그러면 다들 미안해할까? 아니, 절대 안 그럴 거야. 아무도 나를 좋아하지 않으니까. 내 바지 주머니에 난 구멍이 아직도 그대로잖아. 아무도 꿰매주지 않았어. 뭐, 난 상관없지. 글렌세인트메리 마을 사람 전부한테 이 구멍을 보여주고 내가 얼마나 무시받으며 사는지 알려줄 테니까.'

마음속에서 치솟아오른 분노가 젬을 집어삼켰다.

"똑딱, 똑딱, 똑딱!"

복도에서 시계 소리가 들렸다. 블라이드 할아버지가 세상을 떠난 뒤 잉글사이드에 가져다놓은 시계였다. 시간이라는 것이 존재했던 때부터 있었을 법한 고풍스러운 모양이었다. 젬은 이 시계를 좋아했다. 하지만 지금은 싫었다. 자기를 비웃는 것처럼 느껴졌기 때문이다.

"하하, 잘 시간이야. 다른 아이들은 항구로 갈 테지만 너는 자러 가야 해. 하하, 하하, 하하!"

'왜 매일 밤 자러 가야 하는 거지? 응? 왜 그래야 하지?'

수전은 글렌세인트메리 마을로 나가면서 골이 잔뜩 나 있는 젬을 다정하게 바라보며 달랬다.

"내가 돌아올 때까지는 자지 않아도 돼."

젬이 화난 얼굴로 대꾸했다.

"오늘 밤에는 안 잘 거야! 집을 나가버릴 거야. 정말 그럴 거라고, 수전 베이커 할망구. 저기 가서 연못에 뛰어들 거야!"

꼬마 젬이 철없이 한 소리였지만 할망구라는 말을 듣자 수전은 기분이 상했다. 그래서 화난 얼굴로 입을 꾹 다물고 마을을 향해 발걸음을 옮겼다.

'저 아이는 야단을 좀 맞아야 해.'

수전을 따라 나왔던 슈림프는 혼자 있기 싫었는지 검은색 엉덩이를 보이며 젬 앞에 앉았지만 보람도 없이 눈총만 받았다.

"저리 가! 네 자리에 가서 앉으라고. 메리 마리아 고모할머니처럼 쳐다보지도 마! 안 갈 거야? 그럼 이거나 받아!"

젬은 근처에 있던 셜리의 조그마한 양철 외바퀴수레를 집어 던졌고, 슈림프는 처량한 울음소리를 내며 안전한 들장미 울타리로 도망쳤다.

'저거 봐! 우리 집 고양이까지도 나를 싫어하잖아! 살아봤자 무슨 소용이 있겠어?'

젬은 사자 사탕을 집어 들었다. 냇이 꼬리와 뒷부분을 먹어버렸지만 아직은 사자 모양이 남아 있었다. 이걸 먹는 게 좋겠다. 사자 사탕 먹는 것도 이게 마지막일 테니까. 사탕을 다 먹고 손가락을 핥을 때쯤 젬은 지금부터 무엇을 할지 결심했다. 모든 게 자기 뜻대로 안 될 때 할 수 있는 일은 딱 하나였다.

6장

———

"세상에, 온 집에 불이 켜져 있잖아?"

밤 11시에 길버트와 함께 돌아온 앤이 소리쳤다.

"손님이라도 왔나 보네."

하지만 앤이 서둘러 집으로 들어갔을 때도 손님은커녕 가족 중 누구의 모습도 보이지 않았다. 부엌에 불이 켜져 있었다. 거실도, 서재도, 식당도, 수전의 방과 2층 복도도 불빛으로 환했다. 하지만 인기척 하나 들리지 않았다.

"무슨 일이…."

앤이 입을 열었지만 전화벨이 울리면서 말을 끝내지 못했다.

길버트가 전화를 받았다. 그는 잠시 듣고 있더니 외마디 비명을 지르며 앤을 돌아보지도 않고 뛰쳐나갔다. 무언가 다급한 일이 일어나 설명할 겨를도 없었던 것이 분명했다.

앤은 이런 일에 익숙했다. 생사의 경계를 지켜보는 의사의 아내라면 당연한 일이었다. 앤은 달관한 듯 어깨를 으쓱하며 모자와 외투를 벗었다. 사실 앤은 수전에게 조금 짜증이 나 있었다. 집 안의 불이란 불은 죄다 켜놓고 문은 활짝 열어놓은 채 외출하면 안 되는 것 아닌가?

그때 누군가가 말을 걸어왔다.

"사, 사, 사모님."

수전이라고는 믿어지지 않았지만 그녀의 목소리가 맞았다. 앤은 수전을 쳐다보았다. 꼴이 말이 아니었다. 모자도 안 쓰고, 희끗희끗한 머리는 건초투성이인 데다가 입고 있는 날염 옷에는 차마 볼 수 없을 만큼 지저분한 얼룩이 져 있었다. 게다가 얼굴은 더 심했다.

"수전! 무슨 일이에요?"

"젬이 사라졌어요."

앤이 수전을 멍하니 바라보았다.

"사라졌다고요? 그게 무슨 말이에요? 그럴 리 없어요!"

수전이 두 손을 꼭 쥐며 숨을 헐떡였다.

"진짜로 사라졌어요. 제가 글렌세인트메리 마을로 갈 땐 현관 옆 계단에 앉아 있었어요. 어두워지기 전에 집에 돌아왔는데, 거기 없더라고요. 처음에는 어디 있겠거니 했는데 아무리 찾아도 보이지 않는 거예요. 온 집을 샅샅이 뒤져봤는데, 없었어요. 젬이 가출할 거라고 말했었는데, 정말 그랬다면 어쩌지요?"

"말도 안 되는 소리예요! 젬이 그런 짓을 할 리가 없잖아요. 그렇게 놀랄 거 없어요. 어딘가에서 잠이 들었겠죠."

"제가 다 찾아봤어요. 마당하고 헛간도 다 뒤져봤다고요. 제 옷을 보세요. 건초 더미에서 자면 재미있을 거라고 젬이 늘 말하던 게 생각나서 거기 가봤죠. 그러다가 헛간 구석 구멍에 빠져 마구간 여물통 위로 떨어지는 바람에 달걀 무더기에 주저앉은 거예요. 다리가 안 부러진 게 다행이죠. 젬이 없어졌는데 다행이라는 말을 할 수는 없지만요."

앤은 당황하지 않으려고 애썼다.

"수전, 아무래도 마을 아이들하고 항구에 간 것 같지 않아요? 이제까지는 아이가 우리 말을 어긴 적이 없지만…."

"아뇨, 안 갔어요. 순한 양 같은 젬이 어른들의 말을 어길 리 없죠. 여기저기 다 찾아보고 난 뒤 드루네 집으로 서둘러 가봤더니 버티 셰익스피어가 집에 와 있더라고요. 버티가 그러는데 젬은 코빼기도 못 봤대요. 그 말을 듣는 순간 가슴이 철렁 내려앉았어요. 사모님께서 제게 젬을 맡기셨는데…. 곧바로 팩스턴 씨한테 전화했더니 사모님하고 선생님이 거기 계셨던 건 맞는데 어디로 가셨는지는 모른다고 했어요."

"우리는 로브리지의 파커 씨에게 갔었어요."

"두 분이 계실 만한 곳에는 전부 전화를 걸어봤어요. 그런 다음 마을로 다시 갔죠. 지금 사람들이 젬을 찾고 있어요."

"어머, 수전. 그렇게까지 할 필요가 있었을까요?"

"사모님, 제가 전부 다 찾아봤다니까요. 그 아이가 있을 만한 곳은 전부요. 아, 애가 타서 미칠 것 같아요. 그리고 젬이 연못에 뛰어들겠다는 말까지 했는데…."

앤의 몸이 사시나무 떨듯 떨렸다. 물론 젬이 연못에 뛰어들지

는 않았을 것이다. 그건 말도 안 된다. 하지만 연못에는 카터 플
래그가 송어 낚시를 할 때 쓰던 낡은 배가 있고 젬이 욱하는 마
음에 거기 올라타서 노를 저었을 수도 있다. 젬은 종종 그러고
싶어 했으니까. 어쩌면 배의 밧줄을 풀려다가 연못에 빠졌을지
도 모른다. 앤은 등골이 오싹해졌다.

"이럴 때 길버트는 어디 간 거지?"

앤은 초조해서 정신이 나갈 것만 같았다.

"이게 다 무슨 소란이야? 이 집에서는 밤에 조용히 잘 수도
없는 거냐?"

느닷없이 계단에 나타난 메리 마리아가 물었다. 용을 수놓은
잠옷을 걸치고 머리에는 미용 기구로 쓰는 인두를 후광처럼 돌
돌 말아놓은 모습이었다.

"젬이 사라졌어요. 사모님께서 젬을 제게 맡기셨는데…."

수전이 다시 말했다. 너무나 걱정된 나머지 고모의 말투에 화
를 낼 기운도 없었다.

앤은 직접 온 집 안을 뒤졌다. 젬이 분명 어딘가에 있을 거라
고 믿었다. 하지만 젬은 자기 방에 없었다. 심지어 침대에는 누
웠던 자국도 없었다. 쌍둥이의 방에도, 앤의 방에도 없었다. 젬
은 집 안 어디에도 보이지 않았다. 다락방에서 지하실까지 다
뒤져본 다음 거실로 돌아온 앤은 문득 공포에 질려버렸다.

메리 마리아가 소름 끼치도록 낮은 목소리로 말했다.

"애니, 너를 불안하게 만들고 싶은 생각은 없다만, 빗물받이
통은 찾아봤니? 작년에 마을에서 잭 맥그레거네 아이가 거기
빠져 죽었잖아."

수전이 또다시 두 손을 꼭 쥐며 말했다.

"거기도 가봤어요. 막대기를 가져다가 찔러봤다고요."

메리 마리아의 말에 순간 멈췄던 앤의 심장이 다시 뛰기 시작했다. 수전은 정신을 가다듬은 뒤 꼭 쥐고 있었던 손에서 힘을 뺐다. 사모님을 불안하게 만들어서는 안 된다는 생각이 뒤늦게야 들었던 것이다.

수전이 떨리는 목소리로 말했다.

"다들 진정하고 힘을 모아서 찾아봐요. 사모님 말씀처럼 젬은 분명히 이 근처 어디 있을 거예요. 흔적도 없이 사라질 수는 없을 테니까요."

메리 마리아가 물었다.

"석탄 통 안은 들여다봤니? 벽시계 속은?"

석탄 통은 수전이 들여다봤지만 벽시계는 아무도 생각하지 못했다. 작은 아이가 숨을 수 있을 만큼 커다란 시계였다. 젬이 4시간이나 벽시계 속에서 웅크리고 있다는 건 자기 생각에도 터무니없었지만 앤은 실낱같은 희망을 품고 그곳으로 달려갔다. 하지만 젬은 그 안에도 없었다.

메리 마리아가 두 손으로 관자놀이를 누르며 말했다.

"오늘 밤 잠자리에 들었을 때 무슨 일이 일어날 것 같다는 생각이 들었다. 나는 밤마다 성경을 읽는데 '하루 동안에 무슨 일이 일어날는지 네가 알 수 없음이니라'라는 구절이 책에서 그대로 떠오르듯 보이더구나. 그건 계시였어. 최악의 상황에 대비

•　　구약성경의 잠언 27장 1절에 나온 표현

해 정신 바짝 차려라, 애니. 늪지대를 헤매고 다녔을지도 몰라. 블러드하운드 같은 사냥개 몇 마리만 있으면 좋을 텐데."

앤은 가까스로 미소를 지었다.

"고모님, 안타깝게도 이 섬에는 블러드하운드가 한 마리도 없어요. 길버트가 기르던 세터종 개 렉스가 독을 먹고 죽지만 않았어도 젬을 금세 찾아줬을 거예요. 그리고 우리가 아무것도 아닌 일로 호들갑을 떨고 있다는 생각이 들어요."

"카모디에 살던 토미 스펜서가 40년 전에 감쪽같이 사라져버렸는데, 그 후론 발견되지 않았어. 아니, 찾았던가? 뭐, 찾았다 해도 해골밖에 안 남아 있었겠지. 애니, 이건 웃을 일이 아니다. 어쩜 너는 이런 상황에서도 침착할 수 있니?"

전화벨이 울렸다. 앤과 수전은 서로 마주 보았다.

앤이 작은 목소리로 말했다.

"수전, 나… 나는 전화를 못 받겠어요."

"저도 못 해요."

수전이 굳은 얼굴로 고개를 저었다.

메리 마리아 블라이드 앞에서 이렇듯 약한 모습을 보인 자기를 평생 동안 미워하겠지만 어쩔 수 없었다. 2시간 동안이나 마음을 졸이고 젬을 찾아다니며 좋지 않은 상상을 했던 탓에 수전은 완전히 기진맥진해 있었다.

메리 마리아가 성큼성큼 걸어가서 수화기를 들었다. 인두 때문에 뿔이 달려 있는 것 같아 보였고, 수전은 괴로워하는 중에도 그 모습을 보면서 악마 같다는 생각을 했다.

메리 마리아가 태연하게 말했다.

"카터 플래그가 그러는데 다들 여기저기 찾아봤지만 아직 흔적도 안 보인다는구나. 연못 한가운데 배가 나와 있어서 확인해 봤더니, 그 안에는 아무도 없었대. 앞으로 연못 바닥도 찾아보겠다고 하더구나."

수전은 쓰러지려는 앤을 간신히 붙잡았다. 앤이 창백해진 입술로 겨우 말했다.

"아니, 괜찮아요. 정신을 잃지는 않을 거예요. 수전, 나 좀 의자에 앉혀줄래요? 고마워요. 길버트에게 알려줘야 할 텐데…."

"애니, 만약 제임스가 물에 빠져 죽었다 해도 너무 슬퍼하진 마라. 이 비참한 세상에서 그 아이가 더는 고생하지 않아도 된다는 걸 생각하도록 해봐."

메리 마리아는 위로해줄 생각으로 한 말이었다.

앤이 일어서며 말했다.

"등불을 가져와서 마당을 다시 살펴봐야겠어요. 수전이 찾아봤다는 건 알아요. 하지만 나도, 나도 찾아볼 거예요. 가만히 앉아 기다리기만 할 수는 없어요."

"스웨터를 입고 나가세요. 밤이슬이 내려서 공기가 축축하니까요. 빨간 스웨터를 가져다드릴게요. 남자아이들 방 의자에 걸려 있어요. 제가 가져올 때까지 여기서 기다리세요."

수전은 서둘러 2층으로 올라갔다. 잠시 후 비명이라고밖에 할 수 없는 소리가 잉글사이드에 메아리쳤다. 앤과 메리 마리아가 급히 2층으로 올라가자 수전이 복도에서 웃는지 우는지 알 수 없는 표정으로 서 있었다. 그녀에게서 지금껏 보지 못했고 앞으로도 볼 수 없을 것 같은, 발작에 가까운 모습이었다.

"사모님, 저기 있어요! 꼬마 젬이요! 저기 문 뒤의 창가 의자에서 자고 있어요. 거기는 못 봤거든요. 문으로 가려져 있었고 침대에 젬이 없었으니까…."

앤은 안도감과 기쁨으로 진이 빠진 채 방으로 들어가 창가 의자 옆에 무릎을 꿇었다. 시간이 지나 이 소동을 떠올리면 앤과 수전 모두 자신들의 어리석음을 비웃겠지만 지금은 그저 고마움의 눈물만 흘릴 뿐이었다. 젬은 아프간담요를 뒤집어쓰고 햇볕에 그을린 조그만 손에 낡아빠진 테디베어 인형을 든 채로 창가 의자에서 깊이 잠들어 있었다. 슈림프는 젬의 다리에 몸을 기대고 얌전하게 앉아 있었다. 빨간 곱슬머리를 쿠션 위에 흩뜨리고 새근새근 잠든 모습이 즐거운 꿈을 꾸는 듯이 보였기에, 앤은 젬을 깨우고 싶지 않았다. 그런데 그때 젬이 담갈색 별 같은 눈을 뜨고 앤을 바라보았다.

"젬, 왜 여기서 자고 있는 거니? 네가 보이지 않아서 얼마나 놀랐다고. 여기 있을 줄은 생각도 못 했거든."

"여기 있으면 엄마랑 아빠가 마차를 타고 문으로 들어오는 게 보이잖아요. 너무 외로워서 그냥 자러 가기 싫었거든요."

앤은 젬을 두 팔로 안아서 침대로 옮겨주었다.

엄마가 입맞춤해주면 정말 기분 좋았다. 엄마가 부드럽게 토닥이며 이불을 덮어주자 젬은 사랑받고 있다는 느낌이 들었다. 케케묵은 뱀 문신 따위를 보는 게 뭐 그리 대단한 일이겠는가? 엄마는 정말 좋은 분이다. 이렇게 멋진 엄마는 세상 어디에도 없을 것이다. 글렌세인트메리 마을 사람들은 버티 셰익스피어의 엄마를 '구두쇠 부인'이라고 불렀다. 너무 인색하게 굴었고,

젬이 보기에도 그랬다. 별것 아닌 일로 버티의 뺨을 때리는 걸 직접 본 적도 있었다.

젬이 졸린 목소리로 말했다.

"엄마. 내년 봄에도 산사꽃을 가져다드릴게요. 봄이 오면 꼭 그렇게 할 거예요. 믿으셔도 돼요."

앤이 대답했다.

"물론 믿지. 사랑하는 내 아들."

"자, 안절부절못하던 일도 다 끝났으니 편안히 한숨 돌리고 다시 잠자리에 들 수 있겠구나."

메리 마리아가 말했다. 말투에는 어딘가 심술궂은 안도감이 담겨 있었다.

앤이 말했다.

"창가 의자를 생각 못 했다니 정말 바보 같았어요. 다들 우리를 놀릴 테고 길버트도 두고두고 이야기하겠죠. 분명 그럴 거예요. 수전, 젬을 찾았다고 플래그 씨에게 전화해주세요."

수전이 행복한 얼굴로 말했다.

"플래그 씨도 저를 놀려대며 신나게 웃겠네요. 그래도 상관없어요. 꼬마 젬이 무사하니까 놀림을 받는 것쯤은 감수해야죠."

메리 마리아는 용을 수놓은 잠옷을 여미며 애처롭게 한숨을 내쉬었다.

"차 한잔 마셨으면 좋겠는데."

수전이 활기차게 말했다.

"얼른 가져다드릴게요. 다들 한 잔씩 마시면 기운이 날 거예요. 카터 플래그 씨한테 꼬마 젬이 무사하다고 말하니 이렇게 대답하지 뭐예요. '하느님 감사합니다!' 이제부터는 그 사람 가게에서 아무리 비싸게 물건을 팔아도 절대 뭐라 하지 않을 거예요. 내일 저녁에는 닭고기를 준비해도 괜찮겠죠? 작게나마 축하하는 의미로요. 그리고 아침에는 꼬마 젬이 가장 좋아하는 머핀을 만들어줄 거예요."

다시 전화벨이 울렸다. 이번에는 길버트였다. 심한 화상을 입은 아기를 시내 병원에 데려가야 해서 아침까지는 돌아오지 못한다고 했다.

앤은 잠자리에 들기 전 창문 밖으로 몸을 구부리며 세상을 향해 감사의 마음을 담아 잘 자라는 눈길을 보냈다. 시원한 바람이 바다에서 불어왔다. 골짜기의 나무들 사이로 달빛을 받은 황홀한 기운이 흐르고 있었다. 앤은 이제 웃을 수 있었다. 비록 여전히 떨리긴 했지만 한 시간 전의 공포와 메리 마리아 고모의 터무니없는 생각, 섬뜩한 기억도 이제는 웃어넘길 수 있었다.

'다행히도 아이는 무사해. 지금 길버트는 어딘가에서 한 아이의 생명을 구하기 위해 싸우고 있겠지? 하느님, 길버트를 돕고 그 어머니를 도와주소서. 세상 모든 어머니들을 도와주소서. 어머니들에게는 도움이 필요합니다. 섬세하고 귀여운 아이들의 마음과 정신을 사랑하고 이해하며 인도해야 하니까요.'

잉글사이드는 다시금 친근한 밤의 장막에 둘러싸였다. 모든 가족이, 심지어 어딘가 조용한 구멍에라도 기어 들어가 입구를 막고 마음 편히 머물고 싶었던 수전도 이 집의 안전한 지붕 아래에서 잠이 들었다.

7장

———

"같이 놀 아이들이 많으니까 심심하지는 않을 거예요. 우리 아이들 넷에다가 몬트리올에 사는 조카들도 와 있거든요. 혼자서는 엄두를 못 낼 놀이도 여럿이 있으면 거뜬히 할 수 있죠."

몸집이 크고 사람 좋아 보이는 파커 부인이 월터를 보며 활짝 웃었다. 월터는 조금 어색한 미소로 답했다. 잘 웃고 쾌활하기는 했지만 도가 지나친 면이 있어서 월터는 그녀가 썩 마음에 들지 않았다. 그리고 그 집 아이들 넷과 몬트리올에서 왔다는 조카들은 지금껏 한 번도 본 적이 없었다. 파커 씨 가족이 사는 로브리지는 글렌세인트메리 마을에서 약 10킬로미터 떨어져 있었다. 어른들끼리는 자주 오가며 지냈지만 월터는 그곳에 가보지 못했다. 월터는 아빠의 친한 친구인 파커 씨에게 호감을 갖고 있었다. 하지만 엄마는 굳이 파커 부인을 만나지 않아도 될 것 같았다. 월터는 겨우 여섯 살이었지만 또래 아이들이 미처 인식할 수 없는 것까지 대번에 알아차렸고 앤도 아들의 이런 능력을 알고 있었다.

월터는 자기가 로브리지에 가고 싶은지 아닌지도 확신할 수 없었다. 물론 누군가의 집에 방문한다는 게 신날 수도 있다. 만약 지금 에이번리에 간다면 정말 재미있을 것이다. 그리운 꿈의 집에서 케네스 포드와 같이 잔다면 얼마나 신날까? 그런 건 방문이라고 할 수도 없다. 꿈의 집은 잉글사이드 아이들에게 제2의 집이나 다름없기 때문이다. 로브리지에 가서 낯선 사람들과 2주나 함께 지내는 것은 다른 문제였다. 하지만 이미 결정된 일이라 어쩔 수 없어 보였다. 월터가 어렴풋하게 알아채기는 했지만 이해할 수 없는 몇 가지 이유로 아빠와 엄마는 이 결정에 기뻐하고 있었다. 엄마 아빠가 자식들 모두를 치워버리고 싶은 건 아닌지 월터는 슬프고 불안한 마음이 들었다. 젬은 이틀 전에 에이번리로 갔고 "그때가 되면 쌍둥이는 마셜 엘리엇 부인한테 보내죠"라고 수전이 수수께끼 같은 말을 하는 것도 들었다. 그때라니? 메리 마리아 고모할머니는 무엇 때문인지 무척 우울한 얼굴로 "모든 게 잘됐으면 좋겠다"라고 말했다. 뭐가 잘됐으면 좋겠다는 것인지 월터는 전혀 알 수가 없었다. 어쨌든 잉글사이드에서는 무언가 이상한 기운이 감돌았다.

길버트가 말했다.

"월터는 내일 제가 데리고 가죠."

파커 부인이 말했다.

"아이들이 기다리고 있을 거예요."

앤이 말했다.

"정말 친절하시네요. 감사합니다."

부엌에서는 수전이 슈림프에게 어두운 얼굴로 이야기했다.

"결국 이게 최선이야. 맞아."

파커 부부가 돌아가자 메리 마리아가 말했다.

"월터를 데리고 가준다니 파커 부인도 참 사려 깊은 사람이구나. 월터가 아주 마음에 든다고 했어. 꽤나 이상한 걸 좋아하는 사람도 있지. 그렇지 않니? 뭐, 이제 두 주일 동안은 죽은 물고기를 밟지 않고도 욕실에 들어갈 수 있겠어."

"고모님, 죽은 물고기라고요? 뭔가 잘못 아시고…."

"내가 한 말 그대로다. 나는 언제나 사실만 말해. 죽은 물고기야! 맨발로 죽은 물고기를 밟아본 적 있니?"

"아, 아뇨. 하지만 어떻게…."

수전이 별일 아니라는 듯 말했다.

"어젯밤에 월터가 송어를 잡아서는 계속 살려두려고 욕조에 넣어놨거든요. 송어가 계속 욕조에만 있었으면 괜찮았을 텐데, 어찌 된 일인지 밤에 뛰쳐나와 죽어버린 거죠. 물론 누가 맨발로 다니기라도 하면…."

"누구와도 말다툼을 하지 않는 게 내 원칙이다."

메리 마리아는 이렇게 말하면서 자리를 떴다.

수전이 말했다.

"사모님, 저는 고모님 일로 짜증 내지 않겠다고 결심했어요."

"아, 수전. 고모님 때문에 나도 신경이 곤두서기는 하지만, 그래도 일이 잘 끝나면 괜찮을 거예요. 그리고 죽은 물고기를 밟으면 아무래도 기분이 좋지는 않겠죠."

그때 다이가 말했다.

"엄마, 죽은 물고기가 살아 있는 물고기보다는 낫지 않을까요? 죽은 물고기는 꿈틀거리지 않잖아요."

잉글사이드의 안주인과 하녀가 킥킥거리며 웃었다.

일은 그렇게 일단락되었다. 하지만 그날 밤 앤은 마음이 놓이지 않았다. 과연 월터가 로브리지에서 즐겁게 지낼 수 있을지 걱정되었기 때문이다.

앤이 생각에 잠기며 말했다.

"길버트, 월터는 아주 예민하고 상상력이 풍부한 아이야."

"좀 지나친 면이 있지. 어쨌든 앤, 월터는 어두울 때 2층으로 올라가는 것도 무서워하잖아. 며칠 동안 파커네 아이들과 어울리며 지내는 게 도움이 될 거야. 그러면 다른 아이가 되어 돌아오겠지."

길버트가 대꾸했다. 수전의 말에 따르면 길버트는 그날 아이 셋을 받느라 완전히 지친 상태였다.

앤은 아무 말도 하지 않았다. 길버트의 말이 옳았다. 젬이 없는 동안 월터는 외로워할 것이다. 그리고 셜리가 태어났을 때의 일을 생각해보면 수전의 일손을 최대한 덜어주는 것이 낫다. 수전은 살림을 하면서 메리 마리아 고모의 말과 행동을 참고 견디기까지 해야 한다. 이 집에 머무르겠다고 한 2주가 벌써 4주로 늘어나지 않았는가!

월터는 뜬눈으로 침대에 누워 있었다. 아무리 떨쳐버리려 애써도 내일 집을 떠난다는 생각이 계속 머릿속에 맴돌았다. 그래서 불안한 마음을 달래기 위해 상상의 나래를 펼쳤다.

월터는 상상력이 풍부한 아이였다. 상상에 빠질 때면 벽에 걸린 그림 속 전쟁터의 커다란 백마를 타고 시간과 공간을 넘나들며 달려 나가곤 했다.

밤이 내려앉았다. 남쪽 언덕의 앤드루 테일러 씨네 숲에 사는, 키 크고 새까만 박쥐 날개를 단 천사 같은 밤이었다. 월터는 이 밤을 환영하기도 했고, 생생하게 그려보다가 무서워하기도 했다. 월터는 자기의 작은 세계에서 모든 것을 의인화하고 한 편의 드라마를 써 내려갔다. 밤에는 이야기를 들려주는 바람, 정원의 꽃을 시들게 만드는 서리, 조용히 내려오는 은빛 이슬, 머나먼 보랏빛 언덕 꼭대기로 가기만 하면 잡을 수 있을 것 같은 달, 바다에서 온 안개, 늘 모습을 바꾸면서도 절대 변하지 않을 것 같은 바다, 어둡고 신비로운 파도까지, 모든 것이 월터의 상상 속에서 실제로 존재했다. 잉글사이드와 골짜기와 단풍나무 숲과 습지와 항구 해변에는 물의 정령, 나무의 요정, 인어, 도깨비가 가득했다. 서재 벽난로 위에 있는 검은색 석고 고양이는 요정 마녀였다. 밤이면 살아나서 몸집을 엄청나게 부풀린 채로 온 집 안을 돌아다녔다. 월터는 이불을 머리까지 뒤집어쓰고 벌벌 떨었다. 자기가 만들어낸 공상이 무서웠기 때문이다.

월터가 너무 겁이 많고 예민하다는 메리 마리아 고모의 말이 옳을지도 모른다. 물론 수전은 그런 말을 한 그녀를 절대 용서할 생각이 없었지만. 글렌세인트메리 마을 위쪽에 투시력이 있다고 알려진 키티 맥그레거 부인이 사는데, 언젠가 그녀가 월터의 긴 속눈썹 아래에서 피어오르는 듯한 회색 눈을 자세히 들여다보며 이런 말을 했다.

"어린아이의 몸에 늙은 영혼이 들어 있군."

어쩌면 그 말이 사실일지도 모른다. 월터가 늙은 영혼처럼 많은 것을 알고 있지만 아직 어려서 아는 것을 전부 이해할 수는 없으니까.

다음 날 아침, 월터는 점심 식사가 끝나고 아빠가 로브리지로 데려다준다는 말을 들었다. 월터는 아무 말도 하지 않았지만 점심을 먹는 동안 숨이 막히는 듯했고, 갑자기 흐르는 눈물을 감추려 급히 고개를 숙였다. 하지만 너무 늦었다.

"월터, 혹시 우는 거냐?"

메리 마리아가 알은체하며 말했다. 여섯 살 꼬마가 우는 게 두고두고 비난받을 일이라도 된다는 듯한 투였다.

"나는 우는 아이가 싫다. 그리고 너 아직 접시에 있는 고기도 다 안 먹었구나."

"비계만 안 먹은 거예요. 전 비계가 싫어요."

월터가 말했다. 씩씩하게 눈을 깜빡였지만 차마 고개를 들지는 못했다.

"내가 어렸을 때는 뭐가 좋고 싫다고 감히 말하지도 못했어. 이번에 파커 부인이 네 버릇을 조금은 고쳐주겠지. 그 사람은 윈터 가문이었던 것 같은데…. 가만, 클라크 가문이었나? 아니, 캠벨 가문인 게 확실해. 무슨 가문이든 다 거기서 거기니까 말도 안 되는 소리는 참지 않을 거다."

"메리 마리아 고모님, 제발요. 월터가 로브리지에 가는 일로 겁먹게 하지는 말아주세요."

앤의 눈 안쪽 깊숙한 곳에서는 작은 불꽃이 일었다. 하지만 메리 마리아는 과장스레 예의를 차리며 말했다.

"미안하구나, 애니. 내가 너희 아이들에게 뭘 가르칠 자격이 없다는 걸 기억했어야 했는데 깜빡했지 뭐냐."

"정말 짜증 나는 사람이야."

수전은 나지막하게 중얼거리며 후식을 가지러 갔다. 월터가 가장 좋아하는 푸딩이었다.

앤은 죄책감이 들었다. 길버트가 슬쩍 책망하는 듯한 눈빛을 보냈다. 외롭고 딱한 노인을 좀 더 참을성 있게 대할 수 없겠느냐는 속뜻이 담긴 듯했다.

길버트도 기분이 썩 좋지 않았다. 모두가 알고 있듯이 그는 이번 여름에 일을 너무 많이 해서 지쳐 있었다. 게다가 예상보다 메리 마리아 고모가 부담스럽기도 했다. 앤은 모든 일을 무사히 마치면 이번 가을에 도요새 사냥이라도 하면서 머리를 식히도록 길버트를 노바스코샤로 보내줘야겠다고 마음먹었다.

"차는 맛이 좀 어떤가요?"

앤은 조금 전에 한 말을 후회하며 메리 마리아 고모에게 물었다. 그녀는 입술을 오므리며 불만스럽게 답했다.

"너무 묽구나. 하지만 그게 뭐 중요하겠니. 차가 이 가엾은 노파의 취향에 맞는지 아닌지 누가 신경이나 쓰겠어? 그래도 어떤 사람들은 내가 정말 좋은 이야기 상대라고 생각한단다."

앤은 메리 마리아 고모가 말한 두 문장 사이의 연관성을 고민해볼 마음의 여유가 전혀 없었다.

"2층으로 올라가서 누워야겠어요. 길버트, 로브리지에서 너무 오래 머물진 말고 카슨에게 전화 좀 해줘."

앤은 힘없이 말하고는 창백한 얼굴로 식탁에서 일어났다. 그러고 나서 아무렇지도 않은 듯 서둘러 월터에게 입맞춤하며 잘 다녀오라고 인사했다. 엄마가 자기 생각은 안 하는 듯해서 월터는 눈물이 날 것 같았다. 하지만 애써 울음을 참았다. 메리 마리아도 월터의 이마에 입을 맞춘 뒤(월터는 이마가 축축해지는 그 입맞춤이 싫었다) 이렇게 당부했다.

"월터, 로브리지에서는 식사 예절에 신경 써라. 걸신들린 것처럼 먹지 말고. 그런 짓을 하면 크고 시커먼 사람이 와서 커다란 검은 가방에 말썽꾸러기 아이를 집어넣을 거야."

길버트가 '그레이 톰'이라는 이름의 말에게 마구를 채우려고 나가 있어서 고모의 말을 듣지 못한 것은 아마도 다행일 것이다. 길버트와 앤은 아이들에게 쓸데없이 겁을 주지 않도록 신경 썼고 다른 사람들에게도 입조심을 시켰다. 수전은 식탁을 치우다 이 말을 들었다. 메리 마리아는 소스와 접시를 머리에 뒤집어쓸 뻔한 상황을 가까스로 모면했다는 사실을 몰랐다.

8장

───

월터는 아빠와 같이 마차를 타고 가는 걸 좋아했다. 아름다운
것들을 사랑하는 월터의 눈에 글렌세인트메리 마을 주변은 더
없이 아름다웠다. 로브리지로 가는 길에는 미나리아재비가 리
본처럼 두 줄로 늘어서서 춤을 추었다. 언저리에 푸릇푸릇한 고
사리가 자라난 숲이 여기저기서 손짓했다.

  하지만 오늘 아빠는 별로 말을 하고 싶지 않은 기색이었고,
이제까지 월터가 보지 못했던 태도로 그레이 톰을 몰았다. 로브
리지에 도착하자 길버트는 파커 부인과 몇 마디 나눈 뒤 월터에
게 작별 인사도 하지 않고 급히 가버렸다. 월터는 다시금 쏟아
지려는 눈물을 애써 참았다. 아무도 나를 사랑하지 않는다는 사
실이 분명해졌다. 전에는 엄마와 아빠에게 사랑받았지만 이제
그럴 수 없다.

파커 씨네 집은 크고 어수선했으며 월터가 호감을 느낄 만한 곳은 아닌 듯했다. 그때만큼은 어느 집이라도 마음을 붙일 수 없었을 것이다. 파커 부인은 월터를 웃음소리가 요란한 뒷마당으로 데려가 소란스럽게 놀고 있던 아이들에게 소개했다. 그러고는 바느질을 하러 돌아가버렸다. 자연스럽게 친해지도록 아이들만 남겨놓은 것이었는데, 열 중 아홉은 그런 방식이 꽤 효과가 있었다. 그러니 월터 블라이드가 아홉이 아니라 하나에 속한다는 사실을 몰랐다는 이유로 파커 부인을 탓할 수는 없다.

부인은 월터가 마음에 들었다.

'우리 집 아이들은 모두 쾌활한 꼬마들이야. 프레드와 오펄은 몬트리올에서 온 티를 내는 편이지만 누구한테라도 못되게 구는 법이 없지. 월터가 여기서 잘 지낼 수 있을 거야.'

부인은 비록 아이 한 명을 맡아주는 것 정도였지만 딱한 처지의 앤 블라이드를 도울 수 있어서 무척 기뻤다. 그녀는 모든 일이 다 잘될 것이라고 기대했다. 이처럼 앤의 친구들은 셜리가 태어났을 때의 일을 상기하면서 앤 본인보다 훨씬 더 그녀를 걱정해주었다.

갑작스러운 침묵이 뒷마당에 내려앉았다. 마당은 큰 사과나무가 우거진 과수원까지 이어져 있었다. 월터는 그 자리에 서서 파커 집안 아이들과 몬트리올에서 온 존슨 집안 아이들을 바라보았다. 개구쟁이 빌 파커는 혈색 좋고 둥근 얼굴이 자기 어머니를 빼닮았다. 올해 열 살이었는데 월터 눈에는 엄청나게 커보였다. 앤디 파커는 아홉 살로, 로브리지 아이들 사이에서 '못된 파커'로 통했으며 '돼지'라는 별명으로 불렸다.

월터는 앤디의 짧게 깎은 뻣뻣한 금발, 장난기 가득한 주근깨 투성이 얼굴, 툭 튀어나온 파란 눈이 애초부터 마음에 들지 않았다. 빌과 같은 나이인 프레드 존슨은 황갈색 곱슬머리에 눈동자가 검고 잘생긴 아이였지만 월터의 호감을 사지 못했다. 프레드의 아홉 살배기 여동생 오펄도 곱슬머리에 검은 눈이었는데 마치 무엇이라도 잡아먹을 듯 눈빛이 사나웠다. 오펄은 담황색 머리의 여덟 살 코라 파커와 팔짱을 끼고 서 있었다. 두 아이는 월터를 무시하듯 쳐다보았다. 만약 그 자리에 앨리스 파커가 없었다면 월터는 몸을 돌려 도망쳤을지도 모른다.

앨리스는 일곱 살이었다. 황금빛 곱슬머리가 사랑스러운 물결을 이루었고 푸른 눈은 골짜기의 제비꽃처럼 부드러웠으며 분홍색 뺨에는 보조개가 나 있었다. 작은 주름 장식이 달린 노란 드레스를 입은 모습이 춤추는 미나리아재비를 닮았다. 앨리스는 평생 알고 지낸 친구처럼 월터에게 미소를 보냈다.

프레드가 먼저 말문을 열었다.

"꼬마야, 안녕."

깔보는 듯한 말투와 건방진 태도에 눌려 월터는 목덜미가 움츠러들었다.

"나는 월터야."

월터가 또박또박 말하자 프레드는 자못 놀란 기색으로 다른 아이들을 돌아보았다. '이 시골뜨기에게 본때를 보여줘야지!'라고 생각한 듯했다.

프레드는 우스꽝스럽게 입을 삐죽거리며 빌에게 말했다.

"이름이 월터래."

이번에는 빌이 오펄에게 말했다.

"이름이 월터래."

오펄이 낄낄거리고 있던 앤디에게 말했다.

"이름이 월터래."

앤디가 코라에게 말했다.

"이름이 월터래."

코라가 앨리스에게 킥킥대며 말했다.

"이름이 월터래."

앨리스는 아무 말도 하지 않고 그저 감탄하듯 월터를 바라보았다. 그런 앨리스의 얼굴을 보면서 월터는 다른 아이들의 조롱을 견뎌낼 힘을 얻었다.

'귀여운 아이들이 정말 재미있게 놀고 있구나!'

이 모습을 지켜본 파커 부인은 자기 혜안에 뿌듯해했다.

이번에는 앤디가 월터를 쳐다보며 무례하게 말했다.

"우리 엄마가 그러는데 너 요정을 믿는다며?"

월터도 그를 똑바로 쳐다보았다. 앨리스 앞에서 꼬리를 내릴 수는 없었다. 그래서 단호하게 말했다.

"요정은 있어."

앤디가 말했다.

"없어."

월터가 말했다.

"있어."

앤디가 프레드에게 말했다.

"요정이 있대."

프레드는 빌에게 말했고, 모두들 조금 전에 했던 방식으로 월터의 말을 전달했다.

"요정이 있대."

전에는 이런 놀림을 당한 적이 없었고, 그런 일을 견딜 수도 없었던 월터에게 이런 상황은 고문과도 같았다. 월터는 입술을 꽉 깨물며 눈물을 참았다. 앨리스 앞에서는 절대 울 수 없었다.

"꼬집어서 시퍼렇게 만들어줄까?"

앤디가 말했다. 계집아이 같은 월터를 놀려주면 재미있을 것 같다고 생각했다.

"돼지야, 그만해!"

앨리스가 따끔하게 말하며 막아섰다. 조용하고 부드럽고 얌전하면서도 무척 단호했다. 그 말투에는 앤디라도 감히 무시할 수 없는 힘이 담겨 있었다.

앤디는 멋쩍은 듯 중얼거렸다.

"뭐야, 진짜로 그러겠다는 건 아니었어."

분위기는 월터에게 조금 유리하게 바뀌었고 아이들은 과수원에서 그럭저럭 사이좋게 숨바꼭질을 했다. 하지만 모두들 시끌벅적하게 저녁 식사를 하러 들어갈 때, 월터는 집으로 돌아가고 싶은 마음이 간절해졌다. 한순간 아이들 앞에서, 특히 앨리스 앞에서 울음을 터뜨리게 될까 봐 겁이 날 정도였다. 자리에 앉을 때 앨리스가 정답게 팔꿈치를 쿡 건드려준 덕분에 월터는 그나마 기운을 차릴 수 있었다. 하지만 아무것도 먹지 못했다. 도무지 입에 무언가를 넣을 수 없었던 것이다. 파커 부인은 월터의 이런 모습을 보고도 걱정하지 않을뿐더러 아침이 되면 식욕이 돌아올 것이라고 마음 편히 결론 내렸다(파커 부인의 양육 방식에는 확실히 칭찬할 만한 부분이 있다). 다른 아이들은 먹고 떠드는 데 정신이 팔려서 월터에게 아무런 신경도 쓰지 않았다.

월터는 가족끼리 왜 그렇게 소리를 질러대는지 이해할 수 없었다. 가는귀먹고 신경질을 많이 부렸던 할머니가 세상을 떠난 지 얼마 되지 않아서 큰 소리로 말하는 습관이 남아 있다는 사실을 몰랐던 것이다. 어찌나 시끄럽던지 월터는 머리가 아팠다.

'지금쯤 우리 집에서도 저녁을 먹겠지? 엄마는 식탁 윗자리에서 미소 지을 테고, 아빠는 쌍둥이와 농담을 주고받을 거야. 수전은 셜리의 잔에 크림을 붓고 낸은 슈림프에게 몰래 음식을 주고 있을 거야.'

메리 마리아 고모할머니까지도 부드럽고 상냥하게 느껴졌다. 저녁 식사를 알리는 중국식 징은 누가 울렸을까? 이번 주는 월터가 할 차례고 젬도 집에 없는데. 울 곳이라도 찾을 수 있다면 얼마나 좋을까! 하지만 로브리지에는 마음 놓고 울 수 있는 장소조차 없어 보였다.

'그래도 앨리스가 있잖아.'

월터는 얼음물 한 컵을 쭉 들이켰고 덕분에 기운을 차렸다.

앤디가 갑자기 식탁 밑으로 월터를 툭 걷어차면서 말했다.

"우리 집 고양이는 발작을 일으켜."

"우리 집 고양이도 그래."

월터가 말했다. 슈림프는 지금껏 발작을 두 번이나 일으켰다. 잉글사이드의 고양이를 로브리지의 고양이보다 뒤처지게 만들 수는 없었다.

"우리 집 고양이가 더 요란하게 발작할 거야."

"아닐걸?"

앤디가 조롱하자 월터도 이에 못지않게 쏘아붙였다.

"자, 자. 고양이 이야기로 말다툼은 하지 말자."

파커 부인이 두 아이를 말렸다. 부인은 그날 저녁 협회에 낼 "이해받지 못하는 아이들"이라는 글을 쓸 예정이라 아이들이 조용히 있길 원했다.

"밖에 나가 놀다 오렴. 잠잘 시간이 얼마 남지 않았잖니."

잠잘 시간이라고? 월터는 자기가 밤새 여기 있어야 한다는 사실을 문득 깨달았다. 오늘 하룻밤만이 아니다. 무려 두 주나 그래야 한다. 등골이 오싹한 일이었다. 월터는 주먹을 꼭 쥐고 과수원으로 나갔다. 빌과 앤디가 풀밭에서 서로 걷어차고 할퀴고 소리를 지르며 한바탕 몸싸움을 벌이고 있었다.

앤디가 소리쳤다.

"네가 나한테 벌레 먹은 사과를 줬잖아, 빌 파커! 그러면 어떻게 되나 가르쳐주지! 네 귀를 물어뜯을 거야!"

이런 싸움은 이곳에서 흔한 일이었다. 남자아이들은 원래 싸우면서 크는 법이고, 오히려 이런 식으로 속에 있는 나쁜 감정을 발산하고 나면 다시금 친해질 거라고 파커 부인은 말하곤 했다. 하지만 누가 싸우는 모습을 한 번도 본 적 없었던 월터는 아연실색할 수밖에 없었다.

프레드는 싸움을 부추겼고 오펄과 코라는 웃으며 지켜보았다. 하지만 앨리스의 눈에는 눈물이 고여 있었다. 앨리스가 우는 걸 참을 수 없었던 월터는 싸움판으로 뛰어들었다. 두 아이는 숨을 고르려고 잠시 떨어져 있던 참이었다.

"이제 그만해. 앨리스가 무서워하고 있잖아."

빌과 앤디는 한순간 놀란 얼굴로 월터를 쳐다보고는 이 꼬마가 우스꽝스럽게도 자신들의 싸움을 말리려 했다는 사실에 어안이 벙벙해졌다. 이윽고 둘은 웃음을 터뜨렸다. 빌이 월터의 등을 찰싹 때리며 말했다.

"야, 너 용감한데! 그렇지 얘들아? 이대로 크면 언젠가 진짜 남자가 될 거야. 자, 이 사과 먹어. 이건 벌레 먹은 게 아니야."

앨리스는 부드러운 분홍빛 뺨에 맺힌 눈물을 훔치며 사랑스러운 눈으로 월터를 바라보았다. 하지만 그 모습을 보고 프레드는 배알이 뒤틀렸다. 물론 앨리스는 어린 여자아이일 뿐이지만, 아무리 어리다 해도 이 몬트리올의 프레드 존슨이 옆에 있는데 다른 남자아이를 사랑스럽게 바라보는 건 말도 안 되는 일이었기 때문이다. 월터를 그냥 내버려둘 수는 없었다. 프레드는 아까 집 안으로 들어갔을 때 젠 고모가 전화로 딕 고모부에게 뭐라고 말하던 게 기억났다.

"너희 엄마가 아주 많이 아프대."

프레드가 말하자 월터가 소리쳤다.

"아냐! 엄마는 안 아파!"

"틀림없어. 젠 고모가 딕 고모부한테 말하는 거 들었어."

프레드는 고모가 "앤 블라이드가 아파요"라고 하는 말을 들었는데 거기에 재미 삼아 "아주 많이"를 덧붙인 것이다.

"네가 집에 돌아가기 전에 돌아가실지도 몰라."

월터는 고통스러운 눈으로 주위를 둘러보았다. 앨리스가 월터 곁으로 다가왔고, 나머지 아이들은 프레드의 깃발 아래로 모여들었다. 무언가 다른 느낌이 나는 이 가무잡잡하고 잘생긴 아이를 놀려대고 싶었던 것이다.

"혹시 엄마가 아프더라도 아빠가 고쳐줄 거야."

월터가 자신에 차서 말했다. 아빠라면 치료해주실 거다. 반드시 그러실 테니까.

"그렇게는 안 될 것 같은데."

프레드가 짐짓 슬픈 얼굴을 지어보이면서 앤디에게 슬쩍 눈짓을 했다. 아빠를 굳게 믿는 월터가 큰소리쳤다.

"아빠가 못 고치는 병은 없어."

빌이 말했다.

"지난여름에 러스 카터가 샬럿타운에 하루 다녀왔더니 엄마가 죽어 있었잖아."

"땅에 묻혀 있었다지 아마? 러스가 얼마나 화를 냈다고. 장례식은 정말 재미있잖아?"

앤디가 극적으로 이야기를 꾸며댔다. 사실인지 아닌지는 상관없었다. 그러자 오펄이 슬픈 표정으로 말했다.

"안타까워. 그렇게 재미있다는 장례식을 나는 여태껏 한 번도 본 적이 없어."

앤디가 나섰다.

"뭐, 볼 기회는 앞으로도 많을 거야. 그런데 우리 아빠도 카터 할머니를 못 살리셨잖아. 우리 아빠는 얘네 아빠보다 훨씬 훌륭한 의사인데도 어쩔 수 없었나 봐."

"우리 아빠가 더…."

"아니, 우리 아빠가 더 훌륭해. 그리고 더 잘생기셨지."

"아니…."

오펄이 월터의 말을 끊었다.

"집을 비우면 항상 무슨 일이 일어나는 법이야. 집에 돌아가 보니 잉글사이드가 불에 타버린 거야. 그러면 기분이 어떨까?"

코라가 유쾌한 듯 말했다.

"너희 엄마가 돌아가시면 너희 집 아이들은 뿔뿔이 흩어질 거야. 아마 너는 여기서 영영 살겠지?"

그때 앨리스가 다정하게 말했다.

"응. 그렇게 해."

빌이 다시 말했다.

"아니, 월터 아빠는 아이들을 데리고 있으려 할 거야. 대신 곧바로 다시 결혼하겠지. 그런데 월터 아빠도 머지않아 돌아가실걸? 블라이드 선생님은 일을 죽도록 한다고 아빠가 말씀하셨거든. 쟤 좀 봐. 눈이 계집애 같아. 맞네, 계집애 눈이야."

문득 장난에 싫증이 난 오펄이 말했다.

"이제 그만하자! 쟤를 바보 취급하지 마. 괜히 놀리려는 거잖아? 공원으로 가서 야구 경기나 보자. 월터하고 앨리스는 여기 있어도 돼. 어딜 가도 꼬마들이 쫓아오니까 귀찮아 죽겠어."

월터는 아이들이 우르르 몰려가는 것을 보고도 섭섭하지 않았다. 앨리스도 그런 것 같았다. 두 사람은 사과나무 통나무에 앉아 수줍어하면서도 흐뭇한 얼굴로 서로를 바라보았다.

앨리스가 입을 열었다.

"공기놀이를 어떻게 하는지 보여줄게. 그리고 플러시 천으로 만든 캥거루를 빌려가도 돼."

잘 시간이 되자 월터는 작은 복도 끝 침실에 혼자 남았다. 파커 부인은 사려 깊게도 방에 촛불을 켜고 따뜻한 깃털이불을 가져다놓았다. 캐나다 연해주에서는 아무리 여름밤이라고 해도 계절을 건너뛴 듯 추워질 때가 있기 때문이다. 이날 밤은 특히 서리가 내릴 것처럼 싸늘했다.

월터는 좀처럼 잠들지 못했다. 앨리스가 빌려준 캥거루 인형을 뺨에 가져다 대봤지만 잠은 오지 않았다.

'아, 지금 내 방에 있었더라면 얼마나 좋을까? 커다란 창문으로는 글렌세인트메리 마을이 내려다보이고 지붕 달린 조그만 창문으로는 구주소나무가 보였을 텐데! 엄마가 들어와서 다정한 목소리로 시를 읽어주셨을 거야.'

월터는 애써 울음을 삼켰다.

"난 다 컸어. 난 울지 않아. 울지…."

자기도 모르게 눈물이 나왔다. 플래시 천으로 만든 캥거루가 무슨 소용인가? 집을 떠난 지 몇 년은 지난 것 같았다.

이윽고 다른 아이들이 공원에서 돌아와 월터가 있는 방으로 신나게 몰려들더니 침대에 앉아 사과를 먹기 시작했다.

앤디가 놀렸다.

"어이, 너 울고 있었구나? 넌 여자 아기가 분명해. 엄마가 귀여워하는 아기 말이야!"

빌이 반쯤 베어 문 사과를 내밀며 말했다.

"꼬마야, 한입 먹어봐. 그리고 기운 내. 너희 엄마 몸이 좋아지실 수도 있잖아? 체력이 강하다면 충분히 그럴 수 있어. 우리 아

빠가 그러는데 스티븐 플래그 할머니가 튼튼한 체력을 갖지 못
했더라면 몇 해 전에 돌아가셨을 거래. 너희 엄마도 그렇지?"

"물론이야."

월터가 말했다. 체력이 뭔지는 몰랐지만, 스티븐 플래그 할머
니가 갖고 있는 거라면 엄마에게도 분명 있을 것이다.

앤디가 말했다.

"앱 소이어 아줌마는 지난주에 돌아가셨고 샘 클라크의 엄마
는 그 전주에 돌아가셨어."

코라가 말했다.

"두 사람 다 밤에 죽었어. 엄마가 그러는데 사람들은 대부분
밤에 죽는대. 안 그랬으면 좋겠는데 말야. 잠옷을 입고 천국에
가는 모습을 상상해봐!"

그때 파커 부인이 소리쳤다.

"얘들아! 이제 그만 침대로 들어가야지."

남자아이들은 자기 방으로 돌아가면서도 수건으로 월터의 목
을 조르는 시늉을 했다. 다들 이 아이를 좋아했던 것이다. 월터
는 돌아서는 오펄의 손을 붙잡고 속삭였다.

"오펄, 엄마가 아프다는 건 사실이 아니겠지?"

두려움에 빠진 채로 혼자 남기는 싫었던 것이다.

오펄은 파커 부인의 말처럼 성격이 모난 아이가 아니었다. 하
지만 아무리 그렇더라도 좋지 않은 소식을 전할 때 느끼는 짜릿
함을 포기하기는 싫었다.

"너희 엄마는 아프셔. 젠 고모가 하는 말을 내 귀로 똑똑히 들
었거든. 너한테는 말하지 말라고 했지만, 나는 너도 알아야 할

것 같아. 암에 걸리셨을 수도 있잖아."

"오펄, 모두가 그렇게 죽어야 하는 거야?"

그렇게 물었지만 사실 월터에게는 새롭고 두려운 생각이었다. 이제껏 죽음을 생각해본 적이 한 번도 없기 때문이다.

오펄이 밝은 얼굴로 말했다.

"당연하지, 이 바보. 그래도 진짜로 죽는 건 아냐. 천국에 가는 거니까."

"전부 다 가는 건 아니야."

앤디가 작은 목소리로 끼어들었다. 문밖에서 둘의 대화를 엿듣고 있었던 것이다.

"천국은 샬럿타운보다 훨씬 멀어?"

월터가 묻자 오펄이 깔깔 웃었다.

"야, 너 정말 별난 아이구나! 천국은 엄청 멀어. 수백만 킬로미터나 떨어져 있다고. 하지만 뭘 해야 하는지 내가 알려줄게. 기도하면 돼. 기도는 효과가 있거든. 내가 전에 10센트짜리 동전을 잃어버린 적이 있었는데 기도하니까 25센트 동전이 눈앞에 나타나지 뭐야. 그래서 알게 된 방법이야."

그때 파커 부인이 자기 방에서 소리쳤다.

"오펄 존슨, 내 말 안 들리니? 그리고 월터 방의 촛불도 좀 꺼줘. 불이 나면 안 되잖아. 월터는 벌써 잘 시간이 지났단다."

오펄은 촛불을 끄고 급히 나갔다. 젠 고모는 느긋한 분이지만 화를 내면 달라! 앤디는 문으로 머리를 들이밀고는 잘 자라고 인사했다. 그러더니 소리 죽여 말했다.

"벽지에 있는 새가 살아나서 네 눈을 뽑아버릴 수도 있어."

이윽고 아이들 모두 잠자리에 들었다. 참 좋은 하루를 보냈고, 월터 블라이드는 나쁜 아이가 아니며, 내일 월터를 놀리면서 더 재미있게 보낼 것이라는 생각이 들었다.

"귀여운 아이들이야."

파커 부인은 감상에 젖었다.

전에 없던 고요함이 이 집에 내려앉았고 그곳에서 10킬로미터 떨어진 잉글사이드에서는 갓난아기 버사 마릴라 블라이드가 주위를 둘러싼 행복한 얼굴들과 자기가 태어난 세상을 향해 옅은 갈색 눈을 깜빡이고 있었다. 87년 만에 캐나다 연해주에서 가장 추웠던 7월 밤이었다!

9장

―

어둠 속에 혼자 남겨진 월터는 여전히 잠이 오지 않는다는 사실을 깨달았다. 지금껏 혼자서 잠을 잔 적은 한 번도 없었다. 언제나 젬 또는 케네스의 따뜻하고 기분 좋은 체온을 느끼며 자리에 누웠다. 창백한 달빛이 스며들면서 작은 방 구석구석이 희미하게 보이기 시작했지만 그런 사실도 어둠만큼이나 나빴다. 침대 발치 벽에 걸린 그림이 자기를 음흉하게 쳐다보는 것 같았다. 달빛에 비친 그림은 실제와 전혀 다르게 보이는 법이다. 다른 물건들 또한 햇빛 아래에서는 생각지도 못했던 모습으로 보였다. 긴 레이스 커튼은 키가 크고 깡마른 여자들이 창문 양쪽에 한 명씩 서서 우는 것처럼 보였다.

집안 곳곳에서는 여러 가지 소리가 들렸다. 삐걱거리고 한숨쉬고 속삭이는 소리였다. 벽지에 있는 새들이 살아나서 내 눈을 쪼아대면 어떡하지? 월터는 온몸에 소름이 돋았다. 그러다가 커다란 공포가 다른 것들을 전부 쫓아내버렸다.

'엄마가 아프다!'

오펄마저 사실이라고 했으니 믿을 수밖에 없다. 엄마가 죽어가고 있을지도 모른다! 벌써 돌아가셨을 수도 있다! 집에 돌아갔을 때 엄마가 안 계시다면…. 월터는 엄마 없는 잉글사이드가 보이는 것 같았다!

'그런 일이 생기면 난 도저히 견딜 수 없을 거야. 지금 당장 집으로 돌아가야만 해. 즉시 엄마를 봐야 한다고. 우물쭈물하다가는 엄마가 돌아가실지도 몰라. 메리 마리아 고모할머니가 한 말이 이런 뜻이었구나. 엄마가 돌아가실 걸 아신 거야. 지금 누군가를 깨워서 집에 데려다달라고 부탁해도 소용없겠지? 비웃기만 할 것 같아. 집까지는 아주아주 멀지만 밤새 걸어가면 돼.'

월터는 조용히 침대에서 나와 옷을 입었다. 구두는 양손에 한 짝씩 나누어 들었다. 파커 부인이 모자를 어디에 두었는지는 알 수 없었지만 그건 상관없었다. 아무 소리도 내지 않고 이 집을 무사히 빠져나가 엄마에게 가야만 한다. 다만 앨리스에게 작별 인사를 하지 못하는 게 안타까웠다. 앨리스라면 이해해줬을 텐데…. 월터는 어두운 복도를 지나 계단 아래로 한 걸음 한 걸음 숨을 죽이고 걸어 내려갔다.

'이 계단은 끝이 없는 걸까? 가구까지도 내가 내는 소리에 귀를 기울이고 있어. 아, 아!'

월터는 그만 구두 한 짝을 떨어뜨리고 말았다! 구두가 한 계단씩 부딪치면서 떨어지다가 현관문에 부딪쳤다. 월터가 듣기에 귀청이 떨어질 것 같은 소리가 났다.

절망한 월터는 난간에 기대 몸을 웅크렸다.

'다들 저 소리를 들었을 거야. 이제 여기저기서 뛰쳐나오겠지? 날 집으로 보내주지 않을 거야.'

절망에 찬 흐느낌이 목에 차올랐다.

아무도 깨어나지 않았다는 사실을 인정하기까지 몇 시간은 걸린 것 같았다. 그제야 조심스럽게 다시 계단을 내려갈 수 있었다. 마음을 졸이며 계단 끝에 도착한 월터는 구두 한 짝을 집어 들고 조심스럽게 현관문 손잡이를 돌렸다. 파커 씨네 집에서는 문을 절대 잠그지 않았다. 이 집에서 훔칠 만한 건 아이들뿐인데 누가 아이들을 탐내겠냐고 파커 부인은 말하곤 했다.

월터는 밖으로 나와서 문을 닫은 뒤 구두를 신고 살금살금 거리로 내려갔다. 집은 마을 가장자리 쪽에 있어서 금세 큰길로 나올 수 있었다. 한순간 월터는 심한 공포에 휩싸였다. 붙잡혀서 집에 못 갈 수도 있다는 불안이 사라지자 어둠 속에 홀로 있다는 두려움이 몰려온 것이다. 지금껏 한밤중에 혼자 밖에 나간 적은 없었다. 얼마나 무서웠던지 온몸의 털이 곤두서는 것 같았다. 세상은 너무나 거대했고 그 속에서 월터는 너무도 작은 존재였다. 동쪽에서 불어오는 차갑고 매서운 바람까지도 월터를 다시 파커 씨네 집으로 돌려보내려는 듯 얼굴에 부딪쳐왔다.

엄마가 죽어가고 있다! 월터는 눈물을 참고 집 쪽으로 얼굴을 돌렸다. 씩씩하게 공포와 싸우며 계속 앞으로 나아갔다. 빛이라고는 달빛뿐이었지만 주위를 분간할 수는 있었다. 무엇 하나 낯익은 풍경이 없었다. 언젠가 아빠와 밖으로 나왔을 때는 달빛

속에서 나무 그림자가 드리워진 길이 참 예쁘다고 생각했다. 하지만 지금 이 그림자는 너무나도 시커멓고 날카로워서 이쪽으로 덤벼들 것만 같았다. 들판도 낯설었고 나무들도 서먹해 보였다. 모두가 앞뒤로 몰려들어 자기를 빤히 쳐다보는 듯했다. 번쩍이는 두 눈이 도랑에서 이쪽을 바라보는가 싶더니 믿을 수 없을 만큼 커다란 검은 고양이가 길을 가로질러 달려왔다.

'저게 고양이였나? 아니면…?'

추운 밤이었다. 얇은 셔츠만 입은 월터는 몸을 떨었다. 주위를 둘러싼 것이 죄다 무섭지만 않았어도 추위쯤은 개의치 않았을 것이다. 그림자와 이상한 소리와 숲길을 배회하는 이름 모를 것들만 없으면 얼마나 좋을까. 젬처럼 무서운 게 하나도 없는 사람은 지금 어떤 기분일지 궁금해졌다.

"무섭지 않은 척해야지."

월터가 용기를 내 말했다. 하지만 그 목소리는 거대한 밤 속으로 사라져버렸고 월터는 곧 두려움에 몸을 떨었다.

그래도 월터는 계속 걸었다. 엄마가 죽어가는데 여기서 멈출 수는 없었다. 넘어져서 멍이 들었고 돌멩이에 무릎이 심하게 까지기도 했다. 뒤에서 마차 소리가 들리자 지나갈 때까지 나무 뒤에 숨어 있기도 했다. 자기가 사라진 것을 파커 씨가 발견하고 뒤쫓아왔을까 봐 겁이 났기 때문이다. 시커멓고 털로 뒤덮인 무언가가 길가에 앉아 있는 것을 보고는 너무나 무서워 멈춰 서기도 했다. 발이 땅바닥에 붙은 듯 떨어지지 않았다. 가까스로 용기를 내어 지나가면서 흘깃 보니 커다란 검둥개였다. 그런데 개가 분명할까? 하지만 돌아보지는 않았다. 개가 쫓아올 수도 있으니 뛰어서는 안 된다. 절박한 마음에 어깨너머로 살짝 뒤를 보았다. 개는 일어나 반대 방향으로 가고 있었다. 햇볕에 그을린 작은 손을 얼굴에 대보니 온통 땀으로 젖어 있었다.

앞쪽 하늘에서 별 하나가 불꽃을 흩뿌리며 떨어졌다. 키티 할머니가 별이 떨어지면 누군가 죽은 거라고 했던 말이 생각났다. 엄마가 죽은 것일까? 한 걸음도 걷지 못할 것 같다가도 그 생각이 떠오르자 다시 앞으로 나아갈 수 있었다. 이제는 너무 추워서 두려운 마음도 들지 않았다. 집으로 돌아갈 수는 있는 것일까? 로브리지에서 나오고 분명히 몇 시간은 지났다. 실제로 세 시간이 지나 있었다. 월터는 밤 11시에 파커 씨의 집을 몰래 빠져나왔고, 지금은 새벽 2시였다. 월터는 글렌세인트메리 마을로 내려가는 길에 들어선 것을 확인하자 안도의 눈물을 흘렸다. 하지만 월터가 비틀거리며 마을을 지나갈 때 잠들어 있는 집들은 서먹서먹하고 멀리 있는 것처럼 느껴졌다.

'모두들 나를 잊어버린 거야.'

울타리 너머로 갑자기 소 한 마리가 이쪽을 향해 울어댔고 월터는 조 리스 씨가 사나운 소를 키운다는 사실이 생각났다. 너무나도 무서웠던 월터는 정신없이 언덕을 뛰어올라 잉글사이드의 대문까지 달려갔다.

'드디어 집이다. 아, 집에 왔다!'

하지만 월터는 벌벌 떨며 갑자기 걸음을 멈췄다. 무섭도록 쓸쓸한 느낌에 휩싸였던 것이다. 월터는 따뜻하고 다정한 집 안에서 환하게 비치는 불빛을 기대했다. 그런데 잉글사이드의 모든 방이 어둠에 휩싸여 있었다.

비록 월터는 보지 못했지만 뒤쪽 침실 한 곳에 불이 켜져 있었다. 그곳에서는 간호사가 아기 바구니를 침대 옆에 둔 채 잠들어 있었다. 그 방을 제외한 잉글사이드는 버려진 집처럼 깜깜했고 월터의 마음은 산산이 부서졌다. 잉글사이드는 어느 밤에도 이토록 어둡지 않았고, 그런 광경을 상상해본 적도 없었다.

'이건 엄마가 돌아가셨다는 뜻이야!'

월터는 비틀거리며 진입로에 올라섰고 잔디밭에 드리운 음침한 검은 그림자를 가로질러 현관문까지 갔다. 문은 잠겨 있다. 월터는 힘없이 손으로 문을 두드렸다. 문 두드리는 고리쇠는 월터의 손이 닿지 않는 높은 곳에 있었기 때문이다. 하지만 대답이 없었다. 사실 기대도 안 했다. 귀를 기울여보았다. 집 안에서는 아무런 기척도 들리지 않았다. 엄마는 돌아가셨고 모두 떠나버린 것이다.

이제는 너무 춥고 지쳐서 울음도 나오지 않았다. 그래도 헛간을 돌아 사다리를 타고 건초 더미까지 올라갔다. 무서운 마음은 이미 사라졌다. 그냥 바람을 피해 아침까지 누워 있을 만한 곳을 찾고 싶은 생각뿐이었다. 어쩌면 엄마를 묻은 뒤에 누가 돌아올 수도 있지 않은가.

길버트가 누군가에게 얻어온 반들반들한 들고양이 새끼가 월터에게 다가와 가르랑거렸다. 클로버 건초에서 좋은 냄새가 났다. 월터는 기뻐하며 고양이를 끌어안았다. 살아 있어 따뜻한 생명체였다. 하지만 고양이는 작은 쥐들이 마루를 뛰어다니는 소리를 듣자 가만히 있으려 하지 않았다. 달빛이 거미줄투성이 창문으로 고개를 들이밀고 월터를 비췄지만 먼 곳의 차갑고 무정한 달은 별다른 위로가 되지 못했다. 글렌세인트메리 마을 아래 어느 집에서 보이는 불빛이 오히려 더 친구 같았다. 저 불빛이 반짝이는 동안만큼은 견딜 수 있을 것이다.

월터는 잠이 오지 않았다. 무릎이 너무 아팠고 춥기도 했다. 배 속에서 이상한 느낌이 들었다. 나도 죽어가고 있는 거야. 모두가 죽었거나 가버렸다면 나도 그렇게 되고 싶어. 밤에는 끝이 있는 걸까? 다른 날 밤은 언제나 끝이 있었지만 오늘 밤은 끝나지 않을 것 같았다. 항구에 사는 잭 플래그 선장이 해준 무서운 이야기가 생각났다. 화가 머리끝까지 나면 아침에 해가 뜨지 못하도록 만들수 있다고 했다. 마침내 잭 선장이 머리끝까지 화가 난 거라면 어떡하지?

그때 글렌세인트메리 마을에서 빛나던 마지막 불빛까지 모두 꺼졌다. 더는 견딜 수가 없었다. 하지만 절망의 외침이 입에서 새어나오는 순간 월터는 날이 밝았다는 사실을 깨달았다.

10장

월터는 사다리를 타고 내려와 밖으로 나갔다. 잉글사이드는 신
비롭고 끝없는 첫 새벽빛 아래 누워 있었다. 골짜기 자작나무
위쪽 하늘이 희미한 은분홍빛으로 빛났다.

'옆문으로는 들어갈 수 있을지도 몰라. 아빠가 밤늦게 오실
때를 대비해 수전이 열어놓기도 하잖아.'

옆문은 잠겨 있지 않았다. 월터는 기뻐서 눈물을 흘리며 안으
로 들어갔다. 집은 아직 어두웠고 월터는 발소리를 죽인 채 2층
으로 올라갔다. 침대로 가자. 내 침대로. 아무도 돌아오지 않는
다면 나는 거기서 죽을 거고, 그대로 천국으로 가서 엄마를 보
는 거야. 그 순간, 오펄이 했던 말이 기억났다.

"천국은 수백만 킬로미터나 떨어져 있잖아."

새로운 불안감의 물결이 밀려오면서 월터는 조심스럽게 발

을 내딛어야 한다는 사실을 잊었다. 그러다가 계단 모퉁이에서 자고 있던 슈림프의 꼬리를 꽉 밟아버렸다. 깜짝 놀란 슈림프는 온 집이 울리도록 비명을 질렀고 방금 잠들었던 수전은 이 무서운 소리에 화들짝 놀라 눈을 떴다. 수전은 자정께나 잠자리에 들었다. 가뜩이나 힘든 오후와 저녁 시간을 보낸 터라 지쳐 있었는데 메리 마리아 블라이드가 옆구리가 아프다면서 일을 보태기까지 했다. 수전은 뜨거운 물병을 가져다주고 약도 발라주었다. 심지어 두통까지 왔다고 난리를 치는 통에 눈에다가 젖은 천을 대주기도 했다.

수전은 새벽 3시에 다시 눈을 떴다. 누가 자기를 간절히 찾는 듯한 기분이 들었던 것이다. 자리에서 일어난 수전은 발끝으로 복도를 지나 블라이드 부인의 방문까지 가보았다. 앤의 부드럽고 규칙적인 숨소리가 들릴 뿐 사방이 조용했다. 수전은 집을 한 바퀴 둘러보고 나서 다시 잠자리에 들었다. 조금 전 들었던 이상한 기분은 나쁜 꿈이 남긴 흔적이라 여겼다. 하지만 이후로 수전은 심령술에 빠졌다고 비웃었던 애비 플래그가 영적 체험이라고 부르던 현상을 자신도 경험했다고 믿게 되었다.

"월터가 절 부르는 소리를 들었어요."

수전은 그날 밤 잉글사이드가 무언가에 홀린 것 같다고 생각하며 방에서 나왔다. 그녀는 잦은 빨래로 앙상한 발목 위까지 줄어든 플란넬 잠옷을 입고 있었다. 하지만 이런 모습도 창백한 얼굴로 떨고 있던 아이에게는 세상에서 가장 아름답게 보였다. 이 아이는 층계참에서 수심에 가득 찬 회색 눈으로 수전을 올려다보고 있었다.

"월터 블라이드!"

수전은 계단을 두 걸음만에 내려가 단단하면서도 부드러운 팔로 월터를 안았다. 그러자 월터가 떨리는 목소리로 물었다.

"수전 아줌마, 엄마가 돌아가셨어?"

상황은 순식간에 바뀌었다. 수전은 재빨리 불을 피우고는 따뜻한 우유 한 잔과 잘 구워진 토스트 한 조각을 가져다주었고 월터가 가장 좋아하는 '원숭이 얼굴 과자'도 접시 가득 담아주었다. 월터가 음식을 깨끗이 비우자 수전은 아이를 침대에 눕히고 이불을 단단히 덮어주고 뜨거운 물병도 발치에 넣어주었다. 멍이 든 작은 무릎에는 입맞춤을 해주고 약도 발라주었다. 누군가가 나를 돌봐주고 꼭 필요한 존재로 여기며 소중하게 대한다는 것은 참 기분 좋은 일이었다.

"그런데 아줌마, 정말 엄마가 안 돌아가신 거 맞아?"

"어머니는 푹 주무시고 계셔. 아주 건강하고 행복하단다."

"그럼 하나도 안 아팠던 거야? 오펄이 그러던데…"

"그래, 우리 아가. 어제 잠깐 동안 몸이 별로 좋지 않았지만 이젠 완전히 나아지셨어. 이번에는 죽을 고비 같은 것도 전혀 없었지. 한숨 자고 기다리면 어머니를 뵐 수 있어. 그리고 네게 보여줄 것도 있단다. 아무튼 로브리지의 어린 악마들은 가만두지 않을 거야! 네가 집까지 걸어오다니, 믿을 수가 없구나! 자그마치 10킬로미터나! 그것도 이런 한밤중에!"

월터가 진지한 얼굴로 말했다.

"수전 아줌마, 나 정말 무서웠어. 그리고 엄마가 잘못되었을까 봐 얼마나 걱정했는지 몰라."

하지만 이제 다 끝났다.

'나는 안전하고 행복하다. 나는… 집에… 왔고….'

월터는 그렇게 까무룩 잠이 들었다.

월터는 해가 중천에 뜬 뒤에야 일어났다. 창문으로 쏟아지는 햇빛을 잠시 바라보다 절룩거리며 엄마를 만나러 갔다. 문득 참 바보 같은 짓을 했다는 생각이 들었다. 로브리지에서 도망쳐온 일을 엄마가 속상해하실 게 분명했다. 하지만 엄마는 팔을 뻗어 꼭 안아주기만 했다. 수전에게 모든 이야기를 들은 앤은 젠 파커에게 한마디 해야겠다고 생각하던 중이었다.

"아, 엄마. 설마 죽어가고 있는 건 아니죠? 엄마는 여전히 나를 사랑하는 거 맞죠?"

"얘야, 엄마는 죽지 않아. 그리고 너를 너무 사랑해서 가슴이 아플 정도란다. 로브리지에서 여기까지 그렇게 먼 길을 한밤중에 걸어오다니!"

수전이 몸서리를 쳤다.

"그것도 배까지 곯으면서 말이에요. 월터가 살아서 이 이야기를 할 수 있는 것도 신기할 정도예요. 기적의 시대는 아직 끝나지 않았어요. 그건 확실해요."

"용감한 꼬마네."

셜리를 목말 태우고 방에 들어온 아빠가 웃었다. 길버트가 월터의 머리를 쓰다듬자 월터는 아빠의 손을 잡고 끌어안았다. 세상에 아빠 같은 사람은 없다. 하지만 내가 얼마나 무서웠는지 아무도 알아서는 안 된다.

"엄마, 나… 계속 집에 있어도 되죠? 그렇죠?"

엄마가 약속했다.

"물론이지. 네가 스스로 떠나기 전까진 아무 데도 보내지 않을 거야."

"나는 절대⋯."

월터가 다짐하려다가 입을 다물었다. 앨리스를 다시 만나고 싶었기 때문이다.

"월터, 이제 여기 좀 볼래?"

수전은 흰 앞치마와 모자를 쓴 젊은 여성을 방으로 불러들였다. 뺨이 발그레한 그녀는 아기 바구니를 들고 있었다.

월터가 눈을 돌렸다. 아기다! 통통하고 작은 아기. 가늘고 부드러우면서 촉촉한 배냇머리에 손은 아주 조그맸다.

수전이 자랑스러운 듯 말했다.

"정말 예쁘지 않니? 속눈썹 좀 봐. 이렇게 속눈썹이 긴 아기는 처음 봐. 여기 작은 귀도 참 예뻐. 나는 아기가 태어나면 언제나 귀를 먼저 보거든."

월터는 조금 망설였다.

"수전 아줌마, 아기가 참 예뻐. 와, 발가락이 막 꼬물거려. 그런데 너무 작은 거 아냐?"

수전이 웃었다.

"작지 않아. 태어날 때 몸무게가 3.6킬로그램이나 되었거든. 게다가 이 아기는 벌써 주위를 알아보기 시작했어. 세상에 나온 지 한 시간도 안 돼서 머리를 들고 선생님을 쳐다봤단다. 그런 아기는 지금껏 한 번도 본 적이 없어."

길버트가 만족스러운 듯 말했다.

"얘는 빨간 머리가 될 거야. 엄마를 꼭 닮아 사랑스러운 붉은 빛 금발이 될 거라고 봐."

길버트의 아내인 앤이 기쁨에 차서 덧붙였다.

"그리고 눈동자는 아버지를 꼭 닮아 담갈색일 거야."

"우리 집에는 왜 노란 머리가 없는지 모르겠어."

월터가 꿈꾸듯 말했다. 또 앨리스가 생각났던 것이다. 그러자 수전이 얼굴을 찡끄렸다.

"노란 머리라고? 드루 집안처럼?"

그때 간호사가 조용한 목소리로 말했다.

"자는 모습이 정말 귀엽네요. 자면서 눈을 저렇게 꼭 감는 아기는 처음 봐요."

"기적 같은 아기야! 우리 아이들은 모두 귀여웠지만, 그중에 이 아기가 제일 귀여워."

앤이 감탄하자 메리 마리아가 콧방귀를 뀌었다.

"맙소사! 애니, 너 마치 전에는 세상에 아기가 몇 명밖에 태어나지 않은 것처럼 말하는구나!"

월터가 자랑스럽게 말했다.

"맞아요, 고모할머니. 우리 아기는 세상에 처음 태어났잖아요. 수전 아줌마, 나 아기한테 뽀뽀해도 돼? 딱 한 번만, 응?"

"물론 해도 되고말고."

수전이 얼른 대답했다. 그러고는 방문을 나서는 메리 마리아의 뒷모습을 흘겨보았다.

"이제 저는 저녁때 먹을 체리파이를 만들러 갈게요. 메리 마리아 고모님도 어제 오후에 체리파이를 만드셨는데, 그걸 사모

님도 보셔야 했어요. 고양이가 끌고 온 것 같은 모양이었거든
요. 버리기는 아까워서 먹을 수 있을 만큼 입에 넣기는 했죠. 제
가 건강하게 살아 있는 한 그런 파이를 선생님께 가져다드리지
않을 거예요. 절대로요."

앤이 말했다.

"사람들이 모두 수전만큼 파이를 잘 굽는 건 아니잖아요."

"엄마, 우리는 정말 멋진 가족인 것 같아요. 그렇죠?"

수전이 만족스러운 얼굴로 문을 닫고 나가자 월터가 말했다.

앤은 아기 옆에 누우며 행복감에 젖었다. 아주 멋진 가족이고
말고. 머지않아 예전처럼 가벼운 발걸음으로 함께 돌아다니고,
사랑하고, 가르치며, 위로해줄 것이다. 아이들은 작은 기쁨과 슬
픔, 싹트는 희망, 새로운 두려움, 자기 딴에는 너무도 커 보이는
고민과 쓰라린 아픔을 가지고 나를 찾아올 것이다. 잉글사이드
안에서 펼쳐지는 삶의 모든 실타래를 또다시 두 손에 쥐고 아름
다운 태피스트리를 엮을 것이다. 메리 마리아 고모가 이틀 전에
했던 "길버트, 정말 피곤해 보이는구나. 너를 돌봐주는 사람은
아무도 없는 거냐?"라는 말도 다시는 들을 일이 없을 것이다.

아래층에서 메리 마리아가 걱정스러운 듯 고개를 저으며 이
렇게 말하고 있었다.

"갓난아기의 다리가 구부러져 있다는 건 알아. 하지만 수전,
저 아이는 너무 심해. 물론 가엾은 애니에게 말해서는 안 되겠
지. 그러니 입을 다물도록 해."

이번만큼은 수전도 아무런 대꾸를 할 수 없었다.

11장

8월 말이 되자 앤의 몸도 여느 때처럼 회복되어 행복한 가을을 고대할 수 있게 되었다. 어린 버사 마릴라는 날이 갈수록 예뻐져서 언니 오빠들의 사랑을 한 몸에 받았다.

"아줌마, 나는 아기가 종일 울기만 한다고 생각했어. 버티 셰익스피어 드루가 그렇게 말했거든."

젬이 수전에게 말했다. 아기가 조그만 손으로 자기 손가락을 잡는 게 너무도 좋았다.

"젬, 드루네 아기라면 밤낮없이 울어대도 이상한 일이 아니지. 자기가 드루 집안사람이 된다고 생각하면 울음이 나올 거야. 하지만 버사 마릴라는 잉글사이드의 아기잖아."

"나도 잉글사이드에서 태어났으면 좋았을 텐데."

젬의 말에는 아쉬움이 묻어 있었다. 젬은 자기가 이 집에서 태어나지 않은 걸 항상 안타까워했다. 가끔씩 다이가 그걸 두고 놀렸기 때문이다.

언젠가 샬럿타운에 사는 퀸스 전문학교 시절의 친구가 찾아와 거들먹거리며 앤에게 물은 적이 있었다.

"이런 데서 살면 좀 지루하지 않니?"

앤은 하마터면 손님 앞에서 웃음을 터뜨릴 뻔했다. 잉글사이드가 지루하다고? 날마다 놀랄 일을 만드는 귀여운 아기가 있고, 다이애나와 리틀 엘리자베스와 리베카 듀가 방문할 예정이고, 글렌세인트메리 마을 위쪽에 살며 길버트에게 치료를 받고 있는 샘 엘리슨 부인은 이제까지 전 세계에서 세 명밖에 걸린 적이 없다는 병을 앓고 있다. 월터는 학교에 다니기 시작했고, 낸은 화장대에 있던 향수 한 병을 통째로 마셔버렸다. 다들 낸이 죽을지도 모른다고 걱정했지만 낸은 아픈 데 하나 없었다. 뒤 베란다에서는 낯선 검은 고양이가 새끼를 열 마리나 낳았고, 셜리는 욕실에 들어가 문을 잠갔다가 어떻게 여는지 잊어버렸고, 슈림프는 온몸에 파리끈끈이를 묻힌 채로 나타났고, 메리 마리아 고모는 한밤중에 촛불을 들고 돌아다니다가 자기 방 커튼에 불을 붙이고는 소름 끼치게 비명을 질러서 온 식구들을 깨워버렸는데…. 맙소사, 이런 생활이 지루하다니!

메리 마리아는 아직도 잉글사이드에 머무르고 있었다. 그녀는 가끔씩 처량한 목소리로 이렇게 말했다.

"내가 지겨워지면 말해다오. 나는 스스로 치다꺼리하면서 지내는 일도 익숙하단다."

그럴 때 내놓을 만한 답은 하나밖에 없었고, 길버트는 늘 그렇게 대답해주었다. 하지만 처음과는 달리 진심으로 하는 말은 아니었다. 집안 어른에 대한 길버트의 공경심마저도 조금씩 식어가고 있었다(코닐리어는 이런 모습을 보고 "남자들이 다 그렇죠"라고 콧방귀를 뀌곤 했다). 그는 메리 마리아 고모가 집에서 골칫거리가 되고 있다는 사실을 자연스럽게 깨달았다. 어느 날 길버트는 용기를 내어, 오랫동안 사람이 살지 않으면 집이 어떻게 망가지는지를 슬쩍 내비쳤다. 메리 마리아 고모는 그 말에 동의하면서 샬럿타운의 집을 팔 생각이라고 말했다.

"괜찮은 생각이네요. 아담하고 아주 좋은 집이 시내에 매물로 나와 있어요. 제 친구가 캘리포니아로 가게 됐거든요. 고모님이 그렇게나 칭찬하시던 세라 뉴먼 부인 집과 똑같아요."

길버트가 부추기자 메리 마리아 고모가 한숨을 쉬었다.

"하지만 그러면 혼자 살아야 하잖니."

앤이 기대 어린 얼굴로 말했다.

"뉴먼 부인은 혼자 사는 게 좋다고 하셨어요."

하지만 이런 대답이 돌아왔다.

"혼자 사는 걸 좋아하는 사람은 뭔가 문제가 있는 거다."

수전은 신음 소리가 나려는 것을 간신히 참았다.

9월이 되자 다이애나가 와서 일주일 동안 머물다 갔다. 그다음에는 리틀 엘리자베스가 찾아왔다. 엘리자베스는 더 이상 '리틀'이라는 말이 어울리지 않을 만큼 키가 크고 날씬하고 아름다웠다. 하지만 여전히 황금빛 머리카락에 구슬픈 미소를 띠고 있었다. 아버지가 파리 지점으로 돌아가게 되었는데 집안일을 도우러 같이 간다고 했다. 엘리자베스와 앤은 오래된 항구의 유서 깊은 해변을 한참 동안 거닐다가 두 사람에게 조용히 내리쬐는 가을 별빛을 받으며 집으로 돌아왔다. 둘은 바람 부는 포플러나무집의 생활을 다시금 맛보았으며 엘리자베스가 앞으로도 영원히 간직할 요정 나라의 지도 속 발자취도 되짚어 보았다.

엘리자베스가 말했다.

"어디를 가더라도 제 방 벽에 이 지도를 걸어둘 거예요."

어느 날, 잉글사이드의 정원으로 바람이 불어왔다. 첫 가을바람이었다. 그날 저녁노을의 장밋빛은 조금 바랜 듯했다. 그렇게 여름도 갑자기 나이가 들고 계절의 변화가 시작되었다.

"가을이 너무 빨리 왔구나."

마치 가을이 자기를 모욕했다는 듯한 말투로 메리 마리아 고모가 투덜댔다.

하지만 가을도 아름다웠다. 짙푸른 만에서 바람이 불어왔고, 추분 무렵 보름달의 광채는 더없이 맑고 밝았다. 골짜기에는 서정적인 느낌을 가득 담은 과꽃이 피었고, 사과가 잔뜩 열린 과수원에서는 아이들의 웃음소리가 들려왔다. 글렌세인트메리 마을 위쪽에 자리한 높은 언덕 목초지에는 맑은 저녁 하늘이 펼쳐졌고 새들이 은빛 비늘구름을 가로지르며 행복하게 날갯짓했다. 해가 짧아지면서 조그만 회색빛 안개가 모래언덕을 슬금슬금 넘어 항구로 올라왔다.

낙엽이 떨어질 무렵이 되자 리베카 듀가 몇 년 전에 했던 약속을 지키기 위해 잉글사이드를 찾아왔다. 일주일 예정으로 왔지만, 사람들이 붙잡는 바람에 두 주 동안 머물렀다. 가장 적극적으로 붙잡은 사람은 수전이었다. 수전과 리베카 듀는 서로가 마음이 맞는 사람이라는 걸 첫눈에 알아차린 듯했다. 둘 다 앤을 사랑했기 때문이었을 수도 있고 혹은 메리 마리아 고모를 싫어했기 때문일 수도 있었다.

빗방울이 낙엽에 부슬부슬 떨어지고 바람 소리가 잉글사이드의 처마와 모퉁이에 울려 퍼지던 어느 날 저녁, 부엌에서는 수전이 그동안 맺혔던 모든 응어리를 리베카 듀에게 털어놓고 있었다. 리베카 듀는 수전의 처지에 공감하며 귀를 기울였다. 그때 블라이드 부부는 다른 집에 가 있었고, 아이들은 모두 편안히 잠자리에 들었으며, 다행히도 메리 마리아는 두통이 심해서 그 자리에 없었다. "쇠로 만든 띠를 뇌에 두르고 있는 것 같구나"라고 앓는 소리를 하면서 방으로 올라간 지 오래였다.

리베카 듀는 오븐의 문을 열고 두 발을 거기에 편안하게 올려놓으며 말했다.

"누구든 그럴 거예요. 저녁에 고등어구이를 그렇게 많이 먹으면 당연히 머리가 아프겠죠. 저도 웬만큼 먹긴 했어요. 베이커 양처럼 고등어를 잘 굽는 사람은 처음 봐요. 그래도 저는 고모님처럼 네 토막이나 먹지는 않았어요."

수전은 리베카의 작고 검은 눈을 애원하듯 바라보며 진지하게 말했다.

"듀 양, 여기 계시는 동안 메리 마리아 블라이드가 어떤 사람인지 어느 정도는 파악했죠? 하지만 아직 절반도 모르는 거예요. 아니, 4분의 1도 모를걸요? 듀 양, 믿을 만한 분인 것 같아서 하는 말인데요, 비밀을 지켜주겠다고 약속한다면 제 속 이야기를 털어놓고 싶어요."

"그렇게 하세요, 베이커 양."

"저 여자는 6월에 여기 왔는데, 제가 보기에는 평생 여기 머무를 생각인 것 같아요. 가족 모두 고모님을 싫어해요. 선생님까지도 지금은 고모님을 싫어하죠. 물론 그 사실을 숨기고 있고, 앞으로도 그러실 것 같기는 하지만요. 선생님은 집안 어른을 워낙 공경하는 분인지라 이 집 사람들이 불편해한다는 걸 아버지 사촌분이 느끼게 해서는 안 된다고 말씀하세요. 그래서 제가 사모님께 계속 부탁했죠."

수전은 마치 무릎이라도 꿇고 사정하는 어조로 말했다.

"이제는 나가달라고 단호하게 말씀하시라고요. 하지만 사모님은 너무 마음이 약한지라 저희도 어쩔 도리가 없었던 거죠. 할 수 있는 게 없어요."

"제게 맡겨주면 좋을 텐데요."

리베카 듀가 말했다. 그녀는 메리 마리아가 던진 말 때문에 속상해하던 중이었다.

"베이커 양, 손님을 맞을 때 지켜야 할 성스러운 예절을 어기면 안 된다는 걸 저도 누구보다 잘 알죠. 하지만 이것만은 확실해요. 저라면 고모님에게 사실을 분명히 짚어줄 거예요."

"저도 제 분수를 몰랐다면 진즉에 뭐라고 했겠죠. 제가 이곳 안주인이 아니라는 사실은 항상 명심하고 있어요. 그러니 잠자코 있을 수밖에요. 가끔은 스스로 진지하게 물어보곤 해요. '수전 베이커, 너는 사람들이 밟고 다니는 현관 깔개밖에 안 되는 거야?' 하지만 사실 제 손은 묶여 있는 거나 다름없잖아요. 사모님의 뜻을 모른 척하고 메리 마리아 블라이드와 싸워서 사모께 괴로움을 보탤 순 없어요. 그저 제 의무를 다하려고 노력할 수밖에요. 왜냐하면요, 듀 양….”

수전이 엄숙하게 말했다.

“저는 선생님과 사모님을 위해서라면 기꺼이 죽을 수도 있거든요. 고모님이 여기 오기 전까지만 해도 우리는 정말 행복했어요. 하지만 그 사람 때문에 집 안 분위기가 엉망이 됐죠. 제가 예언자도 아니니 앞으로 어떻게 될지는 알 수가 없네요. 아니, 알 것도 같아요. 우리 모두 정신병원에 들어갈 거예요. 그것도 한 번만 가지는 않을걸요? 수십 번은 가야 되겠죠. 수백 번 갈 수도 있어요. 모기 한 마리라면 참을 수 있겠지만 수백만 마리라면 어떨지 생각해보세요!”

리베카 듀는 그 광경을 그려보며 침통하게 고개를 저었다.

“고모님은 사모님께 살림을 어떻게 해야 하는지 무슨 옷을 입어야 하는지 계속 참견해요. 제가 무엇을 하는지도 계속 지켜보고 있죠. 그리고 이렇게 싸우기 좋아하는 아이들은 본 적이 없다는 말씀도 하세요. 우리 아이들은 싸움 같은 건 절대 안 하잖아요. 그건 듀 양도 직접 봐서 알고 있죠?”

“그럼요! 지금껏 제가 봤던 아이들 중에서 가장 대견한 아이들이에요.”

“고모님은 여기저기 기웃거리고 꼬치꼬치 캐묻기나 하면서.”

“어머, 저도 봤어요!”

“항상 뭔가에 짜증을 내고 마음 상해하지만 벌떡 일어나 이곳을 떠날 정도로 화를 내지도 않네요. 그냥 쓸쓸하게 버림받은 얼굴로 옆에 앉아만 있으니까 결국에는 가엾은 사모님만 미칠 지경이 되는 거예요. 고모님은 뭐든 마음에 들지 않아 해요. 창문이 열려 있으면 바람이 들어온다고, 창문을 닫으면 신선한 공기가 가끔씩 들어와야 한다고 투덜거리죠. 양파도 아주 싫어해요. 양파 냄새만 나도 자기 코를 틀어쥐면서 속이 메스꺼워진다는 거예요. 그래서 사모님이 제게 요리할 때 양파를 절대 넣지 말라고 하셨어요. 하지만….”

수전이 당당하게 말했다.

“평범한 사람들은 다 양파를 좋아해요. 그런데도 잉글사이드에서는 양파 때문에 죄인이 되어야 하잖아요.”

리베카 듀도 인정했다.

“저도 양파를 아주 좋아해요.”

“고모님은 고양이도 싫어해요. 소름이 끼친다는 거예요! 고양이가 눈에 띄느냐 그렇지 않느냐는 중요하지 않아요. 그냥 집에 고양이가 있다는 것 자체를 못 참더라고요. 그래서 가엾은 슈림프는 얼굴도 내밀지 못하고 있어요. 저도 고양이를 좋아한 적은 없었어요. 하지만 고양이에게도 자기 꼬리를 흔들 권리쯤은 있는 거잖아요. 그리고 이런 말도 하시대요. ‘수전, 내가 달걀을 못 먹는 걸 잊어버리지 마’라거나 ‘수전, 내가 차가운 토스트를 먹지 못하는 걸 얼마나 말해줘야 하는 거냐’라거나 ‘수전, 차를 우리지 않고 끓여서 먹는 사람들도 있다지만 나는 그런 근본 없는 부류가 아니다’라고요. 끓인 차라니요! 제가 차를 우리지 않고 끓여서 사람들에게 내놓기라도 했다는 건지!”

“걱정 마요. 아무도 수전이 그랬을 거라 생각하지 않아요.”

“게다가 고모님은 실례가 될 법한 질문까지도 아무렇지 않게 던진다니까요. 선생님이 고모님보다 사모님한테 먼저 무슨 이야기를 하면 샘을 내요. 환자 이야기도 항상 꼬치꼬치 캐묻고요. 선생님은 그걸 제일 싫어하시는데도 말이에요. 잘 아시겠지만 의사는 입이 무거워야 하잖아요. 게다가 불에 대해서는 어찌나 짜증을 내시는지! 저한테 이런 말도 했어요. '수전 베이커, 등유로 불을 내지 않도록 조심해라. 등유 묻은 헝겊도 아무 데나 놓지 마라. 한 시간도 안 돼서 저절로 불이 붙어버린다는 건 다들 알고 있는 사실이야. 이 집이 다 타버리는 걸 우두커니 서서 바라보고 싶은 거냐? 네 잘못이라는 걸 알면서 말이다'라고 하시는 거예요. 그런데, 듀 양. 저는 그 일로 고모님을 비웃어줬어요. 그랬더니 바로 그날 밤에 고모님이 자기 방 커튼에 불을 붙인 거예요. 고모님의 비명소리가 아직도 귀에 생생해요. 게다가 그날은 가엾은 선생님이 이틀 밤을 꼬박 새우고 나서 겨우 잠이 들었던 때였어요! 제가 가장 화가 나는 건, 고모님이 외출하기 전에 식료품 저장실에 들어와 달걀을 세어보는 거예요. '숟가락도 세보시지 그래요?'라고 쏘아붙이고 싶은 걸 참느라 얼마나 애를 먹었는지 몰라요. 아이들도 고모님을 싫어해요. 그런 기색을 보이지 않도록 단속하느라 사모님이 고생을 많이 하고 계시죠. 선생님 부부가 모두 집에 안 계실 때 고모님이 낸의 따귀를 때린 적도 있었어요. 따귀 말이에요! 낸이 자기를 '므두셀라* 부인'이라고 불러서 그랬다나요? 낸은 켄 포드라는 개구쟁이가 그렇게 말하는 걸 듣고 따라 한 것뿐이라고요."

•   성경에 등장하는 인물 중 가장 오래 산 사람으로 969세에 죽었다고 한다.

리베카 듀가 씩씩거렸다.

"저라면 고모님 따귀를 때려줬을 거예요."

"또다시 그런 짓을 하면 따귀를 때릴 거라고 저도 고모님한테 말해줬어요. '잉글사이드에서 엉덩이 정도는 때리기도 해요. 하지만 절대 따귀는 때리지 않으니 또 그러시면 각오하셔야 될 거예요'라고 경고했죠. 그 일로 일주일 넘게 부루퉁해 있었지만 적어도 그 뒤부터는 아이들 누구한테도 손가락 하나 대지 못하고 있어요. 그래서 그런지 이제는 아이들이 부모한테 벌 받는 걸 보면서 무척 좋아해요. 어느 날 저녁 고모님은 꼬마 젬한테 이렇게 말했어요. '네가 너희들 엄마라면 가만 안 뒀을 거다.' 그러자 '하하, 고모할머니는 누구 엄마도 될 수 없잖아요'라고 그 가엾은 아이가 말한 거예요. 그건 맞는 말이잖아요. 결국 그날 젬은 벌로 저녁을 굶어야 했어요. 그런데요, 듀 양. 나중에 몰래 음식을 가져다준 사람이 누구였을 것 같아요?"

"어머! 누구였는데요?"

이야기에 열중해 있던 리베카 듀가 깔깔대며 웃었다.

"젬이 했던 기도를 들었다면 듀 양도 마음이 무척 아팠을 거예요. '오, 하느님. 메리 마리아 고모할머니한테 무례하게 군 저를 용서해주세요. 그리고 하느님, 제가 고모할머니한테 항상 예의 바르게 행동할 수 있도록 도와주세요' 이러더라니까요. 저는 그걸 듣고 그만 눈물을 쏟았지 뭐예요. 얼마나 가엾던지…. 어린 아이가 나이 든 사람에게 무례하고 건방지게 구는 건 저도 옳지 않다고 생각해요. 그런데 어느 날인가 버티 셰익스피어 드루가 씹어서 뭉친 종이를 고모님한테 던졌을 땐 솔직히 마음이 후련

했어요. 아쉽게도 종이 한 장 차이로 빗나가기는 했지만요. 그 날 버티가 집에 돌아갈 때 현관문에서 불러 세워 도넛 한 봉지를 줬어요. 물론 왜 주는지는 말해주지 않았지만요. 그 아이는 영문도 모른 채 아주 좋아했죠. 도넛이 나무에서 열리는 건 아니잖아요. 그 아이 어머니는 구두쇠라 도넛 같은 건 만들어주지도 않고요. 그리고 냇과 다이가요…. 아, 이런 이야기를 듀 양 말고 누구에게 하겠어요? 선생님하고 사모님은 꿈에도 모르세요. 알면 그만두게 할 테니까요. 두 아이는 머리에 금이 간 낡은 도자기 인형에 메리 마리아 고모할머니라는 이름을 붙이고 고모님한테 야단맞을 때마다 그걸 가지고 나가서 빗물받이 통 속에 집어넣어요. 벌써 여러 번이나 그걸 물에 처박았지요. 얼마나 우스웠는지 몰라요. 그런데 요전 날 밤에 그 여자가 한 짓은 아마 도저히 믿지 못하실 거예요."

"저는 그 여자가 무슨 짓을 했다고 해도 다 믿을 수 있어요."

"그날 뭔가 기분 상하는 일이 있는지 저녁을 한 입도 먹지 않았는데, 자기 전에 식료품 저장실로 가서는 선생님 몫으로 남겨놓은 음식을 다 먹어 치운 거예요. 부스러기도 남기지 않고요. 믿음이 없는 사람이라고 오해받을 수 있겠지만, 저는 하느님이 저런 사람들을 왜 그냥 두고 보시는지 모르겠어요."

리베카 듀가 단호하게 말했다.

"베이커 양, 유머 감각을 잃어서는 안 돼요."

"아, '써레 아래 있는 두꺼비*'도 웃을 일이 있다는 건 알아요.

---

* 괴롭힘을 당하는 사람을 뜻한다. '써레'는 논바닥을 고르는 데 쓰는 농기구다.

문제는 두꺼비 그걸 알고 있느냐죠. 제 이야기를 듣는 게 고역이었다면 미안해요. 그래도 덕분에 마음이 한결 편해졌어요. 이런 말은 사모님께 할 수도 없고, 누군가에게 털어놓지 못하면 터질 것 같았거든요."

"어떤 기분인지 잘 알죠."

수전이 씩씩하게 일어나며 말했다.

"자, 듀 양. 자기 전에 차나 한잔 드시겠어요? 그리고 식기는 했지만 닭다리 구운 것도 있어요."

리베카 듀는 따뜻해진 발을 오븐에서 빼며 말했다.

"인생의 고결한 것들을 잊어선 안 되겠지만, 맛있는 음식도 참 좋은 거라는 사실은 인정할 수밖에 없네요."

12장

───

길버트는 두 주 동안 노바스코샤에서 도요새 사냥을 하고 돌아왔다. 아무리 앤이라 해도 바쁜 길버트를 한 달이나 쉬게 만들 수는 없었다.

어느덧 11월이 가까이 왔다. 어두운 언덕에는 더 어두운 가문비나무가 행진하듯 늘어서 있어 해가 떨어지고 나면 주위가 음산해 보였지만, 잉글사이드는 난로의 불빛과 웃음소리 덕분에 꽃피는 봄날 같았다. 대서양에서부터 애절한 노래를 부르며 불어오는 바람도 아늑한 분위기를 훼방 놓지는 못했다.

어느 날 밤 월터가 물었다.

"엄마, 바람은 왜 행복하지 않아요?"

앤이 대답했다.

"이 세상이 처음 생겨날 때부터 있었던 모든 슬픔을 똑똑히 기억하기 때문이란다."

메리 마리아가 콧방귀를 뀌었다.

"공기가 너무 눅눅해서 끙끙거리는 거다. 그래서 그런지 난 등이 아파 죽겠구나."

하지만 은회색 단풍나무 숲 사이로 기분 좋게 바람이 불어오는 날도 있었고, 또 바람 한 점 없고 봄날처럼 따뜻한 햇살을 받은 벌거벗은 나무가 조용히 그림자를 드리우다가 해가 저물고 나서야 서늘한 기운이 감돌았던 날도 있었다.

"저쪽 구석 롬바디포플러 위에 걸린 하얀 저녁별 좀 보렴. 저런 걸 볼 때면 살아 있다는 게 얼마나 기쁜지 모른단다."

"애니, 너는 참 이상한 말을 하는구나. 프린스에드워드섬에서 별이 보이는 건 당연한 일이지."

앤에게 핀잔을 주면서 메리 마리아는 이렇게 생각했다.

'세상에, 별이라니! 전에는 아무도 별을 보지 못했다는 투잖아! 그리고 매일같이 부엌에서 어마어마한 식재료가 낭비되고 있다는 걸 애니는 모르나? 수전 베이커가 분별없이 달걀을 마구 사용하는 거랑 고기에서 나오는 기름으로 충분한데도 돼지기름을 따로 쓰는 걸 정말 모르는 거야? 아니면 신경도 쓰지 않는 걸까? 가엾은 길버트! 아무리 뼈 빠지게 일하면 뭐 해. 살림을 저 따위로 하는걸.'

회색과 갈색으로 물들었던 11월이 떠나갔다. 이어서 오래전부터 해온 대로 눈은 밤새도록 하얀 마법을 부렸다. 젬은 아침을 먹으러 달려오면서 환호성을 질렀다.

"엄마! 조금 있으면 크리스마스가 될 거예요. 올해도 산타클로스 할아버지가 오시겠죠?"

"아직도 산타클로스를 믿는 건 아니겠지?"

메리 마리아 고모의 말을 듣고 앤은 길버트에게 놀란 눈빛을 보냈다. 길버트도 정색하며 말했다.

"고모님, 우리 부부는 아이들이 동화 나라의 유산을 가능한 한 오래 간직하고 살길 바란답니다."

다행히 젬은 메리 마리아 고모할머니의 말을 귀담아듣지 않았다. 젬과 월터는 겨울이 펼쳐놓은 멋진 세계로 들어가고 싶어 못 견디겠다는 마음뿐이었다. 아무도 밟지 않은 눈을 볼 때 느껴지는 낭만을 발자국으로 망치는 게 싫었지만 어쩔 수 없는 노릇이었다. 그렇다고 해도 세상은 여전히 아름다웠고, 특히 저물 무렵 제비꽃으로 하얗게 물든 골짜기 위에서 노을로 활활 타고 있을 때면 더욱 찬란했다.

앤은 단풍나무 장작이 타고 있는 거실 난롯가에 앉아 있었다. 불꽃은 언제 봐도 사랑스러웠다. 불꽃은 장난기 가득 머금고 늘 상상치도 못했던 일을 해낸다. 방 구석구석을 환히 밝히다가도 일순간 어둑하게 만들기도 한다. 그러면 어떤 그림이 나타났다 사라진다. 그림자가 숨어 있다 튀어나오기도 한다. 밖으로 눈을 돌리자 차양 없는 커다란 창문 사이로 요정이 장난이라도 친 듯 방 안의 광경이 잔디밭에 비쳤다. 꼿꼿이 앉아 있는 메리 마리아의 그림자가 구주소나무 아래로 드리워졌다. 그녀는 늘어져 있는 일이 절대 없었다.

길버트는 소파에 '늘어져' 있었다. 그날 폐렴을 앓던 환자가 그만 세상을 떠났는데, 어떻게든 그 일을 잊으려고 애쓰는 중이었다. 어린 릴라는 아기 바구니에 누워서 자기의 분홍빛 주먹을 입에 넣어보려고 안간힘을 썼다. 슈림프는 난롯가 깔개 위에 웅크리고 앉아 가르랑거렸는데, 메리 마리아 고모는 그 소리가 귀에 거슬렸다.

"고양이 이야기가 나왔으니까 말인데…."

메리 마리아 고모가 청승맞은 표정으로 말을 꺼냈다(아무도 고양이 이야기는 하지 않았다).

"밤이 되면 글렌세인트메리 마을의 고양이가 전부 이 집으로 몰려오는 거냐? 어젯밤에도 어찌나 악을 쓰며 울어대던지, 원. 어쩌면 다들 아무렇지도 않게 잠을 잘 수 있는지 도대체 이해가 안 가는구나. 물론 내 방이 맨 뒤쪽이라 그 무료 음악회의 혜택을 가장 톡톡히 누리는 것 같긴 하다만."

누가 대답하기도 전에 수전이 들어오더니 카터 플래그네 가게에서 결혼 전 이름이 코닐리어였던 마셜 엘리엇 부인을 보았는데 물건을 다 사고 나서 여기 들르겠다는 말을 했다고 전해주었다. 수전은 그녀가 걱정스럽게 한 말은 덧붙이지 않았다.

"수전, 혹시 블라이드 부인한테 무슨 일 있어요? 지난 일요일 교회에서 보니까 지쳐 있고, 얼굴에는 근심이 가득하더라고요. 지금껏 처음 보는 모습이라 자꾸 신경이 쓰였어요."

그때 수전은 그늘진 얼굴로 대답했다.

"걱정이 있어요. 사모님은 절대 입 밖으로 내지 않을 일이지만, 제가 말씀드릴게요. 메리 마리아 고모님 때문이에요. 날마다 얼마나 시달리는지 몰라요. 그런데 선생님은 그걸 모르는 것 같고요. 사모님이 밟은 땅까지 떠받드시는 분이 어떻게 그걸 눈치채지 못하는지 모르겠어요."

엘리엇 부인이 말했다.

"남자들은 원래 그렇잖아요."

여기까지가 수전이 엘리엇 부인과 나눈 대화였다. 엘리엇 부인이 집에 온다는 소식을 듣고 앤은 벌떡 일어나 등불을 켜면서 말했다.

"잘됐네요. 너무 오랫동안 코닐리어를 못 본 것 같아요. 이제 최근 소식을 들을 수 있겠네요."

길버트는 짧게 대답했다.

"그렇겠군!"

그러자 메리 마리아 고모가 차갑게 대꾸했다.

"그 여자는 말을 퍼뜨리길 좋아하는 사악한 사람이야."

수전은 난생처음으로 코닐리어를 변호하기 위해 나섰다.

"아니에요, 고모님. 저 수전 베이커는 그녀가 얼토당토않게 욕먹는 것을 가만히 듣고 있을 수 없네요. 사악하다니요, 세상에! 고모님, 혹시 '똥 묻은 개가 겨 묻은 개 나무란다'라는 말 들어보셨어요?"

앤이 애원했다.

"수전, 수전!"

"죄송해요, 사모님. 제가 주제넘게 군 건 맞아요. 하지만 도저히 참을 수 없는 일도 있는 법이에요."

그러고는 '쾅' 소리가 나도록 세차게 문을 닫고 나갔다. 잉글사이드에서는 거의 들어볼 수 없는 소리였다.

수전이 나가기 무섭게 메리 마리아가 의미심장한 목소리로 앤에게 말했다.

"애니, 너도 봤지? 그런데도 저 하녀를 내버려둘 생각이냐? 네가 그런다면 아무도 저 사람을 막을 수 없어."

길버트는 결국 일어나 서재로 갔다. 피곤한 남자가 편히 쉴 만한 곳은 서재뿐이다. 코닐리어를 좋아하지 않았던 메리 마리아는 침실로 올라갔다. 그래서 코닐리어가 왔을 때는 축 늘어진 채 아기 바구니를 내려다보는 앤만 남아 있었다. 코닐리어는 평소처럼 마을 소문으로 대화를 시작하지 않았다. 대신 숄을 옆에 내려놓고는 앤의 곁에 앉아 손을 잡아주었다.

"앤, 무슨 일이 있다는 거 알아요. 메리 마리아라는 고약한 할머니가 앤을 죽도록 괴롭히는 거죠?"

앤은 미소를 지으려 애썼다.

"제가 이렇게까지 신경 쓰는 게 바보 같다는 건 알아요. 하지만 오늘 같은 날은 도저히 고모님의 행동을 견딜 수가 없네요. 고모님은 우리 생활을 망치고 있어요."

"이제 그만 나가달라는 말을 왜 안 하는 거예요?"

"그럴 순 없어요. 적어도 저하고 길버트는 절대 못 해요. 길버트는 만약 자기가 혈육을 내쫓는다면 사람들 앞에서 얼굴을 들고 다닐 수 없을 거라고 했어요."

앤의 말에 코닐리어가 어처구니없다는 얼굴로 말했다.

"어머나! 고모님은 돈도 많고 좋은 집도 있잖아요. 자기 집에 가서 사시라고 말씀드리는 게 왜 내쫓는 거예요?"

"길버트는 이런 상황을 잘 몰라요. 집을 비울 때가 많으니 그럴 만도 하죠. 게다가 깊이 생각해보면 하나하나가 모두 사소한 거예요. 제가 부끄러워질 정도로요."

"알아요, 앤. 하지만 살아보니 사소한 일들이 큰일로 발전하더라고요. 물론 남자들은 이해할 수 없겠죠. 샬럿타운에 고모님을 잘 아는 여자가 있어요. 그녀 말이 메리 마리아 블라이드는 평생 친구가 하나도 없었대요. 그러면서 성을 블라이트*로 바꿔야 한다고 하더라고요. 앤이 할 일은 마음을 굳게 먹고 더는 참지 않겠다고 말하는 거예요."

앤이 쓸쓸한 얼굴로 말했다.

"힘껏 달리려고 해도 다리가 질질 끌리기만 하는 꿈을 꾸는 기분이에요. 가끔이라면 또 모르겠어요. 하지만 매일 그러는걸요. 이제는 식사 시간이 정말 무서워요. 길버트는 가족을 위해 고기를 자르는 일조차 못 하겠대요."

코닐리어가 콧방귀를 뀌었다.

"선생님도 알고 계시다는 거네요."

"식사 시간에 제대로 된 대화를 할 수가 없어요. 누가 입을 열때마다 고모님이 불쾌한 말씀을 하시거든요. 아이들의 식사 예절을 끊임없이 지적할 뿐만 아니라 사람들 앞에서 아이들의 잘못을 공공연히 들추어내세요. 예전에는 식사 시간이 그토록 즐거웠는데, 지금은 아니에요! 고모님은 웃는 것도 싫어하세요. 우리 가족이 항상 웃는 거 아시잖아요. 전에는 누군가가 꼭 우스갯소리를 하곤 했죠. 그런데 고모님은 무슨 일이든 그냥 넘기지 않으세요. 오늘도 그랬죠. '길버트, 그렇게 뚱해 있지 마라. 애니

---

* blight. '병충해, 어두운 그림자, 망치다' 등의 부정적인 뜻을 지닌 단어어.

하고 싸운 거냐?' 우리가 조용히 있었다고 그렇게 말씀하신 거예요. 길버트는 살릴 수 있다고 생각했던 환자를 잃으면 우울해하잖아요. 그러고 나서 고모님은 우리가 어리석은 일을 했다고 설교한 뒤 다음 날까지 계속 화를 내면 안 된다고 당부하셨어요. 아, 나중에 우리는 웃었지만, 막상 그때는 힘들었어요! 게다가 고모님과 수전은 사이가 좋지 않아요. 수전이 예의에 어긋나는 말을 조용히 중얼거리는 걸 우리가 막을 수도 없잖아요. 수전이 중얼거리기만 하는 건 아니에요. 메리 마리아 고모님이 월터 같은 거짓말쟁이는 처음 본다고 하신 적이 있어요. 월터가 다이한테 자기가 달에 있는 사람을 만나서 대화했다고 말하는 걸 고모님이 들었거든요. 그때 고모님은 비누를 가져다 월터의 입을 싹싹 닦아주어야 한다고 그러셨어요. 그 일로 수전하고 크게 다퉜죠. 고모님은 아이들의 머리에 온갖 섬뜩한 생각을 집어넣으세요. 버릇없이 구는 아이가 자다가 죽었다는 이야기를 해주는 바람에 낸은 잠드는 걸 무서워해요. 다이한테도 너는 머리카락이 빨간색이지만 계속 착하게 굴면 부모님이 낸만큼 사랑해줄 거라는 말도 하셨고요. 길버트는 그 말을 듣고 화가 머리끝까지 나서 고모님한테 심한 말을 하기도 했어요. 저는 이 일로 고모님이 마음 상해서 우리 집을 떠났으면 좋겠다는 생각까지 들었어요. 누군가가 그러는 게 싫긴 하지만 그때만은 예외였어요. 그런데 고모님은 그 커다랗고 파란 눈에 눈물을 글썽이며 악의를 갖고 한 말은 아니었다고 하시는 거예요. 쌍둥이는 똑같이 사랑받지 못하는 법인데, 우리가 낸을 더 좋아하고 가엾은 다이가 그 사실을 아는 것 같았다고 하시는 거 있죠! 고모님이 그 일로 밤새도록 울자 길버트는 자기가 심했다는 기분이 들어서 결국은 사과를 드렸어요."

"사과했다고요?"

"아, 이런 식으로 말하면 안되는데…. 그동안 얼마나 축복을 받았는지 생각해보면 이런 일에 신경 쓰는 제가 옹졸하게 느껴지기도 해요. 고모님 때문에 인생의 활력이 좀 줄어든다고 해도 말이죠. 그리고 고모님이 항상 싫은 건 아니에요. 어떤 때는 아주 좋은 분이니까요."

코닐리어가 비꼬듯 말했다.

"정말 그렇게 생각하세요?"

"네. 그리고 친절하실 때도 있어요. 제가 찻잔 세트를 갖고 싶어 한다는 말을 듣고는 토론토에서 하나 구해주셨어요. 우편 주문으로요! 그런데요, 정말 보기 흉한 물건이었어요!"

앤은 웃다가 결국 흐느꼈다. 그러고는 다시 웃었다.

"고모님 이야기는 이제 그만하죠. 솔직하게 털어놨더니 조금은 후련해졌어요. 코닐리어, 귀여운 릴라 좀 보세요. 속눈썹 참 예쁘죠? 자, 이제 즐거운 이야기를 나눠요."

코닐리어가 떠날 무렵이 되자 앤은 평소의 자신으로 돌아갔다. 그럼에도 앤은 얼마 동안 난롯가에 앉아 생각에 잠겼다. 그동안 있었던 일들을 코닐리어에게 죄다 이야기한 것은 아니었다. 길버트에게도 속속들이 털어놓은 적이 없었다. 그 외에도 사소하고 작은 일들은 끝없이 많았다.

앤은 생각했다.

'너무 사소한 일들이라 불평할 수도 없어. 그래도 그런 것들

이 좀벌레처럼 삶에 구멍을 내고 일상을 망쳐버리는 거야.'

메리 마리아 고모는 마치 안주인처럼 행세했다. 또 아무런 말도 없이 손님을 초대해서 앤을 곤란하게 만들기도 했다. 그럴 때면 앤은 이 집 사람이 아닌 것 같은 느낌이 들었다. 외출했다 돌아오면 가구가 여기저기 옮겨져 있기도 했다.

"애니, 별거 아니다. 이 탁자는 여기보다는 서재에 더 필요할 것 같더구나."

어린아이처럼 모든 일을 다 알고 싶어 해서 사적인 내용도 노골적으로 물었다.

'노크도 없이 내 방에 들어오고, 연기 냄새가 난다고 불평하고, 납작하게 해놓은 쿠션을 일부러 부풀리고, 내가 수전과 함께 다른 사람 험담을 너무 많이 한다고 나무라고, 아이들 잘못을 계속 지적하신다. 아이들이 예의 바르게 행동하도록 우리가 지키고 앉아 있어야 한다고 말씀하시지만 우리가 언제까지나 아이들 곁에 붙어 있을 수는 없다.'

"메이 마야 하무니 못댔서(메리 마리아 할머니 못됐어)."

메리 마리아가 유난히 심하게 굴던 날 셜리가 또박또박 이렇게 말했다. 그러자 혼을 내줘야겠다며 길버트가 셜리의 엉덩이를 때리려는 걸 수전이 화를 내며 말렸다.

앤은 계속 생각했다.

'우리는 겁을 먹고 있었던 거야. 고모님이 좋아하시겠냐는 질문을 중심으로 이 집이 돌아가기 시작한 거지. 다들 인정하지 않겠지만, 그게 사실이야. 고모님이 고상하게 눈물을 닦도록 놔두느니 우리가 참는 게 낫다고 생각한 거라고. 하지만 더는 이

렇게 살 수 없어.'

그런데 갑자기 코닐리어의 말이 생각났다. 메리 마리아 블라이드는 친구가 한 명도 없다고 했다. 아, 얼마나 끔찍한 일인가! 앤은 자기에게 친구가 많다는 사실을 떠올리자 단 한 명의 친구도 없는 이 여성에 대한 연민이 갑자기 마음에 사무쳤다. 고모에게는 외롭고 불안한 노후가 기다리고 있을 뿐, 보호와 치유, 희망과 도움, 온기와 애정을 나누며 찾아올 사람은 아무도 없을 것이다.

우리는 고모를 견뎌낼 수 있다. 이런 짜증 나는 일들은 결국 표면적인 문제에 불과하다. 이런 일들이 인생의 샘을 깊은 곳까지 오염시키지는 못한다.

"그저 내 신세를 한탄하면서 감정이 격해졌을 뿐이야."

앤은 릴라를 안아서 조그맣고 매끄러운 얼굴에 자기 뺨을 가져다 댔다. 그러자 떨리는 듯 기쁨이 솟아올랐다.

"다 지나고 생각해보니 참 부끄럽네."

13장

"엄마, 요즘 겨울은 옛날이랑 다른 것 같아요."

월터가 우울한 얼굴로 말했다. 11월에 내렸던 눈은 오래전에 녹아버린 터라 12월 내내 글렌세인트메리 마을의 땅은 시커멓고 칙칙하기만 했다. 잿빛으로 변한 만에는 얼음처럼 하얀 거품이 이는 물마루만 드문드문 보일 뿐이었다. 항구가 언덕의 황금빛 팔에 안겨 반짝이는 맑은 날은 며칠에 불과했고 흐릿하면서 고집스럽게 찌푸린 날씨가 이어졌다.

잉글사이드 아이들은 크리스마스에 눈이 내리기를 기다리면서도 크게 기대하지는 않았다. 그래도 기쁨의 날을 맞이할 준비만큼은 꾸준히 해서 크리스마스 바로 전주가 끝날 무렵 잉글사이드는 수수께끼, 비밀, 속삭임, 맛있는 냄새로 가득 찼다. 크리스마스가 하루 앞으로 다가오자 모든 준비가 끝났다. 거실 구석에는 월터와 젬이 골짜기에서 가져온 전나무를 세워두었고, 문이며 창문에는 큼직한 빨간 리본이 예쁘게 달린 초록색 화환을 걸어두었다. 난간에는 가문비나무 가지를 매어놓았고, 수전의 식료품 저장실은 넘쳐 날 정도로 음식이 그득했다.

오후도 다 끝나갈 즈음 다들 '올해는 칙칙한 그린(green) 크리스마스로 만족해야겠구나' 하면서 체념하고 있을 때 누군가가 창밖을 내다보다가 하얗고 두툼한 눈송이가 깃털처럼 폴폴 내리는 광경을 목격했다.

젬이 외쳤다.

"눈이다, 눈! 드디어 화이트 크리스마스가 됐어요, 엄마!"

이날 잉글사이드 아이들은 행복한 마음으로 잠자리에 들었다. 어둑어둑한 밤, 포근한 침대에 누워 윙윙대는 눈보라 소리를 듣고 있자니 기분이 정말 좋았다. 앤과 수전은 크리스마스트리를 장식 중이었다.

'둘 다 아이들처럼 유치하게 굴고 있구먼.'

메리 마리아는 경멸하듯 흘겨보았다. 트리에 촛불을 켜는 일이 탐탁지 않았던 것이다. 그래서 끝내 한마디 했다.

"집에 불이라도 낼 셈이냐."

색색의 구슬 장식도 마음에 들지 않았다.

"쌍둥이가 그걸 입에 넣으면 어쩌려고 그래?"

하지만 누구도 그녀가 하는 말에 신경 쓰지 않았다. 그래야만 메리 마리아와 한 집에서 살 수 있다는 사실을 가족 모두 비로소 터득한 것이다.

"이제 다 됐어!"

자랑스럽게 서 있는 작은 전나무 꼭대기에 커다란 은색 별을 달면서 앤이 외쳤다.

"수전, 정말 예쁘죠? 크리스마스에는 우리 모두 스스럼없이 어린아이로 돌아갈 수 있잖아요. 눈이 와서 참 좋아요! 하지만 아침까지는 폭풍이 멈췄으면 좋겠어요."

메리 마리아가 딱 잘라 말했다.

"내일은 온종일 폭풍이 불 거다. 내 등이 욱신거리거든. 어디 내 말이 틀렸나 두고 봐라."

앤은 복도를 지나 현관문을 열고 밖을 내다보았다. 세차게 휘몰아치는 눈보라가 세상을 하얗게 지우고 있었다. 창문 유리는 눈으로 뒤덮여 잿빛으로 변했다. 창밖의 구주소나무는 이불을 뒤집어쓴 커다란 유령 같았다.

"눈이 그칠 것 같지 않네."

앤이 쏠쏠한 얼굴로 인정하자 수전이 돌아보며 말했다.

"사모님, 날씨를 다스리는 분은 하느님이세요. 메리 마리아 블라이드 고모님이 아니라요."

"적어도 오늘 밤에는 누가 아프다는 전화가 오지 않았으면 좋겠어요."

앤이 돌아서며 말했다. 수전은 폭풍이 몰아치는 어둠 속을 다시 쳐다본 뒤 문을 닫아걸었다.

"오늘 밤에 아기를 낳으면 안 돼요."

수전은 글렌세인트메리 마을 위쪽을 향해 심각한 얼굴로 경고했다. 조지 드루 부인의 네 번째 아기가 곧 태어날 예정이었기 때문이다.

메리 마리아의 등은 여전히 아팠지만 밤새 폭풍은 가라앉았고, 아침이 되자 언덕의 눈 덮인 신비한 골짜기에는 적포도주 같은 겨울 해가 솟아올랐다. 아이들은 모두 일찍 일어나 별처럼 눈을 반짝이며 부푼 마음으로 기다리고 있었다.

"엄마, 산타할아버지는 폭풍이 불어도 오시는 거지?"

"아니, 산타할아버지는 아파서 문 밖으로 나오지도 못했다."

메리 마리아가 장난스럽게 대답했다. 그녀까지도 농담을 하고 싶을 만큼 기분이 좋았던 것이다.

아이들이 눈물을 쏟기 전에 수전이 얼른 말했다.

"산타할아버지는 잉글사이드를 단 한 번도 빼먹지 않고 찾아오셨단다. 아침을 먹고 나서 산타할아버지가 트리에 무슨 선물을 놔두셨는지 확인해보자."

아침 식사가 끝난 뒤 이상하게도 아빠가 보이지 않았지만, 다들 크리스마스트리를 보며 감탄하느라 아무도 신경 쓰지 않았다. 눈부시게 멋진 트리였다. 온통 금빛과 은빛, 비눗방울 같은 구슬이 달려 있었고 불이 켜진 촛불은 아직 어두운 방을 비추었다. 그리고 아름다운 리본으로 묶어둔 형형색색의 꾸러미도 놓여 있었다.

바로 그때 산타가 나타났다. 하얀 털이 달린 진홍색 옷을 입고, 기다란 흰 수염에 커다란 배를 내밀고 있었다. 앤이 길버트를 위해 만든 빨간 벨벳 옷 안에 수전이 쿠션 세 개를 채워 넣은 것이었다. 처음에 셜리는 겁에 질려 비명을 질렀지만 그래도 밖으로 도망치려고는 하지 않았다. 산타는 한 사람 한 사람에게 선물을 주면서 유쾌한 말을 건넸다. 짙은 분장을 뚫고 나오는 목소리였지만 이상하게도 아이들의 귀에 익었다. 그러다 마지막 사람에 이르렀을 때 수염에 촛불이 옮겨붙었고, 이를 본 메리 마리아 고모는 안타깝다는 듯 한숨을 쉬면서도 자기 생각이 맞았다며 슬며시 흡족해했다.

"아이고, 크리스마스도 내가 어렸을 때랑은 다르구나."

메리 마리아는 파리에서 리틀 엘리자베스가 앤에게 보내준 선물을 못마땅한 얼굴로 바라보았다. 은빛 활을 들고 있는 아르테미스* 청동상이었는데, 보기에 무척 아름다웠다. 하지만 그녀는 엄하게 따져 물었다.

"대체 저건 무슨 난삽한 여자 모습이냐?"

"신화 속의 여신이에요."

앤은 이렇게 말하며 길버트와 눈웃음을 주고받았다.

"아, 이교도군! 뭐, 그렇다면야 또 얘기가 다르지. 애니, 그래도 내가 너라면 말이다 저걸 아이들이 보는 곳에 두지는 않을 거다. 이제는 세상에서 단정함이라는 게 사라져버린 것 같다는 생각이 가끔씩 드는구나. 우리 할머니는 페티코트를 세 벌씩 겹쳐 입으셨어. 겨울이든 여름이든 마찬가지였지."

그녀는 평소처럼 엉뚱한 말로 대화를 마쳤다.

이날 메리 마리아는 아이들 모두에게 자홍색 털실로 짠 장갑을 선물로 주었고, 앤에게도 같은 실로 짠 스웨터를 선물했다. 길버트는 요란한 색깔의 넥타이를, 수전은 빨간색 플란넬 페티코트를 받았다. 빨간색 플란넬 페티코트라니! 너무 촌스럽다는

---

* 그리스신화에 나오는 사냥·다산·순결·달의 여신

생각이 들었지만 수전은 메리 마리아에게 정중히 고맙다고 인사했다. 그러면서 속으로 혀를 찼다.

'가난한 선교사의 옷도 이것보다는 낫겠네. 난 지금 페티코트를 세 겹이나 입었다고! 난 단정한 사람이라 자부하지만 은빛 활을 든 저 여자 모습은 마음에 드네. 옷은 제대로 입지 않았지만, 나라도 저런 몸매를 가졌으면 굳이 숨기고 싶지 않았을 거야. 하지만 지금은 칠면조 속을 채우러 가야지. 나 참, 양파를 못 쓰니 넣을 게 별로 없잖아.'

그날 잉글사이드는 소박하고 예스러운 행복으로 가득 찼다. 사람들이 너무 행복해하면 기분이 언짢아지는 것이 분명한 메리 마리아 고모도 분위기를 바꾸지 못했다.

"흰 살코기만 다오. 제임스, 수프는 소리 내서 먹지 마라. 길버트, 너는 네 아버지처럼 고기를 잘 자르진 못하는구나. 네 아버지는 각자가 가장 좋아하는 부분을 잘라서 줬어. 저기 쌍둥이야, 나이 든 사람들은 가끔씩 한마디 하고 싶어 하는 법이다. 내가 어렸을 때 아이들은 옆에서 보기만 해야지 뭐라고 말하면 안 된다고 배웠어. 길버트, 아니 괜찮다. 나는 샐러드를 주지 않아도 돼. 날것은 안 먹으니까. 그래, 애니. 푸딩은 좀 먹을 거다. 민스파이는 소화가 잘 안 돼."

길버트가 말했다.

"수전의 민스파이는 시 같아요. 수전의 애플파이가 노래인 것처럼요. 앤 아가씨, 나는 둘 다 한 조각씩 먹을게."

"애니, 너는 그 나이가 돼서도 '아가씨'라는 말이 정말로 듣고 싶은 거냐? 월터, 버터 바른 빵을 아직 안 먹고 남겼구나. 그걸 먹고 싶어 하는 가난한 아이들이 세상에 얼마나 많은지 아니?
제임스, 얼른 코 풀고 그만 훌쩍거려라. 그 소리가 거슬려서 참
을 수 없구나."

그럼에도 즐겁고 멋진 크리스마스였다. 메리 마리아까지도
식사 뒤에는 마음이 조금 누그러진 듯했다. 그래서 자기가 받은
선물이 꽤 좋았다며 다정하다 싶은 어조로 말했다. 심지어 슈림
프가 옆에 있어도 순교자적인 인내로 참아내기까지 해서 모두
들 그동안 자신들이 슈림프를 귀여워했던 일에 대해 조금 미안
한 마음이 들 정도였다.

"아이들이 즐거운 시간을 보낸 것 같네요."

그날 밤 앤은 행복한 얼굴로 하얀 언덕과 저녁놀이 진 하늘에
수를 놓은 듯 그림처럼 서 있는 나무를 바라보았다. 잔디밭으로
나간 아이들은 새들에게 주려고 눈 위에 빵 부스러기를 열심히
뿌리고 있었다. 바람은 나뭇가지에서 부드럽게 한숨을 내쉬고
잔디밭 위로 눈발을 흩뿌리면서 내일은 폭풍이 일어날 것이라
예고했지만, 잉글사이드 가족은 최고의 하루를 보냈다.

메리 마리아도 앤의 말에 동의했다.

"그런 것 같구나. 어쨌든 아이들이 실컷 소란을 피워댄 건 분
명하니까. 아이들이 먹는 거 말인데, 어릴 때야 한 번뿐이고 이
집에는 피마자유도 많이 있을 테니 별 상관은 없겠지."

14장

수전은 이 계절을 '줄무늬 겨울'이라고 불렀다. 온갖 것들이 얼었다 녹았다 하면서 잉글사이드 처마를 환상적인 고드름으로 장식해놓았다. 아이들은 과수원으로 자주 날아오는 파랑어치 일곱 마리에게 먹이를 주고 있었다. 이 새들은 다른 사람이 오면 도망쳤지만 젬이 손을 내밀 때는 가만히 있었다. 1월과 2월에 앤은 밤마다 종자 목록을 열심히 읽었다. 어느덧 3월의 바람이 소용돌이치며 모래언덕을 넘고 항구를 건너 언덕 위로 불어왔다. 토끼가 부활절 달걀을 낳는 중이라고 수전이 말했다.

불어오는 온갖 바람의 동생뻘인 젬이 외쳤다.

"엄마, 3월은 정말 신나는 달이에요!"

젬이 말한 '신나는' 일 중에는 굳이 겪을 필요가 없는 것도 있었다. 젬은 녹슨 못에 손을 긁혀 며칠 동안 고생했고, 이때 메리 마리아 고모할머니는 자기가 들었던 패혈증 이야기를 모조리 해주었다. 하지만 패혈증에 걸릴 위험한 순간이 지나가자 언제나 무언가를 실험해보려 하는 어린 아들의 부모라면 이런 일은 예상했어야 마땅하다고 앤은 반성했다.

드디어 4월이 되었다! 비의 웃음소리와 속삭임, 비가 떨어지고 바닥을 쓸고 움직이고 부딪치고 춤을 추고 첨벙대는 소리가 귓가에 들려왔다.

아침 햇살이 다시 고개를 내밀자 다이가 소리쳤다.

"엄마, 세상이 얼굴을 아주 잘 씻어서 깨끗해졌어요!"

안개 낀 들판 위로 봄의 창백한 별이 반짝였고, 습지에 줄지어 늘어선 갯버들은 바람의 움직임을 따라 춤췄다. 나무의 잔가지도 차가운 기운을 내려놓고 한결 부드러운 모습으로 탈바꿈했다. 처음으로 울새가 찾아온 것은 모두에게 커다란 사건이었다. 골짜기에는 야생의 자유로운 기쁨이 가득했다. 젬은 올봄에도 엄마에게 처음으로 핀 산사꽃을 가져다주었다. 그런데 그 일로 메리 마리아 고모는 기분이 좀 상했다. 앤보다 자기에게 먼저 가져다주어야 했다고 생각한 것이다. 수전은 다락방 선반 정리를 시작했다. 겨우내 자신만의 시간을 거의 가져보지 못했던 앤은 봄의 기쁨을 옷처럼 두르고, 글자 그대로 정원에서 살다시피 했다. 슈림프도 오솔길을 뒹굴고 다니며 봄을 맞은 기쁨을 온몸으로 표현했다.

메리 마리아 고모가 말했다.

"애니, 너는 어째 네 남편보다 정원에 더 신경을 쓰는구나?"

"정원은 제게 아주 친절하니까요."

앤이 꿈꾸는 듯한 얼굴로 대답했다. 그러고 나서 남들은 자기의 말을 다른 뜻으로 받아들일 수 있다는 사실을 뒤늦게 깨닫고는 웃음을 터뜨렸다.

"애니, 정말 말도 안 되는 소리를 하고 있구나. 물론 길버트가 친절하지 않다는 뜻으로 한 소리가 아니라는 건 알지만, 네 말을 누가 들으면 어떻게 생각하겠니?"

"고모님, 해마다 이맘때쯤에 전 엉뚱한 말을 하곤 해요. 그건 제 잘못이 아니에요. 그리고 이 근방 사람들은 제가 봄만 되면 좀 이상해진다는 걸 다 알아요. 하지만 정말 멋지게 이상해지죠. 저기 모래언덕 위에 있는 안개가 마치 춤추는 마녀 같지 않나요? 저 수선화는 어때요? 전에는 잉글사이드에서 이런 수선화를 본 적이 없어요."

"나는 수선화는 별로다. 너무 뽐내는 것 같거든."

메리 마리아 고모는 이렇게 말하고 나서 숄을 어깨에 걸치며 등이 아파오기 전에 집 안으로 들어갔다.

수전이 속상한 얼굴로 말했다.

"사모님, 그늘진 구석에 옮겨 심으려던 아이리스 말예요. 글쎄, 오늘 오후 사모님이 안 계실 때 고모님이 뒷마당에서 햇볕이 가장 잘 드는 곳에다 심어버렸어요."

"그래요? 그래도 다시 옮길 수는 없어요. 고모님이 상처받으실 게 뻔하니까요!"

"사모님, 저한테 말씀만 하시면요…."

"아니에요, 수전. 당분간은 그대로 두도록 해요. 지난번 일 기억나죠? 꽃이 피기 전에 조팝나무 가지를 치면 안 된다고 넌지

시 말을 꺼내기만 했는데도 고모님이 울어버리셨잖아요."

"그런데도 우리 집 수선화를 비웃으셨잖아요! 항구 주변에서 모르는 사람이 없을 정도인데요!"

"그렇죠. 정말 그럴 만해요. 저기 좀 보세요. 수전이 메리 마리아 고모님 때문에 마음을 쓰고 있다면서 웃는 것처럼 보이잖아요. 드디어 금련화가 이쪽 끝에서 나기 시작했어요. 이제 틀렸다고 포기하던 순간에 갑자기 나타나다니, 정말 놀랍네요. 남서쪽 구석에 작은 장미 정원을 만들어볼 생각이에요. 장미 정원이라는 이름만 들어도 발끝까지 두근거리네요. 수전, 저렇게 파란 하늘을 본 적이 있어요? 그리고 요즘에는 밤에 주의 깊게 귀 기울이면 이 근처의 작은 시냇물들이 소곤거리는 소리가 전부 들려요. 오늘 밤에는 들에 핀 제비꽃을 베개 삼아 골짜기에서 잠들고 싶네요."

"축축하기만 할걸요?"

수전이 참을성 있게 말했다. 사모님은 봄만 되면 항상 이렇게 엉뚱한 말을 늘어놓곤 했다.

'이 또한 지나가겠지….'

그때 앤이 뜻밖의 이야기를 꺼냈다. 수전을 살살 달래는 듯한 말투였다.

"수전, 다음 주에 생일잔치를 열고 싶어요."

"좋아요. 그런데 누구 생일잔치요?"

흔쾌히 대답하긴 했지만 수전은 의아했다.

'우리 가족 중에는 5월 마지막 주에 생일인 사람이 없잖아. 그건 확실해. 그런데 사모님이 생일잔치를 열고 싶다면서 왜 내

눈치를 슬슬 보는 걸까?'

"메리 마리아 고모님이에요."

앤은 최악의 순간을 빨리 끝내버리기로 마음먹고 얼른 뒷말을 계속했다.

"고모님 생신이 다음 주예요. 올해로 쉰다섯 살이 되신다고 길버트가 말해줘서 계속 마음에 두고 있었어요."

"사모님, 정말 잔치를 열 생각이세요? 그….."

"수전, 숫자를 백까지만 세요. 그러다 보면 흥분이 가라앉을 거예요. 생일상을 받으면 고모님은 무척 좋아하실 거예요. 사실 고모님이 기뻐하실 만한 일도 별로 없잖아요?"

"그거야 본인 탓이죠."

"그럴지도 몰라요. 하지만요, 수전. 난 진심으로 고모님을 위해 잔치를 열어주고 싶어요."

수전은 마음이 상한 듯했다.

"사모님은 친절하게도 제가 원할 때마다 한 주씩 휴가를 주셨죠. 마침 다음 주에 휴가를 써야 되겠네요! 제 조카 글래디스한테 여기 와서 사모님을 도와주라고 말해놓을게요. 그러면 메리 마리아 블라이드의 생일잔치 같은 건 열 번이라도 할 수 있을 거예요. 제가 있건 없건 관계없이 말이에요."

"수전, 그 정도예요? 알겠어요. 포기할게요. 더 이상 이야기하면 강요하는 게 되겠네요."

"사모님, 그 여자는 사모님께 자기를 돌볼 책임을 떠맡기고는 영원히 여기 머무를 생각을 하고 있어요. 사모님을 괴롭히고, 선생님을 쩔쩔매게 만들고, 아이들의 생활을 엉망으로 만들어버렸죠. 지금 제 이야기는 하지도 않았어요. 저는 그리 대단한 사람이 아니니까요. 고모님은 잉글사이드 사람들을 야단치고, 모두에게 잔소리하고 빙빙 돌려 말하고, 우는 소리나 하고 있다니까요. 그런데도 사모님은 지금 고모님 생일잔치를 열고 싶다는 거예요? 뭐, 제가 할 말은 이거밖에 없네요. 사모님이 정 하고 싶으시다면, 알겠어요. 그렇게 해요."

"수전, 당신은 정말 좋은 사람이에요!"

앤의 말을 따르기로 한 수전은 잉글사이드의 명예를 위해서라도 메리 마리아 블라이드마저 흠잡을 수 없는 생일잔치를 열겠다고 결심했다.

"수전, 오찬 모임이 좋을 것 같아요. 그러면 손님들이 일찍 돌아가실 테니까 나랑 길버트가 로브리지에서 열리는 음악회에 갈 수 있을 거예요. 이 일은 비밀로 해요. 고모님을 깜짝 놀라게 해드리자고요. 글렌세인트메리 마을에서 고모님이 좋아하는 사람들을 전부 초대할 생각이에요."

"그런데요, 사모님. 고모님이 누군들 좋아하실까요?"

"그럼 고모님이 아주 싫어하지 않는 사람들을 초대하면 되죠. 로브리지에 사는 고모님 사촌 아델라 캐리에게 연락할 거예요. 시내에 사는 사람들도 몇 명 부르고요. 쉰다섯 개의 촛불을 꽂은 커다란 생일케이크를 준비해서…."

"물론 그건 제가 만들라는 소리네요?"

"수전은 프린스에드워드섬에서 과일케이크를 가장 잘 만들잖아요. 그러니 누구에게 맡기겠어요."

"알아요. 저는 늘 사모님 손바닥 위에 있죠."

그렇게 쉬쉬하는 분위기 속에서 한 주가 지났다. 잉글사이드 가족 모두 메리 마리아에게 이 비밀을 말하지 않겠다고 맹세하며 입을 다물었다. 하지만 앤과 수전은 소문이란 걸 미처 계산에 넣지 못했다. 잔치 전날 밤 메리 마리아가 글렌세인트메리 마을에 다녀왔을 때 앤과 수전은 불도 켜지 않고 지친 모습으로 거실에 앉아 있었다.

"애니, 집 안이 왜 이렇게 컴컴하냐? 어두운 곳에 앉아 있는 걸 좋아하는 사람이 있다니 참 놀랄 일이구나. 나라면 우울해지기만 할 거야."

"컴컴한 게 아니에요. 지금은 해 질 무렵이잖아요. 빛과 어둠이 서로 사랑해서 언약을 맺었고, 둘 사이에서 태어난 이 아이가 얼마나 아름다운지 몰라요."

앤이 대답했다. 다른 사람이 아니라 자신에게 말하는 듯했다.

"애니, 무슨 뜻인지 알고는 하는 말이냐? 아무튼 내일 잔치를 한다고 그러던데?"

그 순간 앤은 똑바로 앉았다. 이미 똑바로 앉아 있었던 수전은 몸을 더 꼿꼿이 세울 수도 없었다.

"저, 그러니까, 고모님…."

"너는 항상 내가 다른 사람한테 말을 듣게 만드는구나."

메리 마리아 고모는 이렇게 말했지만 화가 났다기보다는 슬픈 표정에 가까웠다.

"그저 고모님을 깜짝 놀라게 해드릴 생각이었어요."

"날씨가 오락가락하는 이맘때쯤 잔치를 열다니 나는 네 속을 당최 모르겠다."

앤은 안도의 한숨을 쉬었다. 메리 마리아 고모는 잔치가 있다는 사실만 알았을 뿐 그 일이 자신과 관계가 있다는 것까지는 아직 모르는 게 분명했다.

"저, 봄꽃이 지기 전에 잔치를 열고 싶었거든요."

"나는 심홍색 호박단 드레스를 입을 거다. 애니, 생각 좀 해봐라. 마을에서 이 소식을 듣지 못했다면 내일 난 무명옷을 입고 네 잘난 친구들 앞에 설 뻔했어."

"고모님, 아니에요. 물론 옷을 갈아입을 시간은 충분히 갖도록 말씀드리려고 했어요."

"애니, 네가 내 충고에 조금이라도 귀를 기울인다면 말이다, 뭐 그렇지 않다는 생각이 들 때도 있지만, 어쨌거나 앞으로는 무슨 일이든 그렇게 몰래 하지 않는 게 좋겠다고 일러주고 싶구나. 그나저나 감리교회 창문에 돌을 던진 아이가 젬이라고 마을 사람들이 말하던데, 그런 사실을 알고는 있냐?"

앤이 조용히 말했다.

"그건 사실이 아니에요. 자기는 그러지 않았다고 젬이 분명하게 말했는걸요."

"애니, 확실하냐? 아이가 거짓말을 하는 건 아니고?"

앤은 여전히 차분하게 대답했다.

"고모님, 젬을 믿어주세요. 젬은 태어나서 한 번도 제게 거짓말을 한 적이 없어요."

"뭐, 그럼 됐다. 난 단지 사람들이 하고 다니는 소리를 너도 알아야 한다고 생각한 거다."

메리 마리아 고모는 티 나는 몸짓으로 슈림프를 피하면서 평소처럼 우아하게 그 자리를 떠났다. 슈림프는 누구라도 자기 배를 긁어달라는 듯 바닥에 등을 대고 누워 있었다.

수전과 앤이 길게 숨을 내쉬었다.

"수전, 난 이만 자야겠어요. 내일 날씨가 화창했으면 좋겠네요. 항구 너머로 보이는 먹구름이 마음에 걸려요."

수전이 장담했다.

"날씨는 좋을 거예요. 달력에 그렇게 나와 있거든요."

수전은 한 해 전체의 일기예보가 기록된 달력을 가지고 있었는데, 종종 들어맞는 편이라 그럭저럭 믿을 만했다.

"수전, 뒷문은 잠그지 말아요. 길버트가 마을에 갔는데 늦게 올지도 몰라요. 장미를 사러 갔어요. 황금빛 장미 쉰다섯 송이요. 좋아하는 꽃은 노란 장미밖에 없다고 고모님이 말씀하신 걸 들었거든요."

30분 뒤 수전은 평소처럼 성경을 읽다가 "너는 이웃집에 자주 다니지 말라 그가 너를 싫어하며 미워할까 두려우니라"*라는 구절에 눈길이 멈췄다. 수전은 그 구절이 있는 자리에 개사철쑥 가지를 끼워놓으며 생각했다.

'예나 지금이나 마찬가지군.'

다음 날 아침, 앤과 수전은 일찍 일어났다. 메리 마리아가 방에서 나오기 전에 모든 준비를 끝내야 했다. 앤은 평소에 일찍 일어나 해가 뜨기 전 30분간 펼쳐지는 신비로운 광경을 바라보곤 했다. 그때의 세상은 요정들과 신들의 것이었다. 앤은 교회

---

* 구약성경의 잠언 25장 17절

첨탑 뒤쪽의 옅은 장밋빛과 황금빛으로 물든 아침 하늘, 모래언덕 위로 퍼져나가는 희미하고 반투명한 해돋이의 광채, 마을 지붕에서 소용돌이처럼 피어오르는 보랏빛 연기를 설레는 마음으로 바라보았다.

수전은 오렌지색 설탕을 입힌 케이크를 코코넛으로 장식하며 만족스러운 듯 말했다.

"사모님, 오늘 같은 날에 딱 어울리는 날씨예요! 아침 식사 뒤에는 요즘 유행하는 버터볼을 만들어보려고요. 그리고 카터 플래그가 아이스크림을 잊어버리면 안 되니까 30분마다 전화를 걸 거예요. 베란다 계단도 닦아야 하는데…."

"수전, 그것까지 하려고요?"

"사모님이 마셜 엘리엇 부인도 초대하셨잖아요. 맞죠? 그 사람은 우리 베란다 계단에 있는 얼룩 말고 다른 건 보지도 않을 거예요. 그럼 사모님이 장식을 맡아주시겠어요? 저는 꽃꽂이 재주가 젬병이라서요."

"케이크가 네 개네! 와!"

어느새 나타난 젬이 환호성을 질렀다. 수전이 점잖게 말했다.

"이따가 먹을 거야. 오늘 잔치를 열기로 했단다."

손님들은 약속한 시간에 찾아왔고 심홍색 드레스를 입은 메리 마리아와 옅은 갈색 옷을 입은 앤이 손님들을 맞았다. 여름같이 더운 날이라 앤은 흰색 모슬린 옷을 입을까도 생각해봤지만 그러지 않기로 했다.

메리 마리아가 앤의 옷차림에 대해 한마디 했다.

"애니, 아주 분별 있게 입었구나. 내가 항상 말했잖니. 흰색 옷은 젊은 사람들이나 입는 거다."

모든 일이 예정대로 진행되었다. 식탁에는 앤이 가장 예쁘다고 생각하는 접시가 놓여 있었고 흰색과 보라색 아이리스가 이국적인 아름다움을 더했다. 수전의 버터볼은 엄청난 화제가 되었다. 글렌세인트메리 마을에서는 이제까지 아무도 이런 음식을 본 적 없었다. 크림수프는 수프의 결정판이라 할 수 있었고 치킨샐러드는 잉글사이드에서 가장 좋은 닭으로 만든 것이었다. 30분마다 수전에게 시달렸던 카터 플래그는 정확한 시간에 아이스크림을 보내주었다. 마지막으로 수전이 55개의 촛불이 켜진 생일 케이크를, 세례 요한의 머리가 담긴 접시●처럼 들고 들어와 메리 마리아 고모할머니 앞에 내려놓았다.

앤은 온화한 안주인처럼 미소를 머금고 있으면서도 언제부터인가 불길한 예감이 들어서 마음이 몹시 불안했다. 겉으로는 모든 일이 순조로워 보였지만 무언가 크게 잘못된 방향으로 가버렸다는 생각이 점점 깊어지고 있었다. 손님이 도착했을 때 앤은 너무 바쁜 나머지 마셜 엘리엇 부인이 오늘처럼 좋은 날이 앞으로도 이어지길 바란다고 진심 어린 축하를 했을 때 메리 마리아 고모의 얼굴에 스쳐 지나간 변화를 알아차리지 못했다. 하지만 모두가 식탁에 둘러앉는 순간 앤은 메리 마리아 고모가 전혀 기뻐하지 않는다는 것을 깨달았다. 고모는 도리어 얼굴이 창백해져 있었고('설마 화가 난 것은 아니겠지!'라고 앤은 불안해했다) 식사

● 신약성경의 마태복음 14장에 나온 사건을 떠올리게 한다. 세례 요한은 군주의 난잡한 사생활을 비판했다가 참수되었다.

가 진행되는 동안 묻는 말에만 무뚝뚝하게 대답할 뿐 먼저 이야기를 꺼내지 않았다. 수프는 두 숟가락, 샐러드는 세 입만 먹었고, 아이스크림에는 아무런 관심도 없다는 듯 행동했다.

마침내 초에 불을 붙인 생일 케이크를 앞에 놓는 순간 그녀는 흐느낌을 삼키지 못하고 누군가에게 목을 졸리기라도 하듯 신음 소리를 냈다.

"고모님, 혹시 몸이 안 좋으세요?"

앤이 소리치자 메리 마리아 고모는 얼음장 같은 눈으로 앤을 쳐다보았다.

"애니, 걱정 마라. 늙은이치고는 아주 멀쩡하니까."

때마침 노란 장미 55송이가 담긴 바구니를 들고 쌍둥이가 입장했다. 갑자기 얼어붙은 듯한 침묵 속에서 아이들이 혀 짧은 소리로 메리 마리아 고모할머니에게 축하와 행운을 기원하며 꽃을 건네주었다. 식탁에서는 감탄의 소리가 터져 나왔지만 메리 마리아는 입을 꾹 다물고 있었다.

앤이 불안한 듯 더듬거리며 말했다.

"고모님, 그럼 쌍둥이에게 대신 촛불을 꺼달라고 할게요. 그런 다음에 고모님이 생일 케이크를 잘라주시겠어요?"

"그것도 못할 만큼 노망이 든 건 아니야. 애니, 촛불쯤은 나도 끌 수 있어."

메리 마리아는 공들여 신중하게 촛불을 껐다. 그러고는 같은 자세로 케이크도 자른 뒤 칼을 내려놓았다.

"애니, 난 이만 실례해도 되겠지? 나같이 나이 든 여자는 이렇게 법석을 떤 뒤에는 좀 쉬어야 한다."

메리 마리아는 호박단 치맛자락을 사각거리며 자리를 떴다. 장미 바구니는 그녀가 쓸고 지나가면서 떨어져버렸다. 계단에서는 구두 굽 소리가 또각또각 들려왔고, 이어서 메리 마리아의 방 문이 '쾅!' 소리를 내며 닫혔다.

어리둥절한 손님들은 뚝 떨어진 식욕을 간신히 끌어모아 생일 케이크를 먹었다. 이 어색한 침묵을 깬 것은 에이머스 마틴 부인뿐이었다. 그녀는 노바스코샤의 한 의사가 환자 여럿에게 디프테리아균을 주사한 사건을 언급하며 분위기를 바꿔보려고 했다. 하지만 그것이 이 상황에 어울리는 이야기가 아니라고 생각했던 사람들은 그녀의 갸륵한 노력에도 별다른 반응을 보이지 않았고, 다들 예의에 어긋나지 않는 선에서 최대한 빨리 집으로 돌아갔다.

당황한 앤은 메리 마리아 고모의 방으로 달려갔다.

"고모님, 무슨 일 있으세요?"

"애니, 사람들 앞에서 내 나이를 굳이 알릴 필요가 있었니? 아델라 캐리를 여기 불러서 내가 얼마나 늙었는지 알게 하다니. 그 사람은 몇 년 전부터 내 나이가 궁금해 죽을 지경이었어!"

"고모님, 저희는 그저, 저희 생각은요…."

"애니, 네가 뭘 하려던 건지는 관심 없다. 하지만 이 모든 일 뒤에 무슨 의도가 있는지는 잘 알겠다. 그래, 나는 네 마음을 읽을 수 있지. 하지만 그걸 굳이 캐내지는 않으마. 그저 너하고 네 양심에 맡겨둘 작정이다."

"메리 마리아 고모님, 저는 고모님이 행복한 생신을 맞으시길 바랐을 뿐이에요. 정말 죄송해요."

메리 마리아 고모는 눈가에 손수건을 가져다대며 씩씩하게 미소를 지었다.

"애니, 물론 용서해주고말고. 하지만 네가 일부러 내 기분을 상하게 만들려고 했으니 내가 더는 이곳에 머물 수 없다는 건 알아두도록 해라."

"고모님, 제 말을 믿어주시지…."

메리 마리아 고모는 기다랗고 우툴두툴한 손을 들어 올렸다.

"그 이야기는 그만하자. 나는 이제 좀 쉬고 싶구나. 그저 편하게 있고 싶을 뿐이야. 성경에 '심령이 상하면 그것을 누가 일으키겠느냐?'*라는 구절도 있잖니."

그날 밤 앤은 길버트와 음악회에 갔지만 별로 즐겁지 않았다. 길버트는 이번 일을 코닐리어가 자주 쓰는 표현처럼 '남자답게' 받아들였다.

"그러고 보니까 고모님은 나이와 관련해서 언제나 민감하셨어. 예전에도 우리 아버지가 고모님을 놀리곤 했지. 당신한테 주의를 줬어야 했는데, 그만 깜빡했지 뭐야. 음, 만약 고모님이 가신다고 해도 굳이 붙잡지는 마."

물론 집안 어른에 대한 공경심을 지키느라 "속이 다 시원하네!"라고 덧붙이는 일만큼은 참았다.

수전은 믿을 수 없다는 듯이 말했다.

"고모님은 절대로 가지 않을 거예요. 그런 행운이 찾아올 리 없잖아요, 사모님."

• 구약성경의 잠언 18장 14절에 나온 표현

하지만 수전이 틀렸다. 메리 마리아 고모는 바로 다음 날 떠났고, 헤어지면서 모두를 용서한다는 말을 남겼다.

"길버트, 애니를 탓하지 마라. 애니가 일부러 내게 모욕을 준 일도 나는 다 없던 일로 해줄 생각이니까. 애니가 무슨 일을 감추고 있든지 나는 한 번도 신경 쓰지 않았다. 이런 일들이 있어도 나는 가엾은 애니가 늘 마음에 들었지."

마치 약점이라도 고백하는 말투였다.

"그런데 수전 베이커의 경우는 전혀 달라. 길버트, 너한테 마지막으로 당부하고 싶은 게 있다. 수전 베이커가 주제넘게 나서지 못하도록 하라는 거다."

처음에는 아무도 이 집에 찾아온 행운을 믿을 수 없었다. 그러다가 메리 마리아 고모가 정말로 가버렸다는 사실이 실감 나기 시작했다. 이제 누군가의 기분을 상하게 만드는 일 없이 웃을 수도 있고, 외풍이 들어온다고 불평하는 일 없이 창문을 전부 열 수도 있고, 위암에 걸리기 쉽다는 소리를 듣는 일 없이 좋아하는 음식을 먹을 수도 있게 된 것이다.

앤이 반쯤 죄책감을 느끼며 생각했다.

'손님을 이렇게 기쁜 마음으로 보낸 적은 한 번도 없었어. 다시 내 뜻대로 무언가를 할 수 있게 되다니, 정말 멋져.'

슈림프도 자기 털을 꼼꼼하게 다듬었다. 이제야 고양이답게 살 수 있어서 기쁘다는 몸짓으로 보였다. 정원에는 올 들어 처음으로 작약이 꽃을 피웠다.

월터가 말했다.

"세상은 온통 시로 가득 차 있어. 그렇죠, 엄마?"

수전이 예언했다.

"정말 멋진 6월이 될 거예요. 달력에 그렇게 나와 있거든요. 몇몇 처녀는 신부가 될 거고 장례식도 두 번 정도는 있겠죠. 숨을 마음대로 쉴 수 있다니, 이상한 기분이 들지 않으세요? 잔치를 연다는 사모님을 제가 그렇게나 막으려고 했던 걸 생각하면, 하느님이 모든 것을 다스리신다는 걸 새삼 깨닫게 되네요. 그리고요, 사모님. 오늘은 구운 스테이크에 양파를 곁들이면 선생님이 좋아하실 것 같지 않나요?"

15장

"아무래도 여기 들러야 할 것 같았어요. 전화로 한 말에 대해 설명해야 할 것 같아서요. 그건 전부 실수였어요. 정말 미안해요. 사촌동생 세라는 죽지 않았어요."

코닐리어가 말했다. 앤은 웃음을 참으며 코닐리어더러 베란다 의자에 앉으라고 권했다. 조카 글래디스에게 주려고 아일랜드풍 코바늘 레이스 깃을 만들던 수전은 일손을 멈추고 고개를 들면서 유난히 깍듯하게 인사했다.

"안녕하세요, 마셜 엘리엇 부인."

"오늘 아침 병원에서 연락이 와서는 간밤에 세라가 사망했다고 하더라고요. 세라는 블라이드 선생님 환자였으니까 앤에게 알려줘야 한다고 생각했어요. 그런데 죽은 사람은 다른 세라 체이스였지 뭐예요. 내 사촌 세라는 살아 있고, 앞으로도 잘 살 것 같아요. 얼마나 다행인지 몰라요. 앤, 여긴 정말 멋지고 시원하네요. 안 그래도 내가 늘 말하고 다니잖아요. 잉글사이드에서는 어디서든 시원한 바람이 불어온다고요."

"수전과 저는 별이 빛나는 저녁의 매력을 즐기던 참이에요."

앤이 이렇게 말하면서 낸에게 주려고 만들던 분홍색 모슬린 드레스를 옆에 내려놓고는 두 손으로 무릎을 끌어안았다. 잠시 게으름을 부릴 핑계가 생긴 것도 나쁘지 않았다. 앤과 수전 모두 요즘 여유 있게 보내는 시간이 별로 없었기 때문이다.

이제 막 달이 뜨려던 참이었고 이러한 기다림의 순간은 달이 떠오르는 것 자체보다 훨씬 좋았다. 오솔길을 따라 참나리가 불타듯 피어 있었고, 인동덩굴의 향기는 바람 날개를 타고 꿈꾸듯 공중을 떠다녔다.

"코닐리어, 저길 보세요. 양귀비들이 물결치듯 일렁이고 있어요. 저러다가 정원 담을 무너뜨릴 것 같네요. 수전과 제게는 올해 저 양귀비가 커다란 자랑거리예요. 비록 우리가 한 일은 아무것도 없지만 말이에요. 지난봄 월터가 씨앗 한 봉지를 저기에 쏟았거든요. 그랬을 뿐인데 저리도 아름답게 꽃을 피웠어요. 해마다 이렇게 기쁘고 놀라운 일이 일어나네요."

코닐리어가 말했다.

"나도 양귀비가 좋아요. 꽃이 오래가지 않아서 조금 아쉬울 따름이죠."

앤도 인정했다.

"하루밖에 못 살죠. 그런데도 어쩜 저렇게 당당하고 아름다운 모습으로 사는 걸까요! 거의 영원할 정도로 오래가는 꽃도 있잖아요. 백일홍이요. 하지만 뻣뻣하고 보기 흉한 백일홍으로 사는 것보다는 양귀비가 낫지 않을까요? 잉글사이드에는 백일홍이 없어요. 그건 우리 친구가 아니니까요. 수전은 백일홍을 봐도 말 한 마디 건네지 않아요."

"그런데 지금 골짜기에서 누굴 죽이는 건가요?"

코닐리어가 물었다. 실제로 그곳에서 들려오는 소리는 누가 화형이라도 당하는 것처럼 절박했다. 하지만 앤과 수전은 너무나 익숙한 소리였기에 별 관심을 두지 않았다.

"퍼시스와 케네스가 종일 여기 와 있었는데, 놀이의 마지막으로 아이들이 골짜기에서 파티를 여는 모양이에요. 체이스 부인 일은 길버트도 알게 될 거예요. 오늘 아침에 마을로 갔으니까요. 그분 상태가 좋아져서 기뻐요. 모두가 좋아할 만한 일이죠. 사실 다른 의사들이 자기 진단에 동의하지 않아서 길버트가 좀 걱정했거든요."

"세라는 병원에 가면서 우리한테 자기가 죽었다는 사실을 분명히 확인할 때까지는 매장하지 말아달라고 부탁했어요."

당당하게 부채질을 하던 코닐리어는 이렇게 말하면서 블라이드 부인은 어쩌면 저렇게 멋있어 보일까 생각했다.

"아시다시피 우리는 항상 세라 남편이 혹여 산 채로 묻힌 건 아닐까 걱정하고 있었잖아요. 정말 살아 있는 것처럼 보였으니까요. 하지만 아무도 그런 생각은 하지 못하는 바람에 되돌리기는 너무 늦어버렸죠. 세라 남편은 지난봄 로브리지에서 이사 온 리처드 체이스의 형제예요. 왜, 그 오래된 무어사이드 농장을 사서 온 사람 있잖아요. 좀 특이한 사람이죠. 편안하게 쉬고 싶어서 시골에 왔다고 하더군요. 로브리지에서는 온종일 과부들을 피해 도망만 다녔다는 거예요."

코닐리어는 "노처녀들도요"라는 말을 덧붙이려 했지만 수전의 기분을 상하게 만들까 봐 입을 다물었다.

앤이 말했다.

"교회에서 그분의 딸 스텔라를 만났어요. 성가 연습을 하러 왔더군요. 우리는 꽤 친해졌어요."

"스텔라는 좋은 아가씨죠. 요즘 보기 드물게 얼굴을 붉힐 줄 아는 젊은이에요. 난 예전부터 그 아이가 좋았어요. 스텔라의 어머니와 저는 막역한 친구였거든요. 아, 가엾은 리젯!"

"그분은 젊은 나이에 돌아가셨나요?"

"네, 스텔라가 겨우 여덟 살 때였어요. 그 뒤로 리처드가 혼자서 스텔라를 키웠죠. 하지만 그 사람은 불신자예요! 여자는 생물학적 기능을 빼면 아무짝에도 쓸모없다는 말이나 지껄여대죠. 그게 무슨 뜻인지 알고나 그러는지, 원! 그런 이야기를 아무렇지도 않게 내뱉고 다닌다니까요."

"그래도 혼자서 스텔라를 참 잘 키운 것 같아요."

앤이 말했다. 스텔라 체이스는 이제까지 만난 아가씨들 중에서 손꼽을 만큼 매력적이었다.

"스텔라는 정말 잘 자랐죠. 그리고 리처드가 똑똑한 것도 부정할 수 없는 사실이에요. 하지만 그 사람은 젊은 남자들에게 너무 괴팍하게 굴어요. 그래서 스텔라에게는 이제까지 남자 친구가 한 명도 없었어요. 스텔라와 사귀려고 다가왔던 젊은이들은 지독하게 빈정거리는 리처드 때문에 정신이 나갈 만큼 겁에 질려버렸죠. 그렇게 배배 꼬인 사람은 지금껏 앤도 만나본 적 없을 거예요. 스텔라도 아버지를 말릴 수가 없어요. 스텔라의 어머니도 남편을 어쩌지 못했거든요. 두 사람 모두 뾰족한 수를 찾지 못했던 거죠. 리처드는 언제나 반대로만 행동하는데 아내와 딸은 그걸 알아차리지 못했던 것 같아요."

"저는 스텔라가 아버지를 헌신적으로 위한다고 생각했어요."

"그건 맞아요. 그 아인 아버지를 정말 사랑하죠. 리처드도 모든 일이 자기 뜻대로 되고 있을 때는 아주 괜찮은 사람이에요. 하지만 스텔라의 결혼만큼은 지금보다 분별 있게 행동해야 한다고 봐요. 영원히 사는 사람은 없잖아요. 그도 그런 사실을 알아야 한다고요. 하지만 그 사람이 하는 말을 들어보면 자기는 절대 죽지 않을 거라고 생각하는 듯해요. 나이가 아주 많은 건 아니에요. 젊을 때 결혼했거든요. 하지만 뇌졸중이 그 집안 내력이에요. 그러니 그 사람이 죽은 다음에는 스텔라가 어떻게 되겠어요? 때를 놓쳐서 시들어버리기만 하겠죠."

수전은 아일랜드풍 코바늘 레이스의 복잡한 장미 무늬에서 눈을 떼고 고개를 쳐들며 딱 잘라 말했다.

"저는 나이 든 사람들이 그런 식으로 젊은이들의 삶을 망치는 걸 절대 찬성할 수 없어요."

앤이 말했다.

"아마 스텔라가 누군가를 정말로 좋아한다면 아버지가 아무리 반대한다 해도 잘 이겨낼 거예요."

"앤, 그렇지 않아요. 스텔라는 아버지가 마음에 들어 하지 않으면 절대 결혼하지 않을 거예요. 자식의 인생을 망치게 될지도 모르는 사람을 또 한 명 말해줄 수 있어요. 바로 내 남편 마셜의 조카 올던 처칠이죠. 올던의 어머니 메리는 자기가 막을 수 있는 한 절대로 아들을 결혼시키지 않겠다고 마음먹었어요. 메리는 리처드보다 훨씬 까다로운 사람이에요. 메리가 풍향계라면 바람이 남쪽에서 불어오더라도 북쪽을 가리켰을 거예요. 올던이 결혼할 때까지 집 재산을 메리가 관리하는데, 결혼하면 아들한테 넘어가잖아요. 올던이 여자와 사귀려고 할 때마다 메리가 어떻게든 꼬드겨서 마음을 돌리게 했어요."

수전이 슬쩍 물었다.

"마셜 엘리엇 부인, 그게 정말 전부 메리가 한 일일까요? 올던이 아주 변덕스럽다고 생각하는 사람들도 있어요. 바람둥이라는 소문도 들어봤고요."

코닐리어가 반박했다.

"올던은 잘생겼잖아요. 그러니까 아가씨들이 따르기 마련이죠. 뭐, 올던이 누군가와 조금 어울리다가 차버리는 것을 탓할 생각은 없어요. 아가씨들은 그 일로 교훈을 얻었겠죠. 그런데 올던이 정말 좋아했던 아가씨도 한두 명 있었어요. 하지만 그때마다 메리가 훼방을 놓았죠. 메리는 언젠가 이런 말을 했어요. 성경책에 물어봤다는 거예요. 그 사람은 언제나 그런 식이에요. 책을 펼 때마다 올던은 결혼하면 안 된다는 구절이 나왔대요. 저는 메리도 그렇고 메리의 이상한 사고방식도 그렇고 도무지 참을 수가 없네요. 어째서 메리는 교회에 다니면서 포윈즈 근처에 사는 우리들처럼 제대로 살아보려고 하지 않는 걸까요? 하지만 어쩔 수 없죠. 메리는 자기 교회를 직접 세워야 할 거예요.

'성경책에 물어보는' 교회 말이에요. 작년 가을에 비싼 말이 병에 걸렸을 때도 그랬죠. 400달러나 하는 말이었어요, 로브리지에 있는 수의사를 부르는 대신 '성경책에 물어보려고' 책을 펴봤더니 '주신 이도 여호와시요 거두신 이도 여호와시오니 여호와의 이름이 찬송을 받으실지니이다*'라는 구절이 나왔대요. 그래서 수의사를 부르지 않았고 말은 결국 죽어버렸죠. 성경 구절을 그런 식으로 사용하다니, 그건 불경한 짓이에요. 그래서 메리한테 단도직입적으로 말해주었죠. 하지만 돌아온 대답은 기분 나쁜 표정뿐이었어요. 게다가 메리는 전화를 받으려고 하지도 않았어요. 누가 그 말을 꺼낼 때마다 메리는 '내가 벽에 걸린 상자에 대고 이야기를 할 것 같아요?'라고 말한대요."

코닐리어는 조금 숨이 찼는지 잠시 말을 멈추었다. 시누이의 괴팍한 언행은 항상 그녀를 화나게 만들었다.

앤이 말했다.

"올던은 자기 어머니와 전혀 달라요."

"올던은 아버지를 닮았어요. 그렇게 훌륭한 사람은 없었죠. 물론 남자치고는요. 그런 사람이 왜 메리하고 결혼했는지는 엘리엇 집안에서는 절대 이해할 수가 없었어요. 물론 우리 남편 집안에서는 메리가 좋은 사람과 결혼한 걸 몹시 기뻐했지만 말이에요. 메리는 항상 나사가 빠진 것 같았고 멀대같이 키만 큰 아가씨였거든요. 물론 돈이 많긴 했어요. 메리의 고모가 전 재산을 물려줬으니까요. 하지만 조지 처칠이 단순히 돈만 보고 메

---

* 구약성경의 욥기 1장 21절에 나온 표현

160 ✂ *161*

리와 결혼한 건 아니에요. 메리를 정말로 사랑했거든요. 올던이 자기 어머니의 변덕을 어떻게 참아내는지 모르겠어요. 그래도 올던은 좋은 아들이긴 해요."

앤은 장난기 어린 미소를 지었다.

"코닐리어, 내가 지금 무슨 생각을 했는지 아세요? 올던하고 스텔라가 서로 사랑하게 된다면 아주 멋진 일 아닐까요?"

"별로 그럴 것 같지도 않고, 그렇게 된다고 해도 뭔가가 이루어지지는 않을 거예요. 메리도 난리를 피워댈 거고, 리처드도 딸의 상대가 평범한 농사꾼이라면 그냥 쫓아내버릴 테니까요. 자기도 농사꾼이면서 말이에요. 더구나 스텔라는 올던이 좋아할 만한 아가씨도 아니에요. 올던은 큰 소리로 웃는 여자를 좋아하거든요. 그리고 스텔라도 올던 같은 남자를 좋아하지는 않아요. 듣자 하니 로브리지에 새로 오신 목사님이 스텔라에게 은근히 관심을 보인다고 하네요."

"그 목사님은 빈혈도 좀 있고 근시잖아요?"

앤이 묻자 수전이 답했다.

"눈도 툭 튀어나와 있죠. 그런 눈으로 아련하게 쳐다보기라도 하면, 정말 끔찍할 거예요."

"최소한 그 사람은 장로교 목사잖아요."

코닐리어가 말했다. 그 사실만으로도 그런 단점쯤은 충분히 덮어줄 수 있다는 듯한 말투였다.

"이제 가봐야겠네요. 밖에서 이슬을 오래 맞으면 신경통이 도지거든요."

"대문까지 바래다드릴게요."

"앤, 그 드레스를 입으면 언제나 여왕처럼 보여요."

코닐리어가 감탄하는 얼굴로 엉뚱한 말을 했다.

앤은 대문 밖으로 나갔다가 오언과 레슬리 포드 부부를 마주쳤고 두 사람과 함께 베란다로 돌아왔다. 수전은 막 집으로 돌아온 길버트에게 줄 레모네이드를 가지러 가느라 자리를 비웠다. 아이들은 피곤하면서도 행복한 얼굴로 떠들썩하게 골짜기에서 돌아왔다.

길버트가 말했다.

"마차를 타고 오다 보니까 너희들 무척 소란스럽던데? 아마온 동네에 다 들렸을 거야."

퍼시스 포드는 꿀 색깔의 풍성한 곱슬머리를 뒤로 흔들며 길버트에게 혀를 내밀었다. 퍼시스는 '길 삼촌'이 아주 예뻐하는 아이였다.

케네스가 설명했다.

"우리들은 기도 중인 이슬람 수도사 흉내를 내고 있었어요. 그러니까 당연히 소리를 지를 수밖에요."

레슬리가 조금 엄한 얼굴로 말했다.

"케네스, 네 셔츠 좀 봐."

"다이가 만든 진흙파이에 넘어진 거예요."

케네스가 오히려 잘됐다는 듯한 어조로 말했다. 글렌세인트메리 마을로 올 때 어머니가 입혀준, 얼룩 하나 없는 풀 먹인 셔츠가 너무나도 싫었기 때문이다.

젬이 말했다.

"사랑하는 엄마, 다락방에 있는 낡은 타조 깃털을 내 바지 뒤에 꿰매서 꼬리처럼 만들어도 돼요? 내일 서커스 놀이를 할 건데 저는 타조가 돼야 하거든요. 그리고 코끼리도 있어요."

길버트가 정색했다.

"얘야, 코끼리 먹이 값으로 1년에 자그마치 600달러나 든다는 사실을 알고는 있니?"

"상상 속의 코끼리는 돈이 들지 않아요."

젬이 참을성 있게 설명했고 앤이 웃으며 거들었다.

"고맙게도 상상 속에서는 돈을 절약할 필요가 없지."

월터는 아무 말도 하지 않았다. 좀 지쳐 있었던 월터는 어머니와 계단에 나란히 앉아 검은 머리를 어머니 어깨에 기댔다. 그렇게 하는 것만으로도 꽤 편안해졌다. 레슬리 포드는 월터를 보면서 범상치 않은 아이라고 생각했다. 다른 별에서 온 사람처럼 초연하고 세상과 동떨어진 표정이었다. 지구에 사는 사람이 아닌 듯 보였다.

모두가 황금 같은 하루의 황금 같은 시간을 아주 행복하게 즐겼다. 항구 건너편 교회의 종소리가 은은하고 감미롭게 울려왔다. 달빛은 수면에 무늬를 만들었다. 모래언덕은 희미한 은빛으로 반짝였다. 대기 가득 박하향이 감돌았고, 보이지 않는 곳에 핀 장미꽃에서는 너무나도 달콤한 향기가 풍겨왔다. 앤은 여섯 아이를 둔 어머니답지 않게 소녀 같은 눈을 들어 잔디밭을 꿈꾸듯 바라보며, 달빛을 받은 롬바디포플러가 날씬한 요정 같다고 생각했다.

앤은 문득 스텔라 체이스와 올던 처칠의 일을 떠올렸다. 그 모습을 본 길버트는 앤에게 무슨 생각을 하는지 물었다.

"중매에 손을 대볼까 진지하게 생각 중이야."

앤의 대답을 듣고 장난기가 발동한 길버트는 사람들을 향해 일부러 절망적인 표정을 지었다.

"언젠가는 또 이런 일이 생길까 봐 걱정했어요. 저로서는 최선을 다해 말려봤지만 앤은 중매쟁이 노릇을 그만둘 생각이 없나 보네요. 중매 서는 일에 타고났을 뿐 아니라 아주 열정적이거든요. 이 사람이 맺어준 남녀가 믿을 수 없을 정도로 많아요. 제가 만약 중매라는 중차대한 책임을 진다면 부담감 때문에 한숨도 못 잘 것 같은데 말이죠."

"하지만 다들 행복하게 살고 있잖아. 나는 중매를 정말 잘 선단 말이야. 내가 혼사를 주선했던 부부들을 생각해봐. 어쩌면 내가 맺어줬을지도 모를 부부들도 많잖아. 시어도라 딕스하고 뤼도비크 스피드, 스티븐 클라크하고 프리시 가드너, 재닛 스위트하고 존 더글러스, 카터 교수님하고 에스메 테일러, 노라하고 짐, 도비하고 자비스…."

그간 자기가 이어준 연인들을 언급하며 앤이 항의했다.

"아, 인정합니다. 오언, 여기 있는 제 아내는요, 일이 잘풀릴 거라는 기대를 놓아버린 적이 한 번도 없어요. 엉겅퀴도 앤이 손만 대면 언젠가는 '엉겅퀴에서 무화과를'* 딸 수도 있겠죠. 앤은 나이가 들어도 중매쟁이 노릇은 계속할 것 같네요."

오언이 아내에게 미소를 지으며 말했다.

"부인은 다른 혼담과도 관련이 있는 듯한데요."

---

* 신약성경의 마태복음 7장 16절에 나온 표현

앤이 재빨리 말했다.

"아, 그건 제가 한 일이 아니에요. 길버트가 결정적인 역할을 했죠. 도리어 저는 길버트에게 조지 무어를 수술하지 말라고 설득하느라 별별 노력을 다했으니까요. 그 일로 밤에 잠을 설치기도 했고, 수술이 성공하는 꿈을 꾸다가 식은땀을 흘리며 깨기도 했어요."

길버트가 만족스러워하며 말했다.

"행복한 여자만이 중매를 설 수 있다는 이야기도 있으니까, 나한테도 좋은 일이지. 자, 앤. 어디 한번 이야기해봐. 이번에 생각하는 새로운 희생자는 누구지?"

앤은 길버트에게 살짝 미소만 지어 보였다. 누군가의 인연을 맺어주는 일은 섬세하고도 신중하게 진행해야 한다. 따라서 아무리 남편이라고 해도 선뜻 털어놓을 수 없는 법이다.

16장

앤은 그날 밤에 잠을 설쳤다. 그 뒤로도 올던과 스텔라를 생각하며 몇 시간씩 잠을 이루지 못한 날이 많았다. 스텔라는 결혼해서 가정을 이루고 아기를 낳아 기르는 삶을 동경하고 있는 것 같았다. 어느 날 저녁에는 자기가 릴라를 씻기게 해달라고 앤에게 부탁하기도 했다.

"어쩜 이렇게 조그맣고 포동포동할까요? 옴폭 들어간 보조개 좀 보세요. 아기를 목욕시키는 게 이처럼 기분 좋은 일인 줄 몰랐어요."

그런 다음 수줍게 말했다.

"블라이드 부인, 아기가 정말 예뻐요! 벨벳같이 부드러운 작은 팔을 엄마에게 쭉 뻗는 것 좀 보세요. 아기는 참 소중하고 멋진 존재예요."

성질 나쁜 아버지 때문에 한 처녀의 비밀스러운 소망이 꽃을 피우지 못한다면 얼마나 안타까운 일이겠는가.

두 사람은 이상적인 부부가 될 것이다. 하지만 이들과 관련 있는 사람들이 하나같이 완고하고 까다로우니 이 일을 어떻게 풀어나갈 수 있을까? 사실 부모들만 완고하고 까다로운 것도 아니었다. 앤은 올던과 스텔라에게도 그런 성향이 있다고 생각했다. 그래서 이번에는 지금까지 해왔던 것과 전적으로 다른 기술이 필요했다. 앤은 문득 도비의 아버지가 생각났다.

앤은 턱을 번쩍 들고 이 일에 뛰어들었다. 이 시간부로 올던과 스텔라가 결혼한 것이나 다름없다고 생각했다.

잠시도 지체할 틈이 없었다. 항구 부근에 사는 올던은 성공회 신자라서 아직 스텔라 체이스를 만난 적이 없었다. 아마 우연히 마주친 적조차 없었을 것이다. 지난 몇 달 동안은 어떤 아가씨와도 어울리지 않았지만 언제 다시 누군가를 쫓아다닐지는 알 수 없는 노릇이었다. 게다가 글렌세인트메리 마을 위쪽에 사는 재닛 스위프트 부인 집에는 예쁜 조카딸이 머무르고 있었는데 늘 새로운 아가씨를 쫓아다니는 올던이 그녀에게 눈독을 들일지도 모르는 일이었다. 그렇다면 가장 먼저 할 일은 올던과 스텔라를 만나게 해주는 것이다. 어떻게 해야 할까? 둘의 만남은 표면적으로 우연하게 이루어져야만 했다. 앤은 머리를 쥐어뜯었지만 파티를 열어 모두를 초대하는 것 이상의 방법은 떠오르지 않았다. 하지만 왠지 마음에 내키지 않았다. 우선 파티를 열기에는 날씨가 너무 더웠다. 또 포윈즈의 젊은이들은 무척이나 요란스러운 편이었다. 게다가 수전은 잉글사이드의 다락방에서 지하실까지 먼지 한 톨 없이 청소하지 않고는 파티 초대를 찬성하지 않을 것이 뻔했다. 하필 수전은 이번 여름에 유독 더위를 많이 탔다. 하지만 좋은 일에는 희생이 따르는 법이다. 때마침 대학을 졸업한 젠 프링글이 오래전에 한 약속을 지키고자 잉글사이드에 방문할 예정이라는 편지가 왔고, 이것이 파티를 열 만한 아주 좋은 핑계가 되었다. 행운은 앤의 편인 것 같았다.

젠이 도착했고 앤은 파티 초대장을 발송했다. 수전은 잉글사이드를 온통 헤집고 다녔다. 폭염 속에서도 파티에 낼 요리를 수전과 앤이 전부 만들었다.

파티 전날 밤이 되자 앤은 완전히 지쳐버렸다. 날씨는 지독하게 더웠고, 설상가상으로 젬이 아파서 자리에 누웠다. 앤은 맹장염이 아닌가 싶어 걱정했지만 길버트는 풋사과를 먹은 탓이라고 가볍게 넘겼다. 젠 프링글이 수전을 도우려 했다가 뜨거운 물이 담긴 냄비를 떨어뜨리는 바람에 하마터면 슈림프가 심한 화상을 입을 뻔했다. 앤은 온몸의 뼈가 쑤시고 머리가 욱신거리고 다리는 아프고 눈이 따끔거렸다. 젠은 앤에게 누워서 좀 쉬라고 말하면서 아이들을 데리고 등대를 보러 갔다. 하지만 앤은 침대로 가는 대신 오후에 내린 뇌우로 축축해진 베란다에 앉아 올던 처칠과 이야기를 나누었다. 올던은 어머니의 기관지염약을 가지러 왔지만 집 안까지 들어가려 하지는 않았다. 앤은 지금이 하늘이 준 절호의 기회라 생각했다. 그와 꼭 이야기를 나누고 싶었기 때문이다. 올던은 그동안 비슷한 심부름으로 자주 찾아왔고, 덕분에 두 사람 사이는 꽤 가까워진 터였다.

올던은 베란다 계단에 앉아 모자도 쓰지 않은 채 기둥에 머리를 기대고 있었다. 앤이 볼 때마다 그렇게 생각했던 것처럼 참 잘생긴 청년이었다. 키가 크고 어깨도 넓었으며 얼굴은 햇볕에 조금도 그을리지 않은 듯 대리석처럼 하얬다. 파란 눈에는 생기가 넘쳐흘렀고, 머리카락은 곧고 튼튼했으며, 웃음기를 띤 목소리에 모든 세대의 여성이 좋아할 만큼 친절하고 공손한 태도도 갖추었다. 그는 퀸스 아카데미를 3년 동안 다닌 뒤 레드먼드로 갈 예정이었지만 어머니가 성경책에 물어본 뒤 레드먼드행을 막았다. 결국 올던은 농장에 주저앉았는데, 그래도 꽤나 만족해하면서 지냈다. 심지어 자기가 농장 일을 좋아한다고 앤에게 말한 적도 있었다. 집 밖에서 할 수 있으며 자유롭고 독립적인 일이라는 이유였다. 그는 어머니의 돈 버는 재주와 아버지의 매력적인 성격을 물려받았다. 확실히 그는 훌륭한 신랑감으로 인정받을 만했다.

앤이 조심스레 말했다.

"올던, 부탁할 게 있는데요. 들어주면 좋겠어요."

"물론이죠, 블라이드 부인. 편하게 말씀하세요. 부인을 위해서라면 뭐든지 할 수 있다는 걸 아시잖아요."

올던이 진심으로 대답했다. 그는 앤 블라이드 부인을 좋아했고, 앤이 원한다면 웬만한 일은 다 할 생각이었다.

"좀 지루한 일일 수도 있어요. 내일 밤 우리 집에서 파티가 열리잖아요. 그때 스텔라 체이스가 즐겁게 지내도록 신경 써줬으면 해요. 스텔라가 재미없어할까 봐 걱정되거든요. 스텔라는 이 근처에서 아는 사람이 별로 없어요. 대부분은 스텔라보다 나이도 어리고요. 적어도 남자들은 그렇죠. 스텔라에게 춤도 청하고,

너무 오래 혼자 있거나 따돌림 당하지 않도록 지켜봐주세요. 낯선 사람들과 있을 때는 무척 수줍어하거든요. 난 스텔라가 그날 좋은 시간을 보냈으면 좋겠어요."

올던이 흔쾌히 말했다.

"알겠습니다. 최선을 다해보죠."

그러자 앤이 조심스럽게 웃으며 주의를 주었다.

"그런데 스텔라와 사랑에 빠지면 안 돼요."

"정말 매정하시네요, 블라이드 부인. 왜 안 된다는 거죠?"

앤은 비밀을 털어놓듯 말했다.

"실은 말이죠. 로브리지의 팩스턴 목사님이 스텔라를 꽤 마음에 들어 하시는 것 같거든요."

올던이 갑자기 흥분했다.

"그 잘난 척하고 멋만 부리는 작자 말인가요?"

앤은 가볍게 타이르는 듯한 표정을 지었다.

"올던, 난 그분이 아주 괜찮은 젊은이라고 들었어요. 그런 사람이라야 스텔라 아버지의 눈에 들지 않을까요?"

"그런가요?"

올던은 다시 무심한 모습으로 돌아왔다.

"그럼요. 하지만 팩스턴 목사님이라도 어떻게 될지는 모르겠네요. 체이스 씨는 스텔라에게 어울리는 사람이 아무도 없다고 생각하니까요. 평범한 농사꾼이라면 기회도 얻지 못하겠죠. 그래서 난 올던이 가망 없는 사랑에 빠져 곤란한 일을 겪지 않기를 바라는 거예요. 친구로서 주의를 주는 거죠. 당신 어머님도 분명히 나랑 같은 생각일 거예요."

"아, 고맙습니다. 그건 그렇고 스텔라는 대체 어떤 아가씨죠? 미인인가요?"

"글쎄요. 난 스텔라를 정말 좋아하지만, 솔직히 미인이라고 할 수는 없어요. 조금 창백한 얼굴에 내성적인 성격이죠. 몸이 그렇게 튼튼한 것 같지도 않고요. 그래도 팩스턴 목사님은 돈이 많다고 들었어요. 난 두 사람이 이상적인 한 쌍이라고 생각해서 누가 그걸 망치지 않았으면 싶은 거예요."

올던이 조금 공격적으로 따져 물었다.

"그러면 저 말고 팩스턴 목사에게 부탁하시지 그래요? 부인이 소중히 여기는 스텔라가 좋은 시간을 보내게 하려면 그 편이 나을 텐데요."

"목사님이 춤을 추러 오시겠어요? 올던, 언짢아하지 말고 좀 도와주세요."

"네, 스텔라가 아주 신나게 지내도록 해드리죠. 그럼 안녕히 주무세요, 블라이드 부인."

올던은 갑자기 몸을 돌려 가버렸다. 혼자 남게 되자 앤은 웃음을 터뜨렸다.

"인간의 본성에 대해서 아는 것을 토대로 앞일을 예견해볼까? 저 청년은 누가 뭐라 하든 간에 자기가 스텔라를 원한다면 얼마든지 차지할 수 있다는 걸 세상에 보여주려고 할 거야. 내가 던진 미끼에 금세 넘어가버렸잖아. 하지만 나는 두통 때문에 밤새 괴로울 것 같네."

앤은 정말 힘든 밤을 보냈고 수전이 '목의 경련'이라고 말한 증상까지 겹쳤다. 아침에도 회색빛 면직물처럼 바짝 날이 선 느낌이었다. 하지만 저녁이 되자 앤은 즐겁고 당당한 안주인이 되었다. 파티는 성공적으로 진행되었다. 모두들 즐거운 시간을 보내는 것 같았다. 스텔라는 확실히 그랬다. 앤이 생각하기에 올던은 열성적으로 임무를 수행했다. 특히 저녁 식사가 끝난 뒤 스텔라를 베란다의 어두운 구석으로 데려가서 한 시간이나 붙잡아둔 것은 첫 번째 만남치고 좀 지나치다 싶을 정도였다.

다음 날 아침 앤은 전날 일에 대해 여러 면에서 따져본 뒤 그럭저럭 만족할 만하다고 결론지었다. 식당 바닥에 아이스크림 두 접시와 케이크 한 접시가 엎질러져 카펫이 거의 못쓰게 되었고, 길버트의 할머니가 주신 브리스틀 유리 촛대는 산산조각이 났다. 누군가가 손님용 침실에서 꽃병을 뒤집는 바람에 그 안에 가득 차 있던 물이 서재 천장에 스며들면서 얼룩이 흉하게 져버렸다. 소파의 술은 절반쯤 찢어졌고, 수전의 자랑인 커다란 보스턴고사리에는 몸집이 크고 무거운 사람이 앉았던 게 분명했다. 하지만 올던이 스텔라에게 빠진 것만큼은 분명했다. 앤은 그것만으로도 수지가 맞는 장사였다고 생각했다.

그 뒤 몇 주 동안 마을에 퍼진 소문은 앤의 생각이 옳다는 것을 증명했다. 올던이 미끼를 문 것은 분명해 보였다. 하지만 스텔라는 어떨까? 스텔라는 남자가 손을 내민다고 해서 무턱대고 잡는 아가씨가 아니었다. 아버지의 까다로운 성미를 얼마쯤 물려받은 터라 독립심이 있었고, 이는 특유의 매력으로 나타났다.

걱정에 휩싸인 중매인에게 행운이 다시 한번 손을 내밀었다. 어느 날 저녁 스텔라가 제비고깔을 보러 잉글사이드에 왔고, 두 사람은 베란다에 앉아 이야기를 나누었다. 스텔라 체이스는 창백하고 날씬한 아가씨였는데, 내성적인 성격이었지만 한편으로는 지극히 다정했다. 엷은 금발은 부드러운 구름 같았고 눈동자는 갈색이었다. 앤은 스텔라가 실제보다 예뻐 보이는 이유는 놀랄 만큼 기다란 속눈썹 때문이라고 생각했다. 스텔라가 속눈썹을 올렸다 내렸다 할 때면 지켜보는 남자의 마음도 흔들렸다. 단정한 태도 때문에 스물네 살이라는 나이보다 성숙해 보였고, 나이가 더 들면 매부리코가 될 듯했다.

앤이 손가락 하나를 흔들며 말했다.

"스텔라, 당신에 대한 소문을 들었어요. 별로 좋은 이야기는 아니네요. 이런 말을 해도 괜찮을지는 모르겠지만, 올던 처칠은 스텔라에게 어울리는 남자가 아닌 것 같아요."

스텔라는 깜짝 놀랐다.

"어머! 저는 블라이드 부인이 올던을 마음에 들어 하신다고 생각했어요."

"올던을 좋아하기는 해요. 하지만 스텔라도 알다시피 그 사람은 아주 변덕스럽다고 소문났잖아요. 어떤 아가씨도 올던을 오래 잡아둘 수 없다고 하더군요. 그동안 꽤 많이들 노력했지만 결국은 실패하고 말았죠. 올던의 마음이 변해서 스텔라 혼자 남는 걸 보고 싶지는 않아요."

스텔라가 또박또박 말했다.

"블라이드 부인, 올던을 오해하시는 것 같네요."

"차라리 그랬다면 좋겠네요. 스텔라가 조금 다른 성격이었으면, 아일린 스위프트처럼 발랄하고 쾌활한 성격이었으면…."

"음, 저는 이만 집에 가야겠어요. 아버지가 혼자 계시거든요."

스텔라가 말꼬리를 흐리며 자리에서 일어섰다. 스텔라가 돌아가자 앤은 또다시 웃었다.

"스텔라는 속으로 다짐했겠지? 올던을 꽉 붙잡고, 아일린 스위프트도 그에게 손을 뻗치지 못하도록 만들겠다고 마음먹었을 거야. 그런 모습을 참견 좋아하는 사람들에게 보여주고 싶은 게 분명해. 뺨을 붉히면서 고개를 살짝 치켜드는 걸 보면 알 수 있어. 젊은 사람들은 이 정도면 충분하겠지? 이제 나이 든 사람들일만 남았는데, 만만찮을 것 같아서 걱정이네."

17장

앤의 행운은 계속해서 이어졌다. 부인 선교후원회가 앤에게 조지 처칠 부인의 집을 방문해서 기부금을 받아 올 수 있는지 부탁했던 것이다. 처칠 부인은 교회도 거의 가지 않았고 후원회 회원도 아니었지만 선교는 중요하다고 믿었다. 그래서 누군가 부탁하러 가면 항상 후한 액수를 기부했다. 기부금을 부탁하는 일은 아무도 좋아하지 않았으므로 회원들은 차례로 그 일을 맡아왔고 올해는 앤의 차례였다

어느 날 저녁 앤은 데이지꽃이 피어 있는 오솔길을 따라 걸어 내려갔다. 달콤하고 멋진 언덕 꼭대기를 넘어가면 글렌세인트메리 마을에서 약 2킬로미터 떨어진 처칠 집안의 농장으로 가는 길이 나왔다. 가파른 비탈길을 따라 회색의 갈지자형 울타리가 이어진 조금 지루한 길이었지만 집집마다 불빛이 반짝이고,

시냇물이 흐르고, 바다까지 내려오는 건초 밭 내음이 코끝에 감돌았으며, 무엇보다 정원이 여럿 있었다. 앤은 정원을 지날 때마다 걸음을 멈췄다. 보고 또 봐도 싫증 나지 않았다. 앤은 제목에 '정원'이라는 단어만 있으면 무슨 책이든 산다고 길버트가 놀려대곤 했다.

배 한 척이 한가로이 항구로 떠내려갔고, 저 멀리 작은 배 한 척이 멈춰 서 있었다. 앤은 바다로 향하는 배를 볼 때마다 맥박이 조금 빨라졌다. 언젠가 프랭클린 드루 선장이 부두에서 자기 배에 올라타며 "해변에 두고 온 사람들에게 미안할 따름이오!"라고 했던 말이 무슨 뜻인지 알 수 있었다.

평평한 박공지붕 주위로 거친 철제 레이스 장식을 두른 처칠 집안의 커다란 저택은 항구와 모래언덕을 내려다보고 있었다. 처칠 부인은 감정을 절제한 표정으로 정중하게 앤을 맞아 호화롭지만 음침한 응접실로 안내했다. 어두운 갈색 벽지를 바른 벽에는 처칠 집안과 엘리엇 집안 조상들의 초상화가 잔뜩 걸려 있었다. 처칠 부인은 초록색 소파에 앉아 가늘고 긴 두 손을 포갠 채 손님을 뚫어지게 바라보았다.

메리 처칠은 키가 크고 수척하며 엄한 인상이었다. 턱은 튀어나왔고 올던처럼 깊게 파였으며 커다란 입을 굳게 다물고 있었다. 쓸데없는 말은 전혀 하지 않았고 소문을 입에 담는 법도 없었다. 그래서 앤은 원하는 방향으로 자연스럽게 말머리를 이끌어 나가기가 조금 어렵다고 느꼈다. 그나마 처칠 부인이 마음에 들어 하지 않는 항구 건너편 신임 목사 이야기를 꺼내면서 자연스럽게 대화를 이어갈 수 있었다.

처칠 부인이 차갑게 말했다.

"그 목사님은 신앙심이 깊은 것 같지 않아요."

앤이 말했다.

"그분의 설교는 뛰어나다고 들었어요."

"한 번 듣기는 했는데 더 듣고 싶지는 않네요. 마음의 양식을 구하는 사람 앞에서 강의를 하더군요. 목사님은 하느님 나라가 머리로 얻을 수 있다고 믿지만, 그건 아니잖아요."

"이야기가 나와서 말인데, 지금 로브리지에 아주 똑똑한 목사님이 계세요. 제 젊은 친구인 스텔라 체이스에게 관심이 있는 것 같네요. 두 사람이 아주 잘 어울린다고들 그래요."

"결혼을 말씀하시는 건가요?"

앤은 무시당한 기분이었지만 자기도 상관없는 일에 간섭했으니 그 정도는 감수해야 한다고 생각했다.

"아주 어울리는 한 쌍이라고 생각해요, 처칠 부인. 스텔라는 특히 목사님의 아내로 딱 맞는 사람이거든요. 저는 올던에게 이 일을 망치면 안 된다고 계속 말했어요."

처칠 부인이 눈도 하나 깜짝하지 않고 물었다.

"왜죠?"

"아무래도 올던은 가능성이 없을 테니까요. 체이스 씨는 어떤 남자라도 스텔라에게는 한참 부족하다고 생각하세요. 올던의 친구들은 그가 헌신짝처럼 버려지는 걸 보고 싶어 하지 않을 거예요. 그런 일을 당하기에는 아주 좋은 청년이니까요."

처칠 부인이 얇은 입술을 꼭 누르며 말했다.

"제 아들을 퇴짜 놓은 아가씨는 여태껏 한 사람도 없어요. 언제나 그 반대였죠. 올던은 머리를 둘둘 말면서 킥킥거리고 웃는 아가씨나 몸을 배배 꼬면서 고상한 척하는 아가씨의 본모습을 꿰뚫어보거든요. 제 아들은 자기가 선택한 어떤 여자와도 결혼할 수 있습니다, 블라이드 부인."

"그래요?"

앤은 이렇게 대꾸했지만 말투에 담긴 뜻은 다음과 같았다.

'물론 저는 예의를 갖춰야 하기 때문에 부인의 말씀을 반박하진 않겠지만 부인 때문에 제 생각이 바뀌진 않아요.'

메리 처칠도 이를 알아들었다. 기부금을 가져오려고 방에서 나갈 때는 창백하고 주름투성이인 얼굴이 달아오른 상태였다.

현관문에서 처칠 부인의 배웅을 받으며 앤이 말했다.

"여기서 보는 경치는 정말 훌륭하네요."

처칠 부인은 찬성하지 않는다는 듯 세인트로렌스만으로 눈길을 돌렸다.

"블라이드 부인, 겨울에 살을 에는 듯한 동풍을 맞으면 경치는 별로 생각나지 않을 거예요. 오늘 밤은 꽤 싸늘하군요. 그렇게 얇은 드레스를 입고 있으면 감기에 걸릴지도 모르겠어요. 예쁜 옷이기는 해요. 아직 젊으니까 번드르르하고 화려한 것을 좋아하겠죠. 저는 이제 그런 덧없는 것에는 관심을 두지 않아요."

앤은 부인과 만난 일에 대해 상당히 만족하면서 초록빛 도는 어스름을 뚫고 집으로 돌아갔다.

앤은 숲속 작은 공터에서 모임을 열고 있던 찌르레기 무리에게 말했다.

"물론 처칠 부인에게 기대할 일은 없을 거야. 하지만 내가 그녀를 안달복달하게 만든 건 확실해. 부인은 올던이 퇴짜 맞았다는 말을 듣고 싶지 않은 거야. 자, 이제 체이스 씨 말고는 관련자 모두에게 내가 할 수 있는 일을 다 했어. 체이스 씨는 만난 적도 없는데 내가 뭘 할 수 있는지 모르겠네. 올던과 스텔라가 서로에게 끌리고 있다는 걸 그가 조금이라도 알고 있을까? 그럴 리 없지. 스텔라가 올던을 감히 집에 데려갈 것 같지는 않아. 그럼 체이스 씨에게는 뭘 어떻게 해야 하지?"

그런데 공교롭게도 행운의 여신이 다시 한번 앤의 손을 들어주었다. 어느 날 저녁 코닐리어가 찾아와 체이스 씨네 집에 같이 가달라고 부탁했기 때문이다.

"리처드 체이스에게 기부금을 부탁하러 갈 거예요. 교회 부엌 화로를 새로 사야 하거든요. 앤, 나랑 같이 가지 않을래요? 정신적인 지원군이 필요해요. 혼자 그를 상대하기는 싫거든요."

두 사람이 찾아갔을 때 체이스 씨는 현관 층계에 서 있었다. 코가 크고 다리가 긴 모습이 명상에 잠긴 학처럼 보였다. 벗겨진 머리 위로 반짝이는 머리 몇 가닥을 잘 빗어 얹어두었다. 그는 작은 회색 눈을 반짝거리며 두 사람을 바라보았다.

'코닐리어 옆이 의사 부인인가? 꽤 아름다운 편이군.'

육촌 사이인 코닐리어에 대해서는 조금 다부진 체격에 지능이 메뚜기 정도밖에 안 되지만 적절히 구슬린다면 못된 고양이 할멈처럼 굴지는 않을 거로 생각했다.

체이스는 두 사람을 아담한 서재로 안내했고 코닐리어는 나직하게 끙끙거리며 의자에 앉았다.

"오늘 밤은 지독스레 덥네. 천둥이라도 치면서 소나기가 올 것 같아. 세상에나, 리처드. 저 고양이는 전보다 커졌구나!"

리처드 체이스는 털빛이 누렇고 터무니없이 커다란 고양이를 키우고 있었다. 그는 무릎 위에 앉아 있는 고양이를 부드럽게 쓰다듬었다.

"우리 토머스는 시인이자 고양이가 세상에 존재해야 하는 이유를 알려주는 존재지. 안 그러니, 토머스? 코닐리어 고모가 널 얼마나 못마땅하게 쳐다보고 있는지 좀 봐라. 눈이라는 것은 친절과 애정을 표현하기 위해 창조된 것인데 말이야."

코닐리어가 날카로운 목소리로 외쳤다.

"나는 저런 짐승의 고모가 아니야! 코닐리어 고모라니! 아무리 농담이라 해도 너무 지나치잖아."

리처드 체이스가 푸념하듯 물었다.

"네디 처칠의 고모보다는 토머스의 고모가 되는 게 더 낫지 않을까? 네디는 대식가에 술꾼이잖아. 누나가 그 녀석의 악행 목록을 작성해놨다고 들었어. 위스키나 암컷 고양이와 관련해 불미스러운 일이 전혀 없는 토머스처럼 훌륭한 고양이의 고모가 되는 것이 낫지 않아?"

코닐리어가 반박했다.

"네디가 가엾긴 하지만 그래도 인간이야. 난 고양이가 싫다고! 올던 처칠의 유일한 결점이 고양이를 유별나게 좋아하는 거야. 누굴 닮아서 그런 건지 모르겠어. 올던의 부모는 둘 다 고양이를 싫어하잖아."

"참으로 분별 있는 젊은이로구먼!"

"분별이라고? 하긴 분별력이 뛰어난 건 맞아. 고양이 문제와 진화론에 빠져 있는 걸 빼면 그렇겠지. 그것도 어머니를 닮아서 그런 건 아닐 거야."

리처드 체이스가 엄숙하게 말했다.

"엘리엇 부인, 사실은 나도 남몰래 진화론에 빠져 있어."

"전에 말한 적 있어. 네가 믿고 싶다면 그래야지, 뭐. 남자들이 할 법한 일이긴 하지. 고맙게도 내가 원숭이의 후손이라고 믿게 만든 사람은 아무도 없네."

"누나는 그렇게 보이진 않아. 사실 예쁜 여자니까. 그 장밋빛에 편안하고 지극히 우아한 누나의 얼굴에는 원숭이와 닮은 구석이라곤 없어. 그래도 백만 번 거슬러 올라간 누나의 조상은 꼬리를 이용해 이 나뭇가지에서 저 나뭇가지로 왔다 갔다 했어. 믿든 안 믿든 그건 과학이 증명한 내용이야."

"마음대로 생각해. 그 일이든 다른 일이든 너랑 논쟁하지는 않을 테니까. 내가 가진 신앙에는 원숭이 조상 같은 건 없어. 그런데 리처드, 스텔라가 올여름에는 좀 아파 보이네."

"그 아이는 원래 더위를 많이 타. 선선해지면 좋아질 거야."

"그랬으면 좋겠어. 리젯은 여름에도 기운이 넘쳤지만 마지막 해에는 안 그랬지. 그걸 잊지는 마. 스텔라는 자기 어머니를 닮았잖아. 결혼은 안 할 것 같아서 차라리 다행이야."

"왜 스텔라가 결혼하지 않을 것 같다는 거지? 궁금해서 물어보는 거야, 코닐리어. 그냥 궁금할 뿐이라고. 난 여자들의 사고방식이 정말 흥미로워. 무슨 근거로 스텔라가 결혼할 것 같지 않다는 결론을 이끌어낸 거야?"

"글쎄, 리처드. 솔직히 말하자면 스텔라는 남자에게 인기 있을 만한 아가씨가 아니니까. 착하고 사랑스러운 아이지만 남자에게는 매력이 없어."

"그 아이를 졸졸 쫓아다니는 남자도 많아. 그래서 난 산탄총과 불도그를 구입하고 건사하는 데 거금을 들여야 했지."

"그 남자들은 네 돈주머니를 숭배했던 거야. 그러니까 다들 금세 포기한 거잖아. 안 그래? 네가 비아냥대기만 해도 달아났으니까. 정말로 스텔라를 원했으면 그런 비아냥거림이나 제구실도 못 하는 불도그 앞에서 의지를 꺾지 않았을 거야. 아니, 리처드. 스텔라는 번듯한 애인을 얻을 만한 아가씨가 아니라는 사실을 너도 인정하는 게 좋을 거야. 리젯도 그랬던 거 알잖아. 네가 나타나기 전까지 그녀도 애인이 없었어."

"하지만 나는 기다릴 가치가 있는 남자였잖아? 확실히 리젯은 현명한 아가씨였어. 그러니까 지금 누나는 나보고 딸을 어중이떠중이한테 보내버리라는 거야? 누나가 아무리 깎아내린다고 해도 나의 별 스텔라는 왕의 궁전에서 빛날 자격이 있어."

"캐나다에는 왕이 없어. 스텔라가 사랑스럽지 않다는 말은 아냐. 남자들이 그걸 모른다는 이야기지. 스텔라는 엄마를 닮았으니까 차라리 그 편이 좋을 거야. 너한테도 좋은 일이고. 그 아이 없이는 생활이 안 되잖아. 아기처럼 아무 일도 못하니까. 뭐, 기부금만 약속해주면 우리는 갈게. 네가 지금 저기 있는 책을 집어 들고 싶어서 죽을 지경인 거 알아."

"정말 멋지고 총명한 여자군! 매부에게 누난 보물 같은 존재일 거야! 누나 말이 맞아. 나는 죽을 지경이거든. 하지만 그걸 알아볼 만큼 예리한 사람이 누나밖에 없고, 통찰력이 있다 해도 날 구해줄 사람은 없네. 아무튼 얼마를 내놓으라는 거야?"

"5달러는 낼 수 있겠지?"

"나는 숙녀와 절대 말싸움하지 않아. 5달러로 하지. 아, 갈 거야? 한시도 허비하지 않네. 희한한 여자 같으니라고! 목적을 이루면 더 괴롭히는 법 없이 당장 떠나버린다니까. 요즘엔 이런 여자가 없어. 살펴 가도록 해, 우리 매부의 보물."

방문하는 내내 앤은 한 마디도 하지 않았다. 엘리엇 부인이 너무나 솜씨 있고 자연스럽게 할 일을 마친 터라 그럴 필요가 없었다. 하지만 리처드 체이스는 두 사람을 배웅하다가 별안간 슬쩍 몸을 숙이며 말했다.

"내가 본 사람 중에서 발목이 가장 예쁜 분이시군요, 블라이드 부인. 저도 젊을 때는 그런 걸 잘 알아봤죠."

오솔길을 따라 내려가면서 코닐리어가 씩씩댔다.

"정말 무례하기 짝이 없네요. 여자한테 터무니없는 말을 밥 먹듯 지껄여대는 작자니까 너무 기분 상해하지 마요."

앤은 기분 상하기는커녕 리처드 체이스에게 호감을 느꼈다.

'조상이 원숭이라고 믿으면서도 스텔라가 남자들에게 인기가 없다는 말에는 마음이 상한 모양이야. 이제는 사람들에게 뭔가를 보여주고 싶어 할 거야. 뭐, 내가 할 수 있는 일은 다 했어. 올던과 스텔라가 서로 관심을 갖게 했고, 코닐리어랑 힘을 합쳐서 처칠 부인과 체이스 씨가 이 혼담을 찬성하는 쪽에 서도록 만들었으니까. 이제는 일이 어떻게 되는지 가만히 지켜봐야지.'

한 달 뒤 스텔라 체이스가 잉글사이드로 와서 베란다 계단에 있던 앤 옆에 앉았다. 스텔라는 언젠가 자기도 블라이드 부인처럼 보였으면 좋겠다고 생각했다. 성숙하고 온전하며 우아한 모습이 부러웠던 것이다.

9월 초순의 선선하고 누르스름한 회색빛 하루가 저물자 서늘하고 안개 낀 저녁이 이어졌다. 바다가 부드럽게 칭얼대는 소리가 아득히 들려왔다.

"오늘 밤에는 바다가 안 행복해."

월터라면 바닷소리를 듣고 이렇게 말했을 것이다.

스텔라는 넋이 나간 듯 아무 말도 하지 않다가 보랏빛 밤하늘에 마법처럼 알알이 박힌 별을 보며 갑자기 입을 열었다.

"블라이드 부인, 말씀드리고 싶은 게 있어요."

"네, 무슨 일이죠?"

스텔라가 어렵게 입을 열었다.

"저 올던 처칠과 약혼했어요. 지난해 크리스마스 때부터 약혼한 사이였죠. 아버지하고 처칠 부인께는 바로 말씀드렸지만 다른 사람들한테는 비밀로 했어요. 비밀을 간직한다는 건 아주 달콤한 일이니까요. 그 즐거움을 세상과 나누고 싶지 않았어요. 그리고 다음 달에 드디어 결혼해요."

앤은 돌로 변한 여자 흉내를 훌륭하게 내고 있었다. 별에서 눈을 떼지 않던 스텔라는 블라이드 부인의 표정을 보지 못한 채 조금 더 편한 마음으로 이야기를 계속했다.

"올던과 저는 작년 11월 로브리지에서 열린 파티에서 처음 만났어요. 우리는 처음 본 바로 그 순간부터 사랑하게 됐죠. 그 사람은 나 같은 여자를 꿈꾸며 항상 찾아다녔다고 했어요. 내가 문으로 들어오는 것을 보자 '이 사람이 바로 내 아내다'라고 혼잣말을 했대요. 물론 저도 똑같이 느꼈어요. 아, 우리는 정말 행복해요, 블라이드 부인!"

앤은 입을 떼려고 애썼지만 끝내 말이 나오지 않았다.

"제 행복을 가로막는 단 하나의 구름이 바로 이 일에 대한 부인의 생각이에요. 블라이드 부인, 우리 둘의 만남을 인정해주실 수는 없나요? 글렌세인트메리 마을에 온 뒤로 부인은 제게 정말 소중한 친구였어요. 언니처럼 느꼈죠. 부인이 제 결혼을 반대하신다는 걸 생각하면 정말 괴롭기만 해요."

스텔라의 목소리에는 눈물이 고여 있었다. 앤은 가까스로 입을 열었다.

"스텔라는 내게 참 소중한 사람이에요. 난 스텔라가 행복해지길 진심으로 바라요. 나도 올던을 좋아해요. 아주 훌륭한 청년이죠. 바람둥이라는 소문이 있긴 하지만요."

"하지만 그건 사실이 아니에요. 그는 자기에게 딱 맞는 사람을 찾고 있었어요. 지금껏 찾지 못했을 뿐이죠."

"아버지는 어떻게 생각하세요?"

"몹시 기뻐하세요. 처음부터 올던을 마음에 들어 하셨어요. 둘이서 몇 시간이나 진화론에 대해 토론하더라고요. 아버지는 괜찮은 사람만 나타나면 저를 시집보낼 생각이셨대요. 아버지를 남겨두고 떠나는 게 걱정되지만, 젊은 새는 자기 둥지를 가질 권리가 있다고 누차 말씀하시네요. 집안일은 사촌인 딜리아 체이스가 와서 해줄 거예요. 덕분에 한시름 놓았어요. 아버지는 딜리아를 무척 좋아하시거든요."

"그럼 올던의 어머니는요?"

"어머님도 좋아하셨어요. 올던이 지난 크리스마스에 우리가 약혼했다고 말씀드리니까 어머님이 성경책에 물어봤는데, 처음 나온 구절이 바로 '이러므로 남자가 부모를 떠나 그의 아내와 합하여 둘이 한 몸을 이룰지어다'였대요. 그러고는 당신께서 해야 할 일은 분명하다고 말씀하시면서 즉시 승낙해주셨죠. 어머님은 로브리지에 있는 작은 집으로 가실 거예요."

"초록색 소파와 살지 않아도 되어서 다행이네요."

"소파요? 아, 가구가 꽤 구식이기는 하죠? 그 소파는 어머님이 가져가실 거고 올던이 집을 새로 꾸밀 거예요. 그래서 모두 기뻐하고 있어요. 부인도 저희를 축복해주시면 안 될까요?"

앤은 스텔라의 차갑고 부드러운 볼에 입을 맞췄다.

"스텔라가 행복하다니 나도 정말 기뻐요. 하느님께서 두 사람의 앞날을 축복해주실 거예요, 스텔라."

스텔라가 돌아가자 앤은 잠시 동안 다른 사람의 눈을 피하기 위해 서둘러 방으로 올라갔다. 비웃는 듯이 한쪽 입을 삐죽거리는 초승달이 동쪽의 자욱한 구름 뒤로 모습을 드러냈고, 저 너머 들판은 얄밉고도 장난스럽게 눈을 깜빡이는 것 같았다.

앤은 지난 몇 주간의 모든 일을 돌이켜봤다. 식당 카펫은 못 쓰게 됐고 소중한 가보도 두 개나 망가졌으며 서재 천장은 엉망이 됐다. 앤은 처칠 부인을 이용해보려고 했지만 처칠 부인은 마음속으로 앤을 비웃었을 것이 틀림없다.

앤이 달에게 물었다.

•　　구약성경의 창세기 2장 24절

"이번 일로 바보가 된 사람이 누굴까? 길버트가 뭐라고 할지는 알고 있어. 내가 한 고생은 다 뭐지? 이미 약혼한 사람을 결혼시키려 했다니! 이제 중매는 그만둬야겠어. 아예 생각조차 안 할 거야. 세상에서 아무도 결혼을 안 한다 해도 난 손가락 하나 까딱하지 않겠어. 뭐, 그래도 한 가지 위안은 있네. 오늘 젠 프링글한테서 편지가 왔는데 내가 열어준 파티에서 만난 루이스 스테드먼하고 결혼하겠다잖아. 브리스톨 유리촛대의 희생도 전혀 헛된 일은 아니었어. 얘들아! 그런 데서 그렇게 이상한 소리를 꼭 내야 되겠니?"

"우린 올빼미예요. 그래서 이렇게 울어야 해요."

젬의 목소리가 어두운 관목 숲에서 들려왔다. 젬은 자기가 올빼미 흉내를 아주 잘 내는 것을 알았다. 뿐만 아니라 숲속에 사는 어떤 동물의 울음소리라도 능숙하게 흉내 낼 수 있었다. 월터는 형만큼 잘하지 못했기에 얼마 지나지 않아 올빼미 노릇은 그만두고 풀 죽은 어린아이로 돌아갔다. 그리고 어머니에게 다가가 자기를 위로해달라고 졸랐다.

"엄마, 나는 귀뚜라미가 입으로 노래하는 줄 알았어요. 오늘 카터 플래그 아저씨가 그러는데 그게 아니래요. 귀뚜라미는 뒷다리를 비벼서 소리 내는 거래요. 정말 그래요, 엄마?"

"아마 그럴 거야. 정확히는 잘 모르겠지만 그게 귀뚜라미가 노래를 부르는 법이겠지."

"나는 그런 거 싫어요. 이제 다시는 귀뚜라미가 노래 부르는 건 듣고 싶지 않아요."

"어머, 아니야. 다시 듣고 싶을 거야. 시간이 지나면 뒷다리 이야기는 잊어버릴 거고 수확이 끝난 밭과 가을 언덕에 온통 울려 퍼지는 요정 같은 합창만 생각나게 될 테니까. 그런데 잘 시간 아니니, 우리 아들?"

"엄마, 내가 잘 때 등골이 오싹해지는 이야기를 해주실래요? 그리고 잠이 들 때까지 곁에 계시면 안 돼요?"

"당연히 그렇게 해야지. 난 엄마잖니."

18장

"바다코끼리가 말하길, 이제 이야기할 때가 됐다.'* 우리 개를 길러 볼까?"

길버트가 말했다. 늙은 개 렉스가 독을 먹고 죽은 뒤로 잉글사이드에서는 개를 키우지 않았지만, 길버트는 남자아이들이라면 응당 개가 있어야 한다고 생각했다. 그래서 아이들에게 개를 선물하기로 마음먹었다. 그러나 가을에는 너무 바빠서 차일피일 미루고 있었다. 그러던 11월 어느 날, 학교 친구네 집에서 오후 시간을 보낸 젬이 품에 개 한 마리를 안고 돌아왔다. 검은 귀를 쫑긋 세운 작고 누런 개였다.

• 영국 작가 루이스 캐럴(1832-1898)의 동화 『거울 나라의 앨리스』에 나오는 시 〈바다코끼리와 목수〉의 한 구절

"조 리스가 줬어요. 이름은 지프예요. 꼬리가 정말 귀엽지요? 엄마, 우리가 키워도 돼요?"

앤이 의아한 듯 물었다.

"젬, 이 개는 무슨 종이니?"

"음, 여러 종이 섞인 것 같아요. 저는 그래서 더 좋아요. 한 가지 종일 때보다 멋있잖아요. 제발요, 엄마."

"그래, 먼저 아빠에게 여쭤보자."

길버트는 흔쾌히 허락했고, 이제부터 젬은 지프의 주인이 되었다. 잉글사이드 사람들은 지프를 가족으로 받아들였지만 슈림프만은 예외여서 노골적으로 거부감을 드러냈다.

수전도 지프가 마음에 들었다. 주인이 학교에 가서 집에 없을 때면 지프는 수전 곁에 있었다. 비 오는 날 수전이 다락방에서 실을 잣고 있을 때 지프는 어두운 구석에서 상상 속의 쥐를 신나게 쫓아다니곤 했다. 그런데 그 일에 너무 열중하다가 작은 물레에 가까이 다가가면 겁에 질려 낑낑거렸다. 한 번도 쓴 적 없는 이 물레는 모건 가족이 이사 가면서 두고 간 것인데, 그 모습이 마치 체구가 작고 등이 굽은 할머니 같았다. 커다란 물레는 조금도 겁내지 않는 지프가 이 물레를 왜 무서워하는지는 아무도 몰랐다. 지프는 수전이 물레핀을 돌리는 동안 옆에 붙어 앉아 있었고, 수전이 긴 털실을 감으면서 다락방 끝까지 걸어갈 때는 앞뒤로 뛰어다녔다.

수전은 지프를 보면서 개도 인간의 진정한 친구가 될 수 있다는 사실을 인정했다. 지프는 뼈를 받고 싶을 때면 벌러덩 누워서 허공에 대고 앞발을 흔들어댔다. 세상에 이처럼 똑똑한 개가 있다니. 그래서 수전은 버티 셰익스피어가 "저것도 개야?"라고 비웃자 젬만큼이나 화가 났다.

수전은 버티를 쏘아보며 착 가라앉은 목소리로 말했다.

"우리 집에서는 개라고 부른단다. 너희 집에서는 하마라고 부르겠지만."

그날 버티는 수전이 이 집의 두 남자아이와 친구들을 위해 늘 만들어주던 '애플크런치파이'도 먹지 못한 채 집에 가야만 했다.

한번은 맥 리스가 "저 개는 파도에 떠내려 온 거냐?"라고 물었다. 그때 수전은 자리에 없었지만 젬이 대신 지프 편을 들어주었다. 지프의 다리가 몸에 비해 너무 길다는 냇 플래그의 말에도 젬은 개의 다리라면 땅에 닿을 만큼 충분히 길어야 한다고 맞받아쳤다. 냇은 별로 똑똑한 편이 아니었기에 이 말에 조목조목 따지지 못했다.

그해 11월 날씨는 햇빛에 인색했다. 헐벗은 은빛 가지만 남은 단풍나무 숲 사이로 바람이 거세게 불어왔고 골짜기는 밤이든 낮이든 안개로 가득했다. 우아하고 으스스한 짙은 안개가 아니라 길버트의 말처럼 "축축하고 어둡고 우울하고 음침하고 물이 뚝뚝 떨어지는 이슬비 같은 안개"였다. 잉글사이드 아이들은 노는 시간 대부분을 다락방에서 보내야 했는데 저녁때면 커다란 사과나무로 날아드는 자고새 두 마리를 친구 삼아 즐겁게 놀았다. 선명한 색깔의 파랑어치 다섯 마리는 여전히 아이들을 따랐고, 아이들이 준 먹이를 먹으며 장난스러운 울음소리를 냈다. 다만 파랑어치는 욕심이 많고 이기적인 편이어서 다른 새들이 아이들 곁으로 가까이 오지 못하게 했다.

12월이 되자 겨울이 시작되었고 3주 동안 눈이 쉬지 않고 내렸다. 잉글사이드 건너편 들판은 온통 은빛으로 덮였고, 울타리와 문기둥은 하얗고 기다란 모자를 썼으며, 창문에는 요정이 만든 것 같은 하얀 무늬가 생겼다. 잉글사이드의 불빛은 어둡고 눈 내리는 황혼을 뚫고 나와 밝게 빛나면서 모든 방랑자를 집으로 맞이했다. 수전은 그해 겨울만큼 아기가 많이 태어난 때가 없다는 생각이 들었다. 밤마다 식료품 저장실에 '선생님의 밤참'을 남겨두면서, 봄까지 길버트의 몸이 버텨낸다면 기적일 것이라 여기며 무척 암울해했다.

"드루네 아이가 태어났어요. 벌써 아홉 번째네요! 이미 세상에 나온 자기 집안사람들로는 부족하다고 생각하나 봐요!"

앤이 웃으며 대꾸했다.

"드루 부인은 아주 멋진 아이가 태어났다고 생각할 거예요. 우리가 릴라를 그렇게 생각했던 것처럼요."

수전은 손을 휘휘 저었다.

"사모님, 농담도 정도가 있죠."

하지만 밖에서 눈보라가 몰아치거나 흰 구름이 얼어붙은 별을 지나가는 동안에도 아이들은 서재나 넓은 부엌에 모여 여름에 골짜기에서 무엇을 하고 놀지 계획하고 있었다. 바람이 높게 불거나 낮게 불거나 상관없이 잉글사이드에는 타오르는 난롯불, 안락한 분위기, 폭풍을 피하는 쉼터, 활기찬 숨결, 피곤한 아이들을 위한 침대가 언제나 갖춰져 있었다.

크리스마스가 찾아왔고 올해는 메리 마리아 고모가 드리운 그림자에 겁먹는 일 없이 지나갔다. 아이들은 눈에 나 있는 토끼 발자국을 쫓아가고, 얼어붙은 들판에서 자신들의 그림자와 경주하고, 반짝이는 언덕 비탈면을 미끄러져 내려가고, 차가운 장밋빛 겨울 저녁 햇살을 받으며 연못에서 새 스케이트를 시험해보기도 했다. 양쪽 귀가 새까만 노란색 개는 함께 달리거나 아이들이 집에 돌아오면 반갑게 짖으며 맞아주었다. 밤에는 젬의 침대 발치에서 같이 잤고, 철자법을 배울 때는 발밑에 누워 있었으며, 식사 때는 가까이 앉아 가끔씩 작은 발로 쿡쿡 찌르며 자기도 먹을 것을 달라고 졸라대곤 했다.

"엄마, 지프가 오기 전에는 어떻게 살았는지 모르겠어요. 지프는 말도 할 수 있어요. 정말로요! 저길 좀 보세요. 지금 눈으로 말하고 있잖아요."

하지만 비극은 갑자기 찾아왔다! 어느 날 지프는 기운이 좀 없어 보였다. 수전은 지프가 특히 좋아하는 갈비뼈를 주면서 식욕을 돋워보려고 했지만 아무런 소용이 없었다. 다음 날 로브리지의 수의사를 불러왔는데 그는 지프를 보더니 고개를 흔들었다. 정확하게 진단하기는 어렵지만, 숲에서 무언가 나쁜 것을 먹은 듯한데 치료한다 해도 나을지는 장담할 수 없다고 했다. 작은 개는 조용히 누워만 있었다. 젬 외에는 아무에게도 관심을 보이지 않았다. 숨이 다할 지경에 이르기까지 지프는 젬이 쓰다듬어줄 때마다 꼬리를 흔들려고 했다.

"엄마, 지프를 위해 기도해도 돼요?"

"물론 괜찮지. 사랑하는 모든 것을 위해서 언제든 기도할 수 있단다. 하지만 안타깝게도 지프는 몹시 아픈 것 같구나."

"엄마, 설마 지프가 죽지는 않겠죠?"

다음 날 아침 지프는 결국 죽고 말았다. 젬이 직접 죽음을 마주한 것은 이번이 처음이었다. 사랑하는 무언가가 죽는 것을 지켜본 경험은 결코 잊지 못할 것이다. 그 대상이 '한낱 조그만 개'일 뿐이라 해도 마찬가지다. 슬픔에 젖은 잉글사이드에서는 아무도 그런 표현을 쓰지 않았고 수전도 마찬가지였다. 수전은 새빨개진 코를 닦으며 이렇게 중얼거렸다.

"저는 지금껏 개와 가깝게 지내본 적이 없어요. 앞으로도 절대 그러지 않을 거예요. 가슴이 참 아파요."

수전은 개에게 마음을 주다가 눈물을 흘리는 어리석음에 대한 키플링의 시*를 읽어보지 못했다. 만약 읽어봤더라면 시를 경멸하는 수전도 시인이 한 번쯤은 올바르게 말하는 경우가 있다고 생각했을 것이다.

밤이 되자 젬은 더 힘들어했다. 엄마 아빠는 일이 있어 집을 비웠고, 월터는 울다가 잠이 들었다. 젬은 이제 혼자였다. 이야기를 나눌 개도 없었다. 신뢰한다는 듯 자기를 올려다보던 그리운 갈색 눈동자는 죽음으로 흐려졌다.

젬은 기도했다.

"사랑하는 하느님, 오늘 하늘나라로 간 제 작은 개를 돌봐주세요. 양쪽 귀가 까매서 한눈에 알아볼 수 있을 거예요. 제가 없다고 외롭게 내버려두지 말아주세요."

젬은 침대보에 얼굴을 묻고 울음을 참았다.

'불을 끄면 어두운 밤이 창문을 통해 나를 바라보겠지만 지프

---

* 영국 작가 러디어드 키플링(1865-1936)의 시 〈개의 힘〉

는 없을 거야. 추운 겨울 아침이 와도 지프는 없을 거야. 하루가 지나고 또 하루가 지나면서 몇 년이 흘러도 지프는 없을 거야.'

젬은 도저히 참을 수 없었다.

그때 누군가의 부드러운 팔이 젬을 감싸고는 따뜻하게 꼭 끌어안았다. 아, 지프는 떠나버렸지만 세상에는 아직 사랑이 남아 있었다.

"엄마, 앞으로도 이렇게 마음이 아플까요?"

"계속 그렇진 않을 거야, 우리 젬. 언젠가는 나아질 거란다. 손에 화상을 입어도 처음에는 많이 아프지만 나중에 나아지잖니. 그것과 똑같다고 생각하렴."

가슴 아픈 일은 금세 잊을 것이며 머지않아 지프는 소중한 추억으로 남을 것이라는 말까진 차마 하지 못했다.

"아빠가 다른 개를 구해다 주신대요. 하지만 꼭 그래야 하는 건 아니죠? 다른 개는 갖고 싶지 않거든요."

"알고 있어, 젬."

엄마는 모든 것을 알고 계신다. 이런 엄마가 있는 사람은 나말고 아무도 없다. 엄마를 위해 무언가를 해주고 싶다. 그러다 갑자기 무엇을 해야 할지 생각났다.

'플래그네 가게에서 파는 진주 목걸이를 선물하는 거야.'

엄마는 진주 목걸이가 갖고 싶다고 말했었다. 그때 아빠는 이렇게 말씀하셨다.

"우리 배가 항구에 들어오면 하나 사줄게, 앤 아가씨."

젬은 목걸이를 사기 위해 무엇을 해야 할지 고민해보았다. 용돈을 받고는 있었지만 자기에게 필요한 것을 살 만한 정도의 액수였고, 진주 목걸이는 그걸로 어림없었다. 게다가 직접 그 돈을 벌고 싶었다. 그래야만 정말로 내가 드리는 선물이 될 테니까. 엄마 생일은 3월이고, 그때까지는 6주밖에 남지 않았다. 그리고 목걸이는 값이 50센트나 한다!

19장

글렌세인트메리 마을에서 돈을 버는 건 결코 쉽지 않았지만 젬은 마음을 다잡고 그 일에 뛰어들었다. 낡은 실패를 가져다가 팽이를 만들어 한 개에 2센트씩 받고 학교 남자아이들에게 팔았다. 소중하게 간직했던 젖니 세 개는 3센트에 넘겼다. 매주 토요일 오후에 간식으로 받은 애플크런치파이 중에서 자기 몫을 버티 셰익스피어 드루에게 팔았다. 매일 밤 젬은 낸이 크리스마스 선물로 준 놋쇠 돼지 저금통에 자기가 번 돈을 넣었다. 번쩍번쩍 멋지게 빛나는 이 저금통의 등에는 동전을 집어넣는 구멍이 있었다. 동전 50개를 넣고 나서 꼬리를 비틀면 활짝 열리면서 모아둔 돈을 돌려준다. 마침내 젬은 새알 몇 개를 맥 리스에게 팔고 마지막 8센트를 채웠다. 글렌세인트메리 마을에서 가장 예쁜 새알이라 마음이 조금 아팠지만 엄마 생일은 점점 다가

왔고 젬은 그 돈이 꼭 필요했다. 맥에게 8센트를 받자마자 젬은 그것을 돼지 저금통에 넣고 흐뭇하게 바라보았다.

"꼬리를 비틀어서 정말 열리는지 보자."

돼지 저금통이 열린다는 사실을 믿지 않았던 맥이 말했다. 하지만 젬은 딱 잘라 거절했다. 목걸이를 사러 갈 때까지는 열어보지 않을 생각이었다.

다음 날 오후 잉글사이드에서 선교후원회 모임이 열렸는데 참석자들은 이때 일어난 일을 절대 잊지 못할 것이다. 노먼 테일러 부인이 한창 기도 중이었을 때(그녀는 자기의 기도를 무척 자랑스러워했다) 조그만 남자아이가 미친 듯이 거실로 뛰어 들어와 바락바락 악을 썼다.

"엄마, 내 저금통이 사라졌어요. 놋쇠 돼지 저금통이요!"

앤이 서둘러 아들을 데리고 나왔지만 노먼 부인은 자기 기도가 엉망이 되었다고 생각했다. 무엇보다 마을을 방문한 목사의 아내에게 좋은 인상을 주려던 계획이 수포로 돌아가 속이 무척 상했다. 그래서 젬을 용서하고 그의 아버지에게 진료를 부탁할 때까지는 시간이 꽤나 걸렸다. 부인들이 집으로 돌아간 뒤 잉글사이드의 지붕부터 지하실까지 구석구석 돼지 저금통을 찾아보았지만 헛수고였다. 그런 행동을 했다고 꾸지람을 들은 데다 물건을 잃어버린 괴로움까지 겹치면서 젬은 돼지 저금통을 마지막으로 본 순간조차 기억해낼 수 없었다. 맥 리스에게 전화해보니 자기가 마지막으로 봤을 때는 돼지 저금통이 젬의 책상 위에 있었다고 대답했었다.

"수전, 설마 맥 리스가…."

"아니에요, 사모님. 그 아이는 절대 그러지 않았을 거예요. 물론 리스 집안사람들에게도 결점은 있죠. 돈에 유독 악착스럽게 굴기는 해요. 하지만 정직하게 버는 돈에만 그런 거죠. 그 돼지 저금통은 도대체 어디 있는 걸까요?"

"쥐가 먹어버린 거 아냐?"

다이가 말했다. 젬은 그 생각이 터무니없다고 비웃었지만 한편으로는 걱정도 됐다. 물론 쥐는 동전이 50개나 들어 있는 놋쇠 돼지 저금통을 삼킬 수 없다. 하지만 그럴 수도 있지 않을까? 앤이 젬을 달랬다.

"아니다, 얘야. 네 돼지 저금통은 곧 어딘가에서 나올 거야."

다음 날 젬이 학교에 갈 때까지도 돼지 저금통은 나타나지 않았다. 돼지 저금통을 잃어버렸다는 소식은 젬보다 먼저 학교에 도착했고, 이런저런 말을 들었지만 조금도 위로가 되지 못했다. 그런데 쉬는 시간에 시시 플래그가 비위라도 맞추려는 듯 슬쩍 젬에게 다가갔다. 시시는 젬을 좋아했다. 하지만 풍성한 노란색 곱슬머리에 갈색 눈이 큼지막한 시시를 젬은 좋아하지 않았다. 어쩌면 그런 외모 때문에 더 싫어했을 수도 있다. 여덟 살 아이라도 이성 교제와 관련해서는 나름의 주관이 있는 법이다.

"누가 네 돼지 저금통을 가져갔는지 알아."

"누군데?"

"이따가 박수치기 놀이를 할 때 나랑 짝을 하면 말해줄게."

비록 쓰디쓴 약이었지만 젬은 눈을 감고 꿀꺽 삼켰다.

'저금통을 찾을 수만 있다면 무슨 일이든 해야지!'

박수치기 놀이를 하는 동안 젬은 한껏 우쭐대는 시시 옆에 괴로운 듯 얼굴을 붉히며 앉아 있었고 수업 종이 울리자 기다렸다는 듯이 대가를 요구했다.

"네 돼지 저금통이 어디 있는지 안다고 프레드 엘리엇이 밥 러셀한테 말했는데, 밥 러셀이 그 이야기를 윌리 드루한테 하는 걸 앨리스 파머가 들었대. 가서 프레드한테 물어봐."

젬이 시시를 노려보며 소리쳤다.

"거짓말! 거짓말이야!"

시시는 거만하게 웃었다. 아무 상관없다는 얼굴이었다. 한 번 이기는 했지만 젬 블라이드는 어쨌든 자기 옆에 앉았다.

젬은 프레드 엘리엇에게 갔다. 처음에 프레드는 낡은 돼지 저금통 같은 건 전혀 모를뿐더러 알고 싶지도 않다고 잡아뗐다. 젬은 절망했다. 프레드 엘리엇은 세 살이나 위였고 다른 아이를 괴롭히는 것으로 악명이 높았다. 그러다가 문득 좋은 생각이 떠오른 젬은 때 묻은 검지로 프레드 엘리엇의 크고 벌건 얼굴을 준엄하게 가리키며 또박또박 말했다.

"너는 실체변화론자*야."

"어이, 꼬마. 나한테 욕하지 마."

"이건 그냥 욕이 아니야. 불길한 단어지. 내가 이 말을 하면서 손가락으로 가리키면, 너는 일주일 동안 재수 없는 일이 생길지도 몰라. 발가락이 떨어질 수도 있지. 이제 열까지 셀 거야. 다

---

* 실체변화론자(transubstantiationalist)는 가톨릭교의 종교 의식에서 빵과 포도주가 그리스도의 몸과 피로 변한다고 믿는 사람을 가리키지만, 여기서는 뜻과 관계없이 상대가 알아들을 수 없는 길고 어려운 단어를 쓴 것이다.

세기 전에 말해주지 않으면 재수 없는 일이 생겨버릴 거야."

프레드는 믿지 않았다. 하지만 그날 밤 스케이트 시합을 할 예정이었기에 굳이 도박을 하고 싶지는 않았다. 더구나 발가락이라니! 여섯까지 셋을 때 프레드는 결국 항복했다.

"알았어, 알았다니까. 입 다물고 다신 그런 말 하지 마. 네 돼지 저금통이 어디 있는지는 맥이 알아. 자기 입으로 그랬어."

맥은 학교에 없었다. 젬에게 이야기를 들은 앤이 맥의 어머니에게 전화를 걸었다. 잠시 뒤 리스 부인이 찾아와 얼굴을 붉히며 사과했다.

"블라이드 부인, 맥이 돼지 저금통을 가져오지는 않았어요. 저금통이 열리는지 보고 싶었을 뿐이죠. 그래서 방을 나가다가 꼬리를 비틀어본 거래요. 그랬더니 저금통이 두 동강 났는데 다시 조립할 수는 없었다고 하네요. 그래서 맥은 두 동강이 난 돼지 저금통과 돈을 옷장에 있던 젬의 구두에 넣어놨어요. 만지지 말았어야 했는데…. 그 아이는 아버지한테 꾸지람을 듣자마자 다 털어놓았어요. 그래도 맥이 훔친 건 아니에요."

망가진 저금통을 찾아 돈을 세고 있던 젬에게 수전이 물었다.

"젬, 프레드 엘리엇한테 뭐라고 했니?"

젬이 의기양양하게 말했다.

"실체변화론자라고 했어. 지난주에 월터가 사전에서 찾은 단어야. 월터는 거창하고 어려운 말을 좋아하잖아. 그래서 우리 둘이 그 단어를 어떻게 발음하는지 알아봤어. 그리고 자기 전에 침대에서 서로한테 스물한 번씩 말하면서 외운 거야."

젬은 목걸이를 산 뒤 수전의 옷장 가운데 서랍을 열고 위에서 세 번째 칸에 감춰두었다. 수전은 젬의 계획을 처음부터 알고 있었던 것이다. 젬은 생일이 영영 오지 않을 것 같아 조바심이 났다. 그렇지만 아무것도 모르는 엄마를 볼 때마다 흐뭇한 기분이 들었다. 수전의 옷장 서랍에 무엇이 숨겨져 있는지 생일날 무슨 선물을 받을지 엄마는 전혀 몰랐다. 쌍둥이에게 자장가를 불러주면서도 아무것도 모르고 있었다.

항해하는 배를 보았어, 바다에서 항해하는 배를.
아, 내게 줄 예쁜 것들을 가득 싣고 있다네.

그 배가 무엇을 가져다줄지 엄마는 전혀 몰랐다.
길버트는 3월 초에 독감을 앓았는데 차도가 있기는커녕 폐렴으로 악화될 지경에 이르렀다. 며칠 동안 잉글사이드에서는 불안한 기운이 감돌았다. 앤은 평소와 다름없이 행동했다. 잡다한 문제를 해결하고 가족을 안심시켰으며 달빛이 비치는 침대에 몸을 굽혀 소중한 아이들의 몸이 따뜻한지 살펴보았다. 하지만 아이들은 엄마의 웃음소리를 들을 수 없었다.
월터가 하얗게 질린 입술로 속삭였다.
"아빠가 돌아가시면 세상은 어떻게 되는 거예요?"
"아빠는 곧 나을 거야. 이제 위험한 고비는 넘겼단다."
앤은 자문해보았다. 만약 길버트에게 무슨 일이라도 생긴다면? 포윈즈와 글렌세인트메리 마을과 항구라는 이 작은 세계는 어떻게 될까? 모든 주민이 길버트에게 의지하고 있었다. 글렌세인트메리 마을 위쪽 사람들은 길버트가 죽은 사람도 살려낼 수 있지만 전능하신 하느님의 뜻과 어긋나는 일이기 때문에 자제하고 있을 뿐이라고 믿는 것 같았다. 그들은 실제로 그런 일이 있었다고 주장하기까지 한다. 숨이 완전히 끊긴 새뮤얼 휴잇을 블라이드 선생이 다시 살려냈다고 아치볼드 맥그레거 할아버지가 진지한 표정으로 수전에게 말했다. 그 말이 사실이든 아니든 간에 환자들은 침대 곁에 있는 길버트의 수척하고 햇볕에 그을린 얼굴과 다정한 다갈색 눈을 보면서 안도감을 느꼈다. 이어서 그가 활기찬 목소리로 "뭐, 그렇게 심각한 병은 아닙니다"라고 하면 그 말을 믿었고, 얼마 지나지 않아 자리를 털고 일어났다. 그의 이름을 딴 아이도 셀 수 없을 정도로 많았다. 포윈즈 지역에 어린 '길버트'가 가득했고 심지어 어떤 여자아이의 이름은 '길버틴'이었다.

다행히 아빠는 건강을 회복했고 엄마는 웃음소리를 되찾았다. 마침내 생일 전날 밤이 되었다.

수전이 장담했다.

"젬, 빨리 자면 내일이 더 빨리 올 거야."

젬은 좀처럼 잠들지 못했다. 월터는 금세 꿈나라로 갔지만 젬은 이리저리 뒤척이며 꼼지락거리기만 했다. 잠드는 게 두렵기까지 했다. 제일 먼저 엄마에게 선물을 주고 싶은데 제시간에 일어나지 못하면 기회를 놓칠 수 있기 때문이다. 왜 수전한테 깨워달라고 미리 부탁하지 않았던 걸까? 수전은 다른 집에 가서 지금 여기 없지만 돌아오면 부탁하자. 수전이 오는 소리를 들어야 할 텐데. 그래, 아래층으로 내려가서 거실 소파에 누워 있으면 되겠지?

젬은 조용히 아래층으로 내려가 소파에 몸을 웅크리고 누웠다. 글렌세인트메리 마을이 훤히 내다보였다. 달은 하얗게 눈 덮인 모래언덕 사이의 골짜기를 마법으로 채우고 있었다. 밤이면 너무나도 신비롭게 보이는 커다란 나무가 팔을 뻗어 잉글사이드 주위를 감싸고 있었다. 집안 곳곳에서 나는 소리가 밤새도록 들렸다. 바닥이 삐걱거리고, 누군가 침대에서 돌아눕고, 벽난로에서 석탄이 으스러지고, 도자기 찬장에서 생쥐가 뛰어다녔다. 저건 눈사태 소리였나? 아니, 눈이 지붕에서 미끄러지는 소리야. 조금 쓸쓸한 기분이 들었다. 수전은 왜 안 오는 거지? 지프가 곁에 있었다면…. 그리운 지프. 내가 지프를 잊고 있었나? 아니, 그런 건 아니야. 하지만 지금은 지프를 생각해도 그렇게 마음이 아프지는 않았다. 그 외에도 생각할 것들이 많으니까. 잘 자라, 내 소중한 강아지. 언젠가 다른 개를 키울 수도 있겠지. 지금 한 마리가 있으면 좋을 텐데. 아니면 슈림프라도. 슈림프는 어디 간 거야? 정말 제멋대로라니까! 자기 일 말고는 아무것도 관심이 없잖아!

낮에는 친숙한 글렌세인트메리 마을이지만 하얀 달빛을 받으면 낯선 풍경을 따라 끝없이 구불구불한 긴 길이 이어진다. 그 길을 걸어오는 수전의 모습은 아직도 보이지 않았다. 뭐, 시간을 보내야 하니까 이런저런 걸 상상해보자. 언젠가는 배핀섬으로 가서 에스키모랑 같이 살아봐야지. 언젠가는 먼바다로 나가 짐 선장님처럼 크리스마스 저녁 식사로 상어를 요리해볼 거야. 고릴라를 찾아 콩고로 탐험을 가보자. 잠수부가 돼서 바닷속 빛나는 수정방을 거닐어볼 거야. 이다음 에이번리에 가면 고양이에게 우유 먹이는 방법을 데이비 아저씨한테 가르쳐달라고 해야지. 데이비 아저씨는 그걸 정말 잘해. 어쩌면 나는 해적이 될지도 몰라. 수전은 나보고 목사님이 되라고 하는데, 목사님도 훌륭한 일을 할 수 있지만 해적이 더 재미있잖아? 저기 벽난로 선반의 장난감 나무 병정이 바닥으로 뛰어내려 총을 쏘면 어떡하지? 의자가 방을 돌아다니기 시작하면? 호랑이 깔개가 갑자기 살아나면? 아주 어렸을 때 '꽥꽥거리는 곰'이 집 안 여기저기에 있는 척하면서 월터랑 놀았는데, 그게 진짜로 있는 거면 어떡하지? 젬은 덜컥 겁이 났다. 낮에는 공상과 현실을 구별할 수 있지만 밤에는 달랐다. 똑딱똑딱 시계가 갔다. 이렇게 똑딱거릴 때마다 계단에 앉아 꽥꽥거리는 곰이 한 마리씩 늘어났다. 계단은 곰들로 온통 새까매졌다. 그들은 날이 밝을 때까지 꽥꽥거리면서 거기 앉아 있을 것이다.

하느님이 해가 뜨게 하는 일을 깜빡하시면 어떡하지? 너무도 겁이 난 젬은 담요에 얼굴을 묻고 그 생각을 떨쳐버리려 했다. 불타는 듯한 오렌지색 겨울 일출 속에서 집으로 돌아온 수전은 깊이 잠들어 있는 젬을 발견했다.

"젬!"

젬은 하품을 하면서 웅크렸던 몸을 펴고 일어났다. 서리가 밤새 부지런히 은 덩어리를 세공해서 멋진 작품을 만들었고 숲은 동화 속 나라가 되어 있었다. 멀리 떨어진 언덕에 날카로운 진홍색 창을 꽂아둔 듯했다. 글렌세인트메리 마을 너머 하얀색 들판 모두가 아름다운 장밋빛으로 물들었다. 드디어 어머니의 생일 날 아침이 밝아왔다.

"아줌마를 기다리고 있었어. 깨워달라고 부탁하려고. 그런데 오지 않아서…."

젬의 말을 듣고 수전이 밝은 얼굴로 설명해주었다.

"존 워런네 집에 갔었어. 그 집 고모님이 돌아가셨는데 고인의 곁을 함께 지켜달라고 가족들이 부탁했거든. 그런데 너까지 폐렴에 걸리려고 할 줄은 생각도 못했네. 얼른 침대로 들어가. 엄마가 일어나시면 곧장 깨워줄 테니까."

젬은 위층으로 올라가기 전에 궁금한 것을 물어보았다.

"상어는 어떻게 찔러야 하는 거야?"

"나는 상어를 찌를 일은 없으니 잘 모르겠는걸?"

잠시 후 젬이 엄마 방으로 들어갔을 때 엄마는 일어나 거울 앞에서 길고 윤기 나는 머리를 빗고 있었다. 젬이 내민 목걸이를 보고 엄마의 눈이 얼마나 빛났는지!

"어머, 젬! 엄마한테 주는 거야?"

"이제 아빠 배가 항구로 들어오는 걸 기다릴 필요는 없어요."

젬이 아무 일도 아니라는 듯 태연하게 말했다.

'엄마 손에 초록빛으로 반짝이는 건 뭐지? 반지네. 아빠 선물인가 봐. 괜찮아. 반지는 흔한 거니까. 시시 플래그도 하나 가지고 있어. 하지만 진주 목걸이는 없잖아!'

엄마가 말했다.

"젬, 정말 멋진 생일 선물이구나!"

20장

3월이 다 끝나가는 어느 저녁 길버트와 앤은 샬럿타운의 친구들과 저녁 식사를 하러 갔다. 앤은 목 주위와 소매를 은으로 장식한 연푸른색 드레스를 입었고, 길버트가 준 에메랄드 반지를 꼈다. 목에는 젬이 준 진주 목걸이를 걸고 있었다.

아빠가 자랑스럽게 물었다.

"젬, 아빠 부인이 참 멋지지?"

젬은 엄마가 정말 멋지고 드레스도 예쁘다고 생각했다. 하얀 목에 걸린 진주 목걸이는 얼마나 아름다운지! 멋지게 차려입은 엄마를 볼 때마다 기분이 늘 좋았지만, 사실 화려한 드레스를 입지 않을 때가 더 좋았다. 그런 옷을 입으면 엄마가 다른 사람처럼 느껴졌기 때문이다.

저녁을 먹은 뒤 수전이 시킨 심부름을 하러 마을로 간 젬은 플래그 씨의 가게에서 차례를 기다리고 있었다. 한편으로는 시시가 오지는 않을까 걱정되기도 했다. 만나면 너무 친한 척해서 부담스럽기 때문이다. 그런데 젬은 자기가 염려했던 것과는 비교할 수 없을 만큼 큰일을 겪었다. 예상치 못한 데다 피할 수도 없어서 젬 같은 아이가 감당하기에는 버거운 충격이었다.

두 소녀가 유리 진열장 앞에 서 있었다. 카터 플래그 씨가 목걸이며 팔찌며 머리 장식을 두는 곳이었다.

애비 러셀이 말했다.

"저 진주 목걸이 예쁘지 않아?"

리오나 리즈가 말했다.

"다들 진짜라고 생각할 것 같아."

두 사람은 못 상자 위에 앉아 있는 꼬마에게 무슨 짓을 했는지 전혀 모르는 채로 가버렸다. 젬은 한동안 그대로 앉아 있었다. 도저히 움직일 수가 없었던 것이다.

"왜 그러니, 얘야. 속상한 일이라도 있니?"

플래그 씨가 물었다. 젬은 비통한 눈으로 플래그 씨를 보았다. 이상할 정도로 입이 바짝 말라 있었다.

"플래그 아저씨, 저 목걸이요. 진짜 진주 맞죠? 그렇죠?"

플래그 씨가 웃었다.

"아니다, 젬. 안타깝게도 진짜 진주 목걸이는 50센트에 살 수 없어. 저게 진짜라면 수백 달러는 할 거다. 저건 모조진주로 만든 거야. 그래도 가격에 비해서는 아주 좋은 물건이지. 파산한 가게에 갔다가 사온 거란다. 덕분에 아주 싸게 팔고 있다. 보통은 1달러쯤 하거든. 이제 한 개밖에 안 남았네. 들여놓자마자 불티나게 팔렸단다."

젬은 상자에서 미끄러지듯 내려와 가게를 나섰다. 수전의 심부름은 까맣게 잊어버렸다. 젬은 얼어붙은 길을 무작정 걸어 집으로 향했다. 머리 위에는 어두운 겨울 하늘이 엄숙하게 펼쳐져 있었다. 공기 중에는 수전이 "눈이 올 조짐"이라고 부르는 것이 퍼져 있었고, 웅덩이에는 살얼음이 끼어 있었다. 항구는 벌거벗은 둑 사이로 시커멓고 음침하게 가로놓여 있었다. 젬이 집에 도착하기도 전에 눈보라가 몰아치더니 항구를 온통 하얗게 만들어놓았다.

"차라리 눈이 내리는 게 나아."

눈이 내리고, 계속 쌓여서 헤아릴 수 없을 만큼 깊이 자신을 묻어버리고, 모두를 묻어버렸으면 좋겠다고 젬은 생각했다. 세상에는 정의가 남아 있지 않으니까.

젬은 가슴이 터질 듯 아팠다. 사람들이 자기를 비웃고 경멸할 것 같았다. 정말 창피하고 부끄러운 일이었다. 진짜 진주 목걸이라고 생각하면서 선물했는데 그게 모조품이었다니! 그걸 알면 엄마는 뭐라고 말씀하실까? 어떤 기분이실까? 젬은 엄마에게 사실대로 말해야 한다고 생각했다. 엄마는 더 이상 모르시면 안 된다. 갖고 있는 진주가 가짜라고 알려드려야 한다.

'가엾은 엄마! 그렇게나 목걸이를 자랑스러워하셨는데…. 내게 입맞춰주면서 고맙다고 하실 때 엄마의 눈이 참 뿌듯하게 빛났는데.'

젬은 옆문으로 조용히 들어가 곧장 침대로 향했다. 월터는 벌써 깊이 잠들어 있었다. 하지만 젬은 잠을 잘 수 없었다. 아직 깨어 있을 무렵 엄마가 집으로 돌아와 월터와 젬이 따뜻하게 잘 자는지 보려고 슬그머니 방으로 들어왔다.

"젬, 아직 안 잤구나? 혹시 어디 아프니?"

"아뇨. 하지만 여기가 행복하지 않아요, 엄마."

젬은 배 위에 손을 대면서 말했다. 그곳에 심장이 있다고 믿었던 것이다.

"무슨 일이니, 아가?"

"엄마한테 할 말이 있어요. 많이 실망하실 거예요. 속이려고 그랬던 건 아니에요. 정말 그럴 생각이 아니었어요."

"물론 네가 그러려고 했던 건 아닐 거야. 무슨 일이니? 걱정 말고 이야기해보렴."

"아, 엄마. 그 목걸이의 진주는 진짜가 아니에요. 나는 진짜라고 생각했는데, 나는 그게 진짜인 줄 알았는데…."

젬의 눈에는 눈물이 가득했고, 더는 말을 잇지 못했다.

앤은 미소를 짓고 싶었지만 얼굴에 아무런 기색도 보일 수 없었다. 그날 셜리는 머리를 부딪쳤고, 낸은 발목을 접질렸고, 다이는 감기 때문에 목이 쉬었다. 앤은 아이들에게 붕대를 감아주고 입맞춤하며 달랬다. 하지만 이것은 다른 일이다. 어머니의 지혜를 모두 동원해야 한다.

"젬, 나는 네가 그게 진짜 진주라고 생각하는지 전혀 몰랐어. 엄마는 알고 있었거든. 하지만 그 진주는 진짜이기도 해. 그 안에는 사랑과 노력과 자기희생이 들어 있기 때문이지. 그래서 엄마는 네가 준 선물을 세상에서 가장 좋은 목걸이로 여기고 있단다. 잠수부들이 여왕님께 바치려고 바다에서 가져온 그 어떤 보석보다 더욱더 가치 있는 물건이지. 얘야, 어젯밤에 어떤 백만 장자가 50만 달러나 하는 목걸이를 신부에게 선물해주었다는 기사를 읽었는데, 나는 그 목걸이를 준다 해도 네가 준 예쁜 진주 목걸이와 절대 바꾸지 않을 거야. 이제 네 선물이 엄마에게 얼마나 귀중한 것인지 잘 알겠지? 세상에서 가장 소중한 우리 아들, 이제 기분이 좀 나아졌니?"

잼은 행복해서 어쩔 줄을 몰랐다. 이렇게까지 행복해하다가 갓난아기처럼 보일까 봐 부끄럽기도 했다.

잼이 조심스럽게 말했다.

"아, 이제 좀 견딜 만해졌어요."

잼의 반짝이던 눈에서 눈물이 사라졌다. 모든 일이 잘 마무리되었다. 엄마가 나를 안아주었다. 엄마는 목걸이를 좋아하신다. 다른 것은 중요하지 않다. 언젠가는 50만 달러가 아니라 백만 달러짜리 목걸이를 엄마에게 드릴 거야. 이런 생각을 하던 중에 잼은 갑자기 피곤해졌다. 침대가 아주 따뜻하고 기분 좋게 느껴졌다. 엄마의 손에서는 장미꽃 향기가 풍겼다. 리오나 리즈도 이제는 밉지 않았다.

잼이 졸린 목소리로 말했다.

"엄마, 그 드레스 정말 잘 어울려요. 예쁘고 깨끗한 게 꼭 엡스 코코아* 같아요."

앤은 미소를 짓고 잼을 끌어안으며 그날 의학 잡지에서 읽었던 우스꽝스러운 기사를 떠올렸다. V. Z. 토마초프스키 박사라

• 영국의 코코아 브랜드로 1839년부터 즉석 코코아를 판매하기 시작했다.

는 사람의 글이었는데 "이오카스테 콤플렉스*가 생길 수도 있기 때문에 절대로 어린 아들에게 입맞춤을 해서는 안 된다"라고 적혀 있었다. 읽을 때는 웃어넘겼고 조금은 화가 나기도 했지만 지금은 글쓴이가 그저 측은할 뿐이다. 가엾은 사람! V. Z. 토마초프스키는 남자일 것이다. 여자라면 이렇게 어리석고 사악한 글을 쓰지는 않았을 테니까.

---

* 어머니가 아들에게 성적 욕망을 느끼는 증상이다. 이오카스테는 그리스 신화에 나오는 인물로 라이오스의 왕비이며 오이디푸스의 어머니다. 훗날 아들의 아내가 되는 운명에 놓이자 자살했다.

21장

그해 4월은 발끝으로 살금살금 다가왔다. 며칠 동안 햇살이 내리쬐고 부드러운 바람이 불더니 곧바로 북동쪽에서 눈보라가 몰아치면서 세상을 다시 하얀 담요로 덮어놓았다.

앤이 말했다.

"4월에 내리는 눈은 정말 잔인해. 한참 입맞춤을 기대하는데 느닷없이 뺨을 때리는 것 같잖아."

잉글사이드는 고드름으로 둘러싸였다. 두 주 동안 낮에는 쌀쌀했고 밤에는 매서운 추위가 몰아닥쳤다. 그러다가 눈보라가 마지못한 듯 사라졌고 골짜기에 울새가 나타났다는 소식이 전해지면서 잉글사이드는 활기를 되찾았다. 사람들은 이제 정말 봄의 기적이 다시 일어나고 있음을 믿었다.

낸이 촉촉하고 상쾌한 공기를 기분 좋게 들이마시며 외쳤다.

"엄마, 오늘은 봄 냄새가 나요. 봄은 참 신나는 계절이죠?"

봄은 그날 이제 막 걸음마를 시작한 귀여운 아기처럼 걷기 시작했다. 나무와 들판의 겨울 무늬에는 푸릇푸릇한 싹이 날 조짐이 엿보였고, 젬은 처음 핀 산사꽃을 앤에게 가져다주었다. 그런데 이 시간 잉글사이드에서는 엄청나게 뚱뚱한 부인이 안락의자에 파묻혀 숨을 헐떡거리면서, 봄이라 해도 젊었을 때만큼 좋지는 않다며 한탄하고 있었다.

앤이 미소 지었다.

"미첼 부인, 변한 것은 봄이 아니라 우리 자신일지도 몰라요. 그렇게 생각하지 않으세요?"

"그럴 수도 있겠죠. 제가 변했다는 건 저도 잘 알아요. 지금 모습만 보면 한때 제가 이 근방에서 가장 예쁜 아가씨였다는 사실을 상상도 못 하시겠죠."

앤은 그 말에 백 번 천 번 동의했다. 미첼 부인의 크레이프 모자와 길게 늘어진 '미망인 베일' 아래로 보이는 가늘고 지저분한 쥐색 머리카락에는 군데군데 흰머리가 섞여 있었고, 움푹 꺼진 파란 눈은 빛이 바래고 생기가 없었다. 예의에 어긋나는 말이겠지만 턱선은 확실히 두 개였다. 하지만 그 순간만큼은 미첼 부인도 자신에 대해 꽤나 만족해하고 있었다. 포윈즈에서 그 누구보다 훌륭한 상복을 가졌기 때문이다. 풍성한 검은색 옷이 무릎까지 내려왔다. 상복을 꼭 갖춰 입는 게 예의였기 때문에 부인이 자부심을 가질 만했다.

앤은 말을 꺼낼 필요가 없었다. 미첼 부인이 그럴 기회를 주지 않았기 때문이다.

"우리 집 연수장치가 말라버렸어요. 물이 새는 모양이에요. 그래서 오늘 아침 마을로 내려가 레이먼드 러셀에게 고쳐달라고 말했어요. 그러고는 기왕 여기까지 왔으니 잉글사이드에 잠깐 들러 블라이드 부인에게 앤서니의 추도문을 써달라고 부탁할 생각을 한 거죠."

앤이 어리둥절한 얼굴로 말했다.

"추도문이라고요?"

미첼 부인이 설명했다.

"네. 신문에 실리는 죽은 사람 이야기 말이에요. 앤서니에 대해서는 좋은 이야기가 실렸으면 좋겠거든요. 평범하지 않은 것으로요. 부인은 글을 쓰는 분이죠?"

"가끔씩 짧은 이야기를 쓰기는 해요. 하지만 아이들을 돌보느라 바빠서 그럴 시간이 많지는 않아요. 한때는 멋진 꿈을 가져보기도 했지만 이제는 제 이름이 인명록에 실리는 일이 없을 거라는 생각이 드네요. 그리고 미첼 부인, 저는 추도문을 한 번도 써본 적이 없어요."

"아, 쓰는 게 그리 어렵진 않을 거예요. 저희 집 건너편에 사시는 찰리 베이츠 할아버지가 글렌세인트메리 마을 아래쪽 사람의 추도문을 거의 도맡아 쓰시는데, 글이 별로 시적이지 않아요. 전 앤서니를 위한 시 한 편이 있어야겠다고 생각했거든요. 앤서니가 시를 무척 좋아했으니까요. 지난주에 글렌세인트메리 마을 협회에서 부인이 붕대 감는 법에 대해 강의하는 걸 듣고 이런 생각을 하게 됐죠. '저렇게 말을 잘하는 사람이라면 시적인 추도문도 쓸 수 있을 거야'. 블라이드 부인, 저를 봐서라도 써주실 거죠? 앤서니도 좋아할 거예요. 항상 부인을 존경했거든요. '부인이 방에 들어오면 다른 여자는 전부 다 평범해지고 흔해 보인다'라고 말한 적도 있어요. 그는 가끔씩 굉장히 시적인 말을 했는데, 아마 좋은 뜻으로 했을 거예요. 저는 추도문을 굉장히 많이 읽어봤어요. 커다란 스크랩북에 가득 모아놨죠. 그런데 그중에 그 사람이 마음에 들어 한 글은 없었던 것 같아요. 그걸 읽고 막 웃어댔거든요. 이제 그럴 수도 없죠. 죽은 지 두 달이나 되었으니까요. 오래 앓기는 했지만 고통 없이 죽었어요. 봄이 올 무렵은 죽기에 좋은 편이 아니지만 저는 최선을 다했답니다. 다른 사람에게 앤서니의 추도문을 맡기면 찰리 할아버지가 굉장히 화낼 거예요. 그래도 신경 쓰지 않으려고요. 찰리 할아버지는 말솜씨가 청산유수였지만 앤서니는 그분과 그리 사이좋게 지내진 못했어요. 그래서 앤서니의 추도문을 그분이 쓰게 하지 않을 거예요. 저는 앤서니의 아내잖아요. 충실하고 사랑스러운 아내로 35년을 지냈죠."

마치 34년밖에 지내지 않았다고 앤이 생각할까 봐 걱정하는 듯한 말투였다.

"그래서 무슨 수를 써서라도 그이가 좋아할 만한 추도문을 마련하려고 해요. 로브리지로 시집간 제 딸 세라핀이 해준 말이 있어요. 세라핀은 참 예쁜 이름이죠? 묘비에서 따온 거예요. 앤서니는 그 이름을 마음에 들어 하지 않았어요. 자기 어머니 이름을 따서 주디스라 부르고 싶어 했죠. 하지만 그건 너무 딱딱한 이름이라고 말해줬더니 흔쾌히 양보했어요. 언쟁엔 젬병이었거든요. 그래도 딸을 항상 세라핀이 아니라 '세라프'라고 불렀어요. 아, 제가 어디까지 이야기했죠?"

"따님이 무슨 말을 했다고….".

"아, 네. 세라핀이 이렇게 말했어요. '어머니, 다른 건 몰라도 아버지 추도문만큼은 정말 멋지게 만들어드리고 싶어요.' 세라핀과 애아버지는 각별한 사이였죠. 앤서니는 가끔씩 저를 놀리던 것처럼 딸아이를 놀려대곤 했지만요. 블라이드 부인, 그럼 추도문을 써주시겠어요?"

"미첼 부인, 남편 분을 제가 잘 몰라서요."

"아, 그거라면 제가 뭐든지 이야기해줄 수 있어요. 눈 색깔만 빼고요. 세라핀하고 제가 장례식이 끝나고 이런저런 이야기를 했는데 그이의 눈 색깔은 도통 기억이 안 나더라고요. 35년이나 같이 살았는데도 말이에요. 어쨌든 부드럽고 꿈꾸는 듯한 눈이었어요. 저한테 구혼할 때 그 눈으로 애처롭게 바라보기도 했죠. 제 마음을 얻느라 정말 고생했어요. 몇 년 동안이나 제게 완전히 빠져 있었죠. 당시 저는 기운이 넘쳐서 이 남자 저 남자를 고르던 때였어요. 이야깃거리가 부족하면 제 인생 이야기도 정말 재미있을 거예요. 아, 그런 시절은 다 지나갔네요. 저는 셀 수 없을 정도로 많은 애인이 있었죠. 하지만 그 남자들은 주위를 맴돌기만 했어요. 앤서니만 계속 저를 쫓아다녔죠. 그는 꽤 잘생기고 훤칠한 편이라 마음에 들었어요. 전 땅딸막한 남자를 싫어했으니까요. 저보다 집안도 한 단계나 두 단계 정도 위였던 건 확실해요. '네가 미첼 집안사람과 결혼하면 플러머 집안은 한 단계 격이 높아질 거다'라고 엄마가 말씀하셨죠. 저는 플러머 집안이거든요. 존 플러머가 제 아버지예요. 그리고 앤서니는 제게 아주 멋지고 낭만적인 칭찬을 해주었어요. 한번은 제가 달빛처럼 영묘한 매력을 가졌다고 하는 거예요. '영묘한'이라는 말이 무슨 뜻인지는 지금도 모르지만 뭔가 멋진 뜻이라는 건 직감했어요. 그 뒤로도 사전을 찾아보려고 했지만 도통 손이 가지 않네요. 어쨌든, 마침내 저는 그의 신부가 되겠다고 명예를 걸고 약속했어요. 그러니까 제 말은… 청혼을 받아들였던 거죠. 아, 제가 웨딩드레스를 입은 모습을 보셨으면 좋았을 텐데. 다들 저보고 그림 같다고 했거든요. 송어처럼 날씬하고 순금 같은 금발에 얼굴빛도 정말 좋았어요. 아, 시간이 지나면서 정말 흉하게 변하고 있네요. 부인은 아직 거기까지 가지는 않으셨네요. 참 예뻐요. 게다가 많이 배우기도 했고요. 뭐, 우리가 전부 똑똑해질 수는 없죠. 요리를 할 사람도 있어야 하니까요. 입고 계신 드레스가 참 예쁘군요. 검은색은 절대 안 입으시는 것 같은데, 그게 맞아요. 얼마 지나지 않아 입어야 될 일이 생기니까요. 그때까지는 미뤄두세요. 제가 어디까지 얘기했죠?"

"미첼 씨에 대해 무슨 이야기를 하려던 중이었어요."

"아, 그래요. 그래서 우리는 결혼했죠. 그날 밤 커다란 혜성이 나타났어요. 우리가 마차를 타고 집으로 갈 때 그걸 본 기억이 나요. 부인이 그 광경을 보지 못해서 정말 안타깝네요. 그저 예쁘다는 말밖에 할 수 없었어요. 혹시 그 이야기를 추도문에 넣을 수는 없을까요?"

"그건 좀 어렵겠는데요."

미첼 부인은 한숨을 쉬며 혜성 이야기를 단념했다.

"할 수 없죠. 그럼 가능한 한 잘 써주셔야 해요. 그 사람 인생이 그렇게 재미있지는 않았어요. 언젠가 술에 취했던 적도 있었는데, 그게 어떤 기분인지 한번은 시험해보고 싶어서 그랬다는 거예요. 호기심이 많았거든요. 물론 그 이야기도 추도문에 넣을 수 없겠죠. 그런 것 말고는 별다른 일이 없었네요. 불평을 하려는 건 아니지만 사실을 말해보자면 그 사람은 별다른 욕심도 없고 무기력한 편이었어요. 접시꽃을 바라보면서 한 시간이나 앉아 있기도 했거든요. 뭐, 꽃은 좋아했죠. 미나리아재비를 베어버리길 싫어할 만큼이요. 밀농사를 망친다 해도 미역취만 있다면 상관없다는 투였죠. 과수원에 있는 나무들에게도 어찌나 각별하던지 나보다 저 나무들을 더 좋아하는 거냐고 그에게 농담처럼 말하곤 했어요. 밭도 그래요. 그는 별로 넓지도 않은 땅을 사랑했어요. 꼭 사람처럼 여겼다니까요. '나가서 밭이랑 이야기 좀 하고 올게'라고 말하는 걸 정말 많이 들었어요. 이제 나이를 먹었으니까 그 땅을 팔자고 했거든요. 아시다시피 우린 아들이 없으니까요. 그래서 로브리지로 가서 살자고 했던 거예요. 하지만 그때마다 그는 이렇게 말했어요. '난 그 밭을 못 팔겠어. 내 마음을 팔 수는 없으니까.' 남자들은 참 재밌지 않아요? 죽기 얼마 전에는 저녁 식사로 암탉을 잡아서 삶아달라고 했어요. '당신 방식대로 만들어줘요'라고 하면서요. 굳이 말씀드리자면 그 사람은 제가 만든 요리를 아주 좋아했어요. 가장 싫어했던 건 견과류가 들어간 양상추 샐러드였죠. 생각도 못하고 있다가 갑자기 견과류가 나오면 끔찍하게 싫다는 거예요. 그런데 잡을 만한 암탉이 없었어요. 전부 알을 잘 낳고 있었거든요. 수탉은 한 마리만 있었으니까 잡을 수도 없었고요. 말이 나왔으니 말인데,

저는 수탉이 잘난 척하면서 돌아다니는 걸 보는 게 좋아요. 멋진 수탉보다 더 보기 좋은 건 없잖아요. 그렇죠, 블라이드 부인? 음, 제가 어디까지 이야기했죠?"

"남편 분께서 암탉을 요리해달라고 부탁했다는 말씀을 하고 계셨어요."

"아, 맞아요. 그 요리를 해주지 않아서 계속 미안해하고 있어요. 한밤중에 눈을 뜨면 그 일이 생각나네요. 그가 그렇게 죽을 줄은 몰랐어요. 그는 불평도 별로 하지 않았고 많이 좋아졌다는 말만 했으니까요. 또한 마지막까지 호기심이 넘쳤어요. 그 사람이 죽을 줄 알았다면요, 아마 전 알을 낳든 못 낳든 암탉을 요리해줬을 거예요."

미첼 부인은 색이 바랜 검은색 레이스 장갑을 벗고는 검은색으로 굵직하게 테두리를 두른 손수건을 꺼내서 눈물을 닦았다.

"그이도 맛있게 먹어줬을 거예요. 마지막 순간까지 이빨이 다 빠지지는 않았거든요, 가엾은 사람. 아무튼…."

부인은 손수건을 접고 장갑을 다시 꼈다.

"앤서니는 예순다섯이었으니까 하느님이 주신 일흔이라는 수명*에 꽤 가깝게 산 셈이죠. 저는 관에 붙이는 명패를 하나 더 갖게 된 거예요. 메리 마사 블러머하고 동시에 명패를 모으기 시작했는데 메리가 금세 저를 앞서나갔죠. 그 사람 친척이 정말 많이 죽었거든요. 아이 셋은 말할 것도 없고요. 메리는 이 근처

• 구약성경 시편 90편 10절에 나온 "우리의 연수가 칠십이요 강건하면 팔십이라도"라는 내용을 토대로 그렇게 이야기했다.

에서 명패를 가장 많이 가지고 있어요. 저는 별로 운이 없어서 많이 모으진 못했지만 벽난로 위에 쭉 세워놓을 정도는 됐죠. 지난주에는 사촌 토머스 베이츠가 묻혔는데 그 사람 아내에게 명패를 달라고 했더니 남편하고 같이 묻어버렸다는 거예요. 명패를 모으는 건 야만스러운 풍습이라고 그러면서요. 부인은 햄슨 집안사람인데, 그들은 원래 좀 이상했어요. 그런데 제가 어디까지 이야기했죠?"

이번에는 미첼 부인이 어디까지 이야기했는지 앤도 말할 수 없었다. 명패 이야기에 아연실색했던 것이다.

"아, 네. 어쨌든 가엾은 앤서니는 죽었죠. '기꺼이 조용히 가겠소'라는 게 그가 했던 말 전부였지만 마지막에는 그래도 미소를 짓고 있었어요. 저나 세라핀이 아니라 천장을 보면서요. 세상을 떠나기 직전에 그렇게 행복해해서 정말 다행이에요. 그가 아주 행복한 사람은 아닐지도 모르겠다고 생각한 적도 여러 번 있었거든요. 앤서니는 굉장히 예민한 사람이었어요. 하지만 관 속에서는 정말 고귀하고 숭고해 보였죠. 우린 성대한 장례식을 치러 줬어요. 아주 멋진 날이었죠. 산더미 같은 꽃하고 같이 땅에 묻혔어요. 마지막에 마음이 너무 가라앉기는 했지만 나머지는 모두 잘됐어요. 우린 그를 글렌세인트메리 마을 아래쪽 묘지에 묻었죠. 그 사람 가족은 전부 로브리지에 묻혀 있으니까요. 그는 오래전에 자기 묘지를 골라뒀어요. 자기 농장 근처에 묻히고 싶어 했거든요. 거기라면 바닷소리와 나무들 사이의 바람소리를 들을 수 있다면서요. 그 묘지는 삼면이 나무로 둘러싸여 있잖아요. 저도 기뻤어요. 거기는 아주 아늑하고 아담한 묘지라고 전부터 생각했거든요. 그의 무덤에서 제라늄을 계속 키울 수도 있고요. 앤서니는 좋은 사람이었어요. 지금쯤은 천국에 가 있을 테니까 부인을 힘들게 하지는 않을 거예요. 떠난 사람이 어디 있는지도 모르면서 추도문을 쓰는 건 좀 성가신 일일 거라고 항상 생각했거든요. 블라이드 부인, 그럼 추도문을 믿고 맡겨도 되겠죠?"

앤은 결국 승낙했다. 그렇게 할 때까지 미첼 부인이 이야기를 계속할 것만 같았기 때문이다. 미첼 부인은 다시 한번 안도의 한숨을 내쉬며 의자에서 몸을 일으켰다.

"이제 가봐야겠어요. 오늘 칠면조알이 부화될 것 같거든요. 부인과 이야기해서 즐거웠어요. 더 있다 가고 싶은 마음이 들 정도니까요. 과부가 되니 참 쓸쓸해요. 남자가 그렇게 대단한 존재는 아니지만 막상 떠나고 나니까 그리워지네요."

앤은 정중하게 오솔길까지 배웅해주었다. 아이들은 잔디밭에서 울새에게 몰래 다가가는 중이었고 여기저기 수선화가 머리를 내밀고 있었다.

"이 집은 참 훌륭하네요. 멋지고 자랑스러운 집이에요! 저는 옛날부터 큰 집을 좋아했거든요. 하지만 우리 가족은 부부와 세라핀뿐이었고 그만한 돈은 또 어디서 나오겠어요? 어쨌든 앤서니는 절대 제 말을 듣지 않았어요. 그는 그 오래된 집을 끔찍이 좋아했거든요. 괜찮은 값만 받을 수 있으면 그 집을 팔고 로브리지나 모브레이내로스에 가서 살 생각이에요. 어느 곳으로 결정하든 과부가 살기에는 좋은 곳이니까요. 앤서니가 들어둔 보험이 참 요긴하게 쓰이네요. 남들이 뭐라고 해도 주머니가 텅

빈 슬픔보다는 여유 있는 슬픔이 견디기 쉬운 법이니까요. 부인께서도 과부가 되면 알게 될 거예요. 그래도 아주 먼 훗날의 일이었으면 좋겠어요. 선생님은 어떻게 지내세요? 이번 겨울은 정말 추웠으니까 환자도 아주 많았겠네요. 정말 멋진 가족이에요! 따님이 셋이라니! 지금은 참 귀엽지만 머지않아 남자한테 푹 빠지게 될 거예요. 그렇다고 제가 세라핀 때문에 크게 애먹었다는 건 아니에요. 그 아이는 조용했죠. 자기 아버지처럼요. 고집 센 것도 아버지를 닮았어요. 그 아이가 존 휘태커한테 푹 빠졌을 때는 내가 뭐라 해도 그 사람과 결혼하겠다고 우기는 거예요. 이건 마가목이네요? 왜 정문 옆에 심지 않았나요? 요정이 들어오지 못하게 막아주는 나무인데요."

"미첼 부인, 요정을 쫓아내고 싶어 하는 사람이 있을까요?"

"앤서니처럼 말씀하시네요. 그냥 농담으로 한 말이었어요. 물론 저는 요정 같은 건 믿지 않아요. 혹시 있다고 해도 성가시게 장난만 친다고 들었고요. 그럼 안녕히 계세요, 블라이드 부인. 다음 주에 추도문을 받으러 올게요."

22장

———

"사모님, 결국 일을 떠안으셨네요."

식료품 저장실에서 은식기를 닦다가 두 사람이 하는 이야기를 거의 다 엿들은 수전이 말했다.

"그렇게 됐네요. 하지만 난 정말 그 '추도문'이라는 걸 쓰고 싶어요. 만난 적은 별로 없었지만 앤서니 미첼을 좋아했거든요. 그분은 자기 추도문이 『데일리 엔터프라이즈』의 뻔한 문구와 다를 바 없다는 걸 알게 되면 무덤 속에서 돌아누울 게 분명해요. 유머 감각이 독특한 분이었거든요."

"젊었을 때 앤서니 미첼은 정말 좋은 사람이었어요. 조금 멍하다는 소리를 듣기는 했죠. 베시 플러머와 성향은 달랐지만 남부럽지 않게 살았고 빚도 갚았어요. 물론 그가 어울리지 않는 여자와 결혼한 건 맞는데, 지금은 희극배우처럼 우스꽝스러워 보이는 베시 플러머도 그땐 그림처럼 예뻤어요."

수전은 한숨을 쉬며 결론을 맺었다.

"우리 중에는 그런 추억조차 없는 사람도 있어요."

그때 월터가 끼어들었다.

"엄마, 뒤쪽 베란다 주위에 금붕어꽃이 가득 피었어요. 울새 한 쌍이 식료품 저장실 창문턱에 둥지를 틀기 시작했고요. 그냥 놔두실 거죠, 엄마? 갑자기 창문을 열어서 새들이 겁먹고 달아나게 만들지는 않을 거죠?"

앤은 앤서니 미첼을 한두 번 만난 적이 있었다. 가문비나무 숲과 바다 사이에 커다란 버드나무가 거대한 우산처럼 덮고 있는 그의 작은 회색 집은 글렌세인트메리 마을 아래쪽에 있었다. 그곳 사람들 대부분은 모브레이내로스의 의사에게 진료를 받았지만 길버트는 이따금씩 앤서니에게 건초를 주문했다. 어느 날 그가 건초 한 짐을 가져왔을 때 앤은 정원 구석구석을 안내하면서 둘이 서로 같은 언어를 사용한다는 사실을 깨달았다. 앤은 앤서니가 마음에 들었다. 마르고 주름이 새겨진 친근한 얼굴, 용감하고 날래 보이는 담갈색 눈은 결코 어떤 상황에서도 주눅이 들거나 남을 속이는 법이 없을 것 같았다. 물론 베시 플러머의 천박하고 하찮은 아름다움에 속아 어리석은 결혼을 하게 된 일만은 예외였다. 하지만 그는 불행하거나 불만스러워 보이지 않았다. 쟁기질하고 정원을 가꾸며 수확을 할 수 있는 양지바른 목초지를 가진 것에 만족해했다. 검은색 머리에는 은빛으로 살짝 서리가 내려 있었고, 가끔씩 달콤한 미소를 지을 때면 성숙하고 고요한 마음가짐이 드러났다.

그의 오래된 밭은 그에게 빵과 즐거움, 고난을 극복한 뒤의 기쁨이 어떤 것인지 가르쳐주었고 슬플 때는 그를 위로해주었다. 그 밭 근처에 앤서니가 묻힌 것을 앤은 기쁘게 여겼다. 그가 '기꺼이' 갔는지는 모르겠지만 '기껍게' 살았던 것은 분명했다. 모브레이내로스의 의사가 앤서니 미첼에게 더는 가망이 없다고 말했을 때 그는 미소를 지으며 이렇게 대답했다.

"그런가요? 나이가 드니까 살아 있다는 게 조금 지루해지기도 하더군요. 죽음은 뭔가 변화의 계기가 되겠죠. 그게 무엇인지 정말 궁금하군요, 선생님."

어리석은 잡담만 두서없이 늘어놓던 미첼 부인까지도 참다운 앤서니의 진면목을 드러내주는 말을 몇 가지 해주었다. 며칠 뒤 저녁 앤은 자기 방 창가에서 〈노인의 묘〉라는 제목의 추도문을 쓴 뒤 만족스러운 마음으로 다시 읽어보았다.

그가 잠든 곳.
소나무 가지 사이로
깊고 부드러운 바람이 휘몰아치고,
동쪽의 초원을 넘어
바다의 속삭임이 들려오며,
빗방울이 부드럽게 자장가를 부르네.

그가 누운 목초지는
온통 초록빛으로 물들었네.
그가 거닐고 작물을 거둬들이던 밭,

클로버가 물결을 이룬 서쪽 비탈진 들판,
오래전 그가 심은 나무,
꽃이 피고 꽃잎 흩날리는 과수원.

언제나 그의 곁에서
어슴푸레 반짝이는 별빛,
그의 잠자리에 쏟아져 내리는
아침 햇살의 영광,
잠든 그의 몸을 부드럽게 감싼
이슬 젖은 풀잎.

흐뭇했던 긴 세월 동안
그에게 소중한 것들이기에,
그 은혜는 마땅히
그의 안식처에 있어야만 하니,
바다의 속삭임은
영원한 만가*가 되리라.

"앤서니 미첼도 이 글을 마음에 들어 할 거야."

앤은 창문을 활짝 열고 봄을 향해 몸을 내밀며 말했다. 아이들의 정원에서는 어린 양상추가 구불구불하게 작은 줄을 이루며 자랐고, 저녁 해는 단풍나무 숲 뒤편에서 연한 분홍빛으로

---

* 죽은 사람을 애도하는 노래나 가사

번졌다. 골짜기에서는 아이들의 달콤한 웃음소리가 희미하게 울려 퍼졌다.

"봄이 너무나 사랑스러워서 잠을 자고 싶지 않네. 한순간도 놓치고 싶지 않아!"

그다음 주 어느 날 오후 미첼 부인이 추도문을 받으러 왔다. 앤은 약간의 자부심을 느끼며 추도문을 읽어주었다. 하지만 미첼 부인은 어딘가 불편해 보이는 표정이었다.

"아, 정말 활기 넘치는 시네요. 아주 잘 써주셨어요. 그런데 그게, 그 사람이 천국에 있다는 말은 한 마디도 없네요. 그걸 확신하지는 못한 건가요?"

"지극히 당연한 일이라서 굳이 언급할 필요가 없었어요."

"글쎄요, 의심하는 사람도 있을 거예요. 그이는 교회에 자주 가지 않았거든요. 헌금을 내기는 했지만요. 그리고 그의 나이도 쓰지 않으셨어요. 꽃에 대해서도 언급 안 하셨고요. 관 위에 셀 수 없이 많은 화환이 있었고 꽃이라는 것은 충분히 시적이잖아요. 제 생각은 그래요!"

"아, 죄송하네요."

"부인을 탓하려는 게 아니에요. 그런 마음은 조금도 없어요. 부인은 최선을 다해 써주셨고 아주 훌륭한 글이 나왔어요. 그럼 대가로 얼마 드리면 되죠?"

"어머, 안 주셔도 돼요. 그런 건 생각해보지도 않았어요."

"뭐, 그렇게 말씀하실 것 같아서 민들레 술을 한 병 가져왔어요. 배 속에 가스가 차서 힘들 때 이걸 마시면 속이 편해져요. 제가 만든 약초차도 한 병 가져올까 했는데 블라이드 선생님이 좋아하지 않을 것 같아서 그냥 뒀어요. 하지만 원하면 말씀하세요. 대신 선생님 모르게 숨겨놓으셔야 해요."

"아뇨, 괜찮아요."

앤은 딱 잘라 말했다. "활기 넘치는 시"라는 말을 들은 충격에서 아직 완전히 회복되지 못한 상태였다.

"그럼 좋을 대로 하세요. 언제라도 가져다드릴게요. 저는 올봄에 약을 더 먹을 필요가 없을 것 같으니까요. 지난겨울에 육촌인 멜러카이 플러머가 죽었을 때 그 사람 부인한테 남은 약을 세 병 정도 달라고 했어요. 그 집에는 열두 병이나 있었거든요. 부인은 그걸 버리려고 했는데 저는 뭐든 낭비하는 걸 참지 못하는 성격이에요. 저는 한 병만 있으면 충분하니까 다른 두 병은 우리 집에서 일하는 남자에게 주었어요. '이게 별 효과가 없다고 해도 해롭지는 않을 거예요'라고 말했죠. 추도문 비용을 받지 않겠다고 하시니 제가 마음이 놓이지 않았다고는 말씀드리지 못하겠네요. 사실 지금은 돈이 좀 부족해요. 장의사인 마틴이 이 근처에서 가장 싸게 장례를 치러주긴 했지만 그래도 비용이 어마어마하게 들었거든요. 아직 상복값도 주지 못했어요. 잔금을 치를 때까지는 정말 상중이라는 기분도 들지 않을 거예요. 다행스럽게도 모자는 새로 장만할 필요가 없었어요. 지금 이 모자는 10년 전 어머니 장례식 때 만든 거예요. 저한테 검은색이 잘 어울리는 건 꽤 다행스러운 일이네요. 그렇지 않나요? 부인도 멜러카이 플러머의 미망인 얼굴을 보셨어야 했어요. 뱃사람이 따로 없었다니까요! 이만 가봐야겠네요. 정말 신세를 많이 졌어요, 블라이드 부인. 비록… 아니, 최선을 다해주신 건 틀림없고 쓰신

글은 아주 멋진 시예요."

"좀 더 계시다가 저녁이라도 드시고 가세요. 수전이랑 저만 있거든요. 남편은 집에 없고 아이들은 골짜기로 올봄 들어 첫 번째 소풍 만찬을 즐기러 갔어요."

미첼 부인은 얼른 다시 의자에 앉으며 말했다.

"그럴게요. 더 오래 앉아 있을 수 있어서 기쁘네요. 어찌 된 일인지 나이를 먹으면 오래 쉬어야 하거든요. 그리고…."

미첼 부인이 붉어진 얼굴에 꿈결 같은 미소를 띠며 덧붙였다.

"설탕당근 볶는 냄새가 참 좋네요!"

다음 주 『데일리 엔터프라이즈』가 나왔을 때 앤은 설탕당근 볶음을 대접한 일이 억울할 지경이었다. 부고란에는 〈노인의 묘〉가 실려 있었다. 그런데 원래의 4연이 아니라 5연이었다! 다섯 번째 연은 다음과 같았다.

훌륭한 남편, 동반자, 원조자여.
신이 만든 사람 중에 누가 그보다 뛰어나리요.
훌륭한 남편, 다정하고 진실한 당신,
세상에 단 하나뿐인 사랑스러운 앤서니여.

잉글사이드에서 들린 말은 느낌표 세 개가 전부였다.

이후에 열린 협회 모임에서 미첼 부인이 앤에게 말했다.

"제가 한 연을 덧붙인 일로 기분 상하지 않으셨으면 좋겠네요. 저는 그저 앤서니를 좀 더 칭찬하고 싶었어요. 글은 제 조카 조니 플러머가 썼죠. 자리에 앉더니 눈 깜빡할 사이에 써버리더군요. 그 아이는 부인과 같은 재능이 있어요. 똑똑해 보이지는 않았는데 시를 쓸 줄 알더라고요. 자기 어머니한테 물려받은 거죠. 윅퍼드 집안이거든요. 플러머 집안사람에게는 시를 쓰는 재주 따윈 아예 없어요."

앤이 차갑게 말했다.

"처음부터 그 조카에게 미첼 씨의 추도문을 쓰게 했더라면 좋았을 텐데요. 정말 안타깝네요."

"부인 생각도 그렇죠? 하지만 그 아이가 시를 쓸 수 있다는 걸 그때는 미처 몰랐고, 저는 앤서니에게 꼭 시로 작별 인사를 하고 싶었으니까요. 그러고 있는데 조카가 쓴 시를 그 아이 어머니가 보여주더라고요. 메이플 시럽 통에 빠져 죽은 다람쥐에 대한 시였어요. 정말 감동적이었죠. 하지만 블라이드 부인이 쓴 시도 정말 좋았어요. 두 사람의 시가 합쳐져 남다른 작품이 나왔다고 생각해요. 그렇지 않나요?"

앤이 짧게 대꾸했다.

"뭐, 그렇군요."

23장

잉글사이드 아이들은 애완동물을 기르는 문제로 지금껏 여러 번 가슴앓이를 했다. 어느 날 아빠가 샬럿타운에서 데려온 털북숭이 검정 강아지는 꼼지락대며 집 안을 돌아다니다가 그다음 주에 어디론가 가버렸다. 강아지를 보기는커녕 짖는 소리를 들은 사람도 없었다. 어느 선원이 출항하는 날 밤, 작고 새까만 강아지를 데리고 배에 오르는 모습을 보았다는 소문이 돌았지만, 강아지의 운명은 풀리지 않는 수수께끼로 남았다.

이 일로 젬보다 월터가 더 마음 아파했다. 젬은 지프의 죽음으로 받은 상처를 아직 완전히 극복하지 못해 다시는 개를 깊이 사랑하지 않기로 마음먹은 터라 충격이 덜했다. 뭘 자꾸 훔쳐가는 버릇이 있어서 집 안으로 들어오지 못하고 헛간에서 지냈지만 사랑은 많이 받았던 고양이 타이거 톰은 헛간 바닥에서 뻣뻣하게 굳은 모습으로 발견되었다. 그래서 아이들은 거창한 장례식을 치르고 사체를 골짜기에 묻어주었다. 젬이 조 러셀에게 25센트를 주고 산 토끼 번은 병에 걸려 죽었다. 어쩌면 젬이 먹인 약 때문에 죽음이 앞당겨졌을 수도 있었다. 그 약을 권한 사람은 조였으니 조는 진실을 알고 있을 테지만 젬은 마치 자기가 번을 죽인 것 같은 기분이 들었다.

번을 타이거 톰 옆에 묻으면서 젬이 어두운 얼굴로 말했다.

"잉글사이드에 저주라도 내린 걸까?"

월터가 번을 위해 비문을 썼고, 월터와 젬과 쌍둥이는 일주일 동안 팔에 검은 리본을 달고 다녔다. 수전은 아이들의 행동이 신성모독이라며 진저리를 쳤다. 수전은 번이 죽었다고 해서 마음 아파하지 않았다. 번이 밖으로 뛰쳐나가 정원을 엉망으로 만든 적이 있었기 때문이다. 수전이 더욱 질색했던 동물은 월터가 잡아서 지하실에 둔 두꺼비 두 마리였다. 저녁때 수전은 한 마리를 밖으로 쫓아냈지만 나머지 한 마리는 찾지 못했다. 그날 월터는 걱정스러운 마음에 잠을 설쳤다.

'아마 둘이 부부였을 거야. 갑자기 헤어져서 얼마나 외롭고 슬플까? 수전 아줌마가 쫓아낸 것은 몸집이 작았으니까 그게 부인이겠지? 아마 저 넓은 마당 어딘가에서 무서워 떨고 있을 거야. 아무도 지켜주지 않잖아.'

과부 두꺼비의 슬픔을 헤아리느라 참을 수 없었던 월터는 남편 두꺼비를 찾기 위해 지하실로 살그머니 내려가다가 수전이 쌓아둔 양철 기구 더미를 무너뜨렸다. 죽은 이도 무덤에서 벌떡 일어날 만큼 요란한 소리가 났지만 잠에서 깬 사람은 수전뿐이었다. 수전은 촛불을 들고 지하실로 들이닥쳤다. 흔들리는 불꽃은 수전의 야윈 얼굴에 섬뜩한 그림자를 남겼다.

"월터 블라이드, 너 여기서 뭐 하는 거야?"

월터가 필사적으로 말했다.

"수전 아줌마, 그 두꺼비를 꼭 찾아야 해. 만약 아줌마한테 남편이 있었는데 갑자기 없어지면 어떤 기분일지 생각해봐."

어리둥절해질 수밖에 없었던 수전이 물었다.

"도대체 무슨 말을 하는 거니?"

수전이 이곳에 나타난 이상 이제 자기는 죽었다고 체념했는지 남편 두꺼비가 수전의 채소절임 통 뒤에서 튀어나왔다. 월터가 얼른 달려들어 두꺼비를 창문 밖으로 내보내주었다. 아무쪼록 그곳에서는 사랑하는 아내와 다시 만나 영원히 행복하게 살길 월터는 속으로 바랐다.

수전이 엄하게 말했다.

"저런 걸 지하실에 가져오면 어떡해? 그리고 두꺼비더러 여기서 뭘 먹고 살라는 거니?"

"지렁이를 잡아다가 주려고 했지. 난 두꺼비를 연구해보고 싶었단 말이야."

"그 뒷감당은 누가 하겠냐고."

수전은 골을 내는 꼬마 뒤를 따라 계단을 올라가면서 한숨을 내쉬었다. 단지 두꺼비 때문에 그런 말을 한 것은 아니었다.

울새를 키울 때는 그보다 운이 좋았다. 밤새 폭풍우가 몰아치다가 갠 6월의 어느 날 아침, 아이들은 현관 계단에서 아직 새끼였던 울새를 발견했다. 등은 회색이었고 가슴은 얼룩덜룩했으며 눈은 반짝거렸다. 아이들은 이 새에게 콕 로빈이라는 이름을 붙여주었다. 콕 로빈은 처음부터 잉글사이드 사람들을 완전히 믿는 듯했고 슈림프를 보고도 무서워하지 않았다. 슈림프 역시 콕 로빈이 자기 접시에 뛰어올라 제 것인 양 먹이를 먹어도 가만히 내버려두었다. 처음에 아이들은 지렁이를 먹이로 주었는데, 콕 로빈의 식욕이 너무 왕성했던지라 셜리는 땅을 파서 지렁이를 잡는 일로 많은 시간을 보냈다. 셜리가 지렁이를 깡통에 넣어 집 안 곳곳 두는 바람에 수전은 넌더리를 냈지만, 거친 손가락에 겁도 없이 앉아 얼굴에 대고 쨱쨱거리는 콕 로빈을 위해서라면 그녀는 더한 일도 참았을 것이다. 수전은 콕 로빈의 매력에 푹 빠졌고 가슴 깃털이 아름다운 적갈색으로 변하기 시작한 사건만큼은 리베카 듀에게 편지로 알려줄 만하다고 생각했다. 그리고 실제로 편지를 썼다.

듀 양, 제 지능이 낮아졌다고 여기지 말길 바라요. 이렇게나 새를 좋아하는 건 아주 어리석은 일 같지만 인간의 마음에는 약한 곳이 있는 법이죠. 그 새는 카나리아처럼 새장에 갇혀 있지 않아요. 예전의 저라면 도저히 참을 수 없었을 거예요. 듀 양, 이 녀석은 집과 정원을 마음대로 날아다니고 월터의 관찰대 옆에 있는 사과나무 가지에서 릴라의 방 창문을 들여다보다가 잠을 자요. 한번은 아이들이 콕 로빈을 골짜기에 데려갔더니 그대로 날아가버렸다가 저녁때쯤 돌아왔어요. 아이들이 정말 기뻐했죠. 솔직히 말씀드리자면 저도 얼마나 기뻤는지 모른답니다.

그곳은 이제 '그냥 골짜기'가 아니었다. 월터는 이렇게 즐거운 곳에는 이름이 있어야 하며 그것도 낭만적인 일이 일어나리라 기대될 만큼 멋진 이름이어야 한다고 생각했다.

어느 비 오는 오후, 아이들은 다락방에서 놀고 있었지만 초저녁에 갑자기 해가 나더니 글렌세인트메리 마을을 눈부신 빛으로 물들였다.

"와, 예쁜 무디개다(예쁜 무지개다)!"

릴라가 평소처럼 귀엽게 혀 짧은 소리를 냈다.

이제껏 아이들이 본 것 중에서 가장 웅장한 무지개였다. 한쪽 끝은 장로교회 첨탑에 걸려 있었고, 다른 쪽 끝은 골짜기로 이어지는 연못 귀퉁이의 갈대가 우거진 땅으로 내려앉는 것 같았다. 그 광경을 지켜본 월터는 그곳에 '무지개 골짜기'라는 이름을 붙였다.

무지개 골짜기는 잉글사이드의 아이들에게 그 자체로 하나의 세상이 되었다. 산들바람은 그곳에서 끊임없이 노닐었고, 새의 노래는 새벽부터 해 질 무렵까지 울려 퍼졌다. 하얀 자작나무가 온 사방에서 반짝였고 월터는 그중 흰옷 입은 귀부인이라고 가정한 나무에서 매일 밤 작은 요정이 나와 자작나무들과 이야기를 나눈다고 상상했다. 가까이서 자라는 바람에 가지가 얽혀 있던 단풍나무와 가문비나무에게는 '연인의 나무'라는 이름을 붙였다. 그리고 그 위에 썰매 방울을 매달아놓았는데, 바람에 흔들릴 때마다 요정 같은 소리를 냈다. 아이들이 개울을 지날 수 있게 만들어놓은 돌다리는 용이 지키고 있었다. 돌다리 위로 가지를 뻗은 나무들은 거무스름한 이슬람교도가 되었고 둑을 따라 늘어선 짙은 이끼는 사마르칸트에서 들여온 최상품 카펫이 되었다. 로빈 후드와 그의 유쾌한 부하들이 사방에 숨어 있었고, 샘 속에는 물의 정령인 세 자매가 살았다. 글렌세인트메리 마을 끝 쪽에 있는 버클리 집안의 버려진 낡은 집은 풀이 무성한 돌담과 캐러웨이로 뒤덮인 정원이 있어서 포위당한 성으로 삼기에 제격이었다. 십자군의 칼은 이미 녹슬어버린 지 오래였지만 잉글사이드의 식칼은 요정의 나라에서 벼려낸 칼이 되었다. 수전은 오븐용 냄비의 뚜껑이 없어질 때마다 그것이 깃털 장식을 달고 무지개 골짜기로 위험한 모험을 떠나는 기사의 눈부신 방패로 쓰인다는 사실을 알았다.

열 살이 되면서 피비린내 나는 놀이를 좋아하기 시작한 젬을 위해 아이들은 종종 해적 놀이를 했다. 하지만 젬이 해적 놀이에서 가장 재미있는 부분이라고 생각한 널빤지 걷기를 할 때마다 월터는 머뭇거렸다. 젬은 월터가 정말로 해적이 될 배짱이 있는지 궁금할 때도 있었지만 그래도 자기 동생이라는 생각에 그런 의구심을 애써 눌렀다. 그리고 학교에서 월터를 '겁쟁이 블라이드'라고 놀리는 남자아이들을 흠씬 두들겨주었다. 남자아이들은 월터를 놀리면 주먹이 매운 젬과 결전을 벌여야 한다는 사실을 깨닫고 더는 월터에게 시비를 걸지 않았다.

이제 젬은 저녁에 혼자 항구 어귀로 가서 생선을 사 오는 일도 할 수 있게 되었다. 젬이 무척 좋아하는 심부름이기도 했다. 항구 가까이 마른풀로 덮인 들판 기슭에 있는 멜러카이 러셀 선장의 오두막에 앉아 집주인을 비롯해 한때는 두려움 모르는 젊은 선장이었던 동료들의 이야기를 들을 수 있었기 때문이다. 이들은 돌아가며 모험담을 들려주었고, 아무리 꺼내도 이야깃주머니는 불룩하기만 했다. 젊었을 때 해적이었을 것이라고 의심받던 올리버 리스는 식인종 왕에게 포로로 잡힌 적이 있었고, 샘 엘리엇은 샌프란시스코지진을 겪었고, '용감한 윌리엄'으로 통하는 맥두걸은 상어와 목숨 건 혈투를 벌였으며, 앤디 베이커는 용오름에 휘말렸다가 살아났다. 더구나 앤디는 본인이 단언한 것처럼 포윈즈에 사는 그 누구보다도 침을 똑바로 뱉을 수 있었다.

젬은 뾰족한 턱에 매부리코인 데다 뻣뻣한 회색 콧수염을 기른 멜러카이 선장을 가장 좋아했다. 선장은 열일곱 살에 이미 쌍돛 범선인 브리간틴의 선장이 되어 재목을 싣고 부에노스아이레스로 항해했다. 양쪽 뺨에는 닻 문신을 새겼고 열쇠로 태엽을 감아 작동하는 멋진 회중시계를 가지고 있었다. 기분이 좋을 때는 젬에게 태엽을 감게 해주었고, 기분이 더 좋을 때는 젬을 데리고 대구 낚시를 하러 가거나 썰물 때 조개를 캐러 갔으며, 기분이 가장 좋을 때는 자기가 직접 조각한 배 모형들을 보여주었다. 젬은 배 하나하나가 모험담이라 생각했다. 그중에는 줄무늬가 있는 가로돛을 달고 뱃머리에 무시무시한 용을 새긴 바이킹선, 콜럼버스가 탔던 범선인 메이플라워호, '방랑하는 네덜란드인'이라는 이름의 멋진 유령선 그리고 아름다운 브리간틴과 쌍돛 범선과 세 돛 범선과 쾌속선과 화물선까지, 셀 수 없이 많은 배가 있었다.

"멜러카이 선장님, 어떻게 하면 그렇게 멋진 배를 조각할 수 있어요? 저도 좀 알려주세요."

젬이 졸라댔다. 멜러카이 선장은 고개를 저으며 생각에 잠긴 표정으로 바다를 향해 침을 뱉었다.

"얘야, 그건 가르쳐준다고 되는 게 아니란다. 네가 30년 또는 40년 동안 바다를 항해하다 보면 가능할 수도 있겠지. 애정을 갖고 이해해야 해. 배는 여자와 같아서 이해와 사랑 없이는 절대 자기 비밀을 털어놓지 않을 거야. 네가 선수에서 선미까지 배의 안팎을 속속들이 안다 해도 배는 여전히 너를 외면한 채 영혼을 닫아걸고 있을 거야. 그러다 너마저 손을 놓으면 새처럼 날아가버리겠지. 내가 탔던 배 중에서 한 척은 아주 오래전부터 노력했는데도 모형으로 만들 수 없었어. 정말 완고하고 고집스러운 배였지! 그 배를 꼭 닮은 여자도 있었단다. 어이쿠, 이만 입을 다물 때가 되었구나. 병 안에 배를 넣으려고 하는데, 그 비결은 나중에 알려주마."

이렇게 젬은 배를 닮은 여자 이야기를 듣지 못했지만 전혀 아쉽지 않았다. 엄마와 수전 말고는 여자에게 별 관심이 없었기 때문이다. 게다가 두 사람은 젬에게 '여자'가 아니라 엄마와 수전일 따름이었다.

지프가 죽었을 때만 해도 젬은 다른 개를 갖고 싶지 않았다. 하지만 시간이 지나면서 놀라울 정도로 상처가 아물었고, 지프는 어느덧 기억으로만 남게 되었다. 그러자 다시 개를 갖고 싶어졌다. 젬은 짐 선장의 수집품을 보관한 다락방 은신처의 벽을 따라 줄을 맞춰 개들을 늘어놓았다. 잡지에서 오려낸 것들이었다. 당당한 모습의 마스티프, 뺨이 늘어진 불도그, 누가 머리와 뒷다리를 잡고 고무줄처럼 잡아당긴 것 같은 닥스훈트, 꼬리

끝을 남겨놓고 털을 깎아놓은 푸들, 폭스테리어, 보르조이(젬은 이 개가 뭘 먹기는 하는지 걱정되었다), 건방진 포메라니안, 온몸에 점이 있는 달마티안, 호소하는 듯한 눈을 가진 스패니얼…. 모두 좋은 혈통을 가진 개였지만 젬의 눈에는 무언가가 부족해 보였다. 하지만 그것이 무엇인지는 알 수 없었다.

그러던 어느 날 『데일리 엔터프라이즈』에 광고가 실렸다.

"개 팝니다. 항구 어귀 로디 크로퍼드에게 문의 바람."

다른 말은 없었다. 젬은 왜 이 광고가 마음에 남았는지, 왜 이 간결한 문구를 보자마자 슬퍼졌는지 알 수 없었다. 로디 크로퍼드가 누구인지는 크레이그 러셀에게 물어보고 알았다.

"로디 아버지가 한 달 전에 돌아가셨고, 로디는 시내로 가서 고모와 살게 됐어. 어머니도 몇 년 전에 돌아가셨고. 제이크 밀리슨이 로디네 농장을 샀어. 하지만 집은 곧 헐어버릴 거래. 아마 고모가 개는 못 키우게 할 거야. 그렇게 대단한 개는 아니지만 로디가 엄청 좋아했어."

젬이 말했다.

"얼마를 달라고 할지 모르겠네. 난 1달러밖에 없거든."

크레이그가 말했다.

"로디는 다른 것보다 그 개가 좋은 집으로 가길 간절히 바랄 거야. 돈은 너희 아빠한테 내달라고 하면 되잖아. 안 그래?"

"그렇긴 해. 하지만 나는 내 돈으로 사고 싶어. 그래야 내 개라는 생각이 더 들 테니까 말야."

크레이그는 어깨를 으쓱했다.

'잉글사이드 애들은 참 웃긴다니까. 늙은 개를 사는 데 돈을

누가 내든 무슨 상관이야. 이해할 수가 없네.'

그날 저녁 아빠는 오래되고 황폐한 크로퍼드 농장으로 젬과 함께 마차를 타고 갔다. 그곳에 로디 크로퍼드와 개가 있었다. 로디는 적갈색 생머리에 주근깨가 많고 피부가 창백한 젬 또래 남자아이였다. 개는 비단결 같은 갈색 귀에 코와 꼬리와 눈도 갈색이었다. 특히 눈은 이제껏 한 번도 본 적 없을 만큼 아름답고 다정했다. 이마의 흰 줄무늬는 두 눈 사이에서 갈라져 코를 감싸고 있었다. 첫눈에 홀딱 반한 젬은 반드시 개를 데려가겠다고 마음먹었다.

젬이 간절한 얼굴로 물었다.

"이 개를 팔고 싶다고 했지?"

로디가 나직이 말했다.

"나는 그러고 싶지 않아. 하지만 팔지 않으면 얘를 물에 빠뜨리겠다고 제이크 아저씨가 그랬어. 아저씨 말로는 비니 고모가 개를 못 키우게 할 거래."

"값이 얼마야?"

젬은 엄두도 못 낼 만큼 비쌀까 봐 조마조마했다.

로디는 눈물을 꾹 참고 개를 내밀며 잠긴 목소리로 말했다.

"자, 데려가. 난 안 팔 거야. 절대로 돈을 받고 브루노를 팔 수는 없어. 대신 얘한테 좋은 집을 마련해주고, 잘 기르겠다고 약속해줘."

젬이 간절한 얼굴로 말했다.

"맹세할게. 정성껏 돌볼 거야. 그런데 1달러는 받아줘. 네가 안 받으면 이 개가 내 거라는 생각이 안 들 테니까. 만약 돈을 안 받으면 나는 얘를 안 데려갈 거야."

젬은 내키지 않아 하는 로디의 손에 1달러를 억지로 쥐여주
고는 브루노를 들어 올려 꼭 껴안았다. 이 조그만 개는 자기 주
인을 돌아보았다. 젬에게는 개의 눈이 보이지 않았다. 하지만
로디의 눈은 볼 수 있었다.

"너 정말 얘를 보내기 싫구나?"

로디가 쏘아붙였다.

"응. 보내기 싫어. 하지만 어쩔 수 없잖아. 브루노를 가져가겠
다는 사람이 다섯 명이나 왔는데 아무한테도 주지 않았어. 그래
서 제이크 아저씨가 화를 많이 냈지. 하지만 나는 상관없어. 다
들 얘를 맡길 만한 사람들이 아니었으니까. 너라면 괜찮을 것
같아. 내가 못 기르니까 네가 맡아줬으면 좋겠어. 아, 더는 못 보
겠으니까 빨리 데리고 가버려!"

젬은 그 말대로 했다. 조그만 개는 젬의 품에서 떨고 있었지
만 반항하지는 않았다. 젬은 잉글사이드로 돌아오는 길 내내 개
를 사랑스럽게 안고 있었다.

"아빠, 아담*은 어떻게 얘네들한테 개라는 이름을 붙였죠?"

아빠가 씩 웃었다.

"개는 개라는 이름밖에는 붙일 수 없으니까 그랬겠지. 다른
이름이 뭐가 있겠니?"

그날 밤 젬은 가슴이 두근거려서 오랫동안 잠을 이루지 못했
다. 브루노만큼 마음에 드는 개는 처음 봤다.

---

* 구약성경에 나오는 인류의 시조로 사물의 이름을 지었다고 한다.

'로디가 얘를 보내기 싫어했던 건 당연해. 하지만 브루노는 금세 로디를 잊고 나를 사랑하게 될 거야. 우리는 친한 친구가 되겠지? 정육점에서 뼈를 구해달라고 엄마한테 부탁해야겠어.'

젬은 기도했다.

"하느님, 저는 세상 모든 사람과 모든 것을 사랑합니다. 세상 모든 고양이와 개를 축복해주세요. 특히 브루노를요."

그제야 젬은 잠이 들었다. 침대 발치에서 앞다리를 쭉 뻗고 턱을 괸 채 누워 있는 조그만 개도 잠들었을 것이다. 아니, 어쩌면 잠들지 못했을지도 모른다.

24장

———

이제 콕 로빈은 지렁이뿐 아니라 쌀, 옥수수, 양상추, 금련화의 씨앗도 먹었다. 몸집은 아주 커져서 '잉글사이드의 큰 울새'로 불렸고 근방에서도 꽤 유명해졌다. 가슴은 아름다운 빨간색으로 변했다. 콕 로빈은 때때로 수전의 어깨에 앉아 뜨개질하는 모습을 지켜보았다. 앤이 외출했다가 돌아오면 날아가 맞이한 뒤 앤보다 먼저 집 안으로 푸드덕거리며 들어왔다. 아침마다 월터의 방 창문턱으로 가서 빵 부스러기를 달라고 조르기도 했다. 뒤뜰의 잡목 울타리 구석에 있는 대야에서 매일 몸을 씻었는데, 물이 없으면 요란하게 소란을 피워댔다.

길버트는 자기 펜과 성냥개비가 서재 여기저기에 널려 있다고 불평했지만, 그를 딱하게 여겨준 사람은 아무도 없었다. 어느 날 콕 로빈이 겁도 없이 손에 앉아 꽃씨를 쪼려고 하자 길버트도 두 손 들고 말았다. 다들 콕 로빈의 마법에 걸렸다. 하지만 한 사람은 예외였다. 마음이 온통 브루노에게 가 있었던 젬은 느리지만 분명하게 씁쓸한 교훈을 배웠다. 개의 몸은 살 수 있지만 마음은 살 수 없다!

처음에 젬은 이렇게 될지 상상조차 못 했다. 물론 얼마 동안은 브루노가 예전 주인을 못 잊어서 외로워하겠지만 금세 괜찮아질 거라 여겼다. 그런데 브루노는 젬의 생각과 달랐다. 브루노는 세상에서 가장 말을 잘 듣는 개였다. 시키는 대로 잘 따라서 수전까지도 이보다 얌전한 동물은 없다고 인정할 정도였다. 하지만 브루노에게는 생기가 없었다. 브루노는 젬이 밖으로 데리고 나가면 처음에는 눈을 반짝이고 꼬리를 흔들며 힘차게 걸었다. 그런데 조금만 지나면 눈에 있던 광채는 사라지고 고개를 떨군 채 젬 옆에서 얌전히 걸어갔다.

모두가 브루노를 친절하게 대했다. 육즙이 흐르고 살이 넉넉하게 붙어 있는 뼈를 아낌없이 주었고, 매일 밤 젬의 침대 발치에서 자도 아무도 뭐라 하지 않았다. 하지만 브루노는 멀리 떨어져서는 곁을 주지 않고 젬을 계속 낯설게 대했다. 이따금씩 밤에 잠에서 깨어난 젬이 손을 뻗어 작고 단단한 몸을 쓰다듬어 보기도 했지만 손을 핥거나 꼬리로 툭툭 치는 것 같은 친근한 행동은 전혀 없었다. 몸을 쓰다듬게 내버려두기는 했어도 그에 반응하는 몸짓을 보이지는 않았던 것이다.

제임스 매슈 블라이드는 이를 악물었고 단호하게 결심했다. 개한테 지지 않을 것이다. 어렵게 모은 용돈으로 정당하게 산 내 개다. 브루노는 이제 로디를 그리워해서는 안 된다. 주인 잃은 동물의 애처로운 눈으로 다른 사람을 보지 말아야 한다. 나를 사랑하는 법을 배워야 한다.

젬이 자기 개를 얼마나 사랑하는지 알고 있던 학교의 다른 남자아이들이 브루노를 못살게 굴었다. 그러자 젬은 브루노 편에 서서 분연히 싸웠다.

"네 개한테 벼룩이 있다는 거 알아? 아주 큰 벼룩 말이야."

페리 리스가 조롱했을 때 젬은 그 아이를 때려눕혔다. 그래서 페리는 자기가 한 말을 취소하고 브루노에게는 벼룩이 한 마리도 없다고 말했다.

롭 러셀이 자랑처럼 말하며 브루노를 놀렸다.

"내 강아지는 일주일에 한 번씩 엄청 흥분해서 짖어댄다고. 네 볼품없는 개는 한 번도 그런 적 없지? 만약 우리 집에 그런 개가 있었으면 고기 가는 기계에 넣어버렸을 거야."

마이크 드루가 거들었다.

"우리 집에도 그런 개가 있었어. 그래서 물에 빠뜨려버렸지."

샘 워런이 자랑스러워하며 말했다.

"내 개는 굉장히 사나워. 닭도 물어 죽이고 빨래하는 날에는 옷을 전부 물어뜯어. 너희 집 개는 그런 배짱도 없잖아."

샘에게는 말하지 않았지만 젬은 슬픈 마음으로 인정했다. 사실이었기 때문이다. 브루노에게 그런 배짱이 있었으면 좋겠다고 생각했다. 워티 플래그가 이렇게 소리쳤을 때는 속이 상해서 가슴이 찢어질 것만 같았다.

"네 개는 정말 훌륭해! 일요일에는 절대 짖지 않으니까 말야."

브루노는 어느 요일에도 짖지 않았다. 하지만 그럼에도 브루노는 누구보다 귀엽고 사랑스러웠다.

"브루노, 왜 날 사랑하지 않는 거야? 너를 위해서라면 뭐든지 해줄 수 있는데…. 같이 놀면 정말 재미있을 거야."

젬은 울음이 터질 것만 같았다. 하지만 누구에게도 패배를 인정하려고 하지 않았다.

어느 날 저녁 젬은 항구 어귀로 홍합구이를 먹으러 갔다가 폭풍우가 다가온다는 것을 알고 서둘러 집으로 돌아갔다. 바다가 신음하고 있었다. 으스스하고 쓸쓸한 모습이었다. 젬이 잉글사이드로 달려가자 천둥이 크게 쳤다.

젬이 소리쳤다.

"브루노는 어디 있어?"

브루노를 데려가지 않은 것은 그때가 처음이었다. 조그만 개가 항구까지 가는 것은 무리라고 생각했기 때문이다. 사실 마음이 없는 개와 그렇게 멀리까지 걷는 게 내키지 않았던 것이지만 젬은 솔직하게 인정하고 싶지 않았다.

브루노가 어디 있는지는 아무도 몰랐다. 저녁 식사가 끝나고 젬이 나간 뒤로 브루노를 본 사람은 없었다. 집 안팎을 샅샅이 뒤져봤지만 브루노는 어디에도 없었다. 비는 억수같이 내렸고 하늘은 번갯불로 번쩍거렸다. 브루노가 이 컴컴한 밤에 밖으로 나갔다가 길을 잃은 걸까? 브루노는 유독 번개를 무서워했다. 브루노는 번개가 하늘을 가를 때만 제 발로 젬에게 다가와 살며시 몸을 기대곤 했다.

젬이 지나치게 걱정하는 모습을 본 길버트는 폭풍우가 그치자 이렇게 말했다.

"로이 웨스트콧을 진찰하러 항구 어귀로 갈 건데, 너도 같이 가자꾸나. 집으로 돌아오는 길에 예전 크로퍼드네 집에 들러보자. 내 생각에는 브루노가 거기 있을 것 같아."

"여기서 거기까지는 10킬로미터나 되는데요? 그렇게 멀리 갔다고요? 말도 안 돼요!"

하지만 아빠의 말이 맞았다. 낡고 황량하고 불도 켜져 있지 않은 크로퍼드네 집에 갔더니 흙투성이 작은 개가 젖은 문 앞 계단에서 웅크린 채로 벌벌 떨고 있었다. 브루노는 젬이 두 손으로 안아 올린 뒤 무릎까지 오는 엉킨 풀을 헤치며 마차까지 오는 동안 별다른 움직임이 없었다.

젬은 무척 행복했다. 달이 구름을 헤치며 하늘을 달려가는 모습은 얼마나 찬란한가! 마차를 타고 가는 길 양옆의 비에 젖은 숲에서 풍겨오는 냄새는 얼마나 향기로운가! 젬은 세상이 참으로 아름답게 느껴졌다.

"브루노도 이제는 잉글사이드에서 편안하게 지낼 수 있을 거예요. 그렇죠, 아빠?"

"아마 그렇겠지."

아빠가 한 말은 이것이 전부였다. 아이의 희망에 찬물을 끼얹고 싶지는 않았지만, 길버트는 이 조그만 개가 전에 살던 집을 잃어버리고 마음이 완전히 무너진 게 아닐까 생각했다.

브루노는 지금까지도 별로 많이 먹지 않았지만 그날 밤 이후로는 먹는 양이 계속 줄어들었다. 그러다가 아무것도 먹지 않는 날이 왔다. 수의사가 진찰했지만 몸에는 아무런 문제가 없었다. 수의사는 길버트 옆으로 가서 조용히 말했다.

"예전에 슬퍼하다가 죽은 개를 한 마리 본 적 있어요. 아마 이 개도 그럴 것 같군요."

수의사는 영양제를 처방해주었다. 브루노는 약을 얌전히 먹은 뒤 다시 엎드리더니 앞발에 머리를 얹고 허공을 응시했다. 젬은 주머니에 손을 집어넣고 선 채로 브루노를 한참 동안 바라보았다. 그러고는 아빠와 이야기하러 서재로 갔다.

다음 날 길버트는 마을로 가서 이것저것 물어본 끝에 로디 크로퍼드를 데리고 잉글사이드로 돌아왔다. 로디가 베란다 계단을 올라가자 거실에서 그 발소리를 들은 브루노는 고개를 들고 귀를 쫑긋 세웠다. 다음 순간 작은 개는 쇠약해진 몸을 이끌고 양탄자를 가로질러 창백한 갈색 눈의 아이에게 달려갔다.

그날 밤 수전이 경외감에 가득 찬 목소리로 말했다.

"사모님, 그 개는 울고 있었어요. 정말이라니까요. 눈물이 코를 따라 흘러내렸어요. 사모님이 믿지 못하신다 해도 무리는 아니에요. 저도 두 눈으로 직접 보지 않았더라면 절대 믿지 못했을 테니까요."

로디는 브루노를 꼭 끌어안고 반쯤은 탓하듯 반쯤은 애원하듯 젬을 바라보았다.

"네가 브루노를 산 건 맞아. 하지만 얘는 내 개야. 제이크 아저씨가 내게 거짓말했어. 비니 고모는 내가 개를 키워도 아무 상관없다고 그러셨거든. 그래도 브루노를 다시 돌려달라고 할 수는 없다고 생각했지. 자, 여기 네가 준 돈이야. 한 푼도 안 썼어. 그럴 수 없었으니까."

젬은 잠시 망설였다. 그러다 브루노의 눈을 보며 생각했다.

'나는 정말 자기만 아는 욕심쟁이였구나!'

젬은 자신이 초라하게 느껴졌다. 그리고 1달러를 받았다. 로디는 미소를 지었다. 그 미소는 퉁명스러운 얼굴을 완전히 바꾸어놓았다. 하지만 로디의 입에서 나온 말은 "고마워"라는 무뚝뚝한 한 마디뿐이었다.

그날 밤 로디는 젬과 같이 잤다. 배불리 먹은 브루노는 두 아이 사이에 길게 누웠다. 그런데 잠자리에 들기 전에 로디가 무릎을 꿇고 기도하자 브루노도 그 옆에 웅크리고 앉아 침대에 앞발을 걸쳐놓았다. 만약 개도 기도를 할 수 있다면, 그 순간 브루노는 기도를 한 것이리라. 삶의 기쁨을 되찾은 것에 대한 감사의 기도를.

로디가 먹을 것을 주자 브루노는 허겁지겁 먹으면서도 로디에게서 눈을 떼지 않았다. 젬과 로디가 글렌세인트메리 마을로 내려가자 브루노는 신나게 껑충거리며 그 뒤를 쫓아갔다.

수전이 단언했다.

"저렇게 기운이 넘치는 개는 처음 봤어요."

다음 날 저녁 로디와 브루노가 돌아간 뒤 젬은 황혼이 비치는 부엌문 계단에 오랫동안 앉아 있었다. 월터가 무지개 골짜기로 해적 보물을 찾으러 가자고 했지만 젬은 고개를 저었다. 더는 용맹한 기분도, 모험심도 들지 않았다. 뛰어오르기 위해 웅크린 사나운 퓨마처럼 꼬리를 흔들면서 등을 구부리고 있던 슈림프에게도 눈길 한 번 주지 않았다. 잉글사이드에 온 개들은 그토록 괴로워했는데, 이에 아랑곳없이 행복하게 지내는 꼴을 보니 눈꼴시어서 못 견딜 것 같았다.

릴라가 파란색 벨벳 코끼리를 가져다주었을 때도 젬은 짜증만 냈다. 브루노가 가버렸는데 벨벳 코끼리라니! 하느님 탓을 하면 안 된다고 낸이 와서 조심스럽게 말했을 때도 젬은 퉁명스럽게 대꾸할 뿐이었다.

"내가 이 일로 하느님 탓을 한다고 생각하는 건 아니겠지? 낸 블라이드, 너는 균형감각이 없어."

젬이 무슨 말을 하는지 전혀 알아듣지 못하는 낸은 풀이 죽은 채 가버렸고, 젬은 꺼져가는 저녁놀만 계속 노려보았다. 글렌세인트메리 마을 이곳저곳에서 개들이 짖고 있었다. 길 아래쪽에 사는 젠킨스네에서 개를 부르는 소리가 들렸다. 한 마리씩 차례로 이름을 부르고 있었다. 모두가, 심지어 젠킨스 집안사람도 개를 기른다. 나만 빼고. 젬 앞에는 개 한 마리 없는 사막 같은 삶이 펼쳐져 있었다.

앤이 다가와서는 젬을 쳐다보지 않으려 조심하면서 아래쪽 계단에 앉았다. 젬은 엄마의 배려를 느꼈다.

젬이 목멘 소리로 말했다.

"엄마, 제가 그렇게나 사랑해줬는데 왜 브루노는 저를 사랑하지 않았던 걸까요? 혹시 저는 개가 싫어하는 아이일까요?"

"아니야, 젬. 지프가 너를 얼마나 좋아했니? 브루노는 사랑이 아주 많았는데, 그걸 로디에게 전부 줘버린 거였어. 그런 개가 있단다. 오직 한 사람만 사랑할 수 있지."

"어쨌든 브루노와 로디가 행복해져서 다행이에요."

젬이 쓸쓸한 미소를 지으며 이렇게 말하고는 몸을 굽혀 엄마의 매끄럽고 잔물결 같은 머리에 입을 맞췄다.

"하지만 저는 이제 개를 절대 기르지 않을 거예요."

이 순간도 결국은 지나갈 것이라고 앤은 생각했다. 지프가 죽었을 때도 젬은 지금과 같은 심정이지 않았던가. 하지만 이번에는 달랐다. 감정의 칼날이 젬의 영혼 깊숙한 곳까지 파고들어 생채기를 남겼다. 지금껏 개 여러 마리가 잉글사이드에 왔다가 떠났다. 가족 모두 사랑했고, 또 좋은 개들이었다. 젬은 다른 아이들처럼 개를 귀여워하면서 같이 놀았다. 하지만 그중에 '젬의 개'는 없었다. '먼데이'라는 강아지가 젬의 마음을 사로잡고 로디를 향한 브루노의 마음을 뛰어넘을 만큼 젬을 사랑하기 전까지, 그 헌신적인 사랑이 글렌세인트메리 마을의 역사로 남기 전까지. 하지만 그것은 한참 뒤의 일이다. 그날 밤 젬은 무척 외로운 마음으로 잠자리에 들었다.

'내가 여자아이였으면 좋겠어. 그럼 마음껏 울어도 되잖아!'

젬은 가슴이 아팠다.

25장

———

 낸과 다이는 8월 마지막 주부터 학교에 다니기 시작했다. 학교 가는 첫날 아침, 다이가 사뭇 진지한 얼굴로 물었다.

 "엄마, 오늘 밤이면 우리도 뭐든지 알게 되나요?"

 9월 초가 되자 앤과 수전은 아이들을 학교에 보내는 일에 익숙해졌고, 매일 아침 두 아이가 집을 나서는 모습을 보는 게 즐겁기까지 했다. 말쑥하게 차려입고 천진난만한 표정을 띤 이 꼬마 쌍둥이는 학교에 가는 일이 마치 모험이라도 되는 것처럼 생각했다. 가방에는 선생님에게 드릴 사과 한 개를 항상 넣어 갔으며, 분홍색과 파란색 깅엄 원피스를 입고 다녔다. 생김새가 조금도 닮지 않았던 둘은 옷도 똑같이 입지 않았다. 빨간 머리였던 다이는 분홍 옷을 입을 수 없었지만, 잉글사이드 쌍둥이 중에서 더 예쁜 쪽인 낸에게는 분홍색이 잘 어울렸다. 낸은 갈색 눈에 갈색 머리카락이었고 이목구비가 매력적이었는데, 이런 사실은 아직 일곱 살밖에 안 된 본인도 잘 알았다. 별처럼 반짝이는 낸의 외모는 아이의 성격에도 영향을 주었다. 낸은 작고 날렵한 턱을 당당하게 치켜세우며 자랑스레 고개를 들고 다녀서 거만하다는 말을 듣기도 했다.

앨릭 데이비스 부인이 말했다.

"저 아이는 엄마의 버릇이나 몸짓을 그대로 따라 할 거예요. 벌써부터 자기 엄마처럼 으스대면서 우아한 척을 하잖아요. 내 생각이 그렇다는 거예요."

쌍둥이는 외모 못지않게 성격도 달랐다. 다이는 엄마의 생김새를 빼닮았지만 성격이나 자질은 아빠에 가까웠다. 그래서 아빠의 실용적인 성향, 상식적인 태도, 반짝이는 유머 감각을 벌써부터 보여주었다.

한편 낸은 엄마가 지닌 상상력이라는 재능을 고스란히 물려받아 이미 자기 나름의 방식으로 삶을 흥미롭게 만들고 있었다. 낸은 올여름 하느님과 모종의 거래를 하면서 잔뜩 흥분해 있었다. 예를 들어, '하느님이 이런저런 일을 해주시면 나도 이런저런 일을 하겠다'라는 식이었다.

잉글사이드 아이들은 모두 "이제 잠자리에 드오니"라는 전통적인 아이용 취침 기도로 시작해 "하늘에 계신 우리 아버지"로 발전한 뒤, 각자 생각나는 말로 자기의 바람을 하느님께 이야기하도록 배웠다. 어째서 낸이 그런 생각을 하게 됐는지, 즉 바르게 행동하겠다거나 굳센 의지를 보여주겠다고 약속하면 하느님이 자기의 부탁을 들어줄 것이라고 생각하게 됐는지는 명확하게 알 수 없다. 착하게 굴지 않으면 하느님이 이런저런 일을 해주시지 않을 것이라고 자주 야단쳤던 젊고 예쁜 주일학교 교사에게 간접적인 책임이 있을지도 모른다. 이를 뒤집어 생각해보면 인간 쪽에서 이러저러한 사람이 되거나 이런저런 일을 했을 때 하느님이 여러 가지 부탁을 들어주실 것이라는 결론에 쉽게 이를 수 있기 때문이다.

그해 봄 하느님과 했던 첫 번째 '거래'는 그간의 여러 실패를 뛰어넘을 정도로 너무나 멋지게 끝났다. 그래서 낸은 여름내 이런 거래를 계속했다. 하지만 아무도 이 일을 몰랐고, 심지어 다이까지도 전혀 눈치채지 못했다. 낸은 비밀을 간직한 채 침대에 누울 때뿐 아니라 기회가 닿을 때마다 여러 곳에서 기도를 드렸다. 다이는 낸의 이런 행동이 탐탁지 않았다.

"하느님을 다른 것들하고 뒤섞어놓으면 안 돼. 그렇게 하는 건 하느님을 너무 평범하게 만들어버리는 거야."

다이가 낸에게 진지한 얼굴로 말했다. 우연히 이 말을 들은 앤은 다이를 나무랐다.

"얘야, 하느님은 모든 것 안에 계시는 분이란다. 그분은 항상 우리 곁에서 힘과 용기를 주시는 친구지. 그러니까 어디든 원하는 곳에서 낸이 기도하는 건 아주 좋은 일이야."

하지만 앤도 어린 딸의 기도가 어떤 내용인지 알았다면 오히려 충격을 받았을 것이다.

5월 어느 날 밤 낸은 이렇게 기도했다.

"사랑하는 하느님, 에이미 테일러의 생일잔치 전에 제 이가 나오게 해주시면 수전 아줌마가 피마자유를 줄 때마다 군소리

없이 다 마실게요."

그리고 바로 다음 날, 낸의 예쁜 입에 보기 흉한 구멍을 만들었던 틈새에서 새 이가 모습을 드러냈고, 생일잔치 날에는 보기 좋게 자랐다. 이보다 더 확실한 증거가 또 어디 있겠는가? 낸은 약속을 충실히 지켰다. 그 뒤로 수전은 낸에게 피마자유를 줄 때마다 크게 놀라며 한편으로는 기쁨을 감추지 못했다. 낸은 얼굴을 찌푸리거나 불평하는 법 없이 피마자유를 마셨지만 한편으로는 기한을 정해두었으면 좋았겠다는 생각을 종종 했다.

'석 달 정도면 적당하지 않았을까?'

그렇다고 하느님이 항상 낸의 기도에 응답한 것은 아니었다. 낸이 하느님께 단추 끈에 끼울 특별한 단추를 달라고 하면서(글렌세인트메리 마을 여자아이들 사이에서 단추를 모으는 유행이 홍역처럼 퍼지고 있었다), 그렇게만 해준다면 수전이 이 빠진 접시를 줘도 불평하지 않을 것이라고 약속하자 바로 이튿날 단추가 나타나기도 했다. 다락방에 있던 낡은 드레스에 달려 있던 단추를 수전이 찾아준 것이다. 빨갛고 예쁜 단추에 작은 다이아몬드가, 아니 낸이 다이아몬드라고 믿는 것이 박혀 있었다. 이 우아한 단추 덕분에 낸은 모두의 부러움을 샀고, 그날 밤 다이가 이 빠진 접시를 싫다고 하자 낸이 품위 있게 말했다.

"수전 아줌마, 그 접시 나한테 줘. 이제부터 나는 항상 그걸로 먹을게."

수전은 낸이 천사처럼 착하고 다른 사람을 배려할 줄 안다며 입이 마르게 칭찬했다. 낸은 칭찬을 들을 때마다 남들이 분명히 알아챌 만큼 우쭐해했다. 주일학교에서 소풍 가기 전날 밤에 모두들 비가 올 거라고 예상했지만 낸은 매일 아침 누가 시키지 않아도 이를 닦겠다고 약속하면서 화창한 날씨를 만들어냈다. 잃어버렸던 반지도 평소에 손톱을 깨끗이 하고 있겠다는 약속을 조건으로 걸자 다시 찾을 수 있었다. 오랫동안 탐내왔던 하늘을 나는 천사 그림을 월터가 선뜻 내주자 그 뒤로 낸은 저녁 식사 때 살코기에 붙은 비계까지 아무런 불평 없이 먹었다.

하지만 낡고 망가진 테디베어 인형을 다시 새것처럼 만들어주신다면 옷장 서랍을 늘 깔끔하게 정리하겠다고 하느님께 부탁했을 때는 낸도 난관에 봉착했다. 낸은 매일 아침 초조해하면서 하느님에게 서둘러달라고 빌었지만 테디베어가 새것처럼 되는 기적은 일어나지 않았다. 마침내 낸도 테디베어 문제는 체념했다. 어쨌든 테디베어가 아무리 낡았다 해도 예쁜 인형인 것은 사실이고, 옷장 서랍을 깔끔하게 정리하면서 지내는 건 무척 귀찮은 일일 테니까. 얼마 뒤에 아빠가 다른 테디베어를 사다줬는데 낸은 새 인형이 영 마음에 들지 않았다. 그래서 비록 양심의 가책을 느끼기는 했지만, 옷장 서랍 정리는 굳이 할 필요가 없다고 결론 내렸다.

그러던 중 낸의 믿음을 회복시켜줄 사건이 일어났다. 도자기 고양이의 눈이 떨어져서 제자리로 돌아오게 해달라고 기도하자 다음 날 아침에 문제가 해결되었던 것이다. 조금 비스듬히 붙어버리는 바람에 고양이가 사팔뜨기처럼 되었지만 보기에는 그럭저럭 괜찮았다. 사실은 수전이 청소를 하다가 떨어진 눈을 발견하고 접착제로 붙여놓았던 것이다. 하지만 이 사실을 몰랐던 낸은 손으로 땅을 짚고 헛간 주위를 열네 번 돌겠다는 약속을 기쁜 마음으로 지켰다.

그런 행동이 하느님이나 다른 누군가에게 무슨 이득이 있는지는 고민해볼 생각이 전혀 없었다. 사실 낸은 그런 행동을 무척 싫어했다. 무지개 골짜기에서 함께 놀 때 남자아이들이 낸과 다이에게 뭐든 동물 흉내를 내보라고 졸라댔기 때문이다. 하지만 간절히 바라는 게 있어서 억지로 그 일을 해냈다. 게다가 무엇이든 마음대로 주거나 주지 않을 수 있는 신비로운 존재인 하느님을 이러한 고행으로 기쁘게 할 수 있겠다는 어렴풋한 생각이 한창 자라나는 마음속에 싹텄을 수도 있다. 아무튼 그해 여름 낸이 몇 가지 기묘한 고행을 고안해내는 바람에 수전은 종종 아이들이 어떻게 이런 생각을 하게 되었는지 의아해하곤 했다.

"사모님, 왜 낸은 바닥에 발을 대지 않고 매일 두 번씩 거실을 도는 걸까요?"

"바닥에 발을 대지 않은 채로 돌아다닌다고요? 어떻게 그럴 수가 있죠, 수전?"

"가구에서 가구로 뛰어다니는 거예요. 벽난로 안전망도 포함해서요. 어제는 미끄러져 머리부터 거꾸로 석탄 통에 떨어졌어요. 낸한테 구충약이라도 먹여야 하지 않을까요?"

그해에는 잉글사이드 연대기에서 두고두고 언급될 만한 사건이 일어났다. 아빠가 폐렴에 걸릴 뻔했고, 엄마는 결국 폐렴에 걸린 것이다.

이미 지독한 감기에 걸려 있었던 앤은 어느 날 밤 길버트와 함께 샬럿타운에서 열리는 파티에 갔다. 아주 잘 어울리는 새 드레스를 입고 젬이 준 진주 목걸이를 걸었다. 앤의 모습이 참 아름답다 보니 배웅하러 나온 아이들 모두 엄마를 자랑스럽게 생각했다.

낸이 한숨을 내쉬었다.

"사각사각 소리 나는 예쁜 옷이야. 엄마, 나도 크면 엄마처럼 멋진 페티코트를 입을 수 있을까요?"

아빠가 말했다.

"그때쯤이면 아가씨들이 페티코트 같은 건 더 이상 입지 않을 거야. 아! 내 말 취소할게, 앤. 옷에 달린 반짝거리는 장식은 마음에 들지 않지만 드레스가 매력적이라는 사실은 인정한다고. 자, 더는 날 유혹하지 말아줘요, 부인. 오늘 밤 당신에게 할 찬사는 전부 다 해버렸으니까. 오늘 의학 잡지에서 읽은 걸 기억해야지. '생명이란 섬세하게 균형 잡힌 유기화합물에 지나지 않는다'라고 적혀 있었잖아. 이 말을 들으면 당신도 겸손해질 수밖에 없겠지. 반짝이 장식이라니, 세상에! 게다가 호박단 페티코트가 다 뭐야. 우리는 '원자의 우연한 결합'에 지나지 않는 존재야. 위대한 폰 벰부르크 박사님이 그렇게 말씀하셨잖아."

"내 앞에서 폰 벰부르크처럼 불쾌한 사람의 말을 인용하지는 마. 그는 지독한 만성 소화불량에라도 걸린 게 틀림없어. 그가 원자의 결합인지는 모르겠지만, 난 아냐."

그로부터 며칠 뒤 앤은 심한 병을 앓는 원자 결합이, 길버트는 매우 불안해하는 원자 결합이 되었다. 수전은 근심이 가득하고 지친 얼굴로 이리저리 돌아다녔고 간호사는 걱정스러운 얼굴로 드나들었으며, 이름 모를 그림자가 갑자기 덮쳐 퍼져나가면서 잉글사이드는 어둠에 잠겼다. 엄마의 병이 얼마나 심각한

지 아이들에게는 말하지 못했고, 젬도 완전히 이해하지는 못했다. 하지만 모두가 싸늘한 기운과 공포를 느끼며 슬픈 얼굴로 얌전하게 지냈다. 이때만큼은 단풍나무 숲에서 웃음소리가 나지 않았고, 아무도 무지개 골짜기에서 놀지 않았다.

하지만 무엇보다 최악은 엄마를 볼 수 없다는 사실이었다. 아이들이 집에 돌아왔을 때 미소를 지으며 맞아주는 엄마도 없었고, 살며시 들어와 입맞춤하면서 잘 자라는 인사를 건네는 엄마도 없었다. 달래주고 공감해주고 이해해주는 엄마도 없었고, 같이 농담을 하며 웃어주는 엄마도 없었다. 엄마처럼 웃는 사람은 세상 어디에도 없을 것이다. 엄마가 집을 비울 때보다도 지금이 훨씬 괴로웠다. 그때는 엄마가 돌아올 것을 알았지만 지금은 명확한 것이 하나도 없었기 때문이다. 무슨 일이 벌어질 것인지 아무도 이야기해주지 않았다. 그저 얼버무리기만 할 뿐이었다.

학교에서 에이미 테일러에게 무슨 말을 들은 낸이 새파랗게 질린 얼굴로 집에 돌아와 물었다.

"아줌마, 엄마가, 엄마가 설마, 돌아가시는 건 아니지?"

"말도 안 되는 소리! 누구한테 들었니?"

수전이 날카롭고 빠른 말투로 대답했다. 하지만 낸의 잔에 우유를 따르는 수전의 손은 떨리고 있었다.

"에이미가, 에이미가 그랬어. 아, 수전 아줌마. 엄마가 예쁘게 단장한 시신이 될 것 같대!"

"걔가 한 말은 신경도 쓰지 마. 테일러 집안사람들은 하나같이 허풍쟁이들이거든. 너희 어머니는 하느님께서 지켜주고 계셔. 많이 편찮으시지만 충분히 이겨내실 수 있을 거란다. 그건 확실해. 그리고 너희 아버지가 항상 곁에서 돌봐드리고 계시는 거 너도 알잖아?"

"하느님은 엄마가 죽도록 내버려두시진 않을 거야. 그렇지, 수전 아줌마?"

월터가 새파랗게 질린 입술로 물었다. 아이가 너무나도 진지하게 바라보자 수전은 말문이 막혔다. 아이들을 다독이려면 괜찮을 거라고 둘러대야 하는데 그랬다가 진짜 거짓말하는 게 될까 봐 두려웠던 것이다. 사실 수전도 잔뜩 겁을 집어먹은 건 마찬가지였다. 그날 오후 간호사가 고개를 저었고 길버트는 저녁을 먹으러 내려오지도 않았다.

"전능하신 분께서는 자기가 하려는 일을 아실 거야."

수전이 저녁 설거지를 하면서 중얼거렸다. 그러는 동안 접시를 세 개나 깨뜨렸다. 정직하고 단순한 삶을 살아온 수전은 처음으로 의심을 품었다.

낸은 불안한 듯 서성거렸다. 아빠는 서재 책상에 앉아 두 손으로 머리를 감싸고 있었다. 간호사가 서재로 들어가 오늘 밤이 고비가 될 것이라 했고 그 말이 낸의 귀에 들렸다.

낸이 다이에게 물었다.

"오늘 밤이 '고비'라는 게 무슨 뜻이야?"

다이가 확신 없는 얼굴로 말했다.

"나비가 나오기 전에 있는 곳 아닐까? 젬한테 물어보자."

젬은 '고비'가 무슨 뜻인지 알고 있었고, 두 사람에게 그 뜻을 설명해준 뒤 2층으로 올라가 방에 틀어박혔다. 월터의 모습도 보이지 않았다. 무지개 골짜기의 '흰옷 입은 귀부인' 아래 엎드려 있었던 것이다. 수전은 셜리와 릴라를 침대로 데려갔다. 낸은 혼자 밖으로 나와 계단에 앉아 있었다. 등 뒤에 서 있는 집이 여느 때와 달리 고요했다. 앞쪽의 글렌세인트메리 마을은 저녁 햇살로 가득했지만 기다란 붉은 길은 흙먼지가 안개처럼 일었고, 항구 들판의 고개 숙인 풀은 가뭄 속에서 하얗게 타들어가고 있었다. 몇 주 동안 비가 오지 않아 정원의 꽃도 시들어 있었다. 엄마가 사랑하는 꽃들이었다.

낸은 깊이 생각했다. 지금이야말로 하느님과 거래를 할 때다. 엄마를 낫게 해주신다면 나는 뭘 약속해야 하지? 하나님의 노력에 견줄 수 있을 만큼 엄청난 것이어야 한다. 그때 낸은 언젠가 학교에서 디키 드루가 스탠리 리스에게 했던 말이 떠올랐다.

"한밤중에 묘지를 걸어서 지나갈 수 있으면 어디 해봐."

그때 낸은 몸서리를 쳤다. 컴컴한 밤에 누가 묘지를 걸어서 지나갈 수 있을까? 어떻게 그런 생각을 할 수 있지? 잉글사이드의 누구도 짐작할 수 없을 만큼 낸은 묘지를 정말 무서워했다. 그곳에는 죽은 사람들이 가득 차 있다고 에이미 테일러가 말한 적이 있었다.

"그리고 항상 죽은 채로 있는 것도 아냐."

에이미는 음침하고 수수께끼 같은 말투로 말했다. 낸은 환한 대낮에도 혼자서는 무덤을 지나갈 엄두가 나지 않았다.

저 멀리 황금빛 언덕에 안개가 자욱하게 끼었다. 꼭대기의 나무들이 하늘에 닿을 듯했다. 낸은 언덕까지 갈 수만 있다면 자기도 하늘에 갈 수 있을 거라고 종종 생각하곤 했다. 하느님은 바로 그 건너편에 사신다. 그곳에서라면 내 말이 더 잘 들릴지도 몰라. 하지만 그 언덕까지 갈 수는 없다. 이곳 잉글사이드에서 할 수 있는 한 애써볼 수밖에 없다.

냰은 햇볕에 그을린 작은 손을 마주 잡고 눈물로 얼룩진 얼굴을 하늘로 들어올렸다.

"사랑하는 하느님, 엄마를 낫게 해주시면 한밤중에 묘지를 걸어서 지나갈게요. 아, 하느님. 제발, 제발요. 이 기도를 들어주시면 아주 오랫동안 하느님을 절대 귀찮게 하지 않을게요."

냰이 작은 소리로 간절하게 기도했다.

26장

———

그날 밤, 유령이 출몰할 것 같은 그 시간에 잉글사이드를 찾아온 것은 죽음이 아니라 생명이었다. 졸음을 이기지 못하고 곯아 떨어진 아이들은 한동안 집에 깃들었던 어둠이 조용하고 신속하게 걷혔다는 사실을 자는 중에도 분명히 느꼈을 것이다. 아침에 깨어났을 때는 반가운 비가 내려서 주위가 어둑어둑했지만 아이들의 눈은 반짝반짝 빛났다. 수전은 기쁜 소식을 전할 필요도 없었다. 열 살은 젊어진 그녀를 보면 누구나 간밤에 일어난 일을 짐작할 수 있었기 때문이다. 엄마는 고비를 잘 넘기고 살아났다.

토요일이라 학교 수업이 없었다. 하지만 아이들은 밖에 나가놀 수 없었다. 비 오는 날 밖에 나가는 것을 좋아했지만 그러기에는 빗줄기가 너무 거셌다. 그래서 집에 조용하게 있어야 했다. 하지만 이보다 더 행복했던 적은 없었다. 일주일 동안 잠을 거의 자지 못했던 아빠는 손님방 침대에 몸을 던지고 오랫동안 깊은 잠에 빠졌다. 물론, 그 전에 먼저 에이번리의 초록지붕집으로 장거리 전화를 걸어 소식을 알렸다. 그곳에서는 두 노부인이 전화벨이 울릴 때마다 두려움에 떨고 있었다.

얼마 전까지 후식 같은 것은 만들 생각도 하지 않았던 수전은 점심 때 근사한 오렌지수플레를 만들어주었고, 저녁에는 잼롤리폴리를 주겠다고 약속했으며, 버터스카치쿠키를 두 번이나 구워주었다. 콕 로빈은 집안 곳곳을 날아다니며 짹짹거렸다. 의자까지도 춤추고 싶어 하는 것처럼 보였다. 말랐던 땅에 비가 내리자 정원의 꽃은 다시 힘차게 고개를 들었다. 그리고 낸은 이 모든 행복을 만끽하면서도 하느님과 거래한 것 때문에 마음이 무거운 상태였다.

낸은 약속을 취소하려는 생각은 없었지만 좀처럼 용기를 낼 수 없어서 이행을 차일피일 미루고 있었다. 그 생각을 하기만 해도, 에이미 테일러가 좋아하는 말을 빌리자면 '피가 얼어붙는 것' 같았다. 수전은 이 아이에게 무슨 문제가 있다는 것을 알아차리고 피마자유를 주었지만, 눈에 띄는 효과는 없었다. 낸은 얌전히 마시긴 했지만 예전 거래 이후 수전이 피마자유를 너무 자주 준다는 생각을 떨칠 수가 없었다. 그래도 어두워진 뒤에 묘지를 걸어서 지나가는 일에 비한다면 그쯤이야 대수겠는가? 낸은 자기가 어떻게 그 일을 해낼 수 있을지 짐작도 할 수 없었다. 하지만 꼭 해야만 했다.

엄마는 아직 너무 허약한 상태라서 잠깐 들여다보는 것만 가능할 뿐 곁에 오래 머물 수는 없었다. 엄마는 너무 창백하고 초췌해져 있었다. 낸은 생각했다.

'내가 약속을 지키지 않아서 엄마가 아직 아프신 걸까?'

수전이 말했다.

"어머니한테 시간을 드려야 해."

시간이라는 것을 다른 사람에게 어떻게 줄 수 있는지 낸은 의아하기만 했다. 물론 엄마가 더 빨리 낫지 않는 이유는 알고 있었다. 낸은 작은 진주 같은 이를 악물었다.

'내일은 마침 토요일이니까 내일 밤에 해치워버리는 거야.'

다음 날 오전 내내 비가 내리자 낸은 안도의 한숨을 쉬었다. 이렇게 밤까지 비가 내린다면 아무도, 심지어 하느님까지도 내가 묘지를 걸어갈 거라 생각하지는 못하실 것이다. 아쉽게도 정오 무렵에 비가 그쳤지만 항구에서 시작된 안개가 글렌세인트메리 마을을 뒤덮고 잉글사이드를 으스스한 마법의 기운으로 둘러쌌다. 그래서 낸은 희망을 버리지 않았다. 안개가 끼면 묘지에 갈 수 없기 때문이다. 그런데 저녁 식사 시간이 되자 바람이 불어와 꿈같은 풍경은 사라져버렸다.

수전이 말했다.

"오늘 밤에는 달이 뜨지 않겠네."

"수전 아줌마, 혹시 달을 만들어줄 수는 없어?"

낸이 절망적으로 외쳤다. 묘지를 걸어서 지나가려면 달이 반드시 있어야 한다.

"세상에나, 달을 만들 수 있는 사람은 없어. 내가 말한 건 날이 흐려서 달을 볼 수 없다는 뜻이란다. 그리고 달이 있든 없든 그게 너랑 무슨 상관이니?"

낸은 약속한 내용을 도저히 입 밖에 낼 수 없었고, 수전은 그 어느 때보다 걱정스러운 얼굴이었다. 아이에게 무슨 문제가 생긴 게 틀림없다는 생각이 들었다. 일주일 내내 하는 짓이 너무 이상했던 것이다. 식사는 반 이상 남겼고 표정은 늘 침울했다.

'엄마 걱정을 하느라 저러는 걸까? 이제는 안 그래도 되는데. 사모님은 점점 나아지고 계시잖아.'

하지만 낸은 자기가 약속을 지키지 않으면 엄마가 곧 다시 아플 거라고 생각했다. 해 질 녘이 되자 구름이 걷히고 달이 떠올랐다. 하지만 달은 여느 때와 다르게 지나치게 크고 피처럼 붉었다. 낸은 그런 달을 본 적이 없었다. 어찌나 무서웠던지 차라리 어둠이 나을 지경이었다.

쌍둥이는 8시에 잠자리에 들었지만 낸은 다이가 잠들 때까지 기다려야 했다. 그날따라 다이는 좀처럼 잠들지 못했다. 친구 엘시 파머가 하굣길에 다른 여자아이와 같이 간 일로 슬퍼하고 있었기 때문이다. 인생이 완전히 끝난 기분이었다.

9시가 되자 방에서 나가도 괜찮다고 생각한 낸은 침대에서 일어나 옷을 갈아입었지만 손가락이 너무 떨려 단추를 채우기 힘들었다. 그러고 나서 옆문으로 살금살금 내려와 밖으로 나왔다. 그동안 수전은 빵을 구우면서 가엾은 선생님을 제외하면 자기가 돌보는 사람들이 모두 편안하게 잠자리에 들었다고 여기며 흡족해하고 있었다. 그날 길버트는 압정을 삼킨 아기를 치료하러 항구 어귀로 급하게 달려갔다.

밖으로 나온 낸은 무지개 골짜기로 내려갔다. 이곳의 지름길을 통해 언덕 목초지로 올라가야 한다. 낸은 잉글사이드의 쌍둥이가 길을 서성거리다가 마을을 지나가는 모습을 보면 사람들이 이상하게 여길 것이고, 집까지 데려다줄 거라는 사실을 알았다. 9월 말의 밤은 왜 이렇게 추운지! 추울 줄 몰랐던 낸은 외투도 입지 않은 상태였다. 밤 시간의 무지개 골짜기는 낮에 놀던 친근한 장소가 아니었다. 달은 제 크기로 돌아와 있었고, 더 이상 붉지는 않았지만 으스스한 검은 그림자를 드리웠다. 낸은 전부터 그림자를 무서워했다. 시냇가 옆 시든 고사리 사이로 언뜻 보이는 저것은 진흙투성이 발인가?

낸은 고개를 들고 턱을 내밀며 씩씩하게 말했다.

"난 안 무서워. 배에서 좀 이상한 느낌이 드는 것뿐이야. 난 지금 주인공이라고!"

주인공이라는 유쾌한 생각 덕분에 언덕 중간쯤까지 오를 수 있었다. 그때 이상한 그림자가 세상을 휩쓸었다. 구름이 달을 가로지르고 있었던 것이다. 그러자 낸은 에이미 테일러가 해준 무서운 이야기가 떠올랐다. 컴컴한 밤에 검고 커다란 새가 사람들에게 덤벼들어 잡아간다는 내용이었다. 그 새가 지금 내 위를 가로질러 날아갔나? 하지만 엄마는 검고 커다란 새 같은 것은 없다고 했다.

낸은 중얼거렸다.

"엄마는 거짓말 절대 안 해. 절대로!"

계속 걸어가자 울타리가 나왔다. 울타리 너머는 큰길이고 길을 건너면 묘지가 있다. 낸은 걸음을 멈추고 잠시 숨을 골랐다. 다른 구름이 달을 덮었다. 낸 주위로 낯설고 어둑한 미지의 땅이 펼쳐졌다.

'아, 세상은 너무 넓어!'

낸이 몸서리를 치며 울타리에 몸을 기댔다. 지금이라도 잉글 사이드로 돌아가면 얼마나 좋을까! 하지만 그럴 수는 없었다.

"하느님이 지켜보고 계셔."

일곱 살 꼬마는 이렇게 말하면서 울타리를 기어 올라갔고, 잠 시 후 반대편으로 떨어지면서 무릎이 까지고 옷도 찢어졌다. 뾰 족한 풀이 신발에 박혀서 발에 상처가 나기도 했다. 하지만 낸 은 절뚝거리면서도 길을 가로질러 묘지 입구까지 갔다.

오래된 묘지는 동쪽 끝에 늘어선 전나무 그림자로 덮여 있었 다. 한쪽에는 감리교회가 있고 다른 쪽에는 장로교회 목사관이 있지만 지금은 목사가 부임하지 않은 상태라 어둡고 고요하기 만 했다. 별안간 달이 구름을 헤치고 얼굴을 내밀자 묘지는 그 림자로 가득 찼다. 흔들리며 춤을 추는 그림자가 금세라도 낸을 덮칠 것만 같았다. 버려진 신문지가 마귀할멈이 춤추듯 길을 따 라 날아다녔다. 신문지라는 것을 알면서도 등골이 오싹해졌다. 밤바람이 휙휙 소리를 내며 전나무 사이로 불어왔다. 정문 옆 버드나무에 달린 기다란 잎사귀가 요정의 손길처럼 낸의 뺨에 닿았다. 한순간 낸은 심장이 멎는 듯했다. 그래도 용기를 내어 문빗장에 손을 얹었다.

'묘지에서 긴 팔이 나와 날 끌고 가면 어쩌지?'

낸은 뒤로 돌아섰다. 약속을 했든 안 했든 한밤중에 묘지를 걸어서 지날 수 없다는 사실을 그제야 깨달은 것이다. 그때 더 없이 소름 끼치는 신음 소리가 바로 옆에서 들렸다. 길에 풀어

놓은 벤 베이커 부인네 늙은 소가 가문비나무 뒤에서 일어서는 기척이었다. 하지만 낸은 그것이 무엇인지 알아볼 새도 없이 걷잡을 수 없는 공포에 휩싸인 채 언덕을 뛰어 내려가서는 마을을 지나 잉글사이드로 가는 길을 내달렸다. 릴라가 '진흙 푸딩'이라고 부르는 진창에 빠지기도 했지만 어느덧 창문으로 은은한 불빛이 흘러나오는 집 앞에 도착했다. 잠시 후 낸은 수전이 있는 부엌으로 비틀거리며 들어왔다. 진흙투성이 젖은 발에서는 피가 흘렀다.

수전은 대경실색했다.

"세상에! 대체 무슨 일이야?"

낸이 헐떡거렸다.

"수전 아줌마, 도저히 묘지를 지나갈 수 없었어. 난 못 해!"

수전은 아무것도 묻지 않고, 낸을 안아 올려 젖은 신발과 양말을 벗겼다. 그런 다음 옷을 벗기고 잠옷으로 갈아입힌 뒤 침대로 데려갔다. 아이의 몸은 차가웠고, 무엇보다 얼이 나가 있었다. 수전은 요깃거리를 가지러 내려갔다. 아이가 무슨 짓을 했건 간에 빈속으로 재울 수는 없는 일이었다.

낸은 밤참을 먹고 뜨거운 우유 한 잔을 홀짝였다. 불이 켜진 방으로 돌아와 안전하고 따뜻한 침대에 누우니 기분이 좋았다. 하지만 그날 일을 털어놓지는 않았다.

"수전 아줌마, 그건 나하고 하느님 사이의 비밀이야."

수전은 사모님이 자리를 털고 일어날 때까지는 자기 신세가 여간 고달프지 않을 것 같다고 푸념하며 잠자리에 들었다.

"아이들을 감당하기가 점점 힘들어지네."

아침에 눈을 뜨자마자 낸은 무시무시한 생각을 했다.

'이제 엄마는 분명 돌아가시고 말 거야.'

약속을 지키지 않았으니 하느님이 부탁을 들어주실 것이라 기대할 수는 없었다. 그 후 일주일 동안 낸은 마음이 늘 조마조마했다. 무슨 일을 해도 즐겁지 않았다. 수전이 다락방에서 물레질하는 것을 봐도 마찬가지였다. 예전에는 그 모습을 보기만 해도 황홀한 기분이 들곤 했었다. 이제 다시는 웃을 수 없을 것 같았다. 무엇이 어떻게 되든지 상관없었다. 낸은 톱밥을 채운 개 인형(케네스 포드가 잡아당기는 바람에 귀가 뜯어졌는데도 낡은 테디베어 인형보다 좋아하던 것이었다. 낸은 오래된 물건을 아주 좋아했다)을 늘 갖고 싶어 했던 셜리에게 주었다. 그리고 멜러카이 선장이 저 멀리 서인도제도에서 가져다준 조가비로 만든 소중한 집도 릴라에게 주었다. 낸은 이것으로 하느님이 만족하시길 바라면서도 뜻대로 되지 않을 것 같아 불안한 마음이 들었다. 새끼 고양이는 에이미 테일러에게 주었는데 고양이는 자꾸만 집으로 돌아왔고, 이 모습을 본 낸은 하느님이 만족하지 않으셨다고 생각했다. 묘지를 걸어서 지나가는 일 말고는 하느님을 만족시킬 수 없는 듯했다. 하지만 낸은 자기가 그 일을 할 수 없다는 걸 알고 있었다.

'나는 겁쟁이고 비겁한 사람이야. 비겁한 사람은 약속을 지키지 않으려 한다고 언젠가 젬이 말했잖아.'

그사이 앤은 침대에서 일어나 앉아 있어도 좋을 만큼 회복했다. 머지않아 다시 집안일을 하고, 책을 읽고, 쿠션에 편안히 기대고, 먹고 싶은 것을 양껏 먹고, 벽난로 앞에 앉고, 정원을 가꾸고, 친구들을 만나고, 재미있는 소문에 귀를 기울이고, 목걸이에 박힌 보석처럼 빛나는 하루하루를 기쁨으로 맞이하고, 인생이라는 화려한 무대에 다시 설 것이다.

앤은 점심으로 수전이 딱 알맞게 익힌 양고기를 맛있게 먹었다. 앤은 다시 배고픔을 느낄 수 있어서 새삼 감사한 마음이 들었다. 식사를 마친 뒤에는 방 안을 둘러보며 사랑하는 물건들을 하나하나 바라보았다.

'새 커튼을 달아야겠어. 스프링그린 녹색과 연한 금색의 중간 정도 색이 좋겠지? 수건을 넣어두는 저 찬장은 아무래도 화장실로 옮겨둬야겠다.'

앤은 창밖을 내다보았다. 공중에는 마법 같은 기운이 감돌았다. 단풍나무 사이로 항구의 푸른빛이 언뜻 보였다. 잔디밭의 자작나무는 부드럽게 내리는 황금색 비 같았다. 광대한 하늘 정원은 가을을 품은 풍요로운 땅 위로 아치 모양을 그리고 있었다. 믿을 수 없도록 놀라운 색채와 감미로운 빛과 기다란 그림자가 드리운 땅이었다. 콕 로빈은 전나무 꼭대기에서 고개를 갸우뚱하고 있었다. 과수원에서 사과를 따는 아이들의 활기찬 목소리가 들려왔다. 잉글사이드에 웃음소리가 되돌아왔다.

'삶이란 섬세하게 균형 잡힌 유기화합물 따위랑은 비교할 수 없을 만큼 멋진 거야.'

앤은 흐뭇한 얼굴로 생각했다. 그때 낸이 방으로 살그머니 들어왔다. 어찌나 울었는지 눈과 코가 새빨갰다.

"엄마, 고백할 게 있어요. 내가 하느님을 속였어요."

앤은 자기에게 매달리는 아이의 쓰디쓴 고민을 듣고 도움과 위로를 구하는 아이가 내민 작은 손의 부드러운 감촉을 느끼며 다시금 가슴이 뛰었다. 낸이 흐느끼면서 자초지종을 말하는 동안 앤은 표정을 풀지 않으려 애썼다. 나중에 길버트와 한바탕 웃어넘길지라도 앤은 진지한 얼굴을 해야 할 때만큼은 그렇게 하려고 노력해왔다. 앤은 낸의 걱정이 본인에게는 현실이자 두려운 일이라는 사실을 잘 알고 있었다. 그리고 어린 딸의 신앙을 바로잡아야 한다는 것도 깨달았다.

"얘야, 네가 오해했구나. 하느님은 거래 같은 건 하지 않으셔. 사랑 말고는 아무런 대가도 요구하지 않고 그저 주시기만 한단다. 네가 뭘 달라고 부탁할 때 아빠랑 엄마도 너랑 거래하지는 않잖아? 하느님은 우리보다 훨씬 친절하신 분이야. 우리에게 뭘 주면 좋을지를 우리보다 훨씬 더 잘 아신단다."

"그러면 하느님은 내가 약속을 못 지켜도 엄마를 죽게 만들지 않는다는 거예요?"

"물론이지."

"엄마, 내가 하느님을 잘 몰랐다고 해도 약속은 꼭 지켜야 하는 거 아니에요? 아빠도 그렇게 말했어요. 약속을 안 지키면 저는 평생 부끄러운 사람이 되는 거잖아요?"

"엄마가 완전히 나으면 밤에 너랑 같이 갈게. 엄마는 묘지 정문 밖에서 기다리면 되잖아. 묘지를 걸어서 지나는 일이 하나도 무섭지 않을 거야. 그러면 네 마음도 편해지겠지? 이제 더는 하느님과 바보 같은 거래를 하면 안 된다."

낸이 약속했다.

"안 할게요. 약속해요."

문제는 있지만 그래도 즐겁고 두근거리는 무언가를 포기한다는 점에서 낸은 조금 안타까웠다. 하지만 낸의 눈은 다시 빛났고 목소리도 전처럼 활기를 띠었다.

"엄마, 세수하고 돌아와서 엄마한테 뽀뽀할래요. 그리고 용백합을 있는 대로 다 찾아서 꺾어다 드릴게요. 그동안 엄마랑 함께할 수 없어서 정말 힘들었어요."

그날 저녁, 수전이 식사를 가져오자 앤이 말했다.

"오, 수전. 정말 멋진 세상이에요! 어쩌면 이렇게 아름답고 재미있고 좋을까요! 그렇죠, 수전?"

"뭐, 그렇죠. 괜찮은 편이라고 할 수 있어요."

식료품 저장실에 줄지어 놓아둔 아름다운 파이의 모습을 생각하며 수전도 고개를 끄덕였다.

27장

———

그해 10월은 잉글사이드 사람들에게 무척 행복한 달이었다. 폴짝폴짝 뛰고 노래하며 휘파람을 부는 날이 이어졌다. 엄마는 더 이상 환자 취급은 사양하겠다면서 정원 정비 계획을 세웠고, 활짝 웃으며(젬은 엄마가 참 아름답고 즐겁게 웃는다고 생각했다) 수많은 질문에 대답했다.

"엄마, 해가 지는 곳은 얼마나 멀어요? 엄마, 쏟아진 달빛은 왜 모을 수 없어요? 엄마, 핼러윈에는 죽은 사람들의 영혼이 정말 돌아오는 거예요? 엄마, 이유라는 건 어떤 이유로 생겨요? 엄마, 호랑이한테 죽는 것보다는 방울뱀한테 죽는 게 낫죠? 엄마, 수납이라는 말이 무슨 뜻이에요? 엄마, 윌리 테일러가 그러는데 과부는 꿈을 이룬 여자래요. 그 말이 맞아요? 엄마, 비가 아주 많이 오면 작은 새들은 어떻게 하나요? 엄마, 우리가 지나치게 낭만적인 가족이라는 게 진짜예요?"

마지막 질문은 젬이 한 것이었다. 젬은 앨릭 데이비스 부인이 그렇게 말했다는 이야기를 학교에서 들었다. 사실 젬은 앨릭 데이비스 부인을 좋아하지 않았다. 엄마 아빠와 같이 있을 때 만나면 부인은 긴 집게손가락으로 젬을 쿡 찌르며 "제미는 학교에서 착하게 구나요?"라고 묻기 때문이다. 제미라니!

앤의 가족이 낭만적인 것은 사실이다. 헛간까지 이어진 널빤지 길이 새빨간 페인트로 얼룩진 것을 발견한 수전은 분명 그렇게 생각했다.

젬이 수전에게 설명했다.

"전쟁놀이를 하다 보니 어쩔 수 없었어. 핏자국을 꼭 만들어야 했거든."

밤에는 기러기들이 낮게 걸린 붉은 달을 가로지르며 줄지어 날아갔다. 그 모습을 본 젬은 자기도 기러기들과 먼 곳으로 날아가고 싶다는 생각이 들면서 가슴이 아렸다. 미지의 장소로 가서 원숭이, 표범, 앵무새 같은 동물을 데려오고, 해적이 나오는 카리브해를 탐험해보고 싶었다.

젬은 '카리브해' 같은 몇몇 문구의 매력에 빠져 헤어나지 못했다. '바다의 비밀'도 그중 하나였다. 비단뱀이 몸을 휘감거나 상처 입은 코뿔소와 격투를 벌이는 게 일상이었다. 특히 '용'이라는 단어를 들을 때마다 엄청난 전율을 느꼈다. 젬은 자기가 가장 좋아하는 그림을 침대 발치 벽에 붙여놓았다. 뒷다리로 서있는 멋지고 우람한 백마에 갑옷 입은 기사가 올라타서 창으로 용을 찌르는 장면이었다. 끝이 갈라진 용의 아름다운 꼬리는 몸

뒤쪽으로 가면서 뒤틀리거나 고리처럼 구부러져 있었다. 그 뒤로는 분홍색 옷을 입은 아가씨가 평화롭고 차분한 태도로 두 손은 마주잡은 채 무릎을 꿇고 있었다. 그녀는 두말할 것도 없이 메이벨 리스를 쏙 빼닮았다. 글렌세인트메리 학교에서는 이 아홉 살 소녀의 마음을 얻기 위한 경쟁이 이어졌고 벌써 창이 여러 개나 부러졌다. 수전까지도 메이벨이 그림 속 아가씨를 닮았다는 걸 알아채고는 젬의 얼굴이 새빨개질 때까지 놀려댔다.

젬은 용의 모습이 조금 실망스러웠다. 말의 거대한 몸집에 비해서 너무나 작고 하찮아 보였기 때문이다. 이런 용쯤은 특별한 용기가 없어도 창으로 찌를 수 있을 듯했다. 상상 속에서 젬이 메이벨을 구해낼 때 맞닥뜨린 용이 훨씬 그럴듯했다.

지난 월요일 세라 파머 할머니의 수거위가 메이벨을 위협하자 젬이 기사처럼 나서서 구해주었다. 어쩌면(아, '어쩌면'이라는 말에는 멋진 울림이 있다!) 메이벨은 젬이 그 꽥꽥거리는 녀석의 뱀 같은 목을 잡고 울타리 너머로 던졌을 때 젬의 진가를 알아차렸을 것이다. 하지만 거위는 용처럼 낭만적이지 않았다.

바람이 많이 부는 10월이었다. 작은 바람이 골짜기에서 기분 좋게 살랑거렸고 큰 바람은 단풍나무 꼭대기를 때렸다. 모래톱을 따라 울부짖던 바람은 바위에 이르자 웅크렸다가 다시금 달려들었다. 나른하고 붉은 '사냥꾼의 달'*이 뜨는 밤은 따뜻한 잠자리가 그리울 만큼 서늘했다. 월귤나무 덤불은 주홍색으로 물들었고, 말라버린 고사리는 짙은 적갈색으로 변했으며, 헛간 뒤

* 10월에 뜨는 보름달을 가리키는 말이다.

편의 옻나무는 타는 듯 붉었다. 글렌세인트메리 마을 위쪽에 수확을 마친 고요한 들판에는 푸른 초원이 조각보 이불처럼 이곳저곳에 펼쳐졌고 잔디밭에 줄지어 선 가문비나무 무리 구석에는 황금색과 적갈색 국화가 피어 있었다.

다람쥐들이 이곳저곳을 다니며 즐겁게 이야기를 나누었고, 언덕에서는 요정이 춤을 출 수 있도록 귀뚜라미들이 바이올린을 연주했다. 사람들은 사과를 따고 당근도 캤다. 이따금씩 밀물과 썰물이 마법을 부리면 남자아이들은 멜러카이 선장과 함께 대합조개를 캐러 갔다. 바닷물은 육지를 부드럽게 어루만지고 나서 자기들이 사는 깊은 바다로 미끄러지듯 되돌아갔다. 글렌세인트메리 마을에는 낙엽 태우는 냄새가 가득했고, 집집마다 헛간에 커다란 노란색 호박이 산더미처럼 쌓였다. 수전은 그해 들어 처음으로 크랜베리파이를 만들었다.

잉글사이드에서는 새벽부터 해 질 녘까지 웃음소리가 울려 퍼졌다. 큰 아이들이 학교에 가 있을 때도 어느덧 훌쩍 자란 셜리와 릴라가 전통을 이어받았다. 이번 가을에는 특히 길버트가 여느 때보다 많이 웃었다.

젬이 생각했다.

'나는 웃을 줄 아는 아빠가 좋아!'

모브레이내로스의 브론슨 선생님은 절대 웃지 않았다. 그는 올빼미처럼 똑똑해 보이는 얼굴로 환자를 불러 모았지만 실제로는 농담을 자주 하는 아빠의 환자가 훨씬 많았다. 아빠의 농담에 웃지 않는 사람은 병이 꽤 깊은 환자뿐이었다.

따뜻한 날이면 앤은 정원을 가꾸느라 바빴고, 진홍빛 단풍나무에 떨어지는 포도주색 늦은 햇살에 취했으며, 덧없는 아름다움에서 비롯된 강렬한 슬픔을 만끽했다. 금회색 안개가 자욱한 어느 날 오후 앤과 젬은 6월이 되면 장밋빛, 주홍빛, 보랏빛, 황금빛이 되어 되살아날 튤립 구근을 심었다.

"겨울과 맞서야 한다는 걸 알고 있을 때 봄을 준비한다는 건 정말 멋지지 않니, 젬?"

앤의 말에 젬이 대답했다.

"정원을 아름답게 가꾸는 것도 멋진 일이에요. 수전이 그러는데 모든 것을 아름답게 만드시는 분은 하느님이지만 우리가 그분을 조금은 도와드릴 수 있대요. 그렇죠, 엄마?"

"그럼. 언제든지 그렇게 할 수 있단다. 하느님은 그 특권을 우리에게 나눠 주셨거든."

물론 모든 것이 완벽할 수는 없다. 잉글사이드 사람들은 콕 로빈을 걱정했다. 울새들이 떠날 때 콕 로빈도 같이 가고 싶어 할 거라는 말을 들었기 때문이다.

멜러카이 선장이 조언해주었다.

"다른 새들이 다 날아가고 눈이 올 때까지 어디에 가둬두도록 해라. 그러면 모든 걸 까맣게 잊어버리고 봄까지는 어디론가 가 버리는 일이 없을 거야."

그래서 죄수 신세가 된 콕 로빈은 날이 갈수록 안절부절못했다. 까닭 없이 집 안을 날아다니기도 하고, 신비한 부름을 알아차리기라도 한 듯 떠날 준비를 하는 친구들이 부러웠는지 창문턱에 앉아 하염없이 바라보기도 했다. 식욕도 없어져서 지렁이를 잡아다 주어도, 수전이 맛있는 견과류를 건네도 거들떠보지 않았다. 아이들은 집을 나섰을 때 만날지도 모르는 온갖 위험한 일을 콕 로빈에게 말해주었다. 추위, 굶주림, 외로움, 폭풍우, 어두운 밤, 고양이…. 하지만 콕 로빈은 자연의 부름에 따르고 싶어 할 뿐이었다.

마지막에는 수전도 포기했다. 며칠 동안 아주 어두운 얼굴이었다. 하지만 결국에는 이렇게 말했다.

"보내줘야죠. 이렇게 붙잡아두는 건 자연의 이치에 어긋나는 일이니까요."

결국 콕 로빈은 집에서 갇혀 지낸 지 한 달이 지난 10월 마지막 날에 풀려났다. 아이들은 눈물을 머금고 작별의 입맞춤을 했다. 콕 로빈은 신나서 날아가더니 다음 날 아침 빵부스러기를 얻으러 수전의 창문턱으로 돌아왔다가 다시 날개를 펴고 머나먼 비행을 떠났다.

"내년 봄에 돌아올지도 몰라."

흐느끼는 릴라에게 앤이 말했다. 하지만 어떤 말로도 릴라를 위로할 수 없었다. 릴라는 펑펑 울다가 급기야 소리쳤다.

"봄은 너무 멀잖아!"

앤은 미소를 지으며 한숨을 내쉬었다. 어린 릴라에게 너무 길다고 느껴지는 사계절도 앤에게는 너무 빨리 지나갔다. 어느덧 여름이 지나가고 롬바디포플러에 황금빛 햇불이 타오르면서 가을이 눈앞에 닥쳤다. 이렇게 시간이 지나다 보면 잉글사이드에 어린아이가 한 명도 남지 않는 날이 오겠지. 하지만 아직은 앤의 아이들이다. 저녁때 집으로 돌아오면 반갑게 맞아주고, 삶을 놀라움과 기쁨으로 채워주며, 사랑과 격려와 훈계로 돌봐야 할

아이들이다. 가끔씩 심한 장난을 치기도 했지만 앨릭 데이비스 부인에게 '잉글사이드의 악마들'이라는 말을 들을 정도로 지나 친 건 아니었다. 무지개 골짜기에서 인디언 놀이를 하다가 화형 당하는 역할을 맡았던 버티 셰익스피어 드루가 가벼운 화상을 입었다는 말을 부인이 들었기 때문에 생긴 별명이긴 했다. 젬과 월터가 버티를 풀어주는 데 예상보다 시간이 더 걸려서 벌어진 소동이었다. 젬과 월터도 화상을 입었지만 이 아이들을 가엾게 여긴 사람은 없었다.

그해 11월은 동풍이 불고 안개가 자욱해서 참 우울한 달이었 다. 차가운 안개가 모래톱 너머 잿빛 바다를 지나가거나 감도 는 것 외에는 이렇다 할 자연의 변화가 없는 날도 있었다. 추위 에 떠는 포플러나무에서 마지막 잎이 떨어졌다. 말라버린 정원 은 빛깔과 개성을 전부 잃었지만 황금빛이 여전히 매혹적인 아 스파라거스 화단만은 예외였다. 월터는 단풍나무에 마련해놓은 자리를 버려두고 집에서 공부해야만 했다. 비가 오고, 또 오고, 계속 왔기 때문이다.

"세상이 다시 마르는 날이 오기는 할까?"

다이가 지긋지긋하다는 듯 한숨을 쉬었다. 그러다가 인디언 서머°의 햇살이 일주일 동안 마법처럼 내리쬐기도 했다. 몹시 추운 날 저녁이면 엄마가 벽난로에 불을 지피고 수전은 저녁 식 탁에 구운 감자를 함께 올렸다. 그런 날 저녁에는 커다란 벽난 로가 집의 중심이었다. 저녁 식사를 마치고 벽난로 주위에 모였

•   북아메리카에서 가을에 봄날처럼 따뜻한 날이 계속되는 기간

을 때가 하루 중 가장 즐거운 시간이었다.

앤은 겨울옷을 만들면서 새 옷을 고안하기도 했다.

"낸이 입고 싶어 하는 빨간 드레스를 만들어줘야겠네."

어린 사무엘을 위해 매년 작은 겉옷을 지은 한나가 생각날 때도 있었다.* 어머니들은 수천 년이 지나도 한결같은 존재다. 사람들의 기억에 남는 어머니나 남지 않는 어머니나 모두 사랑으로 봉사하는 위대한 여인들이다.

아이들은 수전에게 철자법 검사를 받고 나서 자기들이 하고 싶은 놀이를 했다. 공상과 아름다운 꿈의 세계에서 사는 월터는 무지개 골짜기에 사는 다람쥐가 헛간 뒤에 사는 다람쥐에게 보내는 편지를 정성 들여 여러 통 썼다. 월터가 편지를 읽어주자 수전은 시시하다는 듯 웃었지만 나중에는 아무도 모르게 그것을 베껴서 리베카 듀에게 보내주었다.

듀 양, 이 글은 읽을 만한 것 같아요. 물론 너무 시시해서 굳이 읽을 필요가 없다고 생각할 수도 있겠죠. 만약 그렇다면 아이들만 끔찍하게 생각하는 늙은이가 무례를 범한 것에 대해 용서해주길 바랍니다. 월터는 학교에서 아주 똑똑하다는 말을 듣는 아이고, 이 글은 적어도 시는 아니니까요. 하나 덧붙이자면 꼬마 젬은 지난 주 수학 시험에서 99점을 맞았어요. 1점이 왜 깎였는지는 아무도 몰라요. 이런 말을 해서는 안 되겠지만, 저는 그 아이가 위대한 사람

* 구약성경의 사무엘상 2장 19절의 내용

이 될 거라고 확신한답니다. 언젠가 캐나다 총리가 될지도 몰라요. 물론 우리가 그때까지 살 수 있을지는 모르겠네요.

슈림프는 불을 쬐고 있었다. 낸의 고양이 푸시윌로는 검은색과 은색이 섞인 옷을 두른 아름답고 고상한 아가씨 같은 모습으로 누구의 다리든 가리지 않고 기어올랐다.

"고양이가 두 마리나 있는데 식료품 저장실에는 쥐 발자국 천지예요."

수전이 누구든 들으란 듯이 투덜댔다. 아이들이 끼리끼리 모여서 자기가 겪은 작은 모험을 떠벌리는 가운데 먼바다의 울음소리가 서늘한 가을밤을 뚫고 들려왔다.

가끔씩 코닐리어는 남편이 카터 플래그 씨네 가게에서 이야기를 나누는 동안 잉글사이드에 잠깐씩 들렀다. 그때마다 아이들은 귀를 쫑긋 세웠다. 최근 소문에 빠삭한 그녀를 통해서 온갖 재미있는 소식을 들을 수 있었기 때문이다. 다음 주 일요일에 교회에 앉아 소문의 주인공들을 바라보면서 저 사람들이 지금 점잔을 빼고 있지만 사실은 무슨 일을 했다고 음미하는 일은 정말 재미있었다.

"앤, 여기는 참 편안해요. 정말 춥고 눈까지 내리는 밤이네요. 선생님은 환자를 보러 가셨나 봐요?"

"네. 그이가 나가지 않길 바랐지만 항구 어귀에서 전화가 왔는데 브루커 쇼 부인이 꼭 진찰을 받아야 한다고 고집하네요."

앤이 말했다. 그러는 동안 수전은 코닐리어가 눈치채지 못하기를 기도하면서 슈림프가 가지고 들어온 커다란 생선뼈를 난롯가 깔개에서 재빨리 치웠다.

수전이 대화에 끼며 매몰차게 말했다.

"그 부인은 저보다도 멀쩡해요. 레이스 잠옷을 새로 구했다고 들었는데 아마도 그걸 입은 모습을 선생님께 보여주고 싶은 거겠죠. 레이스 잠옷 말이에요!"

코닐리어가 말했다.

"그 사람 딸 리오나가 보스턴에서 가져와 어머니에게 준 거예요. 금요일 저녁에 왔는데 가방을 네 개나 들고 있었어요. 9년 전에 그 아가씨가 미국으로 떠나던 모습이 기억나네요. 짐이 다 삐져나오는 낡고 찢어진 여행 가방을 질질 끌고 갔죠. 필 터너에게 차인 일로 꽤나 우울해 있었거든요. 리오나는 그 일을 숨기려고 했지만 다들 알았어요. 지금은 어머니를 병구완하러 왔다고 말하더군요. 앤, 경고하는데요, 그 아가씨는 선생님에게 꼬리를 칠 거예요. 하지만 선생님이 별 반응을 보이지는 않을 것 같네요. 비록 선생님도 남자기는 하지만요. 그리고 앤은 모브레이내로스의 브론슨 선생님의 부인과도 다르고요. 그녀는 남편의 여자 환자를 질투한다고 들었어요."

수전이 거들었다.

"그 부인은 간호사도 질투해요."

코닐리어가 이야기를 계속했다.

"간호사 중에는 그런 일을 하기엔 너무 예쁜 사람도 있으니까요. 제이니 아서가 그래요. 환자를 간호한 뒤에는 휴가를 얻어서 남자를 둘이나 사귀고는 그들이 이 사실을 알아차리지 못하게 하려고 애쓰더라니까요."

수전이 딱 잘라 말했다.

"제이니가 예쁘기는 하지만 이젠 그렇게 어리지도 않잖아요. 그러니 어느 쪽이든 결정하고 가정을 이루면 좋겠어요. 제이니의 이모 유도라를 봐요. 연애 놀이가 싫증 날 때까지는 결혼할 생각이 없다고 그러더니 지금도 눈앞에 남자만 있으면 꼬리를 치잖아요. 적어도 마흔다섯은 된 것 같은데 말이죠. 그런 건 습관인가 봐요. 사모님, 사촌 패니가 결혼했을 때 유도라가 뭐라고 했는지 들어보셨어요? 이랬다지 뭐예요? '너는 내가 차버린 남자랑 결혼하는 거야.' 두 사람은 불꽃이 튀게 싸우고 나서 서로 말도 섞지 않는다고 들었어요."

앤이 무심코 중얼거렸다.

"죽고 사는 것이 혀의 힘에 달렸나니."*

"앤, 정말 맞는 말이에요. 성경 구절이 나왔으니 말인데, 스탠리 목사님이 설교를 좀 더 신중하게 해주셨으면 좋겠어요. 윌리스 영은 기분이 상해서 교회에 안 나오려 하잖아요. 지난 주일 설교는 윌리스를 겨냥해서 한 거라고 다들 말이 많아요."

앤이 말했다.

"목사님이 어느 특정인의 상황에 딱 맞는 설교를 한다면 사람들은 바로 그 사람에게 한 말이라고 생각하게 마련이죠. 하지만 기성품 모자가 누군가의 머리에 꼭 맞는다고 해서 그 사람을 위해 만들어진 것이라고 장담할 순 없어요."

수전이 동의했다.

---

* 　구약성경의 잠언 18장 21절에 나온 표현

"정말 맞는 말씀이에요. 저도 윌리스 영은 별로거든요. 3년 전에는 자기 소 몸에다 회사 광고를 페인트로 그리게 했잖아요. 아무리 돈 때문이라고 해도 그건 너무 심했어요."

코닐리어 양이 말했다.

"그 사람 형인 데이비드가 드디어 결혼할 거래요. 데이비드는 결혼하는 것과 하녀를 두는 것 중에서 어느 쪽이 더 싸게 먹히는지를 두고 오랫동안 고민했죠. '코닐리어, 여자 없이도 집안일을 할 수는 있겠지만 정말 힘들긴 해요'라고 내게 말한 적이 있거든요. 자기 어머니가 돌아가신 뒤였죠. 나는 그가 한쪽으로 마음이 기울고 있다는 걸 알았지만 맞장구를 쳐주지는 않았어요. 그런데 마침내 제시 킹이랑 결혼하게 됐네요."

"어머나, 제시 킹이라고요? 저는 그가 메리 노스한테 청혼한 줄로 알았는데요."

"데이비드는 양배추 따위를 먹는 여자랑 절대 결혼하지 않겠다고 했대요. 그렇지만 메리한테 청혼했다가 따귀를 맞았다는 이야기가 돌고 있죠. 그리고 제시 킹은 좀 더 잘생긴 남자와 살고 싶었지만 데이비드 정도면 그럭저럭 만족한다고 말했다는 소문이 있어요. 뭐, 찬물 더운물 가릴 수 없는 처지인 사람도 있는 법이잖아요."

수전이 나무라듯 말했다.

"마셜 엘리엇 부인, 부인이 말씀하신 것 중에서 사람들이 실제로 한 말은 절반도 안 되는 것 같네요. 내 생각에 제시 킹은 데이비드 영에게는 무척이나 과분한 아내라고 봐요. 데이비드의 얼굴이 물살이 휩쓸고 지나간 것처럼 볼품없다는 건 부정할 수 없는 사실이니까요."

앤이 물었다.

"올던하고 스텔라가 딸아이를 낳았어요. 알고 계세요?"

"그렇다고 들었어요. 스텔라가 아기를 키울 때 어머니 리젯보다는 조금 더 분별력이 있었으면 좋겠네요. 글쎄 사촌인 도라의 아기가 스텔라의 아기보다 먼저 걷기 시작했다고 리젯이 펑펑 울었다지 뭐예요."

앤이 미소를 지었다.

"나도 마찬가지지만, 엄마들은 참 어리석은 존재인 것 같아요. 젬은 이가 하나뿐인데 같은 날 태어난 밥 테일러는 이가 세 개 났을 때 저도 분통을 터뜨렸거든요."

코닐리어가 말했다.

"밥 테일러는 편도선 수술을 받을 거래요."

"엄마, 왜 우리는 수술을 한 번도 안 받아요?"

월터와 다이가 볼멘소리로 물었다. 두 아이는 동시에 같은 말을 하곤 했다. 그러고는 손가락을 걸고 소원을 빌었다. 다이는 진지한 태도로 "우린 무슨 일이든 똑같이 생각하고 똑같이 느끼는 거야"라고 설명했다.

코닐리어가 생각에 잠긴 얼굴로 말했다.

"엘시 테일러의 결혼은 평생 잊지 못할 거예요. 엘시와 가장 친한 메이지 밀리슨이 결혼행진곡을 연주하기로 돼 있었어요. 메이지는 결혼행진곡 대신 〈사울〉*에 나오는 장송행진곡을 연

---

* 헨델(1685-1759)이 작곡한 오라토리오

주했죠. 물론 당황해서 실수한 거라고 변명했지만 사람들이 그 말을 곧이곧대로 들은 것 같진 않아요. 메이지도 맥 무어사이드를 좋아했거든요. 그는 잘생긴 데다 사기꾼처럼 말재주도 좋아서 여자들이 듣고 싶어 하는 말만 골라 했어요. 결국 엘시의 삶은 비참해지고 말았죠. 두 사람 모두 오래전에 침묵의 땅으로 갔고, 메이지는 몇 년 전에 할리 러셀과 결혼했어요. 할리는 '아니요'라고 거절하길 바라며 청혼했는데 메이지가 '네'라고 수락했대요. 이젠 그 일을 기억하는 사람도 거의 없네요. 할리조차 잊고 있으니까요. 남자들이 다 그렇죠, 뭐. 그는 세상에서 가장 좋은 아내를 얻었다고 자부하면서 그게 다 자기가 똑똑해서 그런 거라며 으스대고 있어요."

"거절하기를 바랐다면서 대체 왜 청혼한 거죠?"

수전은 이렇게 말하고는 금세 겸손한 태도를 보였다.

"물론 나 같은 사람이 이해할 순 없겠지만요."

"그 사람 아버지가 부추겼거든요. 할리는 청혼할 생각이 없었지만, 그렇게 하는 편이 자기에게 유리하다고 생각했던 거예요. 아, 선생님이 오셨네요."

길버트가 들어오면서 눈발이 집 안으로 조금 날아들었다. 길버트는 외투를 벗고 밝은 얼굴로 난롯가에 앉았다.

"생각했던 것보다 늦었지?"

"새 레이스 잠옷이 아주 매력적이었던 게 분명하네."

앤은 짓궂게 말하면서 코닐리어를 향해 웃음 지었다.

"무슨 말이야? 나같이 세련되지 못한 남자는 여자들의 농담을 이해하는 데 한계가 있다고. 아까 월터 쿠퍼를 보러 글렌세인트메리 마을 위쪽에 갔었어."

코닐리어가 물었다.

"그 사람은 어떻게 그렇게 오래 버티는 거예요?"

길버트가 미소를 지었다.

"기가 막힐 노릇이죠. 벌써 세상을 떴어도 이상할 것 없는 상태였으니까요. 살날이 두 달밖에 안 남았다고 1년 전에 진단했었는데, 완전히 잘못 짚었네요. 덕분에 제 평판은 말이 아니게 됐습니다."

"선생님이 나만큼 쿠퍼 집안을 아셨다면 그의 수명을 예측하는 위험한 일은 하지 않으셨을 거예요. 쿠퍼의 할아버지는 무덤을 파놓고 관을 마련했는데도 살아났다는 걸 아시죠? 장의사는 받은 돈을 돌려주지 않으려고 했어요. 그런데 내 생각에는 월터 쿠퍼가 자기 장례식 예행연습을 하면서 아주 재미있어했을 것 같네요. 남자라면 할 법한 일이죠. 어머, 마셜이 모는 마차의 방울 소리가 들리네요. 앤, 이 병은 여기 주려고 가져온 거예요. 배절임인데, 좀 들어봐요."

모두가 현관으로 가서 코닐리어를 배웅했다. 월터는 짙은 회색 눈으로 폭풍우가 몰아치는 밤하늘을 뚫어지게 쳐다봤다.

"콕 로빈은 지금 어디 있을까? 우릴 그리워할까?"

월터가 슬픈 얼굴로 말했다. 아마도 그 새는 엘리엇 부인이 '침묵의 땅'이라고 말하는 신비한 장소에 갔을지도 모른다.

앤이 말했다.

"콕 로빈은 햇볕이 내리쬐는 남쪽 나라에 있어. 봄이 되면 다시 돌아올 거야. 그건 확실해. 이제 다섯 달밖에 안 남았네. 애들아, 너희 모두 잠자리에 들어야 할 시간이 지났어."

그때 식료품 저장실에서 다이의 말소리가 들렸다.

"수전 아줌마, 아줌마도 아기 갖고 싶어? 난 아기를 어디서 데려올 수 있는지 알아. 완전히 새 아기 말이야."

"어머, 어딘데?"

"에이미 집에 새 아기가 왔어. 에이미가 그러는데 천사가 데려왔대. 그런데 천사가 생각을 좀 잘못한 것 같대. 그 집에는 새로 온 아기를 빼고도 아이가 여덟 명이나 있잖아. 어제 아줌마가 하는 말 들었어. 릴라가 자라는 걸 보니 외로워진다고 그랬잖아. 아줌마는 아기가 없으니까, 테일러 아줌마가 그 아기를 줄 거야. 틀림없어."

"아이들은 참 깜찍한 생각을 하는 것 같네. 대가족은 테일러 집안의 전통이야. 앤드루 테일러의 아버지는 자기 아이가 몇 명인지도 즉시 대답하지 못했어. 언제나 말을 멈추고 세어봐야 했지. 그런데 나는 아직 밖에서 아기를 데려올 생각이 없단다."

"에이미 테일러가 아줌마더러 노처녀래. 그 말이 맞아?"

수전이 기죽지 않고 말했다.

"그건 전능하신 하느님께서 내게 정해주신 일이야."

"노처녀인 게 좋아?"

"솔직히 그렇다고 말할 수는 없네요, 아가씨. 그래도…."

수전은 자기가 아는 결혼한 여자들을 떠올리며 덧붙였다.

"노처녀가 좋은 점도 알게 됐지. 다이, 이제 아버지한테 사과 파이를 갖다드리렴. 나는 차를 들고 갈 테니까. 가엾은 선생님이 배가 고파 쓰러질지도 몰라."

월터가 졸린 듯 2층으로 올라가면서 말했다.

"엄마, 우리 집은 세상에서 가장 멋진 집이에요. 그렇죠? 그런데 유령이 있으면 더 좋을 것 같지 않아요?"

"유령이라고?"

"네, 제리 파머네 집에는 유령이 가득하거든요. 제리가 직접 봤대요. 하얀 옷을 입은 여자 유령인데, 키가 크고 한 손은 뼈만 있었대요. 수전 아줌마한테 그 얘기를 했더니 제리가 거짓말을 하고 있거나 속이 안 좋은 거라고 그랬어요."

"수전 말이 맞아. 지금까지 잉글사이드에는 행복한 사람들만 살았어. 그러니까 여기에서는 유령이 나올 수 없어. 이제 기도 드리고 자야지."

"엄마, 나 어젯밤에 나쁜 일을 한 것 같아요. '내일 우리에게 일용할 양식을 주시고'라고 했어요. '오늘'보다는 '내일'이 더 말이 되는 것 같았거든요. 혹시 하느님이 기분 나쁘셨을까요?"

28장

콕 로빈이 돌아왔다. 잉글사이드와 무지개 골짜기가 봄날의 초록빛으로 뒤덮일 무렵 신부까지 데리고 나타났다. 울새 부부는 월터의 사과나무에 둥지를 틀었다. 콕 로빈은 전과 같이 행동했지만 신부는 수줍음이 많은지 아니면 용기가 없는지 누가 가까이 다가오는 것을 싫어했다. 수전은 콕 로빈의 귀환이 기적 같은 일이라 생각하며 그날 밤 리베카 듀에게 편지를 썼다.

잉글사이드의 삶을 연극에 비유했을 때 조명을 받는 인물은 시시각각 바뀌었다. 한 명이 주목받다가도 곧바로 다른 누군가에게 스포트라이트가 쏟아졌다. 그해 겨울은 별다른 일 없이 지나갔지만 6월이 되자 다이의 모험담이 막을 올렸다.

어느 날 다이가 다니는 학교에 낯선 여자아이가 나오기 시작했다. 선생님이 이름을 묻자 그 아이는 마치 "나는 엘리자베스 여왕이라오" 혹은 "나는 트로이의 헬레네요" 같은 말투로 이렇게 대답했다.

"나는 제니 페니입니다."

그 말에는 묘한 힘이 있었다. 마치 제니 페니를 모른다는 건 자기가 보잘것없는 사람임을 증명하는 처사나 다름없으며, 제니 페니 앞에서 겸손하게 자기를 낮추지 않는다면 세상에 존재할 의미가 없다는 생각이 들게 하는 말투였다. 적어도 다이애나 블라이드, 즉 다이는 그렇게 느꼈다. 물론 다이는 자기의 심정을 이렇게까지 정확하게 표현하진 못했다.

다이는 여덟 살이었고 제니 페니는 아홉 살이었다. 그런데 제니는 처음부터 자기보다 한두 살 많은 여자아이들과 어울렸다. 제법 컸다고 자부하는 여자아이들도 제니를 따돌리거나 무시하지 못했다.

예쁘지는 않았지만 눈에 띄는 외모 때문에 제니와 마주치면 다들 두 번씩 쳐다봤다. 크림색 동그란 얼굴을 새까맣고 윤기 없는 머리카락이 구름처럼 감싸고 있었으며, 연푸른색 커다란 눈동자 위에는 속눈썹이 길고 촘촘하게 나 있었다. 그 속눈썹을 천천히 들어 올리며 경멸하듯 바라볼 때면, 눈길을 받은 상대는 자기가 벌레만도 못한 존재지만 짓밟히지 않아 다행이라는 기분이 들었다. 제니에게 무시당하는 게 다른 아이에게 좋아한다는 말을 듣는 것보다 낫다고 여길 정도였다. 그리고 제니 페니에게 잠시라도 가까운 친구로 선택받았다면 그것을 더없는 영광으로 여겼다. 제니 페니가 들려주는 비밀 이야기는 무척 흥미진진했기 때문이다.

확실히 페니 집안사람들은 평범하지 않았다. 제니의 말을 들어보면 리나 숙모는 황금과 석류석이 박힌 화려한 목걸이를 가지고 있다. 그 목걸이는 백만장자인 삼촌이 선물한 것이다. 제니의 사촌 중에는 천 달러나 하는 다이아몬드 반지를 가진 사람도 있고, 천칠백 명이나 되는 경쟁자를 제치고 웅변대회에서 상을 받은 사람도 있었다. 인도의 표범* 가운데서 일하는 선교사 고모도 있었다. 한마디로 말해서 글렌세인트메리 학교의 여학생들은 적어도 얼마 동안은 제니 페니가 하는 말을 그대로 받아들이면서 감탄과 부러움이 섞인 눈길로 바라보았다. 그리고 저녁 식사 자리에서까지 제니 페니에 관한 이야기를 너무 많이 늘어놓는 바람에 결국 어른들도 주의를 기울일 수밖에 없었다.

"수전, 다이가 푹 빠져 있는 그 여자아이는 대체 누구예요?"

어느 날 저녁 다이가 제니의 '저택' 이야기를 하자 앤이 물었다. 지붕에는 하얀색 나무로 만든 레이스 장식이 있고, 내닫이창은 다섯 개요 그 뒤로는 멋진 자작나무 숲이 있으며, 거실에는 붉은색 대리석 벽난로 선반이 있다고 했다.

"페니라는 성은 포윈즈에서 들어본 적이 없네요. 혹시 그 가족에 대해 알고 있나요?"

"베이스라인에 있는 콘웨이네 오래된 농장으로 이사 온 가족이에요. 페니 씨는 목수라고 하는데 그 일만으로는 생계를 유지할 수 없었다고 하네요. 하느님이 안 계신다는 걸 증명하느

---

* 제니가 'leper'(한센인)를 발음이 비슷한 단어인 'leopard'(표범)로 착각했거나 다이가 제니의 말을 잘못 들은 것으로 추정된다.

라 너무 바쁜 것인지 원. 뭐, 그래서 농사를 지어보려고 마음먹었대요. 제가 알아본 바로는 좀 별난 집안인 것 같아요. 아이들을 자기 하고 싶은 대로 내버려두고요. 페니 씨 말이 자기는 어렸을 때 너무 잔소리만 들었기 때문에 아이들은 그렇게 키우지 않을 거라네요. 그래서 제니라는 아이가 글렌세인트메리 학교로 온 거예요. 그 집은 모브레이내로스 학교가 더 가까워서 다른 아이들은 모두 거기 다니지만 제니는 글렌세인트메리 학교에 다니겠다고 한 거죠. 콘웨이 농장의 절반은 이쪽 지역이라서 페니 씨는 두 학교에 돈을 내요. 그래서 아이들을 어느 학교든 보낼 수 있어요. 그런데 그 제니라는 아이는 페니 씨의 친딸이 아니라 조카라고 하네요. 제니의 아버지와 어머니는 돌아가셨고요. 소문으로는 모브레이내로스에 있는 침례교회 지하실에 양을 집어넣은 아이가 바로 조지 앤드루 페니래요. 점잖지 못한 사람들이라고 굳이 제 입으로 말하고 싶지는 않지만, 다들 좀 문제가 있는 건 맞아요. 집도 엉망이고요. 제가 감히 조언을 드리자면, 다이가 그런 원숭이 같은 사람들과는 어울리지 못하게 하는 것이 좋겠어요."

"수전, 다이가 학교에서 제니와 노는 것까지 막을 수는 없어요. 그 아이와 떼어놓아야 할 이유가 아직 분명한 건 아니니까요. 물론 친척들이나 모험 이야기를 할 때 지나치게 부풀리는 것은 맞아요. 하지만 얼마 지나지 않아 다이도 그 아이에게 품은 '선망'의 눈길을 거둘 테고, 우리가 제니 페니 이야기를 듣는 일도 더는 없을 거예요."

하지만 식탁에서 제니 이야기는 계속되었다. 제니가 다이를 글렌세인트메리 학교 여자아이들 중에 가장 좋아한다고 말하자 다이는 여왕님이 자기에게 몸을 굽히기라도 한 듯 감탄했고, 심지어 흠모하는 듯한 반응을 보였다. 두 아이는 쉬는 시간에도 떨어져 있지 않았다. 주말 동안 있었던 일은 쪽지를 써서 서로에게 알려주었고, 나뭇진 씹은 것을 주고받고, 단추를 교환하고, 힘을 합쳐 청소했다.

그러던 어느 날 제니가 수업을 마친 뒤 자기 집으로 가서 하룻밤 같이 자자고 다이에게 말했다.

"안 돼!"

엄마가 딱 잘라 말하자 다이는 펑펑 울었다.

"그동안 엄마는 내가 퍼시스 포드 집에 가서 자고 오는 걸 허락해주셨잖아요."

앤이 약간 애매하게 말했다.

"그건, 좀 달라."

앤은 다이를 속물처럼 키우고 싶지는 않았다. 하지만 페니 가족에 관해 들은 이야기로 미루어 판단했을 때, 그들이 잉글사이드 아이들과 가깝게 지내도록 내버려두어서는 안 된다고 생각했다. 그래서 다이가 제니에게 그렇게나 푹 빠져 있는 사실 때문에 앤도 요즘 심각하게 걱정하는 중이었다.

"대체 뭐가 다르다는 거예요? 제니는 퍼시스만큼이나 숙녀라고요. 어디서 사온 나뭇진 같은 건 절대 씹지 않아요. 예의범절을 전부 아는 사촌언니가 있어서 제니도 다 배웠대요. 우리더러 예절을 모른다고 했어요. 그리고 제니는 아주아주 굉장한 모험을 했어요."

수전이 물었다.

"모험을 했다는 말은 누가 한 거니?"

"제니가 내게 직접 말해줬어. 제니네 가족이 부자는 아니지만 친척들은 돈도 아주 많고 훌륭한 사람들이야. 제니의 삼촌은 판사고 어머니의 사촌오빠는 세계에서 가장 큰 배의 선장님이래. 배를 처음으로 물에 띄울 때 제니가 선장님 대신 배 이름을 붙였대. 우리한테는 판사 삼촌도 없고 표범한테 전도하는 선교사 고모도 없잖아."

"얘야, 한센인이겠지. 표범이 아니라."

"제니가 표범이라고 했어. 자기 고모 이야기니까 걔 말이 맞을 거야. 그리고 걔네 집에 가서 보고 싶은 게 정말 많단 말야. 제니 방에는 앵무새 벽지를 발랐고, 응접실에는 올빼미 박제가 늘어서 있고, 복도에는 집이 그려진 깔개가 있고, 창문의 차양은 전부 장미로 덮여 있고, 안에 들어가 놀 수 있는 진짜 집도 있고…. 걔네 삼촌이 만들어줬대. 할머니도 같이 사는데, 세상에서 가장 나이가 많은 분이래. 제니 말로는 노아의 홍수가 일어나기 전에 태어나셨다는 거야. 그렇게 오래 산 사람을 볼 기회가 두 번 다시 없을지도 몰라."

수전이 말했다.

"그 할머니가 나이를 백 살 가까이 먹었다는 이야기는 들어봤어. 하지만 노아의 홍수 이전부터 살고 있었다는 건 제니가 거짓말한 거야. 그런 집에 갔다가 무슨 일이라도 당하면 어떡하려고 그래?"

다이가 지지 않고 대거리했다.

"그 집 사람들은 벌써 오래전에 병이란 병은 다 걸렸으니까 옮을 걱정은 없어. 가족들이 1년 동안 유행성이하선염이며 홍역이며 백일해며 성홍열까지 다 걸렸다고 제니가 그랬어."

수전이 중얼거렸다.

"그 사람들이라면 천연두에 걸렸다 해도 놀라지 않을 거야. 마법에 걸렸다는 이야기는 안 하더냐?"

"엄마, 제니는 편도선을 잘라내야 해요. 하지만 그건 전염되는 게 아니잖아요. 제니한테는 편도선 수술을 받았던 사촌언니가 있어요. 피가 너무 많이 나서 정신을 차리지 못하고 결국 하늘나라로 갔대요. 어쩌면 제니도 그렇게 될지 몰라요. 집안 내력이라면 그렇겠죠. 제니는 몸이 약해요. 지난주에 세 번이나 기절했거든요. 하지만 제니는 죽음을 각오하고 있어요. 그게 바로 제가 그 집에서 자야 하는 가장 큰 이유예요. 그럼 제니가 죽어서도 제가 그 아이를 영원히 기억할 수 있잖아요. 제발요, 엄마. 허락만 해주신다면 엄마가 약속했던 리본 띠가 달린 새 모자를 안 사주셔도 돼요."

다이가 흐느꼈다. 하지만 엄마는 단호히 고개를 저었다. 결국 다이는 베개를 적시며 잠자리에 들었다. 낸은 다이를 조금도 동정하지 않았다. 제니 페니가 마음에 들지 않았기 때문이다.

앤이 걱정스러운 얼굴로 수전에게 말했다.

"다이가 왜 저렇게까지 애걸복걸하는지 모르겠어요. 지금껏 그런 적이 없었는데…. 수전 말대로 페니네 여자아이가 다이한테 마법이라도 건 것 같네요."

"사모님, 그처럼 지체가 한참 낮은 집에 다이를 보내지 않은 건 아주 잘한 일이에요."

"어머, 수전. 누가 자기보다 지체가 낮다는 생각을 다이가 갖길 바라진 않아요. 물론 어딘가에 선은 명확히 그어야겠죠. 제니랑 친구로 지내는 게 아주 심각한 문제가 될 것 같진 않아요. 과장하는 버릇만 빼놓고 본다면 그렇게 나쁜 아이는 아닌 것 같네요. 하지만 그 집 남자아이들은 정말로 문제가 많다고 들었어요. 모브레이내로스 학교의 선생님은 그 아이들을 어떻게 다루어야 할지 몰라서 정말 힘들어하신대요."

이런 일이 있은 뒤 다이는 제니를 만났을 때 "너희 집에 가는 걸 허락받지 못했어"라고 말했다. 그러자 제니가 한껏 거만한 얼굴로 물었다.

"너희 집 어른들은 너한테 폭군처럼 구는구나? 난 누구라도 나를 어린애로 취급하지 못하게 할 거야. 난 용기가 있으니까. 뭐, 원하기만 하면 언제든 밖에 나가 잘 수 있거든. 너는 그런 건 꿈에도 생각 못 해봤잖아?"

다이는 '언제라도 밖에서 잘 수 있는' 이 신비한 소녀를 동경 어린 눈으로 바라보았다. 얼마나 멋진 일인가!

"제니, 내가 안 간다고 기분 나쁘게 생각하지는 않을 거지? 내가 꼭 가고 싶어 한다는 거 알잖아?"

"물론 그렇게 생각하지는 않아. 그런 걸 못 참는 애들도 있지만 이건 네 힘으로 어쩔 수 없는 일이니까. 아주 재미있게 놀 수 있을 텐데 아쉽네. 뒤쪽 시냇가에서 달빛을 받으며 낚시하러 갈 계획이었거든. 우리 집에서는 자주 그렇게 해. 정말 커다란 송어를 잡은 적도 있어. 그리고 우리 집에는 세상에서 가장 귀여

운 아기 돼지랑 갓 태어나 너무 예쁜 망아지랑 강아지들도 있
어. 어쨌든 네가 안 된다면 새디 테일러한테 우리 집에 갈 수 있
는지 물어봐야겠다. 걔네 아빠하고 엄마는 걔가 하고 싶다는 건
뭐든 하게 해주니까."

엄마 아빠에 대한 애정이 깊은 다이가 항의했다.

"우리 아빠랑 엄마도 나한테 정말 잘해줘. 그리고 우리 아빠
는 프린스에드워드섬에서 제일가는 의사 선생님이야. 다들 그
렇게 인정하고 있어."

제니가 경멸하듯 말했다.

"너 지금 잘난 척하는 거지? 넌 아빠하고 엄마가 있는데 난
한 분도 안 계시니까. 좋아, 우리 아빠는 날개가 달렸고 날마다
머리에 금관을 쓰고 계셔. 그렇다고 내가 그 일로 고개를 쳐들
고 잘난 척하지는 않았어. 여태껏 내가 그런 적 있니? 다이, 나
는 너랑 싸우고 싶지 않아. 하지만 누가 내 앞에서 가족 자랑을
하는 건 듣기 싫어. 그건 예의에 어긋나는 일이야. 나는 숙녀가
되기로 마음먹었으니까 그러지 않는 거야. 네가 만날 얘기하는
퍼시스 포드가 이번 여름 포윈즈에 온다 해도 나는 걔랑 놀지
않을 거야. 걔네 엄마는 좀 이상한 데가 있다고 리나 숙모가 그
랬어. 죽은 남자랑 결혼했는데 남편이 되살아났대."

"그게 아니야, 제니. 내가 어떻게 된 일인지 알아. 엄마가 얘기
해줬어. 레슬리 아줌마는…."

"아니, 그만둬. 그 사람 이야기는 듣고 싶지 않아. 그게 뭔지는
몰라도 말하지 않는 게 좋을 거야. 다이, 수업 종 울렸다."

다이는 속상한 나머지 눈을 크게 뜨고 목멘 소리로 물었다.

"정말 새디한테 물어볼 거야?"

"뭐, 당장 그러겠다는 건 아니야. 좀 기다려줄게. 어쩌면 너한테 기회를 한 번 더 줄 수도 있어. 그게 마지막일 거야."

며칠 뒤 쉬는 시간에 제니 페니가 다이에게 다가왔다.

"젬이 하는 말을 들었는데 너희 아빠랑 엄마가 어제 어디 가셔서 내일 밤까지 안 오신다며?"

"응, 마릴라 할머니를 보러 에이번리에 가셨어."

"다이, 네게 기회가 온 거야!"

"기회가 왔다고?"

"우리 집에서 잘 기회를 말하는 거야."

"제니, 그럴 수는 없어."

"아니, 할 수 있어. 바보같이 굴지 마. 다들 절대 모르게 할 수 있는 방법이 있어."

"하지만 수전 아줌마가 못 가게 할 텐데."

"아줌마한테는 물어볼 필요 없잖아. 학교 끝나고 그냥 나랑 같이 집에 가는 거야. 네가 어디 갔는지는 낸이 말해주면 되니까 아줌마도 걱정 안 할 테지. 그리고 너희 아빠랑 엄마가 돌아와도 수전 아줌마는 일러바치지 못할걸? 자기가 야단맞을까 봐 무서워서 솔직히 말할 순 없을 거야."

다이는 한참을 망설였다. 제니와 같이 가면 안 된다는 것을 알고 있기는 했지만 유혹을 쉽게 떨쳐버릴 수 없었다. 제니는 큰 눈으로 다이를 뚫어지게 바라보다가 중대한 결심이라도 한 듯 과장된 말투로 말했다.

"이게 너한테 주는 마지막 기회야. 자기가 너무 훌륭한 사람이라 우리 집 같은 데는 못 온다고 생각하는 사람과 친하게 지낼 순 없어. 네가 오지 않으면 우리 우정도 영원히 끝이야."

이것으로 결론이 났다. 제니 페니의 매력에 흠뻑 빠진 다이는 영원히 끝이라는 말을 감당할 수 없었다. 그날 오후, 낸은 혼자 집으로 돌아가 다이가 제니 페니네 집에서 자고 온다는 말을 수전에게 전했다.

수전이 평소처럼 몸을 움직일 수만 있었어도 곧장 페니네 집으로 쫓아가서 다이를 데려왔을 것이다. 하지만 하필 수전은 그날 아침에 발목을 삐었다. 아이들의 식사를 준비하는 일쯤이야 다리를 절뚝거리면서도 어떻게든 해낼 수 있겠지만 베이스라인까지 왕복 3킬로미터나 되는 길을 걸어서 오가는 건 무리였다. 페니의 집에는 전화가 없었고 젬과 월터도 거기까지 갈 수 없다고 딱 잘라 거절했다. 두 아이는 이날 등대에 가서 홍합을 구워 먹기로 약속했다면서 페니네 식구가 다이를 잡아먹지는 않을 것 아니냐고 천연덕스럽게 말했다. 그래서 수전은 아이를 데려오는 걸 단념할 수밖에 없었다.

다이와 제니는 들판을 가로질러 제니의 집으로 갔다. 원래 다니던 길보다 400미터 정도 돌아가야 했지만 그 정도는 기꺼이 감수할 수 있을 만큼 주변 풍경이 아름다웠다. 초록빛으로 물든 숲 깊숙한 곳에는 요정들이 노닐 법한 고사리 군락이 있었다. 바람이 살랑거리는 골짜기를 지나 무릎까지 자라난 미나리아재비 꽃밭을 헤치고 어린 단풍나무 아래 구불구불하게 이어진 오솔길을 걸었다. 이어서 무지갯빛 스카프처럼 꽃이 피어 있는 개울가와 햇살이 내리쬐고 딸기가 잔뜩 열린 초원을 지나갔다. 다이는 양심이 조금 찔리긴 했지만 그래도 행복했다. 세상의 아름다움에 이제 막 눈뜨기 시작한 다이는 황홀한 기분에 빠져들었고, 지금은 제니가 말을 너무 많이 하지 않았으면 좋겠다고 생각했다. 학교 안에서라면 몰라도 제니가 독을 마셨던 이야기를 여기에서까지 듣고 싶지는 않았다. 물론 일부러 독을 마신 것은 아니었고, 약으로 착각해서 벌어진 일이었다. 제니는 죽어가는 고통이 어떤 것인지 꼼꼼하게 묘사했지만 죽지 않고 살아난 이유에 대해서는 조금 모호하게 설명했다. 의식을 잃고 무덤 입구까지 들어간 자기를 의사가 가까스로 끌어낼 수 있었다고만 말한 것이다.

"하지만 나는 완전히 회복하진 못했어. 지금은 전과 같은 몸이 아니야. 야, 다이 블라이드. 너 뭘 보고 있는 거야? 내 말을 귓등으로도 안 듣고 있잖아."

다이가 미안한 얼굴로 말했다.

"아니, 듣고는 있었어. 너는 정말 놀라운 일을 많이 겪었다고 생각해. 그런데 저 경치 좀 봐."

"경치? 경치가 뭐?"

"아니, 그게…. 네가 지금 보고 있는 거 말이야. 바로 저기."

다이는 초원과 숲, 구름으로 뒤덮인 언덕 그리고 언덕들 사이로 보이는 사파이어빛 바다 등 두 사람 앞에 펼쳐진 풍경을 향해 손을 흔들었다.

제니는 콧방귀를 뀌었다.

"그냥 오래된 나무하고 소가 잔뜩 있는 것뿐이잖아. 나는 저런 걸 백 번은 족히 봤다고. 다이 블라이드, 가끔씩 네가 정말 이

상하게 군다는 걸 알고 있니? 네 기분을 상하게 만들고 싶지는 않지만 어떨 때 보면 넌 얼이 빠진 것 같아. 진짜야. 하지만 그건 너도 어쩔 수 없겠지. 사람들이 그러는데 너희 엄마도 만날 이 상하게 군다고 하더라. 자, 여기가 우리 집이야."

다이는 페니의 집을 보고 큰 충격을 받았다. 태어나서 처음으로 환멸을 느끼는 순간이었다.

'이게 정말 제니가 말했던 저택이야?'

확실히 큰 집이기는 했고 내닫이창도 다섯 개가 있었다. 하지만 당장 페인트를 칠해야 할 정도로 흉한 몰골에다가 나무로 만든 레이스 장식은 대부분 떨어져 있었다. 베란다는 가운데가 심하게 내려앉았으며 한때는 아름다웠을 법한 현관문 위 오래된 채광창도 깨져 있었다. 차양은 뒤틀려 있었고 유리창 몇 군데는 유리 대신 갈색 종이를 대어놓은 데다가 집 뒤편에 있다는 '아름다운 자작나무 숲'은 말라비틀어진 고목 몇 그루를 말한 것이었다. 헛간은 다 허물어져가는 상태였고 마당에는 낡고 녹슨 농기구가 어지럽게 널려 있었으며 정원에는 잡초가 정글을 이루고 있었다. 다이는 이런 집을 이제껏 한 번도 본 적이 없었다. 제니의 말은 전부 사실이 아닐지도 모른다는 생각이 처음으로 들었다. 제니가 말했던 것처럼 아슬아슬하게 목숨을 건진 사건들만 해도 그렇다. 세상에 누가, 그것도 겨우 아홉 살밖에 안 된 아이가 그런 일을 겪을 수 있단 말인가?

집 내부도 나을 것은 없었다. 제니가 안내해준 응접실은 곰팡이투성이인 데다가 먼지가 쌓여 있었다. 천장은 색이 바랬고, 여기저기 갈라져 있었다. 그 유명한 대리석 선반은 그저 페인트칠을 해놓은 것이었고(다이도 알아볼 수 있을 정도였다), 싸구려 일본식 스카프를 콧수염잔* 여러 개로 고정시켜 늘어뜨리고 있었다. 실이 풀린 레이스 커튼은 보기 싫은 색깔에 구멍투성이였다. 차양은 파란색 종이였는데 금이 가고 찢겨 있었으며, 커다란 장미 바구니가 그려져 있을 뿐이었다. 응접실에 잔뜩 있던 올빼미 박제는 한쪽 구석의 조그마한 유리 상자 속에 담긴 깃털이 부스스한 새 세 마리였다. 그나마 한 마리는 눈이 온데간데없었다. 잉글사이드의 아름다움과 품격에 익숙한 다이에게 그곳은 악몽에 나오는 방 같았다. 그런데 이상하게도 제니는 자기가 묘사한 것과 실제 모습이 차이가 난다는 사실을 전혀 의식하지 못하는 듯했다. 다이는 자기가 제니에게 이런저런 이야기를 듣는 꿈을 꾼 것은 아닐까 의아해졌다.

집 밖의 상태는 그나마 나았다. 가문비나무 숲 한쪽 구석에 삼촌이 만들어줬다는 작은 놀이집이 있었는데, 진짜 집을 축소해놓은 것처럼 아주 흥미로웠다. 새끼 돼지와 갓 태어난 망아지는 무척 귀여웠으며, 같은 어미에게서 태어난 잡종 강아지들은 복슬복슬하고 애교가 많아 귀족 집안에서 기르는 명견 같았다. 그중 한 마리는 갈색 귀가 늘어졌고 이마에는 흰 점이 있었으며 다리는 하얗고 분홍색 작은 혀를 내밀고 있는 모습이 유난히 귀여웠다. 하지만 강아지 세 마리 모두 다른 사람에게 주기로 약속되어 있었다. 이 사실을 알고 다이는 몹시 실망했다.

제니가 말했다.

---

* 콧수염이 젖지 않게 안쪽에 받침대가 있는 잔으로, 빅토리아시대에 유행했다.

"다른 집에 주기로 약속하지 않았다 해도 너한테는 줄 수 없었을 거야. 삼촌은 누구한테 개를 줄 때도 이것저것 까다롭게 따지거든. 사람들이 그러는데 잉글사이드에서는 개를 키울 수 없대. 너희 집에는 뭔가 이상한 게 있나 봐. 개는 사람이 모르는 걸 알고 있다고 삼촌이 그랬어."

다이가 소리쳤다.

"개만 아는 나쁜 게 우리 집에 있을 리 없어!"

"뭐, 나도 없었으면 좋겠어. 혹시 너희 아빠가 엄마한테 못되게 구니?"

"절대 아니야! 그러신 적 없어."

"너희 아빠가 엄마를 때린다고 하던데? 비명을 지를 때까지 때린다고 들었어. 물론 나는 그런 말을 믿지 않았지. 사람들은 정말 끔찍한 거짓말을 하잖아. 어쨌든 나는 계속 너를 좋아했어, 다이. 앞으로도 네 편을 들어줄게."

이런 말에 아주 고마워해야 한다고 생각했지만 어쩐지 그런 마음이 들지는 않았다. 제니와 함께 있는 것이 무척 어색해지기 시작했고, 그동안 푹 빠져 있던 제니의 매력은 별안간 흔적도 없이 사라져버렸다. 제니가 물레방아 연못에 빠져 죽을 뻔한 이야기를 해주었을 때도 전처럼 두근거리지 않았다. 그동안 제니가 해준 모든 이야기가 의심스러웠다.

'백만장자 삼촌이며 천 달러짜리 다이아몬드 반지며 표범에게 전도하는 고모도 그저 제니의 상상일 뿐이야.'

다이는 바늘에 찔린 풍선처럼 맥이 빠져버렸다.

하지만 할머니는 실제로 있었다. 다이와 제니가 집 안으로 돌아오자 가슴이 크고 뺨은 불긋불긋한 리나 숙모가 아이들을 불렀다. 남루한 옷차림의 그녀는 할머니가 손님을 만나고 싶어 하신다는 말을 두 아이에게 전했다.

제니가 설명했다.

"할머니는 침대에만 누워 있어. 우리 집에 누군가가 찾아오면 언제나 할머니한테 데려가. 그렇게 하지 않으면 할머니가 화를 내시거든."

리나 숙모가 주의를 주었다.

"등이 편찮으신 건 어떠냐고 꼭 여쭤보렴. 사람들이 그걸 잊어버리면 할머니가 기분 나빠하신단다."

제니가 덧붙였다.

"그리고 존 삼촌 얘기도. 존 삼촌이 잘 지내시는지도 잊지 말고 물어봐야 해!"

다이가 물었다.

"존 삼촌이 누구야?"

리나 숙모가 설명해주었다.

"할머니 아들인데 50년 전에 세상을 떠났어. 몇 년 동안이나 앓다가 숨을 거두었는데 할머니는 사람들이 아들 상태가 어떠냐고 묻는 일에 익숙해지셨나 봐. 그 말을 듣지 못하면 무척 서운해하신단다."

할머니의 방문 앞에서 다이는 잠시 망설였다. 이 안에 믿을 수 없을 정도로 나이 많은 할머니가 있다고 생각하자 덜컥 겁이 났던 것이다.

다이의 모습을 본 제니가 퉁명스레 말했다.

"왜 그래? 누가 널 잡아먹기라도 한대?"

"제니, 할머니가 정말 노아의 홍수 전부터 사셨어?"

"물론 아니지. 누가 그런 말을 해? 그래도 다음번 생일이면 백 살이 돼. 들어가자!"

다이는 조심스럽게 들어갔다. 침실은 작고 무척 어수선했다. 커다란 침대에 누워 있는 할머니의 얼굴은 믿을 수 없을 만큼 쭈글쭈글해서 마치 늙은 원숭이 같았다. 할머니는 가장자리가 빨갛게 짓무르고 움푹 들어간 눈으로 다이를 찬찬히 보다가 짜증스럽게 말했다.

"그만 쳐다봐라. 넌 누구지?"

"얘 이름은 다이애나 블라이드예요. 다들 다이라고 부르죠."

제니가 조금 가라앉은 말투로 대신 대답했다.

"흥! 이름이 참 거창하기도 하구나. 듣자 하니 너한테는 건방진 자매가 있다던데."

"낸은 건방지지 않아요."

다이는 발끈해서 소리를 질렀다. 혹시 제니가 낸의 흉을 보고 다녔던 것일까?

"넌 버릇없는 아이로구나. 내가 어렸을 때는 윗사람에게 그런 식으로 말하는 건 상상도 못 했어. 걘 아주 건방진 애야. 제니 말로는 고개를 쳐들고 다닌다던데, 그건 아주 건방진 행동이다. 건방지기는 너도 마찬가지구나. 어른에게 말대꾸하면 못써!"

할머니가 정말 화난 것처럼 보이자 다이는 황급히 등은 어떠냐고 물었다.

"내가 등이 아프다고 누가 그랬냐? 주제넘은 소리! 내 등이 어떤지 네가 알아서 뭐 하게? 이리 와. 침대 옆으로 가까이!"

다이는 침대가 수천 미터는 떨어져 있기를 바라는 마음으로 다가갔다. 이 무서운 할머니가 무슨 짓을 하려는 것인지 몰라서 몹시 불안했다.

할머니는 재빨리 침대 끝으로 몸을 옮기더니 갈고리 같은 손을 다이의 머리에 얹었다.

"홍당무 같은 색이지만 정말 매끄럽구나. 드레스도 예쁘고. 옷을 걷어 올려봐라. 속치마 좀 보자."

다이는 수전이 뜨개질한 레이스로 가장자리를 두른 하얀색 속치마를 입고 오길 잘했다고 생각하면서 시키는 대로 했다. 대체 속치마까지 보여달라고 하는 이유가 뭘까?

"나는 늘 속치마를 보고 그 아이를 판단하지. 너는 합격이다. 이제 속바지를 보자."

다이는 감히 거절하지 못하고 속치마도 걷어 올렸다.

"흥, 여기도 레이스가 달렸군! 사치를 부렸어. 그런데 너는 존이 어떻게 지내는지 묻지도 않는구나!"

다이는 숨이 턱 막혀서 가까스로 입을 열었다.

"그분은 좀 어떠세요?"

"어떠냐고? 얼굴에 철판이라도 깐 모양이군. 너도 알다시피 존은 죽었을 거야. 그리고 하나 물어보자. 너희 어머니가 금으로 만든 골무를 낀다는 게 사실이냐? 순금 골무라던데."

"네, 엄마 생일에 아빠가 선물한 거예요."

"그러냐? 난 거짓말인 줄 알았다. 제니가 그렇다고 말했는데, 그 아이 말은 믿을 수가 있어야지, 원. 순금 골무라는 건 들어본 적도 없으니까. 자, 나가서 저녁이나 먹어라. 예나 지금이나 사람은 먹어야 사는 법이다. 제니, 팬티 좀 올려 입어. 한쪽이 삐져나왔잖아. 최소한 예의는 지켜야지."

제니가 성을 내며 말했다.

"제 팬티는, 아니 속바지는 내려간 게 아니에요."

"페니네서는 팬티라고 하고 블라이드네서는 속바지라고 하는 거다. 그게 너희의 다른 점이지. 나한테 말대꾸하지 마라."

페니 가족 모두가 넓은 부엌에 놓인 식탁에 저녁을 먹으러 모였다. 리나 숙모 말고는 처음 보는 얼굴이었지만 식탁 주위를 살짝 둘러보면서 다이는 엄마와 수전이 왜 자기가 이 집에 오는 걸 허락하지 않았는지 깨달았다. 식탁보는 너덜너덜했고 소스 얼룩이 묻어 있었다. 접시들도 짝이 맞지 않았다. 페니 집안사람들로 말하자면, 다이는 그런 사람들과 식탁에 앉아본 적이 없었다. 무사히 잉글사이드로 돌아가고 싶다는 마음이 굴뚝같았다. 하지만 지금은 어떻게든 여기서 견뎌내야만 한다.

제니가 벤 삼촌이라고 부르는 사람은 식탁 윗자리에 앉아 있었다. 타는 듯한 붉은 턱수염을 길렀고, 벗어진 머리 옆쪽으로 흰머리가 듬성듬성 나 있었다. 벤 삼촌의 동생이자 독신자인 파커는 비쩍 마른 몸에 수염도 깎지 않은 모습이었다. 특히 그는 자리에서 가까이 있는 나무 상자에 자꾸만 침을 뱉었다. 이 집의 아들인 열두 살 커트와 열세 살 조지 앤드루는 옅은 파란색 물고기 같은 눈으로 다이를 빤히 바라보았다. 남루한 셔츠 구멍으로는 맨살이 드러났다. 커트는 깨진 병에 베인 손을 피 묻은 누더기로 싸매고 있었다. 열한 살인 애너벨 페니와 열 살인 거트 페니는 갈색 눈이 동그랗고 패나 예쁜 여자아이들이었다. 리나 숙모의 무릎에 앉아 있는 두 살배기 터피는 멋진 곱슬머리에 뺨은 장밋빛이었고 검은색 눈동자에는 장난기가 어려 있었다. 좀 더 깨끗하기만 했어도 귀엽게 보였을 것 같았다.

제니가 다그쳤다.

"커트, 집에 손님이 온다는 걸 알면서 왜 손톱을 깨끗이 깎지 않았어?"

"애너벨, 입에 음식을 가득 넣고 말하지 마."

그러고 나서 다이에게 설명했다.

"이 집에서 예의를 가르쳐주려고 하는 사람은 나밖에 없지."

그때 벤 삼촌이 우렁찬 목소리로 소리쳤다.

"조용히 못 하겠니?"

제니도 지지 않고 대꾸했다.

"싫어요. 누구도 내 입을 다물게 할 수는 없어요!"

리나 숙모가 차분하게 말했다.

"삼촌한테 버릇없이 구는 거 아니야. 숙녀답게 행동해야지. 커트, 블라이드 양에게 감자 좀 주렴."

커트가 킥킥 웃었다.

"아, 웃긴다. 블라이드 양이래."

하지만 다이는 적어도 이번만큼은 가슴이 두근거렸다. 태어나서 처음으로 블라이드 양이라는 말을 들었기 때문이다.

음식은 푸짐했고 또 놀랄 만큼 맛있었다. 배가 고팠던 다이는 비록 이 빠진 잔으로 마시는 게 싫었어도 두 가지 문제만 아니었다면 음식을 맛있게 먹었을 것이다. 첫째로 음식이 깨끗한지 확신할 수 없었고, 둘째로 가족 모두가 쉴 새 없이 으르렁댔다. 조지 앤드루와 커트, 거트와 애너벨, 거트와 제니, 벤 삼촌과 리나 숙모의 싸움이 이어졌다. 특히 이들 부부는 버럭 화를 내며 상대방을 날카롭게 비난했다. 리나 숙모는 자기의 남편감이었던 남자들의 이름을 죄다 늘어놓았고, 삼촌은 숙모더러 그들 중 아무나 골라 결혼하지 그랬냐고 비아냥거렸다.

'우리 아빠랑 엄마가 저렇게 싸운다면 정말 끔찍하겠지? 아, 지금이라도 집에 가고 싶어!'

다이는 생각에 잠겼다가 무심코 말을 던졌다.

"터피, 손가락 빨면 안 돼."

요즘 잉글사이드에서는 릴라가 손가락을 빨지 못하게 하려고 가족 모두 애를 먹던 참이었다.

그 순간 커트가 얼굴이 빨개지더니 다이를 향해 소리쳤다.

"얘한테 이래라저래라 간섭하지 마! 손가락을 빨고 싶으면 그래도 돼! 우리는 너희 잉글사이드 애들처럼 누가 시키는 대로 하는 사람이 아니야. 네가 뭐라도 되는 줄 알아?"

"커트, 커트! 그만둬라. 블라이드 양이 너를 예의도 모르는 아이로 여기면 어떡하니."

리나 숙모가 말렸다. 그러고는 다시 미소를 지으며 벤 삼촌의 차에 설탕 두 숟갈을 넣어주었다.

"얘야, 신경 쓰지 않아도 된단다. 파이 한 조각 더 먹으렴."

다이는 식욕이 싹 달아났다. 지금은 그저 집에 가고 싶을 뿐이었다. 하지만 어떻게 해야 집으로 갈 수 있을지 몰라 속이 바짝바짝 탔다.

벤 삼촌이 찻잔에 남아 있는 차를 시끄럽게 소리 내며 들이켠 뒤 이렇게 외쳤다.

"자, 이제 다 끝났네. 아침에 일어나 온종일 일하고 세 끼 다 챙겨 먹으면 들어가서 자는 게 전부라니. 아이고, 내 팔자야!"

리나 숙모가 미소 지었다.

"저이가 즐겨 하는 농담이란다."

"농담 이야기가 나와서 말인데, 오늘 플래그네 가게에서 감리 교회 목사를 봤어. 내가 하느님 같은 건 없다고 말해주니까 목 사가 반박하려 들더군. 그래서 내가 이렇게 말해줬지. '당신은 일요일에 말해야지. 지금은 내가 말할 차례요. 하느님이 있다 는 걸 어디 증명해보슈.' 그랬더니 목사가 이렇게 말하더라니까. '당신이 말할 차례라고 그러지 않았나요?' 다들 바보같이 웃었 어. 목사가 똑똑하다고 생각한 거지."

'하느님이 안 계시다고?'

다이는 땅이 꺼지는 것처럼 큰 충격을 받았다. 금세라도 눈물 이 쏟아질 것 같았다.

29장

———

저녁 식사가 끝난 뒤에는 상황이 더 나빠졌다. 적어도 식사 전까지는 제니와 둘이 있었지만 지금은 장난꾸러기들에게 둘러싸인 꼴이었다. 조지 앤드루가 다이의 손을 잡고는 도망갈 틈도 주지 않고 진흙탕 위를 내달렸다. 다이는 태어나서 단 한 번도 이런 대접을 받아본 적이 없었다. 젬과 월터도 다이를 놀렸고, 케네스 포드도 그랬지만 이런 남자아이들은 처음이었다.

커트는 씹던 나뭇진을 입에서 꺼내더니 그것을 다이에게 내밀었다. 하지만 다이가 거절하자 커트는 버럭 화를 냈다.

"살아 있는 쥐를 너한테 던질 거야! 헛똑똑이 고양이! 거만한 속물 같으니라고! 계집애 같은 오빠를 둔 주제에!"

"월터는 계집애 같지 않아!"

다이가 말했다. 무서워서 속이 뒤틀릴 지경이었지만, 월터를 욕하는 소리를 듣고만 있을 수는 없었다.

"계집애 맞아. 시를 쓰잖아. 만약 나한테 시를 쓰는 형이 있으면 내가 어떻게 할 건지 알아? 물에 빠뜨려버릴 거야. 새끼 고양이를 물에 집어 던지는 것처럼 아주 간단한 일이야."

제니가 말했다.

"새끼 고양이 이야기가 나와서 말인데 헛간에 들고양이 새끼가 많아. 가서 다 잡아오자."

다이는 이런 남자아이들과 어울리고 싶지 않았다. 그래서 자랑스러운 얼굴로 말했다.

"우리 집에도 새끼 고양이가 많아. 열한 마리나 있어."

제니가 소리쳤다.

"그 말을 어떻게 믿어? 말도 안 돼! 새끼 고양이를 한꺼번에 열한 마리씩 키우는 집은 없어. 고양이가 새끼를 열한 마리나 낳을 수는 없잖아?"

"한 마리가 다섯 마리를, 다른 고양이가 여섯 마리를 낳았어. 어쨌든 나는 헛간에 안 갈 거야. 지난겨울에 에이미 테일러네 헛간 위층에서 발을 헛디딘 적이 있거든. 건초 더미 위로 떨어지지 않았더라면 난 죽었을지도 몰라."

"나도 커트가 안 잡아줬으면 헛간 2층에서 떨어졌거든!"

제니는 부루퉁한 얼굴로 말하면서 이렇게 생각했다.

'나 말고는 아무도 헛간에서 떨어지면 안 돼. 다이 블라이드가 모험을 하다니, 정말 뻔뻔하군!'

그때 다이가 말했다.

"그럴 땐 '떨어졌을지도 몰라'라고 해야지."

그 순간부터 다이와 제니의 사이는 완전히 틀어져버렸다.

하지만 그날 밤은 어떻게든 견뎌내야만 했다. 아이들은 늦게까지 놀았다. 이 집에서는 아무도 일찍 잠자리에 들지 않았기 때문이다. 10시 30분이 되어서야 다이는 제니와 함께 침대 두 개가 놓인 커다란 침실로 들어갔다. 한 침대에서는 애너벨과 거트가 잘 준비를 하고 있었다. 다이는 다른 침대를 살펴보았다. 베개가 너무 꾀죄죄했다. 이불도 당장 빨아야 할 정도로 더러웠다. 그 유명한 '앵무새 벽지'는 물이 번진 자국으로 얼룩져 있었고 앵무새처럼 보이지도 않았다. 침대 옆 탁자 위에는 화강암 주전자와 더러운 물이 반쯤 담긴 양철 세숫대야가 놓여 있었다. 도저히 그 물로 얼굴을 씻을 수 없었던 다이는 난생처음 세수도 안 하고 잠자리에 들었다. 리나 숙모가 꺼내준 잠옷만큼은 그나마 깨끗했다.

다이가 기도하려고 일어서자 제니가 웃었다.

"어머, 이제 보니 너 구식이구나. 기도 같은 걸 하다니, 너무 웃겨서 그래. 뭐, 거룩해 보이긴 하네. 요즘도 기도 같은 걸 하는 사람이 있는 줄은 진짜 몰랐어. 기도가 다 무슨 소용이니? 대체 왜 그런 걸 하는 거야?"

다이는 언젠가 수전이 했던 말이 떠올라 고대로 대답했다.

"내 영혼을 구하려고 하는 거야."

제니가 비웃었다.

"나는 영혼 같은 거 없어."

다이가 몸가짐을 바로 하면서 말했다.

"너는 없을지도 모르지만 나는 있어."

제니가 다이를 빤히 바라보았다. 하지만 다이에게 눈빛으로 걸었던 주문은 이미 풀려버린 뒤였다. 다이는 두 번 다시 그 마법에 굴복하지 않을 것이다.

"다이 블라이드, 네가 그런 아이인지 몰랐어."

제니는 자기가 크게 속았다는 듯이 슬픈 얼굴로 말했다. 그 말에 대답할 틈도 없이 조지 앤드루와 커트가 방으로 뛰어 들어왔다. 조지 앤드루는 커다란 코가 달린 무서운 가면을 쓰고 있었다. 다이는 깜짝 놀라 비명을 질렀다.

조지 앤드루가 말했다.

"문에 낀 돼지처럼 꽥꽥거리기는! 자, 이제 우리한테 잘 자라고 입맞춤을 해줘."

커트가 말했다.

"안 하면 벽장에 가둬버릴 거야. 거기엔 쥐가 잔뜩 있다."

조지 앤드루가 다가오자 다이는 또다시 비명을 지르며 뒷걸음질을 쳤다. 무서운 가면 때문에 몸이 저절로 움츠러들었다. 다이는 가면을 쓴 사람이 조지 앤드루라는 걸 알았고, 조지는 무섭지 않았다. 하지만 저 끔찍한 가면이 가까이 오면 죽을지도 모른다는 생각이 들었다. 무시무시한 코가 얼굴에 닿을락 말락 하는 순간 다이는 그만 의자에 걸려 뒤로 넘어지면서 침대의 뾰족한 모서리에 머리를 부딪쳤다. 현기증이 나서 다이는 눈을 감은 채 그대로 누워 있었다.

커트가 코를 훌쩍이며 울기 시작했다.

"다이가 죽었어. 죽어버렸어!"

애너벨이 말했다.

"조지 앤드루! 다이가 정말 죽었다면 넌 엄청 얻어맞을 거야!"

커트가 말했다.

"죽은 척하는 거겠지. 몸에 지렁이를 올려놓자. 이 깡통 안에 있어. 얘가 여우짓을 하는 거라면 금세 일어날 거야."

물론 다이는 이 말을 다 들었다. 하지만 너무 무서워서 눈을 뜨지 못했다.

'아마 내가 죽었다고 생각하면 나를 놔두고 가버릴지도 몰라. 그런데 얘네들이 정말로 지렁이를 올려놓는다면….'

커트가 말했다.

"핀으로 찔러봐. 피가 나면 죽은 게 아니야."

'핀이라면 참을 수 있어. 하지만 지렁이는 안 돼!'

제니가 작은 소리로 말했다.

"얘 안 죽었어. 죽었을 리가 없잖아. 그냥 겁을 먹어서 기절한 거야. 하지만 정신이 돌아오면 온 집 안이 떠나가라 비명을 지르겠지? 그러면 벤 삼촌이 와서 우리를 마구 때릴 거야. 집에 데려오지 말걸. 이 겁쟁이 같으니라고!"

조지 앤드루가 제안했다.

"정신이 들기 전에 얘를 집에 데려다놓으면 어떨까?"

'아, 제발 그렇게만 해준다면!'

제니가 말했다.

"그럴 순 없어. 얘네 집은 너무 멀단 말이야."

"지름길로 가면 400미터도 안 될걸? 너랑 커트랑 나랑 애너벨이 팔과 다리를 하나씩 잡으면 돼."

페니네 아이들 말고는 아무도 이런 생각을 하지 못했을 것이고, 혹여나 생각했다 해도 실행에 옮기지는 않았을 것이다. 하지만 이 아이들은 지금껏 하려고 마음먹은 일은 무엇이든 해왔다. 무엇보다 이 집의 가장에게 얻어맞는 일만큼은 피하고 싶었다. 어느 정도까지는 아이들 일에 신경 쓰지 않았지만 그 선을 넘으면 벤 파커가 어떻게 나올지 불 보듯 뻔했다.

조지 앤드루가 말했다.

"얘를 들고 가다가 혹시라도 중간에 정신이 돌아오면 그냥 버리고 도망가자."

다이가 정신을 차릴 염려는 조금도 없었다. 네 아이가 자기를 들어 올렸을 때 고마워서 몸이 떨릴 지경이었다. 아이들은 아래층으로 조심스럽게 내려와서 현관문을 나섰다. 마당을 가로지르고 클로버 들판을 넘어서 숲을 지나 언덕을 내려가는 동안 두 번 정도는 다이를 내려놓고 쉬어야 했다. 그쯤 되자 아이들은 다이가 정말 죽었다고 확신했으며 아무에게도 들키지 않고 집에 데려다놓을 수 있기를 간절히 바랐다. 이제까지 한 번도 기도한 적 없었던 제니 페니도 마을 사람들이 깨어나지 않기를 기도했다. 다이 블라이드를 집으로 데려다놓을 수만 있으면 그다음에는 다이가 잠잘 무렵에 집 생각이 난 나머지 집에 가겠노라 고집을 부렸다고 다 같이 우기기만 하면 된다. 그 뒤에 무슨 일이 일어날지는 상관할 바가 아니다.

아이들이 이런 계획을 짜고 있을 때 다이는 과감하게 눈을 떠 보았다. 모두 잠든 세상이 낯설어 보였다. 전나무는 시커멓고 어딘가 어색했으며 별은 다이를 비웃고 있었다.

'난 저렇게 커다란 하늘은 싫어. 조금만 더 참자. 그러면 곧 집에 도착할 거야. 내가 안 죽었다는 걸 얘네들이 알면 나를 여기 두고 그냥 가버릴 거야. 그러면 나는 이 캄캄한 곳에서 집까지 혼자 가야 하는데…. 그건 도저히 못 해.'

마침내 페니네 아이들은 다이를 잉글사이드 베란다에 내려 놓았다. 그러고는 미친 듯이 달아났다. 아이들이 서둘러 가버린 뒤에도 다이는 바로 눈을 뜨지 못했다. 발자국 소리가 제법 멀 어진 뒤에야 용기를 내어 눈을 떴다. 집이었다. 다이는 너무 기 뻐서 마치 꿈속에 있는 것 같은 기분이었다.

'오늘 난 아주아주 나쁜 아이였지만 다시는 절대 나쁜 짓 하 지 않을 거야.'

다이가 일어나자 슈림프가 소리도 없이 계단을 올라와 다이 에게 몸을 문지르며 가르랑거렸다. 다이는 슈림프를 꼭 껴안았 다. 이렇게 유쾌하고 따뜻하며 친절한 고양이가 또 있을까?

그런데 도저히 집 안으로 들어갈 용기가 생기질 않았다. 아빠 가 집에 오지 않는 날에는 수전이 문을 전부 잠근다. 그렇다고 이 늦은 시간에 감히 수전을 깨울 수도 없었다.

'하지만 상관 없어. 6월의 밤이 꽤 춥긴 하지만 해먹에 들어가 슈림프를 껴안고 자면 되니까.'

잠긴 문 안쪽에는 수전도 있고 오빠랑 남동생도 있고 낸도 있 다. 그리고 여기는 잉글사이드, 바로 다이의 집이다.

'어두워진 세상은 참 이상해! 나 말고는 모두 잠든 걸까?'

계단 옆 덤불에 핀 커다란 하얀 장미는 밤에 보니 작은 사람 의 얼굴 같았다. 박하 향기는 친구 같았다. 과수원에는 반딧불 이 반짝거렸다. 다이는 "나도 밤새도록 밖에서 잤다"라고 자랑

할 수 있게 되었다.

하지만 일은 예상대로 되지 않았다. 두 개의 그림자가 어둠을 뚫고 문을 지나 진입로로 들어왔다. 길버트는 부엌 창문을 억지로 열어볼 생각에 뒤쪽으로 돌아갔다. 하지만 길버트가 현관문을 열어주길 바라며 계단을 올라가던 앤은 고양이를 품에 안고 앉아 있는 아이를 보고서 깜짝 놀라 그 자리에 서버렸다.

"엄마? 아, 엄마!"

다이는 엄마의 안전한 팔에 안겼다.

"어머, 다이! 도대체 무슨 일이야?"

"아, 엄마. 제가 나빴어요. 정말 죄송해요. 엄마 말이 맞았어요. 그리고 할머니는 너무 무서웠어요. 난 엄마가 내일 올 줄 알았는데…."

"로브리지에서 아빠에게로 전화를 했지 뭐니. 내일 파커 부인을 수술해야 하는데 파커 선생님이 아빠도 같이 있어주면 좋겠다고 하시는 거야. 그래서 저녁 기차로 돌아왔고 역에서부터 걸어왔단다. 다이, 이제 무슨 일인지 말해주렴."

다이가 울면서 모든 일을 다 이야기했을 때쯤 안으로 들어간 길버트가 현관문을 열어주었다. 길버트는 자기가 아주 조용히 들어갔다고 생각했지만 잉글사이드의 안전과 관련된 일이라면 박쥐의 작은 울음소리까지도 들을 수 있었던 수전은 잠옷 위에 가운을 걸치고 절뚝거리며 아래층으로 내려왔다.

수전이 깜짝 놀라 변명하려고 했지만 앤이 가로막았다.

"수전, 괜찮아요. 다이는 아주 나쁜 일을 했지만 자기도 그게 얼마나 큰 잘못인지 알게 됐고 벌도 받은 것 같네요. 잠을 깨워서 미안해요. 곧장 침대로 돌아가 있으면 길버트가 발목을 치료해줄 거예요."

"사모님, 전 안 자고 있었어요. 우리 소중한 아이가 어디 있는지 아는데 어떻게 잠이 오겠어요. 그리고 제 발목은 신경 쓰지 마세요. 두 분께 차 한 잔씩 가져다드릴게요."

다이가 하얀 베개에 머리를 대고 말했다.

"엄마, 아빠가 엄마한테 못되게 군 적 있어요?"

"못되게 군다고? 나한테? 다이, 왜 그런 말을…."

"페니네 애들이 그랬어요. 아빠가 엄마를 때린다고…."

"얘야, 페니네 사람들이 어떤지 이제 알게 되었잖니. 그러니까 그 아이들이 한 말을 자꾸 생각하면서 고민하지 않아도 될 것 같구나. 어떤 곳에서든 조금씩 나쁜 소문을 만들어서 퍼뜨리는 사람들이 있어. 없는 일을 꾸며내는 거야. 다이, 앞으로 절대 그런 말에 휘둘려서는 안 된단다."

"엄마, 내일 아침에 절 저 혼내실 거예요?"

"아니, 이미 너는 충분히 깨달은 것 같은데? 아가, 이제 자러 가야지?"

'엄마는 뭐든 정말 잘 알아.'

다이가 잠들기 전에 마지막으로 한 생각이었다. 능숙한 손길로 발목에 붕대를 감은 수전은 그제야 마음 편히 기지개를 켜면서 이렇게 혼잣말을 했다.

"아침에 이를 잡듯 샅샅이 뒤져서 찾아내야지. 만약 그 훌륭한 제니 페니 양을 찾아낸다면 평생 잊지 못할 정도로 혼쭐을 내줄 거야."

하지만 수전은 제니 페니를 야단치지 못했다. 제니가 그날 이후로는 글렌세인트메리 학교에 오지 않았기 때문이다. 대신 페니네 다른 아이들과 같이 모브레이내로스 학교에 다녔다. 그곳에서도 제니는 허황된 이야기를 떠벌리고 다녔는데, 그중에는 다이 블라이드에 대한 것도 있었다. 다이는 글렌세인트메리 마을의 커다란 집에 살면서도 항상 자기 집에 자러 왔다. 어느 날 다이가 기절하는 바람에 내가, 이 제니 페니가 혼자서 그 누구의 도움도 받지 않고 한밤중에 집까지 업어서 데려다줬다. 잉글사이드 사람들은 무릎을 꿇고 자기 손에 감사의 입맞춤을 했으며 의사 선생님이 그 유명한 얼룩무늬 회색 말이 끄는 술 장식 마차로 집까지 데려다주었다.

심지어 이렇게 맹세까지 했다고 자랑스레 떠벌렸다.

"페니 양, 내가 당신을 위해 해줄 수 있는 일이 있다면 소중한 우리 아이에게 베풀어준 친절에 대한 답례라 생각하고 말씀만 해주세요. 내 심장에 흐르는 최고의 피라도 당신께 보답하기에는 충분하지 않습니다. 당신이 해준 일에 보답하기 위해서라면 적도아프리카에라도 가겠습니다."

30장

"난 네가 모르는 걸 알아. 네가 모르는 거. 네가 모르는 거."

도비 존슨이 부두 끄트머리에 올라서서 아슬아슬하게 왔다 갔다 하며 놀려댔다.

이제는 낸이 주인공으로 나설 차례다. 낸은 훗날 '기억나니?' 라고 회상할 수 있는 잉글사이드 추억담을 하나 보탰다. 하지만 그날의 일을 생각할 때마다 낸은 얼굴을 붉힐 것이다. 그 정도로 어처구니없는 일을 저질렀기 때문이다.

낸은 도비가 비틀거릴 때마다 몸서리를 쳤다. 저러다 떨어지면 어떡하지? 하지만 그런 일은 없었다. 행운의 여신은 늘 도비 곁에 머무는 듯했다.

도비가 한 것과 했다고 말한 것(두 가지는 많이 다르지만, 낸은 그 차이를 몰랐다. 농담할 때조차 사실만을 말하는 잉글사이드에서 자란 터라 순진하고 남을 잘 믿었기 때문이다)에 대해 낸은 마음이 끌렸다. 줄곧 샬럿타운에서 살아온 열한 살 도비는 아직 여덟 살인 낸보다 아는 게 훨씬 많았다. 샬럿타운 사람들은 뭐든지 안다고 도비는 입버릇처럼 말했다. 글렌세인트메리 마을같이 따분한 곳에 사는 네가 뭘 알겠냐는 투였다.

방학을 맞아 글렌세인트메리 마을의 엘라 고모 집에 놀러온 도비는 낸과 아주 친해졌다. 아마도 낸이 도비를 우러러봤기 때문일 것이다. 낸이 볼 때 도비는 어른이나 다름없었고, 낸은 사람이 가장 뛰어난 것을 보거나 혹은 보았다고 생각했을 때 자연스레 생기기 마련인 동경의 마음으로 도비를 따랐다. 도비는 자기를 흠모하는 꼬마 친구가 마음에 들었다.

"낸 블라이드는 나무랄 데가 없어요. 마음이 좀 약한 편이기는 하지만요."

도비가 엘라 고모에게 한 말이다.

아이들의 친구에 대해 관심이 많은 잉글사이드 가족의 눈에도 도비는 별문제가 없어 보였다. 도비의 어머니가 에이번리의 파이 집안과 친척이라는 사실 때문에 앤이 걱정하기는 했지만, 낸이 도비와 친하게 지내는 것까지 막지는 않았다. 물론 수전은 도비의 구스베리 같은 녹색 눈과 옅은 금빛 속눈썹을 보고 처음부터 의구심을 품었다. 하지만 그렇다고 해서 할 수 있는 일은 딱히 없었다. 도비는 예의 바르고, 옷차림도 단정하고, 숙녀같이 행동했으며, 말을 너무 많이 하지도 않았다. 수전은 의구심을 뒷받침해줄 만한 어떤 증거도 찾지 못했고, 결국 가만히 있을 수밖에 없었다. 개학하면 어차피 집으로 돌아갈 아이였기에

도비에 관해 자세히 파고들 필요는 없었다.

낸과 도비는 시간이 날 때마다 돛을 접은 배 한두 척이 있는 부두에서 같이 시간을 보냈다. 그해 8월 무지개 골짜기에서는 낸의 모습이 거의 보이지 않았다. 잉글사이드의 다른 아이들은 도비를 별로 좋아하지 않았다. 도리어 싫어했다고 하는 게 정확할 것이다. 도비가 월터에게 짓궂은 농담을 하자 다이가 심하게 화낸 적도 있었다. 도비는 장난이 심하고 말버릇이 고약했다. 그래서 글렌세인트메리 마을의 여자아이들은 굳이 도비와 어울리려 하지 않았다.

낸이 애원했다.

"아, 제발 좀 가르쳐줘."

하지만 도비는 심술궂은 눈으로 넌 너무 어려서 말해봐야 소용없다고만 했다. 정말 애가 탈 노릇이었다.

"도비, 제발 좀 말해줘."

"안 돼. 케이트 고모가 비밀이라며 나한테만 말해준 건데 고모는 돌아가셨거든. 지금 그걸 아는 사람은 세상에서 나밖에 없다고. 그 말을 들었을 때 나는 아무한테도 절대 말하지 않겠다고 약속했어. 내가 말해주면 너는 다른 사람한테 말할 거잖아. 그러지 않고는 배겨내지 못할 테니까."

낸이 소리쳤다.

"절대 말 안 할 거야. 나는 참을 수 있어!"

"잉글사이드에서는 서로 감추는 게 없다고 그러던데? 수전 아줌마가 당장 너한테서 다 알아낼 테고."

"수전 아줌마라도 못 알아내는 게 있어. 아줌마한테 말하지 않은 것도 굉장히 많아. 비밀도 많고. 네가 비밀을 말해주면 나도 내 비밀이 뭔지 말해줄게."

"어머, 나는 너 같은 어린아이의 비밀 따윈 관심 없어."

세상에 이런 모욕이 있을까! 낸은 늘 자기의 조그만 비밀이 멋지다고 생각했다. 테일러 씨네 건초 헛간 뒤쪽으로 멀리 보이는 가문비나무 숲에서 꽃을 활짝 피운 야생 벚나무 한 그루를 발견한 일, 수련 잎사귀 위에 누워서 습지를 떠다니는 조그맣고 하얀 요정을 꿈에서 만난 일, 백조들이 은사슬로 배를 묶어 항구로 끌고 오는 모습을 상상한 일, 고풍스러운 매캘리스터 저택에 사는 아름다운 여인에 얽힌 이야기를 짓기 시작한 일 등 정말 대단하고 놀라운 비밀이었다. 하지만 다시 생각해보니 이 멋지고 마법 같은 비밀을 도비에게 말하지 않아도 된다니 차라리 다행이라는 생각이 들었다.

그런데 도비는 알지만 정작 나는 모르는 나에 관한 이야기란 대체 뭘까? 의문이 모기처럼 낸을 괴롭혔다.

다음 날도 도비는 낸 앞에서 자기가 알고 있다는 비밀 이야기를 다시 끄집어냈다.

"곰곰이 생각해봤는데 네 이야기니까 너도 알아야 할 것 같아. 물론 케이트 고모가 다른 사람한테는 절대 말하지 말라고 신신당부했지만 그래도 알 건 알아야지. 낸, 네가 가진 도자기 사슴을 주면 내가 아는 걸 말해줄게."

"도비, 도자기 사슴은 안 돼. 지난번 생일에 수전 아줌마가 선물해준 거야. 그걸 네게 주면 아줌마가 기분 나빠할걸?"

"그럼 할 수 없지. 너와 관련된 중요한 이야기를 듣는 것보다 낡아빠진 사슴을 갖고 있는 게 더 좋다면 마음대로 해. 난 상관 없어. 비밀로 간직하는 게 더 좋거든. 다른 여자아이들이 모르는 걸 내가 알고 있으면 얼마나 기분 좋은지 아니? 내가 더 잘난 사람이 된 기분이거든. 돌아오는 일요일에 교회에서 너를 보면 나는 속으로 이렇게 생각할 거야. '가엾은 낸 블라이드. 너에 대해 내가 아는 걸 너도 알면 좋을 텐데.' 아, 정말 재미있겠다!"

"네가 알고 있다는 내 이야기는 좋은 내용이야?"

"아주 낭만적이지. 이야기책에서나 읽을 수 있는 거야. 하지만 상관없어. 너는 관심 없다고 했으니까 나만 알고 있지 뭐."

이쯤 되자 낸은 궁금해서 미칠 지경이었다. 도비가 안다는 그 수수께끼 같은 이야기를 모르고서는 도저히 살 수 없을 것 같았다. 낸은 문득 좋은 생각이 떠올랐다.

"도비, 그 사슴 대신 빨간 양산을 줄게. 그러니까 네가 아는 내 이야기를 말해줘."

도비의 구스베리 같은 눈이 빛났다. 도비는 전부터 그 양산을 무척 탐내고 있었다.

"지난주에 너희 엄마가 마을에서 사 온 거 말이야?"

낸은 고개를 끄덕였다. 숨소리가 거칠어졌다.

'그거면 되겠지? 아, 정말 도비가 이야기를 해줄까?'

"그런데 너희 엄마가 허락하실까?"

낸은 다시 고개를 끄덕였지만, 솔직히 자신은 없었다. 확신할 수는 없었기 때문이다. 낸의 속마음을 알아차린 도비가 똑 부러지게 말했다.

"그 양산을 여기로 가져와. 그러면 얘기해줄게. 만약 양산을 가져오지 않으면 비밀을 말해줄 수 없어."

"내일, 내일 가져올게."

낸이 얼른 약속했다. 도비가 알고 있다는 내 비밀을 알아내야 한다. 지금 중요한 건 그뿐이다.

그때 도비가 애매하게 말했다.

"그러면 생각해볼게. 너무 기대하지는 마. 반드시 말해주겠다고 결심한 건 아니니까. 너는 너무 어리거든. 내가 몇 번이나 말해줬잖아."

낸이 애원했다.

"어제보다는 컸잖아. 제발, 도비. 심술부리지 마."

하지만 도비는 낸의 기대를 가차없이 꺾어버렸다.

"내가 아는 걸 말할지 말지는 내 마음이야. 아마 너는 앤 아줌마한테 말하겠지. 네 엄마 말이야."

"우리 엄마 이름은 나도 잘 알아. 그리고 잉글사이드 사람들 아무한테도 말하지 않겠다고 했잖아."

낸은 자존감을 조금 되찾은 듯했다. 비밀이 있든 없든 지켜야 할 선이라는 것이 있기 마련이다.

"맹세할 수 있어?"

"맹세할 수 있냐고?"

"앵무새처럼 따라 하지 마. 나는 엄숙하게 약속할 수 있느냐는 뜻으로 말한 거야."

"엄숙하게 약속할게."

"더 굳게 약속해야지."

이보다 더 굳게 약속하려면 어떻게 해야 할까? 낸은 도저히 알 수가 없었다. 얼굴이 딱딱하게 굳어버릴 지경이었다.

도비가 알려주었다.

"손을 깍지 끼고 하늘을 올려다봐. 손으로 가슴에 십자가를 긋고. 이제 '거짓말이면 죽어도 좋아'라고 말하는 거야."

낸은 그 말대로 의식을 치렀다.

"내일 양산을 가져와. 그러면 생각해볼게. 그런데 낸, 너희 엄마는 결혼하기 전에 뭘 하셨어?"

"학교 선생님이었어. 아주 잘 가르치셨대."

"아, 그렇구나! 뭐, 그냥 궁금해서 물어본 거야. 우리 엄마가 그러는데 너희 아빠가 너희 엄마랑 결혼한 건 실수였대. 너희 엄마는 원래 가족이 누군지 아무도 모르잖아. 그리고 너희 아빠가 결혼할 수도 있었던 괜찮은 아가씨들이 있었대. 아무튼 이제 난 가봐야 해. 오르브와(Au revoir)."

낸은 '오르브와'가 작별 인사라는 것을 알고 있었다. 프랑스어를 할 줄 아는 친구가 있어서 무척 자랑스러웠다. 도비가 집으로 가고 나서도 낸은 혼자 부두에 앉아 있었다. 여기서 낚싯배가 드나드는 모습을 바라보는 게 참 좋았다. 이따금씩 아득히 먼 아름다운 나라로 떠나는 배도 있었다.

낸도 젬처럼 배를 타고 멀리 가고 싶다는 생각을 하곤 했다. 푸른 항구를 빠져나가 그늘진 모래언덕이 늘어선 해변을 거쳐 밤마다 사방을 비추며 신비로운 나라로 이끄는 포윈즈 등대를 지난다. 이어서 바다가 육지 속으로 파고든 곳에 자욱히 낀 푸른 안개를 헤치고 마침내 황금빛 아침 바다에 떠 있는 마법의 섬에 닿는다. 낸은 가운데가 푹 꺼진 낡은 부두에 쪼그리고 앉아 상상의 날개를 펴고 온 세상을 날아다니곤 했다.

하지만 그날 오후 낸은 도비가 알고 있다는 비밀에만 정신이 온통 팔려 있었다.

'도비가 정말 말해줄까? 그게 뭘까? 도대체 어떤 일일까? 그리고 아빠가 결혼할 수도 있었다는 아가씨들 이야기는 또 뭐지? 그 아가씨들에 대해서도 여러 생각을 해보았다. 그중 한 사람은 우리 엄마가 되었을지도 몰라. 만약 그랬다면 얼마나 끔찍할까? 지금 엄마 말고는 누구도 내 엄마가 될 수 없어. 도저히 생각할 수도 없는 일이야.'

그날 밤 엄마가 잘 자라고 입맞춤할 때 낸이 털어놓았다.

"엄마, 도비 존슨이 내게 비밀을 말해줄지도 몰라요. 물론 그건 엄마한테도 말할 수 없어요. 말하지 않겠다고 굳게 약속했거든요. 그래도 괜찮죠, 엄마?"

"물론 괜찮고말고."

앤은 무척 흥미로워하며 말했다.

다음 날 낸은 양산을 가지고 부두로 갔다.

'이건 내 양산이야. 그러니까 마음대로 할 수 있어.'

이런 궤변으로 양심을 속이면서 낸은 아무도 보지 않을 때 집을 빠져나왔다. 너무도 아끼는 화려한 양산을 포기한다는 게 가슴 아팠지만, 도비가 알고 있다는 것을 듣고 싶은 열망에는 저항할 수 없었다.

낸이 숨을 헐떡이며 말했다.

"자, 여기 양산. 이제 비밀을 가르쳐줘."

도비는 깜짝 놀랐다. 일을 여기까지 끌고 올 생각은 없었던

것이다. 낸의 엄마가 이 빨간 양산을 남에게 줘도 된다고 허락
해주실 줄은 생각도 못했던 도비는 입술을 삐죽 내밀었다.

"지금 보니까 이 빨간 색이 내 얼굴과 어울리지 않을 것 같네.
너무 요란해. 그러니까 말 안 해줄 거야."

낸도 나름 고집이 있어서 아무리 도비를 좋아한다고 해도 무
작정 따르지는 않았다. 낸은 자기가 부당한 대우를 받고 있다는
사실을 즉시 깨달았다.

"도비 존슨, 약속은 약속이야! 양산을 주면 비밀을 말해준다
고 했잖아. 여기 양산 가져왔으니까 너도 약속을 지켜야 해."

"그래, 좋아."

도비가 지긋지긋하다는 얼굴로 말했다.

주위가 조용해졌다. 거친 바람도 잦아들었다. 부두의 말뚝 주
위를 철썩거리던 파도도 멈췄다. 낸은 흥분되는 이 순간에 감격
해서 몸을 떨었다. 마침내 도비만 아는 비밀을 듣는다!

"너 항구 아래쪽에 사는 지미 토머스 아저씨 알지? 여섯 발가
락 지미 토머스."

낸은 고개를 끄덕였다. 적어도 토머스 집안사람이 누구인지
는 알았다. 여섯 발가락 지미는 가끔씩 잉글사이드에 생선을 팔
러 왔다. 수전은 그가 가져오는 생선이 싱싱하지 않은 것 같다
고 말했다. 낸은 그의 외모가 마음에 들지 않았다. 지미는 흰 곱
슬머리가 양쪽에 덥수룩한 대머리였고 빨간 매부리코였다. 그
런데 토머스 집안이 이 일과 무슨 관계가 있을까?

도비가 말을 계속했다.

"그리고 캐시 토머스도 알지?"

낸은 캐시 토머스를 한 번 본 적이 있었다. 여섯 발가락 지미가 생선 마차에 캐시를 태우고 왔을 때였다. 낸의 또래인 캐시는 빗자루 같은 빨간 곱슬머리에 당돌해 보이고 초록빛이 도는 회색 눈의 소녀였다. 그날 캐시는 낸에게 혀를 쑥 내밀었다.

"당연하지."

도비는 길게 숨을 들이마셨다.

"이제 너에 대한 사실을 말해줄게. 네가 캐시 토머스고 그 애가 낸 블라이드야."

낸은 도비를 뚫어지게 바라보았다. 도비의 말을 이해할 수 없었다. 앞뒤가 전혀 맞지 않았기 때문이다.

"그게, 그러니까, 무슨 소리야?"

"별로 어려운 얘기가 아닌데. 아주 간단하다고."

딱하다는 미소를 지으며 도비가 말했다. 무슨 말이라도 해야 했기 때문에 기왕이면 대단한 이야기를 꾸며낸 것이다.

"너하고 캐시는 같은 날 밤에 태어났잖아. 토머스 가족이 글렌세인트메리 마을에 살았을 때고. 그날 간호사가 다이와 쌍둥이로 태어난 아이를 토머스네로 데려가서 요람에 눕힌 다음 그 대신 너를 다이 엄마한테 데려온 거야. 다이까지 데리고 갈 수는 없었지. 가능하다면 그랬겠지만. 그 간호사는 너희 엄마를 싫어해서 그렇게 앙갚음한 거야. 그러니까 네가 진짜 캐시 토머스고 항구 어귀에서 쭉 살아야 했던 거였어. 가엾은 캐시는 늙은 계모한테 얻어맞는 대신 잉글사이드에서 살아야 마땅했고. 캐시가 정말 안됐어."

낸은 이 터무니없는 이야기를 한 마디도 빠짐없이 믿었다. 낸은 이제까지 한 번도 거짓말을 해본 적이 없었기에 도비의 말이 사실이 아니라고는 의심조차 하지 않았다. 하물며 자기가 사랑하는 도비가 이런 이야기를 꾸며내거나 꾸며낼 수 있다는 생각은 전혀 하지 못했다. 충격에 휩싸인 낸은 고통스럽고 환멸에 찬 눈으로 도비를 바라보았다.

"어떻게, 어떻게 케이트 고모가 그걸 아신 거야?"

낸이 바짝 마른 입술을 혀로 축이고 숨을 몰아쉬며 묻자 도비가 엄숙한 얼굴로 말했다.

"그 간호사가 죽으면서 고모한테 말해줬대. 양심의 가책을 받았던 것 같아. 케이트 고모는 나 말고는 아무한테도 말하지 않았어. 내가 글렌세인트메리 마을에 왔을 때 캐시 토머스를 봤어. 그러니까 진짜 낸 블라이드 말이야. 아주 자세히 살펴봤지. 그 애 머리 색깔은 빨갛고 눈동자 색깔도 너희 엄마랑 같아. 너는 갈색 눈에 갈색 머리잖아. 너하고 다이가 닮지 않은 것도 그래서 그런 거야. 쌍둥이라면 똑같이 생겼어야지. 그리고 캐시는 너희 아빠랑 귀 모양이 아주 비슷해. 예쁘기도 하면서 머리에 딱 붙어 있거든. 이제 와서는 어쩔 수 없는 일인 것 같기는 해. 하지만 아무리 생각해도 그건 옳지 않아. 너는 편하게 살면서 인형을 갖고 노는데 가엾은 캐시는, 그러니까 진짜 낸은 누더기나 입고 심지어는 밥도 제대로 못 먹는 날이 많거든. 늙은 여섯 발가락 아저씨는 술에 취해서 집에 들어오면 그 애를 때린대! 어머, 너 왜 그런 표정으로 나를 보는 거야?"

낸은 견딜 수 없을 정도로 고통스러웠다. 이제 모든 것이 끔찍할 정도로 분명해졌다. 낸과 다이가 조금도 닮지 않은 것을 사람들은 항상 신기하게 생각했는데, 이게 그 이유라니!

"도비 존슨, 그런 말을 하다니. 넌 정말 나빠!"

도비는 통통한 어깨를 으쓱해 보였다.

"네가 좋아할 만한 이야기라고는 하지 않았잖아. 그렇지? 네가 날 억지로 말하게 만든 거야. 야, 너 어디 가?"

하얗게 질린 낸이 휘청거리며 일어났던 것이다.

"집에 가서 엄마한테 말씀드릴 거야."

낸이 비참한 얼굴로 말했다. 그러자 도비가 소리쳤다.

"말하면 안 돼. 네가 아무한테도 절대 말 안 한다고 맹세한 거 잊지 마!"

낸은 도비를 뚫어지게 바라보았다. 말하지 않기로 약속한 것은 사실이다. 그리고 약속은 반드시 지켜야 한다고 엄마가 항상 말씀하셨다.

"나도 집에 가봐야 할 것 같아."

도비가 말했다. 낸의 표정이 영 마음에 들지 않았던 것이다.

도비는 양산을 집어 들고 뛰어갔다. 맨살이 드러난 통통한 다리가 부둣가를 따라 반짝였다. 도비는 떠났지만 마음이 찢어진 한 아이는 그 자리에 남았다. 아이는 자신만의 작은 우주가 무너지고 남은 폐허 한가운데에 우두커니 앉아 있었다.

도비는 이 일에 대해서 미안해하지 않았다. 낸은 마음이 여린 아이가 아니었고, 낸을 놀려준 일도 기대한 것보다 재미가 없었다는 게 아쉬웠을 뿐이다.

'낸은 집에 가자마자 엄마한테 말할 거고 자기가 속았다는 걸 깨닫겠지? 괜찮아. 나야 일요일에 집으로 가버리면 그만인걸.'

낸은 시간이 흐르는 것도 모르고 부두에 앉아 있었다. 무너진 마음에 절망의 그림자가 짙게 드리웠다. 나는 엄마의 아이가 아니다! 여섯 발가락 지미의 딸이다. 발가락이 여섯 개라는 이유로 낸은 전부터 지미를 무서워했다.

"아!"

엄마 아빠에게 사랑받으며 잉글사이드에서 살 자격이 없다는 생각에 낸은 비통한 신음을 나지막이 토해냈다. 엄마랑 아빠가 알면 더는 날 사랑하지 않을 거야. 두 분의 사랑은 전부 캐시 토머스에게로 가겠지.

낸은 손으로 머리를 감싸 쥐었다.

"어지러워."

31장

———

"낸, 왜 아무것도 안 먹니?"

저녁 식사 자리에서 수전이 물었다.

"뙤약볕 아래서 너무 오래 있었던 것 아닐까? 머리 아프니?"

엄마도 걱정스러운 얼굴로 물었다.

"그, 그런가봐요."

낸은 겨우 대답했다. 하지만 아픈 것은 머리가 아니었다.

'내가 지금 엄마한테 거짓말하는 거지? 앞으로 얼마나 더 엄마를 속여야 할까?'

다시는 음식을 먹을 수 없을 거라는 생각이 들었다. 이 무서운 사실을 마음속에 품고 있는 동안에는 아무것도 입에 넣지 못할 게 뻔했기 때문이다.

'그렇다고 해서 엄마에게 말할 순 없어. 약속 때문만은 아니야. 나쁜 약속이라면 지키는 것보다 어기는 것이 낫다고 수전 아줌마가 말해줬잖아. 하지만 사실대로 말하면 엄마가 무척 괴로워할 거야.'

낸은 엄마가 이 일로 크나큰 상처를 받으리라는 걸 분명히 알았다. 엄마를 괴롭게 해서는 절대 안 된다. 아빠도 마찬가지다.

'그러면 캐시 토머스는?'

그 아이를 낸 블라이드라고 부를 생각은 없었다. 캐시 토머스가 낸 블라이드라고 생각하는 것만으로도 낸의 기분은 말로 표현할 수 없을 만큼 비참해졌다. 나라는 존재가 깨끗이 지워지는 것 같았다. 낸 블라이드가 아니라면 나는 그 누구도 아니다! 나는 절대 캐시 토머스가 될 수 없다.

하지만 캐시 토머스 문제가 머릿속에서 떠나지 않았다. 낸은 일주일 내내 그 생각에 시달렸다. 낸이 속앓이로 괴로워하는 동안, 앤과 수전은 낸이 너무도 걱정되어 안절부절못했다. 낸은 먹지도 놀지도 않고 수전의 말마따나 "멍하니 서성거리기만" 했다. 도비 존슨이 집에 돌아가서 그런 것일까? 하지만 낸은 이렇게 둘러대기만 했다.

"아무 일도 없어요. 그냥 좀 피곤할 뿐이에요."

아빠는 낸을 자세히 살펴본 뒤 약을 처방해주었고 낸은 그것을 꼬박꼬박 챙겨 먹었다. 피마자유만큼 먹기 힘들진 않았지만, 이제 피마자유 같은 것도 아무런 의미가 없었다. 캐시 토머스 말고는 그리고 낸의 혼란스러운 머리에서 나와 낸을 사로잡은 끔찍한 의문 말고는 그 무엇도 의미가 없었다.

'캐시 토머스가 자기의 정당한 권리를 찾아야 하지 않을까?

내가, 낸 블라이드가(낸은 필사적으로 자기가 낸이라는 사실에 매달렸다) 원래는 캐시 토머스가 누려야 할 모든 것을 차지한 게 과연 옳은 일일까? 아니다. 이건 불공평하다.'

낸은 절망 속에서도 무엇이 옳은지 분명히 판단했다. 낸의 마음속 어딘가에는 공정에 대한 굳은 의지가 깃들어 있었다. 그래서 캐시 토머스에게 당연히 말해줘야 한다는 생각이 낸의 마음속에서 점점 더 확고해졌다.

결국은 아무도 이 문제에 신경 쓰지 않을 것이다. 엄마랑 아빠도 처음에는 조금 당황하겠지만, 캐시 토머스가 친딸이라는 사실을 알면 곧바로 캐시에게 애정을 전부 쏟을 것이고 낸은 두 사람에게 아무 관계도 아닌 아이가 될 것이다. 엄마는 여름에 해가 질 때면 캐시 토머스에게 입맞춤을 하고 노래를 불러줄 것이다. 낸이 가장 좋아했던 노래를….

항해하는 배를 보았어, 바다에서 항해하는 배를.
아, 내게 줄 예쁜 것들을 가득 싣고 있네.

낸과 다이는 자신들의 배가 들어오는 날에 관한 이야기를 자주 했다. 하지만 이제 예쁜 것들은 물론이고 배에 실린 것 중에서 낸의 몫은 전부 캐시 토머스가 차지할 것이다. 캐시 토머스는 다음 주 주일학교 발표회에서 원래는 낸에게 주어졌던 요정 여왕 역을 맡아 눈부신 반짝이 띠를 두르고 연기할 것이다.

'내가 그 순간을 얼마나 기다렸는데!'

수전은 캐시 토머스에게 과일을 넣은 과자를 만들어줄 것이

고, 고양이 푸시윌로도 캐시에게 가르랑거릴 것이다. 캐시는 단
풍나무 숲에 있는 이끼가 깔린 장난감 집 안에서 낸의 인형을
가지고 놀 것이며, 낸의 침대에서 잘 것이다. 그런데 다이는 캐
시를 어떻게 생각할까? 캐시 토머스하고 자매가 되는 걸 긍정
적으로 받아들일까?

　어느 날, 낸은 마침내 옳은 일을 하기로 마음먹었다. 더는 견
딜 수 없었기 때문이다. 항구 어귀의 토머스 가족을 찾아가 진
실을 말하면 그들이 엄마랑 아빠에게 말해줄 것이다. 낸은 차마
직접 사실을 털어놓을 수 없었다.

　마음을 굳히자 낸은 조금 홀가분해졌다. 하지만 한편으로는
너무너무 슬펐다. 입맛은 없었지만 저녁을 조금 먹어보려고 했
다. 잉글사이드에서 하는 마지막 식사일 테니까.

　낸은 필사적으로 생각했다.

　'앞으로도 엄마를 엄마라고 부를 거야. 여섯 발가락 지미한테
는 절대 아빠라고 부를 수 없어. 그냥 토머스 씨라고 정중하게
말해야지. 그래도 그 아저씨는 신경 쓰지 않을 거야.'

　하지만 왠지 먹먹한 기분이 들었다. 고개를 들자 피마자유를
든 수전이 보였다.

　'자기 전 피마자유를 마실 때쯤에 나는 여기 없을 거야. 나 대
신 캐시 토머스가 그걸 삼키겠지?'

　그것만은 유일하게 캐시 토머스가 부럽지 않았다.

　저녁 식사가 끝나자 낸은 곧바로 집을 나섰다. 어두워지기 전
에 가야만 했다. 그러지 않으면 용기를 잃고 말 것이다. 낸은 수
전이나 엄마가 수상한 낌새를 알아차릴까 봐 옷을 갈아입지 않

고 평소 입던 체크무늬 깅엄 드레스 차림으로 나갔다. 사실 낸이 가진 예쁜 드레스는 전부 다 캐시 토머스의 것이 아닌가? 하지만 낸은 수전이 만들어준 새 앞치마는 일부러 챙겨 입고 나갔다. 밝은 빨간색 실을 묶어 가장자리를 부채꼴로 장식한 멋진 앞치마였다. 낸은 이 앞치마가 정말 좋았다. 이 옷만큼은 가져가도 캐시 토머스가 뭐라 하지 않을 것이다.

낸은 마을을 지나고 부두를 거쳐서 항구로 가는 길에 접어들었다. 누가 보더라도 용감하고 꿋꿋한 모습의 꼬마였을 것이다. 예전과 다르게 낸은 자기가 주인공이라고 생각하지 않았다. 도리어 스스로를 부끄럽게 여겼다. 옳고 공정한 일을 하는 것도, 캐시 토머스를 미워하지 않는 것도, 여섯 발가락 지미를 무서워하지 않는 것도, 돌아서서 잉글사이드로 다시 달려가고 싶은 마음을 억누르는 것도 너무 힘들었다.

날이 저물어가고 있었다. 바다에 무겁게 드리워진 먹구름은 커다랗고 시커먼 박쥐를 떠올리게 했다. 이따금씩 항구와 그 너머 언덕 숲 위로 번개가 쳤다. 항구 어귀에 늘어선 어부들의 집에 구름 밑으로 새어나온 붉은빛이 잔뜩 내리쬈다. 여기저기 물이 고인 웅덩이가 커다란 루비처럼 빛났다. 하얀 돛을 달고 있는 조용한 배 한 척이 어슴푸레하게 안개 낀 모래언덕을 지나 신비롭게 소리치며 손짓하는 바다를 향해 떠나가고 있었다. 갈매기는 이상한 소리로 울어댔다.

낸은 어부들의 집에서 풍겨오는 냄새도 싫었고, 모래사장에서 놀고 싸우고 소리 지르는 꾀죄죄한 아이들도 싫었다. 낸이 걸음을 멈추고 여섯 발가락 지미의 집이 어디인지 묻자 아이들은 호기심 어린 눈으로 낸을 쳐다보았다.

한 남자아이가 손가락으로 가리키며 말했다.

"저기 저 집이야. 그 사람은 왜 만나러 가는 거야?"

"고마워."

낸이 인사하고 발길을 돌리려는데 한 여자아이가 소리쳤다.

"너는 예의도 모르니? 정중하게 물었는데 건방지게 대꾸도 안 하네!"

조금 전에 집을 알려준 남자아이가 낸의 앞을 막아섰다.

"토머스네 집 뒤에 있는 저 집 보이지? 거기에는 바다뱀이 있는데 네가 왜 여섯 발가락 지미를 만나러 가는지 말해주지 않으면 거기 가둬버릴 거야."

덩치 큰 여자아이가 놀렸다.

"이거 봐, 거만한 아가씨. 너 글렌세인트메리 마을에서 왔지? 거기 애들은 다 자기가 예쁜 줄 안다니까. 어서 빨리 빌이 묻는 말에나 대답해!"

다른 남자아이가 말했다.

"너 조심해. 고양이 새끼를 몇 마리 물에 집어넣을 참인데 너도 같이 풍덩 넣어줄 테니."

무섭게 생긴 여자아이가 씩 웃으며 말했다.

"너 혹시 10센트 있어? 그거 주면 내 이를 네게 팔게. 어제 하나 뽑았거든."

낸이 겨우 용기를 내어 말했다.

"난 10센트도 없고, 네 이 같은 건 필요 없어. 그러니 날 좀 내버려둬. 그냥 보내달라고!"

무섭게 생긴 여자아이가 다시 말했다.

"건방진 소리!"

그 순간 낸은 달리기 시작했다. 그러자 바다뱀 이야기를 꺼낸 남자아이가 발을 걸어 낸을 넘어뜨렸다. 낸은 바닷물로 축축한 모래 위에 나자빠졌다. 아이들이 깔깔거렸다.

무섭게 생긴 여자아이가 말했다.

"이제는 그렇게 고개를 빳빳이 들고 다니지 않겠지. 빨간 테두리 장식 같은 걸 달고 잘난 척하면서 여길 돌아다니다니!"

그때 누군가가 소리쳤다.

"저길 봐. 블루 잭의 배가 들어오고 있어!"

그러자 아이들이 일제히 달려갔다. 검은 구름은 점점 더 낮아졌고 루비 같던 물웅덩이는 모두 잿빛이 되어 있었다. 낸은 몸을 일으켰다. 드레스가 모래투성이였고 양말은 지저분했다. 하지만 괴롭히는 아이들에게서는 벗어났다.

'앞으로 저 아이들하고 같이 놀아야 하는 걸까?'

울면 안 된다. 울어서는 안 된다! 낸은 여섯 발가락 지미네 집 문으로 이어지는 무너질 듯한 나무 계단을 올라갔다. 항구 어귀의 다른 집들처럼 이곳도 갑작스럽게 높은 파도가 들이치지 않도록 나무받침대 위에 서 있었고, 그 아래 공간은 깨진 접시, 빈 깡통, 낡은 새우잡이 그물과 온갖 잡동사니로 가득했다. 문은 열려 있었고 부엌을 들여다보니 이제까지 본 적도 없는 광경이 펼쳐져 있었다. 칠도 하지 않은 바닥은 더럽기 짝이 없었고, 천장은 얼룩진 데다가 지저분한 접시가 설거지통 가득 쌓여 있었다. 음식을 먹고 치우지도 않았는지 낡은 나무 식탁 위에서는 끔찍할 만큼 커다랗고 검은 파리가 윙윙거리며 날아다녔다. 헝클어진 회색 머리 여자가 흔들의자에 앉아 포동포동한 아기를 달래고 있었다. 씻기지 않아 꾀죄죄한 아기였다.

낸이 생각했다.

'쟤가 내 동생이구나.'

캐시나 여섯 발가락 지미는 집에 없는 것 같았다. 지미가 없다는 사실에 낸은 순간 고마운 마음이 들었다.

낸을 본 여자가 조금 무뚝뚝하게 말했다.

"넌 누구니? 여기는 왜 온 거지?"

들어오라는 말도 하지 않았는데, 낸이 먼저 집 안으로 들어갔다. 밖에는 비가 쏟아지기 시작했고 천둥소리로 집이 흔들렸다. 낸은 여기 왜 왔는지 용기가 사라지기 전에 말해야 할 것 같았다. 그러지 않으면 이 끔찍한 집과 이 끔찍한 아기와 이 끔찍한 파리에게서 몸을 돌려 달아나고 말 것이다.

"캐시를 보러 왔어요. 걔한테 중요한 이야기를 해야 해서요."

"세상에, 지금 말이냐? 물론 중요한 이야기겠지. 너 같은 꼬마한테는 그래 보이는구나. 하지만 캐시는 지금 집에 없어. 아빠랑 마차로 글렌세인트메리 마을 위쪽에 갔는데, 이렇게 폭풍우가 치고 있으니 언제 올지 모르겠구나. 좀 앉아라."

낸은 부서진 의자에 앉았다. 항구 어귀에 사는 사람들이 가난하다는 것은 알았지만 이 정도일 줄은 몰랐다. 글렌세인트메리 마을에서 가난한 축에 드는 톰 피치 부인의 집도 잉글사이드만큼이나 깔끔했다. 물론 여섯 발가락 지미가 돈을 버는 족족 술마시는 데 탕진한다는 것은 누구나 알고 있었다. 그리고 이제부터 낸은 이곳에서 살아야 하는 것이다.

'앞으로 청소는 내가 해야겠지?'

낸은 쓸쓸한 얼굴로 생각했다. 마음이 납덩이처럼 무거웠다. 이곳까지 오도록 낸을 이끌었던 숭고한 자기희생의 불꽃은 이미 꺼져 있었다.

"그래, 캐시한테 해야 한다는 중요한 이야기가 뭐니?"

여섯 발가락 지미의 부인이 궁금한 얼굴로 물으며 아기의 지저분한 얼굴을 더 지저분한 앞치마로 닦았다.

"주일학교 발표회 일이라면 캐시는 못 간다. 그것밖에는 해줄 말이 없네. 입을 만한 옷이 없거든. 내가 그런 옷을 어떻게 구할 수 있겠니? 안 그래?"

"아뇨, 발표회 때문에 온 거 아니에요."

낸이 쓸쓸한 얼굴로 말했다. 토머스 부인에게 모든 이야기를 털어놓는 것이 낫겠다 싶었다. 어쨌든 부인도 알아야 할 이야기였기 때문이다.

"캐시가 저고, 제가 캐시예요. 저는 캐시한테 이 말을 해주려고 왔어요!"

낸의 말을 제대로 알아듣지 못한 것은 부인의 책임이 아니었다. 부인이 어리둥절해하며 물었다.

"너 정신이 나간 것 아니냐? 도대체 무슨 말을 하는 거야?"

낸이 고개를 들었다. 최악의 순간은 이제 끝났다.

"그러니까 캐시하고 저는 같은 날 밤에 태어났어요. 그런데 간호사가 엄마에게 앙심을 품고 우릴 바꿔놨어요. 그러니 지금부터라도 캐시가 잉글사이드에서 살아야죠. 그건 은혜로운 일이에요."

마지막 말은 주일학교 선생님이 쓰는 말이었다. 비록 앞뒤가 안 맞는 이야기라 해도 끝에 이 말을 붙이면 위엄 있게 마무리된다고 낸은 늘 생각했다.

부인이 낸을 뚫어지게 쳐다보았다.

"내 머리가 어떻게 된 건가? 아니면 네가 돈 거니? 무슨 말인지 당최 모르겠구나. 누가 그렇게 터무니없는 말을 한 거지?"

"도비 존슨이요."

그 말을 듣자 부인은 헝클어진 머리를 뒤로 젖히며 웃었다. 부인이 불결하고 지저분한 것은 사실이지만 웃음소리만큼은 무척 듣기 좋았다.

"그럴 줄 알았어. 이번 여름내 걔네 고모네 집에서 빨래를 해 줬는데, 볼 때마다 그 아이가 참 마음에 안 들더라니. 글쎄, 다른 사람을 속이고는 자기가 똑똑하다고 생각하더라니까! 뭐, 네 이름은 모르겠지만 도비가 하는 이야기를 곧이곧대로 믿지 않는 게 좋을 거다. 안 그러면 꽤나 골치 아픈 일이 생길 테니까."

낸은 숨이 턱 막혔다.

"그게 사실이 아니라는 거예요?"

"당연하지. 세상에나, 어처구니가 없어서 원. 그런 말에 걸려 들다니 너도 참 순진하구나. 캐시는 너보다 한 살 정도 많을 거다. 그건 그렇고 네 이름은 뭐니?"

"낸 블라이드예요."

낸은 속으로 생각했다.

'아, 정말 멋진 일이야! 나는 낸 블라이드다!'

"낸 블라이드라고? 아하, 잉글사이드의 쌍둥이로구나! 그래, 네가 태어난 날이 기억난다. 그때 마침 볼일이 있어서 잉글사이드에 들렀거든. 여섯 발가락하고 결혼하기 전이었지. 어쩌다 보니 지금 이렇게 살지만…. 어쨌든 캐시 어머니는 건강하게 살아 있고 캐시가 막 걸음마를 배울 때였어. 너는 친할머니를 닮았네. 그분도 그날 밤 거기 계셨는데 쌍둥이 손녀가 태어났다고 정말 좋아하셨지. 그런데 너도 참 철이 없구나. 어쩜 그렇게 말도 안 되는 소리를 믿을 수 있니?"

"저는 원래 사람들을 잘 믿는 편이에요."

낸은 조금 당당한 태도로 일어서며 말했다. 그러면서도 무척 행복한 모습을 보이지 않으려고 조심했다. 자칫 여섯 발가락 부인의 기분을 상하게 만들까 봐 걱정되었기 때문이다.

부인이 냉소적으로 말했다.

"이런 세상에서는 그런 버릇을 고치는 게 좋겠다. 그리고 다른 사람을 속이는 걸 좋아하는 아이랑은 같이 다니지도 말고. 앉아라, 얘야. 소나기가 멎을 때까지 기다렸다 가렴. 비도 쏟아지고 하늘은 검은 고양이가 우글거리는 것처럼 어둡잖니. 세상에, 어쩜 좋아? 아이가 가버렸어!"

낸은 이미 폭우 속으로 사라진 뒤였다. 여섯 발가락 부인 덕분에 진실을 알게 되자 마음속에서 기쁨이 샘솟았다. 그러지 않았다면 이 폭풍우를 뚫고 집으로 갈 엄두를 내지 못했을 것이다. 바람이 온몸을 때렸고 비가 억수같이 쏟아졌으며 무시무시한 천둥소리가 세상을 찢을 듯 요란하게 울렸다. 얼음처럼 푸르스름한 번개가 끊임없이 번쩍이며 길을 비춰주었다. 낸은 몇 번이나 미끄러져 넘어졌다. 하지만 비틀거리면서도 계속 걸었고 마침내 몸에서 빗물을 뚝뚝 떨어뜨리며 잉글사이드의 현관에 이르렀다.

엄마가 달려와 낸을 꼭 껴안았다.

"낸, 다들 얼마나 놀랐다고! 도대체 어디 갔었던 거니?"

"젬하고 월터가 빗속을 뚫고 너를 찾으러 나갔다. 그러다 죽을병에라도 걸리는 건 아닌지 걱정이구나. 제발 그런 일은 없어야 하는데…."

수전은 잔뜩 긴장해서 날카로운 목소리로 말했다.

낸은 숨이 거의 멎을 지경이었다. 따스하고 다정한 엄마의 팔에 안겨 숨을 고르느라 애를 먹었다.

"아, 엄마. 나는 나예요. 정말 나예요! 캐시 토머스도 아니고 다시는 내가 아닌 사람은 되지 않을 거예요."

수전이 걱정스레 말했다.

"어떡하죠? 낸이 정말 어디가 안 좋긴 안 좋은가 봐요. 뭘 잘못 먹은 게 분명해요."

앤은 낸을 씻기고 침대에 눕혔다. 그런 다음에야 딸에게 어찌된 일인지 물었다.

"아, 엄마. 나 정말 엄마 딸이죠?"

"물론이지! 어떻게 그런 생각을 할 수가 있니?"

"도비가 나한테 거짓말을 할 줄은 생각도 못했어요. 설마, 도비가 말이에요. 엄마, 다른 사람을 믿을 수 있어요? 제니 페니도 다이한테 심한 거짓말을 했는데…."

"네가 아는 여자아이들 중에서 겨우 두 명만 그랬을 뿐이야.

다른 친구들은 아무도 네게 사실이 아닌 말을 한 적이 없잖니. 세상에는 그렇게 남을 속이는 사람들도 있어. 아이들뿐만 아니라 어른들도 마찬가지란다. 네가 좀 더 자라면 그냥 반짝이는 것과 진짜 금을 구별할 수 있을 거야."

"엄마, 월터하고 젬하고 다이는 내가 얼마나 바보 같았는지 몰랐으면 좋겠어요."

"걱정하지 않아도 돼. 다이는 아빠랑 로브리지에 갔고, 오빠들에게는 네가 항구 길로 너무 멀리까지 갔다가 폭풍우를 만났다고 하면 되니까. 도비의 말을 믿은 건 어리석었지만 너는 정말 훌륭하고 용감한 아이야. 가엾은 캐시 토머스에게 제자리를 찾아줘야겠다고 마음먹고 용기를 내어 찾아갔잖니. 엄마는 네가 무척 자랑스럽단다."

폭풍우가 그치고 달이 얼굴을 내밀었다. 달은 시원하고 행복한 세상을 흐뭇하게 내려다보았다.

'아, 내가 나라서 정말 기뻐!'

낸은 이렇게 생각하며 꿈나라로 빠져들었다.

잠시 뒤 길버트와 앤이 방으로 들어와서는 사랑스럽게 몸을 꼭 붙이고 잠들어 있는 쌍둥이의 얼굴을 바라보았다. 다이는 조그만 입 양끝을 꽉 다물고 있었으며, 낸은 미소를 머금고 있었다. 길버트는 낸이 겪은 이야기를 듣고 크게 화를 냈다. 도비 존슨이 50킬로미터는 떨어진 곳에 있어서 다행이었다. 하지만 앤은 양심의 가책을 느꼈다.

"낸이 무슨 일로 괴로워하는지 내가 알아차렸어야 했어. 그런데 이번 주는 다른 일에 정신이 팔려 있느라 아이는 뒷전이었지. 낸이 겪은 불행에 비하면 정말 아무것도 아닌 것들이었는데. 이 가엾은 아이가 혼자서 얼마나 마음고생했을까?"

앤은 마음 깊이 후회하면서도 몸을 굽혀 쌍둥이를 만족스럽게 바라보았다. 쌍둥이는 내 아이다. 난 이 아이들의 엄마다. 내가 이 아이들을 키우고 사랑하고 지켜줘야 한다. 두 아이는 조그만 가슴에 담긴 모든 사랑과 슬픔을 가지고 내게로 온다. 앞으로 몇 년 동안은 더 그럴 것이다. 그리고 그다음에는? 앤은 몸을 떨었다. 어머니가 된다는 것은 참으로 달콤한 일이다. 하지만 아주 무서운 일이기도 하다.

앤이 속삭였다.

"쌍둥이가 앞으로 어떤 삶을 살지 궁금해."

길버트가 놀리듯 말했다.

"적어도 엄마처럼 좋은 남편을 만나길 바라야겠지?"

32장

———

"그래서 부녀회 사람들이 잉글사이드에 모여 조각보를 만들기로 했군. 수전, 그동안 자랑하던 요리를 모두 내와야겠네요. 그리고 그 요리를 먹는 동안 온갖 소문이 바닥에 흘러넘칠 테니 그걸 쓸어 담으려면 빗자루도 몇 개 준비해야 할 거예요."

길버트의 말에 수전은 힘없이 미소 지었다. 중요한 행사에 관해서 전혀 이해하지 못하는 남자를 너그럽게 용서해줄 때 보일 수 있는 가장 호의적인 반응이었다. 웃음에 힘이 없었던 이유는 부녀회 저녁 식사를 어떻게 준비할지 아직 정하지 못한 터라 머리가 복잡하고 마음이 무거웠기 때문이다.

"뜨거운 치킨파이를 만들면 되겠네요. 으깬 감자와 크림을 얹은 완두콩을 주요리로 하고요. 사모님, 이번에 새 레이스 식탁보를 사용해보면 좋겠어요! 글렌세인트메리 마을에서는 볼 수 없던 것이라 큰 화제를 불러일으킬 게 틀림없어요. 애너벨 클로가 그걸 보면 어떤 표정을 지을지 기대되네요. 그리고 꽃은 파란색과 은색 바구니에 꽂으면 어떨까요?"

수전은 집안일을 하면서도 줄곧 중얼거렸다.

"그래요. 바구니 가득 팬지꽃하고 단풍나무 숲에 있는 황록색 고사리를 꽂으면 좋겠어요. 그리고 수전이 키우는 커다란 분홍색 제라늄 세 송이를 어딘가에 뒀으면 싶은데…. 우리가 조각보를 거실에서 만든다면 거기 두고, 날이 따뜻하니까 밖에서 한다면 베란다 난간에 두는 게 어때요? 제라늄이 아직도 이렇게 많이 남아 있어서 다행이에요. 올여름만큼 정원이 아름다웠던 적은 없었어요. 수전, 생각해보니 내가 가을마다 이 말을 하는 것 같네요. 그렇죠?"

정해야 할 일은 아직 많이 남아 있었다. 누구 옆에 누구를 앉혀야 할지도 중요한 문제였다. 예를 들어 사이먼 밀리슨 부인을 윌리엄 매크리리 부인 옆에 앉혀서는 안 된다. 학창 시절에 석연치 않은 일로 사이가 틀어진 두 사람은 해묵은 불화를 아직까지 해결하지 못하고 서로 말도 하지 않기 때문이다. 그리고 누구를 초대하느냐도 문제였다. 모임을 여는 사람에게는 부녀회 회원 외에도 두세 명을 더 부를 수 있는 특권이 주어졌다.

"베스트 부인과 캠벨 부인을 부를 생각이에요."

앤이 말했다. 그러나 수전은 내키지 않아 보였다.

"사모님, 그 사람들은 새로 이사 왔잖아요?"

마치 '그 사람들은 악어잖아요?'라고 말하는 투였다.

"수전, 길버트하고 나도 한때는 이곳에 새로 이사 온 사람들이었어요."

"하지만 선생님의 삼촌이 전에 여기서 오래 사셨잖아요. 베스트 집안과 캠벨 집안에 대해서는 사소한 것 하나라도 아는 사람이 없거든요. 하지만 여기는 사모님 집인데 누구를 부르고 싶어 하시든 제가 어떻게 반대하겠어요? 그러고 보니까 몇 년 전에 카터 플래그 부인네서 조각보 모임을 할 때도 낯선 부인을 초대했던 적이 있었네요. 그 사람은 혼방 옷을 입고 왔어요. 부녀회 모임에는 신경 써서 옷을 차려입지 않아도 된다고 생각했던 거죠! 그래도 캠벨 부인이라면 그런 걱정은 없을 거예요. 옷을 아주 잘 입거든요. 물론 저라면 교회에 갈 때 옅은 파란색 옷을 입을 엄두는 못 내겠지만요."

앤도 같은 생각이었지만 애써 웃음을 참았다.

"그 드레스가 캠벨 부인의 은발과 잘 어울리지 않아요? 그러고 보니까 캠벨 부인이 수전의 톡 쏘는 구스베리소스 조리법을 알고 싶다네요. 추수감사절 저녁 식사 때 조금 먹어봤는데 정말 맛있었다면서요."

"어머, 그랬군요? 그러게요. 톡 쏘는 구스베리를 만드는 건 아무나 할 수 있는 일이 아니죠."

그 뒤로 수전은 다시는 캠벨 부인의 옅은 파란색 드레스에 관해서 이러쿵저러쿵하지 않았다. 캠벨 부인이 피지에 사는 섬사람들의 옷을 입고 나타나더라도 수전은 어떤 이유를 찾아서건 너그럽게 받아줄 것이다.

10월도 하순으로 치닫고 있었지만 아직 여름을 기억하는 가을이어서 조각보 모임이 있는 날은 10월이라기보다는 6월 같았다. 부녀회 회원 중 참석 가능한 사람들이 흥미로운 소문과 진수성찬을 기대하며 잉글사이드에 찾아왔다. 그리고 의사 선생님의 아내가 최근 시내를 다녀왔으니 무언가 멋지고 새로운 물건을 볼 수 있지 않을까 하는 마음도 있었다.

수전은 음식 준비로 몹시 바빴지만 전혀 내색 않고 부인들을 응접실로 당당하게 안내했다. 이들 중에 가느다란 실로 뜨개질한 너비 13센티미터 레이스로 장식된 앞치마를 가진 사람은 없으리라는 생각에 기분이 우쭐했다. 수전은 일주일 전에 샬럿타운 박람회에서 이 레이스로 1등상을 받은 터였다. 그곳에서 리베카 듀를 만나 기억에 남을 만한 하루를 보낸 수전은 그날 밤 프린스에드워드섬에서 가장 자랑스러운 여성이 되어 잉글사이드로 돌아왔다.

수전은 표정 관리를 완벽하게 했지만, 생각만큼은 얼마든지 자기 뜻대로 할 수 있었다. 그러다 보니 때로는 가벼운 악의가 섞여 있기도 했다.

'실리아 리스가 왔네. 여느 때처럼 뭐라도 비웃을 거리가 없는지 찾아보고 있어. 뭐, 우리 집 저녁 식탁에서는 찾아내지 못하겠지. 그건 확실해. 마이러 머리는 빨간 벨벳 옷을 입었네. 조각보 모임에서 입기에는 너무 화려한 것 같지만 잘 어울리는 건 사실이야. 그래도 혼방 옷은 아니잖아. 애거사 드루네는 언제나처럼 안경을 끈으로 매놓았어. 세라 테일러도 왔네. 마지막 조각보 모임이 될 수도 있을 거야. 심장이 아주 나쁘다고 언젠가 선생님이 말씀하셨으니까. 그런데 아직 저렇게 기운 넘치다니! 도널드 리스 부인은 정말 고맙게도 메리 애나를 데려오지 않았어. 그래도 그 집 딸 이야기를 잔뜩 들려주겠지? 글렌세인트메리 마을 위쪽에선 제인 버가 왔네. 부녀회 회원도 아닌데 왜 왔을까? 저녁 식사가 끝나고 숟가락을 세어봐야지. 잊으면 안 돼. 저 집안은 다들 손버릇이 나쁘니까. 캔디스 크로퍼드도 왔네. 부녀회 모임에서 자주 문제를 일으키는 건 아니지만, 바느질 모임은 예쁜 손하고 다이아몬드 반지를 자랑하기에 좋은 곳이지. 에마 폴록은 드레스 밑으로 속치마가 보이잖아? 물론 예쁜 여자이기는 하지만 그 집안의 다른 사람들처럼 속셈이 아주 얄팍해. 틸리 매캘리스터는 파머 부인네서 조각보 모임을 했을 때처럼 식탁보에 젤리를 엎지르지 않았으면 좋겠어. 마사 크로더스는 이번에 제대로 된 식사를 할 수 있겠네. 남편이 같이 올 수 없어서 참 안됐어. 견과류 같은 것들만 먹고 산다고 하던데. 백스터 장로님의 부인도 왔군. 장로님이 결국 해럴드 리스를 위협해 마이너와 헤어지게 만들었다지. 해럴드는 등뼈가 있어야 할 자리에 새 가슴뼈밖에 없는 사람이니까. 용기 없는 사람은 미인을 얻지 못한다고 성경책에 적혀 있잖아.* 자, 이 정도 모였으면 조각보 두 장을 만들기엔 사람이 넘치도록 많아. 바늘에 실을 꿰어 줄 사람까지 있는 셈이야.'

조각보 모임은 넓은 베란다에 자리를 잡았고 모두가 손과 혀를 바쁘게 움직였다. 앤과 수전은 부엌에서 저녁 준비로 바빴고, 목이 아파서 학교에 가지 않았던 월터는 베란다 계단에 쪼

---

* 수전은 성경 구절 중 하나로 오해하고 있지만, 실제로는 "Faint heart never won fair lady"라는 속담이다.

그리고 앉아 있었다. 커튼처럼 내려와 있는 덤불에 가려 사람들에게는 보이지 않는 곳이었다. 월터는 종종 이곳에 앉아 어른들이 하는 이야기를 엿듣곤 했다. 어른들은 언제나 놀랍고 신비로운 이야기를 했다. 연극의 좋은 소재가 될 만한 사건이며 포윈즈 사람들의 인생에서 우러나온 빛깔과 그림자, 희극과 비극, 웃음과 슬픔을 드러내는 이야기였다.

월터는 그 자리에 모인 사람들 중에서 마이러 머리 부인이 가장 좋았다. 눈가의 유쾌한 잔주름이 매력적인 그녀는 주위 사람들을 웃음 짓게 만드는 사람이었다. 부인은 단순한 이야기도 극적이고 생생하게 풀어냈으며 어느 곳에 가든지 분위기를 유쾌하게 만들었다. 그리고 부드럽게 물결치는 검은 머리와 작은 물방울 같은 빨간색 귀걸이에 선홍색 벨벳 드레스를 입은 모습이 참으로 아름다웠다.

월터가 가장 싫어하는 사람은 바늘처럼 마른 톰 처브 부인이었다. 언젠가 자기를 가리켜 병약한 아이라고 말하는 것을 들었기 때문일지도 모른다. 앨런 밀그레이브 부인은 날렵한 회색 암탉을 빼닮았고 그랜트 클로 부인은 나무통에 다리가 달린 것 같았다. 머리카락이 태피 사탕처럼 황갈색인 데이비드 랜섬 부인은 젊고 미모가 빼어났다. 데이비드와 결혼했을 때 수전이 "농장에는 어울리지 않게 예쁜 얼굴이야"라고 말하기도 했다. 젊은 새 신부 모턴 맥두걸 부인은 졸고 있는 하얀색 양귀비처럼 보였다. 글렌세인트메리 마을의 재봉사인 이디스 베일리는 안개 같은 은빛 곱슬머리와 장난기 넘치는 검은색 눈동자 덕분에 노처녀로 보이지 않았다. 월터는 이 자리에서 가장 나이가 많은 미드 부인도 좋아했다. 자상하고 너그러운 눈매의 그녀는 늘 다른 사람의 말에 귀를 기울였다. 반면에 교활하고 짓궂은 얼굴로 모두를 비웃기라도 하듯 쳐다보는 실리아 리스는 싫어했다.

조각보 모임의 본격적인 대화는 아직 시작도 하지 않았다. 날씨 이야기와 함께, 조각보를 부채꼴로 할지 마름모꼴로 할지 정하기 위한 논의만 오갔다. 그래서 월터는 부인들의 무리에서 잠시 생각을 거두고 무르익어가는 하루의 아름다움을 곱씹고 있었다. 웅장한 나무가 서 있는 드넓은 잔디밭은 위대하고 친절한 존재가 황금빛 팔로 세상을 감싸는 듯했다. 물들기 시작한 나뭇잎은 서서히 땅으로 내려앉고 있었지만 기사 같은 모습의 접시꽃은 벽돌담에 기대어 여전히 화려하게 피어 있었고, 포플러는 헛간으로 이어지는 오솔길을 따라 사시나무와 함께 마법 같은 풍광을 엮어냈다. 월터가 주위의 아름다움에 흠뻑 빠져 있는 사이에도 조각보 모임은 대화의 꽃을 피워가고 있었다. 사이먼 밀리슨 부인의 선언이 귀에 들려오자 월터는 문득 정신을 차렸다.

"그 집안은 깜짝 놀랄 만한 장례식으로 유명하죠. 피터 커크의 장례식에 참석한 사람들 중에서 누가 그때 일어난 일을 잊을 수 있겠어요?"

월터는 귀를 쫑긋 세웠다. 구미가 당기는 이야기처럼 들렸다. 그런데 실망스럽게도 사이먼 부인은 무슨 일이 일어났었는지 자세히 설명하지 않았다. 모두들 장례식에 갔거나 그 이야기를 이미 들어서 아는 것이 분명했다.

'그런데 왜 다들 저렇게 불편해 보이는 걸까?'

"클라라 윌슨이 피터에 관해 한 말은 전부 사실이 틀림없어요. 하지만 피터는 무덤 속에 있잖아요. 가엾은 사람이니 우리는 그냥 넘어가야겠죠?"

톰 처브 부인이 자기 혼자 올바른 사람이라는 듯이 말했다. 누가 피터의 무덤을 파헤치자고 제안이라도 했다는 투였다. 그러자 도널드 리스 부인이 말했다.

"우리 메리 애나는 언제나 아주 똑똑한 말만 해요. 요전에 마거릿 홀리스터의 장례식에 가려고 준비하는데 그 아이가 뭐라고 했는지 아세요? '엄마, 장례식장에 아이스크림이 있어요?'라고 하는 거 있죠."

부인 몇 명이 우습다는 듯 슬쩍 미소를 주고받았지만 대부분은 도널드 부인의 말을 무시했다. 부인이 시도 때도 없이 메리 애나 이야기를 꺼냈기 때문에 그 말을 무시하는 것 말고는 다른 방법이 없었다. 조금이라도 맞장구를 쳐주면 사람을 질리게 만들었다. "우리 메리 애나가 뭐라고 했는지 아세요?"라는 말은 글렌세인트메리 마을의 유행어였다.

"장례식 이야기가 나와서 말인데요. 제가 어렸을 때 모브레이내로스에서 이상한 장례식이 열렸어요. 서부에 갔던 스탠턴 레인이 죽었다는 통지가 온 거예요. 가족이 시신을 집으로 보내달라고 전보를 치자 관이 도착했죠. 하지만 장의사인 윌리스 매캘리스터가 관 뚜껑은 열지 말라고 주의를 주었어요. 그런데 장례식을 막 시작하려고 할 때 스탠턴 레인이 기운차고 씩씩하게 걸어오는 거예요! 관 안에 누워 있는 시신이 누구였는지는 결국 밝혀지지 않았어요."

실리아 리스의 말에 애거사 드루가 물었다.

"그 시신은 어떻게 했어요?"

"그냥 묻었죠. 그대로 놔둘 수는 없다고 윌리스가 그랬거든요. 하지만 그걸 장례식이라고 부를 수는 없을 거예요. 살아 돌아온 스탠턴을 보며 다들 기뻐서 야단법석이었으니까요. 도슨 목사님이 마지막 찬송가를 〈그리스도인은 평안을 얻으리〉에서 〈빛나는 놀라움〉으로 바꿨는데, 거기 있던 사람들 대부분은 그냥 그대로 두는 편이 나았겠다고 생각했어요."

"요전에 메리 애나가 저한테 뭐라고 했는지 아세요? '엄마, 목사님은 뭐든지 다 알아요?'라는 거예요."

"도슨 목사님은 무슨 문제가 생기면 항상 당황하시더라고요. 그때는 글렌세인트메리 마을 위쪽이 도슨 목사님의 담당 구역이었죠. 어느 주일날 도슨 목사님이 예배를 끝내고 신도들을 내보낸 뒤에야 헌금을 걷지 않은 걸 깨달으신 일이 생각나네요. 그래서 목사님은 헌금 바구니를 들고 교회 마당을 이리저리 뛰어다닐 수밖에 없었어요."

제인은 잠시 말을 멈췄다가 이렇게 덧붙였다.

"그때까지 한 번도 헌금을 내지 않은 사람조차 그날은 냈어요. 목사님 앞에서 거절할 수는 없으니까요. 하지만 위엄 있는 모습은 아니었어요."

코닐리어가 말했다.

"저는 도슨 목사님이 하는 일 중에서 마음에 안 드는 부분이 있어요. 장례식 때 기도를 무자비할 정도로 길게 한다는 거예요. 참석자들의 입에서 죽은 사람이 부럽다는 말까지 나올 정도로 진이 빠질 때까지 기도하시잖아요. 레티 그랜트의 장례식을 생각해보세요. 그땐 정말 도가 지나쳤어요. 레티의 어머니가 쓰러질 지경이더라니까요. 그래서 제가 우산으로 목사님 등을 쿡쿡 찔러서 기도는 이제 충분히 오래했다고 알려줬죠."

"그 목사님이 가엾은 제 남편 자비스를 묻어주셨죠."

조지 카 부인이 눈물을 흘리며 말했다. 사별한 지 20년이나 지났는데도 남편 이야기를 할 때면 울음을 터뜨렸다.

크리스틴 마시가 말했다.

"도슨 목사님의 형님도 목사님이에요. 제가 어렸을 때 형님이 글렌세인트메리 마을에 있었어요. 어느 날 밤 회관에서 발표회가 있었는데 그분도 연사 중 한 명이어서 단상에 앉아 있었죠. 그런데 형님 역시 도슨 목사님처럼 내성적인 사람이라 긴장을 많이 하셨는지 의자를 계속 움직여대는 거예요. 그렇게 조금씩 뒤로 가다가 갑자기 단상 끝에서 의자랑 같이 나자빠져버렸어요. 우리가 단상 아래에 장식해둔 꽃하고 화분대 위로 떨어진 거죠. 결국 보이는 거라고는 단상 위로 튀어나온 그분 발밖에 없었어요. 그래서 그런지 그다음부터 그분의 설교가 제 귀에 너무 형편없게 들리는 거예요. 그분 발이 엄청나게 컸거든요."

에마 폴록이 말했다.

"레인의 장례식은 아무래도 맥이 빠졌을 수 있죠. 그래도 장례식을 치르지 않은 것보다는 나았다고 봐요. 다들 크롬웰 집안의 소동 기억하시죠?"

그때 일이 떠올랐는지 다들 웃음을 터뜨렸다.

캠벨 부인이 호기심 가득한 표정으로 말했다.

"그 이야기 좀 해주세요, 폴록 부인. 아시다시피 저는 여기 이

사 온 지 얼마 안 됐잖아요. 어느 집안의 연대기건 제게는 다 낯설 수밖에 없거든요."

폴록 부인은 '연대기'가 무슨 뜻인지 몰랐지만 이야기하는 것은 좋아했다.

"애브너 크롬웰은 로브리지 근처 지역에서 가장 큰 농장으로 손꼽히는 곳에 살았어요. 그 무렵에는 지방의회 의원으로 일했죠. 보수당 거물이었기 때문에 섬에서 방귀깨나 뀐다는 사람들과는 모두 알고 지냈어요. 그는 줄리 플래그와 결혼했는데, 줄리의 어머니는 리스 가문이었고 할머니는 클로 가문이니까 말하자면 포윈즈의 거의 모든 유력 가문과 연고가 있는 셈이죠. 어느 날 『데일리 엔터프라이즈』에 부고가 실렸어요. 애브너 크롬웰이 로브리지에서 갑자기 사망했고, 장례식은 다음 날 오후 2시에 거행된다는 내용이었죠. 그런데 어찌 된 일인지 애브너 크롬웰의 가족 가운데 누구도 그 부고를 보지 못한 거예요. 그때는 시골에 전화도 없었거든요. 다음 날 아침 애브너는 자유당 전당대회에 참석하러 핼리팩스로 갔어요. 오후 2시가 다가오자 조문객이 장례식장으로 모여들기 시작했죠. 애브너는 유명인사라 사람들이 많이 모일 테니 좋은 자리를 잡으려면 일찍 와야겠다고 다들 생각한 거예요. 기가 막힐 만큼 엄청난 인파였어요. 길에는 마차가 몇 킬로미터나 줄지어 서 있었고 사람들은 3시 무렵까지 계속 모여들었죠. 애브너 부인은 사람들이 왜 이렇게 몰려드는지 영문도 모른 채 애도를 표하는 사람들에게 남편이 죽지 않았다는 사실을 알리느라 정신이 나갈 지경이었어요. 그 말을 믿지 않는 사람들도 있었죠. 부인은 울먹거리면서 '제가 시신을 어디 치워버렸다고 사람들이 생각하는 것 같아요'라고 말했어요. 그러다가 부인의 해명을 듣고 자초지종을 알게 된 사람들은 그때부터 애브너가 죽었어야 했다고 생각하는 것처럼 행동했어요. 줄리가 그렇게나 자랑스러워하던 잔디밭과 화단을 깡그리 짓밟아버린 거죠. 먼 친척들도 많이 왔어요. 저녁 식사와 숙소를 마련해줄 거라고 생각했는데 줄리가 준비한 음식은 별로 없었죠. 원래 줄리가 임기응변에 능한 사람은 아니잖아요. 제 말이 맞죠? 이틀 뒤에 애브너가 집에 돌아와보니 부인은 신경쇠약으로 몸져누워 있었대요. 다 나을 때까지 몇 달이나 걸렸죠. 6주 동안이나 아무것도 못 먹었다네요. 진짜 그런 건 아닐 테고 거의 못 먹었다는 말이겠죠. 실제로 장례식이 있었다 해도 그렇게 속상하지는 않았을 거라고 부인이 말했다네요. 하지만 저는 부인이 그런 말을 했다고는 믿지 않아요."

윌리엄 맥크리리 부인이 말했다.

"그건 모르는 일이죠. 사람들은 그런 끔찍한 말을 곧잘 하거든요. 화가 나면 본심이 툭 튀어나오는 법이잖아요. 줄리의 언니 클래리스는 남편을 묻고 난 뒤 처음 맞이하는 주일에 평소처럼 성가대에서 노래를 불렀어요."

애거사 드루가 말했다.

"맞아요. 남편이 죽었는데도 비탄에 젖어 있기는커녕 곧바로 훌훌 털고 일어나더라고요. 클래리스는 진중한 구석이 하나도 없어요. 언제나 춤추고 노래하면서 지내죠."

마이러 머리가 말했다.

"저도 옛날에는 춤도 추고 노래도 했어요. 해변에서요. 아무도 듣는 사람이 없으니까요."

애거사가 위로했다.

"뭐, 그래도 그 뒤로는 철이 들었잖아요."

마이러 머리가 일부러 천천히 말했다.

"아…뇨. 더 멍청해졌죠. 지금은 아주 바보가 되어버렸는지 해변에서 춤출 엄두도 못 내거든요."

에마가 말을 받았다. 다른 사람에게 이야기의 주도권을 넘기지 않고 자기가 직접 마무리하고 싶었던 것이다.

"처음에는 다들 신문에 실린 부고가 짓궂은 장난 같은 거였다고 생각했죠. 그 일이 있기 며칠 전에 애브너가 선거에서 떨어졌거든요. 그런데 알고 보니 그 부고는 로브리지 반대편 산속에 살던 애머사 크롬웰의 부고였던 거예요! 그 사람은 진짜 죽었어요. 애브너와는 친척도 아니었고요. 그런데도 사람들은 그때 실망한 일을 두고 애브너를 용서하는 데 꽤 오랜 시간이 걸렸어요. 뭐, 사람들이 실망했다면 말이죠."

톰 처브 부인이 사람들 편을 들며 말했다.

"씨를 뿌려야 하는 한창 바쁜 철에 마차를 타고 그렇게 먼 길을 왔는데 결국 헛걸음을 했다는 게 좀 불편했겠죠."

도널드 리스 부인이 활기 어린 목소리로 말했다.

"사람들은 대체로 장례식을 좋아해요. 내 생각에 우린 모두 어린아이 같아요. 메리 애나를 삼촌 고든의 장례식에 데려갔는데 그렇게나 좋아하더라고요. '엄마, 삼촌을 파내서 다시 묻으면 안 돼요?'라고 했거든요."

이번에는 그 자리에 있던 모든 사람들이 웃었다. 하지만 백스터 장로 부인은 예외였다. 부인은 여위고 성마른 얼굴에 드러나는 불편한 심기를 애써 숨기며 조각보에 바늘을 사정없이 찔러 넣고 있었다.

'요즘에 경건한 게 하나도 없어. 무슨 일이건 다들 채신머리 없이 웃어댄다니까. 그래도 교회 장로의 아내인 나는 장례식에 관한 농담에 웃지 않을 거야.'

백스터 장로 부인의 머릿속은 불평으로 가득했다.

앨런 밀그레이브 부인이 새 화제를 꺼냈다.

"애브너 이야기가 나와서 말인데, 그 사람 동생인 존이 자기 아내를 위해 쓴 추도문 기억나세요? 첫 문장은 이렇게 시작했죠. '하느님께서는 당신만이 알고 계신 이유로 나의 아름다운 신부를 데려가시고 윌리엄의 못생긴 아내는 살려두셨습니다.' 이 추도문 때문에 생긴 소동은 절대 못 잊을 거예요!"

베스트 부인이 물었다.

"그런 추도문이 어떻게 신문에 실렸죠?"

"음, 존이 그때 『엔터프라이즈』의 편집장이었거든요. 그 사람은 자기 아내를, 그러니까 버사 모리스를 여신처럼 떠받들었어요. 그리고 자기가 버사와 결혼하는 걸 반대했다는 이유로 윌리엄 크롬웰 부인을 미워했죠. 크롬웰 부인은 버사가 너무 변덕스럽다고 생각했거든요."

엘리자베스 커크가 말했다.

"그런데 버사는 참 예뻤어요."

밀그레이브 부인도 인정했다.

"제 평생 그렇게 예쁜 사람은 처음 봤어요."

"잘생기고 예쁜 건 모리스 집안의 내력이에요. 그런데 변덕스 럽기는 하죠. 산들바람처럼요. 존과 결혼할 때까지 버사가 어떻 게 마음을 바꾸지 않았는지는 아무도 모를 일이에요. 어머니가 버사를 붙들어놓았다는 이야기도 있어요. 버사는 프레드 리스 와 사랑하는 사이였는데 프레드도 여자들에게 치근대는 것으로 유명했죠. 모리스 부인은 버사한테 '손안에 든 새 한 마리가 숲 속에 있는 두 마리보다 낫다'라고 말해줬대요."

마이러 머리 부인이 말했다.

"저는 그 속담을 평생 들어왔는데요. 그게 맞는 말인지는 모 르겠네요. 숲속에 있는 새는 노래할 수 있지만 손안에 있는 새 는 노래를 못 하잖아요."

아무도 대답할 말을 찾지 못했다. 그러다가 톰 처브 부인이 입을 열었다.

"마이러, 당신은 언제나 좀 엉뚱한 구석이 있어요."

도널드 부인이 말했다.

"요전에 우리 메리 애나가 저한테 뭐라고 했는지 아세요? 이 런 말을 하더라고요. '엄마, 아무도 나한테 결혼하자는 말을 안 하면 어떻게 해요?'라고요."

"그건 우리 노처녀들이 대답할 수 있겠네요. 그렇지 않아요?"

실리아 리스가 이디스 베일리를 팔꿈치로 쿡 찌르며 물었다. 이디스는 여전히 아름다웠고 결혼 경쟁에서 완전히 떨어져나온 것은 아니었기에 실리아는 이디스를 싫어했다.

그랜트 클로 부인이 말했다.

"거트루드 크롬웰은 못생겼어요. 몸매가 꼭 널빤지 같잖아요.

하지만 훌륭한 주부죠. 세상에, 매달 집에 있는 커튼을 전부 빨았다니까요. 버사는 자기 집 커튼을 기껏해야 1년에 한 번 빨았겠죠. 그리고 버사네 창문 차양은 항상 비뚤어져 있었고요. 마차를 타고 존 크롬웰의 집 옆을 지나갈 때마다 그걸 보면 소름이 돋았다고 거트루드가 그랬어요. 그런데도 존 크롬웰은 버사라면 껌뻑 죽었고, 윌리엄은 거트루드를 그냥 참고 견뎠죠. 남자들은 정말 이상해요. 윌리엄은 자기 결혼식 날 아침에 늦잠을 자서 허둥지둥 옷을 입는 바람에 낡은 구두에 짝도 맞지 않은 양말을 신고 교회에 갔다고 하네요."

뒷이야기를 잇지 못하고 조지 카 부인이 킥킥 웃었다.

"아이고, 올리버 랜덤보다는 낫겠죠. 올리버는 결혼식 정장을 맞추는 것도 잊어버렸지 뭐예요. 주일에 입는 낡은 양복으로 대체할 수도 없었죠. 여기저기 해져서 기운 자국이 그대로 보였거든요. 결국에는 형이 가진 가장 좋은 옷을 빌려 입었죠. 제대로 맞지도 않더라고요."

사이먼 부인이 말했다.

"그래도 윌리엄과 거트루드는 결혼이라도 했죠. 거트루드의 여동생 캐럴라인은 아직까지 결혼도 못 했잖아요. 캐럴라인하고 로니 드루는 결혼을 약속했었는데 어떤 목사님께 주례를 맡길지 말다툼을 하다가 결국 식을 올리지 못했어요. 로니는 불같이 화를 냈는데 감정이 가라앉기도 전에 에드나 스톤하고 결혼해버렸어요. 캐럴라인도 그 결혼식에 왔더라고요. 꼿꼿이 머리를 쳐들고 있기는 했지만 얼굴은 죽은 사람 같았어요."

세라 테일러가 이어받았다.

"그래도 캐럴라인은 입이라도 다물고 있었죠. 필리파 애비는 안 그랬어요. 짐 모브레이가 차버리자 필리파는 그 사람 결혼식에 가서 식이 진행되는 내내 큰 소리로 아주 심한 말을 퍼부었죠. 물론 두 사람 모두 성공회 신자였고요."

세라 테일러는 성공회 신자니까 어떤 몰상식한 행동을 해도 납득할 수 있다는 투로 말을 맺었다.

실리아 리스가 물었다.

"필리파가 짐과 약혼했을 때 받았던 보석을 전부 달고 그 결혼식 피로연에 갔다는 게 사실이에요?"

"아뇨, 터무니없는 말이에요! 어떻게 그런 헛소문이 난 걸까요? 정확하지도 않은 이야기를 여기저기 퍼뜨리고 다니는 사람들이 있더라고요. 할 일이 그렇게도 없는지, 원. 제가 장담하는데 짐 모브레이는 필리파와 헤어진 걸 평생 후회하며 살았을 거예요. 자기 아내한테 꽉 잡혀 살았거든요. 아내가 없을 때면 신이 나서 요란하게 호기를 부리며 지냈지만 말이에요."

크리스틴 크로퍼드가 말했다.

"저는 짐 모브레이를 딱 한 번 봤어요. 로브리지 교회에서 기념예배를 드릴 때 풍뎅이 떼가 신도들에게 몰려들었던 밤이었죠. 풍뎅이들이 하다 만 일을 짐 모브레이가 마무리해줬어요. 무더운 밤이라 창문이 다 열려 있었죠. 그러자 풍뎅이가 수백 마리나 안으로 들어와 여기저기 날아다녔어요. 다음 날 아침 성가대 자리에서 죽은 풍뎅이를 여든일곱 마리나 주워 모았을 정도예요. 풍뎅이가 얼굴 가까이 날아오자 발작을 일으킨 여자들도 있었어요. 제가 있는 곳 통로 건너편에는 새로 오신 목사님의 사모님이 앉아 계셨어요. 로링 사모님 말이에요. 버드나무 솜털 장식이 달린 커다란 레이스 모자를 쓰고 있었죠."

백스터 장로 부인이 끼어들었다.

"목사 아내치고는 옷차림이 너무 화려하다는 지적을 계속 받았잖아요. 그날 짐 모브레이는 '사모님 모자에 있는 풍뎅이를 내가 튕겨버릴게'라고 소곤거렸어요. 사모님 바로 뒤에 앉아 있었거든요. 짐이 몸을 앞으로 내밀어 풍뎅이를 툭 하고 쳤는데 그만 옆쪽을 치는 바람에 모자가 휙 하고 단상까지 날아가버린 거예요. 짐은 놀라서 안절부절못했어요. 목사님도 자기 아내의 모자가 공중으로 날아가는 것을 보고는 어디까지 설교했는지 잊어버렸고, 도저히 생각나지 않자 결국 중단해버렸죠. 성가대는 손으로 연신 풍뎅이를 쫓아내가면서 마지막 찬송을 불렀어요. 짐은 내려가 모자를 집어 로링 사모님께 돌려줬어요. 틀림없이 한소리 듣겠구나 싶어 잔뜩 긴장했대요. 사모님이 화를 잘 낸다는 소리를 들었거든요. 그런데 사모님은 예쁜 금발 위에 모자를 다시 쓰더니 짐을 보고 빙긋 웃으며 이렇게 말한 거예요. '성도님이 아니었으면 피터는 20분은 더 설교를 했을 테고, 우리 모두는 지루해서 미쳐버렸을 거예요'라고요. 물론 화를 내지 않은 건 좋은 일인데 자기 남편을 그렇게 말하는 건 문제가 좀 있다고 다들 생각했어요."

마사 크로더스가 말했다.

"하지만 사모님이 어떻게 태어났는지 생각해보세요."

"어떻게 태어났는데요?"

"원래 이름은 베시 탤벗이고 서부 출신이죠. 어느 날 밤 그분

아버지 집에 불이 났는데 그 난리 통에 태어났대요. 그것도 정원에서요. 별빛 아래서 말이에요."

마이러 머리가 말했다.

"정말 낭만적이네요!"

"낭만적이라뇨! 민망한 일이죠."

마이러가 핀잔을 듣고 나서도 꿈꾸듯 말했다.

"그래도 별빛 아래서 태어나는 걸 생각해보세요! 그녀는 분명 별의 아이였을 거예요. 반짝이고, 아름답고, 용감하고, 진실한 별빛을 받아 눈동자가 초롱초롱했겠죠?"

마사가 말했다.

"맞아요. 베시 탤벗은 그런 사람이었죠. 별 때문인지 아닌지는 모르겠지만요. 로브리지에 와서는 고생을 좀 했어요. 목사 사모라면 점잖고 고상하게 있어야 한다는 게 일반적인 생각이니까요. 그런데 글쎄, 사모님이 자기 아기 요람 주변을 돌며 춤추는 걸 어느 장로님이 보고는, 하느님이 택하신 아이인지 아닌지 알게 될 때까지 기뻐해선 안 된다고 말했대요."

"아기 이야기가 나와서 말인데, 요전에 우리 메리 애나가 이렇게 말한 거 아세요? '엄마, 여왕님도 아기를 낳아요?'라고요."

앨런 부인이 말했다.

"아마 알렉산더 윌슨 장로님이었을 거예요. 그분은 태어나면서부터 잔소리꾼이었던 게 분명해요. 식사 시간에는 가족들이 한 마디도 못하게 했다고 들었어요. 심지어 웃지도 못하게 했대요. 그분 집에서는 웃음소리가 난 적이 없었죠."

마이러가 말했다.

"웃음소리가 없는 집이라뇨! 그건 신성모독이에요."

"알렉산더는 한동안 기분이 나빠질 때가 있는데 그러면 사흘 동안이나 부인에게 한 마디도 안 한대요."

앨런 부인은 이야기를 이어받아 이렇게 말한 뒤 다음과 같이 덧붙였다.

"뭐, 부인 입장에서는 다행한 일이죠."

"그래도 알렉산더 윌슨은 아주 정직한 사업가였어요. 죽을 때 유산을 4만 달러나 남겼고요."

그랜트 클로 부인이 완고한 얼굴로 말했다. 그 알렉산더라는 사람은 부인과 친척이었는데 윌슨 집안은 사람들 앞에서 자기 편을 드는 데 꽤나 집착했다.

실리아 리스가 말했다.

"그 많은 돈을 두고 떠나다니, 참 안됐어요."

클로 부인이 말했다.

"그 사람 동생 제프리는 한 푼도 남기지 못했어요. 제프리는 가족 중에서 아무런 쓸모도 없는 사람이었어요. 그건 인정해야죠. 어찌 된 영문인지 웃는 건 참 잘했어요. 버는 돈은 죄다 써버리고, 아무하고나 잘 어울리다가 돈 한 푼 없이 죽었죠. 그렇게 놀고 웃기만 한 사람이니 살면서 뭘 얻었겠어요?"

마이러가 말했다.

"얻은 건 별로 없겠지만, 그 사람이 준 걸 생각해보세요. 제프리는 항상 주기만 했어요. 격려, 배려, 우정 그리고 돈까지요. 적어도 친구만큼은 많았어요. 하지만 알렉산더는 평생 친구가 한 명도 없었잖아요."

앨런 부인이 쏘아붙였다.

"제프리 친구들은 그를 묻어주지도 않았어요."

"그래서 알렉산더가 그 일을 맡았고, 묘비도 정말 훌륭하게 세워줬어요. 자그마치 백 달러나 들여서 말이에요."

실리아 드루가 물었다.

"그런데 제프리가 수술비로 백 달러를 빌려달라고 했을 때는 알렉산더가 거절했잖아요? 수술했으면 살았을 수도 있었는데 왜 그랬는지 모르겠네요."

카 부인이 막아섰다.

"자, 우리 말이 너무 심해지고 있어요. 우리가 물망초와 데이지만 피어 있는 세상에서 사는 건 아니에요. 그리고 누구나 조금씩 결점은 있잖아요."

"렘 앤더슨이 오늘 도러시 클라크와 결혼해요. 제인 엘리엇이 청혼을 받아주지 않으면 자기 머리를 총으로 쏴버리겠다고 렘이 맹세한 지 1년도 안 됐지만요."

밀리슨 부인이 말했다. 좀 더 유쾌한 대화를 나눠야겠다고 생각한 것이다.

처브 부인이 말했다.

"젊은이들은 왜 그런 이상한 말을 하는 거죠? 렘과 도러시는 결혼을 완전히 비밀에 부쳤어요. 약혼한 사실도 3주 전까지는 아무도 몰랐죠. 지난주에 렘의 어머니를 만났는데 결혼식이 이렇게 금세 있을 거라는 걸 내색도 안 했어요. 그런 스핑크스 같은 여자는 정말 별로예요."

애거사 드루가 말했다.

"도러시 클라크가 렘 앤더슨과 결혼한다고 해서 얼마나 놀랐는지 몰라요. 올봄만 해도 도러시가 프랭크 클로와 결혼할 줄 알았거든요."

"도러시가 이렇게 말하는 걸 들었어요. 프랭크는 최고의 남편감이지만 아침에 일어날 때마다 그 사람 코가 침대시트 위에 튀어나와 있는 걸 보는 일은 생각만 해도 참을 수 없다는 거예요."

백스터 장로 부인은 노처녀가 짜증을 부리듯 몸서리를 치면서 웃음에 동참하기를 거부했다.

실리아가 조각보 주위에 둘러앉은 사람들을 향해 눈짓하며 이렇게 말했다.

"이디스같이 젊은 아가씨 앞에서 그런 소리를 함부로 하는 거 아니에요."

"에이더 클라크는 아직 약혼 안 했나요?"

에마 폴록이 묻자 밀슨 부인이 대답했다.

"네, 아직 혼자예요. 막연하게 바라고만 있을 뿐이죠. 그래도 언젠가는 꽉 붙잡겠죠. 그 집안 아가씨들은 모두 남편을 고르는 재주가 있으니까요. 에이더 여동생 폴린은 항구 건너편에서 가장 큰 농장으로 시집갔잖아요."

밀그레이브 부인이 말했다.

"폴린은 예쁘지만 머릿속은 어리석은 생각으로 가득 차 있는 것 같아요. 언제 철이 들까 싶어요."

마이러 머리가 말했다.

"그리 걱정할 일은 아니라고 봐요. 차차 나아질 테니까요. 언젠가는 자기 아이도 갖게 될 거고 아이를 통해서 지혜를 배우게 되겠죠. 부인과 제가 그랬던 것처럼요."

미드 부인이 물었다.

"렘과 도러시는 어디서 산다고 그러던가요?"

"아, 렘이 글렌세인트메리 마을 위쪽에 있는 농장을 샀어요. 왜, 그 오래된 캐리네 집 있잖아요. 가엾은 로저 캐리 부인이 남편을 죽인 집 말이에요."

"남편을 죽였다고요?"

"그렇다니까요. 남편이 그런 일을 당할 만하게 처신한 건 사실이지만 그래도 캐리 부인이 좀 지나쳤다고 다들 생각해요. 그러니까, 그 사람 찻잔에 제초제를 넣었다는 거예요. 아니, 수프 접시였던가요? 아무튼 다들 그걸 알면서도 아무 말도 하지 않았대요. 실리아, 그 실타래 좀 주세요."

캠벨 부인이 놀라 물었다.

"밀리스 부인. 그러면 그 말은 캐리 부인이 재판을 받거나 벌을 받지도 않았다는 건가요?"

"그렇죠. 이웃을 그런 곤경에 빠뜨리고 싶지는 않았던 거예요. 캐리 집안은 글렌세인트메리 마을 위쪽에서 꽤 영향력 있는 사람들이었으니까요. 게다가 캐리 부인도 자포자기한 심정이었고요. 물론 남편을 죽여도 된다고 생각하는 사람은 없어요. 하지만 죽어도 싼 사람이 있다면 그게 바로 로저 캐리겠죠. 캐리 부인은 미국으로 가서 재혼했어요. 꽤 오래전에 세상을 떠났죠. 두 번째 남편은 캐리 부인보다 오래 살았고요. 전부 다 제가 어렸을 때 생긴 일이에요. 그때는 로저 캐리 유령이 돌아다닌다는 소문도 떠돌았어요."

백스터 부인이 말했다.

"지금처럼 계몽된 세상에서 유령을 믿는 사람은 아무도 없을 걸요? 틀림없어요."

틸리 매캘리스터 부인이 물었다.

"왜 유령을 믿으면 안 되죠? 재미있잖아요. 저는 유령이 붙어 다니는 남자를 알아요. 유령은 그 사람을 보고 비웃듯이 계속 웃어댔는데 그 사람은 그 일 때문에 화가 머리끝까지 나곤 했대요. 맥두걸 부인, 가위 좀 주세요."

젊은 신부는 가위를 달라는 말을 두 번이나 듣고 나서야 자기에게 한 말이라는 걸 알아채고는 얼굴이 새빨개져서 가위를 건네주었다. 맥두걸 부인이라는 호칭이 아직 낯설었던 것이다.

크리스틴 크로퍼드가 말했다.

"항구 건너편에 있는 트루액스네 낡은 집에서는 여러 해 동안 유령이 나타났죠. 온 집 안에서 쿵쿵거리고 똑똑거리는 소리가 났다던데, 정말 이상한 일도 다 있어요."

백스터 부인이 말했다.

"트루액스 집안은 모두 심한 복통을 앓았어요."

매캘리스터 부인이 퉁명스럽게 말했다.

"물론 안 믿는 사람들에게는 유령이 나오지 않아요. 하지만 제 여동생이 노바스코샤의 어느 집에서 일한 적 있는데 그 집에서는 낄낄거리는 웃음소리가 계속 났대요."

마이러가 말했다.

"정말 유쾌한 유령이네요! 그런 유령이라면 저는 신경도 안 쓸 거예요."

유령의 존재에 대해서 회의적인 백스터 부인이 말했다.

"아마 올빼미가 우는 소리였겠죠."

애거사 드루가 슬퍼하면서도 짐짓 우쭐해하며 말했다.

"저희 어머니는 임종하실 때 주위에 천사가 둘러서 있는 걸 보셨어요."

백스터 부인이 말했다.

"천사는 유령이 아니에요."

처브 부인이 물었다.

"어머니 이야기가 나와서 말인데, 파커 삼촌은 요즘 좀 어떠세요, 틸리?"

"가끔씩 많이 아프세요. 어떻게 될지 다들 짐작도 못 하고 있죠. 그래서 모든 일이 다 늦어지고 있네요. 겨울옷을 만드는 일 같은 거요. 그렇잖아도 전에 그 이야기를 하다가 제가 여동생한테 이렇게 말했어요. '검은색 드레스를 마련하는 게 낫겠어. 무슨 일이 일어나도 상관없을 테니까'라고요."

"요전에 우리 메리 애나가 뭐라고 했는지 아세요? '엄마, 하느님한테 내 머리를 곱슬머리로 만들어달라고 부탁하는 거 이제 그만할래요. 일주일 내내 밤마다 부탁했는데 아무것도 안 들어주셨거든요'라고 하더라니까요."

"저도 그분께 20년 동안이나 무언가를 부탁하고 있었죠."

브루스 덩컨 부인이 씁쓸한 얼굴로 말했다. 그때까지는 말 한마디 없이 조각보에서 검은 눈을 떼지 않고 있었다. 덩컨 부인이 만든 조각보는 아름답기로 유명했다. 아마도 소문이나 시시콜콜한 이야기에 정신이 팔리지 않고 정확한 자리에 한 땀 한 땀 누볐기 때문일 것이다.

한동안 침묵이 흘렀다. 부인이 무엇을 부탁했는지 모두가 짐작은 하고 있었지만 조각보 모임에서 나눌 만한 이야기는 아니었다. 덩컨 부인은 그 뒤로 아무 말도 하지 않았다.

시간이 적당히 흐르자 마사 크로더스가 입을 열었다.

"빌리 카터가 메이 플래그와 헤어지고 나서 항구 건너편 맥두걸 집안의 딸과 사귄다는 게 사실인가요?"

"네, 그런데 무슨 일이 있었는지는 아무도 몰라요."

캔디스 크로퍼드가 말했다.

"안타까운 일이네요. 가끔은 사소한 일로 혼담이 깨질 때도 있죠. 딕 프랫하고 릴리언 매캘리스터를 봐요. 딕이 소풍 자리에서 릴리언에게 청혼하려는 순간 갑자기 코피가 났대요. 그래서 시냇가로 달려갔는데, 거기서 낯선 아가씨가 손수건을 빌려준 거죠. 딕은 그 아가씨에게 첫눈에 반했고, 두 주일 뒤에 그 아가씨와 결혼해버렸어요."

"지난 토요일 밤에 항구 어귀의 밀트 쿠퍼네 가게에서 빅 짐 매캘리스터한테 무슨 일이 일어났는지 들으셨어요?"

사이먼 부인이 물었다. 유령 이야기나 어느 연인이 헤어진 이야기보다 유쾌한 주제를 꺼낼 때라 생각한 것이다.

"밀트는 여름에도 난로를 치우지 않고 계속 두었죠. 그런데 토요일 밤에는 꽤 싸늘한 편이라 불을 피웠던 거예요. 가엾은 빅 짐이 난로 위에 걸터앉았다가 불에 데었는데, 그러니까 거기…."

사이먼 부인은 어디에 화상을 입었는지 말하는 대신 자기 몸에서 그곳에 해당하는 부분을 말없이 톡 하고 쳤다.

"거긴 엉덩이잖아요."

갑자기 월터가 덩굴로 가려진 곳에서 머리를 쑥 내밀며 진지하게 말했다. 월터는 사이먼 부인이 그 단어를 깜빡 잊어버렸다고 생각한 것이다.

조각보 위로 오싹한 침묵이 내려앉았다. 월터 블라이드가 이제까지 줄곧 거기 있었던 건가? 모두들 그동안 나눈 이야기를 곱씹으면서 어린아이가 듣기에 부적절한 내용은 없었는지 되짚어보았다. 블라이드 부인은 자기 아이들이 듣는 이야기에 꽤나 예민하다는 말이 있었다.

뻣뻣하게 굳어버린 혀가 풀리기도 전에 앤이 와서는 저녁 식사 자리로 오라고 말했다. 엘리자베스 커크가 재빨리 대답했다.

"블라이드 부인, 10분만 있다가 갈게요. 그러면 조각보 두 장을 다 끝낼 수 있어요."

조각보가 완성되자 다들 그것을 들어 올려 털고 펼쳐놓은 뒤 감탄하며 바라보았다.

마이러 머리가 말했다.

"누가 이 조각보를 덮고 잘지 궁금하네요."

앤이 말했다.

"아마 새로 어머니가 된 사람이 이 조각보를 덮고 첫 아기를 안아주겠죠."

코닐리어가 뜻밖의 말을 했다.

"아니면 추운 밤에 초원에서 어린아이들이 이걸 덮고 서로 껴안고 있을지도 몰라요."

미드 부인이 말했다.

"아니면 류머티즘으로 고생하는 가엾은 노인이 이걸 덮고 편안해질 수도 있고요."

백스터 부인이 슬픈 얼굴로 말했다.

"제발 이 조각보 아래에서는 죽는 사람이 아무도 없었으면 좋겠어요."

모두들 자리를 털고 일어나 저녁 식사가 차려진 식탁으로 가고 있을 때 도널드 부인이 말했다.

"제가 여기 오기 전에 우리 메리 애나가 뭐라고 했는지 아세요? '엄마, 자기 접시에 있는 건 다 먹어야 하는 걸 명심하세요'라고 하더라니까요."

이렇게 모두들 자리에 앉아 창조주의 영광을 기리며 먹고 마셨다. 오후 내내 맡은 일을 열심히 했을 뿐만 아니라 그 자리에는 악의를 품은 사람이 거의 없었기 때문이다.

저녁 식사를 마친 뒤 손님들은 집으로 갔다. 제인 버는 사이먼 밀리슨 부인과 함께 마을까지 걸어갔다.

수전이 숟가락을 세고 있는지도 모르고 제인이 아쉬워하는 얼굴로 혼잣말을 했다.

"여기 있는 주방용품을 다 기억해놨다가 어머니한테 말씀드려야겠어. 몸져누워 계시느라 외출도 못 하시지만 이런저런 이야기를 듣는 건 아주 좋아하시잖아. 이 식탁 이야기를 해드리면 정말 좋아하실 거야."

사이먼 부인이 한숨을 내쉬며 동의했다.

"꼭 잡지에 나오는 사진 같았죠. 이런 말을 하기는 좀 그렇지만 저도 요리를 누구 못지않게 잘해요. 하지만 이 집처럼 식탁을 고급스럽게 꾸미지는 못하죠. 그 월터라는 아이 말인데요, 저라면 엉덩이를 실컷 때려줬을 거예요. 사람을 그렇게 놀라게 하는 법이 어디 있어요!"

모임이 끝나고 손님들이 모두 돌아간 뒤 길버트가 말했다.

"잉글사이드가 죽은 사람들 이야기로 뒤덮여 있었겠지?"

앤이 대답했다.

"나는 조각보 만드는 곳에 없었어. 그래서 부인들 사이에 무슨 말이 오갔는지 몰라."

"앤은 절대 못 들었을 거예요. 앤이 조각보 만드는 곳에 올 때면 다들 입을 다물거든요. 앤이 소문이나 험담 같은 이야기를 탐탁지 않아 한다는 걸 아니까요."

코닐리어가 끼어들었다. 그녀는 수전을 도와 조각보를 정리하려고 남아 있었다.

앤이 말했다.

"그야 어떤 소문이냐에 따라 다르죠."

"뭐, 오늘은 아무도 심하다 싶은 이야기를 하지 않았어요. 도마에 오른 몇몇 인물은 대부분 죽은 사람들이거나 죽었어야 하는 사람들이었죠."

코닐리어는 이렇게 말하면서 애브너 크롬웰의 장례식이 무산된 이야기를 떠올리며 살짝 웃었다.

"그런데 밀리슨 부인은 매지 캐리가 남편을 죽였다는 그 섬뜩한 옛날이야기를 다시 꺼냈어요. 나도 그 일이 생생하게 기억나네요. 매지가 그랬다는 증거는 하나도 없었어요. 고양이가 그

수프를 조금 먹고 죽었다는 것 말고는요. 그리고 그 고양이는 일주일 전부터 상태가 좋지 않았어요. 내 생각에 로저 캐리는 맹장염으로 죽은 거예요. 물론 그때는 다들 사람 몸에 맹장이라는 게 있는 줄도 모르고 지냈지만요."

수전이 말했다.

"그런 일이 벌어지다니 정말 안타까워요. 사모님, 숟가락 개수가 다 맞네요! 식탁보도 멀쩡해요."

코닐리어가 말했다.

"자, 나도 이만 가야겠어요. 다음 주에 마셜이 돼지를 잡으면 갈비를 좀 보내드릴게요."

월터는 꿈이 가득 담긴 눈으로 다시 계단에 앉아 있었다. 하늘에는 땅거미가 내리고 있었다. 월터는 궁금해졌다.

'땅거미는 어디서 떨어지는 걸까? 박쥐 같은 날개를 가진 위대한 정령이 보라색 병 안에 담긴 어둠을 꺼내서 세상에 쏟아붓는 것일까?'

달이 뜨기 시작했고, 바람을 맞아 뒤틀린 가문비나무 세 그루는 마치 나이 들어 등이 굽은 마녀가 달을 등진 채로 언덕을 오르는 것처럼 보였다.

'저 그림자 아래로 털 달린 귀가 있는 어떤 것이 웅크리고 있는데 저건 작은 파우누스*일까? 저 벽돌담 문을 열면 내가 알고 있던 정원이 아니라 이상한 요정 나라로 들어설 수 있을지도 몰라. 그곳에서는 마법에 걸려 잠에 빠진 공주가 깨어나겠지? 그

───────────────────────

* 로마신화에 등장하는 신으로 숲, 사냥, 목축을 관장한다.

리고 내가 몇 번이나 바랐던 것처럼 메아리를 발견해 따라갈 수도 있지 않을까?'

하지만 말을 해서는 안 된다. 누구라도 그런 짓을 했다가는 그 세계가 사라져버릴 테니까.

"애야, 여기 계속 앉아 있으면 안 돼. 날이 쌀쌀해졌잖니. 그러고 있다가는 목이 아플지도 몰라."

엄마가 밖으로 나오며 말했다. 그 순간 주문이 깨지고 마법의 빛은 사라졌다. 잔디밭은 여전히 아름다웠지만 더는 요정의 나라가 아니었다. 월터는 자리에서 일어났다.

"엄마, 피터 커크라는 분의 장례식에서 무슨 일이 일어났는지 얘기해주시면 안 돼요?"

앤은 잠시 생각하다가 몸서리를 쳤다.

"지금은 안 돼. 언젠간 알게 될 거야."

33장

길버트가 환자를 돌보러 나가자 앤은 홀로 창가에 앉아 밤의 부드러운 정취와 교감을 나누고 방으로 흘러든 달빛이 자아낸 으스스한 아름다움을 만끽했다.

'사람들은 잘 모르겠지만 달빛이 비치면 방이 좀 이상해져. 매번 분위기가 확 바뀌거든. 그렇게 친절하지도, 그렇게 인간적이지도 않아. 어딘가 초연하고 쌀쌀한 데다가 자기 일에만 열중하고 있어. 마치 나를 침입자 대하듯 하잖아.'

앤은 바쁜 하루를 보낸 터라 조금 지쳐 있었지만, 그 시간 모든 것이 너무나도 아름답고 고요했다. 아이들이 잠들자 잉글사이드는 다시 차분해졌다. 집 안에서는 아무 소리도 들리지 않았다. 수전이 부엌에서 빵을 반죽할 때 내는 쿵쿵 소리가 박자에 맞춰 희미하게 들릴 뿐이었다.

그때 열린 창문으로 밤의 소리가 들려왔다. 앤은 그 소리들 하나하나를 잘 알았고 사랑했다. 낮은 웃음소리가 항구에서부터 조용한 공기를 타고 실려왔다. 글렌세인트메리 마을에서는 누군가의 노랫소리가 들려왔는데, 마치 오래전에 들었던 노래의 인상적인 선율 같았다. 달빛이 바다 위에 은색 길을 길게 닦아놓았지만 잉글사이드는 어둑어둑한 그늘에 가려 있었다. 나무들은 서로서로 옛 비밀을 속삭였고, 무지개 골짜기에서는 올빼미 한 마리가 울고 있었다.

앤은 생각했다.

'올해 여름은 정말 행복했어!'

글렌세인트메리 마을 위쪽에 사는 하이랜드 키티 아주머니가 언젠가 했던 말이 떠오르면서 가슴이 아릿했다.

"똑같은 여름은 다시 오지 않아."

그렇다. 똑같은 여름은 다시 오지 않는다. 매번 다른 여름이 찾아온다. 해마다 아이들은 조금씩 커갈 테고 머지않아 릴라도 학교에 갈 것이다.

'그때는 내게 아기가 없을 거야.'

앤은 서글픈 생각이 들었다. 젬은 이제 열두 살이고 벌써 입학시험 이야기도 나왔다. 오래전 꿈의 집에서 살 때 젬이 갓난아기였을 때가 바로 엊그제 같은데 어느새 시간이 이만큼이나 흘렀다.

월터는 하루가 다르게 쑥쑥 자랐다. 그날 아침, 등교 준비를 하던 낸이 학교의 어느 남자아이를 들먹이면서 다이를 놀려댔다. 다이는 얼굴이 빨개져서는 빨간 머리를 절레절레 저었다.

그게 인생이겠지. 기쁨과 고통, 희망과 두려움 그리고 변화. 세상 모든 것은 끊임없이 변한다! 우리 힘으로는 막을 수 없다. 옛것을 내려놓고 새것을 가슴에 받아들여야 한다. 새것을 사랑하는 법을 배우고 나면 다시 또 내려놓아야 한다. 아무리 사랑스러운 봄이라도 여름에게 양보해야 하고, 여름은 가을에 밀려서 점점 사라져간다. 탄생과 결혼과 죽음이 끝없이 이어진다.

앤은 언젠가 월터가 피터 커크의 장례식에서 무슨 일이 있었는지 말해달라고 했던 일이 문득 생각났다. 몇 년 동안 그 일을 생각해본 적이 없었지만 잊은 것은 아니었다. 그 자리에 있었던 사람이라면 누구라도 잊지 않았을 것이며 앞으로도 마찬가지일 것이라고 앤은 확신했다. 어둑어둑한 달빛 속에 앉아 앤은 그때의 모든 일을 떠올렸다.

잉글사이드로 이사 온 뒤 처음으로 맞는 11월에 있었던 일이다. 인디언 서머가 일주일 동안 이어진 뒤에 찾아온 시간이었다. 커크 집안은 모브레이내로스에 살았지만 글렌세인트메리 교회에 다녔고, 길버트가 그 집의 주치의였다. 그래서 부부가 같이 장례식에 참석했다.

온화하고 고요하며 진줏빛으로 물든 날이었다. 11월의 쓸쓸한 갈색과 보라색 풍경이 펼쳐졌고, 구름 틈새로 해가 비치면서 고지대와 경사면 여기저기에 햇빛 조각이 보였다. '커크네 오솔길'은 해변 바로 근처여서 뒤쪽에 있는 음침한 전나무들 사이로 소금기를 머금은 바람의 숨결이 불어왔다. 크고 부유해 보였지만, 앤은 박공지붕이 있는 L자 모양의 집을 볼 때마다 길고 갸름하며 심술궂은 얼굴을 빼닮았다고 생각했다.

앤은 걸음을 멈추고 꽃도 없는 삭막한 잔디밭에 모여 있던 부인들에게 말을 걸었다. 착하고 근면한 이들에게 장례식은 조금 흥분되는 행사였다.

브라이언 블레이크 부인이 난감해하며 말했다.

"손수건 가져오는 걸 깜빡했어요. 눈물이 나면 어떡하죠?"

"울 일이 뭐가 있어요? 피터 커크는 친척도 아니고 언니는 그 사람을 좋아하지도 않았잖아요."

시누이 커밀라 블레이크가 무뚝뚝하게 물었다. 커밀라는 눈물이 헤픈 여자를 싫어했다. 그러자 블레이크 부인이 딱딱하게 굳은 얼굴로 말했다.

"장례식에서 우는 건 예의라고 생각해요. 이웃이 세상을 떠나서 얼마나 슬픈지 보여주는 게 마땅하잖아요."

커티스 로드 부인이 차갑게 말했다.

"피터를 좋아했던 사람들만 울 수 있다면 그의 장례식에서 눈물을 보이는 사람은 많지 않겠죠. 그게 사실인데 뭘 그렇게 고상한 척하죠? 피터는 신앙심 깊은 얼굴을 한 사기꾼이었어요. 아무도 눈치채지 못했지만 저는 알아요. 어머! 저기 작은 문으로 들어오는 사람이 누구죠? 설마, 클라라 윌슨은 아니죠?"

브라이언 부인이 믿을 수 없다는 듯이 소곤거렸다.

"클라라 맞네요."

커밀라 블레이크가 앤에게 따로 설명해주었다.

"피터의 첫 번째 아내가 죽은 다음에 클라라가 피터한테 말했잖아요. 장례식에 참석하는 게 아니라면 피터 집 문턱은 절대 넘지 않을 거라고요. 약속을 지킨 셈이네요. 클라라는 피터가 첫 번째로 결혼한 부인의 언니예요."

앤은 호기심 어린 눈으로 클라라 윌슨을 바라보았다. 클라라는 모여 있는 사람들은 보이지도 않는다는 듯 타오르는 황옥색 눈으로 앞만 똑바로 바라보면서 휙 지나갔다. 무척 여윈 몸매의 클라라는 나이 든 여성에게나 어울릴 법한 터무니없이 큰 모자를 쓰고 있었다. 모자 아래로 검은 눈썹, 비극적인 얼굴, 검은 머리가 보였다. 모자에는 깃털과 유리구슬 장식에 코까지 내려오는 성긴 베일이 붙어 있었다. 클라라는 아무에게도 눈길 한 번 주지 않고 말도 걸지 않은 채 검고 기다란 호박단 치마가 스치는 소리만 남기면서 잔디밭을 지나 베란다 계단을 올라갔다.

커밀라가 빈정거렸다.

"문 앞에 있는 제드 클린턴이 장례식에 어울리는 얼굴을 하고 있네요. 다들 안으로 들어갈 시간이라고 알려주는 게 분명해요. 자기가 맡은 장례식은 모든 일이 계획대로 순조롭게 진행된다고 항상 자랑했죠. 그래서 전에 위니 클로가 설교 전에 기절한 일을 절대 용서하지 않잖아요. 설교 뒤라면 그렇게 꽁해 있지는 않았을 거예요. 이번 장례식에서 기절할 사람은 아무도 없겠죠. 부인인 올리비아도 기절 같은 걸 할 사람이 아니고요."

리스 부인이 말했다.

"제드 클린턴은 로브리지의 장의사잖아요. 왜 글렌세인트메리 마을 사람에게 장례식을 맡기지 않은 거죠?"

"누구한테 맡겨요? 아, 카터 플래그요? 피터하고 카터는 평생 앙숙이었어요. 카터도 에이미 윌슨을 좋아했잖아요."

커밀라가 말했다.

"에이미를 좋아한 사람은 아주 많았어요. 아주 예쁜 아가씨였잖아요. 구리처럼 붉은 머리에 잉크같이 검은 눈동자가 참 매력적이었죠. 물론 사람들은 자매 중에 클라라가 더 예쁘다고 생각했지만요. 여하튼 클라라가 결혼하지 않은 건 이상한 일이에요. 아, 드디어 목사님이 오셨어요. 로브리지의 오언 목사님도 같이 왔네요. 저분은 올리비아의 사촌이니까 당연히 오셨겠죠. 기도할 때 '오'라는 말을 너무 많이 하는 것 말고는 다 괜찮은 분이에요. 제드가 신경질을 내기 전에 우리도 어서 들어가요."

앤은 자리로 가다가 잠시 멈춰 서서 피터 커크를 바라보았다. 지금껏 그에게 호감을 가져본 적이 없었다.

'인정머리 없는 얼굴이야.'

앤이 그를 처음 봤을 때 했던 생각이었다.

분명히 잘생기기는 했다. 하지만 강철같이 차갑던 눈도 이제는 축 처졌고 매몰찬 수전노답게 입매는 가늘고 초췌했다. 경건하게 말하고 번지르르한 기도를 드리면서도 동료들을 대할 때는 이기적이며 거만하다는 평판을 얻었다.

"항상 자기만 중요하다는 투로 말하지."

앤은 누군가 이렇게 말하는 것을 들은 적이 있었다. 하지만 그는 많은 사람에게 선망과 존경을 받았다.

그는 살아 있을 때처럼 죽어서도 오만한 모습이었다. 더 이상 움직이지 않는 가슴에 포개진 지나치게 기다란 손가락을 보자 앤은 오싹한 기분이 들어 몸서리쳤다. 앤은 그 손가락에 아직도 붙잡혀 있는 어떤 여인의 마음을 생각하며 반대편 자리에 앉은 상복 차림의 올리비아 커크를 슬쩍 쳐다보았다. 올리비아는 커다랗고 파란 눈에 키가 크고 피부가 백옥같이 고운 여자였다 ("못생긴 여자는 싫어"라고 피터 커크가 말한 적이 있었다). 그녀는 줄 곧 무표정한 얼굴로 차분한 태도를 유지했다. 눈물을 흘린 흔적 은 없었다. 올리비아는 랜덤 가문 출신인데 그 집안사람들은 원 래 자기 감정을 좀체 드러내 보이지 않았다. 그래도 품위 있게 앉아 있었고, 상복을 입은 모습은 세상 그 어떤 미망인도 견줄 수 없을 만큼 엄숙해 보였다.

관을 둑처럼 에워싼 꽃송이들에서 머리가 아플 만큼 진한 향 기가 풍겼다. 꽃이라는 존재조차 몰랐던 피터 커크에게 바치는 꽃이었다. 그의 사무실에서 화환을 보냈다. 다니던 교회에서도 보수당 협회에서도 학교 이사회에서도 치즈 위원회에서도 하나 씩 보내주었다. 오랫동안 소원하게 지냈던 외아들은 아무것도 보내지 않았지만 커크 가문 사람들은 하얀색 장미로 만든 거대 한 닻 모양의 화환을 보내주었고, 그 화환에는 빨간 장미 꽃봉 오리들로 새긴 '드디어 항구로'라는 글귀가 있었다.

올리비아가 준비한 것도 있었다. 캘러백합을 베개 모양으로 만든 화환이었다. 이것을 본 커밀라 블레이크의 얼굴이 일그러 졌고 앤은 그녀에게 들었던 말이 생각났다. 피터의 두 번째 결 혼식이 있은 지 얼마 안 되어 그들의 집에 찾아갔을 때, 피터가 창밖으로 무언가를 던지는 걸 목격했는데 그게 바로 신부가 가 져온 캘러백합 화분이었던 것이다. 피터는 자기 집을 잡초 같은 것으로 어수선하게 만들지 않겠다고 말하기도 했다.

올리비아는 그 말을 아무렇지도 않게 받아들인 듯 보였고 이 후로 커크네 오솔길에서 캘러백합이 나뒹구는 일은 없었다.

'설마 올리비아가….'

하지만 앤은 커크 부인의 평온한 얼굴을 보고 의심을 떨쳐버렸다. 결국 어떤 꽃을 놓아두는지는 꽃집 주인이 무엇을 권했느냐에 크게 좌우되는 법이다.

성가대는 〈순전한 기쁨의 땅〉이라는 찬송가에서 "죽음은 좁은 바다같이 천국과 우리를 갈라놓는다"라는 소절을 노래하고 있었다. 커밀라와 눈이 마주친 앤은 그녀도 자기와 동일하게 과연 피터 커크가 천국에 어울리는 사람인지 생각하고 있다는 사실을 알아차렸다. 커밀라는 마치 이렇게 말하는 듯했다.

"수금을 들고 있는 피터 커크 뒤에 후광이 비치는 모습을 어디 한번 상상해보세요."

오언 목사는 성경 한 장을 읽은 뒤 "오!" 소리를 수도 없이 연발하면서 슬퍼하는 이들의 마음에 위로가 있기를 거듭 간청했다. 글렌세인트메리 교회 목사도 설교했는데, 사람들 대부분은 죽은 사람에게 좋은 말을 해야 한다는 사실을 아무리 고려한다 해도 너무 칭찬이 지나치다고 속으로 생각했다. 피터 커크가 애정이 넘치는 아버지에 다정한 남편에 친절한 이웃에 열성적인 기독교인이라는 말이 이어지자 사람들은 목사가 이런 말의 뜻을 잘못 아는 것은 아닌지 혼란에 빠졌다. 커밀라는 손수건으로 얼굴을 가렸지만 눈물을 닦기 위해서 그랬던 것은 아니었고, 스티븐 맥도널드는 한두 번 헛기침을 했다. 브라이언 부인은 누군가에게 빌린 듯한 손수건으로 눈물을 닦고 있었다. 하지만 고개를 숙인 올리비아의 파란 눈에는 여전히 눈물이 없었다.

제드 클린턴은 안도의 숨을 내쉬었다. 모든 순서가 순조롭게 진행된 것이다. 다시 찬송가가 이어졌고, 고인에게 마지막 인사를 보내는 의례적인 행렬만 끝나면 성황리에 거행된 또 한 번의 장례식이 그의 긴 목록에 추가될 예정이었다.

그런데 그때 넓은 방 한구석에서 가벼운 소동이 일어나더니 클라라 윌슨이 미로처럼 얽힌 의자 사이를 지나 관 옆에 있는 탁자로 나왔다. 그곳에 이르자 그녀는 몸을 돌려 조문객을 향해 섰다. 터무니없이 큰 클라라의 모자는 한쪽으로 조금 기울어져 있었고 감아올린 머리가 조금 풀리면서 검은색 머리끝이 어깨에 드리워져 있었다. 하지만 클라라 윌슨이 우스꽝스럽게 보인다고 생각한 사람은 아무도 없었다. 누렇게 떠 있던 갸름한 얼굴이 붉어졌고, 애달픔과 괴로움에 잠겨 있던 눈은 이글이글 타고 있었다. 클라라는 무언가에 홀린 사람 같았다. 신경을 갉아먹는 불치병처럼 비통한 기운이 온몸에 가득 차 있는 듯했다.

"여러분이 지금까지 들은 건 죄다 거짓말이에요. 조의를 표하기 위해 여기 오셨는지, 아니면 호기심을 채우기 위해 오셨는지는 잘 모르겠지만요. 어쨌든 지금부터 피터 커크에 대한 진실을 말씀드리죠. 저는 위선자가 아니에요. 그가 살아 있을 때도 두려워한 적이 없었고 그가 죽은 지금도 마찬가지예요. 피터 커크가 정말 어떤 사람인지 그 사람 면전에서 감히 진실을 말한 사람은 아무도 없었지만, 이제는 말할 수 있겠네요. 그가 좋은 남편이자 친절한 이웃이었다고 떠들어대는 이곳, 그의 장례식에서요. 좋은 남편이라고요? 그는 제 동생 에이미와 결혼했어요. 내 아름다운 동생 에이미요. 그 아이가 얼마나 착하고 사랑스러웠는지 다들 아실 거예요. 그 남자는 에이미의 삶을 비참하게 만들었어요. 에이미를 학대하고 모욕했죠. 그는 그런 짓을 하면서 즐겼던 사람이에요. 그래요, 피터 커크는 예배에 빠지는 법이 없었죠. 기도도 아주 길게 했고 누군가의 돈을 떼먹지도 않았어요. 하지만 그는 폭군이었고 남을 괴롭히는 사람이었어요. 집에서 기르는 개조차 그가 오는 소리를 들으면 도망쳤으니 같이 사는 사람이야 오죽했겠어요.

저는 에이미를 말렸어요. 그와 결혼하면 후회할 거라고 거듭 이야기했죠. 그러면서도 저는 동생이 웨딩드레스 만드는 걸 도와줄 수밖에 없었어요. 차라리 수의를 만들어주는 게 나을 뻔했네요. 그때 에이미는 피터에게 푹 빠져 있었어요. 가엾은 것! 하지만 그 남자의 아내가 된 지 일주일도 안 돼서 그가 어떤 사람인지 알게 됐죠. 그의 어머니는 노예처럼 살았는데 그는 자기 아내도 마땅히 그래야 한다고 생각한 거예요. '내 집에서는 말대꾸하지 마'라고 윽박지르면서요. 에이미는 어찌나 가슴앓이를 했던지 뭐라고 말할 기력조차 잃어버렸어요. 아, 저는 에이미가 어떤 일을 겪었는지 알아요. 가엾은 내 동생! 그 사람은 에이미 말이면 무엇이든 반대했어요. 정원에서 꽃을 가꿀 수 없었고, 고양이도 기를 수 없었어요. 언젠가 제가 에이미에게 새끼 고양이를 한 마리 주었는데 그 어린 걸 피터가 물에 처넣어 죽였더군요. 에이미는 돈 1센트도 남편의 허락 없이는 쓸 수 없었어요. 에이미가 괜찮은 옷을 입고 있는 걸 본 사람이 있나요? 그는 비가 올 것 같은데 좋은 모자를 썼다면서 에이미를 몰아세웠어요. 모자가 하도 낡아서 비를 맞아봤자 더 망가질 게 없었는데도요. 그렇게나 예쁜 옷을 좋아하던 아이였는데, 얼마나 딱한

지 몰라요! 그 인간은 에이미와 친한 사람들을 계속해서 조롱했어요. 그는 평생 한 번도 웃은 적이 없는 사람이에요. 그 인간이 진심으로 웃는 것을 본 사람 있나요? 미소를 지은 적은 있었죠. 네, 그래요. 아무리 탐탁지 않은 일을 할 때라도 침착하고 보기 좋은 미소를 지었어요. 심지어 에이미가 아기를 사산했을 때도 그 인간은 웃으면서 이렇게 말하더라니까요. '죽은 녀석만 낳을 거라면 당신도 죽어버리는 게 낫겠어.' 에이미는 그렇게 10년을 버티다가 죽은 거예요. 저는 에이미가 죽은 게 되레 기뻤어요. 그 인간한테서 벗어나는 길이었으니까요. 저는 그 인간에게 당신 장례식이 있을 때까지는 이 집 문턱을 넘는 일이 없을 거라고 말했죠. 아마 여러분 중에도 그 말을 들은 사람이 있을 거예요. 저는 오늘 그 약속을 지키려고 왔어요. 그리고 그 인간에 관한 진실을 말씀드리는 거예요. 이것이 그의 본모습이에요. 당신도 알고 있고!"

클라라는 스티븐 맥도널드를 손가락으로 격렬하게 가리켰다.

"당신도 알고 있고!"

이번에는 긴 손가락이 커밀라 블레이크를 향했다.

"당신도 알고 있고!"

올리비아 커크는 미동도 하지 않았다.

"당신도 알잖아요!"

가엾은 목사는 그 손가락이 몸을 완전히 관통한 것 같은 기분을 느꼈다.

"저는 피터 커크에게 결혼식에서는 울었지만 장례식에서는 웃겠다고 말했어요. 그리고 지금 그렇게 할 겁니다."

클라라는 거칠게 옷자락 스치는 소리를 내면서 관 위로 몸을 굽혔다. 오랜 세월 자기를 짓눌러온 악행에 복수한 것이다. 클라라는 마침내 한을 풀 기회를 잡았다. 죽은 남자의 차갑고 조용한 얼굴을 내려다보는 클라라의 온몸은 승리감과 만족감으로 떨렸다. 모두들 복수심이 가득 찬 웃음소리가 터져나올 것이라 기대하며 귀를 기울였다. 하지만 웃음소리는 들리지 않았다. 클라라 윌슨의 분노에 찬 얼굴이 별안간 변하더니, 일그러졌다가 결국에는 어린아이처럼 구겨졌다. 클라라는 울고 있었다.

클라라는 부쩍 앙상해 보이는 뺨을 타고 흐르는 눈물을 닦지도 않은 채 몸을 돌려서 문 쪽으로 나갔다. 그때 올리비아 커크가 앞을 가로막더니 클라라의 팔에 손을 얹었다. 한순간 두 여자는 서로를 바라보았다. 방 안은 이들 두 사람만 있는 것 같은 침묵에 휩싸였다.

"클라라 윌슨, 고마워요."

올리비아 커크가 말했다. 올리비아의 표정은 여느 때처럼 속을 헤아리기 힘들었지만, 높낮이 없이 차분한 그녀의 목소리를 듣자 앤은 순간 섬뜩해졌다. 앤은 눈앞에서 갑자기 지옥문이 열리는 것 같은 기분이었다. 클라라 윌슨은 피터 커크가 살아 있을 때도 미워했고, 죽은 다음에도 미워하겠지만 그 모든 증오마저도 올리비아 커크가 가진 것에 비한다면 하찮을 수밖에 없다는 생각이 앤의 가슴속을 파고들었던 것이다.

클라라는 자기가 주관하는 장례식이 엉망이 되어 화가 머리끝까지 난 제드를 지나치고, 눈물을 흘리며 밖으로 나갔다. 목사는 마지막 찬송가로 〈예수 품에 잠들고〉를 인도할 생각이었지만 생각을 고쳐 떨리는 목소리로 축도만 했다. 제드도 고인에게 마지막 인사를 할 시간이라는 의례적인 안내를 하지 않았다. 관 뚜껑을 즉시 닫고 가능한 한 빠르게 피터 커크를 묻어주는 것 외에 적합한 일은 떠오르지 않았다.

앤은 베란다 계단을 내려오면서 길게 한숨을 내쉬었다. 두 여자의 비통함이 고문처럼 느껴지던 숨 막히고 답답한 방을 나와 차갑고 신선한 공기를 마시니 기분이 한결 나아졌다.

오후가 되자 점점 더 추워지고 주위는 회색으로 변해갔다. 잔디밭 여기저기에서는 사람들이 삼삼오오 무리 지어 이날 일을 조용히 이야기했다. 시들어버린 목초지를 가로질러 집으로 돌아가는 클라라 윌슨의 모습이 저만치 보였다.

넬슨이 멍한 얼굴로 말했다.

"다들 꼼짝도 못 했잖소?"

백스터 장로가 말했다.

"충격적인 일이에요. 정말 충격적인 일이고말고요!"

헨리 리스가 물었다.

"왜 아무도 클라라를 막지 않았죠?"

커밀라가 쏘아붙였다.

"왜겠어요. 당신들 모두 그 여자가 뭐라고 하는지 듣고 싶어서였겠죠."

"그건 온당치 못한 일이었어요."

샌디 맥두걸이 말했다. 마음에 드는 표현이 생각나서 기쁜 나머지 그 말을 계속 써먹으려고 했다.

"온당치 못했어요. 장례식이라는 건 어찌 되었든 간에 온당하게 치러져야 하는 거예요. 온당하게요."

오거스터스 파머가 말했다.

"세상에, 인생이라는 게 참 우습지 않나요?"

제임스 포터가 중얼거렸다.

"피터와 에이미가 언제부터 사귀기 시작했는지 생각나요. 그해 겨울에 나도 마누라에게 청혼했어요. 클라라는 그때 정말 아름다웠지. 체리파이도 얼마나 맛있게 만들었는데!"

보이스 워런이 말했다.

"클라라는 예전부터 뭐든 고약하게 말하는 아가씨였어요. 클라라가 오는 걸 보면서 무슨 난리라도 일어나지 않을까 싶었는데, 이런 사달이 날 줄은 꿈에도 생각 못 했네요. 게다가 올리비아는 또 어땠고요! 그런 걸 생각이나 했나요? 여자들이란 정말예측 불가능한 존재예요."

커밀라가 말했다.

"오늘 일은 우리가 죽을 때까지 대단한 이야깃거리가 되겠네요. 어쨌든 이런 일이라도 일어나지 않으면 역사가 얼마나 지루하겠어요!"

의기소침해진 제드는 얼른 사람들을 모아서 관을 옮기기 시작했다. 영구마차가 오솔길을 따라 나아가자 마차 행렬이 천천히 뒤를 따랐고 헛간에서는 개 한 마리가 비통하게 우는 소리가 들렸다. 결국은 이 개 한 마리라도 피터 커크의 죽음을 슬퍼해준 것이 아닌가 싶었다.

길버트를 기다리던 앤에게 스티븐 맥도널드가 다가왔다. 글렌세인트메리 마을 위쪽에 살고 있었던 그는 키가 컸으며 고대

로마 황제 같은 머리를 하고 있었다. 앤은 전부터 그에게 호감이 있던 터였다.

그가 말했다.

"눈이 올 것 같네요. 저는 언제나 11월이 향수병에 걸리는 시기 같습니다. 블라이드 부인, 부인도 혹시 그런 생각을 해보신 적이 있나요?"

"있어요. 한 해가 잃어버린 봄을 슬프게 되돌아보는 거죠."

"봄이라, 봄! 블라이드 부인, 저도 나이를 먹었어요. 문득 정신을 차려보니 계절이 예전과는 다르다는 생각을 하게 됐죠. 겨울은 예전의 겨울이 아니에요. 여름도 다르고요. 그리고 봄은, 예전의 그 봄은 이제 없어졌죠. 최소한 이런 느낌은 우리가 알던 사람들이 다시 돌아와 우리와 그 계절을 함께 누리지 못하면서 느끼게 되는 감정이에요. 클라라 윌슨도 참 안됐어요. 이 모든 일을 어떻게 생각하시나요?"

"가슴이 찢어질 듯 아팠어요. 그런 증오를 가슴에 품고…."

"그래요. 아시다시피 클라라는 아주 오래전에 피터를 사랑했죠. 정말 끔찍이 사랑했어요. 그 무렵 클라라는 모브레이내로스에서 가장 예쁜 아가씨였답니다. 크림색 얼굴을 온통 감싸며 조그맣게 곱슬거리는 검은 머리는 말로 설명할 수 없었죠. 반면에 클라라의 동생 에이미는 명랑한 아가씨였어요. 피터는 그렇게 클라라를 버리고 에이미와 결혼했어요. 아, 우리의 운명은 이상한 방식으로 만들어지네요."

커크 씨네 오솔길 뒤쪽에서 바람이 불었고, 비틀린 전나무는 그 바람을 따라 으스스하게 흔들렸다. 저 멀리 롬바디포플러가 잿빛 하늘을 찌르는 듯한 언덕 위로는 눈보라가 하얗게 몰아칠 기세였다. 눈보라가 모브레이내로스에 다다르기 전에 돌아가려고 모두가 서둘렀다.

"다른 여자들은 그토록 비참한데 그들을 두고 내가 이렇게 행복해도 되는 걸까?"

마차를 타고 집으로 오는 동안 클라라 윌슨에게 감사를 전하던 올리비아 커크의 눈이 내내 앤의 머릿속을 맴돌았다.

여기까지가 12년 전에 일어난 일이다. 그동안 클라라 윌슨은 세상을 떠났고 피터보다 한참 어렸던 올리비아 커크는 연안 지역에 가서 재혼했다. 앤은 창가에서 일어나 생각에 잠겼다.

'시간은 우리 생각보다 친절해. 몇 년 동안이나 비통함을 간직하고 있는 건, 보물처럼 가슴에 끌어안고 있는 건 끔찍한 실수야. 하지만 피터 커크의 장례식에서 일어난 이야기는 월터에게 해줄 수 없어. 아이들이 들을 만한 이야기는 절대 아니니까.'

34장

릴라는 잉글사이드 베란다 계단에서 다리를 꼬고 앉아 있었다. 작고 통통한 데다 햇볕에 그을려 가무잡잡해진 무릎이 무척 사랑스러웠다. 그런데 지금 릴라는 기분이 무척 우울했다. 모두에게 사랑받는 꼬마가 무슨 일로 이렇게 우울한 것인지 묻는 사람이 있다면, 그는 자기의 어린 시절을 까맣게 잊어버린 것이 분명하다. 어른들에게는 지극히 하찮은 일이라도 아이에게는 어둡고 끔찍한 비극일 수 있는 법이니까.

릴라는 깊은 절망에 빠져 있었다. 수전이 고아원 기부 모임에 내놓을 '금과 은 케이크'를 그날 밤 구워놓을 테니 다음 날 오후 교회에 가져다주라고 릴라에게 말했던 것이다.

케이크를 들고 마을을 지나 글렌세인트메리 교회로 갈 바에야 차라리 죽는 게 낫겠다는 생각을, 릴라는 어쩌다 하게 되었을까? 어린아이들은 종종 그 작은 머리로 특이한 생각을 하곤 한다. 릴라는 케이크를 들고 어디론가 가는 모습을 남에게 보이는 것이 너무도 부끄럽고 굴욕적인 일이라고 생각했다. 아마도 릴라가 아직 다섯 살이던 어느 날, 케이크를 들고 길을 내려가던 틸리 페이크 할머니를 마을의 어린 남자아이들이 따라가면서 큰 소리로 놀려대는 모습을 보았기 때문일지도 모른다. 틸리 할머니는 항구 어귀에 살았고, 좀체 씻지 않는 데다 누더기 같은 옷을 입고 다녔다.

> 틸리 페이크 할머니
> 케이크를 훔쳐먹었지.
> 그래서 배가 아팠다네.

남자아이들은 이렇게 놀려댔다.

그때부터 릴라의 마음속에 케이크를 들고 다니면 숙녀가 될 수 없다는 생각이 자리 잡았다. 릴라는 틸리 페이크 할머니 같은 취급을 받고 싶지 않았다. 이것이 바로 릴라가 잔뜩 절망한 얼굴로 계단에 앉아 있었던 이유요, 앞니가 하나 빠진 귀여운 입가에서 미소가 사라진 이유이기도 했다.

릴라는 수선화가 무슨 생각을 하는지 아는 듯한 표정이나 황금빛 장미와 둘만이 아는 비밀을 나누는 듯한 표정은 잊은 채 영원히 풀 죽어 보이는 얼굴을 하고 있었다. 웃으면 거의 감겨 보이지 않는 커다란 담갈색 눈도 여느 때처럼 매력적으로 보이기는커녕 비탄과 고통으로 가득 차 있었다.

"네 눈에는 요정의 손길이 닿았어."

언젠가 키티 매캘리스터 아주머니가 했던 말이다. 아버지는 릴라가 날 때부터 매력적이었고 태어난 지 30분 만에 파커 씨를 향해서 미소를 지었다고 했다. 릴라는 아직 혀 짧은 소리를 냈기 때문에 입보다는 눈으로 말하는 것이 편했다. 하지만 지금처럼 자라다 보면 그런 모습도 차츰 사라질 것이다.

지난해, 아빠는 장미 덤불로 릴라의 키를 쟀다. 올해는 풀협죽도로 키를 쟀다. 이제 곧 접시꽃으로 바뀔 것이고, 머지않아 학교에도 갈 것이다. 그런 생각들을 하자 릴라는 무척 행복했고, 자기의 환경에 만족해했다. 수전이 이 무시무시한 통보를 하기 전까지는 아쉬울 것이 전혀 없었다.

릴라는 수전이 부끄러움을 모른다고 하늘을 향해 중얼거렸다. 사실은 "부끄더움"이라고 발음했지만 아름답고 부드러운 푸른 하늘은 릴라의 말을 대번에 알아들은 듯했다.

엄마와 아빠는 그날 아침 샬럿타운으로 갔고 다른 아이들은 학교에 간 터라 잉글사이드에는 릴라와 수전만 남아 있었다. 평소 같으면 릴라는 이런 상황이 기뻤을 것이다. 릴라는 좀처럼 외로워하는 법이 없었다. 이날도 이 계단이나 무지개 골짜기에 있는 지정석, 즉 이끼 낀 돌 위에 앉아 요정 같은 새끼 고양이 한두 마리를 옆에 두고 눈에 보이는 모든 것에 관련된 공상을 펼치며 기분 좋은 시간을 보낼 수 있었다. 나비들만의 즐거운 세상인 잔디밭 한쪽 구석, 정원을 떠다니듯 피어 있는 양귀비, 하늘에 홀로 있는 커다란 솜털 구름, 금련화 위로 윙윙거리는 덩치 큰 호박벌, 어깨 아래로 내려온 릴라의 적갈색 곱슬머리를 노란 손가락으로 매만지는 인동덩굴, 불어오는 바람…. 바람은 어디로 부는 것일까?

베란다 난간을 뽐내듯 걸어다니던 콕 로빈은 릴라가 왜 자기와 놀지 않을까 궁금해했다. 릴라는 케이크를 들고 걸어가야 한다는 끔찍한 사실 말고는 아무것도 생각할 수 없었다. 마을을 지나 교회까지 케이크를 가져다주어야 한다. 고아들을 위해 기부금을 걷는 모임이 그곳에서 열린다. 릴라는 로브리지에 고아원이라는 곳이 있으며, 부모를 여읜 아이들이 그곳에 산다는 사실을 어렴풋이 알았다. 그 아이들이 가엾다는 생각도 했다. 하지만 아무리 그렇다 하더라도 케이크를 든 모습을 사람들에게 보이고 싶은 생각은 추호도 없었다.

'비가 오면 안 가도 되겠지.'

하늘은 너무도 멀쩡했지만 릴라는 두 손을 모으고 진심으로 기도했다. 통통한 손가락 하나하나에는 보조개처럼 마디가 움푹 들어가 있었다.

"사랑하는(릴라의 입에서 실제로 나온 소리는 '따랑하는'이었다) 하느님, 비가 죽죽 오게 해주세요. 아니면…."

릴라는 위기에서 벗어나게 해줄 또 다른 방법이 생각났다.

"수전(실제 발음은 '뚜전'에 가까웠다) 아줌마가 케이크를 망치게 해주세요. 바싹바싹 타게 해주세요."

그러나 점심 식사 때가 되어 부엌에 가보니 하얀 크림으로 속을 채우고 노란 설탕을 예쁘게 입혀 먹음직스럽게 보이는 케이크가 식탁에 떡하니 놓여 있었다. 릴라가 가장 좋아하는 케이크였다. '금과 은 케이크'라는 이름도 참 화려했다. 하지만 다시는 이 케이크를 한 입도 먹을 수 없을 것 같은 기분이 들었다.

'항구 건너편 낮은 언덕에서는 천둥이 우르릉대고 있지 않을까? 하느님이 내 기도를 들어주셨을지도 몰라. 나가기 전에 지진이 날 수도 있고, 최악의 상황이 닥치면 배가 아플 수도 있잖아? 아니야. 그러면 피마자유를 먹어야 해. 차라리 지진이 일어나는 게 낫지!'

릴라는 몸서리를 쳤다.

릴라는 등받이에 하얀 오리가 뽐내는 듯한 문양을 수놓은 의자에 앉아 있었다. 릴라가 아끼는 물건이었다. 아이들은 이날 따라 릴라가 아무 말도 하지 않는다는 사실을 알아차리지 못했다. 자기만 아는 욕심쟁이들! 엄마가 집에 있었으면 달랐을 텐데. 『엔터프라이즈』에 아빠 사진이 실렸던 그 끔찍한 날에 릴라가 얼마나 괴로워했는지도 엄마는 금세 알아봤다. 릴라는 신문에 사진이 실리는 사람은 살인자뿐이라고 생각해왔던 터라 신문에서 아빠의 얼굴을 보고는 충격을 받았던 것이다. 릴라는 아무 말도 못 하고 침대에 엎드려 울었다. 그때 엄마가 방으로 들어와서 릴라의 생각을 바로잡아주었다. 그런 엄마가 자기 딸이 틸리 페이크 할머니처럼 케이크를 들고 글렌세인트메리 마을을 지나가는 모습을 과연 보고 싶어 할까?

수전이 장미꽃 화환이 그려진 예쁜 파란색 접시에 음식을 담아주었지만 릴라는 점심을 먹는 둥 마는 둥했다. 이 접시는 지난 생일에 레이철 린드 할머니가 보내준 것으로 평소에는 일요일에만 쓸 수 있었다.

'파란 접시랑 장미 같은 게 무슨 소용이야! 내가 그런 부끄러

운 일을 해야 하는데!'

그래도 수전이 후식으로 내온 과자는 정말 맛있었다.

"아줌마, 낸이랑 다이 언니가 학교 끝나고 와서 케이크를 가져다주면 안 돼?"

릴라가 졸랐지만 수전은 놀리듯 말했다.

"다이는 제시 리스네 집에 간다고 했고, 낸은 다리에 가시가 박혔어.* 게다가 학교 끝나고 가면 너무 늦어. 위원회에서는 3시까지 케이크를 보내달라고 했거든. 그래야 다들 집에 가서 저녁 먹기 전에 케이크를 잘라 탁자에 놓아둘 수 있으니까. 우리 통통이가 대체 왜 가기 싫다는 걸까? 마을에 우편물 받으러 가는 건 늘 좋아했잖아."

조금 통통한 편이기는 했지만 그렇게 불리는 것은 싫었던 릴라가 진지한 얼굴로 설명했다.

"날 기분 나쁘게 하지 말란 말야."

수전은 웃었다. 요즘 들어 릴라가 무슨 말을 할 때마다 가족들은 웃곤 했다. 하지만 자기는 정말 진지하게 이야기했는데 왜 다들 웃는지 릴라는 이해할 수가 없었다. 오직 엄마만 웃지 않았다. 릴라가 아빠를 살인범으로 오해한다는 것을 알았을 때도 엄마는 웃지 않았다.

"그 모임은 좋은 아빠나 엄마가 없는 가엾은 아이들을 돕기 위해 돈을 모으려는 거야."

수전이 설명해주었다.

---

* 갈 수 없거나 가고 싶지 않을 때 핑계 대며 쓰는 표현

'내가 그런 것도 모르는 아기라고 생각하는 거잖아!'

릴라는 부루퉁하게 대꾸했다.

"나도 고아 다음으로 불쌍해. 아빠하고 엄마가 한 사람씩밖에 없으니까."

수전이 다시 웃었다. 아무도 날 이해해주지 않는다.

"케이크를 가져다준다고 엄마가 위원회에 약속했어. 약속을 꼭 지켜야 하는데 난 오늘 시간이 없단다. 자, 이제 이 파란색 깅엄 옷으로 갈아입고 얼른 다녀오렴."

릴라가 필사적으로 버텼다.

"내 인형이 아파. 그래서 침대에 눕히고 얘기도 해야 해. 음, 아마 암모니아병에 걸린 거 같아."

"아가, 인형 걱정은 안 해도 돼. 네가 돌아올 때까지는 괜찮을 거야. 30분이면 다녀올 수 있잖아."

수전은 계속해서 야속한 대답만 내놓았다. 더는 희망이 없었다. 비가 올 기미는 없었다. 하느님까지도 날 도와주시지 않는다. 릴라는 눈물을 삼키며 2층으로 올라가 새 오건디 옷으로 갈아입고 데이지 장식이 달린 모자를 썼다. 옷이라도 제대로 차려입는다면 사람들이 나를 틸리 페이크 할머니 같다고 생각하지 않을지도 모른다.

릴라는 위엄을 갖추어 수전에게 말했다.

"얼굴은 깨끗한 거 같은데, 귀 뒤쪽도 좀 봐줘."

릴라는 가장 좋은 드레스를 입고 모자를 써서 수전이 야단치지는 않을까 걱정했다. 하지만 수전은 릴라의 귀를 살펴본 다음 케이크가 담긴 바구니를 건네주며, 예의 바르게 행동하라고 당부하기만 했다. 또한 이번만큼은 고양이를 볼 때마다 멈춰 서서 말을 걸지 말라고 덧붙였다.

릴라는 곡과 마곡을 쳐다보며 얼굴을 찌푸린 뒤 당당하게 출발했다. 수전은 릴라의 뒷모습을 사랑스럽게 바라보았다.

'기특하기도 하지. 우리 아기가 어느새 혼자 케이크를 들고 교회에 갈 만큼 컸네.'

자랑스러움과 서글픔이 뒤섞인 감정을 느끼며 수전은 다시 일하러 갔다. 하지만 이 일이 목숨을 바쳐도 아깝지 않은 이 꼬마에게 어떤 고통을 주었는지는 꿈에도 몰랐다.

릴라는 교회 의자에서 깜빡 잠들어 바닥으로 굴러떨어졌을 때 말고는 이렇게 부끄러웠던 적이 없었다. 평소 릴라는 마을에 가는 걸 아주 좋아했다. 마을에는 재미있는 볼거리가 많았다. 하지만 오늘은 카터 플래그 부인의 아름다운 조각보가 걸려 있는 매력적인 빨랫줄에도 눈길 한 번 주지 않았고, 오거스터스 파머 씨가 마당에 놓아둔 무쇠사슴을 보고도 마음이 설레지 않았다. 이제까지 릴라는 그곳을 지날 때마다 잉글사이드 잔디밭에도 저런 사슴이 있었으면 좋겠다고 생각해왔다. 하지만 지금은 다 하찮게 느껴졌다.

따뜻한 햇살이 거리에 쏟아져 강물처럼 넘쳐흐르자 모두가 밖으로 나왔다. 두 여자아이가 소곤소곤 이야기를 나누면서 릴라 곁을 지나갔다.

'혹시 내 이야기를 한 걸까?'

릴라는 아이들이 무슨 말을 했을지 상상해보았다. 길을 따라 마차를 몰고 오던 한 남자가 릴라를 물끄러미 바라보았다. 그는

'블라이드네 막내가 벌써 저렇게 컸구나. 정말 예쁘네'라고 생각하던 참이었다. 하지만 릴라는 그의 눈이 바구니를 꿰뚫어 케이크를 보았다고 생각했다. 또 애니 드루가 아버지와 같이 마차를 타고 지나가면서 자기를 보고 비웃었다고 생각했다. 열 살인 애니 드루는 릴라 눈에 아주 큰 언니로 보였다.

러셀의 집 모퉁이에는 아이들이 가득 모여 있었다. 릴라는 그 아이들을 지나쳐 가야 했다. 아이들의 눈이 모두 자기에게 향했다가 다시 서로를 보며 눈짓하는 것 같아 릴라는 기분이 정말 끔찍했다. 그래서 더 당당하게 걸어가려고 애썼다.

그런데 릴라의 걸음걸이를 보고 아이들이 그만 오해를 했다. 잘난 체한다고 생각한 것이다.

'겁을 잔뜩 줘서 콧대를 꺾어놔야겠어!' 잉글사이드 여자아이들은 죄다 건방지게 굴잖아! 큰 집에 살고 있으면 다야?'

밀리 플래그가 걸음걸이를 흉내 내며 릴라의 뒤를 따라갔다. 밀리가 발을 질질 끌어서 두 아이는 흙먼지를 뒤집어썼다.

'뺀질이'로 통하는 드루가 소리쳤다.

"바구니가 아이를 데리고 가네. 똑똑아, 어디 가는 거니?"

빌 파머가 조롱했다.

"코에 뭐 묻었네, 얼굴이 잼 범벅이야."

세라 워런이 말했다.

"고양이한테 혀를 물린 거야?"

비니 벤틀리가 비웃었다.

"어이, 꼬맹아!"

샘 플래그가 갉아 먹던 당근을 입에서 떼고 말했다.

"길옆으로 얌전히 지나가. 안 그러면 풍뎅이를 먹일 거야."

메이미 테일러가 킥킥거렸다.

"얼굴 빨개지는 것 좀 봐."

찰리 워런이 말했다.

"교회에 케이크를 가져가는 거구나. 수전 베이커는 케이크를 굽다가 만나니까. 저것도 마찬가지일 거야."

그런 상황에서도 자존심 때문에 릴라는 울지 않았다. 하지만 참는 데에도 한계가 있다. 잉글사이드의 케이크를 모욕하다니! 릴라가 잔뜩 화가 나서 소리쳤다.

"앞으로 너희 중 누가 아파도 우리 아빠한테 말해서 절대로 약을 주지 말라고 그럴 거야."

다음 순간 릴라는 당황해서 눈을 크게 떴다. 항구로 이어지는 길의 모퉁이를 돌아오는 사람이 낯익은 얼굴이었기 때문이다.

'설마 켄은 아니겠지? 그럴 리 없어! 아니, 맞아!'

큰일 났다! '켄'이라고 부르는 포드는 월터와 친한 친구였는데, 릴라는 어린 마음에 켄이 세상에서 제일 잘생기고 훌륭한 남자아이라고 생각했다. 켄은 릴라에게 별 관심도 없었다. 한번은 오리 모양 초콜릿을 릴라에게 줬고 무지개 골짜기의 이끼 낀 돌 위에 릴라와 나란히 앉아 '숲속 작은 집의 곰 세 마리' 이야기를 들려준 적도 있지만(릴라는 이날을 결코 잊을 수 없었다) 특별한 의미를 둔 행동은 아니었다. 릴라도 멀리서 켄을 좋아하는 것으로 만족했다. 그런데 지금 이 멋진 남자에게 자기가 케이크를 들고 있는 모습을 들키고야 말았다!

"안녕, 통통아! 날이 참 덥지? 오늘 밤에 그 케이크를 한 조각

먹었으면 좋겠다."

'켄도 이게 케이크라는 걸 알잖아. 다들 알고 있었어!'

마을을 지나간 릴라는 이제 다 끝났다고 생각해 마음을 놓았지만 얼마 뒤 이보다 더 최악의 상황이 벌어졌다. 주일학교의 에미 파커 선생님이 걸어오고 있었던 것이다. 꽤 먼 거리였지만 릴라는 옷을 보고 선생님이라는 사실을 알았다. 주름 장식이 있는 열은 초록색 오건디 드레스에, 작은 하얀 꽃들이 장식으로 달려 있었던 것이다. 릴라는 이 옷에 '벚꽃 드레스'라는 이름을 붙였다. 에미 선생님이 어느 일요일 이 옷을 입고 왔을 때 릴라는 이렇게 예쁜 드레스는 처음 본다고 생각했다. 하지만 에미 선생님은 그 뒤로도 늘 이 옷 못지않게 예쁜 드레스를 입고 왔다. 레이스와 프릴이 달린 옷도 있었고 사각사각 비단 소리가 들리는 옷도 있었다.

릴라는 에미 선생님에게 푹 빠졌다. 선생님은 예쁘고 우아하다. 피부는 백옥같이 하얗고 릴라를 볼 때마다 진한 갈색 눈으로 다정하게 미소 짓는다. 슬픈 표정을 지을 때도 있었는데, 결혼할 남자가 죽었기 때문이라고 한 여자아이가 귀띔해주었다. 릴라는 에미 선생님 반이 되어서 정말 기뻤다. 플로리 플래그 선생님 반에 들어갔다면 정말 싫었을 것이다. 릴라는 플로리 플래그처럼 못생긴 선생님을 참을 수 없었다.

주일학교가 아닌 곳에서 만났을 때 에미 선생님이 미소를 지으며 말을 걸어주기라도 하면 릴라는 인생 최고의 순간을 맞이한 듯 설렜다. 에미 선생님이 길에서 고개를 끄덕여주기만 해도 가슴이 두근거렸고, 반 전체를 초대해서 딸기주스로 빨간 거품을 만드는 비눗방울 파티를 열었을 때는 더없이 행복해서 감정을 주체할 수 없었다.

하지만 케이크를 든 채로 에미 선생님을 만난다면 부끄러워 견딜 수 없을 것이다. 게다가 에미 선생님은 다음 주일학교 발표회에서 연극을 계획하고 있었고 릴라는 선생님이 자기에게 요정 역을 맡겨주길 남몰래 바라고 있었다. 빨간 옷을 입고 뾰족한 초록색 모자를 쓴 요정. 하지만 에미 선생님이 케이크를 들고 있는 내 모습을 본다면 아무리 간절히 바란다 해도 그 꿈을 이룰 수 없을 것이었다.

에미 선생님에게 이런 꼴을 들켜서는 안 된다! 그때 릴라는 시내를 가로지르는 작은 다리 위에 서 있었다. 흐르는 물이 꽤 깊어 보였다. 릴라는 재빨리 바구니에서 케이크를 꺼내 들어 오리나무가 우거진 쪽으로 던져버렸다. 케이크는 나뭇가지 사이로 날아가다가 풍덩 소리와 함께 물방울을 일으키며 가라앉았다. 릴라는 가슴을 쓸어내렸다. 자유로움과 해방감을 느끼며 에미 선생님 쪽으로 몸을 돌렸을 때 릴라는 선생님이 커다랗고 불룩한 갈색 종이꾸러미를 들고 있다는 사실을 알아차렸다.

에미 선생님은 작은 주황색 깃털이 달린 초록색 모자 아래로 미소를 지으며 릴라를 바라보았다.

"어머, 선생님. 정말 예뻐요! 정말로요."

릴라는 가슴이 벅차올라 숨이 막힐 지경이었다.

에미 선생님이 다시 미소를 지었다. 비록 마음이 찢어졌다 해도(이때 에미 선생님의 마음은 정말 그런 상태였다) 이렇게 진심에서 우러나오는 찬사를 받으면 기쁠 수밖에 없었다.

"이 새 모자 말이구나? 깃털이 참 예쁘지? 나도 이 깃털이 마음에 든단다."

선생님이 릴라의 빈 바구니를 힐끗 보았다.

"너도 모임에 케이크를 가져다주고 오는 길이니? 같이 갔으면 좋았을 텐데 참 아쉽네. 나도 케이크를 가져가는 중이야. 크고 부드러운 초콜릿케이크지."

릴라는 할 말을 잃고 가련한 눈으로 선생님을 올려다보기만 했다. 에미 선생님도 케이크를 가지고 다닌다. 그렇다면 케이크를 가지고 다니는 건 부끄러운 행동이 아니다. 그런데 나는… 아, 내가 무슨 짓을 한 거지? 수전 아줌마가 만든 '금과 은 케이크'를 시냇물에 던져버렸다. 게다가 에미 선생님과 둘이서 케이크를 들고 교회로 걸어갈 기회도 놓쳐버렸다.

에미 선생님이 가버린 뒤 릴라는 무서운 비밀을 안고 집에 돌아와서는 저녁 식사 때까지 무지개 골짜기에 숨어 있었다. 식탁에서도 아주 조용했지만 아무도 그 사실을 눈치채지 못했다. 케이크를 받은 사람이 누구인지 수전이 물어볼까 봐 조마조마했는데 다행히 식사를 마칠 때까지 그런 일은 없었다.

저녁 식사가 끝나고 아이들이 무지개 골짜기로 놀러갔을 때 릴라는 계단에 혼자 앉아 있었다. 해가 지고 바람이 불면서 잉글사이드 뒤편 하늘은 황금빛으로 물들었으며, 아랫마을은 집집마다 하나둘씩 불을 밝혔다. 릴라는 글렌세인트메리 마을 여기저기에서 꽃처럼 불빛이 피어오르는 모습을 즐겨 바라보곤 했지만, 오늘 밤만큼은 아무 관심도 생기지 않았다.

태어나서 이렇게 불행했던 적은 없었다. 살아갈 엄두조차 나지 않았다. 밤이 깊어져 하늘은 보랏빛으로 물들었고, 릴라는 점점 비참해졌다. 그때 맛있는 단풍당*빵 냄새가 풍겨왔다. 날이 선선해지자 수전이 빵을 굽고 있었던 것이다. 하지만 제아무리 맛있는 빵이라 해도 다른 것과 마찬가지로 릴라에게 아무런 감흥을 주지 못했다. 릴라는 비참한 마음으로 2층 침실에 가서 전에는 그렇게나 자랑스러웠던 새 분홍색 꽃무늬 이불 속으로 들어갔다. 하지만 잠이 오지 않았다. 물속에 가라앉은 케이크의 유령이 여전히 머릿속을 맴돌았다. 엄마는 위원회에 케이크를 보내겠다고 약속했다. 아무 연락도 없이 약속을 어긴 엄마를 사람들이 어떻게 생각할까? 거기서 가장 예쁜 케이크였을 텐데! 오늘 밤 바람 소리는 무척 쓸쓸했다. 마치 릴라에게 "바보, 바보, 바보"라고 놀려대는 듯했다.

수전이 단풍당빵을 가지고 방으로 들어오며 물었다.

"왜 아직 안 자니?"

"수전 아줌마. 나는, 내가 나인 게 너무 힘들어."

수전은 곤혹스러운 표정을 지었다. 생각해보니 저녁 식사 때도 이 아이는 피곤해 보였다.

'어떡하지? 선생님은 지금 집에 안 계신데…. 의사 가족은 병들어 죽고 제화공 부인은 맨발로 다닌다는 말이 딱 맞네.'

수전은 막막했지만 소리 내어 아이에게 물었다.

"열이 있는지 재보자, 아가."

"아니, 아니야. 그게 아니라 나 정말 끔찍한 일을 했어. 악마가

---

* 　북아메리카에서 자라는 사탕단풍나무에서 채취한 수액으로 만든 당(糖)

그러라고 한 거야. 아니, 그게 아니야. 내가 한 거라고. 내가, 내가, 케이크를 시냇물에 던져버렸어."

수전이 멍한 얼굴로 말했다.

"세상에, 뭐라고? 도대체 왜 그런 짓을 한 거니?"

"뭘 했다고?"

때마침 시내에서 돌아와 릴라가 잘 자는지 보러 올라온 엄마도 그 이야기를 들었다. 수전은 구원자를 만난 듯 반가워하며 얼른 앤에게 자리를 내주었다.

릴라는 울면서 모든 이야기를 털어놓았다.

"얘야, 엄마는 이해가 안 되는구나. 교회에 케이크를 가져가는 게 왜 그렇게 싫었을까?"

"그런 일을 하면 틸리 페이크 할머니 같다고 생각한 거예요. 오늘 내가 엄마를 창피하게 만든 거죠? 엄마, 이번 일만 용서해 주시면 다시는 나쁜 짓 안 할게요. 위원회 사람들한테는 엄마가 케이크를 보내려 했다고 얘기할게요."

"위원회 걱정은 안 해도 돼. 케이크는 충분했을 거야. 늘 그랬거든. 우리가 보내지 않은 건 아무도 몰랐을걸? 우리 이 일은 아무에게도 이야기하지 말기로 하자. 하지만 버사 마릴라 블라이드! 앞으로도 이건 기억해야 한다. 수전이나 엄마는 너한테 절대 부끄러운 일을 시키지 않아."

인생은 다시 감미로워졌다. 아빠가 문까지 와서 "잘 자라, 우리 고양이들"이라고 말해주었고, 수전은 살그머니 방으로 들어와 내일은 저녁에 치킨파이를 만들 거라고 말해주었다.

"수전 아줌마, 그레이비소스 많이 줄 거지?"

"듬뿍 줄게."

"그리고 아침에 갈색 달걀 먹어도 돼? 내가 비록 착한 아이는 아니지만…."

"먹고 싶으면 갈색 달걀을 두 개 먹어도 돼. 그리고 이제 이 빵 먹고 자야지, 우리 예쁜이."

릴라는 단풍당빵을 먹었지만 곧바로 자지 않고 침대에서 슬그머니 나와 무릎을 꿇었다. 그리고 진심으로 기도했다.

"사랑하는 하느님, 제가 항상 착하고 말 잘 듣는 아이가 되게 해주세요. 제가 무슨 말을 듣더라도요. 그리고 사랑하는 에미 선생님과 가엾은 고아들을 축복해주세요."

35장

잉글사이드의 아이들은 함께 놀고, 걷고, 온갖 모험을 했다. 그러면서도 꿈과 공상으로 이루어진 자기만의 내면세계도 갖고 있었다. 특히 낸은 아주 어렸을 때부터 보고 읽은 책, 머물렀던 곳을 소재 삼아 자기만의 비밀 연극을 꾸민 뒤 가족들은 절대 알 수 없는 놀랍고 낭만적인 왕국에서 살았다.

처음에는 꼬마 요정의 춤과 유령 골짜기의 요정들, 자작나무의 요정 이야기를 엮어냈다. 낸은 대문께에 있는 커다란 버드나무와 비밀을 속삭였고, 무지개 골짜기 위쪽 끝의 오래된 베일리네 빈집을 유령이 나오는 탑의 폐허라고 상상했다. 몇 주 동안은 바닷가 외로운 성에 갇힌 공주가 되기도 했다. 그러다 몇 달은 인도 같은 머나먼 나라의 한센인 수용소에서 간호사로 일하기도 했다. '머나먼'은 낸에게 언제나 마법의 단어였다. 바람 부는 언덕을 넘어 희미하게 들려오는 음악과도 같았다.

커가면서 낸은 자기의 작은 세상에서 본 진짜 사람들로 연극을 만들기에 이르렀다. 특히 교회 신자들을 등장인물로 삼았다. 낸은 교회에서 사람들을 관찰하는 게 즐거웠다. 다들 아주 멋지게 차려입었기 때문이다. 평소 차림새와 어찌나 다른지 마치 기적이라도 일어난 것 같았다.

각자의 가족석에 조용하고 경건하게 앉아 있던 사람들은 잉글사이드 가족석에 앉아 있는 갈색 눈의 얌전한 소녀가 자신들을 등장인물로 삼아 한 편의 사랑 이야기를 만들었다는 사실을 알면 깜짝 놀랄 것이다. 어쩌면 조금 무서워했을지도 모른다. 낸은 애네타 밀리슨이 얼굴은 좀 음침하지만 마음씨는 친절하다는 사실을 알았다. 그럼에도 자기가 지은 이야기에는 아이들을 납치해서 산 채로 삶아 영원한 젊음을 유지하는 물약을 만드는 사람으로 등장시켰다. 애네타 밀리슨이 그 사실을 알면 기겁했을 것이다. 또한 이야기를 어찌나 생생하게 그려냈던지, 황금빛 미나리아재비의 속삭임으로 가득 찬 황혼이 깔린 오솔길에서 애네타 밀리슨을 만났을 때, 낸은 혼이 나갈 정도로 겁을 먹기도 했다. 낸은 애네타가 친절하게 건네는 인사에 제대로 대답할 수 없었다. 그러다 보니 애네타가 '낸 블라이드는 요즘 들어 잘난 척하고 거만하기 짝이 없으니 아무래도 예의를 가르쳐줄 필요가 있어'라고 생각하는 건 당연했다.

창백한 얼굴의 로드 파머 부인은 자기가 누군가를 독살한 뒤 그 일을 후회하면서 죽어가고 있다는 사실은 꿈에도 생각하지 못했다. 근엄한 얼굴의 고든 매캘리스터 장로는 자기가 태어났을 때 마녀의 저주를 받아 절대 웃지 못하게 됐다는 사실을 전혀 몰랐다. 나무랄 데 없는 삶을 살았던 검은 콧수염의 프레이저 파머는 낸 블라이드가 자기를 보면서 이렇게 생각하고 있다는 사실을 조금도 알아차리지 못했다.

'저 사람은 고개를 들지 못하고 다닐 만큼 끔찍한 일을 저지른 것이 틀림없어. 뭔가 양심의 가책을 받을 만큼 무서운 비밀을 품고 있는 얼굴이야.'

아치볼드 파이프는 낸 블라이드가 자기를 볼 때마다 운율이 느껴지는 문장을 짓느라 애쓴다는 사실을 생각조차 못 했다. 낸은 그가 무슨 말을 하든지 운율에 맞춰 대답하기로 결심했기 때문이다. 아이들을 극도로 무서워했던 그는 한 번도 낸에게 말을 건 적은 없었지만, 낸은 필사적으로 재빨리 운을 지어내면서 이 상황을 즐기고 있었다. 예를 들어 이런 식이었다.

저는 잘 지내요, 고마워요.
어떻게 지내세요, 아저씨랑 사모님은요?
네, 날씨 정말 좋죠.
건초 말리기 좋은 날이에요.

모턴 커크 부인은 만약 낸 블라이드에게 (낸은 한 번도 초대를 받은 적이 없었지만) 그 집에는 절대 가지 않겠다는 말을 듣는다면 뭐라고 대답해야 할지 몰라 막막했을 것이다. 그것도 현관 계단에 빨간 발자국이 있다는 이유로 그랬다면 기막혀 할 게 뻔했다. 커크 부인의 시누이로 차분하고 다정한 독신녀 엘리자베스 커크는 자기가 노처녀인 이유가 결혼식 도중에 사랑하는 사람이 교회 제단에 쓰러져 죽었기 때문이라는 사실을 꿈에도 알 수 없었다.

이 모든 것은 정말 재미있고 흥미를 불러일으켰다. 그러면서도 낸은 사실과 허구 사이에서 길을 잃는 법이 없었다. 그러나 '신비로운 눈을 가진 여인'에게 사로잡힌 뒤로는 이야기가 사뭇 달라졌다.

공상이 어쩌다 그렇게 자랐는지 물어봤자 무슨 소용이 있겠는가? 낸 자신도 정확하게 대답할 수 없을 것이다. 모든 일은 '음울한 집'에서 시작되었다. 낸에게 그 집의 이름은 언제나 굵은 글씨로 다가왔다. 낸은 사람들뿐만 아니라 장소와 관련해서도 낭만적인 이야기를 즐겨 꾸며냈고 음울한 집은 오래된 베일리네 집을 제외하면 그런 조건에 부합하는 유일한 곳이었다.

낸이 그 집을 직접 본 적은 없었다. 음울한 집은 로브리지로 가는 샛길에 우거진 가문비나무 뒤쪽에 있으며, 태곳적(수전이 한 말이다)부터 비어 있다는 사실이 낸이 아는 전부였다. 낸은 '태곳적'이라는 단어가 무슨 뜻인지 몰랐지만 음울한 집에 딱 어울리는 매혹적인 말이라고 생각했다.

낸은 친한 친구인 도라 클로의 집에 갈 때 로브리지 샛길로 다녔다. 길을 걷다가 음울한 집으로 이어지는 오솔길을 만나면 항상 미친 듯이 달려갔다. 그 오솔길은 나무가 아치형으로 크게 자라 늘 어두컴컴했으며, 바퀴자국 사이로는 풀이 빽빽하게 자랐고, 가문비나무 아래로는 고사리가 허리 높이까지 돋아나 있었다. 다 허물어져가는 대문 근처에는 회색 단풍나무 긴 가지가 내려와 있어서 노인이 구부러진 팔로 낸을 껴안으려고 하는 것 같았다. 낸은 언제든 그 가지가 좀 더 길게 뻗어 나와 자기를 붙잡을지도 모른다고 생각했다. 그래서 그곳을 벗어날 때마다 간담이 서늘해지곤 했다.

그러던 어느 날 놀라운 소식이 전해졌다. 그 음울한 집, 수전의 낭만적이지 않은 표현으로는 '매캘리스터의 예전 집'에 토머신 페어라는 사람이 이사 온다고 수전이 말해준 것이다.

"적적할 텐데요. 너무 외딴곳이어서요."

앤의 말에 수전이 이렇게 대답했다.

"그 여자는 그런 걸 상관하지 않을 거예요. 집에 틀어박혀서 아무 데도 안 가니까요. 심지어 교회도 안 간다니까요. 몇 년 동안 어딜 다녀온 적이 없었대요. 밤에 정원을 산책한다는 소리는 있지만요. 그 여자가 지금 어떻게 됐는지를 생각해보면 딱해서 말이 안 나와요. 전에는 정말 예쁘고 남자들에게 인기가 많은 아가씨였죠. 한창때 얼마나 많은 남자의 가슴을 찢어놨는지 몰라요. 그런데 지금 어떤지 보세요. 몰라요. 뭐, 그렇게 해서 경종을 울린 거죠. 정말 그래요."

누구에게 경종을 울렸는지 수전은 자세히 이야기하지 않았고, 더는 그녀에 대해 말하지도 않았다. 잉글사이드에서 토머신 페어에게 이렇다 할 관심을 보인 사람이 아무도 없었던 것이다. 하지만 지금까지 했던 공상이 조금씩 지겨워지면서 새로운 것을 갈망하고 있었던 낸은 음울한 집에 사는 토머신 페어에게 사로잡혔다. 밤낮으로 조금씩(밤에는 뭐든 사실이라고 믿게 되는 법이다) 낸은 토머신과 관련된 이야기를 만들어갔고, 어느덧 이야기꽃이 풍성하게 피면서 이제까지 해온 그 어떤 것보다 가장 소중한 공상이 되었다. '신비로운 눈을 가진 여인'의 환상만큼 매력적이고 실감 나는 공상은 이제껏 없었다. 크고 검은 벨벳 같은 눈, 푹 들어간 눈, 무엇엔가 사로잡힌 눈…. 그 안에는 지금껏 자기가 상처를 준 수많은 마음에 대한 후회가 가득했다. 한편으로는 사악한 눈이기도 했다. 사람의 가슴을 찢어놓고 교회에도 가지 않는 사람은 분명 사악할 것이기 때문이다. 게다가 사악한 사람들은 정말 흥미진진하다. 이 여인은 자기가 저지른 죄를 참회하는 마음으로 세상을 등진 채 숨어 사는 것이다.

혹시 공주일까? 아니, 프린스에드워드섬에는 공주가 살지 않는다. 하지만 그녀는 공주처럼 키가 크고 날씬하고 쌀쌀맞으면서 얼음처럼 차가운 아름다움을 지녔다. 두 가닥으로 굵게 땋은 칠흑색 머리카락은 어깨를 지나 발까지 닿아 있었다. 선명한 상앗빛 얼굴과 그리스인처럼 아름다운 코는 은빛 활을 든 아르테미스 같았다(낸은 이 상상을 할 때 엄마의 코를 떠올렸다). 밤에 정원을 거닐 때면 이 희고 사랑스러운 두 손을 맞잡아 꼭 쥐고 있다. 한때 거부했지만 사랑하고 있다는 사실을 너무 늦게 알아버린 단 한 명의 진정한 연인을(이야기가 어떻게 흘러갈지 독자도 눈치챘으리라) 검은색 긴 벨벳 치마를 끌고 풀밭 위를 걸으며 기다리는 것이다. 금색 띠를 두르고 커다란 진주 귀걸이를 단 그녀는 연인이 찾아와 자유를 얻을 때까지 그림자와 신비로움에 싸인 삶을 살아야 한다. 그날이 오면 예전의 사악하고 냉정한 태도를 후회하면서 연인에게 아름다운 손을 내밀고 자존심 강한 머리를 숙여 마침내 굴복하는 것이다. 두 사람은 분수대 옆에 앉아(낸은 분수가 있었다고 상상했다) 새로운 맹세를 하고 그녀는 연인을 따라간다. 어느 날 엄마가 읽어준 시(아주 오래전에 아빠가 엄마에게 선물해준 테니슨의 책*에 나오는 작품) 속의 '잠자는 공주'처럼 "언덕을 넘어 아주 먼 곳으로, 보랏빛 안개 어린 꼭대기 저편으로" 가는 것이다. 하지만 신비로운 눈을 가진 여인의 연인은 그 무엇과도 비할 바 없는 보석을 선물해준다.

음울한 집은 물론 아름다운 가구로 채워져 있었고 비밀의 방과 계단도 있었으며 신비로운 눈을 가진 여인은 보라색 벨벳 지붕 덮개 아래에 있는 자개 장식 침대에서 잔다. 여인 옆에는 그레이하운드 한 마리가, 아니 한 쌍이, 아니 여러 마리가 수행하듯 지키고 있다. 그녀는 멀리서 들려오는 하프 소리에 항상 귀를 기울이고 또 기울이지만 사악한 모습을 버리기 전까지는 하프 소리를 들을 수 없다. 연인이 돌아와 용서해주자 비로소 음악이 들려온다.

물론 허황된 이야기일 뿐이다. 냉정하게 말하자면 공상이란 원래 어리석게 들리는 법이다. 열 살의 낸은 자기의 공상을 말로 표현하지는 않고 그저 그 속에서 살았다. 이 사악한 여인에 대한 공상은 낸을 사로잡았고, 2년이 지난 지금은 현실의 일부가 되었다. 어떤 이유에서인지는 모르지만 낸은 그 공상을 사실로 믿었다. 그리고 그 누구에게도, 심지어 엄마에게도 결코 말하지 않았다. 낸만의 특별한 보물이자 빼앗길 수 없는 비밀이었으며 그것 없이는 살아갈 수조차 없을 지경이었다. 무지개 골짜

• 영국 시인 앨프리드 테니슨(1809-1892)의 『잠자는 공주』

기에서 놀기보다는 혼자 빠져나와 신비로운 눈을 가진 여인을 상상하는 시간이 점점 늘어갔다.

낸의 이런 성향을 알고 있었던 앤은 점점 불안해졌다. 갈수록 심해졌기 때문이다. 길버트가 낸을 에이번리에 보내려 했을 때 낸은 처음으로 집을 떠나고 싶지 않다고 애처롭게 말했다. 그 이상하게 슬퍼 보이고 아름다운 여인과 멀리 떨어지는 게 죽기보다 싫었던 것이다. 사실 신비로운 눈을 가진 여인은 늘 집에 머물러 있었다. 하지만 언젠가는 밖에 나갈지도 모르고 만약 그때 집에서 멀리 떨어진 곳에 있으면 그 여인을 만날 기회를 놓치기 때문이다.

잠깐이라도 볼 수 있다면 얼마나 멋질까! 그 여인이 지나간 길은 영원토록 낭만적인 장소로 남아 있을 것이다. 그런 일이 일어난 날은 여느 날과 다를 것이다. 달력에 동그라미로 표시해 놔야지. 단 한 번이라도 그 여인을 만나고 싶은 마음이 어느 때보다 간절해졌다. 공상의 상당 부분이 현실과 거리가 멀다는 것쯤은 낸도 잘 알았다. 하지만 토머신 페어가 젊고 사랑스럽고 사악하고 매혹적이라는 사실만큼은 조금도 의심하지 않았고(낸은 수전이 그렇게 말하는 것을 분명히 들었다고 확신하고 있었다), 그녀가 그런 모습으로 남아 있는 한, 낸은 이 공상을 영원히 이어갈 수 있었다.

어느 날 아침 수전의 말을 듣고 낸은 자기 귀를 의심했다.

"예전 매캘리스터네 집에 사는 토머신 페어한테 이 봉투를 가져다줘야 한단다. 어제 선생님이 시내에서 가져오신 거야. 낸, 네가 오후에 좀 해줄 수 있겠니?"

가져다주라고? 내 간절한 소망이 이렇게 이루어지는 것일까? 낸은 천천히 숨을 삼켰다. 마침내 음울한 집을 볼 수 있다! 아름답고 사악한 '신비로운 눈을 가진 여인'을 만날 수 있다! 그녀를 실제로 본다면, 아마 목소리도 듣고, 가녀린 흰 손도 만질 수 있을지도 모른다. 아, 정말 기쁜 일이야! 그레이하운드나 분수 같은 것이 상상에 불과하다는 것은 알고 있었지만 실제 있는 것들도 상상만큼이나 멋질 것이다.

낸은 오전 내내 시계만 쳐다보았다. 시간이 느리게 가서 초조하기는 했지만 만남의 순간이 다가올수록 점점 설렜다. 번개를 머금은 구름이 기분 나쁘게 퍼지면서 비가 내리기 시작하자 낸은 눈물을 참을 수 없어서 반항하듯 중얼거렸다.

"하느님은 어째서 오늘 같은 날 비를 내리시는 거야?"

하지만 소나기는 금세 지나갔고 태양이 다시 빛났다. 낸은 점심이 넘어가지 않을 만큼 흥분했다.

"엄마, 저 노란 드레스 입어도 돼요?"

"낸, 이웃집에 가는데 뭘 그렇게까지 차려입겠다는 거니?"

이웃이라니! 하지만 엄마는 모르는 일이고, 당연히 이해할 수도 없을 것이다.

"제발요, 엄마."

"그래, 원하는 대로 하렴."

앤이 말했다. 노란 드레스도 금세 작아질 테니까 낸이 마음껏 입도록 내버려두어도 괜찮겠다고 생각한 것이다.

소중한 봉투를 가지고 집을 나서는 순간 낸은 다리가 후들거렸다. 낸은 무지개 골짜기를 지나고 언덕을 올라 샛길로 접어들었다. 아까 떨어진 빗방울이 굵은 진주처럼 금련화 잎사귀에 남아 있었다. 공기는 달콤하고 시원했다. 시냇물 가장자리에 핀 하얀 클로버 위로 벌들이 윙윙대며 날아다녔다. 가느다란 밀잠자리가 스칠 때마다 수면이 반짝거렸다. 수전은 이 잠자리를 '악마의 바늘'이라고 불렀다. 언덕 위 목초지에서 데이지가 낸에게 고개를 끄덕이고 손을 살랑살랑 흔들며 금방울과 은방울이 울리듯 상쾌한 웃음을 지어 보였다. 모든 것이 참으로 아름다웠다. 이제 곧 낸은 '신비한 눈을 가진 사악한 여인'을 만날 것이다. 그 여인이 뭐라고 말할까? 위험하지는 않겠지? 지난주에 월터가 읽어준 이야기처럼, 겨우 몇 분만 머물렀는데 백 년이 지나버렸으면 어떡하지?

36장

―――

음울한 집으로 가는 오솔길로 들어섰을 때 낸은 등줄기가 이상하게 간지러워지는 것을 느꼈다.

'저 말라버린 단풍나무 가지가 움직인 것 같은데…. 아니야, 난 이미 그 길을 빠져나왔어. 벌써 지나왔잖아. 아하! 이봐요, 마귀할멈. 내가 당신에게 붙잡힐 줄 알고?'

낸은 계속 길을 걸었다. 진흙탕이나 바퀴자국도 낸의 들뜬 마음을 가라앉힐 수 없었다. 이제 몇 걸음만 더 가면 빗방울이 떨어지는 어둑한 나무들 저편에 우울한 집이 있다. 마침내 집 안을 들여다볼 수 있다. 낸은 조금 떨렸다. 꿈을 잃어버리는 것에 대한 무의식적인 두려움 때문이었지만 낸은 그 사실을 몰랐다. 꿈을 잃는다는 것은 어린아이는 물론이고 노인에게조차 재앙과도 같은 일이다.

낸은 오솔길 끝에 무성하게 자란 어린 가문비나무 사이를 뚫고 지나갔다. 낸은 눈을 감고 있었다. 어떻게 감히 눈을 뜰 수 있겠는가? 그러다가 한순간 공포에 휩싸였다. 자칫하면 몸을 돌려 도망칠 뻔했다.

'그 사악한 여자가 내게 무슨 짓을 할지도 몰라. 어쩌면 마녀일 수도 있어. 아, 내가 생각을 왜 못 했을까?'

마침내 낸은 결연하게 눈을 뜨고 앞을 바라보았다. 그러나 기대는 일순간 실망감으로 변했다.

'여기가 음울한 집이라고? 어둡고 위엄 있으면서 탑과 포대가 솟아 있는 꿈의 저택이 여기란 말야? 이런 곳이?'

낸의 눈앞에 커다란 집이 있었다. 전에는 흰색이었겠지만 지금은 지저분한 회색이었다. 초록색이었던 것으로 보이는 부서진 덧문이 너덜너덜 흔들렸다. 현관 계단도 무너져 있었다. 유리창이 달린 현관문은 무척 낡았고 유리도 거의 다 깨진 상태였다. 베란다를 둘러싼 소용돌이 모양의 장식도 부서져 있었다. 그곳은 오래되어 낡은 집에 지나지 않았던 것이다!

낸은 절망하며 주위를 둘러보았다. 분수 같은 건 없었다. 정원도…. 아니, 애당초 정원이라고 부를 만한 것이 없었다. 집 앞 빈터는 너저분한 울타리로 둘러싸인 데다 무릎 높이까지 자란 잡초로 덮여 있었다. 울타리 너머로는 볼품없는 돼지 한 마리가 땅에 코를 박고 있었으며, 울타리 안쪽 길에는 우엉이 자랐다. 구석에는 제멋대로 자란 삼잎국화 덤불이 있었는데 한쪽에서는 참나리가 제법 근사하게 피었고 무너진 계단 바로 옆 화단에는 화려한 마리골드가 무리 지어 자라고 있었다.

낸은 마당을 천천히 걸어 마리골드 화단이 있는 곳으로 갔다. 음울한 집은 영원히 사라졌다. 하지만 신비로운 눈을 가진 여인은 아직 남아 있다. 그 여인이 진짜라는 건 틀림없다! 오래전에 수전이 뭐라고 말했더라?

그때였다.

"어머 깜짝이야! 너 때문에 간 떨어질 뻔했잖니."

얼마쯤 우물거리는 듯하면서도 정겨운 목소리가 들렸다. 낸은 마리골드 화단 옆으로 불쑥 나타난 사람을 바라보았다. 누굴까? 설마…. 낸은 이 사람이 토머신 페어라고 믿고 싶지 않았다. 그렇다면 정말 너무한 일 아닌가!

'아, 이 사람은 할머니잖아!'

어찌나 실망했던지 가슴이 저려왔다.

토머신 페어라면, 이 사람이 정말 토머신 페어라면(부인하고 싶었지만 낸은 그녀가 토머신 페어라는 사실을 알았다), 확실히 늙었다. 그리고 뚱뚱했다! 마른 몸의 수전이 뚱뚱한 여자를 묘사할 때 쓰는 표현처럼, 깃털 이불 한가운데를 끈으로 묶은 것 같았다. 그녀는 맨발에 누렇게 바랜 녹색 드레스를 입고 있었으며 숱이 적고 회색 모래처럼 푸석푸석한 머리에는 허름한 남자용 중절모를 쓰고 있었다. 얼굴은 O자 모양으로 둥그렇고 불그스름한 데다가 주름이 많았다. 들창코에 눈동자는 빛바랜 파란색이었고 눈꼬리에는 쾌활해 보이는 주름이 크게 져 있었다.

'아, 나의 여인이여! 신비로운 눈을 가진 사악하지만 매력적인 여인은 어디에 있을까? 도대체 어떻게 된 걸까? 그녀는 분명 여기 살고 있었잖아!'

그때 토머신 페어가 물었다.

"귀여운 아가씨, 넌 누구니?"

낸은 예의 바르게 행동하려고 무진 애를 애썼다.

"저기, 저는 낸 블라이드예요. 이걸 전해드리러 왔어요."

토머신은 기쁜 얼굴로 낸이 가져온 봉투를 받았다.

"어머, 드디어 안경이 왔네! 정말 다행이야. 일요일에는 연감을 읽어야 해서 안경이 꼭 필요했거든. 그러면 네가 블라이드네 딸이니? 머리카락 색깔이 참 예쁘구나! 전부터 너희를 보고 싶었어. 네 엄마가 자녀를 과학적인 방식으로 키운다는 말을 들었거든. 너도 그게 좋지?"

"좋다고요? 뭐가요?"

낸은 토머신에게 되물으면서 생각했다.

'아, 사악하고 매력적인 여인이여, 당신이라면 일요일에 연감 따위 읽지 않을 텐데. 엄마라는 말도 하지 않을 테고.'

"아, 과학적으로 너희를 양육하는 걸 말하는 거야."

"저도 엄마의 방식이 좋아요."

낸은 애써 미소를 지어 봤지만 뜻대로 되지 않았다.

"음, 너희 엄마는 아주 훌륭한 분이지. 주관이라는 걸 가지고 있으니까. 리비 테일러 장례식 때 네 엄마를 처음 봤는데 그때는 신혼이었어. 정말 행복해 보였단다. 항상 생각했는데 너희 엄마가 방으로 들어오면 그 자리에 있는 사람들의 얼굴에 생기가 돌더구나. 마치 이제 무슨 일이 일어날지 기대하는 것 같았지. 네 엄마가 무엇을 입으면 금세 유행이 되곤 했단다. 우리라면 절대 소화해내지 못할 옷들도 네 엄마에게는 잘 어울렸지.

안으로 들어와서 앉으렴. 누가 오니까 참 좋구나. 가끔씩 외롭 다는 생각이 들 때가 있거든. 나는 전화를 놓을 여유가 없어. 꽃 이 내 친구지. 이렇게 잘 핀 마리골드를 본 적 있니? 그리고 여 기 고양이도 있단다."

낸은 할 수 있다면 지구 끝까지라도 도망가고 싶었지만 이 노 부인의 기분을 상하게 만들면 안 될 것 같아 들어오라는 말을 거절하지 못했다. 치마 밑으로 속치마가 드러나는 차림의 토머 신은 여기저기 푹 꺼진 계단을 올라가 방으로 들어갔다. 부엌과 거실을 겸한 방인 듯 보였다. 꼼꼼하게 치워져 있었고, 방 안 곳 곳에 잘 자란 화초들이 놓여 있었다. 순간 갓 구운 빵의 향긋한 냄새가 코끝에 느껴졌다.

"여기 앉아라. 저기 칼라꽃은 너한테 방해만 될 테니 치워줄 게. 아래쪽 틀니를 끼울 때까지 기다려주렴. 틀니가 없으니까 좀 웃겨 보이지? 그걸 끼고 있으면 욱신거려서 영 불편하거든. 자, 이제 말을 좀 더 똑똑히 할 수 있겠다."

토머신이 친절하게 말하며 화려한 조각보 쿠션이 놓인 흔들 의자를 낸 앞으로 밀어주었다.

얼룩 고양이가 온갖 소리로 울면서 두 사람을 맞으러 다가왔 다. 아, 사라진 그레이하운드의 꿈이여!

"이 고양이는 쥐도 아주 잘 잡아. 여기는 사방에 쥐가 뛰어다 니거든. 그래도 비는 막을 수 있고, 무엇보다 나는 친척들한테 둘러싸여 사는 게 지겨웠단다. 친척들하고 있으면 내 맘대로 할 수 있는 게 없었지. 나를 하녀처럼 부려 먹기만 했거든. 짐의 아 내가 가장 심했어. 어느 날에는 내가 달을 보고 얼굴을 찌푸렸다며 잔소리를 하는 거야. 그래, 내가 그랬다고 치자. 그래서 달이 기분 상하기라도 했나? 난 이렇게 말해줬어. '이제 바늘꽂이 노릇은 그만할 거예요.' 그래서 여기 혼자 살게 된 거야. 내 다리로 걸을 수 있는 한 이 집에서 살 생각이란다. 자, 뭐 좀 먹을래? 양파샌드위치 만들어줄까?"

"아니요, 괜찮아요. 고맙습니다."

"감기에 걸렸을 때는 그게 아주 좋단다. 나도 방금 하나 먹었어. 내가 얼마나 목이 쉬었는지 알아차렸지? 그래서 나는 테레빈유하고 거위 기름을 바른 빨간 플란넬 천을 목에 두르고 잔단다. 그것만큼 좋은 게 없거든."

'빨간 플란넬 천에다가 거위 기름을 바른다고? 테레빈유는 또 뭐람? 정말 지독해!'

"샌드위치를 안 먹을 거라면, 그런데 정말 생각이 없니? 그럼 저기 과자 상자에 뭐가 있는지 봐라."

수탉과 오리 모양의 과자가 들어 있었는데, 기가 막힐 정도로 맛있었다. 입에 넣으면 그대로 녹아버릴 정도였다. 토머신은 둥글고 생기 없는 눈으로 낸을 바라보며 미소 지었다.

"자, 이젠 내가 마음에 드니? 나는 말이야, 어린 여자아이들과 가깝게 지내고 싶단다."

"노력해볼게요."

낸이 겨우 말했다. 사실 그때 낸은 자기의 환상을 깨뜨렸다는 이유만으로 토머신 페어를 미워하고 있었다.

"내게도 손주가 몇 있어. 서부에 살고 있지."

'손주들이라니!'

"사진 보여줄게. 예쁘지? 저 사람은 가엾은 내 남편이란다. 죽은 지 벌써 20년이나 됐네."

토머신은 크레용으로 그린 커다란 그림을 가리켰다. 그림 속 가엾은 남편은 벗겨진 머리 주위로 흰 곱슬머리가 나 있고 콧수염을 기른 모습이었다.

'아, 버림받은 연인이여!'

페어 부인이 애정을 듬뿍 담아 이야기했다.

"서른 살에 대머리가 됐지만 아주 좋은 남편이었어. 젊었을 땐 나도 애인이 여럿 있었지. 비록 지금은 나이를 먹어서 쓸쓸하지만 예전에는 정말 즐겁게 지냈단다. 일요일 밤이 되면 남자들이 계속 찾아왔어! 그러다 보니 경쟁자를 몰아내려고 난리 법석을 떨었지! 난 여왕처럼 거만하게 고개를 쳐들고 있었단다. 우리 남편도 그 남자들 가운데 하나였는데, 처음에는 그에게 말 한 마디 건네지 않았어. 나는 시원시원한 남자가 좋았거든. 앤드루 멧케프라는 남자도 있었어. 하마터면 그 사람하고 사랑의 도피를 할 뻔했지. 하지만 그러면 불행해진다는 것쯤은 알았어. 너는 그런 짓은 절대 하지 마. 그러면 불운이 닥칠 테니까. 그러니 누가 그런 이야기를 해도 절대 넘어가면 안 돼."

"저는, 저는 안 그럴 거예요."

"결국 나는 남편과 결혼했어. 그 사람 인내심도 바닥이 났나 봐. 어느 날엔가 글쎄 스물네 시간을 줄 테니까 자기랑 결혼하든지 가버리든지 하라는 거야. 그때 우리 아빠는 나를 빨리 결혼시키고 싶어 했어. 내가 청혼을 거절했다고 해서 짐 휴이트가 물에 뛰어드는 바람에 아빠가 걱정을 많이 하셨거든. 남편하고 나는 서로 익숙해진 뒤부터는 정말 행복하게 지냈어. 남편은 내가 그렇게 생각을 많이 하는 편이 아니라서 자기랑 잘 어울린다고 했단다. 남편은 말이야, 여자는 생각하기 위해 창조된 존재가 아니라고 믿었거든. 여자가 생각을 하면 메마르고 부자연스러워진다는 거야. 그이는 구운 콩을 끔찍하게 싫어했고 여러 번 요통을 앓았지만 내가 만든 발삼*으로 만든 약만 쓰면 금세 나았어. 시내에 그 분야를 전문으로 다루는 의사가 있었고, 그가 남편의 병을 완전히 고쳐주겠다고 장담했지만 남편은 전문의라는 작자들은 환자를 한번 맡으면 다시는 놓아주지 않는다면서 아예 만나질 않더라고. 돼지에게 먹이를 주던 그이의 모습이 눈에 선해. 그는 돼지고기를 정말 좋아했거든. 베이컨을 먹을 때마다 그 사람 생각이 나. 남편 그림 맞은편에 있는 건 빅토리아 여왕이야. 나는 가끔씩 '레이스나 보석 같은 걸 모두 떼어내면 당신도 나보다 나을 게 없네요'라고 말하곤 해."

토머신은 집에 돌아가려고 일어선 낸에게 박하사탕 한 봉지, 분홍 구두 모양의 꽃병 구스베리 젤리 한 병을 주었다.

"이건 엄마한테 가져다주렴. 내가 직접 만든 건데 제법 맛있단다. 조만간 잉글사이드로 찾아갈게. 너희 집에 있다는 귀여운 개도 보고 싶어. 수전 베이커한테는 봄에 보내준 순무 요리를 잘 먹었다고 전해주렴."

'순무 요리라고!'

"제이컵 워런의 장례식에서 만났을 때 고맙다고 인사를 건네

---

* 침엽수에서 분비되는 끈끈한 액체

려 했는데 수전이 너무 빨리 가버렸어. 나는 장례식장에 오래 머물러 있는 게 좋아. 지난 한 달 동안은 장례식이 하나도 없었지. 장례식이 없을 때면 좀 지루하다는 생각이 들곤 해. 저기 로브리지에서는 어마어마한 장례식이 계속 있었는데…. 뭔가 공평하지 않은 느낌이야. 얘야, 언제 다시 찾아오지 않겠니? 너한테는 뭔가 특별한 게 있어. 성경에 보면 '은이나 금보다는 은총을 택하는 것이 낫다'*라는 구절이 있는데 난 그게 딱 맞는 말이라고 생각해."

토머신은 낸에게 미소를 지어 보였다. 기분 좋고 달콤한 미소였다. 그 미소에서 오래전 아름다웠던 토머신의 모습이 보였다. 낸은 다시 한번 애써 웃음을 짜냈다. 눈이 따끔거렸다. 울음이 터지기 전에 얼른 그 자리를 떠야 했다.

토머신 페어가 창문으로 낸을 바라보며 중얼거렸다.

"참 착하고, 예의 바르고, 귀여운 아이로구나. 엄마 같은 말솜씨는 없지만 괜히 말만 잘하는 것보다는 낫겠지. 요즘 아이들은 대부분 건방진 소리나 하면서 자기가 똑똑하다고 생각하잖아. 저 아이를 만나니 다시 젊어진 것 같은 기분이야."

토머신은 안도의 한숨을 내쉬며 마리골드를 자르고 우엉을 마저 캐기 위해 밖으로 나갔다.

'다행히 아직까지는 몸이 내 말을 들어주는군.'

하지만 낸은 산산이 깨어진 꿈을 안고 비참한 마음으로 잉글사이드에 돌아왔다. 흐르는 물이 노래하며 불러도 낸은 아무런

• 　구약성경(새번역)의 잠언 22장 1절에 나온 표현

대답을 하지 않았다. 집으로 돌아가는 낸은 누구의 눈에도 띄지 않기만을 바랐지만 길에서 여자아이 둘과 마주치고 말았다. 둘이 킥킥 웃자 낸은 생각했다.

'나를 비웃는 걸까? 내 이야기를 다들 알게 된다면 얼마나 웃어댈까! 바보 같은 낸 블라이드. 마음에도 얼굴에도 생기라고는 없이 온통 창백한 신비의 여왕을 상상하며 낭만적인 이야기를 거미줄처럼 촘촘히 짜다가 낭만은커녕 가엾은 미망인을 만나 박하사탕이나 얻어왔잖아. 기가 막혀. 박하사탕이라니!'

낸은 울지 않으려 애썼다. 열 살이나 된 아이는 울어서는 안 된다. 하지만 낸의 가슴속은 무어라 말로 표현할 수 없는 쓸쓸함으로 가득 찼다. 소중하고 아름다운 무언가가 사라져버렸다. 정확히 말해 잃어버린 것이다. 남몰래 기쁨을 모아놓았다고 믿었는데, 이제는 그 모든 것이 아무런 상관도 없게 되었다. 잉글사이드의 문을 열자 맛있는 과자 냄새가 풍겨왔다. 평소 같으면 부엌으로 쪼르르 달려가 수전에게 과자를 달라고 졸랐겠지만 이날은 그러지 않았다. 저녁 식사 때도 통 먹지 못했다. 수전의 눈동자에서 피마자유가 어른거렸지만 어쩔 수 없었다. 마침내 앤은 낸이 예전 매캘리스터네 집에 다녀온 뒤로 말이 없다는 사실을 알아차렸다. 평소에는 아침부터 밤까지 노래를 부르던 낸이 아닌가. 앤은 아이가 더위 속에서 너무 오래 걸은 것은 아닌지 걱정되었다.

"우리 딸, 왜 그렇게 속상해하고 있니?"

해 질 무렵 앤이 깨끗한 수건을 들고 쌍둥이 방으로 들어갔을 때 낸은 창가 자리에 웅크리고 앉아 있었다. 다른 아이들은 무지개 골짜기에서 적도 정글에 사는 호랑이를 쫓는 중이었다.

앤은 자기가 어리석게 군 일을 아무에게도 말하지 않을 생각이었다. 그런데 어찌 된 일인지 엄마를 보자 속에 담아둔 이야기가 술술 나오기 시작했다.

"엄마, 세상에는 이렇게 실망스러운 것들뿐인가요?"

"다 그런 건 아니란다. 우리 앤이 오늘 뭐가 그렇게 실망스러웠을까?"

"엄마, 토머신 페어는 좋은 분이었어요! 게다가 코는 들창코였단 말이에요!"

앤은 솔직히 당황스러웠다.

"그게 어때서? 토머신 부인의 코가 위를 향해 있건 아래를 향해 있건 네가 신경 쓸 일이 뭐가 있을까?"

그러자 앤이 모든 이야기를 해주었다. 앤은 평소처럼 진지한 얼굴로 귀를 기울이며, 무심코 웃음을 터뜨리지 않으려 애썼다. 앤은 그 옛날 초록지붕집에서 살았던 아이를 떠올렸다. 유령의 숲이 생각났고 자기가 만들어낸 이야기에 겁을 먹은 두 여자아이의 얼굴이 보였다. 무엇보다 앤은 꿈을 잃어버린 그 순간에 마음이 얼마나 괴로운지 누구보다 잘 알았다.

"저런, 그랬구나. 네가 공들여 가꿔왔던 상상의 나라가 깡그리 사라져버린 거야. 하지만 그렇다고 해서 지나치게 마음 아파할 건 없단다."

앤은 완전히 절망한 듯 보였다.

"저도 아는데, 그게 잘 안 돼요. 다시 태어난다면 저는 아무것도 상상하지 않으면서 살고 싶어요. 상상 같은 건 두 번 다시는 하지 않을 거라고요."

"어유, 이 귀여운 바보. 그런 말은 하는 게 아니야. 상상하는 재능이 얼마나 멋진 건지 모르는구나? 하지만 낸, 아무리 대단한 재능이라 해도 네 마음대로 내두를 줄 알아야지 거기에 휘둘리면 안 돼. 그리고 너는 상상한 걸 너무 심각하게 받아들이고 있어. 물론 상상한다는 게 얼마나 즐겁고 황홀한지는 엄마도 잘 알고 있단다. 하지만 현실과 공상을 혼동하지 않고 경계선에서 제자리를 지킬 줄 알아야 해. 그러면 너만의 아름다운 세계와 현실 세계를 자유롭게 오갈 수 있고, 인생에서 고비를 만날 때마다 그 능력을 유용하게 쓸 수 있을 거야. 엄마도 마법의 섬으로 한두 번 항해를 다녀오고 나면 어려운 문제를 더 쉽게 해결할 수 있었거든."

지혜로운 위로의 말을 듣고 낸은 무너졌던 자존심이 회복되는 것을 느꼈다. 엄마는 내가 한 일을 바보 같다고 생각하지 않았다. 그리고 '신비한 눈을 가진 사악하고 아름다운 여인'은 이 세상 어딘가에 분명히 존재한다. 다만 그 음울한 집에 살고 있지 않을 뿐이다. 지금 생각해보니 그 집도 그렇게 나쁘지만은 않았다. 그곳에는 오렌지색 마리골드와 다정한 얼룩 고양이와 제라늄과 한 여자가 그리워하는 남편의 그림이 있다! 그곳은 정말 유쾌한 곳이었다. 언젠가는 토머신 페어를 다시 만나러 가서 전에 먹었던 맛있는 과자를 더 달라고 부탁해보리라. 낸은 이제 토머신이 밉지 않았다.

"엄마는 정말 멋져요!"

낸은 사랑하는 엄마의 품이자 평안한 안식처에 안겨 안도의 한숨을 내쉬었다.

보라색이 섞인 회색 땅거미가 언덕 위로 슬금슬금 다가왔다. 여름밤이 두 사람을 감싸며 어두워졌다. 벨벳같이 부드러운 속삭임이 들리는 밤이었다. 큰 사과나무 위로 별 하나가 빛났다. 비록 마셜 엘리엇 부인이 찾아와서 엄마가 아래층으로 내려가야 했지만, 다행히 그때 낸은 다시 행복한 아이로 돌아왔다. 엄마는 낸과 다이의 방에 예쁜 미나리아재비 무늬가 그려진 노란색 벽지를 다시 발라주고, 낸과 다이가 물건을 둘 수 있게 삼나무 상자를 가져다주겠다고 했다. 그것은 평범한 삼나무 상자가 아닐 것이다. 신비한 주문을 외우지 않으면 열리지 않는 마법의 보물 상자가 아닐까? 차갑고 아름다운 하얀 눈동자를 가진 눈의 마녀가 그 주문을 속삭여줄 것이다. 비탄에 잠긴 잿빛 바람이 스쳐 지나가면서 또 다른 주문을 말해줄 수도 있지 않을까? 머지않아 모든 주문을 알게 되어 그 상자를 열어보면 눈이 부실 정도로 빛나는 진주와 루비와 다이아몬드가 가득 들어 있을 것이다. '눈이 부시다'라는 말은 정말 멋지지 않은가?

마법은 사라지지 않았다. 세상은 아직 마법으로 가득하다.

37장

―――

"있잖아, 우리 올해의 가장 친한 친구가 되면 어떨까?"

오후 쉬는 시간에 델릴라 그린이 물었다. 델릴라는 둥글고 짙은 파란색 눈, 매끄러운 흑설탕빛 곱슬머리, 작은 장밋빛 입술에 약간 떨리는 듯한 목소리가 매력적인 아이였다. 다이는 그 목소리에 금세 빠져들었다.

다이애나 블라이드에게 정해진 단짝이 없다는 사실은 글렌 세인트메리 학교 학생이라면 누구나 다 아는 사실이었다. 지난 2년 동안 다이는 폴린 리스와 가장 친했지만 폴린의 가족이 이사를 가고 난 뒤에는 외로이 홀로 남았다. 폴린은 좋은 친구였다. 이제는 까마득하게 잊은 제니 페니처럼 신비로운 매력을 풍기지는 않았지만, 폴린은 아주 재미있고 분별력이 있었다. "분별력이 있다"라는 말은 수전이 누군가를 입이 마르게 칭찬할 때 쓰는 표현이었다. 그만큼 수전도 다이가 폴린과 친한 친구로 지내는 것에 대해 아주 만족해했다.

다이는 망설이듯 델릴라를 쳐다보다가 운동장 건너편에 있는 로라 카에게 눈을 돌렸다. 로라는 얼마 전에 이사 온 여자아이였다. 다이는 오전 쉬는 시간에 로라와 같이 놀았는데, 서로 마음이 잘 맞았다. 하지만 로라는 주근깨가 났고 옅은 갈색 머리카락은 헝클어진 평범한 외모였다. 델릴라 그린이 갖춘 아름다움이나 매력은 전혀 찾아볼 수 없는 아이였다.

다이가 망설이자 델릴라의 얼굴은 상처받은 듯 어두워졌고, 파란 눈동자에는 눈물이 차올랐다.

"로라를 좋아하면서 나도 좋아할 수는 없어. 둘 중에 한 명을 선택해야 해."

델릴라는 마치 연극이라도 하듯 두 손을 내밀며 말했다. 그 어느 때보다 감미로운 목소리였다. 다이는 설레여서 가슴이 떨렸고 등줄기에 오싹 소름이 끼쳤다. 이윽고 다이가 델릴라의 손에 자기 손을 얹었다. 두 사람은 서로를 엄숙하게 바라보았다. 평생토록 상대에게 헌신하기로 굳게 약속한 것 같은 기분이 들었다. 적어도 다이는 그렇게 느꼈다.

"언제까지나 나를 사랑할 거지?"

"영원히!"

델릴라가 열정적으로 묻자 다이도 그에 못지않게 열정적인 목소리로 맹세했다.

델릴라는 다이의 허리를 감싸 안았다. 두 사람은 그런 자세로 시냇가를 향해 걸어갔다. 그 모습을 본 4학년 아이들은 둘이 단짝이 되었다는 사실을 알았고, 로라 카는 나직하게 한숨을 쉬었다. 로라는 다이를 아주 많이 좋아했다. 하지만 자기가 감히 델릴라와 겨룰 수 없다는 사실을 잘 알고 있었다.

델릴라가 말했다.

"다이, 내가 너를 좋아해도 된다고 허락해줘서 정말 기뻐. 나는 사랑이 참 많은 사람인가 봐. 다른 사람을 좋아하지 않고는 견딜 수 없거든. 다이, 제발 날 소중하게 대해줬으면 좋겠어. 난 슬픔의 아이야. 태어날 때 저주를 받았지. 아무도, 아무도 나를 사랑해주지 않는다는 저주 말이야."

델릴라는 '아무도'라는 말에 한없는 외로움과 사랑스러움을 용케 담아냈다. 다이는 델릴라의 손을 꼭 잡았다.

"델릴라, 앞으로는 그런 말 안 해도 돼. 내가 언제까지나 너를 사랑할 거니까."

"이 세상 끝까지?"

"이 세상 끝까지!"

다이가 힘주어 대답했다. 그러고 나서 두 아이는 엄숙한 의식이라도 거행하듯 입을 맞췄다. 울타리 위에 있던 남자아이 둘이 놀려대듯 괴성을 질렀지만 별로 신경 쓰지 않았다.

델릴라가 말했다.

"다이, 넌 로라 카보다 나를 훨씬 더 많이 좋아하게 될 거야. 이제 우리는 가장 친한 친구니까 네가 로라를 골랐다면 영원히 묻어두려고 했던 비밀을 알려줄게. 로라는 거짓말쟁이야. 그것도 아주 무서운 거짓말쟁이지. 앞에서는 친한 척하지만 뒤에서는 너를 우습게 여기고 흉본다니까! 로라는 전에 모브레이내로스 학교에 다녔잖아. 거기 같이 다니던 내 친구가 말해준 거야. 하마터면 너 큰일 날 뻔했어. 하지만 나는 절대 안 그래. 나는 황금처럼 믿을 수 있는 사람이거든."

"네가 그런 아이라는 거 나도 믿어. 그런데 델릴라, 네가 '슬픔의 아이'라고 한 게 무슨 뜻이야?'

델릴라는 휘둥그레지더니 눈동자가 터무니없을 만큼 커졌다. 그런 다음 작은 소리로 말했다.

"난 새엄마랑 살아."

"새엄마?"

델릴라의 목소리는 더 극적으로 변했다.

"엄마가 죽고 아빠가 다시 결혼하면 그 여자는 새엄마가 되는 거야. 다이, 이제 짐작할 수 있겠지? 내가 어떤 취급을 받는지 상상도 못 할 거야. 하지만 나는 불평하지 않아. 그저 말없이 괴로워하기만 할 뿐이야."

델릴라가 정말 말없이 괴로워하고만 있었다면 그 뒤로 몇 주일 동안 다이가 잉글사이드 사람들에게 쏟아부은 모든 이야기는 도대체 누구의 입에서 나온 것일까? 비극적인 환경에서 박해받는 델릴라를 향한 흠모와 동정으로 괴로워하던 다이는 자기 말에 귀 기울이는 그 누구에게라도 델릴라의 이야기를 하지 않을 수 없었다.

앤이 말했다.

"이번 일도 때가 되면 자연스레 잠잠해질 거예요. 수전, 델릴라라는 아이를 알아요? 난 아이들이 사람을 가려 사귀게 하고 싶지는 않지만, 제니 페니 때의 일도 있어서…."

"사모님, 그린 집안은 훌륭한 가문이에요. 로브리지에서는 유명한 집안이죠. 헌터네가 살던 집으로 이번 여름에 이사 왔어요. 그린 부인은 재혼했다던데 전에 낳은 아이 둘을 데리고 왔대요. 그린 부인을 잘 알지는 못하지만 성격이 느긋하면서 친절하고 너그러워 보여요. 다이 말처럼 델릴라한테 그렇게 심한 짓을 하는 것 같지는 않아요."

앤이 다이에게 주의를 주었다.

"델릴라가 하는 말을 덮어놓고 믿어서는 안 돼. 과장해서 말하는 버릇이 있을지도 몰라. 제니 페니가 어땠는지…."

다이가 화를 냈다.

"어머, 엄마. 델릴라는 제니 페니랑 전혀 다른걸요! 조금도 닮지 않았어요. 얼마나 정직한데요. 엄마도 걔를 보면 거짓말을 못 하는 아이라는 걸 알게 될 거예요. 그 집 사람들은 자기들이랑 성향이 너무 다른 아이라서 델릴라를 못살게 괴롭히는 거예요. 아주 다정한 아이거든요. 태어날 때부터 구박만 받아왔어요. 새엄마는 걔를 미워해요. 그동안 델릴라가 당했던 기가 막힌 일을 들으면 가슴이 찢어질 것만 같아요. 엄마, 걔는 제대로 먹지도 못해요. 그래서 배가 고프지 않다는 게 어떤 느낌인지도 모른대요. 저녁도 못 먹고 잠자리에 든 날이 여러 번 있었고, 그럴 때면 늘 울다가 잠이 든다는 거예요. 엄마는 배가 고파서 울어본 적이 있었어요?"

앤이 대답했다.

"자주 있었지."

다이는 엄마를 뚫어지게 바라보았다. 예상하지 못한 대답을 듣자 바람을 받지 못한 돛처럼 맥이 빠졌다.

"초록지붕집에 가기 전까지는 자주 배가 고팠어. 고아원에서는 그럴 수밖에 없었단다. 그전에도 그랬고···. 그때 겪은 일을 말하고 싶었던 적은 한 번도 없었어."

다이는 혼란스러워진 생각을 애써 수습하며 말했다.

"그러면 엄마도 델릴라를 이해할 수 있을 거예요. 배가 너무 고플 때면 앉아서 먹을 것을 상상한대요. 고픈 배를 안고 먹을 것을 떠올리는 델릴라의 모습을 생각해보세요!"

"먹을 거라면 너하고 낸도 자주 상상하잖니."

하지만 다이는 앤의 말을 들으려고 하지도 않았다.

"델릴라는 몸만 힘든 게 아니에요. 마음은 얼마나 괴롭다고요. 걔는 선교사가 되고 싶대요. 하느님께 일생을 바치는 거죠. 그런데 델릴라의 가족은 다들 그 꿈을 비웃는대요."

"아주 무정한 사람들이구나."

앤도 동의했다. 하지만 목소리에서 느껴지는 수상쩍은 느낌 때문에 다이는 엄마의 말을 완전히 믿을 수는 없었다.

다이가 볼멘소리를 했다.

"엄마는 왜 그렇게 의심이 많아요?"

앤이 차분하게 타일렀다.

"다시 한번 말할게. 제니 페니 때 일을 기억하렴. 넌 그 아이를 너무 믿었다가 상처받았잖아."

"그때 저는 너무 어려서 쉽게 속은 거예요."

다이가 짐짓 당당한 체하며 말했다. 여느 때와 다르게 엄마는 델릴라 그린을 동정하거나 이해하려 하지 않는 듯했다. 그래서 그 뒤로 수전에게만 델릴라 이야기를 했다. 낸도 델릴라 이름이 나올 때마다 건성으로 고개만 끄덕였기 때문이다.

'낸이 질투하는구나.'

다이는 낸 때문에 슬펐다.

수전도 진심으로 공감해준 것은 아니었다. 하지만 다이는 누구에게라도 델릴라 이야기를 하지 않고는 견딜 수 없었고 수전이 비웃는 것쯤은 엄마가 의심을 내비칠 때만큼 속상하지 않았다. 수전이 완전히 이해해주리라 기대한 것도 아니었으니까 말이다. 하지만 엄마도 여자아이였을 때가 있었고 다이애나 아줌마를 사랑했는데, 무엇보다 엄마도 마음이 그토록 여리면서 가없은 델릴라가 구박받는다는 말을 듣고도 어쩜 그렇게 매정히 굴 수 있는 걸까?

다이는 스스로 현명하다고 생각하며 이렇게 결론 내렸다.

"내가 델릴라를 너무 좋아하니까 엄마도 질투하는 거야. 엄마들은 그렇게 군다고들 하잖아. 소유욕 같은 거겠지."

그리고 수전에게 말했다.

"새엄마가 델릴라를 어떻게 대하는지 들으면 피가 막 끓어오를 만큼 화가 나. 수전 아줌마, 그 애는 순교자야. 아침하고 저녁으로 죽만 조금씩 먹는대. 죽에 설탕도 못 넣게 한다는 거야. 델릴라한테 미안해서 나도 설탕을 넣지 않고 먹기로 했어."

"아, 그래서 그랬구나. 뭐, 설탕 값이 전보다 1센트 올랐으니 그것도 괜찮겠네."

다이는 이제 수전에게 델릴라 이야기는 절대 하지 않겠다고 맹세했지만, 다음 날 저녁 너무 화가 난 나머지 다시 언급할 수밖에 없었다.

"수전 아줌마, 어젯밤에 델릴라 엄마가 새빨갛게 달구어진 주전자를 들고 델릴라를 쫓아다녔대. 생각 좀 해봐. 물론 그렇게 자주 있는 일은 아니라고 델릴라가 그랬어. 엄마가 아주 화가 났을 때만 그런다는 거야. 보통 때는 델릴라를 깜깜한 다락방에 가둬만 놔. 유령이 나올 것 같은 다락방이래. 가엾게도 거기서 정말 유령이 보인대! 그렇게 자주 유령을 봐서 델릴라가 몸이 약한 거야. 지난번에 다락방에 갇혔을 때는 너무 기분 나쁘게 생긴 까만 것이 물레 위에 앉아서 윙윙거리는 걸 봤대."

"그게 뭐였는데?"

수전이 진지하게 물었다. 하지만 수전은 다이가 잔뜩 흥분해서 들려주는 델릴라의 고생담을 즐기기 시작했고 그 이야기를 전하며 사모님과 몰래몰래 웃는 중이었다.

"몰라. 그냥 움직이는 거였대. 그래서 델릴라가 거의 자살할 뻔했다지 뭐야. 나는 델릴라가 진짜로 자살할까 봐 걱정이야. 델릴라네 집안에는 두 번이나 자살한 아저씨가 있었대."

"자살이라면, 한 번만으로 충분하지 않을까?"

수전이 야속하게 물었다. 다이는 토라져서 가버렸지만 다음 날 또 다른 식의 비통한 이야기를 가지고 돌아왔다.

"델릴라는 인형을 한 번도 가져본 적이 없대. 지난 크리스마스 때 양말 속에 인형이 들어 있기를 그렇게나 바랐는데…. 그런데 거기 뭐가 들어 있었을 것 같아? 회초리였어! 그 집 사람들은 델릴라를 매일 회초리로 때린대. 수전 아줌마, 그 가엾은 아이가 회초리로 맞는 걸 생각해봐."

"나도 어렸을 때 회초리로 여러 번 맞았지만 지금 그렇게 나쁜 사람이 되지는 않은 것 같은데?"

수전은 이렇게 말했지만 만약 누가 잉글사이드 아이들을 회초리로 때리려고 한다면 가만히 두고 보지는 않을 것이다.

"우리 집 크리스마스트리 이야기를 했더니 델릴라가 막 울었어. 그 애는 크리스마스트리를 장식해본 적이 한 번도 없대. 하지만 올해는 집에 트리 하나를 꼭 둘 생각이래. 뼈대만 남은 낡은 우산을 발견했는데 그걸 양동이에 꽂아서 트리처럼 만들어볼 거라고 그랬어. 정말 불쌍하지 않아?"

수전이 또박또박 말했다.

"그 집 근처에 어린 가문비나무가 많잖아? 예전 헌터네 집 뒤쪽에 가문비나무가 많이 자랐던데. 그걸 쓰면 되지. 그 아이 이름이 델릴라 말고 다른 거였으면 좋았을 텐데. 기독교인 아이에게 그런 이름을 붙여주다니!*"

"수전 아줌마, 델릴라는 성경에 있는 이름이잖아! 델릴라는 자기 이름이 성경에 나온다고 얼마나 자랑하는데. 오늘도 학교에서 델릴라한테 우리 집에서 내일 저녁에 닭고기를 먹는다고 했더니 걔가 뭐라고 했는지 알아?"

"나는 전혀 모르겠다. 그리고 수업 시간에 그런 수다나 떨어서는 안 돼."

"아니, 그런 거 아니야. 델릴라는 어떤 규칙이라도 어기면 안

---

* 델릴라는 구약성경에 나오는 인물로, 이스라엘 사람들이 이방인이라고 멀리했던 블레셋의 여인이다.

된다고 그랬어. 걔는 기준이 아주 엄격해. 우리는 연습장에다 서로한테 보내는 편지를 써서 그걸 주고받고 있어. 델릴라가 이렇게 썼어. '다이, 나한테 뼈 하나만 갖다줄 수 있니?' 난 그걸 보고 눈물이 났어. 뼈를 갖다줄 거야. 살이 많이 붙은 걸로. 델릴라는 제대로 된 음식을 먹어야 해. 노예처럼 일해야 하니까. 노예라니, 정말 불쌍하지? 집안일은 걔가 전부 다 한대. 뿐만 아니라 제대로 해놓지 못하면 잔인하게 들볶인대. 아니면 하인들하고 부엌에서 식사를 하게 된다는 거야."

"지금 그린네 집에서 일하는 사람은 프랑스인 남자애 하나밖에 없잖아."

"뭐, 걔랑 먹는다는 거지. 그 남자애는 양말만 신고 옷도 제대로 갖추어 입지 않고 셔츠 바람으로 식사를 한대. 하지만 내가 자기를 사랑하니까 델릴라는 이제 그런 거 신경 안 쓴대. 수전 아줌마, 그 얘기는 나 말고 델릴라를 사랑해주는 사람이 아무도 없다는 거잖아. 그렇지?"

수전이 아주 엄숙한 표정을 지으며 말했다.

"정말 끔찍한 일이네."

"델릴라는 자기한테 백만 달러가 있다면 그걸 나한테 전부 주겠다고 했어. 물론 나는 받지 않겠지만 그것만 봐도 걔가 얼마나 마음이 착한지 알 수 있잖아."

"어차피 돈이 없으면 백만 달러를 주는 거나 백 달러를 주는 거나 다 쉬운 일이야."

기가 막힌 수전이 할 말은 그뿐이었다.

38장

다이는 정말 기뻤다. 역시 엄마는 질투했던 게 아니다. 나를 소유하려고 하지 않으신다. 무엇보다 나를 이해하신다.

엄마와 아빠가 주말을 에이번리에서 보내게 되었다. 엄마는 다이에게 토요일에 델릴라 그린을 잉글사이드로 초대해 같이 놀다가 자고 다음 날 가도 괜찮다고 허락해주었다.

앤이 수전에게 말했다.

"주일학교 소풍 때 델릴라를 봤어요. 예쁘고 얌전한 아이였죠. 물론 과장해서 말하는 버릇이 있는 건 틀림없지만요. 새엄마가 그 아이에게 애정을 듬뿍 주지 못하는 건 아닐까 싶기도 해요. 그 아이 아버지가 까다롭고 엄하다는 말을 들은 적이 있거든요. 델릴라도 불만이 있어서 동정을 받으려고 그런 말을 꾸며대는 게 아닌가 싶어요."

수전은 여전히 조금 의심스러웠다.

'하지만 로라 그린의 집에 사는 아이라면 그래도 깨끗하게 씻고 다니긴 할 거야.'

이 점에서만큼은 고민할 필요가 없었다.

다이는 델릴라를 대접할 계획을 세우느라 여념이 없었다.

"수전 아줌마, 속을 잔뜩 넣은 통닭구이 먹어도 돼? 그리고 파이도 주면 좋겠어. 가엾은 델릴라가 파이를 얼마나 먹고 싶어 하는지 아줌마는 모를 거야. 걔네 집에서는 파이를 먹지 않는대. 새엄마가 지독한 구두쇠거든."

수전은 다이가 원하는 대로 준비해주었다. 젬과 낸은 에이번리에 따라갔고, 월터는 케네스 포드를 만나러 꿈의 집으로 갔다. 다이가 델릴라와 함께하는 시간을 방해할 사람은 아무도 없었고, 잉글사이드는 손님을 맞이할 만반의 준비를 갖추었다. 토요일 아침이 되자 델릴라가 예쁜 분홍색 모슬린 옷을 입고 찾아왔다. 적어도 옷만큼은 새엄마가 잘 챙겨주는 것 같았다. 그리고 귀와 손톱도 나무랄 데 없이 잘 다듬어져 있었다.

델릴라가 다이에게 엄숙히 말했다.

"오늘이 내 인생 최고의 날이야. 와, 집이 참 멋져! 도자기 개도 있고, 정말 훌륭한걸!"

델릴라는 "모든 것이 훌륭하다"라는 말을 지루하리만치 계속했다. 그러면서 식사 준비를 도왔고 식탁 중앙의 꽃병에 분홍색 스위트피를 가득 꽂아 장식하기도 했다.

"아, 시켜서가 아니라 하고 싶어서 하는 걸 내가 얼마나 좋아하는지 너는 모를 거야. 내가 도와줄 만한 일이 또 있니?"

그때 수전이 말했다.

"오후에 케이크를 구울 건데 거기 넣을 견과류 좀 까주겠니?"

수전도 델릴라의 예쁜 외모와 목소리의 마법에 빠져버린 것이다. 어쩌면 델릴라 말처럼 로라 그린은 못된 여자일지도 모른다. 사람은 겉모습만 보고 판단할 수 없는 법이니까. 수전은 델릴라의 접시에 속을 가득 채우고 그레이비소스를 뿌린 닭고기를 수북하게 담아 주었다. 또한 뭐라고 말도 하기 전에 파이를 두 조각이나 더 내주었다.

식탁에서 일어나며 델릴라가 다이에게 말했다.

"한 번이라도 양껏 먹으면 어떤 기분이 들지 궁금했어. 지금 경험해보니 정말 좋아."

두 아이는 오후를 아주 재미있게 보냈다. 수전이 다이에게 준 사탕 한 상자를 둘이서 나누어 먹었다. 델릴라가 다이의 인형 하나에 관심을 보이자, 다이는 선뜻 선물로 주었다. 둘은 팬지꽃 화단을 정리하고 잔디밭에 몰래 들어와 뿌리를 내린 민들레 몇 개를 캐내기도 했다. 특히 델릴라는 수전을 도와 은그릇을 닦았고, 저녁 식사 준비도 거들었다. 얼마나 깔끔하게 일을 잘했던지 수전은 델릴라에게 홀딱 반해버렸다.

하지만 옥의 티가 될 사건도 두 가지 있었다. 델릴라가 자기 옷에 잉크를 묻혔고 구슬 목걸이를 잃어버린 것이다. 다행히 잉크 자국은 수전이 레몬소금으로 깨끗하게 지워줬다(색이 조금 남기는 했다). 목걸이는 아무래도 괜찮다고 델릴라가 말했다. 세상에서 가장 사랑하는 다이와 잉글사이드에 있는데 다른 게 뭐가 중요하겠냐는 말도 덧붙였다.

잘 시간이 되자 다이가 물었다.

"아줌마, 우리가 손님방 침대에서 자도 돼? 집에 손님이 오면 언제나 손님방에서 주무시라고 하잖아."

"내일 밤에 다이애나 아줌마가 아빠 엄마랑 같이 오실 거야. 그래서 손님방은 다이애나 아줌마가 묵을 준비를 해놨단다. 그리고 네 침대라면 슈림프가 들어가도 되지만 손님용 침대에 고양이가 드나들면 안 되겠지?"

둘이 같이 다이의 침대에 들어갔을 때 델릴라가 감탄했다.

"와, 이불 냄새 정말 좋다!"

"수전 아줌마가 항상 흰붓꽃 뿌리를 넣고 삶거든."

다이의 말을 듣고 델릴라는 한숨을 쉬었다.

"다이, 너는 네가 얼마나 운이 좋은 아이인지 모를 거야. 나도 이런 집에 살았다면 지금 어떻게 됐을까? 하지만 이게 내 운명인걸. 그냥 받아들일 수밖에…."

수전은 잠자리에 들기 전 평소처럼 집단속을 하다가 두 아이가 누워 있는 방에 들어가 이제 그만 자라고 당부하면서 단풍당빵을 두 개씩 주었다.

"베이커 아줌마, 제게 잘해주신 걸 절대 잊지 않을게요."

델릴라는 감격에 겨운 듯 떨리는 목소리로 말했다. 수전은 이제까지 이렇게 예절 바르고 사랑스러운 아이는 본 적이 없다고 생각하며 잠자리에 들었다.

'내가 나무랄 데 없는 아이를 오해하고 있었던 거야.'

하지만 그 순간 수전은 델릴라 그린이 제대로 먹지도 못했다는 아이치고 살이 꽤 붙어 있다는 사실을 깨달았다.

다음 날 오후 델릴라는 집으로 돌아갔고, 그날 밤 엄마와 아빠가 다이애나 아줌마와 함께 잉글사이드에 도착했다.

월요일이 되자 마른하늘에 날벼락이라고 할 만한 일이 일어났다. 점심을 먹고 학교로 돌아가 현관에 들어섰을 때 다이는 누군가 자기 이름을 말하는 소리를 들었다. 교실에서는 여자아이들이 델릴라 그린을 빙 둘러싸고 모여 있었다.

"잉글사이드에 갔다가 얼마나 실망했는지 몰라. 다이가 하도 자랑하기에 나는 아주 커다란 저택을 상상했거든. 그래, 집이 크긴 크더라. 하지만 가구 중에는 낡은 것도 있었어. 의자는 천을 다시 씌워야 할 정도로 형편없었고."

베시 파머가 물었다.

"도자기 개도 봤어?"

"아, 별것 아냐. 털도 안 나 있던걸? 어쩌나 실망스럽던지, 그 자리에서 다이한테 솔직하게 말했을 정도라니까."

다이는 뿌리가 땅에 박힌 것처럼, 적어도 현관 바닥에는 박힌 것처럼 그 자리에서 꼼짝도 못 했다. 엿들을 생각은 아니었다. 그저 너무 놀라 움직일 수 없었을 뿐이다.

델릴라가 말을 계속했다.

"다이가 참 가엾어. 그 집 부모님은 어쩜 그럴 수 있나 싶을 정도로 가족을 돌보지 않거든. 엄마는 밖으로 나돌아다니기만 해. 어린아이들만 두고 집을 비우는 건 너무하잖아. 나이 많은 수전이 아이들을 돌보는데 그 아줌마는 머리가 좀 이상해. 수전 때문에 그 집 아이들이 죄다 구빈원에 가게 될지도 몰라. 수전이 부엌에서 얼마나 음식을 낭비하는지 너희는 믿을 수 없을 거야. 선생님 부인은 지나치게 화려한 걸 좋아하는 데다가 집에 있을 때도 요리 같은 건 귀찮아서 절대 안 해. 수전이 죄다 알아서 하거든. 식사도 부엌에다가 차려주려고 하는 거야. 그래서 내가 수전한테 당당하게 따졌지. '저는 손님인가요 아닌가요?' 그랬더니 글쎄 수전이 나한테 건방지게 굴면 벽장에 가둬버리겠다고 협박하는 거야. 그래서 내가 '할 수 있으면 해보세요'라고 말했더니 차마 그렇게는 못 하더라. 나는 이렇게 말했어. '수전 베이커, 잉글사이드 아이들이라면 마음대로 할 수 있겠지만 나한테는 어림도 없어요!' 아, 내가 수전에게 맞섰다고 그랬잖아. 릴라한테 진정제를 먹이려는 것도 내가 막았어. '어린아이한테는 그게 독인 걸 몰라요?'라고 하면서 말렸지.

그런데 수전은 식사 때 내게 분풀이를 하더라. 먹을 걸 눈곱만큼 주는 거야. 닭고기는 엉덩이 살만 조금 떼어 줬고 파이는 더 먹을 건지 물어보지도 않았어. 그래도 수전은 나를 손님방에서 재울 생각이었는데 다이가 말을 듣지 않더라고. 심술이 난 거지. 질투가 많은 아이거든. 그래도 나는 다이가 불쌍해. 걔가 그러는데 낸이 자기를 말도 안 되는 이유로 자꾸만 꼬집는대. 다이 팔에는 온통 멍이 들어 있어. 결국 우리는 걔 방에서 같이 잤는데 늙고 지저분한 수고양이가 침대 발치에 밤새도록 누워 있었어. 이게 얼마나 비위생적인 일인지 다이한테 말해줬지. 그리고 내 진주 목걸이가 사라졌어. 물론 수전이 가져갔다는 건 아냐. 나는 수전이 정직한 사람이라고 생각해. 하지만 이상한 건 사실이잖아. 그리고 셜리가 나한테 잉크병을 던졌어. 그래서 드레스가 엉망이 됐지만 나는 그런 일 따위는 신경 안 써. 엄마가 새 옷을 사줄 테니까. 그것뿐만이 아니야. 내가 그 집 잔디밭에 난 민들레를 죄다 뽑고 은그릇도 깨끗이 닦았어. 너희도 봤어야 하는데. 도대체 얼마 만에 닦은 건지 모를 정도로 지저분했다니까. 수전은 선생님 부인이 없을 때 집안일을 대충 하고 있었던 거야. 내 눈을 속일 수 없다는 것도 알려줬어. '왜 감자 냄비는 안 씻는 거예요?'라고 물었거든. 너희도 수전 얼굴을 봤어야 해. 얘들아, 여기 내 반지 좀 봐. 로브리지에서 아는 남자애가 나한테 준 거야."

페기 매캘리스터가 경멸하듯 말했다.

"어머, 그건 다이애나 블라이드의 반지 아니야? 걔가 그걸 끼고 다니는 모습을 자주 봤는데."

로라 카가 말했다.

"델릴라 그린, 네가 하는 잉글사이드 이야기는 한 마디도 못 믿겠어!"

델릴라가 대답을 하려던 차에 겨우 입술과 몸을 움직일 수 있게 된 다이가 교실로 뛰어 들어가며 소리쳤다.

"이 유다* 같은 배신자!"

훗날 다이는 이런 말을 했던 것이 숙녀답지 못한 행동이었다고 후회했다. 하지만 그때는 마음에 지독한 상처를 받아 감정이 격앙된 터라 제대로 말을 골라서 할 겨를도 없었다.

"나는 유다가 아니야!"

───────────────

* 신약성경에 나오는 인물로 예수의 제자이자 열두 사도 중 한 명이었으나 돈을 받고 스승을 팔아넘겼다.

델릴라는 이렇게 중얼거리고는 얼굴을 붉혔다. 아마도 태어나서 처음으로 이런 상황에 처했을 것이다.

"넌 유다 맞아! 무엇 하나 사실대로 말하지 않잖아. 살아 있는 한 다시는 나한테 말도 걸지 마!"

다이는 학교를 뛰쳐나와 집으로 달려갔다. 더는 학교에 있을 수 없었다. 잉글사이드의 현관문은 그 자리에 서 있었던 이래 처음으로 '쾅!' 소리를 내며 닫혔다.

"애야, 무슨 일이니?"

앤이 물었다. 수전과 부엌에서 이야기를 나누고 있었는데 딸이 갑자기 들어와 폭풍 같은 기세로 엄마의 어깨에 몸을 던지며 흐느꼈던 것이다.

눈물과 함께 모든 이야기가 터져나왔다. 갈피를 잡기 어렵기는 했지만 어떤 상황인지는 제대로 전달되었다.

"엄마, 속상해서 죽을 것 같아요. 이제 다시는 아무도 믿지 못할 거예요!"

"애야, 친구들이 다 그런 건 아니란다. 폴린은 안 그랬잖니."

다이는 배신감과 상실감으로 괴로워하며 씁쓸하게 말했다.

"이번이 두 번째예요. 세 번째는 없을 거예요."

다이가 2층으로 올라가자 앤이 안타까워하며 말했다.

"다이가 인간에 대한 신뢰를 잃어버린 것 같아서 마음이 아파요. 저 아이한테는 참 비극적인 일이겠죠. 다이가 친구 운은 없네요. 제니 페니도 그랬는데 이번에는 델릴라 그런까지…. 문제는 항상 다이가 재미있는 이야기를 하는 여자아이에게 빠져버린다는 거예요. 생각해보니 델릴라의 순교자 행세는 정말 매력적이긴 했죠."

"사모님, 제가 보기에 그린네 딸은 정말 교활한 아이예요. 우리 집 고양이가 지저분하다니요! 더러운 수고양이 같은 게 아예 존재하지 않는다는 건 아니지만 어린 여자아이가 입에 담을 만한 말은 아니죠. 제가 아무리 고양이를 좋아하지 않는다 해도 슈림프는 일곱 살이니 거기에 맞게 대접해줘야 한다고 생각해요. 아, 그리고 감자 냄비 이야기는…."

델릴라의 눈빛과 태도에 깨끗이 속아 넘어간 터라 수전은 아이가 더욱 괘씸하게 느껴졌다. 특히 감자 냄비 이야기로 어찌나 속이 상했는지 감정을 속속들이 표현할 수조차 없었다.

다이는 자기 방에 가만히 앉아 생각에 잠겼다.

'로라 카와 절친한 친구가 되는 건 너무 늦었을까?'

로라는 아주 재미있지는 않지만 적어도 정직하다. 다이는 한숨을 쉬었다. 델릴라의 가련한 운명에 대한 환상이 깨지면서 인생의 찬란한 색채도 얼마쯤은 사라져버리고 말았다.

39장

매서운 동풍이 성질 고약한 할머니처럼 잉글사이드 주위에서
고함을 쳐댔다. 서늘하고 안개비가 내리는 8월 말의 어느 날, 괜
스레 우울해지고 하는 일마다 틀어질 것 같은 기분이 들었다.
에이번리에서는 이런 날을 '요나의 날'*이라고 불렀다.

  길버트가 아들들에게 주려고 데려온 강아지는 식탁 다리에
칠해놓은 에나멜을 갉아먹었고, 수전은 이불장에서 '로마의 휴
일'**을 즐기는 나방을 발견했고, 낸의 새끼 고양이는 보기 좋은
고사리를 망쳤고, 젬과 버티 셰익스피어는 다락방에서 오후 내

---

* 구약성경에 등장하는 선지자 요나는 하느님의 명령을 어겨서 자기와 주변 사
  람들을 곤란하게 만들었다. '요나의 날'은 불행이 닥친 끔찍한 하루를 뜻한다.

** 고대 로마에서 노예나 포로 등에게 무기를 주고 서로 싸우게 한 데서 유래한 표
  현으로, 남을 희생시키면서 즐기는 오락을 뜻한다.

내 양철통을 두드리며 소란을 피웠고, 앤은 색칠한 전등갓을 깨뜨렸다. 하지만 앤은 유리 깨지는 소리를 듣고 왠지 체증이 가신 듯 속이 후련했다.

릴라는 귀가 아팠고 셜리는 목에 특이한 모양의 발진이 생겼다. 앤은 가슴을 졸였지만 길버트는 흘끗 보더니 별것 아니라고 건성으로 말했다. 물론 별것 아니겠지! 기껏해야 자기 아들 일일 뿐이니까! 지난주 트렌트 부부를 초대해놓고는 그들이 도착해서야 비로소 말한 것도 길버트에게는 별일 아니겠지. 앤과 수전은 그날따라 무척 바빠서 저녁은 적당히 때울 생각이었다. 하지만 트렌트 부인은 샬럿타운에서 손님 접대를 잘하기로 손꼽히는 사람이었다. 그래서 얼마나 우왕좌왕했는지 모른다.

'위가 검고 발끝이 파란 월터의 양말은 대체 어디 있을까?'

"월터, 한 번이라도 물건을 제자리에 둘 수는 없니? 낸, 나는 일곱 바다가 어디에 있는지 몰라. 제발 이것저것 묻지 좀 마. 소크라테스는 독살당했어. 그럴 수밖에 없었지."

엄마가 그런 말투로 말하는 건 처음이라 월터와 낸은 눈이 휘둥그레졌다. 월터의 표정을 보고 앤은 더 짜증을 부렸다.

"다이, 피아노 의자에 다리를 감지 말라고 언제까지 얘기해야 하니? 셜리, 새 잡지에 잼이 묻어 끈적끈적하잖아! 등불 장식은 어디로 사라졌는지 누가 말 좀 해줄래?"

아무도 대답하지 못했다. 사실은 수전이 닦으려고 장식을 떼어내 가져갔던 것이다. 아무래도 아이들의 슬픈 눈을 피해야 할 것 같아서 앤은 얼른 2층으로 올라가버렸다. 방에 들어가서도 흥분을 가라앉히지 못하고 왔다 갔다 했다. 내가 왜 이러는 거지? 옹졸하고 성마른 사람이 되어가는 걸까? 요즘은 모든 일에 짜증이 난다. 지금까지는 관심도 없었던 길버트의 사소한 버릇에도 신경이 곤두선다. 단조로운 집안일은 이제 진저리가 난다. 가족의 변덕스러운 요구를 들어주는 일도 지긋지긋하다. 예전에는 남편과 아이를 위해 하는 모든 일이 즐거웠다. 하지만 이제는 어떤 일에도 관심이 없었다. 족쇄를 찬 채 누군가를 따라잡으려고 애쓰는 악몽을 꾸는 듯했다.

아내의 변화를 길버트가 전혀 알아차리지 못한다는 점이 무엇보다 큰 문제였다. 길버트는 밤낮으로 일에만 빠져 있는 것 같았다. 점심때 그가 한 말이라고는 "겨자 좀 줘"뿐이다.

앤은 쓸쓸하게 생각했다.

'할 수 없지. 의자나 탁자하고 이야기할 수밖에. 우리는 서로에게 익숙해져버린 거야. 이 의자나 탁자처럼. 어젯밤에는 내가 새 드레스를 입었는데도 알아차리지 못했어. 내 이름을 불러준 게 언제인지 기억도 안 나. 어떤 결혼이든 결국에는 이렇게 되는 걸까? 아마 대부분의 여자들이 이렇게 살아가겠지. 길버트는 나를 당연한 존재로 생각할 뿐이야. 지금 그에게 의미가 있는 건 일뿐이지. 그런데 손수건이 어디 갔을까?'

앤은 손수건을 가지고 의자에 앉아 고민에 빠졌다.

'길버트는 이제 나를 사랑하지 않아. 입맞춤도 습관처럼 건성건성 하잖아. 이젠 내게 매력을 느끼지 못하나 봐.'

예전에 함께 웃었던 일들도 이제는 비극으로 변했다. 어떻게 그런 일들을 재미있다고 생각했을까? 일주일에 한 번씩 규칙적으로 아내에게 입맞춤하는 몬티 터너는 자기의 의무를 잊지 않도록 메모해둔다고 했다(그런 입맞춤을 원하는 아내가 있을까?). 커티스 에임스는 새 모자를 쓴 아내를 보고도 알아보지 못했다지. "저는 남편에게 별 관심도 없지만 곁에 없으면 그리울 거예요"라고 말한 클랜시 데어 부인(내가 곁에 없어야 길버트가 날 그리워하겠지! 우리도 그렇게 된 걸까?)은 또 어떤가? 결혼한 지 10년이 지났을 때 아내에게 "굳이 말하자면 나는 결혼 생활이 지겨워"라고 말한 냇 엘리엇(우린 결혼한 지 15년 됐어!)도 있다. 코닐리어라면 "남자들이 다 그렇죠"라고 말할 것이다. 시간이 지날수록 남자의 마음을 붙들어두기란 여간 힘든 일이 아니다(하지만 남편을 '붙들어두어야' 한다면 난 그러고 싶지 않아). 부녀회에서 "우리는 결혼한 지 20년이나 지났지만 남편은 결혼식 날처럼 저를 사랑해요"라고 자랑스럽게 말한 시어도어 클로 부인 같은 사람도 있다. 하지만 클로 부인은 자기를 속이고 있거나 체면상 그렇게 말했을지도 모른다. 게다가 그녀는 날이 갈수록 나이보다 늙어 보인다(나도 늙어 보이기 시작한 것 같아).

난생처음으로 앤은 자기의 나이가 무겁게 느껴졌다. 거울 앞으로 가서 자기 모습을 정직하게 살펴보았다. 눈 주위에 잔주름이 조금 있었지만 환한 곳에서만 보이는 정도였다. 턱선은 아직도 또렷했다. 얼굴빛은 원래 창백했고, 풍성한 머리카락에는 흰머리가 한 올도 없었다(그런데 빨간 머리를 진심으로 좋아하는 사람이 있을까?). 코는 지금도 보기 좋았다. 앤은 코를 어루만지면서 이 코를 의지해 어려움을 헤쳐 나갔던 순간들을 떠올려보았다. 하지만 지금 길버트는 이 예쁜 코를 당연하게 여긴다. 비뚤어졌거나 납작하거나 그에게는 아무 상관없다. 아마 그이는 내게 코가 있다는 사실조차 잊어버렸을 것이다. 남편이 없어지면 그리워질 거라고 한 데어 부인처럼, 길버트도 내 코가 없어지면 그제야 그리워할 것이다.

"음, 릴라하고 셜리를 돌봐주러 가야겠네. 가엾은 아이들, 그 아이들에게는 아직 내가 필요해. 내가 왜 그렇게 화를 냈지? 아, 내가 없는 곳에서는 다들 '엄마는 가엾게도 짜증만 늘었어!'라고 말할 거야."

아이들 생각을 하면서도 앤은 여전히 쓸쓸했다.

비가 계속 내리고 바람도 휘몰아쳤다. 다락방에서 나는 양철통 환상곡은 끝났지만, 거실에서 귀뚜라미 한 마리가 쉴 새 없이 울어대는 통에 앤은 미칠 것만 같았다. 정오에는 집배원이 편지 두 통을 가져다주었다. 하나는 마릴라에게서 온 것이었다. 하지만 앤은 편지를 접으며 한숨을 쉬었다. 마릴라의 필체가 점점 흔들리고 떨렸기 때문이다. 다른 한 통은 샬럿타운의 베럿 파울러 부인에게서 온 것이었다. 앤과는 그리 잘 아는 사이가 아니었던 부인은 다음 주 화요일 저녁 식사 자리에 블라이드 부부를 초대하면서 "7시까지 오면 돼요. 당신들의 오랜 친구인 앤드루 도슨 부인도 만날 수 있을 거예요. 결혼 전 이름은 크리스틴 스튜어트였죠"라고 덧붙였다.

앤은 편지를 떨어뜨렸다. 옛 기억이 홍수처럼 밀려왔다. 그중에는 당연히 불쾌한 것도 있었다. 레드먼드의 크리스틴 스튜어트. 길버트와 약혼한 사이라는 소문이 나서 앤이 한때 끔찍이도 질투하고 미워했던 아가씨다! 20년이 지난 지금 앤은 그 사실을 인정할 수밖에 없었다. 학교를 졸업한 뒤 오랫동안 크리스틴을 생각해본 적 없었지만 편지를 읽는 순간 기억이 또렷하게 되살아났다. 훤칠한 키와 상앗빛 피부, 커다랗고 짙은 파란색 눈동자에 짙은 남색의 풍성한 머리카락이 참 아름다웠다. 독특한 기품도 느껴졌다. 하지만 코가 좀 길었다. 그건 확실하다. 미인이라는 건 두말할 필요도 없고…. 누구도 부인하지 못할 것이다. 그러고 보니 "크리스틴이 결혼을 잘해서 서부로 갔다"라는 말을 몇 년 전에 들었던 기억이 난다.

길버트가 요기라도 하려고 급히 들어왔다. 요즘 글렌세인트메리 마을 위쪽에서는 홍역이 번지고 있었다. 앤은 아무 말 없이 길버트에게 파울러 부인의 편지를 건네주었다. 그는 지난 몇 주 동안 보여준 적 없었던 환한 표정을 지었다.

"크리스틴 스튜어트라고? 물론 가야지. 예전에 친하게 지냈는데 만나고 싶은 건 당연하잖아. 참 가엾은 사람이야. 4년 전에 남편을 잃었으니, 그동안 고생을 꽤 했을 거야."

앤이 모르는 사실을 길버트가 어떻게 아는 걸까? 왜 진즉 이야기해주지 않은 걸까? 그리고 다음 주 화요일이 결혼기념일이라는 사실은 잊은 걸까? 해마다 그날은 어떤 초대도 응하지 않고 둘이서만 어디 가서 지냈는데. 하긴 그날이 길버트에게 무슨 의미가 있겠어. 원한다면 당신의 크리스틴을 만나러 가도 돼. 예전에 레드먼드에서 어두운 얼굴로 클레어 핼릿이 이렇게 말해준 적 있잖아.

"앤, 길버트와 크리스틴 사이에는 네가 아는 것보다 더 많은 일이 있었어."

그때는 그냥 웃어버렸다. 그녀가 악의를 품고 한 말이었으니까. 하지만 생각보다 둘이 깊은 관계였을지도 모른다. 앤은 문득 어떤 기억이 떠올라 등골이 오싹해졌다. 결혼한 지 얼마 되지 않았을 때 길버트의 낡은 수첩에서 크리스틴의 조그만 사진을 우연히 보았다. 길버트는 별 관심 없다는 얼굴로 이 사진이 어디로 갔나 궁금했다고 말했다. 하지만 시시한 듯 보이는 이 일에 사실은 엄청나게 중요한 의미가 담겨 있는 것은 아닐까? 혹시 길버트가 크리스틴을 사랑했나? 내가 그의 두 번째 선택에 지나지 않았던 걸까? 난 아쉬운 대로 택한 사람이었을까?

'설마 내가 아직도 질투를 하고 있는 거야?'

앤은 애써 미소 지었다. 생각해보니 어처구니가 없었다. 길버트가 레드먼드 시절의 친구를 만나고 싶어 하는 것은 당연한 일 아니겠는가? 결혼한 지 15년이나 된 바쁜 남자가 시간과 계절, 날짜와 달을 잊어버리는 게 뭐 그리 대수겠는가? 앤은 파울러 부인에게 초대에 응하겠다고 답장했다. 그리고 화요일이 오기까지 사흘 동안 앤은 글렌세인트메리 마을 위쪽에 사는 누군가가 화요일 오후 5시 30분 이후에 산기가 있기를 간절히 바랐다.

40장

앤의 바람과 달리 아기는 너무 일찍 태어났다. 길버트는 월요일 밤 9시에 불려나갔다. 앤은 울면서 잠들었다가 새벽 3시에 눈을 떴다. 여느 때라면 그 시간을 즐겼을 것이다. 한밤중에 잠에서 깼을 때 앤은 침대에 누운 채로 창밖을 보며 밤의 아름다움을 감상하고, 곁에 잠든 길버트의 규칙적인 숨소리에 귀를 기울이고, 복도 너머에 있는 아이들과 맞이할 아름다운 하루를 떠올려보곤 했다.

하지만 지금은 달랐다. 형석(螢石)처럼 맑고 푸르른 새벽이 동쪽 하늘에 찾아올 무렵까지 잠을 이루지 못했다. 그렇게 시간이 흐르고 마침내 길버트가 집으로 돌아왔다.

"쌍둥이야."

길버트는 감정 없이 말하고는 침대에 눕더니 그대로 잠들어버렸다. 결혼 15주년 새벽에 남편이 건넨 첫마디가 고작 "쌍둥이야"라니! 앤은 기가 막혔다. 길버트는 오늘이 결혼기념일이라는 사실을 기억도 못하는 것이다.

11시에 일어나 아래층으로 내려왔을 때도 길버트는 오늘이 무슨 날인지 여전히 모르는 듯했다. 그가 결혼기념일을 잊은 것도, 선물을 주지 않은 것도 이번이 처음이었다. 좋아, 나도 그렇게 할 테니까. 앤은 몇 주 전에 선물을 준비해두었다. 은색 손잡이가 달린 주머니칼이었는데 한쪽에는 날짜를, 다른 쪽에는 길버트의 이름 머리글자를 새겼다. 물론 길버트는 칼이 두 사람의 사랑을 자르지 않도록 1센트를 내고 이 선물을 사야 한다. 그런데 길버트가 잊어버렸다면 나도 그 보답으로 결혼기념일 선물 따위는 어물쩍 넘어갈 것이다.

길버트는 온종일 어딘가 모르게 멍한 상태였다. 누구와도 말을 거의 하지 않고 서재를 서성이기만 했다. 크리스틴을 다시 본다는 황홀한 기대에 넋을 잃고 있는 것일까? 아마도 그는 오랜 세월 동안 마음 한구석에서 크리스틴을 그리워했을지도 모른다. 물론 터무니없는 생각이라는 걸 앤도 잘 알았지만 질투란 원래 이성이 아니라 감정 아니던가? 철학적으로 생각해보려 했지만 헛수고였다. 철학은 앤의 기분에 아무런 영향도 미칠 수 없었다.

두 사람은 5시 기차를 타고 시내로 갈 예정이었다.

릴라가 물었다.

"엄마, 방에 들어가서 엄마가 옷 입는 거 봐도 돼요?"

"마음대로 해."

앤은 무심코 말한 뒤 깜짝 놀라 정신을 차렸다. 목소리에 가시가 돋쳐 있었기 때문이다. 앤이 후회하며 덧붙였다.

"애야, 들어오렴."

릴라는 엄마가 옷 입는 모습을 지켜보는 것이 좋았다. 하지만 릴라도 그날은 엄마가 기분이 좋지 않다는 걸 느꼈다.

앤은 어떤 드레스를 입어야 할지 잠시 생각해보다가 씁쓸하게 혼잣말을 했다.

"뭘 입든 무슨 상관이겠어."

이제는 길버트도 앤을 주의 깊게 바라보지 않는다. 거울도 더는 앤의 친구가 아니었다. 거울 속에 선 앤은 창백하고 때꾼해서 그 누구도 달가워하지 않을 사람 같았다. 하지만 크리스틴에게 초라하고 유행에 뒤처진 모습을 보여주기는 싫었다.

'크리스틴이 날 동정하게 만들진 않을 거야.'

장미꽃 무늬가 있는 슬립 위에 녹황색 망사를 덧댄 새 드레스가 좋을까? 아니면 클뤼니레이스 장식이 달린 이튼 재킷에 크림색 비단 드레스를 입을까? 앤은 둘 다 입어보고는 망사를 덧댄 드레스로 결정했다. 머리 모양도 여러 가지로 바꿔본 뒤 앞머리를 올리는 방식이 가장 잘 어울린다고 결론 내렸다.

릴라가 눈을 동그랗게 뜨며 감탄했다.

"와! 엄마. 정말 예뻐요!"

아이들과 바보는 진실을 말한다고 하지 않았던가. 언젠가 리베카 듀는 앤에게 "비교적 아름다워요"라고 말했다. 길버트도 예전에는 앤의 모습에 칭찬을 아끼지 않았지만, 지난 몇 달 동안 그런 말을 했는지조차 가물가물하다.

길버트는 자기 옷장으로 가면서 앤을 지나쳤지만 새 드레스를 못 보았는지 옷에 대해서는 한 마디도 하지 않았다. 앤은 화가 머리끝까지 나서 잠시 그 자리에 서 있었다. 그러다 거칠게 드레스를 벗어 침대 위에 내던졌다. 그리고 전에 입던 검은색 드레스를 집어 들었다. 포윈즈 친구들은 아주 멋지다며 감탄했지만, 단 한 사람 길버트는 싫어했던 옷이었다. 목에는 뭘 걸어야 하지? 젬이 준 진주 목걸이는 몇 년 동안 소중히 아껴왔지만 오래전에 망가지고 말았다. 변변한 목걸이 하나 찾기도 힘들었다. 그래서 작은 상자를 열어 분홍색 에나멜 목걸이를 꺼냈다. 레드먼드 대학에 다닐 때 길버트가 선물한 것이었다. 요즘은 그 목걸이를 걸어본 적이 없었다. 분홍색이 빨간 머리와 어울리지 않기 때문이었다.

'그래도 오늘 밤에는 이 목걸이로 하자. 길버트가 이걸 알아볼까? 난 벌써 준비를 마쳤는데 길버트는 왜 아직 나오지 않는 걸까? 왜 저렇게 꾸물거리는 거야? 오호라, 잘 보이려고 정성껏 면도를 하는 모양이네!'

앤은 거칠게 문을 두들겼다.

"길버트, 서두르지 않으면 기차를 놓쳐."

"학교 선생님처럼 말하네. 혹시 당신 발허리뼈에 무슨 문제라도 생긴 거야?"

길버트가 문을 열고 나오며 말했다. 아, 어떻게 이런 농담을 할 수 있담? 앤은 연미복을 입은 길버트가 얼마나 멋있는지 생각하지 않으려 애썼다. 사실 요즘 유행하는 남성복은 기가 찰만큼 매력이 없었다. 위대한 엘리자베스 여왕이 다스리던 태평

성대에 남자들이 입었던 하얀색 새틴 더블릿과 크림색 벨벳 망토와 레이스 주름 칼라는 얼마나 화려했던가! 그렇다고 당시 남자들이 연약했던 것은 아니었다. 이제껏 세상에 등장했던 모든 남자 중에서 가장 훌륭하고 모험심이 강했다.

"뭐, 그렇게 급하면 빨리 가자."

길버트가 건성으로 말했다. 요즘에는 앤과 이야기할 때마다 늘 성의 없이 대충대충 넘긴다.

'그래, 나는 집의 가구 같은 존재일 뿐이지!'

젬이 마차로 두 사람을 역까지 데려다주었다. 수전과 코닐리어(교회 저녁 모임에서 먹을 감자 요리를 여느 때처럼 만들어줄 수 있는지 수전에게 물어보러 와 있었다)가 배웅했다.

코닐리어가 감탄했다.

"앤은 조금도 늙지 않네요."

수전도 동의했다.

"그래요. 그런데 요즘 몇 주 동안은 무슨 일이 있는 듯해요. 그래도 여전히 예쁘네요. 선생님도 예전과 다름없이 멋있고요."

코닐리어가 말했다.

"정말 이상적인 부부예요."

이 이상적인 부부는 시내로 가는 내내 이렇다 할 멋진 말을 전혀 하지 않았다.

'길버트는 옛 애인을 보러 간다는 기대로 잔뜩 설레어서 나와 이야기할 생각조차 하지 않는 거겠지!'

앤이 재채기를 했다. 혹시 코감기에 걸린 것은 아닌가 걱정되기 시작했다. 앤드루 도슨 부인, 그러니까 예전의 크리스틴 스튜어트가 보는 앞에서 저녁 식사 내내 코를 훌쩍인다면 얼마나 끔찍하겠는가? 앤의 입술이 따끔거렸다. 감기 때문에 입에 발진이 난 것 같았다. 줄리엣이 재채기를 한 적 있을까? 포샤는 동상에 걸려도 멋있을까? 만약 트로이의 헬레네가 딸꾹질을 한다면 어떨까? 클레오파트라에게 티눈이 있다면?

배럿 파울러 부인의 집 아래층에 들어섰을 때 하필 앤은 현관 깔개에 달린 곰 머리에 발이 걸렸다. 그래서 휘청거리며 응접실 문을 지나 부인이 자랑하는 가구와 황금빛 장식품이 가득 찬 넓은 공간을 가로질러 소파에 그대로 주저앉았다. 머리를 처박는 꼴사나운 모습까지 연출하지는 않아서 그나마 다행이었다. 무척 당황했지만 앤은 얼른 주위를 둘러보며 크리스틴이 있는지 살폈다. 고맙게도 그녀는 아직 그 자리에 없었다. 길버트 블라이드의 아내가 술 취한 사람처럼 들어오는 모습을 크리스틴이 재미있다는 듯 보고 있었다면 앤은 얼마나 속을 끓였을까! 길버트는 괜찮으냐고 묻기는거녕 어느새 파울러 선생이며 처음 만난 머리 선생과 더불어 이야기 삼매경에 빠져 있었다. 뉴브런즈윅에서 온 머리 선생은 열대병에 관한 논문을 발표해서 의학계를 떠들썩하게 만든 인물이었다. 하지만 크리스틴이 헬리오트로프꽃 향기를 풍기며 아래층으로 내려오자 논문 이야기가 쏙 들어갔다는 사실을 앤은 알아차렸다. 길버트는 티가 날 만큼 관심을 보이며 일어섰다.

크리스틴은 강한 인상이라도 주려는 듯 문 앞에 잠시 멈춰섰다. 앤을 배려하기 위해서 곰 머리에 걸려 넘어지는 행동 따위는 하지 않았다. 크리스틴이 원래 자기를 과시하려고 문 앞에 잠시 멈춰 서는 버릇이 있었다는 걸 앤은 문득 기억해냈다. 그녀는 지금 이 순간을 길버트가 무엇을 놓쳤는지 보여줄 더없이 좋은 기회로 여기는 게 분명했다.

크리스틴은 보라색 벨벳 가운을 입고 있었다. 흘러내리는 긴 소매에는 황금색 안감을 덧댔고 물고기 꼬리 모양의 옷자락에도 황금색 레이스를 달았다. 여전히 검은 머리카락에는 황금색 머리띠를 맸다. 목에는 다이아몬드가 여러 개 박힌 길고 가느다란 금목걸이를 걸고 있었다. 앤은 크리스틴의 차림새를 보자마자 자신이 촌스럽고 초라하며 보잘것없게 느껴졌다. 유행에 반년은 뒤떨어진 기분이었다. 이 바보 같은 에나멜 하트 목걸이는 걸지 말았어야 했다!

크리스틴이 예전처럼 아름답다는 사실은 두말할 것도 없었다. 물론 젊어 보이려고 지나치게 맵시를 내기는 했지만…. 그래도 처녀 적보다는 살이 좀 붙었다. 코는 여전히 길었고 턱은 확실히 중년 태가 났다. 저렇게 문 앞에 서 있으니 다리도 굵어 보였다. 젠체하는 모습이 좀 고리타분하기도 했다. 하지만 뺨은 여전히 상아처럼 매끄러웠고, 레드먼드에서 꽤나 매력적이라고 여겨졌던 짙은 파란색의 커다란 눈은 이마에 평행선으로 그어진 주름 아래에서도 여전히 밝게 빛났다. 그렇다! 크리스틴, 다시 말해 앤드루 도슨 부인은 무척 아름다운 여인이었다. 흔히 하는 말처럼 남편의 무덤에 마음까지 묻어버렸다는 인상은 전혀 주지 않았다.

크리스틴은 들어서는 순간부터 방 안의 분위기를 휘어잡았다. 앤은 자기라는 존재가 사라져버린 것 같은 기분이 들었다.

그래도 앤은 등을 꼿꼿이 세우고 앉았다. 축 처져 있는 중년의 모습을 크리스틴에게 보여주지 않겠다고 마음먹은 것이다. 앤은 무기를 총동원해서 전투에 나서리라 다짐했다. 앤의 회색 눈은 선명한 초록색으로 타올랐고 둥근 뺨에는 희미한 홍조가 피어올랐다('내 코가 누구보다 멋지다는 걸 기억하자!'). 조금 전까지 앤에게 관심을 보이지 않던 머리 선생은 블라이드가 이렇게 빼어난 외모의 아내를 두었다는 사실에 놀라워했다. 가식적으로 행동하는 도슨 부인도 블라이드 부인 옆에 서 있으니 지극히 평범해 보였다.

"어머, 길버트 블라이드. 여전히 잘생겼네. 변하지 않은 걸 보니까 정말 좋다."

크리스틴이 장난스레 말했다. 앤은 그녀가 못마땅했다.

'크리스틴은 여전히 점잔 빼듯 느릿하게 말하네. 저 벨벳 같은 목소리가 전부터 얼마나 싫었는데!'

"널 보니까 시간이 멈춘 것 같아. 어디서 영원한 젊음의 비밀을 배우기라도 한 거야?"

길버트의 답인사에 크리스틴이 웃었다.

'웃는 소리가 귀에 거슬리네. 꼭 양철통을 두드리는 것 같아.'

"다들 아시다시피 길버트는 듣기 좋은 말을 잘하죠."

크리스틴은 사람들을 빙 둘러보며 말을 이었다.

"블라이드 선생님은 예전에 저와 각별한 사이였어요. 선생님은 그게 바로 어제 일이라고 생각하겠지만요. 어머, 앤 셜리! 너도 소문처럼 그렇게 많이 변하지는 않았네. 그래도 길에서 우연히 마주치면 못 알아보겠다. 머리 색깔이 전보다 더 빨개진 것 같은데? 이렇게 다시 만나다니 정말 멋지지 않니? 난 네가 요통 때문에 못 오는 건 아닌지 걱정했어."

"요통이라고?"

"그거 때문에 고생한다면서? 난 그렇다고 들었는데?"

파울러 부인이 사과했다.

"아, 제가 잘못 알았나 봐요. 부인께서 심한 요통으로 누워 있다고 누가 말씀하셨는데…."

앤이 아무렇지도 않은 듯 말했다.

"아, 그건 로브리지의 파커 선생님 부인이에요. 저는 요통 같은 건 앓은 적이 없어요."

"그렇다니 정말 다행이야. 요통은 정말 힘든 병이거든. 우리 이모가 요통을 심하게 앓아서 나도 잘 알지."

크리스틴의 말투에서 무례함이 배어났다. 마치 앤을 이모뻘로 몰아가는 듯한 분위기였다. 앤은 가까스로 미소를 지었지만 눈까지는 무리였다. 뭔가 재치 있는 대답을 생각해내면 좋으련만! 새벽 3시쯤 되면 기가 막히게 응수할 말이 생각날 것도 같았지만 지금은 머릿속이 아득할 뿐이었다.

"아이가 일곱 명이나 된다고 그러던데."

말은 앤에게 했지만 눈은 길버트를 보고 있었다.

"지금은 여섯 명이야."

앤이 순간 움찔했다. 조그맣고 하얀 조이스의 얼굴을 떠올리면 지금도 마음이 저려왔다.

"대가족이구나!"

앤은 이 말을 듣자마자 대가족을 거느리는 일이 부끄럽고 터무니없게 느껴졌다.

앤이 말했다.

"너는 아이가 없다면서?"

"나는 원래 아이를 안 좋아하잖아. 모성애가 강한 사람은 아닌 것 같아. 이미 꽉 차 있는 세상에 아이를 낳는 게 여성의 유일한 사명이라고 생각해본 적은 정말 없어."

크리스틴은 유난히 아름다운 어깨를 으쓱했지만 목소리는 조금 딱딱했다.

이윽고 모두들 식탁으로 갔다. 길버트는 크리스틴을, 머리는 파울러 부인을, 파울러는 앤을 에스코트했다. 뚱뚱하고 키가 작은 파울러는 워낙에 말주변이 없어서 의사 아닌 사람과는 대화를 제대로 이어가지 못했다.

앤은 실내가 조금 답답하게 느껴졌다. 이상하게 역한 냄새가 났던 것이다. 아마 파울러 부인이 향을 피웠을지도 모른다. 음식은 훌륭했지만 앤은 식욕이 나지 않아 먹는 시늉만 하며 미소를 지었다. 그러다 보니 자기가 체셔 고양이˚처럼 보일까 봐 걱정스러웠다. 앤은 크리스틴에게서 한시도 눈을 뗄 수 없었다. 크리스틴은 끊임없이 길버트에게 미소를 보냈는데, 지나치다 싶을 정도로 이가 아름다웠다. 마치 치약 광고를 보는 듯했다. 크리스틴은 대화할 때 손짓을 효과적으로 했다. 손이 아름답기

˚ 루이스 캐럴의 『이상한 나라의 앨리스』에 등장하는 고양이의 이름으로, 계속 히죽히죽 웃는 모습을 "체셔 고양이처럼 웃는다"(Grin like a Cheshire cat)라고 표현한다.

는 했지만 조금 큰 편이었다.

크리스틴은 리듬감 있는 삶의 속도를 주제로 길버트에게 이야기했다. 도대체 무얼 말하려는 거지? 자기도 알고 하는 말인가? 이윽고 화제는 수난극으로 넘어갔다.

크리스틴이 앤에게 물었다.

"오버라머가우*에 가본 적 있어?"

가본 적이 없다는 걸 뻔히 알면서! 이렇게 간단한 질문도 크리스틴이 하면 왜 이토록 무례하게 들릴까?

"하긴 늘 가족에게 매여 있었겠지. 아, 내가 지난달 핼리팩스에 갔을 때 누구를 만났는지 알아? 네 조그만 친구 있잖아. 못생긴 목사님하고 결혼한…. 그분 이름이 뭐였지?"

앤이 대답했다.

"조너스 블레이크 목사님이잖아. 필리파 고든과 결혼했지. 그런데 난 그분이 못생겼다고 생각한 적 없어."

"그래? 물론 사람마다 생각은 다르니까. 뭐, 어쨌든 두 사람을 만났어. 가엾은 필리파!"

'가엾은'이라는 말이 참 극적으로 들렸다.

"뭐가 불쌍하다는 거야? 필리파하고 조너스 목사님은 아주 행복하게 사는 것 같은데."

크리스틴은 반지 낀 두 손을 펼쳐 보였다.

"행복하다고? 어머, 그 부부가 사는 곳을 너도 봤으면 좋았을 텐데! 돼지가 마당에 들어오면 큰 사건이 되는 초라하고 작은

* 예수 수난극 공연으로 유명한 독일 바이에른주의 도시

어촌이야. 그 조너스라는 목사님은 킹즈포트에 있는 훌륭한 교회를 사임했다고 들었어. 자기를 필요로 하는 어부들이 있는 곳으로 가는 게 의무라고 생각했다는 거야. 나는 그런 광신자들은 별로야. '이렇게 외지고 구석진 곳에서 어떻게 살 수 있어?'라고 필리파한테 물어봤지. 걔가 뭐라고 했는지 알아?"

"아마 내가 글렌세인트메리 마을에 대해 말하는 것과 같겠지. 그곳이 세상에서 살 만한 유일한 곳이라고 말이야."

"어머, 그래? 네가 그런 곳에 만족하고 있는지는 몰랐어."

크리스틴이 미소를 지어 보였다.

'어휴, 이가 끔찍하게 많기도 하지!'

"앤, 더 폭넓은 경험을 해보고 싶진 않았어? 내가 기억하기론 너는 꽤 야심이 있었던 것 같은데. 레드먼드에 있을 때 제법 재치 있는 짧은 이야기를 몇 편 쓰지 않았니? 물론 좀 환상적이고 기발하기는 했지만, 그래도….."

"그건 아직까지 요정 나라를 믿는 사람들을 위해 쓴 이야기였어. 그런 사람들은 놀랄 정도로 많고 요정 나라에서 온 소식을 알고 싶어 해."

"글 쓰는 일은 이제 그만둔 거야?"

"완전히 그만둔 건 아냐. 지금은 살아 있는 편지를 쓰지."

앤은 아이들을 생각하며 말한 것이지만 크리스틴은 뜻을 이해할 수 없어서 눈만 껌뻑거렸다.

'앤 셜리가 대체 무슨 말을 하는 거지? 하지만 쟤는 레드먼드에 있을 때도 알아들을 수 없는 말을 하는 걸로 유명했잖아. 얼굴은 놀랄 만큼 전과 다를 게 없지만 아마 결혼하면 생각도 멈추는 여자들 중 하나일 거야. 가엾은 길버트! 길버트가 레드먼 드에 오기 전에 앤이 먼저 낚아챈 거잖아. 그는 앤한테서 도망 갈 기회를 끝내 잡지 못한 거야.'

"요즘도 필로피너*를 하는 사람이 있나요?"

마침 쌍둥이 아몬드를 발견한 머리가 물었다. 크리스틴이 길 버트에게 고개를 돌리고 물었다.

"우리가 언젠가 했던 거 기억나?"

'지금 두 사람이 의미심장한 표정으로 마주 본 게 맞지?'

길버트가 되물었다.

"내가 그걸 잊어버렸을 것 같아?"

두 사람은 "기억나?"라는 말의 홍수 속에 빠져들었고, 그동안 앤은 찬장 위에 걸려 있는 물고기와 오렌지 그림만 바라보았다. 앤은 길버트와 크리스틴이 그렇게나 많은 추억을 지니고 있을 줄은 짐작조차 못 했다.

"함께 소풍 갔던 거 기억나?"

"흑인 교회에 갔던 날 밤 기억나?"

"가장무도회에 갔던 날 밤 기억나? 너는 스페인 귀부인으로 분장했잖아. 검은색 벨벳 드레스를 입고 레이스 망토를 걸친 다 음 손에 부채를 들었지."

길버트는 세세한 것까지 전부 기억하는 것 같았다.

'그런데 결혼기념일은 잊어버리다니!'

---

* 아몬드처럼 씨가 두 개인 견과류를 두 사람이 나누어 먹고, 다음에 만났을 때 먼저 '필로피너'라고 말한 사람이 상대방에게 선물을 받는 놀이

모두가 응접실로 돌아오자 크리스틴은 창밖으로 시선을 돌렸다. 어두운 포플러나무 뒤로는 동쪽 하늘이 옅은 은빛으로 빛나고 있었다.

"길버트, 우리 정원으로 산책하러 가자. 9월에 뜨는 달의 의미를 다시 듣고 싶어."

'9월에 뜨는 달에만 무언가 각별한 의미가 있다는 건가? 다시라는 건 또 무슨 소리야? 전에도 그 의미를 들어봤다는 거야? 그것도 길버트한테?'

두 사람은 밖으로 나갔다. 앤은 보기 좋게 무시당한 기분이 들었다. 앤은 정원이 내다보이는 의자에 앉았다. 물론 그런 이유로 그 의자를 골랐다고 인정하지는 않겠지만…. 잠시 후 크리스틴과 길버트가 오솔길을 걸어가는 모습이 보였다.

'서로에게 무슨 말을 하는 걸까? 대부분 크리스틴이 말을 하는 것 같아. 길버트는 감정이 북받쳐 아무런 말도 못 하고 있는 거겠지? 길버트는 저 달빛을 받으며 나와는 관계없는 추억에 잠겨 미소를 짓는 것일까?'

앤은 길버트와 단둘이 에이번리에서 달빛 비치는 정원을 걸었던 숱한 밤들을 떠올렸다. 길버트가 모든 걸 까마득히 잊은 것 같아서 속이 탔다.

크리스틴은 하늘을 올려다보았다. 물론 자기의 곱고 새하얀 목을 보여주려는 의도였다. 앤은 의아해졌다.

'달이 뜨는 데 이렇게 오래 걸린 적이 있었던가?'

마침내 두 사람이 돌아오자 다른 사람들도 하나둘씩 응접실로 모여들었다. 대화가 오가고, 웃음꽃이 피고, 음악이 흘렀다.

크리스틴이 노래를 불렀다. 원래 재능이 있었던지라 꽤나 듣기 좋았다. 눈동자는 길버트를 향해 있었다.

"추억의 저편이 된 그리운 지난날이여."

길버트는 안락의자에 등을 기대고 앉아 조용히 귀를 기울이고 있었다.

'그리운 지난날을 아쉬워하며 되새기는 모양이야. 크리스틴과 결혼했다면 어떤 삶을 살았을지 그려보는 걸까? 전에는 길버트가 무슨 생각을 하는지 알 수 있었는데…. 아, 머리가 아파지기 시작하네. 여기서 빨리 나가지 않으면 고개를 들고 소리를 질러댈 것 같아. 기차 시간이 얼마 남지 않아서 다행이야.'

앤이 집에 돌아가려고 아래층으로 내려왔을 때 크리스틴과 길버트는 현관에 서 있었다. 갑자기 크리스틴이 손을 내밀더니 길버트의 어깨에서 나뭇잎을 떼어냈다. 사랑스럽게 어루만지는 듯한 몸짓이었다.

"길버트, 잘 지내는 거지? 몹시 피곤해 보여. 몸을 너무 혹사하면서 사는 것 같아."

공포가 파도처럼 앤에게로 밀려왔다. 길버트는 피곤해 보였다. 정말 피곤해 보였다. 크리스틴이 말하기 전까지 그걸 알아차리지 못하다니! 그 순간의 굴욕은 절대 잊지 못할 것 같았다.

'나도 길버트를 너무 당연한 존재로 여기면서 길버트가 나를 그렇게 여긴다고 비난하고 있었어.'

크리스틴이 앤을 돌아보았다.

"앤, 다시 만나서 정말 반가웠어. 꼭 옛날로 돌아간 것 같네."

"나도 그래."

"그런데 길버트가 좀 피곤해 보인다. 네가 잘 돌봐줘. 너도 알다시피 내가 네 남편을 정말 좋아했던 때가 있었잖아. 내 남자 친구들 중에서 가장 멋진 사람이었지. 하지만 내가 길버트를 빼앗은 건 아니니까 날 용서해주길 바라."

앤은 다시 얼어붙었다.

"네가 그러지 않아서 길버트가 서운해할지도 모르겠네."

앤은 크리스틴도 익히 잘 알고 있는 레드먼드 시절의 '여왕 같은 위엄'을 드러내며 이렇게 말한 뒤 역까지 데려다주려고 기다리던 파울러 선생의 마차에 올라탔다.

"너는 참 재미있는 애야!"

크리스틴이 아름다운 어깨를 으쓱했다. 그러고는 재미있어 견딜 수 없다는 표정으로 두 사람이 떠나는 모습을 지켜보았다.

41장

"오늘 밤 모임은 어땠어?"

길버트가 물었다. 앤이 기차에 오르도록 손을 잡아주면서도 말은 전보다 더 건성이었다.

"응, 재밌었어."

대답은 이렇게 했지만, 사실 앤은 제인 웰시 칼라일*의 멋진 시구절처럼 "괴로움 속에서 저녁을 보낸" 기분이었다.

길버트가 여전히 멍한 얼굴로 물었다.

"머리는 왜 그렇게 했어?"

"요즘 유행하는 거야."

"글쎄, 다른 사람에게는 모르겠지만 당신에게는 어울리지 않

---

* 스코틀랜드 작가(1801-1866)로 문학성이 뛰어난 편지를 남겼다.

는 것 같아."

"아, 내 머리가 빨간색이라 참 미안하네."

앤이 차갑게 대꾸했다.

길버트는 더 이상 위험한 화제를 꺼내지 않는 편이 현명하다
고 생각했다. 앤은 전부터 머리카락 문제에서만큼은 유달리 예
민하게 반응하지 않았던가. 어쨌든 지금은 너무 피곤해서 말할
기운도 없었다. 길버트는 좌석에 머리를 기대고 눈을 감았다.
앤은 길버트의 귀 위쪽에 흰머리가 났다는 걸 그제야 알아차렸
다. 하지만 앤의 마음은 이미 굳게 닫혀 있었다.

두 사람은 글렌세인트메리역에서 잉글사이드로 가는 지름길
을 따라 말없이 걸었다. 가문비나무와 고사리가 내뿜는 향긋한
내음이 그들을 에워쌌다. 이슬 젖은 들판 위로 달이 빛났다. 두
사람은 낡고 버려진 집 앞을 지나갔다. 한때 불빛이 춤추던 창
문은 쓸쓸히 부서져 있었다.

'꼭 내 인생 같네.'

앤은 한숨을 쉬었다. 이제는 세상 모든 것이 쓸쓸하게만 다가
왔다. 두 사람을 지나쳐 잔디밭 위로 날아간 새하얀 나방도 희
미한 옛사랑의 유령처럼 보여서 마음이 서글펐다. 그때였다. 앤
은 크로케 골대에 발이 걸려 하마터면 풀협죽도 덤불로 곤두박
질칠 뻔했다.

'애들이 도대체 왜 이걸 여기 놓아둔 걸까? 내일 단단히 주의
를 줘야겠어!'

길버트는 "어이쿠" 하면서 한 손으로 앤을 잡아주었다. 9월에
뜨는 달의 의미를 생각하고 있을 때 크리스틴이 넘어질 뻔했어

도 이처럼 무심하게 행동했을까?

집으로 들어가자 길버트는 곧장 진찰실로 가버렸고, 앤은 말 없이 침실로 올라갔다. 차디찬 은색 달빛이 고요하게 바닥을 비추고 있었다. 앤은 열린 창문으로 다가가 밖을 내다보았다. 카터 플래그네 개가 분풀이라도 하듯 있는 힘을 다해 짖고 있었다. 롬바디포플러의 잎사귀는 달빛을 받아 은색으로 반짝였다. 오늘 밤에는 이 집도 앤 주위에서 수군거리는 듯했다. 이제 더는 앤의 친구가 아니라는 듯한 태도였다.

앤은 속상하고 춥고 공허했다. 인생의 황금기는 어느덧 시들어버렸다. 이제는 그 무엇도 아무런 의미가 없었다. 모든 것이 서먹서먹하고 현실과 멀어진 것 같았다.

저 멀리 아래쪽에서는 파도와 해변이 세상에서 가장 오래 지속해온 밀회를 나누고 있었다. 아담한 꿈의 집이 보였다. 노먼 더글러스가 가문비나무 덤불을 잘라낸 덕분이다. 저곳에서 얼마나 행복했던지. 둘만의 집에서 함께 꿈을 그리고 안아주며 아무 말 없이 함께 있는 것만으로도 가슴이 벅차오르지 않았던가! 아침마다 두 사람의 삶을 물들이던 모든 색깔들! 길버트는 오직 한 여자에게만 보여주는 미소를 두 눈 가득 담고 앤을 바라보았다. 날마다 새로운 표현을 찾아내 사랑한다고 고백하면서 슬픔도, 웃음도 함께 나누었다.

그러던 길버트가 지금 앤에게 점점 싫증을 내고 있었다. 남자들은 항상 그래왔고 앞으로도 그럴 것이다. 길버트만은 예외라고 생각했지만 이제야 그 진실을 알았다. 이렇듯 변해버린 삶에 적응하려면 어떻게 해야 하는 것일까?

'그래, 아이들이 있지. 이 아이들을 위해 살아야 해. 그리고 이런 사실을 아무도 알게 해서는 안 돼. 아무도! 나는 남에게 동정 따위는 받지 않을 거야. 그런데 이게 무슨 소리지?'

누군가 계단을 올라오고 있었다. 한 걸음에 세 계단씩 올라오는 소리였다. 아주 오래전에 길버트가 꿈의 집에서 그랬던 것처럼…. 그 뒤로 오랫동안 길버트는 그런 행동을 하지 않았다. 그러니 길버트일 리는 없다. 아니, 길버트다!

길버트가 방으로 뛰어들어 탁자에 작은 꾸러미를 던져놓고 앤의 허리를 감싸 안더니 흥분한 남학생처럼 방 안을 빙글빙글 돌면서 왈츠를 췄다. 한참을 그러다가 마침내 가쁜 숨을 몰아쉬며 은색 달빛이 쏟아지는 곳에서 멈췄다.

"앤, 내가 옳았어. 감사합니다, 하느님! 내가 옳았어! 개로 부인은 이제 괜찮을 거야. 전문의가 그렇게 말했어."

"개로 부인이라고? 길버트, 뜬금없이 무슨 말이야? 왜 이렇게 정신없이 굴어?"

"내가 말 안 했던가? 분명히 말한 것 같은데? 아니, 너무 괴로운 일이라 입 밖에 내지 않았던 것 같네. 지난 두 주 동안 그 일로 죽을 만큼 걱정했어. 잘 때나 깨 있을 때나 다른 건 생각할 수도 없을 정도였지. 개로 부인은 로브리지에 사는데 파커 선생에게 치료를 받고 있어. 그런데 파커가 내게 의견을 물어서 나도 부인을 진찰했고 파커와 다른 진단을 내렸어. 그 일로 우리 두 사람은 거의 싸울 뻔했지. 나는 내가 옳다고 확신했어. 그래서 아직 희망이 있다고 주장한 거야. 결국 우리는 부인을 몬트리올로 보내서 치료받게 했어. 그러면서도 파커는 부인이 살아서는 돌아오지 못할 거라고 했지. 그녀 남편은 나를 보기만 하면 총으로 쏴버릴 듯 굴었어. 그러니 부인이 떠나고 난 다음부터 신경이 완전히 곤두서 있을 수밖에. 내가 잘못 진단한 것은 아닌지, 부인에게 쓸데없는 고통을 준 것은 아닌지 걱정이 태산이었지. 그런데 오늘 진찰실에 들어갔더니 편지 한 장이 와 있는 거야. 내가 옳았어. 수술이 잘 끝났대. 이제 살 수 있는 가능성이 높아진 거라고! 이봐요, 앤 아가씨. 나는 지금 달도 뛰어넘을 것 같은 기분이야. 적어도 20년은 젊어진 것 같아."

앤은 웃어야 할지 울어야 할지 몰랐다. 그래서 웃음을 택했다. 다시 웃을 수 있어서 좋았다. 웃고 싶은 기분이 드는 게 진심으로 좋았다. 세상이 순식간에 밝아졌다.

"그래서 오늘이 우리 결혼기념일인 걸 잊고 있었던 거구나?"

앤이 놀렸다. 그러자 길버트는 앤을 잠시 놓아주고는 탁자에 던져놓았던 조그만 꾸러미를 향해 달려갔다.

"아니, 잊지 않았어! 두 주 전에 이걸 토론토에 주문했는데, 어젯밤까지도 오지 않은 거야. 오늘 아침 당신에게 줄 게 없으니 너무 민망해서 결혼기념일 이야기를 꺼낼 수도 없었어. 다행히 당신은 잊고 있는 것 같더라. 사실 그러기를 바랐지. 그런데 진찰실에 갔더니 파커의 편지 옆에 이 선물이 놓여 있지 뭐야. 자, 마음에 드는지 얼른 열어봐."

속에 든 것은 작은 다이아몬드가 박힌 목걸이였다. 달빛을 받자 살아 있는 것처럼 반짝거렸다.

"길버트, 나는…."

"어서 목에 걸어봐. 오늘 아침에 왔으면 좋았을 텐데. 그러면

그 낡은 에나멜 목걸이 대신 이걸 걸고 갈 수 있었을 거야. 하지만 새하얀 목의 오목한 부분에 목걸이가 자리 잡은 모습이 참 멋있어 보이기는 했어. 그런데 앤, 왜 그 초록색 드레스를 입지 않은 거야? 나는 그 옷이 좋아. 당신이 레드먼드에서 입었던 장미꽃 드레스가 생각나거든."

'길버트는 내가 무슨 드레스를 입었는지도 기억하고 있었구나! 게다가 예전 레드먼드 시절 그렇게 감탄했던 낡은 드레스까지도 잊지 않았어!'

앤은 덫에서 풀려난 새 같은 기분이었다. 앤은 다시 날고 있었다. 길버트의 팔이 앤을 감싸고 있었다. 달빛 아래 길버트의 눈이 앤을 똑바로 바라보고 있었다.

"길버트, 정말 나를 사랑해? 당신한테 내가 그저 익숙한 존재는 아니지? 너무 오랫동안 당신이 내게 사랑한다는 말을 해주지 않아서…"

"사랑하는 앤! 내가 굳이 말하지 않아도 당신이 그걸 모를 리 없다고 생각했어. 난 당신 없이 살 수 없어. 당신은 언제나 내게 힘을 주거든. '백 년을 한결같이 속 썩이지 않고 잘해준다.'* 당신에게 꼭 들어맞는 성경 구절이야."

방금 전까지만 해도 잿빛으로 어리석어 보였던 삶이 황금빛으로, 장밋빛으로, 무지갯빛으로 바뀌었다. 다이아몬드 목걸이가 바닥에 떨어졌지만 한동안 전혀 마음 쓰이지 않았다. 물론 다이아몬드는 아름다웠다. 하지만 세상에는 더 아름다운 것이

• 구약성경(공동번역)의 잠언 31장 12절에 나온 표현

정말 많다. 믿음과 평화와 즐거운 일들, 웃음과 친절, 견고한 사랑이라는 오래된 안정감….

"아, 길버트! 이 순간을 영원히 간직하고 싶어!"

"이런 순간은 앞으로도 계속될 거야. 앤, 우리 두 번째 신혼여행을 갈 때가 된 것 같아! 내년 2월에 런던에서 큰 학회가 있을 예정이야. 우리 함께 다녀오자. 일정을 마친 다음에는 유럽을 좀 더 둘러보는 거야. 둘만의 휴가를 즐기는 거라고. 우리 연인으로 돌아가자. 다시 결혼하는 기분이 들겠지? 당신은 오랫동안 당신답지 못하게 지냈잖아."

"알고 있었구나."

"당신은 너무 많이 일했고, 지쳐 있어. 이젠 변화가 필요해."

"당신도 마찬가지야. 당신이 얼마나 힘든지 내가 그동안 어리석게도 알아채지 못하고 있었어."

"의사는 자기 아내에게 약도 주지 않는다는 말처럼 행동하고 싶지는 않아. 푹 쉬면서 기운을 찾고 돌아오자. 유머 감각도 완전히 되찾아야겠지? 자, 목걸이를 걸어봐. 그리고 난 좀 자야겠어. 졸려서 죽을 지경이야. 몇 주 동안 제대로 못 잤거든. 쌍둥이도 태어났고, 개로 부인 문제도 있었으니까."

"그런데 오늘 밤 정원에서 크리스틴하고 무슨 이야기를 그렇게 오래 했어?"

앤이 다이아몬드 목걸이를 걸고 공작새처럼 거울 앞을 오가다가 물었다. 길버트가 하품을 했다.

"글쎄, 잘 모르겠어. 크리스틴이 말을 너무 빨리 해댔거든. 하지만 한 가지는 기억나. 벼룩이 자기 몸길이의 이백 배를 뛰어오를 수 있대. 앤, 알고 있었어?"

'내가 질투로 몸부림치고 있을 때 두 사람은 벼룩 이야기를 했던 거로구나. 난 어쩜 그렇게 바보같이 굴었을까!'

"도대체 어쩌다가 벼룩 이야기를 하게 된 거야?"

"기억이 안 나네. 아마 도베르만핀셔 이야기를 하다가 그랬던 것 같아."

"도베르만핀셔라고? 그게 도대체 뭔데?"

"개야. 멍멍 짖는 그거. 새로운 품종이라던데? 크리스틴은 개 전문가라도 된 것 같아. 나는 개로 부인 일을 생각하느라 크리스틴이 무슨 얘기를 했는지 잘 기억이 안 나. 무슨 콤플렉스니 억압이니 하는 말을 했는데, 새로 뜨는 심리학이래. 그리고 미술이니, 취미니, 정치니…. 아, 개구리 이야기도 했어."

"개구리라고?"

"위니펙의 한 연구자가 하는 무슨 실험 이야기였어. 크리스틴은 원래 재미있는 사람이 아니었는데 그동안 더 지루해졌더라고. 게다가 아주 못되게 굴잖아! 전에는 안 그랬는데."

앤이 모른 척하며 물었다.

"무슨 말을 했길래 못됐다는 거야?"

"눈치 못 챈 거야? 아, 그럴 수도 있겠지. 당신에게는 그런 면이 전혀 없으니까. 뭐, 그건 아무래도 상관없어. 그리고 웃음소리도 신경에 좀 거슬리더라고. 게다가 살도 쪘어. 고맙게도 당신은 아직까지 살이 찌지 않았지, 앤 아가씨."

앤이 너그럽게 말했다.

"어머, 크리스틴이 그렇게 살이 찐 것 같지는 않았는데? 그리고 여전히 아주 예쁘던걸?"

"뭐, 그렇기는 하지. 하지만 얼굴이 많이 상했어. 당신하고 동갑인데 열 살은 더 들어 보여."

"그런데도 크리스틴한테 영원한 젊음이라느니 어쩌니 했네!"

길버트는 멋쩍은 듯 씩 웃었다.

"그런 자리에서는 뭔가 예의 바른 말을 해야 하잖아. 약간의 위선 없이는 문명사회가 존재할 수 없는 거야. 뭐, 크리스틴이 나쁜 사람은 아니니까. 요셉을 아는 자에 속하지 않는 건 분명해. 소금이 약간 빠진 듯 싱거운 사람이지. 하지만 그건 크리스틴 잘못이 아니잖아. 그런데 이건 뭐야?"

"내가 주는 결혼기념일 선물이야. 이걸 받으려면 먼저 내게 1센트를 줘야 해. 난 어떤 위험도 감수하고 싶지 않거든. 내가 오늘 저녁에 괴로움을 참느라 얼마나 애를 먹었는줄 알아? 크리스틴에게 질투가 나서 죽을 것 같았다고!"

길버트는 진심으로 놀란 표정이었다. 앤이 누군가를 질투하리라고는 전혀 생각을 못 했기 때문이다.

"아니, 앤 아가씨. 당신이 질투 같은 걸 했단 말이야?"

"당연하지. 오래전에 당신이 루비 길리스하고 편지를 주고받았을 때도 거의 미칠 지경이었는데."

"내가 루비 길리스하고 편지를 주고받았던가? 다 잊어버렸는데. 가엾은 루비! 가만, 앤. 로이 가드너 일은 어떻고? 숯이 검정 나무라서는 안 되지."

"로이 가드너? 얼마 전 필리파한테서 편지가 왔는데 그가 피둥피둥 살이 쪘더래. 그리고 머리 선생이 자기 분야에서 꽤나 유명하다고는 하지만 외모는 꼭 막대기 같았어. 파울러 선생은 도넛 같았고. 당신은 아주 세련되고 잘생겼잖아. 그 사람들 옆에 섰을 때는 특히 더 그래."

"아, 고마워. 진심이야. 아내에게 듣고 싶은 칭찬이네. 답례를 하자면, 나도 오늘 밤 당신이 유난히 아름다웠다고 생각해. 내가 안 좋아하는 드레스를 입었지만 그런 건 눈에 띄지도 않았어. 살짝 홍조를 띤 얼굴에 눈은 또 얼마나 아름답던지. 아, 정말 멋졌어! 이제 좀 피곤하네. 피곤할 때 침대만 한 곳은 없겠지. 이런 성경 구절도 있잖아. '내가 평안히 눕고 자기도 하리니.'* 옛날 주일학교에서 배웠던 구절이 이렇게 기억난다는 건 참 놀라운 일이야! 아무튼 평안히, 눕고, 자야지…."

길버트는 말을 채 마치기도 전에 잠들었다. 지쳐버린 내 사랑 길버트! 지금도 세상에서는 아기들이 태어나고 누군가는 하늘나라로 가겠지만 오늘 밤만은 무슨 일이 있어도 그의 잠을 깨워서는 안 된다. 전화벨 따위 마음껏 울리라지.

앤은 잠이 오지 않았다. 더없이 행복해서 아직은 잠을 잘 수 없었다. 조용히 방 안을 돌아다니면서 물건을 정리하고 머리를 땋기도 했다. 넘치도록 사랑받는 여인의 표정이 얼굴에 그대로 드러났다. 앤은 마침내 잠옷으로 갈아입고 복도를 건너가 아들들의 방으로 갔다. 월터와 잼은 함께 쓰는 침대에서 잠들었으며 셜리는 아기 침대에서 곤히 자고 있었다. 장난꾸러기 새끼 고양이 시절을 지나 어느덧 가족의 일원이 된 슈림프는 셜리의 발치

---

* 구약성경의 시편 4편 8절에 나온 표현

에서 웅크리고 있었다.

이불 위에 책이 펼쳐진 채 놓여 있는 것을 보니 젬은 『짐 선장의 인생록』을 읽다가 잠이 든 것 같았다. 젬의 키가 무척 커 보였다. 머지않아 젬도 어른이 될 것이다. 어쩌면 이렇게 씩씩하고 믿음직스럽게 컸는지! 월터는 멋진 비밀이라도 간직한 듯 미소를 머금고 있었다. 창살 사이로 스며든 달빛이 월터의 베개를 비추었다. 머리 위쪽 벽에 걸린 십자가가 긴 그림자를 드리웠다. 오랜 세월이 지난 뒤 앤은 이 십자가를 떠올리며 쿠르셀레트* 전선의 전조, 즉 프랑스 어딘가에 있는 무덤을 미리 본 것이 아니었나 생각했다. 하지만 그날 밤 그것은 단지 그림자였을 뿐이다. 셜리의 목에 났던 발진은 거의 가라앉았다. 길버트의 말이 맞았다. 그는 언제나 옳았다.

낸과 다이와 릴라는 옆방에 있었다. 다이는 햇볕에 그을린 손을 뺨에 대고 잠들었다. 촉촉하고 사랑스러운 빨간색 곱슬머리가 풍성하게 자라 있었다. 낸의 긴 속눈썹은 부채처럼 펼쳐져 있었다. 푸른 실핏줄이 비치는 눈꺼풀이 아빠를 닮아 옅은 갈색인 눈동자를 덮고 있었다. 릴라는 엎드려 자고 있었다. 앤이 바로 뉘여도 꼭 감은 눈을 뜨지 않았다.

아이들은 무척 빨리 자랐다. 몇 년 뒤면 다들 청년이 되고 아가씨가 될 것이다. 청춘은 가슴 벅찬 기대를 품고 별처럼 달콤하면서 자유분방하게 빛나며 발돋움할 것이다. 그들이 탄 작은 배는 안전한 항구를 벗어나 낯선 곳으로 항해를 떠나겠지. 남자

---

* 제1차 세계대전 때 캐나다군이 격전을 벌였던 프랑스의 한 지역

아이들은 저마다 평생을 바칠 일터로 갈 테고, 여자아이들은 안개 같은 베일을 쓰고 아름다운 신부 차림으로 잉글사이드의 오래된 계단을 내려오겠지. 하지만 앞으로 몇 년 동안 이 아이들은 내 품속에 있다. 사랑하고 이끌어주며 많은 어머니들이 불러왔던 노래를 들려줘야 할 내 아이들이자 길버트의 아이들이다.

앤은 방을 나와 복도 끝 내닫이창 쪽으로 갔다. 모든 의심과 질투와 분노는 이지러지는 달과 함께 사라졌다. 어느새 자신 있고 명랑하고 쾌활한 앤으로 돌아왔다.

"블라이드! 지금 내 기분은 블라이드*야. 퍼시피크에게 길버트가 많이 나아졌다는 말을 들었던 그날 아침과 똑같아."

앤은 유치한 말장난을 하면서 웃었다.

창문 아래쪽으로 신비롭고 아름다운 밤의 정원이 펼쳐졌다. 멀리 보이는 언덕은 달빛으로 희미해져 한 편의 시 같았다. 이제 몇 달만 있으면 안개 낀 스코틀랜드 언덕의 달빛을 보게 될 것이다. 멜로즈, 폐허가 된 케닐워스의 성, 셰익스피어가 머물렀던 에이번 교회…. 어쩌면 콜로세움과 아크로폴리스 그리고 멸망한 제국의 곁을 흐르는 서글픈 강물, 그 수면에 비친 달빛도 보게 될 것이다.

서늘한 밤이었다. 머지않아 매섭고 차가운 가을이 올 것이다. 그런 다음 하얀 눈이 수북이 쌓이고 바람과 폭풍우가 사납게 몰아치는 겨울밤이 찾아올 것이다. 하지만 뭐가 걱정이겠는가? 은

---

* 자기 성인 Blythe와 '쾌활한', '행복한'이라는 뜻의 blithe가 발음이 같은 것에서 착안한 말장난

총이 넘치는 방은 난롯불의 마법으로 따스할 것이다. 얼마 전에도 벽난로에서 태울 사과나무 장작을 구해오겠다고 길버트가 말하지 않았던가? 미리 마련해둔 땔감이 앞으로 다가올 잿빛 날들을 밝혀줄 것이다. 무엇보다 사랑이 맑고 밝게 타오르며 봄도 다가오는데, 세차게 불어오는 눈이나 살을 에는 듯한 바람 따위를 걱정할 필요가 있을까? 앞으로 걸어갈 길에는 인생의 작고, 감미로운 것들이 가득 뿌려져 있는데.

앤은 창문에서 몸을 돌렸다. 머리를 두 가닥으로 길게 땋고 흰색 잠옷을 입은 앤은 초록지붕집과 레드먼드와 꿈의 집에서 보던 그 모습이었다. 그 시절 앤의 내면에서 반짝거리던 빛이 온몸에서 비치고 있었다. 열려 있는 문을 통해 아이들의 부드러운 숨소리가 들려왔다. 코골이와 거리가 멀었던 길버트도 지금은 확실히 코를 골고 있었다. 앤은 빙긋 웃었다. 크리스틴이 했던 말이 생각난 것이다. 비웃음의 작은 화살을 쏘아 보냈지만 정작 본인은 아이가 없어 가엾은 크리스틴. 앤은 기쁨에 겨워 되뇌었다.

"그래, 가족이 제일이지!"

앤이 살던 시대의 관습과 문화

✱ 설레는 연애와 짜릿한 결혼

앤은 종종 상대에게 마음이 있지만 고백할 용기가 나지 않아 마음만 졸이던 남녀 사이를 이어주는 큐피드 역할을 했다. 길버트는 앤이 이처럼 부담스러운 일에 끼어들지 않기를 바랐지만, 앤은 그동안 자기가 맺어준 부부들의 이름을 죽 나열하면서 그들 모두 행복하게 살아간다고 항변했다. 이후 앤은 스텔라와 올던이 이미 약혼한 줄도 모르고 둘을 이어주고자 파티를 열었다(6권). 두 사람 사이가 자연스럽게 가까워질 만한 계기를 마련해주려고 했던 것이다.

유럽 사람들이 정착한 뒤로 캐나다에서는 기독교 결혼문화가 자리 잡았다. 당시에는 같은 집단 안에서 결혼하는 풍습이 있었기 때문에 결혼 상대를 고를 때 경제적 여건뿐 아니라 인종, 종교, 사회적 계급 등을 고려했다. 상류층 일부는 정략결혼을 했지만 대부분은 자기가 직접 배우자를 선택했는데, 그렇다고 해서 남녀가 자유롭게 교제하고 결혼할 수 있었던 것은 아니다. 가족과 지역사회가 개인의 이성교제에 커다란 영향력을 끼쳤기 때문이다. 특히 젊은 여성은 스스로 배우자를 선택했더라도

1905년경 캐나다 온타리오주에서 열린 결혼식

부모의 승낙을 받아야 결혼할 수 있었다. 이성에게 호감을 드러내는 일은 물론이거니와 자연스럽게 어울리는 데도 갖가지 제약이 있었다. 물론 부모의 반대를 무릅쓰고 결혼하기도 했는데, 그럴 경우 당사자는 가족과 관계가 소원해질 각오를 해야 했다.

　1880년대에 이르자 사회 분위기가 점점 개방적으로 바뀌고 부모의 통제력이 약해지면서 이성교제와 결혼은 개인의 감정을 존중하는 방향으로 흘러갔다. 청년 클럽이나 교회 모임 등 젊은이들이 모여 활동할 기회가 늘어난 것도 변화에 한몫했다. 혁명과 견줄 만한 교통수단의 발전으로 도시 인구가 늘어나면서 이런 분위기가 확산되었고, 결혼은 점점 공적 영역이 아닌 사적 영역으로 여겨졌다.

당시 결혼식은 대부분 종교 의식으로 치렀다. 빨간 머리 앤 시리즈에 종종 등장하는 결혼식에서도 목회자가 주례를 맡은 장면을 볼 수 있다. 결혼식을 마치고 신혼여행을 가는 관습은 19세기에 서서히 정착되었다. 초기에는 부유층의 전유물이었으나 1850년대 이후 모든 계층으로 퍼졌다. 신혼여행의 목적도 달라져서 초기에는 친분을 쌓기 위해 먼 지역의 친척들이나 친구들을 방문했지만, 19세기 말에는 신혼부부의 개인 휴가 성격을 띠게 되었다.

　가톨릭교에서는 한번 부부가 되면 죽을 때까지 관계가 유지된다고 믿었던 반면 개신교에서는 제한된 여건에서 이혼과 재혼을 허용했다. 하지만 실제로 이혼하는 사례는 극히 드물었다. 이를 증명하듯 제2차 세계대전 전까지 캐나다는 세계에서 이혼율이 가장 낮은 나라에 속했다.

19세기 말 캐나다 가정의 모습

✱ 손님 초대 문화

앤은 수전 베이커와 함께 메리 마리아 고모의 생일잔치를 준비하고 사람들을 초대한다. 두 사람은 누구도 흠잡을 수 없는 잔치를 치르기 위해 정성껏 음식을 마련하고 식탁을 멋지게 장식한다(6권). 에이번리에서 살았을 때도 앤은 종종 귀한 손님을 집에 초대해서 극진히 대접했다. 유명 작가가 방문하기로 했을 때는 샬럿타운에 사는 조지핀 배리 할머니에게 값비싼 접시를 빌리기도 했다(2권).

캐나다에서 집에 손님을 초대하는 일은 무척 중요한 행사였다. 상류층은 사회적 지위와 부를 과시하고자 아마포로 감싸고 호화롭게 장식한 식탁 위에 영국에서 수입한 식기를 놓아두었다. 응접실과 주방은 수정으로 만든 장식품과 장인이 직접 짠 가구로 꾸몄다. 영국에서 들여온 그랜드피아노를 놓아둔 집도 있었는데, 평소에는 거의 쓰지 않다가 손님이

캐나다 유콘주 도슨시의 한 가정에서 손님을 초대해 생일잔치를 하는 모습(1900년)

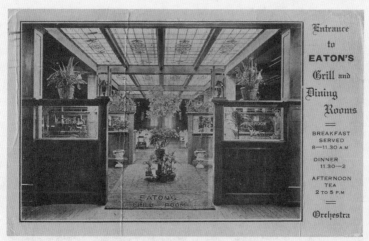

이튼 백화점 레스토랑 안내 엽서(1912년)

올 때만 뚜껑을 열어두기도 했다.

서민층에서도 손님 초대 자리는 안주인이 자기의 요리 솜씨를 뽐낼
수 있는 기회의 장이 되었다. 모임을 마치면 그 집에서 어떤 음식을 내놓
았는지 금세 온 마을에 소문이 돌았다. 초록지붕집을 방문한 사람들은
마릴라가 만든 자두절임에 감탄하곤 했다(2권).

이런 모임은 초대받은 손님에게도 무척 중요한 자리였다. 예의범절을
지키지 않거나 실수라도 하면 구설수에 오르기 때문이다. 특히 안방은
손님에게 공개하지 않는 것이 관례라서 주인이 먼저 안내해주지 않는
한 집 구경을 해도 되냐고 묻는 것은 큰 실례였다.

호텔과 고급 레스토랑이 출현하면서 집으로 손님을 초대하는 문화에
도 변화가 생겼다. 그런 곳에서 사람을 만나는 것이 부를 과시하는 수단
으로 자리 잡은 것이다. 예를 들어 앤의 결혼식 날 린드 부인과 다이애나
의 대화에 등장했던 이튼 백화점(5권) 레스토랑은 당시 화려한 실내장식
과 양질의 음식, 합리적인 가격으로 여성들의 마음을 사로잡았다. 어떤
지점의 매장은 하루에 5천 명이 방문할 만큼 인기를 끌었다고 한다.

19세기 중반 캐나다 온타리오주 농가의 부엌을 재현한 모습이다.
주부들은 왼쪽에 있는 오븐을 이용해 요리했다.

✱ 빨간 머리에 대한 편견

앤과 길버트는 행복한 가정을 이루었지만 두 사람의 첫 만남은 유쾌하
지 않았다. 길버트가 앤의 빨간 머리를 홍당무에 빗대어 놀리자 화가 난
앤이 석판으로 길버트의 머리를 내려쳤기 때문이다(1권).

어렸을 때 앤은 외모에 자신이 없었고 특히 자기의 머리색을 부끄러
워했다. 그래서 누군가 '빨간 머리'라는 말을 입에 담으면 상대가 어른이
더라도 발끈해서 대들었다. 머리색을 검게 바꾸고 싶어서 떠돌이 장사꾼
에게 산 염색약을 발랐다가 뜻대로 되지 않아 머리카락을 짧게 잘랐던
적도 있었다(1권). 당시 빨간 머리에 대한 인식이 어떠했기에 앤이 이처
럼 예민하게 군 것일까?

빨간 머리로 태어나는 사람은 인류의 1~2퍼센트 정도로 드물다. 유럽
에서는 평균보다 높은 2~6퍼센트인데 그중에서도 아일랜드인과 러시아
볼가강 유역에 사는 사람들에게서 많이 볼 수 있다. 유럽인들이 신대륙

〈성 막달라마리아〉(피에로 디 코시모, 1490년대)

으로 이주하면서 미국과 캐나다, 오스트레일리아 등에서도 빨간 머리가 종종 눈에 띈다. 인류학자들은 구석기 네안데르탈인이 지녔던 빨간 머리 유전자가 여러 경로를 거쳐 현생인류에 전해졌을 것이라고 추정한다. 빨간 머리인 사람은 피부가 창백하고 주근깨가 많으며 눈동자는 초록빛을 띠는 경향이 있다. 모두 앤의 외모와 일치하는 특징이다.

  희귀한 형질이다 보니 과거 유럽에서는 머리색이 붉은 사람을 별종으로 취급하거나 따돌리는 일이 잦았다. 고대 그리스와 로마에서는 빨간 머리가 노예를 연상시키는 이미지로 자리 잡았다. 중세 때는 마녀 혹은 흡혈귀의 상징으로 여겼다. 이들이 성을 밝힌다는 속설도 있어서 미술 작품에 등장하는 매춘부들의 머리 색깔은 대체로 빨간색이었다. 부활한 예수를 최초로 만났다고 성경에 기록된 여인 막달라마리아도 빨간 머리로 여겨졌다. 그녀가 예수를 따르기 전 매춘부였다고 기독교인들이 오랫동안 믿어왔기 때문이다. 스페인이나 이탈리아에서는 빨간 머리가 이단자 취급을 받았는데, 이 때문에 예수를 죽인 유대인과 스승을 배반한 가룟 유다의 머리가 빨간색이라는 고정관념이 생겼다. 특히 영국과 미국에서는 머리카락이 붉은 이들을 멍청하고 촌스러울 뿐 아니라 성욕이 왕성하며 고집불통인 사람으로 여겼다. 그래서 업신여김이 담긴 표현인 진저(Ginger)라고 부르며 차별하기도 했다. 그런데 이는 역사적 사건과 관련이 깊다. 영국의 지배를 받는 동안 많은 아일랜드인이 해외로 나가 일자리를 구했다. 특히 19세기 중반 대기근이 발생하자 100만 명 이상이 미국을 비롯한 신대륙으로 이주했다. 이들 대부분은 이주한 나라에서 허드렛일을 하며 살았고 그러다 보니 사회적 편견이 굳어진 것이다. 이런 상황을 이해하면 누가 자기를 빨간 머리라고 놀렸을 때 앤이 거칠게 반응한 이유를 충분히 짐작할 수 있을 것이다.

  오늘날에도 일부 문화권에는 빨간 머리에 대한 편견이 여전히 남아 있다. 한때 미국의 일부 청소년들 사이에서 '빨간 머리를 때리는 날'(Kick A Day)이 유행하기도 했다. 이런 선입견과 차별을 없애고 자부심과 연

빨간 머리 축제를 즐기는 사람들

대감을 불어넣기 위해 해마다 네덜란드에서는 '빨간 머리 축제'(Redhead Day)가 열린다. 이 일을 처음 시작한 사람은 네덜란드 아스텐에 살던 화가 바르트 로벤호르스트였다. 유명 화가들의 빨간 머리 여인 그림에 매료된 그는 2005년 빨간 머리 그림 전시회를 계획하고 지역 신문에 모델을 찾는다는 광고를 냈다. 그런데 필요한 모델은 15명이었는데 지원한 사람은 무려 150명이었다. 그는 14명을 직접 선정하고 나머지 1명은 추첨을 통해서 결정하기로 했는데, 이것이 빨간 머리 축제의 시작이었다. 2007년부터는 지자체가 주관하는 국제 행사로 발전했으며, 해마다 8월 마지막 주에 열리는 축제 기간에는 80여 개국에서 온 수천 명의 빨간 머리들과 관광객 수만 명이 어우러져 다양한 행사를 벌인다.

✱ 금주운동, 술 권하지 않는 사회
앤의 단짝 친구 다이애나는 어린 시절 초록지붕집에 놀러갔다가 실수로 마릴라가 담근 과실주를 마시고 취한 적이 있었다(1권). 저자인 몽고메리는 이 사건을 묘사하면서 고지식한 마을 사람들이 애초에 마릴라가 술 담그는 것 자체를 못마땅하게 여겼다고 썼다. 판매하지도 않았는데 단지 술을 빚었다는 이유로 눈총을 받은 이유는 무엇일까?

17세기 후반부터 북아메리카대륙에서는 술이 음료와 약으로 널리 쓰였으며 음주 문화가 자리를 잡았다. 특히 19세기 중반의 기록을 보면 캐나다 사람들이 워낙 술을 좋아하다 보니 생산성 저하와 폭력, 가계 빈곤 등의 사회문제가 심각했음을 알 수 있다. 그래서 술이 심신에 미치는 해독을 설명하고 술을 먹지 않도록 장려하는 금주운동이 시작되었다. 교회 목사까지 나서서 마릴라가 술 담그는 것을 반대한 이유는 바로 이런 사회 분위기 때문이었을 것이다.

1827년부터 나타나기 시작한 절주 또는 금주를 권장하는 단체는 1875년에 이르자 수백 개로 늘어났고, 이들이 모여서 연합을 결성하기도 했다. 이런 노력에 힘입어 1878년에는 지방정부가 자체적으로 술 판

미국 작가 너새니얼 커리어가 그린 금주운동을 지지하는 내용의 석판화(1846년)다.
술을 처음 접하는 순간부터 죽음에 이르는 과정을 풍자했다.

앨버타주에서 금주법이 제정되도록 촉구하는 주일학교 학생들(1912-1916년경)

매를 금지할 수 있게 허용한 '캐나다 금주법'(Scott Act)이 통과되었다. 1901년 최초로 금주법을 제정한 주 단위의 자치단체는 바로 빨간 머리 앤 시리즈의 무대인 프린스에드워드주였다. 이후 다른 자치령에서도 금주법을 제정하기 시작했다. 술을 제조하고 판매하는 것 외에 소지하는 것조차 금지되었으나 지역에 따라 가정에서 소량을 담그는 것 정도는 허용되기도 했다. 당시 알코올은 산업, 기계 정비, 예술품 제작, 의약품 등에 쓸 용도로 약국에서만 구입할 수 있었다.

금주법을 시행한 이후 음주 관련 범죄는 크게 줄어들었다. 하지만 곧 부작용이 나타났다. 몰래 담근 밀주나 가짜 술이 유통되었던 것이다. 그리고 합법적으로 술을 마실 수 있는 가장 손쉬운 방법은 의사의 처방을 받아 약국에서 구입하는 것이었기 때문에 휴가철에는 가짜 환자들로 병원이 문전성시를 이루기도 했다.

이처럼 금주법은 개인의 자유를 지나치게 침해하고, 경제활동을 왜곡하며, 주류의 불법 제조와 유통을 조장한다는 이유로 대부분의 주에서 1920년대에 폐지되었다. 캐나다에서 이 법을 가장 오래 유지한 지자체

온타리오주에서 경찰이 불법 주류를 단속하는 모습(1925년)

는 프린스에드워드주였는데, 1948년에야 금주법을 폐지했다.

　한편 이웃 나라 미국에서는 1920년부터 1933년까지 강력한 금주법을 시행했는데, 덕분에 캐나다의 주류 사업이 호황을 누리는 촌극이 벌어지기도 했다. 미국의 밀수업자들이 캐나다에서 생산한 술을 몰래 들여와 비싼 값에 팔았기 때문이다.

그린이 유보라

대학에서 애니메이션과 만화를 공부했다. 현재 일러스트레이터이자 문구 디자이너로 바쁘게 활동하고 있다. 특히 어릴 적 누군가 찍어 주었던 사진 속 아이처럼 마냥 행복했던 그 순간을 사람들에게 전하고 있다.

옮긴이 오수원

대학과 대학원에서 영어영문학을 공부하고 현재 파주 출판도시에서 동료 번역가들과 '번역인'이라는 작업실을 꾸려 활동하고 있다. 철학, 역사, 예술, 문화 관련 양서를 우리말로 맛깔나게 옮기는 것이 꿈이다. 총 8권에 이르는 빨간 머리 앤 전집을 번역하면서 작가 몽고메리가 펼쳐놓은 인간의 우정과 신의, 자연과 영성에 대한 섬세한 감성, 상실에 대한 쓰라린 통찰을 독자에게 전하려 했다.

빨간 머리 앤 전집 6

잉글사이드의 앤

1판 1쇄 발행 2023년 6월 14일

발행인 박명곤 **CEO** 박지성 **CFO** 김영은
기획편집 채대광, 김준원, 박일귀, 이승미, 이은빈, 이지은, 성도원
디자인 구경표, 임지선
마케팅 임우열, 김은지, 이호, 최고은
펴낸곳 (주)현대지성
출판등록 제406-2014-000124호
전화 070-7791-2136 **팩스** 0303-3444-2136
주소 서울시 강서구 마곡중앙6로 40, 장흥빌딩 10층
홈페이지 www.hdjisung.com **이메일** main@hdjisung.com
제작처 영신사

ⓒ 현대지성 2023

"Inspiring Contents"
현대지성은 여러분의 의견 하나하나를 소중히 받고 있습니다.
원고 투고, 오탈자 제보, 제휴 제안은 main@hdjisung.com으로 보내 주세요.